My Fucking BOSS

ORLANE PEGGY

My Fucking BOSS

ROMAN

HARPERCOLLINS FRANCE
83-85, boulevard Vincent-Auriol, 75646 PARIS CEDEX 13.

www.harlequin.fr

ISBN 978-2-2804-2986-3 — ISSN 2271-0256

À ma mère, la personne que j'aime le plus au monde
et qui a fait de moi celle que je suis devenue...

Chapitre 1

— Mademoiselle Bridgestone !

— C'est moi ! m'exclamé-je en bondissant quasiment de mon siège.

Flûte ! J'ai oublié ma besace en cuir à moitié ouverte sur mes cuisses, et voilà son contenu désormais éparpillé sur le sol. Honteuse, je m'agenouille pour ranger fissa mon kit de maquillage et autres babioles inutiles pour le commun des mortels mais essentielles pour moi.

Les regards curieux et amusés qui me suivent jusqu'au comptoir d'accueil accentuent mon embarras. Si quelqu'un souhaite faire griller des steaks, je vous en prie, mon visage cramoisi fera un parfait barbecue.

La réceptionniste, qui n'a pas manqué une miette de mon petit numéro, m'adresse un sourire compatissant.

— Le rendez-vous de M. Lockwood vient de se terminer, vous pouvez y aller.

Alléluia !

— Ce badge est un laissez-passer, continue-t-elle en me remettant une carte. Vous devrez le porter tout le temps que vous resterez dans nos locaux, et merci de me le rendre avant votre départ.

Je le fixe sur mon chemisier.

— Sans souci.

Ses lèvres s'incurvent poliment.

— Bien. M. Lockwood est prêt à vous recevoir. Prenez cet ascenseur jusqu'au vingt-cinquième étage, une autre réceptionniste vous y guidera.

Le mec a deux réceptionnistes ? Rien que ça. Après l'avoir

remerciée, je suis ses directives, faisant ainsi résonner mes talons aiguilles sur le marbre du hall d'entrée. Absolument tout dans ce gratte-ciel m'impressionne, rien que sa carcasse en verre me file le tournis.

Une autre femme se trouve déjà dans l'ascenseur : vêtements de créateur, carré blond impeccable, faciès strict jusqu'à ses sourcils épilés. Elle m'a tout l'air d'une pète-sec. Malgré mon anxiété manifeste, je lui adresse un rictus de courtoisie.

— Bonjour, lancé-je.

Elle lève le nez de son téléphone, le temps d'octroyer à l'insecte que je suis un regard dédaigneux. Sans me renvoyer la politesse, elle replonge de nouveau dans son appareil.

Ça c'est clair, les New Yorkais sont très chaleureux. Cette femme en est la preuve vivante.

Sa froideur ne me démoralisera pas, oh que non. À mesure que les numéros défilent, mes mains deviennent de plus en plus moites, si bien que je les essuie discrètement sur mon pantalon. Quand je suis stressée, tout mon organisme est chamboulé, cela ne me surprendrait donc pas si je régurgitais le lait que j'ai bu ce matin sur les Jimmy Choo de la blondasse à mes côtés.

Ma fille, ressaisis-toi !

Plus facile à dire qu'à faire, c'est mon tout premier entretien d'embauche, et c'est pour l'une des entreprises les plus importantes du pays. En toute honnêteté, j'étais à des années-lumière d'imaginer que ma candidature serait prise en considération. Selon les rumeurs, le PDG est un homme influent mais aussi intimidant, il serait si exigeant qu'il n'hésiterait pas à vous faire perdre vos moyens si vous essuyiez mal ses pompes. Sans l'avoir rencontré, j'ai déjà la trouille.

Mon estomac exécute un triple salto arrière à l'ouverture des portes, mais un soupir de soulagement m'échappe quand je réalise que mon impolie de voisine est arrivée à destination.

J'ai juste le temps de remarquer son aisance à marcher avec des talons vertigineux digne d'un mannequin lors de la Fashion Week que la cabine se remet en branle.

Maintenant que je suis seule, je m'attelle à un exercice de respiration tout en m'inspectant dans le miroir.

Inspire, bloque ton diaphragme, expire. Tout va bien se passer…

Mon reflet me renvoie une image plutôt convenable. J'ai misé sur un style vestimentaire classique avec une note élégante.

Cette fois-ci, je frôle la crise cardiaque quand l'ascenseur s'ouvre sur un étage aux murs taupe. Je déglutis difficilement.

Pas le temps de me présenter à la seconde réceptionniste qu'elle débite :

— Tout au fond, mademoiselle Bridgestone, l'unique porte que vous verrez sur votre gauche est celle du bureau de M. Lockwood. Vous ne pouvez pas la rater.

Un hochement de tête en guise de remerciements, puis je trace ma route et m'arrête devant ladite porte. Effectivement, je ne pouvais pas la manquer. Comment passer à côté d'un nom gravé en or ?

Après une profonde inspiration, je compte jusqu'à cinq, histoire de me donner du courage, et lève le poing pour frapper. De longues secondes s'égrènent dans un silence troublant, si bien que je réitère mon toc toc avec beaucoup plus de vigueur. L'ordre d'entrer me parvient immédiatement.

Je pénètre dans la pièce et referme le battant derrière moi. Le décor me subjugue aussitôt, c'est un très vaste bureau dans un style épuré. Une couleur crème habille les murs. Sur ma gauche se trouvent un sofa, un canapé et une table basse ; sur ma droite, une bibliothèque avec des étagères pleines à ras bord occupe un pan du mur. Devant moi une baie vitrée sublime permet d'admirer le panorama et au loin la statue de la Liberté. Waouh ! J'en demeure un instant bouche bée.

— Je vous en prie, prenez tout votre temps pour contempler mon bureau. Qui suis-je de toute façon ? Pas un homme pressé, c'est sûr.

Cette voix rauque empreinte d'un sarcasme patent me fait ciller, et je reviens sur terre, réalisant combien j'ai été stupide. Me fixant de son regard pers, M. Lockwood est assis à son secrétaire en wengé moka. Les doigts croisés sous son menton, il impose le respect.

Ça commence bien ! Qu'est-ce qui me prend de rester immobile comme une plante verte ? Il risque de me renvoyer chez moi avant même que j'aie eu la chance de le convaincre de m'embaucher.

— Veuillez m'excuser, monsieur Lockwood, prononcé-je timidement en essayant d'avancer vers lui d'une démarche assurée.

Échec lamentable. J'ai la prestance d'une môme de deux ans à qui on aurait mis des Louboutin.

M. Lockwood ne me lâche pas du regard, cherchant sûrement un moyen express de me congédier sans s'embarrasser des formalités.

— Bonjour, mademoiselle Bridgestone, déclare-t-il posément avec un geste de la main m'invitant à m'asseoir. Prenez place.

Je m'exécute avec la lenteur d'un escargot, ce qui évidemment ne lui échappe point. J'ai conscience d'une chose à mon sujet : quand je me précipite, ma maladresse refait surface, par conséquent si je me comporte comme un mollusque en fin de carrière, je ne risque pas d'entacher sévèrement ma dignité.

— Est-ce que vous allez bien ? Vous tremblez.

J'aurais pu croire que mon sort l'inquiétait réellement si son rictus moqueur ne contredisait pas cette théorie.

— Je vais bien, rétorqué-je d'un ton monocorde. Juste un peu stressée.

— Par qui ou quoi ? Moi ou le fait de passer un entretien ?

— Un peu des deux.

— Avant qu'on entre dans le vif du sujet, voulez-vous un verre d'eau ? Ou un café ?

Je fais non de la tête, même si ce n'est pas l'envie qui me manque.

— Je vous remercie, mais ça ira.

— Très bien. Avez-vous apporté un exemplaire de votre CV ?

J'acquiesce et sors de mon sac une chemise à rabat qu'il saisit. Fraîchement diplômée en gestion appliquée, je n'ai pas une grande expérience professionnelle. J'ai testé plein de petits jobs d'été, mais c'est tout.

Je profite du fait qu'il consulte mon CV pour étudier mes doigts noués que je n'arrête de tortiller. Une grimace me vient quand je découvre le vernis écaillé sur certains de mes ongles.

Moins de soixante secondes plus tard, M. Lockwood referme mon dossier et le balance sur une pile de curriculum vitæ.

Aïe, ça sent le refus à plein nez.

Je reporte mon attention sur lui et son expression suffisante.

— D'où venez-vous ? me questionne-t-il. Votre accent n'est pas d'ici.

— Je suis originaire du Sud, monsieur, précisément de La Nouvelle-Orléans.

— Depuis combien de temps habitez-vous New York ?

— Bientôt deux mois.

— Quel âge avez-vous ?

N'a-t-il rien retenu de mon CV ? Mon début de carrière se joue probablement maintenant alors je dois faire attention à tout ce que je dis.

— Vingt ans, monsieur.

— Vous êtes très jeune, poursuit-il avec un sourire moqueur. Vous n'aviez pas d'expérience, est-ce exact ?

Ma gorge se serre. Je hoche prudemment la tête.

— Vous êtes en quelque sorte ingénue, si je comprends bien.

Les sourcils froncés, je me retiens de le fusiller du regard. Je n'apprécie pas sa condescendance.

— Monsieur Lockwood, il est vrai que je suis encore jeune, ce qui peut jouer en ma défaveur dans certaines situations, car on ne me prendra pas tout le temps au sérieux. Toutefois, je suis consciente de mon potentiel. Sans vouloir fanfaronner, j'ai quand même obtenu ma licence en gestion avec mention et je maîtrise parfaitement trois langues.

— Vous n'avez pas tort sur ce point. Le fait que vous ayez une licence à votre âge montre que vous êtes intellectuellement capable, mais pourquoi vouloir devenir assistante personnelle alors que votre diplôme vous permet d'accéder à un poste supérieur ?

— Je ne peux m'empêcher d'assimiler une carrière à l'apprentissage d'un enfant : avant de savoir courir, il faut apprendre à marcher et le bébé ne marchera pas sans avoir rampé au préalable. Je ne vais pas vous mentir, je vise le sommet, sauf que j'ai des échelons à gravir et je compte commencer par le bas.

Il arque un sourcil. Pour la première fois depuis que j'ai mis un pied dans son sanctuaire, il plonge ses yeux saisissants dans les miens, et j'ai l'impression d'être immergée dans de l'eau cristalline et projetée dans une forêt dense. C'est définitivement troublant.

— J'aime votre façon de penser, Zoey. Êtes-vous en train de me dire que si je vous donne ce poste, je ne le regretterai pas ?

— Croix de bois croix de fer, si je mens je vais un enfer.

Cette réponse nous surprend tous les deux.

Mais pourquoi ai-je sorti ce genre de truc à un entretien ? Ma parole, je suis tarée.

Une lueur inqualifiable traverse ses iris.

— Bien, Zoey. Cela vous pose-t-il un problème que je vous appelle par votre prénom ?

Je fais non de la tête.

— Parfait, mais cela ne vous octroie pas le droit de faire de même avec moi, on est d'accord ?

Nouveau hochement de tête.

— Votre trait d'esprit est plutôt intéressant, et pour une personne aussi jeune, vous m'avez l'air mature. J'aime les gens comme vous qui veulent oser dans la vie et sont prêts à se battre bec et ongles pour obtenir ce qu'ils veulent, parce que, arrêtez-moi si je me trompe, mais vous seriez prête à n'importe quoi pour ce poste, n'est-ce pas ?

Ouh là ! Calmos.

Je suis prête à tout dans la mesure où je peux conserver mon âme et ma dignité.

— Je suis prête à tout.

— Une autre question : pourquoi devrais-je vous choisir

vous plutôt que quelqu'un d'autre ? Dites-moi en quoi vous me seriez indispensable.

Je m'attendais à ce type de question piège. Comme un réflexe, je tire doucement sur ma lèvre inférieure en cogitant.

Je dresse une liste d'adjectifs très flatteurs pouvant me définir, mais je ne parviens pas à les prononcer. J'ai des connaissances théoriques grâce à la fac, mais c'est une autre histoire en ce qui concerne le métier d'assistante personnelle. C'est déjà difficile de me gérer moi-même, alors suis-je capable d'assister quelqu'un d'autre ? Je suis sûre qu'il voulait me voir débattre avec mon for intérieur, car je lis une mesquinerie à peine contenue sur ses traits. Le salaud !

— Parce que… je m'appelle Zoey ? dis-je dans une tentative d'humour pathétique.

Il me dévisage, impassible.

— Je crois…

— Non ! le coupé-je vivement, paniquée. Écoutez, pour être honnête, j'ignore pourquoi vous devriez me choisir plutôt que quelqu'un d'autre. Ce ne sont pas les qualités qui me manquent. Sans vouloir me vanter, je suis formidable et vous passeriez à côté d'une perle si vous ne me preniez pas.

Je m'abstiens de justesse de clore les paupières et de me masser la tempe en signe de désespoir. Ce n'était pas du tout ce que j'avais prévu de dire ; à cause de la peur, j'ai sorti n'importe quoi.

Le regard de M. Lockwood est soudain si intense que j'ai l'impression d'être une fourmi prise au piège dans une toile d'une araignée. Il est intimidant. Quel âge a-t-il ? Sûrement la trentaine.

— Bien. Je pense qu'on a fini, ma…

La sonnerie du téléphone fixe le coupe, ce qui l'irrite manifestement.

— Oui ! aboie-t-il, m'arrachant un frémissement. Quoi ? Fais-la patienter ! Je n'en ai plus pour longtemps. Et puis qu'est-ce que j'en ai à foutre ? Débrouille-toi pour qu'elle n'entre pas dans mon bureau.

Il repose le combiné à sa place, surprenant mes yeux ronds sur lui. Pourquoi une petite voix démoniaque me susurre-t-elle de dire adieu à ce poste ?

— Juste avant d'être interrompu, je vous informais que la réceptionniste vous appellerait pour vous tenir au courant.

Il tue ainsi dans l'œuf mes espoirs. Même si je me doutais qu'il me congédierait sans états d'âme, j'avoue être déçue. Son incapacité à être franc m'énerve.

Parce que j'ai la certitude que je ne le croiserai plus, je me permets d'ironiser :

— C'est une façon de me dire d'aller me faire voir ?

Étonné, il se contente de me regarder.

— Monsieur Lockwood, avec tout mon respect, vous auriez au moins pu m'expliquer gentiment que je n'étais pas retenue. Vous savez, je ne suis pas une gamine qui risque de se jeter à vos pieds en pleurant, alors si vous cherchiez un moyen de me dire d'aller me…

— Raphael, appelle une voix féminine depuis la porte.

Le concerné et moi tournons la tête simultanément. Je repère la pète-sec, celle de l'ascenseur, dans l'embrasure de la porte. Tout dans son attitude évoque une assurance que je n'ai pas, et je ne peux m'empêcher de la jalouser un peu.

— Cassandra, marmonne-t-il, contrarié. Je pensais que Margerita t'avait signalé que j'étais en rendez-vous.

Elle s'approche, et à chaque pas, ses cuisses galbées se dessinent sous l'étoffe de sa jupe droite. Après un bref coup d'œil à mon intention, elle se reconcentre sur M. Lockwood.

— Il faut que je te parle, c'est assez urgent. Un souci mineur avec un de nos chantiers que je dois toutefois soumettre à ton analyse.

Raphael pousse un soupir exaspéré en ébouriffant ses épais cheveux.

— Zoey, permettez-moi de vous présenter Cassandra Parker, qui travaille au sein de notre département des ressources humaines.

— Enchantée.

En réponse, je n'ai droit qu'à un borborygme de sa part.

Notre entretien est terminé, je n'ai aucune raison de rester ; je m'apprête donc à sortir quand Raphael Lockwood m'interpelle :

— Où allez-vous ?

— À votre avis ? Je rentre chez moi.

— Nous n'avons pas fini.

Il a déjà des trous de mémoire ? C'est précoce.

— Puisqu'elle te dit qu'elle s'en va, c'est que vous avez fini, non ? ajoute Cassandra sur une note mielleuse qui me fait plisser le nez.

Trop sucrée pour être authentique.

Sans lui répondre, Raphael se lève et contourne son bureau. Je tressaille tandis qu'il se positionne devant moi. Qu'est-ce qu'il est grand ! Même avec mes escarpins, j'ai l'impression d'être un des sept nains devant Blanche-Neige.

— Apprenez à écouter jusqu'à la fin avant de tirer des conclusions hâtives. C'était intéressant d'échanger avec vous, Zoey. Je vous veux demain dans mon bureau à 8 heures, et tâchez d'être ponctuelle pour votre premier jour de travail, sinon je vous vire.

Au moins, il ne l'a pas dit à une sourde. Il me raccompagne à la porte et, avant qu'on se sépare, conclut paresseusement :

— Passez une bonne journée, Zoey Bridgestone.

La façon dont il prononce mon nom est tout simplement… waouh ! Je peine encore à sortir de ma léthargie quand le battant se referme. J'ai été EMBAUCHÉE ! C'est le plus beau jour de ma vie, si on oublie mes anniversaires et les soldes ! Euphorique, je refrène mon envie de sautiller dans tous les sens, j'attends d'être à l'extérieur du bâtiment pour exprimer ma joie, un sourire débile aux lèvres.

Chapitre 2

De retour à l'appartement, je retire mes chaussures sur le palier et les dépose dans le vestibule, toujours survoltée par la nouvelle de mon embauche. En sifflotant « Papa Don't Preach » de Madonna, je balance négligemment mon sac sur le canapé ; j'ai l'intention de m'y affaler quand une odeur alléchante fait frémir mes narines.

En deux temps, trois mouvements, je me retrouve assise sur l'un des tabourets du plan de travail.

— C'est pour moi ?

J'interroge Ryan qui, vêtu de son tablier, affiche un sourire béat derrière les fourneaux. J'ai droit à un coup d'œil de sa part.

— On ne peut rien te cacher. Oui, c'est pour toi. Comme tu t'es empressée de partir ce matin sans prendre ton petit déjeuner, j'ai pensé qu'à ton retour tu aurais un petit creux. En parlant de ça, quel est le verdict ?

Ceux qui prétendent qu'une amitié fille-garçon n'existe pas se trompent lourdement. Ryan est mon coloc et mon meilleur ami. Il m'a soutenue tout le temps de ma recherche d'emploi et n'a pas manqué de me supporter lors de mes sautes d'humeur.

Parce qu'il faut le dire, j'ai parfois des sautes d'humeur.

Mon envie de m'amuser m'incite à pousser un soupir à fendre l'âme tout en feignant la déception.

— Ça n'a pas marché.

Ryan pivote brusquement et plante ses yeux noisette dans les miens.

— Sérieux ? Merde ! Je suis désolé… Tu sais, on essuie souvent plusieurs refus avant d'enfin décrocher le sésame. Tiens, tu peux commencer à t'empiffrer. Pour se changer les idées, y a pas de méthode plus efficace qu'une bonne dose de bouffe.

C'est vraiment dur de me retenir, car j'ai envie d'éclater de rire.

— Je vais tout faire pour te remonter le moral, poursuit-il en déposant un plat de salade au thon devant moi.

Lassée de cette mise en scène, je finis par m'esclaffer. Mon ami doit se dire que j'évacue mon amertume, car il me considère avec une moue compatissante.

— Ryan, haleté-je, morte de rire. Je t'ai eu ! Franchement, ta tête aurait mérité une photo.

Les sourcils froncés, il croise les bras.

— Quoi ?

— J'ai été embauchée ! Tu as devant toi la nouvelle assistante personnelle du tyrannique Raphael Lockwood, m'écrié-je en me désignant des pouces.

Dès que l'information atteint son cerveau, il me lance un regard noir et m'arrache des mains l'assiette dans laquelle je venais de planter ma fourchette.

— Connasse ! J'ai eu de la peine pour toi, mais on dirait que ça t'amuse. Vilaine fille.

— C'était une blague, me défends-je en penchant la tête sur le côté. Excuse-moi, j'aime beaucoup trop te charrier. Allez, faisons la paix et renvoie-moi l'assiette, je crève la dalle moi.

Même s'il boude, ce n'est qu'une question de temps avant qu'il passe à autre chose. Ryan est incapable de rester fâché longtemps.

Comme je l'avais prédit, ses lèvres finissent par dessiner un mince sourire.

— Alors… t'as réussi à décrocher le poste ?

— Ouiiiiiiii ! M. Lockwood a dit qu'il m'attendait demain à 8 heures tapantes dans son bureau sinon j'étais virée.

Le con se bidonne.

— Concernant ton penchant pour le réveil tardif, je te souhaite bonne chance.

— Quand c'est pour une bonne cause, je m'applique, et je

vais changer cette habitude. M. Lockwood n'est visiblement pas de ceux qui tolèrent les retards.

— Nous allons fêter ça, poursuit Ryan en reposant l'assiette devant moi.

Mon ventre gronde d'excitation, il veut manger !

— À vous l'honneur, mademoiselle.

La fraîcheur du croquant de la salade ainsi que le jus qui s'échappe du thon me font gémir de contentement.

— C'est dé-li-cieux, miam, le complimenté-je en mastiquant une nouvelle bouchée. Hum, qu'est-ce que je ferais sans toi, tu peux me le dire ?

— Pourquoi tu t'embêtes à poser une question rhétorique ? Tout le monde sait que sans moi ta vie n'est rien.

Je rigole.

— Au fait, où est la garce ? Vu l'histoire de termites dans les locaux de son boulot, j'imagine qu'elle n'est pas là-bas.

La garce, ou encore Gwendolyn, est ma sœur aînée. Je reconnais que c'est irrespectueux de l'appeler ainsi, mais c'est une authentique peste qui m'a ordonné de lui verser une partie de mon salaire, donc une sorte de loyer, pour que je puisse continuer à squatter chez elle. Ce qu'elle n'avait pas besoin de faire étant donné que je participe déjà aux dépenses de l'appart.

« Ma proposition ne te plaît pas ? Alors dans ce cas, bonne chance pour te trouver une piaule correcte. Au mieux tu te retrouveras avec un coloc junky et au pire tu finiras SDF. C'est à toi de voir… »

Ses paroles fielleuses grincent toujours à mes oreilles. Depuis que nous sommes gosses, elle me fait des crasses et parce que je ne veux pas passer pour une pleurnicharde, je n'ai jamais moufté auprès des parents. Si je l'avais fait, elle m'aurait fait vivre l'enfer. Je tente donc d'éviter les problèmes avec elle.

— Je n'en ai aucune idée, répond Ryan, préoccupé. En plus, son comportement distant de ces derniers jours me met mal à l'aise.

Lui, son seul devoir est de satisfaire la libido de cette chère Gwen. Il est son petit copain, autrement dit son « toutou obéissant ». Oui, c'est dégueulasse, les imaginer ensemble dans la chambre d'à côté alimente mes cauchemars.

— Qu'est-ce qui te surprend ? Elle a tout le temps un pet de travers.

Il n'aime pas quand je parle d'elle de cette manière et m'adresse un regard menaçant. Je n'arrive pas à m'expliquer comment ils se sont mis en couple. En matière d'opposés, ils explosent les stats. Ma sœur a vingt-cinq ans tandis que Ryan n'en a que vingt et un.

— C'est ta sœur et ma copine en plus, réplique-t-il en extirpant un plateau de cookies du four.

Je grimace. Ça aurait été utopique qu'il n'ait que des qualités. Ryan a au moins un défaut : il voue à ma sœur un culte qui me dépasse. Non seulement elle le tient par les couilles mais aussi par le cœur et l'âme.

— Quoi que tu dises, je continue de penser qu'elle a une poupée vaudou à ton effigie et y a planté de nombreuses aiguilles pour te rendre aveugle. La sorcière t'a envoûté.

En parlant du loup… la porte d'entrée claque, dissipant ma sérénité. Gwen a un don pour gâcher l'ambiance.

— Vous discutez de moi ? chantonne-t-elle en ôtant son manteau.

Elle nous rejoint ensuite, embrasse chastement Ryan et s'empare à la hâte d'un cookie – mon cookie, parce que Ryan a bien cuisiné ce dessert pour moi, non ?

— Ce sont les antennes paraboliques qui te servent d'oreilles qui te font croire que ton nom est sur toutes les lèvres ? lancé-je. Quand arrêteras-tu de te prendre pour le centre du monde ?

— Ben dis donc, quelle mouche a piqué celle-ci ? Comment s'est déroulé son entretien ? Laisse-moi deviner, une catastrophe, c'est pour ça qu'elle passe ses nerfs sur moi ?

Elle parle de moi à Ryan comme si j'étais invisible.

— Détrompe-toi, sœurette, j'ai décroché le poste.

Elle arque un sourcil d'étonnement et me toise de ses yeux gris comme les miens.

— Ah bon ? fait-elle, sceptique. Dans ce cas, c'est cool.

On devrait fêter ça. Il est tôt, on peut réserver une table au Marquee.

— À tes frais, j'imagine, raillé-je.

En plus d'être une garce, Gwen a une facette manipulatrice et une autre intéressée. Bien que toujours partante pour des soirées arrosées, elle ne mettra jamais la main à la poche, elle préfère compter sur l'argent des autres.

— C'est chacun pour soi, enfin, Ryan m'invitera, évidemment, mais toi, t'en as pas besoin, non ?

Je suis vraiment douée pour anticiper chacune de ses réactions !

Cette fois, je décide de me taire et d'avaler la pilule. Il me faut un toit et je veux que Ryan se rende compte qu'il est trop bien pour elle.

— Je ne pense pas que ce soit une bonne idée, objecté-je. Je dois me réveiller de bonne heure demain matin.

Elle lève les yeux au ciel.

— Pas la peine de faire ta rabat-joie, on ne restera pas longtemps, argue-t-elle en croquant dans le cookie. Zoey, un premier job, ça s'arrose et il n'y a rien de mieux que le Marquee pour se mettre dans l'ambiance. T'es pas d'accord avec moi, bébé ?

— Laisse-le en dehors de ça, m'insurgé-je en voyant clair dans son jeu.

— Mon « bébé » n'est pas pour toi, Zoey, et tu ne t'appelles pas Ryan, à ce que je sache.

Elle oblige Ryan à lui faire face et entame avec lui un jeu de séduction exacerbé, en caressant de façon indolente son torse par-dessus sa chemise.

— N'est-ce pas qu'on devrait aller faire un tour ce soir au night-club, histoire de passer un bon moment de détente ?

Le pauvre déglutit. Son regard passe plusieurs fois de Gwen à moi, je secoue la tête de dépit. C'est mort ! Sa mine désolée me fait soupirer.

Si Ryan ne peut rien lui refuser, je ne peux rien refuser à Ryan. C'est un cercle vicieux de faiblesse.

— Ouais… mais il faut penser à Zoey qui doit se réveiller tôt. C'est préférable si on ne s'attarde pas.

— *Yeah, baby* ! s'exclame Gwen en embrassant fougueusement Ryan. Promis, la rabat-joie sera au top de sa forme demain.

Le Marquee fait partie de ces boîtes de nuit incontournables de la Grosse Pomme où on doit se rendre au moins une fois dans sa vie si on est ici au risque de rater quelque chose, en tout cas c'est ce que ma sœur m'a dit pour me motiver.

En pénétrant dans ce lieu spacieux, je suis aussitôt frappée par la décoration : de hauts plafonds, des écrans LED et un immense lustre central. Cool la playlist ! Même si je sais que c'est une mauvaise idée et que je devrais être en train de me reposer, je suis emballée.

Bien que Gwen ait oublié de faire la réservation, elle a réussi à nous faire entrer en glissant un mot à l'un des vigiles alors qu'une longue file d'attente frissonnait sur le trottoir. Elle ne cessera jamais de m'étonner. Ses cheveux teints en blond cendré retombent platement sur ses épaules, son make-up l'a complètement transformée. Sa poitrine comprimée dans une petite robe noire moulante paraît plus volumineuse. En bref, Gwen a tout d'une aguicheuse.

Le retour de Ryan, qui s'était éclipsé pour aller chercher nos boissons, m'extirpe de mes pensées.

— Une piña colada comme tu me l'as demandé ! crie-t-il.

Je récupère mon verre ouragan en le remerciant. C'est le seul cocktail que je toucherai de la soirée, promis juré. C'est un fait, j'ai besoin de me détendre, histoire d'éliminer tout ce stress accumulé depuis mon arrivée en ville. Sans plus tergiverser, je glisse la paille dans mes lèvres, me désaltérant à coups de rhum blanc, de jus d'ananas et de crème de noix de coco. Un soupir d'aise m'échappe, mes muscles se relâchent.

Puisqu'il m'est impossible d'y aller mollo, j'avale les trois quarts de mon verre d'un trait.

— Chapeau ! siffle Ryan, amusé. T'avais vraiment soif.

J'ai cessé de lui faire la tête.

— Tu ne crois pas si bien dire.

Un rot involontaire m'échappe et me fait froncer les sourcils. Il me fixe, mimant l'écœurement, et je ris.

— Où est Gwen ? m'enquiers-je en constatant sa soudaine absence.

Il me montre la piste de danse. Ce que j'y discerne me laisse sans voix : Gwen prise en sandwich entre deux mecs danse comme s'ils étaient seuls au monde.

Je l'envierais si je n'étais pas choquée par son attitude incorrecte envers Ryan, qui se garde bien de réagir, même s'il paraît déçu.

— Putain, Ryan, pourquoi tu restes là comme une plante verte ? dis-je d'un ton grinçant. Comporte-toi en homme et va la chercher.

— Tu sais bien que je n'aime pas les scandales, Zoey.

— Attends un peu, elle doit apprendre à te respecter et ce n'est sûrement pas si tu restes les bras croisés qu'elle le fera. La meuf se fout de ta gueule et toi tu te comportes comme un prêtre après une confession.

Ryan est beaucoup trop gentil, c'est à la fois sa force et sa faiblesse.

— Mon p'tit Ryan, ta gentillesse te perdra un jour, déclaré-je avec sérieux.

Je me redresse et arrange ma tenue avant de me diriger d'un pas assuré vers le bar. S'il ne veut pas montrer à ma sœur que c'est lui qui pisse debout, je ne risque pas de le faire pour lui. En revanche, moi, je n'ai pas fait le déplacement pour assister à cette triste scène. J'ai soudain envie d'un deuxième verre. Juste après m'être fait ce plaisir, promis, je déguerpis.

Demain, j'accède à un nouveau monde.

Chapitre 3

Avec tout mon respect, mon boss semble être un bel enfoiré. Comment peut-il exiger que je sois dans son bureau à 8 heures précises alors qu'il n'y est pas lui-même ? Après les quatre verres de piña colada que je me suis enfilés hier – oui, j'ai manqué à ma parole –, ma nuit a été courte et je me suis démenée pour me pointer ici avec une dizaine de minutes d'avance. À quoi joue-t-il ?

Je consulte ma montre toutes les deux minutes en mâchant un chewing-gum mentholé pour atténuer le goût désagréable dans ma bouche. Même les deux tasses de café que j'ai sirotées à l'aube n'ont pas réussi à me donner la pêche. Promis juré, c'était la dernière fois que je touchais à une goutte d'alcool.

Ce matin, j'étais si mal que j'ai passé les premiers vêtements qui me sont tombés sous la main. La tête baissée, j'étudie avec une grimace l'ensemble hideux que je porte.

Des minutes plus tard, tandis que je m'apprête à insulter mentalement mon boss, la porte de son bureau claque brutalement, et je sursaute de frayeur. Je me redresse, le cœur battant à toute allure. Inutile de me retourner pour vérifier l'identité du nouveau venu.

— Bonjour, Zoey, lance-t-il en se matérialisant devant moi. Veuillez m'excuser pour ce léger retard.

Mes yeux s'arriment au costume trois-pièces bleu marine qui met en valeur sa silhouette athlétique, s'accordant aisément à ses pupilles bleu-vert. Sa carrure svelte éveille mon imagination, et l'espace d'une nanoseconde, je me demande ce que ça donnerait s'il se tenait nu en face de moi.

Ma parole, tu commences à délirer.

J'affiche un sourire crispé sur mon visage en jouant la fille compréhensive.

Il prend place sur son fauteuil, allume son MacBook et son regard coulisse sur ma personne. Visiblement intrigué par mon look, il hausse un sourcil.

— Pourquoi portez-vous des lunettes de soleil dans un bureau ? m'interroge-t-il sèchement.

À cause des cernes sous mes paupières, de la gueule de bois et d'une migraine carabinée.

— Pour rien en particulier, rétorqué-je avec désinvolture.

Tandis qu'il me scrute, j'ai la sensation qu'il cherche à lire dans mes pensées. Je me fais violence pour rester droite comme un I.

— Si je vous ai demandé de venir, c'est pour vous exposer ce que j'attends de vous. Vous n'avez aucune expérience en tant qu'assistante, n'est-ce pas ?

Est-ce une question rhétorique ? Son expression impassible prouve qu'il souhaite une réponse de ma part. Je confirme d'un hochement de tête.

— OK. Votre rôle sera de m'assister. Vos missions consisteront dans la gestion de mon planning, l'organisation de mes déplacements, la préparation des réunions, le suivi et le traitement du courrier, etc. J'ai besoin que vous soyez flexible, vous devrez ajuster votre horaire en fonction de mon agenda, et ce n'est absolument pas négociable, donc si vous avez un môme ou un petit ami, c'est le moment de leur faire comprendre qu'il y aura quelques changements dans votre vie.

Plus direct que lui, tu meurs ! En gros, c'est le début de mon calvaire.

— Sachez que vous pourrez compter sur moi pour être attentive au moindre de vos besoins, afin que vous n'ayez aucune plainte à émettre sur mon travail, annoncé-je.

— C'est bien, Zoey, dit-il avec un rictus narquois. Même si vous ne connaissez rien au métier de secrétaire et d'assistante, je devine que vous serez un bon élément.

— Merci de m'accorder le bénéfice du doute, monsieur.

— Pour l'instant vous serez en période d'essai, me prévient-il. Au bout de trois mois, si votre travail me satisfait, on verra comment poursuivre notre collaboration. Dans le cas contraire, nous nous dirons adieu !

Mon silence est éloquent. Il s'empare du combiné du fixe et appuie sur une touche.

— Le contrat de Mlle Bridgestone est-il prêt ? Bien. Je le veux tout de suite, apporte-le-moi.

Il raccroche puis m'observe.

— D'après votre CV, j'ai cru comprendre que vous maîtrisiez trois langues, à savoir, le français, l'anglais et le japonais.

— C'est exact, affirmé-je fièrement.

Son expression pas du tout impressionnée m'assomme d'un crochet du droit. Aïe.

— En ce moment, nous sommes sur le point de signer un contrat avec une société de construction japonaise, dévoile-t-il en pianotant sur son Mac. D'ici peu, nous ferons un déplacement à Tokyo.

— Waouh ! Pour de vrai ? soufflé-je, hébétée.

— Oui, jeudi prochain. Vous n'aurez pas à vous charger de la réservation des billets, j'ai un jet privé à ma disposition. Assurez-vous simplement d'avoir votre passeport à jour.

Je suis comme un enfant qui vient d'avoir la confirmation de l'existence du Père Noël.

— C'est super cool, commenté-je avec enthousiasme.

Son regard revient sur moi. Il ne peut pas voir l'étincelle dans mes pupilles… et c'est une bonne chose.

— Veuillez retirer vos lunettes !

Sa voix claque comme un fouet.

— Euh… je ne sais pas…

— Mademoiselle Bridgestone, me coupe-t-il. Quand j'ordonne, on m'obéit sans broncher. Et j'aime regarder mon interlocuteur dans le blanc des yeux.

Tandis que je consens à faire ce qu'il veut, un grognement m'échappe. Son sempiternel rictus suffisant refait surface.

— En réalité, vous aviez honte de votre mauvaise mine ? !

se moque-t-il. Personne ne vous a envoyée faire la fête la veille d'un jour de travail.

Et personne n'a demandé ton avis.

Ma réplique meurt sur mes lèvres quand deux coups sont frappés à la porte.

— Entre !

La seconde d'après, la rouquine qui fait office de deuxième réceptionniste s'engage dans la pièce et lui tend un dossier.

— Merci, Margerita.

J'intercepte le regard qu'elle me lance juste avant de regagner la sortie. M. Lockwood glisse vers moi le fameux contrat tout en me conseillant :

— Lisez-le avant de signer.

— Quand dois-je vous le remettre ?

— Le plus tôt sera le mieux, et j'espère qu'il sera signé.

— Je l'espère aussi, dis-je avec sarcasme.

De longues secondes s'écoulent, durant lesquelles ni lui ni moi ne pipons mot, chacun absorbé par le regard de l'autre. Le sien est quasi envoûtant.

— Bon, assez bavardé, déclare-t-il une fois debout en nouant nonchalamment sa cravate. Margerita vous fera faire le tour de nos locaux si vous en ressentez l'envie ; pour l'instant, je vais vous montrer votre espace de travail.

— Qui est Margerita ? l'interrogé-je en me levant à mon tour.

— La réceptionniste de cet étage.

Lorsqu'il passe devant moi, mon œil est attiré par ses fesses fermes mises en valeur par un pantalon de créateur coûtant sûrement aussi cher que le loyer que je dois verser à Gwen. Mon boss a tout l'air de la réincarnation d'un dieu grec.

— Voulez-vous peut-être une photo de mon arrière-train ? s'exclame-t-il en faisant brusquement volte-face.

Mon front heurte son torse. *Mamma mia !* Légèrement sonnée, je recule de deux pas en m'immergeant dans son regard mystérieux.

— Comment avez-vous…, bégayé-je, incapable de terminer ma phrase, me sentant rougir.

— Comment je m'en suis rendu compte ? complète-t-il d'un ton ironique. Dites-vous simplement que j'ai des yeux derrière la tête.

Où est le trou dans lequel je dois me terrer ?

— La prochaine fois, vous devriez… comment dire… vous montrer plus discrète.

C'est un marrant en plus.

— Sage conseil, que je ne manquerai pas d'appliquer.

Mon sarcasme ne lui échappe point. On se défie du regard, je pense pouvoir l'affronter, mais je finis par flancher et détourne le mien. Bordel ! C'est quoi ces yeux malsains qui ont la faculté de me transporter dans un monde où le temps et l'espace ne comptent pas ?

Sans un mot supplémentaire, il reprend sa marche, et je lui emboîte le pas.

Il ouvre la porte située juste en face.

— À partir d'aujourd'hui, voici votre bureau.

Quand je réalise que je vais avoir un bureau rien qu'à moi, je meurs d'envie d'exécuter la danse de la joie. Il est nettement plus exigu que le sien, et la peinture murale est couleur vanille. Sur un secrétaire en verre trône ce dont j'ai besoin pour travailler : un ordinateur portable, une tablette, un pot avec des crayons et des stylos, etc. C'est simple, joli.

— J'aime bien, murmuré-je plus pour moi que pour lui.

— Même si vous n'aimiez pas, il serait quand même le vôtre.

Cette fois-ci, je le toise méchamment. Heureusement pour moi, il n'y prête pas attention.

— À chaque fois que j'aurai besoin de vous, votre fixe clignotera.

— OK.

— Si vous avez des préoccupations ou des questions, vous les soumettrez à Margerita, qui y répondra volontiers.

— OK.

— Suivez-moi.

Nous retournons dans son bureau, il saisit une pile de documents archi-lourde et me la balance dans les bras. Je manque de peu de perdre l'équilibre, et il me faut plus d'une seconde pour stabiliser ma position.

— Votre première mission sera de traduire tous ces dossiers en japonais, et je les veux au plus tard vendredi.

Abasourdie, je lui fais des yeux ronds et affiche une moue de chien battu.

— M'enfin, vous n'êtes pas sérieux, monsieur Lockwood… Je veux dire, vendredi, c'est dans trois jours, et vu le volume à traduire, désolée, mais je ne crois pas être en mesure de finir à temps.

— Vous ai-je demandé ce que vous croyez ? Non ? Faites ce que j'attends de vous, et nous n'aurons aucun problème.

Je retiens de justesse une réplique cinglante. Faisant demi-tour, je marche prestement vers mon bureau malgré le poids des dossiers.

— Au fait, Zoey ? me hèle-t-il.

Quoi ? ai-je envie de lui aboyer.

— Oui ?

— N'oubliez pas que vous êtes en période d'essai : le moindre écart de votre part entraînera votre départ immédiat sans préavis. Suis-je clair ?

— Vous êtes même limpide comme de l'eau de roche.

— Parfait ! Savez-vous préparer du café ?

— Je me débrouille.

— Je le prends noir et sans sucre, renchérit-il.

— Souhaitez-vous que j'appelle votre bonne ?

Pourquoi je le provoque ?

— Pour quoi faire lorsque j'ai une assistante aussi dévouée que vous ? Chaque matin, avant d'entamer toute activité, je veux trouver un café noir et sans sucre sur mon bureau.

Plutôt que de le saluer avec mon majeur, je joue la carte de la politesse obséquieuse.

— Oui, monsieur. Bien, monsieur. Monsieur sera servi.

— Zoey…

La note d'avertissement dans sa voix me fait décamper à toute vitesse, pas besoin d'ajouter de l'huile sur le feu.

Dans mon bureau, je dépose les documents dans un bruit sourd. Je m'attends à ce que mes journées soient rythmées par les sautes d'humeur de monsieur, ça craint !

Dans la kitchenette, je mets la cafetière en marche et décide de me faire également un café. Je m'imagine déjà confondre volontairement le sucre et le sel, mais il est trop tôt pour taquiner le diable.

— Votre café est prêt, monsieur, annoncé-je en faisant coulisser la tasse sur son secrétaire.

Il l'attrape, non sans me jeter un coup d'œil suspicieux, et renifle l'arôme, avant d'en prendre une gorgée.

Je n'ai pas cherché à t'empoisonner, si c'est à ça que tu penses… bien que l'idée ne m'aurait pas déplu.

— Vous pouvez disposer.

Il ne faut pas me le dire deux fois.

Chapitre 4

— Putain, grogné-je en laissant retomber mon front sur les documents en vrac sur mon bureau.

Game Over. Je répète, game over.

Je me retrouve avec des jambes ankylosées, des doigts engourdis et une migraine gigantesque.

C'est avec le plus grand sérieux que je le clame, je commence à détester mon boss. Je sais qu'il l'a fait exprès, c'est le début de la persécution, il doit vouloir me faire fuir. Mais là, c'est mal me connaître de croire que j'abandonnerai si facilement. L'argent est une sacrée motivation.

Cela fait plusieurs heures que j'ai entamé la traduction et je n'ai pas encore atteint la moitié du premier document. Un refrain retentit dans ma tête : « *L'heure du renvoi est proche.* » Pour un premier jour, les choses s'avèrent corsées. L'espace d'une microseconde, j'ai imaginé qu'il se montrerait bienveillant et me ménagerait un peu, histoire de m'aider à me familiariser avec ma nouvelle fonction… mais non. Il ne fait que confirmer les rumeurs que j'ai entendues sur lui.

Je fixe d'un œil blasé le travail que j'ai fait jusqu'ici. Le problème ne vient pas de la traduction, le japonais est une langue que je maîtrise totalement, mais comment accomplir cette mission avec brio vu le délai atrocement court qui m'est accordé ? Je prévois déjà de sacrifier deux nuits de sommeil pour mener à bien ce projet. Saleté de boss !

— C'est du Raphael tout craché ça, il n'y va jamais de main morte avec les nouveaux.

Surprise d'entendre cette voix cristalline, je lève les yeux vers l'entrée et aperçois la réceptionniste rousse. Comment s'appelle-t-elle déjà ? Elle a une espèce de nom de pizza. Margarita, je crois. Non, ça c'est un cocktail, qui soit dit en passant est une tuerie.

Affichant un sourire spontané et naturel, elle se détache de l'encadrement pour venir à ma rencontre.

— Bonjour ! Excusez mes mauvaises manières, on n'a pas eu l'honneur d'être présentées, je suis Margerita Pearson.

— Ravie de faire votre connaissance, je m'appelle Zoey Bridgestone, rétorqué-je en saisissant sa main tendue.

— C'est très agréable d'avoir un visage frais et jeune parmi nous. Puis-je ?

Elle désigne l'une des chaises me faisant face.

— Je vous en prie, l'invité-je à s'asseoir.

— Alors, comment vous vous en sortez ?

Je veux tuer le boss.

— Bah... comme vous le voyez, je fais de mon mieux.

— Ne vous en faites pas, vous connaîtrez des jours meilleurs. Raphael est... spécial en son genre.

Ça, je l'ai bien compris. Il excelle en matière d'arrogance.

— C'est juste un gros con, ouais ! m'exclamé-je avant de m'en rendre compte.

Presque aussitôt, je fais des yeux ronds.

Qui peut sortir une bêtise pareille hein ? Zoey.

Elle va moucharder, c'est sûr.

Aïe ! Je suis mal.

— Pardon, pardon, je ne voulais pas...

— C'est bon, ça ira, me rassure-t-elle d'un air amusé. Bien que Raphael soit un de mes amis proches, il m'arrive souvent de penser comme vous.

À ses paroles, un soupir m'échappe, et je relâche les épaules.

Du coup, je me dis que je vais bien aimer cette Margerita. Si elle a environ l'âge de Raphael, je suis contente de savoir qu'ils ont des tempéraments opposés.

Soudain, un détail fait tilt. Raphael et elle sont-ils vraiment amis ? Je lâche un rire interloqué.

— Incroyable ! Je n'imaginais pas qu'un homme aussi pète… je veux dire aussi strict puisse avoir des amis. C'est surprenant.

Merde. J'ai failli dire qu'il était pète-sec devant elle. Bon sang ! Il faut que j'apprenne à tourner ma langue sept fois avant de prononcer l'irréparable.

Elle esquisse un sourire courtois.

— Et si on allait déjeuner ? propose-t-elle.

— J'ai bien peur que ce ne soit pas possible, annoncé-je, la mine sombre. Il me reste encore pas mal de dossiers à traduire. S'ils avaient été numériques, j'aurais pu gérer, mais là, mon poste est en jeu.

Sa confusion perceptible m'incite à développer :

— M. Lockwood a menacé de me virer si je ne remplissais pas correctement la mission qu'il m'a donnée.

Pas étonnée le moins du monde, elle secoue la tête, un brin moqueuse.

— Je vous l'ai dit, il fait le coup à tous les stagiaires et nouveaux employés. Toutefois, ça se voit sur votre visage que vous avez besoin de décompresser. Si Raphael est excessif sur les bords, il n'est pas un monstre du genre à vous empêcher d'aller déjeuner.

Je ne suis toujours pas convaincue.

— Je ne sais pas…

— Faites-moi confiance. L'heure de la pause sert justement à faire une pause, et c'est moi qui vous invite. Vous n'allez quand même pas me faire de la peine en déclinant mon invitation, hein ?

Cette nana est fort sympathique. C'est décidé, je l'aime bien. Au pire, si Raphael me sermonne, je lui expliquerai à quel point Margerita s'est montrée très persuasive. J'ai fait mon choix, je vais manger. Mon estomac en fait des borborygmes d'excitation.

— D'accord ! capitulé-je en levant les mains en l'air.

— Parfait. Rejoignons-nous devant l'ascenseur, le temps que je récupère mes affaires et vous les vôtres.

D'un commun accord, nous avons opté pour de la cuisine mexicaine ; le restaurant où Margerita m'amène s'appelle Los Tacos et se trouve dans le quartier de Midtown. Il y a des chaises hautes, ils diffusent de la musique d'Enrique Iglesias, et l'ambiance est chaleureuse. Je me sens détendue.

— Tiens donc, elle est déjà là.

J'ai à peine le temps de demander à Margerita de qui elle parle qu'elle slalome entre les tables en pressant le pas. En bon mouton, je la rattrape. À l'instant où je reconnais la personne vers laquelle nous nous sommes dirigées, mon cœur rate un battement.

— Cassie, piaille gaiement Margerita en se délestant de son manteau pour se hisser sur un tabouret.

Me retenant de faire volte-face, je m'installe à ses côtés tandis que, sans se cacher, Cassandra me considère d'un œil torve.

— Qui est-ce ? interroge-t-elle Margerita avec une pointe de dédain.

Ne fais pas semblant de ne pas me reconnaître.

— Zoey, la nouvelle assistante personnelle de Raphael. Pour l'instant, elle est en période d'essai.

Cassandra pouffe en me fixant de ses prunelles d'un bleu glacial.

— Encore une autre, Raphael ne peut vraiment pas s'en empêcher. Ma chérie, continue-t-elle à mon intention, n'espère pas trop, celles avant toi n'ont pas fait long feu. D'ici la fin de la semaine, tu seras partie.

Mon plexus solaire se contracte sous l'effet de la peur. Je ne serais pas surprise s'il venait à le faire. Pourvu que je touche au moins des dommages-intérêts pour licenciement abusif.

— T'étais obligée d'être désagréable ? riposte Margerita d'un air réprobateur avant de se tourner vers moi. Ne fais pas attention aux paroles corrosives de Cassandra, elle est jalouse chaque fois qu'une jolie fille traîne autour de Raphael.

Requinquée par sa remarque, j'adresse un regard interrogateur à Cassandra, qui part d'un rire tonitruant.

— Tu devrais surveiller ce que tu dis, Rita, l'avertit-elle

sur un ton menaçant. Un de ces jours, cela pourrait te porter préjudice.

— Seule la vérité blesse, ma copine, et tu sais pertinemment que ce n'est pas parce qu'il t'a sautée plus de deux fois que c'est parti pour la citation : « Ils vécurent heureux et eurent plusieurs mioches ».

Oh ! putain ! Je dévisage Cassandra, qui rougit… de honte ? avant de fusiller du regard Margerita, qui ne semble nullement gênée par la bombe qu'elle a lancée.

Premier jour, et j'ai déjà droit à des ragots très intéressants.

— Tu viens de me couper l'appétit, satisfaite ? crache Cassandra en se levant, furieuse.

Elle rassemble ses effets puis quitte le restaurant sans se retourner. Maintenant que nous sommes seules, impossible pour moi de faire comme si je n'avais rien entendu. Margerita me décoche une expression malicieuse. Suis-je en droit de relancer le sujet ? Je meurs d'envie d'apprendre la suite de ce feuilleton.

Un serveur vient prendre nos commandes. Il a l'air de connaître Margerita, puisque tous les deux discutent aisément. Nous prenons des tacos, accompagnés d'une *michelada* pour elle et d'une *agua fresca* pour moi.

— Quoi ? s'étonne-t-elle face à mon examen.

Je hausse une épaule.

— Par le plus grand des hasards, n'aurais-tu pas une histoire à terminer ?

Son éclat de rire me fait sourire.

— T'es une petite curieuse, hein.

— En temps normal, je ne me serais jamais permis de te demander plus de détails, mais il s'agit de Cassandra, je l'ai croisée deux fois hier, et elle s'est montrée vraiment désagréable.

Faisant mine de cogiter, elle dodeline de la tête.

— Tu dois me promettre de ne pas le répéter.

— C'est d'accord, et à qui veux-tu que j'aille en parler ? Tu es la seule avec qui je discute amicalement depuis mon arrivée.

— Bon, je ne suis qu'au courant de ce que j'ai vu, Raphael a été succinct dans ses déclarations à ce sujet.

Nous sommes interrompues par l'arrivée de nos plats. Silencieusement, je maudis le serveur tandis qu'il nous souhaite bon appétit.

— Cassandra a des sentiments pour Raphael depuis qu'ils se connaissent, et ça date, car leurs parents sont de vieux amis, reprend heureusement Margerita après son départ. Elle a souvent tenté de le séduire, a essuyé pas mal d'échecs, puis elle a fini par avoir gain de cause, car ils ont couché ensemble. Une fois, je les ai surpris en plein acte dans son bureau à lui. Est-ce que tu peux imaginer le choc que j'ai éprouvé ?

Je comprends tout à fait, j'ai eu la même réaction quand j'ai aperçu Ryan et Gwen en pleine partie de jambes en l'air.

— Et maintenant, sont-ils ensemble ?

— Non et ça n'arrivera jamais. Elle a toujours voulu quelque chose de sérieux avec lui, mais elle sait qu'il ne ressent rien pour elle. Elle a cru qu'elle pourrait le faire changer d'avis, sauf qu'il préfère les coups d'un soir. C'est un pot de colle, et il ne parvient pas à s'en débarrasser.

Alors que je mange mon taco, ses propos me rendent mal à l'aise. Oh ! ça n'a rien à voir avec de la jalousie, c'est juste que… mon patron a mal choisi sa partenaire sexuelle.

— Ça me rappelle les *telenovelas*, lui dis-je. Le mec ne veut pas de toi mais tu es déjà à l'étape du mariage.

— Exactement, répond-elle en se marrant.

Nous terminons notre déjeuner dans une atmosphère détendue tout en partageant des commentaires désopilants. Nous faisons plus ample connaissance, et elle m'apprend qu'elle et Raphael ont le même âge, à savoir vingt-sept ans. Elle tente de me persuader qu'au fond, il est quelqu'un de bien, mais je ne suis toujours pas convaincue.

Absorbées par la conversation, nous ne voyons pas le temps passer. En constatant mon retard, je commence à paniquer, mais elle me promet que je ne crains rien. Elle en assume l'entière responsabilité, et je lui fais confiance.

Chapitre 5

Numéro inconnu : Dans une demi-heure, j'enverrai mon chauffeur vous prendre. Prière de ne pas le faire attendre. R.L

Après avoir lu le message, je range mon téléphone dans la poche arrière de mon jean pour boucler ma valise. Inutile de m'interroger sur l'identité de l'expéditeur, la signature à la fin est explicite. Il s'agit de Raphael Lockwood.

Les jours se sont écoulés sans se ressembler. Mon boss, que j'ai baptisé Monsieur l'Enfoiré, avait une nouvelle galère pour moi à chaque fois. Il n'a fait que me rabrouer tout en triplant ma dose de travail. Heureusement que j'ai pu remettre mes traductions à temps. Maintenant, cela valait-il la peine de sacrifier deux nuits de sommeil pour satisfaire les exigences de Monsieur quand il n'a même pas été foutu de me dire « merci » ou de reconnaître mes efforts ?

En huit jours, il n'a eu aucune parole gentille à mon égard. Il s'est toujours montré infect : « Vous êtes plus lente qu'une limace. Le temps que vous finissiez la saisie de ce texte, les poules auront des dents. » « J'ai dit facture et non fracture, vous n'avez vraiment pas appris les bases de l'orthographe en cours élémentaire ? » « Vous êtes certaine qu'on n'a pas attribué cette licence à la mauvaise personne ? Parce que vous faites exactement le contraire de ce que je vous dis. » Pour évacuer le ressentiment que j'accumule, j'ai décidé d'inscrire dans un bloc-notes toutes les tortures que je rêve de lui faire.

Numéro un : couper ses testicules et les donner à manger à des vautours.

Je suis impatiente de redécouvrir Tokyo. La dernière fois

que j'y étais date de l'été où j'allais faire ma première rentrée au lycée. La bonne nouvelle : Margerita fera partie du voyage. Son amabilité et sa douceur n'ont fait que renforcer l'agréable impression que je m'étais faite d'elle. La mauvaise ? Cassandra également.

La porte de ma chambre s'ouvre dans un grincement. Sur le seuil, Ryan arbore une moue tristounette.

— Tu me manques déjà, bougonne-t-il, les bras croisés.

Je m'approche de lui pour lui faire un énorme câlin.

— Toi aussi, tu vas me manquer, avoué-je en m'écartant. C'est l'histoire de trois jours. Après la signature, je reviens te protéger de Maléfique. D'ailleurs, laquelle tu préfères dans son rôle, Angelina Jolie ou Gwendolyn Bridgestone ?

Il pousse un soupir.

— T'es incorrigible. Allez, viens ici.

Ryan me presse si fort contre son torse que j'ai la sensation d'être sur le point de mourir asphyxiée.

— Ryan, je sais que tu m'adores mais… tu m'étouffes.

Je respire profondément après qu'il s'est détaché de moi en lâchant un rire penaud.

— Désolé.

— Et si tu m'aidais à descendre ma valise ? Faut bien que ce tas de muscles serve à quelque chose, ajouté-je en palpant ses biceps.

— T'as intérêt à m'appeler dès que t'arrives, OK ? me répète-t-il pour la dernière fois.

— Je te rappelle qu'il y a un décalage horaire de treize heures.

— Pas faux. Bon, à une heure qui nous conviendrait tous les deux.

— Oui, papa.

Nous sommes désormais sur le trottoir de notre immeuble, attendant sagement que la voiture arrive. Même si je parais détachée, je ne peux nier être excitée. Non seulement M. Lockwood m'envoie son chauffeur attitré, mais je vais monter dans son jet privé.

— T'es sérieuse ? s'écrie Ryan en me détaillant de la tête jusqu'aux pieds.

— Hein ?

— Tu ne pouvais pas faire un effort pour mieux t'habiller ?

En quoi ma tenue le dérange-t-il ? J'ai opté pour des vêtements décontractés mais loin d'être moches : un top aux manches en dentelle, un jean *skinny* délavé et une paire de ballerines.

La prochaine réplique de Ryan est coupée net par un bruit de klaxon qui me fait sursauter alors qu'une BMW aux vitres teintées s'arrête à notre hauteur. Un chauffeur émerge de l'habitacle en me rejoignant.

— Bonjour, mademoiselle, me salue-t-il en retirant son chapeau. Monsieur !

En plus d'être chauve, il est courtois.

— Bonjour.

— Puis-je vous aider ? s'enquiert-il en désignant ma valise.

— Euh, ouais. Merci… ?

— Jake Stewart.

— C'est gentil, Jake.

Je profite du fait qu'il déplace mon bagage dans le coffre pour déposer un baiser sur la joue de Ryan. Celui-ci me dévisage tendrement.

— N'embrasse surtout pas la garce pour moi et dis-lui qu'à mon retour, j'espère qu'elle aura une maladie vénérienne surtout pas transmise par toi.

Il sourit.

— Tu es bonne à fouetter.

— Ouh, Mister Grey, chantonné-je en remuant les épaules.

Alors qu'il rit, j'abandonne Ryan pour m'installer sur la banquette arrière. Un couinement m'échappe quand mes fesses rencontrent le cuir soyeux. Jake me demande si je suis prête et enclenche la première après que je lui ai répondu par l'affirmative, projetant la voiture dans les rues du Bronx.

Très vite, je me lasse du trajet qui se déroule dans un silence religieux. J'aime être entourée de personnes qui me mettent à l'aise, et Jake me fout la trouille, il a le même charisme froid que Hitman, l'agent 47.

Au bout d'un moment, parce que j'en ai marre d'étudier le paysage, le rétroviseur et son chapeau, je finis par craquer.

— Hello, Jake ? murmuré-je presque. Vous permettez que je vous appelle par votre prénom ?

— Je n'ai aucune objection à émettre, répond-il, les yeux braqués sur la route.

— Et appelez-moi Zoey. Mademoiselle ou madame, c'est pas trop pour moi.

— Comme vous voudrez.

Est-il toujours aussi guindé ? Il me fait penser à Kevin Costner dans *Bodyguard*. Pourtant, je suis sûre qu'il a à peu près l'âge de M. Lockwood. On dirait qu'ils sont tous jeunes dans le cercle de Raphael.

— Jake ?

— Oui ?

— Si je vous pose une question, est-ce que vous y répondrez ?

— Tant qu'elle n'est pas indiscrète. Nous n'aborderons aucun sujet ayant trait de près ou de loin à M. Lockwood.

A-t-il signé comme moi un accord de non-divulgation ?

— Et pour quelles raisons ?

— Parce que je ne parle pas de lui en son absence.

Comme c'était justement ce qui m'intéressait, je préfère ne pas me lancer dans une discussion stérile et me concentre sur le morceau de Lady Gaga qui passe à la radio : « Bad Romance ».

Nous nous garons dans un hangar. J'ai l'impression d'être sur le point de participer à un échange clandestin avec des mafieux.

— Merci, Jake, et bonne journée à vous.

Il me renvoie la politesse. Ma valise dans une main, mon sac dans l'autre, je m'approche d'un pas rapide de l'avion au milieu de l'entrepôt.

— Bonjour ! Mademoiselle Bridgestone, je suppose, nous

n'attendions plus que vous, déclare l'hôtesse en dégainant un sourire *ultrabright*.

Mince, j'espère ne pas être en retard. Je m'engage dans la cabine. Margerita est la première à m'apercevoir, elle me fait signe de m'installer près d'elle. Comme j'ai été bien éduquée, je prends le temps de lancer un « bonjour » à l'assemblée. Raphael marmonne une réponse inaudible sans même me jeter un regard ; quant à Cassandra, ses yeux me mitraillent comme si elle voulait m'expédier sur le continent africain.

Comment se faire détester par sa simple présence. Bravo, Zoey. Cela pourrait être le titre de mon futur best-seller, qui sait ?

— Hé, *girl*, lancé-je à Margerita en prenant place en face d'elle.

J'ai un hoquet de surprise. Les sièges sont aussi doux que dans la voiture ! Rita paraît perplexe. Quand je lui adresse un sourire pour masquer ma gêne, elle me le retourne en pointant du doigt la table entre nous.

— Cette coupe de champagne est pour toi.

— Ah bon ? Merci, mais dis-moi, il n'est pas un peu tôt pour s'enivrer ?

— Il n'est jamais trop tôt pour se faire plaisir, glousse-t-elle. Qui sait ? On pourrait être victimes d'un crash. Dans la vie, il ne faut se priver de rien.

Je grimace.

— S'il te plaît, pas de pensées négatives. Avant de mourir, je dois embrasser Channing Tatum sur la bouche… ou Henry Cavill, merde, ils sont tous les deux sexy.

Elle rit bruyamment, attirant l'attention des enquiquineurs sur nous.

— T'es une vraie comique toi. Allez, bois.

Il ne faut pas me le dire deux fois, mais avant de m'exécuter, je risque un coup d'œil vers mon patron, qui a le nez dans sa tablette, puis ingurgite ma boisson pétillante en catimini.

L'hôtesse de l'air, aussi fine qu'un bambou chinois, nous invite à attacher nos ceintures. Une fille encore plus filiforme que moi. J'aimerais bien envoyer sa photo à Janet pour qu'elle cesse de répéter que j'ai la peau collée aux os.

— Mademoiselle ? l'interpelle mon amie. Pourriez-vous nous apporter une assiette de petits fours ?

— Tout de suite.

J'ai l'impression d'être sur un petit nuage. Je suis dans un jet privé, je sirote du champagne, la vie est belle.

Chapitre 6

Après plus de douze heures de vol, je peux enfin retrouver la terre ferme. Mes jambes sont cotonneuses, j'ai la tête qui tourne. Cela ne m'étonnerait pas que je tombe bientôt dans les pommes. J'avais oublié que le trajet pour aller au pays du Soleil-Levant était aussi long. En plus, ce décalage horaire de treize heures qui rend vaseuse…

Et comme si cela ne suffisait pas d'avoir passé autant de temps dans les airs, il a fallu qu'on emprunte un ascenseur pour rejoindre le quarante et unième étage de la tour Shinjuku, qui en compte en tout cinquante-deux. J'ai cru que j'allais vomir à deux reprises. Désormais, je me sens anesthésiée et désabusée, j'ai eu ma dose de sensations vertigineuses.

Tout à coup, les portes de la cabine s'ouvrent. Waouh ! Mes prunelles s'accrochent à un jardin de bambous soigneusement installé au milieu de l'espace. Le Peak Lounge, qui est considéré comme le lieu de vie de l'hôtel, est éclairé par une lumière naturelle se diffusant à travers un atrium de verre. C'est apaisant et magnifique !

Nos mines émerveillées à Margerita et moi en disent long. Nous sommes descendus au Park Hyatt Tokyo, un cinq-étoiles qui est même apparu dans *Lost in Translation*, le film de Sofia Coppola.

Pas concentrée pour un sou, je mets du temps à réaliser que Rita a récupéré nos cartes magnétiques, puisqu'elle s'est chargée de faire les réservations avant que je sois embauchée.

Tout le monde semble occupé, Raphael avec son téléphone collé à son oreille, Cassandra qui admire sa manucure et moi qui bâille à m'en décrocher la mâchoire.

— Tout est nickel, annonce Margerita en revenant vers nous.

Mon patron nous rejoint sans se départir de son habituel air autoritaire.

— Tu as nos chambres ?

Elle opine, passe à la distribution des clés sous forme de cartes magnétiques, puis nous quittons le hall pour rejoindre un autre ascenseur. Mon estomac se rebelle, je ne dissimule pas mon expression dégoûtée à l'idée de m'envoler une énième fois.

Nous montons dans un silence qui ne me perturbe pas plus que ça. Nos chambres ne sont pas situées au même étage, sauf celle de mon patron et la mienne. Margerita est la première à nous quitter en étouffant un bâillement avec sa main. Quand c'est à Cassandra, elle tente le dialogue avec Raphael, qui la rembarre méchamment. Vexée, elle tourne les talons non sans m'avoir gratifiée d'une expression meurtrière.

— Un instant, Zoey, m'interpelle mon boss alors que je déverrouille la porte de ma chambre.

Bon sang, ne voit-il pas que j'ai besoin de dormir ? M'abstenant d'exploser, je fais volte-face.

Il paraît autant exténué que moi, mais son aura magnétique n'en pâtit pas. En comparaison avec lui, je dois ressembler à un épouvantail.

— Prenez le temps de vous reposer. Le rendez-vous de demain soir est très important, alors mettons toutes les chances de notre côté afin de conclure cette affaire. Suis-je clair ?

Vous êtes obscur.

— Oui.

Tandis que ses yeux m'inspectent de la tête aux pieds, je me retiens de réarranger mes boucles brunes.

— Pour cela, votre apparence devra être soignée.

— Êtes-vous en train d'insinuer que je ne sais pas m'habiller ? riposté-je du tac au tac.

— Ça c'est vous qui le dites, pas moi. Nous n'allons pas à un carnaval, ne nous sortez pas un de ces vêtements dont vous seule avez le secret.

Je ravale mon envie de gommer ce rictus narquois de ses

lèvres et celle d'enfoncer mon majeur dans une partie de son anatomie que je ne nommerai point.

— Je ne ferai pas tache, monsieur. Au pire, si vous êtes déçu, vous n'aurez qu'à mettre un sac en papier sur votre tête, ainsi vous ne me verrez plus.

Notre affrontement visuel semble durer une éternité. Son air suffisant envolé, il me fixe avec une intensité qui me coupe partiellement le souffle.

— Vous n'êtes pas drôle, assène-t-il avant de battre en retraite.

Quel crétin ! Je suis cocasse, et lui affiche une expression de constipé.

L'intérieur de ma chambre me laisse pantoise. Je suis au bout de ma vie, mais impossible de ne pas m'extasier sur la déco sobre et les fenêtres qui m'offrent un face-à-face avec le mont Fuji. Époustouflant !

Ayant la flemme de faire une toilette convenable, je préfère me jeter sur le lit comme une étoile de mer. Et je tombe amoureuse. Le matelas est tellement confortable que je sombre presque aussitôt.

C'est un bruit désagréable qui m'extirpe de ma torpeur. Quelle heure est-il ? Pensant avoir halluciné, je tente de me rendormir mais la personne qui frappe à ma porte semble contre.

Par pitié, qui que tu sois, fiche le camp.

Difficilement, j'émerge des draps, m'octroyant quelques secondes d'étirement. À un mètre du battant, je m'arrête prudemment.

— Qui est-ce ?

— Service de chambre, répond-on en japonais.

Sans me faire prier, je laisse entrer le serveur avec une table roulante recouverte d'un petit déjeuner américain dans toute sa splendeur : toasts, œufs brouillés, bacon, pancakes et sirop d'érable. Cette nourriture est faite pour plus d'une personne.

— Attendez, interpellé-je le jeune homme sur le point de se retirer.

Il marque une pause, patientant poliment.

Ah, les Japonais et leur sens du respect.

Dans mon sac à main, je trouve un billet de dix dollars et le lui tends. Après une indécision palpable, ses doigts se referment dessus.

— Merci, dit-il dans ma langue.

De nouveau seule et parce que le sommeil m'a fuie, je me dirige vers ce paradis culinaire. Peut-être devrais-je prendre une douche pour être plus à mon aise… ou pas. La bouffe passe avant tout. Dès la première bouchée, je suis en extase. C'est sûr, je ne laisserai pas une miette.

L'heure du dîner est arrivée. Je n'avais pas besoin des recommandations de mon patron, puisque je sais réveiller mon allure de femme sexy quand c'est nécessaire.

J'ai opté pour une robe droite en satin argenté avec de la dentelle à motifs floraux sur le buste et un col montant. Ma taille est marquée par une ceinture à plis qui se croise pour former un *v* en bas de ma poitrine. Légèrement moulante, cette tenue met en valeur gracieusement ma silhouette fine, surtout que je l'ai accompagnée de sandales à talons d'une douzaine de centimètres. Il faut bien compenser le fait que je suis petite. C'était tout sauf marrant d'être surnommée « la Naine » par mes camarades au lycée.

Une dernière fois, j'admire mon reflet dans le miroir de la salle de bains, me trouvant très jolie, sans prétention. Mes cheveux retombent en boucles dans mon dos. Mon maquillage est discret et en harmonie avec mes vêtements.

Je suis prête. Qu'est-ce que mon boss en pensera ? Pff, je m'en moque. Je ne cherche pas à lui plaire.

Comme j'ai le chic pour être constamment en retard, je ne suis pas surprise d'être la dernière à arriver au lieu du rendez-vous, qui n'est nul autre que le Kozue, l'un des restaurants de l'hôtel qui, d'après les rumeurs, excelle dans la cuisine japonaise.

Alors que je suis plantée près du comptoir d'accueil, mon patron me repère et vient vers moi.

En guise d'une protection vaine, je serre ma pochette contre moi, complètement séduite par sa carrure d'apollon. Il se penche vers moi, me faisant avaler bruyamment ma salive. Je m'interdis de le dévorer du regard. Malheureusement, sans succès.

Dans un blazer à broderie au logo D&G couvrant une chemise en coton mélangé, sa musculature parfaite est aisément soulignée. J'ai conscience de baver en l'observant, mais c'est contre ma volonté. Son corps svelte est une invitation à la débauche et prouve qu'il prend soin de lui.

Mes yeux croisent les siens, mon air béat s'évanouit illico quand j'intercepte le rictus cynique au coin de sa bouche.

— En avez-vous eu pour votre compte, Zoey ?

Sa voix chaude comme la braise teintée d'une nuance sarcastique me fait rougir. Sur la défensive, je tente une riposte digne d'un chameau qui bafouille.

— Je… euh… en fait, ce n'est pas…

— Dorénavant, soyez plus discrète, m'interrompt-il en me décochant un clin d'œil.

Mon cœur fait de la chute libre. Mon patron vient-il réellement de me faire un clin d'œil ?

Je plonge de nouveau dans ses billes métalliques, sentant soudain ma tension faiblir. Un spécimen pareil ne devrait pas exister, il est du genre à pulvériser les culottes !

Bordel ! Calme tes hormones, ma fille, tu transpires d'excitation.

— Raphael.

Le timbre irritant de Cassandra explose ma bulle de rêverie. Mon patron me fait signe de le suivre jusqu'à notre table. J'en profite pour analyser les lieux. La décoration est dans des tons neutres, le parquet en bois foncé. La large baie vitrée sur le côté dévoile une vue imprenable et magique sur la ville qui brille ce soir d'un kaléidoscope de lumières en contrebas.

Quatre personnes sont attablées, dont deux qui me sont étrangères, vêtues de tenues excentriques me rappelant des *cosplayers*.

Raphael entame les présentations.

— Zoey, mon assistante personnelle, qui s'excuse d'ailleurs de son retard, Hayato Kiyowara et Akahito Mastudaïra, dit-il en les désignant respectivement.

Les deux concernés se lèvent, et parce que je connais à peu près leur savoir-vivre, je les salue par une courbette respectueuse.

Alors que son confrère reste réservé, m'accordant un hochement de tête, Hayato sourit et s'approche de moi, prenant mes mains dans les siennes.

Euuuuuhhhhhh ? ! !

— Vous êtes de loin la plus belle femme que j'aie rencontrée de toute ma vie, me complimente-t-il avec un accent à couper au couteau.

Son commentaire élogieux est ponctué d'un baisemain. *Bavemain*, devrais-je souligner. Il a carrément laissé une trace humide au dos de ma main – écœurant –, mais parce qu'il m'a sorti une flatterie cucul la praline, je lui pardonne.

Hayato n'étant pas très grand, j'arrive à le dépasser grâce à mes chaussures. Avec ses joues rondes et son air d'emmerdeur, il me fait penser au gérant du restaurant dans *2 Broke Girls*.

Émergeant de ma léthargie, je me rends compte du silence et des cinq paires d'yeux braquées sur moi. Qu'est-ce que j'ai encore dit ? Puis l'ampoule s'allume en moi.

Ah, ouais, le compliment. Je suis censée répondre, non ?

— Je vous remercie, répliqué-je en retirant ma main des siennes, moites.

J'ai besoin de toute urgence d'un mouchoir.

— Et si nous nous installions ?

La convoitise manifeste dans les yeux bridés de Hayato m'indispose. C'est bien ma veine, ça ! Attirer l'attention d'un mec qui est loin d'être mon genre. Les Japonais ne sont-ils pas censés ne pas être dragueurs ? Il y a visiblement une exception à la règle.

— Tu es ravissante, chuchote Margerita près de moi.

— Toi aussi.

Ses mèches rousses sont réunies en un chignon fouillis, et ses traits soulignés par un make-up *nude*. Elle est très jolie. Mes prunelles tombent ensuite sur Cassandra à l'autre bout, elle est rayonnante. Hayato n'a-t-il pas eu un problème de vue en me désignant comme la plus belle femme ?

Rita s'incline vers moi pour me murmurer à l'oreille :

— Toi aussi, tu trouves que Hayato n'est pas fameux ?

Enfin ! Quelqu'un dit tout haut ce que je pense tout bas ! Je me pince les lèvres pour ne pas rire.

— Dame Nature ne l'a pas gâté question physique.

— Pour quelle autre raison devrait-on l'épouser si ce n'est pas pour le fric ?

Nous gloussons, et j'ai droit à un regard d'avertissement de la part de Monsieur l'Enfoiré. Feignant de ne pas le calculer, je me concentre sur mes couverts.

Quand le dialogue devient sérieux, je prends une claque magistrale en découvrant la fluidité avec laquelle mon patron parle japonais. Cette information m'amène à m'interroger sur le motif de ma présence, moi qui pensais devoir servir d'interprète.

— Mon cher ami, ne soyons pas pressés, nous aurons le temps de venir à bout de cette discussion. Mademoiselle Bridgestone, connaissez-vous le fameux dicton : « Ventre affamé n'a point d'oreilles » ?

Je cille. Qui s'est adressé à moi ? Je deviens le centre de leur attention.

— Oui, dis-je en dégainant mon sourire le plus mielleux.

Ça fonctionne, étant donné que mon interlocuteur, c'est-à-dire Hayato, me sourit en retour. Je me retiens de rire en entrapercevant l'espace au milieu de sa rangée de dents.

Un serveur vient s'enquérir de nos commandes. Éliminons déjà les sushis et sashimis. Comment peut-on manger du poisson cru ? Cette histoire me scandalise. Je choisis de rester sur du classique.

Avant l'arrivée de nos plats, nous partageons une bouteille de saké dans la bonne humeur. On fait une sorte de rituel : je te sers, tu me sers, ainsi de suite.

Mon *masu* rempli du saké, je le récupère et avale avidement son contenu. Un goût doux, imperceptiblement âpre, se répand sur mon palais à mesure que je me désaltère. C'est la toute première fois que je bois du saké, je m'attendais à être dégoûtée, mais c'est loin d'être immonde.

Éberluée de voir Raphael sous un nouveau jour pendant qu'il discute avec Hayato, je le scrute avec insistance. Il a ôté son carcan grincheux au profit d'une expression affable qui le rend plus humain.

Il tourne la tête et surprend mon regard sur lui. Machinalement, je me détourne et fais mine de scanner mes ongles.

Deux verres de saké – que personne ne s'étonne si je décide de danser la villanelle – et une poignée de minutes plus tard, nous sommes servis.

Le bœuf japonais que j'ai choisi me semble appétissant.

— Zoey, ne trouvez-vous pas que ça fait beaucoup de saké ? m'interroge Raphael en haussant un sourcil.

De quoi je me mêle ?

— Pardon ?

— Votre plat est fait à base de saké, et si je ne m'abuse, vous en avez déjà pris deux verres. Lorsqu'on sait que c'est une boisson qui contient environ quinze pour cent d'alcool, il y a de quoi s'inquiéter. Qu'en pensez-vous ?

Je pense que tu devrais aller te faire cuire un œuf.

Parce que je tiens à mon emploi, je garde ma réplique pour moi sans toutefois me priver de le foudroyer du regard.

— Votre inquiétude me touche, monsieur, dis-je avec un sourire fourbe. Mais voilà, je ne suis pas votre enfant, et si vous cherchez à en adopter un pour le sermonner, il y a des orphelinats pour ça, quoique je doute qu'une assistante sociale douée de raison laisse faire.

Sans me soucier de leurs mines consternées et ignorant surtout l'air offusqué de mon patron, je souhaite un bon appétit à notre tablée en japonais.

Les heures s'égrènent dans un climat serein, et le dîner se passe sans accroc. Cassandra, qui s'est montrée taciturne, mérite des applaudissements. Tout le monde est content, parce que les deux entreprises sont parvenues à une entente, qui s'est conclue par la signature du contrat.

La bouteille de saké est officiellement vide, et je suis sans aucun doute pompette, mais je gère la situation.

— Une dernière chose, auriez-vous la délicatesse de petit déjeuner avec moi demain matin, mademoiselle Bridgestone ?

Le ciel me tombe sur la tête, je dessoûle séance tenante.

Pourquoi moi ? Hayato, je te déteste.

— Elle serait enchantée de vous accompagner, répond Monsieur l'Enfoiré.

Pour qui te considères-tu pour prendre des décisions à ma place ? Mon mac, peut-être ?

À mon plus grand désarroi, Hayato attrape ma main.

Achevez-moi !

— Avec joie, marmonné-je, crispée.

Je me rends compte que si je fais ma difficile, il risque de changer d'avis quant aux contrats ; le sort de l'entreprise repose sur moi. Dans la vie, il faut savoir faire preuve d'abnégation, surtout que j'ai une épée de Damoclès au-dessus de la tête depuis que je travaille pour Raphael Lockwood.

Rita lâche un rire moqueur en remarquant ma mine démoralisée, et si Cassandra pouvait m'écraser comme un ver sous son escarpin, elle n'hésiterait pas.

Nous prenons congé. Dans l'ascenseur, je m'impatiente, en proie à un étrange malaise.

Seigneur, prouve-moi ta loyauté en causant un tort de rien du tout à Hayato, comme une entorse à la cheville ou une maladie inopinée qui annulerait immédiatement le rendez-vous de demain, et si tu m'entends, sache que j'irai tous les dimanches à l'église. Amen !

Chapitre 7

Je peux désormais me féliciter, ça fait trois semaines que je suis en période d'essai dans la compagnie Lockwood, et je garde la tête hors de l'eau. On devrait inventer un prix Nobel pour me récompenser de ma patience à digérer les propos acerbes de mon patron sans les dégobiller en retour sur son visage pourtant très agréable à regarder. Il n'est jamais content, trouve systématiquement une remarque caustique à faire sur mon travail, bien que je m'applique assidûment à mes différentes tâches, voulant son approbation.

On ne va pas se mentir, j'ai peur de perdre mon job, c'est pourquoi je me force à avaler des couleuvres, ce qui devient de plus en plus difficile. Son caractère insupportable risque de me faire commettre l'irréparable bien plus tôt que prévu. Au moins, je peux évacuer toute l'énergie négative qu'il me transmet au travers des souffrances que je lui réserve dans mon carnet secret.

Aujourd'hui j'ai le droit de souffler, nous sommes samedi, et qui dit week-end dit être loin du richissime arrogant. Alléluia ! La seule mauvaise nouvelle est que j'ai chopé une rhino. Le nez tantôt bouché tantôt qui coule, le fond de la gorge irrité, j'ai la tête lourde et je me coltine un paquet de Kleenex.

Ma semaine a été épuisante, entre les rendez-vous à organiser à droite, les mémos à rédiger à gauche, les allers-retours au pressing et le café à servir, si l'on y ajoute le changement climatique, c'était prévisible que je tombe malade. Mes anticorps ont cédé.

— Comment te sens-tu ? Tiens, avec ça, tu iras mieux.

Ryan dépose sur le plaid qui me recouvre partiellement un

plateau chargé d'une soupe au poulet. Sentant poindre les chatouilles de l'éternuement, je grimace.

— Ça peut aller. Merci, c'est gen… ATCHOUM !

— À tes souhaits.

— Merci, répété-je en me frottant le nez.

Cela ne m'étonne pas d'être enchantée dès la première bouchée, car s'il y a bien un domaine dans lequel Ryan bat les filles de cet appart, c'est la cuisine. Il est largement plus doué que moi qui sais à peine remuer une sauce sans brûler le fond de la cocotte-minute…

— C'est délicieux, commenté-je en soupirant de satisfaction, et j'arrive même à sentir comme ça purifie et décongestionne mes voies respiratoires.

— Content que ça te fasse du bien.

Il se laisse tomber à l'angle du canapé, soulevant mes jambes pour s'installer correctement avant de les reposer sur ses cuisses une fois qu'il s'est mis à son aise.

Tout en avalant, je lutte contre la lourdeur de ma tête et ma fatigue.

— Zoey ! s'écrie Gwen en faisant irruption dans le salon comme une furie. Mon père et ma mère m'ont appelée et ils seront là d'ici quelques heures, ils viennent pour le week-end.

Sonnée par la nouvelle, je ne relève pas le « mon père » et tente de me redresser, oubliant pratiquement le plateau en équilibre sur mes genoux. Heureusement que Ryan est là pour anticiper la catastrophe.

Nom d'un chien ! Ils vont m'engueuler quand ils apprendront que j'ai trouvé un boulot et que je ne leur en ai pas parlé. Mon père en fera toute une scène tandis Janet, qui est plus douce et son exact opposé, me permettra de me justifier et comprendra par la suite. Cette femme est la mère compatissante et magnanime que tout le monde rêverait d'avoir. Tout le contraire de Gwen.

— Quoi ? m'étranglé-je. Et pourquoi ce n'est que maintenant que tu me le dis ?

— Parce qu'ils viennent de me l'annoncer, répond-elle en

m'évaluant avec arrogance. Estime-toi heureuse que j'aie eu l'amabilité de t'informer, sinon tu aurais eu une belle surprise.

— Waouh ! Tu as tellement le cœur sur la main que j'en ai les larmes aux yeux. Est-ce que là je me montre assez reconnaissante ?

Nous nous défions hargneusement. Elle affiche un rictus mauvais en renchérissant :

— Remercie-moi également d'avoir dit à papa que tu avais décroché un nouvel emploi qui te monte doucement à la tête, au point que tu as oublié de l'annoncer à ta famille.

Mes épaules s'affaissent comme si je sentais une tornade s'abattre sur moi.

Sale petite garce.

J'ouvre la bouche, la referme, serre les poings en combattant mon envie irrépressible de me battre avec elle.

— Ce n'était pas à toi de le faire, objecté-je avec un calme olympien trompeur.

— Que veux-tu ? Je suis incapable de garder un secret.

Ça ne sert à rien qu'on se crêpe le chignon, il y a bien plus important. C'est la première fois que nos parents viennent nous rendre visite depuis que je vis avec Gwen et forcément, je suis stressée. Il faut que je trouve une façon d'amadouer mon père pour qu'il me ménage au cas où il serait énervé.

— Ryan, est-ce que tu peux t'occuper de faire à manger s'il te plaît ? De nous trois, tu es le cordon-bleu. Et pendant ce temps, nous, on va essayer de faire un peu le ménage par ici.

— « Nous » ? s'offusque Gwen. Pour qui te prends-tu au juste pour m'inclure dans tes délires, ma siamoise ?

Un rire jaune s'élève de ma gorge.

— Détends ton string, sœurette, tu ne risques pas de te casser un ongle en utilisant le balai. Et si t'es tellement inquiète, je me charge de payer ta prochaine manucure.

— Arrête de te foutre de ma gueule, je n'aime pas ça, grogne-t-elle.

— Commence par donner l'exemple et je te suivrai, poursuis-je malicieusement.

— Ne faites pas ça, nous implore Ryan. Pas de dispute entre vous, surtout aujourd'hui. Je suis OK pour la cuisine.

Il prêche dans le vide. Pour ma part, j'aime Gwen même si j'ai parfois envie de plonger sa tête dans la cuvette des toilettes, mais elle montre une profonde antipathie à mon égard.

Je les abandonne au salon elle et Ryan alors que ce dernier se prend un revers dans sa tentative de médiation.

Une demi-heure plus tard, après avoir passé un coup de balai dans la pièce principale, je me retrouve en train de faire mon lit. Je plie ensuite mes habits qui sortent de la machine à laver et les range dans la penderie. Ceux qui traînent sur le parquet rejoignent le panier à linge au coin.

Je vérifie que tout est nickel avant d'aller prendre une douche. Je quitte la cabine quinze minutes après y être entrée en m'étant assurée qu'il ne restait plus aucune goutte d'eau chaude pour Gwen.

Elle s'en mordra les doigts. Mouahahaha !

Comme d'habitude, Ryan a fait un taf impeccable. Au menu : macaronis au crabe, poisson frit, poisson-chat grillé – que je m'abstiendrai de manger. En grands fanatiques du poisson, mes parents seront servis, on n'attend plus que leur arrivée. Et en guise de dessert, nous avons des cupcakes à la cannelle.

— Arrête de t'agiter comme une puce, ordonne Gwen à son petit ami. Tu vas me filer le tournis, agis comme un homme pour que tout se passe bien.

Je refuse de me marrer en pinçant les lèvres. Ryan est très impressionné par nos parents, surtout par mon père. J'ai appris que lors de leur première rencontre, à l'occasion des fêtes de Pâques, il avait failli faire sur lui. On ne se connaissait pas encore, car j'étais à la fac dans un autre État.

— Je ne le fais pas exprès, ton père est intimidant, tu ne vas pas le nier.

— Pas faux.

— Bois un coup avec moi pour décoincer ton fion, proposé-je en levant mon mojito fait maison.

Gwen contre-attaque :

— En plus d'être vulgaire, elle paraît soûle. Quelle honte !

La sonnette de l'appart qui retentit me fait ravaler ma repartie cinglante. Étrangement, je me sens moins nerveuse. La peur m'ayant désertée, je vais ouvrir la porte.

— Mon p'tit papa, lancé-je joyeusement. Maman !

Les bras écartés, prête à enlacer mon père, je me fais méchamment rembarrer. Affichant une expression indignée, il m'arrête d'une main. Janet roule des yeux et, sans le calculer, me serre contre elle.

— Qu'est-ce que tu m'as manqué, mon bébé, chuchote-t-elle le timbre noué par l'émotion.

Même si Janet est aussi petite que moi, elle a une force colossale.

— Toi aussi, maman, avoué-je en m'écartant d'elle.

C'est maintenant au tour de Gwen de ressentir la puissance d'un câlin maternel. Je referme derrière eux. Mon père examine Ryan de la tête jusqu'aux pieds en demeurant immobile tel un lord commandant.

— Jeune homme, d'après ce que je constate, vous vivez toujours aux crochets de ma fille.

— Si tu insinues que Ryan est un gigolo, sache que tu te trompes, interviens-je. Tous les trois, nous sommes en colocation.

Mon père pivote à moitié, me faisant face, les sourcils froncés.

— Zoey… tu m'as beaucoup déçu.

— Oh ! papa, ne dis pas ce genre de choses, c'est blessant.

— Il a fallu que j'apprenne par ta sœur que tu avais décroché un poste d'assistante dans une entreprise de renom. Pourquoi ne pas nous l'avoir dit ? Un coup de téléphone à tes vieux parents ne t'aurait pas tuée.

— Ce qui est certain, c'est que je vous l'aurais dit tôt ou tard.

— J'aurais aimé que ce soit « tôt ».

— Je suis désolée, papa, c'est un simple oubli de ma part. Je ne pensais pas à mal, et je voulais m'assurer de ne pas perdre mon job du jour au lendemain avant de vous l'annoncer, histoire de ne pas vous donner de fausse joie.

— Est-ce que tu te comportes mal au point de risquer ta place au sein de cette société ? m'interroge-t-il, suspicieux.

Merci pour la confiance parentale.

— Pas du tout, protesté-je, sur la défensive. Mon patron est, comment dire…

— C'est un connard ?

La voix de Janet qui s'élève dans mon dos me tire un rire. Elle ne mâche pas ses mots.

J'ignore pourquoi je ne le crie pas à pleins poumons – OUI, C'EST UN CONNARD SUPRÊME –, je préfère garder cette info pour moi.

— Il est comme tous les patrons… pas facile, éludé-je. Au fait, il y a du poisson-chat grillé, je sais que vous en raffolez.

— Ah oui ? s'intéresse mon père. Il fallait commencer par là, c'est formidable.

— C'est Ryan qui a fait la cuisine.

— Mmm, je comprends d'où vient cette délicieuse odeur, ça m'aurait étonnée que nos filles soient derrière ce chef-d'œuvre, roucoule Janet d'un air ravi.

Après une brève prière, nous entamons le dîner, laissant à nos parents le plaisir de se servir les premiers. Dès qu'elle a goûté un morceau dudit poisson, Janet hoquette, suivie de près par mon père. Nous nous raidissons tous ensemble au silence qui s'abat sur la pièce, mon pouls s'accélère. S'ils prétendent que c'est dégoûtant, j'aurai de sérieuses raisons de douter de leur palais, car s'il y a un sujet indiscutable, c'est bel et bien le talent culinaire de mon ami. La preuve, il a récemment envoyé sa candidature dans un restaurant très prisé de Hell's Kitchen.

— Mon Dieu ! s'écrie Janet.

Ryan frôle la syncope.

— Je n'ai jamais rien mangé d'aussi…

Je suis quasiment suspendue à leurs lèvres. Mon père fait signe à ma mère d'arrêter, tous deux ont une conversation muette, puis il enchaîne :

— C'est excellent.

— Divin, adjuge Janet en opinant. Où as-tu appris à cuisiner ainsi, mon garçon ?

Un soupir m'échappe, ils ont fait tout ce cirque pour finalement avouer qu'ils apprécient ?

Ryan s'empourpre. Je n'ai jamais vu quelqu'un aussi embarrassé par les compliments. Ça ne le rend que plus touchant.

— Ma mère, explique-t-il après avoir avalé de l'eau pour reprendre contenance. Quand j'étais petit, j'adorais l'observer préparer des plats et tout ce qui va avec. Souvent, on le faisait ensemble.

De la nostalgie accompagnée d'une douce mélancolie se dessine sur ses traits chaque fois qu'il évoque sa mère atteinte de bipolarité qui est décédée lorsqu'il était jeune. Il lui reste son père ; celui-ci réside à Seattle, il s'est remarié et est devenu père de deux autres enfants.

— Elle doit être fière de toi. Tu te rends compte qu'en matière de cuisine, pas une de nos filles ne rattrape l'autre ? s'enquiert Janet auprès de mon père.

Ce dernier secoue la tête, débarrassé de toute illusion.

— C'est terrible.

Ryan reçoit inlassablement des appréciations de la part de mes parents tout au long du repas. Moi aussi, je lui fais savoir qu'il m'a conquise. Tout était bon au point que j'ai léché mon assiette, ce qui m'a valu un regard réprobateur du paternel.

Il est plus de 21 heures quand nous passons au dessert accompagné de tasses de café.

— Si tu vivais à La Nouvelle-Orléans, je me serais fait une joie à l'idée de t'embaucher dans notre restaurant, relance Janet. Tu as un talent qui mérite d'être apprécié par plus de quatre personnes.

Mon père raconte une anecdote ayant trait à la première fois qu'il a goûté la nourriture de Janet. Je l'écoute attentivement quand la sonnerie de mon téléphone perturbe ma concentration.

Il m'adresse un regard curieux, et j'esquive en sortant une excuse bidon pour aller dans ma chambre. Un numéro inconnu s'affiche. On m'appelle peut-être pour me dire que je suis l'heureuse gagnante de la modique somme de deux milliards de dollars.

Rêve doucement.

— Allô ? dis-je après avoir décroché.

Une voix braille aussitôt :

— Bridgestone !

Mon cœur rate trois battements ; c'est mon patron. Au fil du temps, j'ai appris à reconnaître son intonation éraillée.

Je couine :

— Oui ?

Pourquoi me contacte-t-il à cette heure ? Qu'ai-je fait de mal ? Oh non, la peur me noue les tripes.

— J'ai besoin de vous immédiatement.

Ouf. S'il a besoin de moi, cela signifie que je ne suis pas renvoyée.

Pas encore, me rappelle cette voix diabolique.

— Quoi ?

— Vous n'êtes pas sourde, signale-t-il d'un ton cinglant. Vous devez aller au bureau chercher des dossiers que vous apporterez ensuite chez moi.

Il se montre si impérieux que je frémis involontairement.

— M… Maintenant ?

— À votre avis, que signifie immédiatement ?

Je l'imagine sans mal lever les yeux d'agacement.

— Je suis désolée, monsieur, mais je ne me sens pas bien, balbutié-je en sachant pertinemment que mon refus signe mon arrêt de mort.

Il soupire bruyamment.

— Dois-je vous rappeler ce que vous êtes ? Vous êtes mon *assistante.* Vous restez à ma disposition à toute heure et quand je vous ordonne de faire quelque chose, vous obéissez sans vous plaindre. Compris ?

— J'en suis consciente, cependant…

— Compris ? répète-t-il si brutalement que j'en ai un soubresaut.

Je me retiens de lui dire d'aller se faire foutre.

— Compris.

— Parfait. Ne vous égarez plus à me reprendre lorsque je vous commanderai quelque chose. Je vous envoie mon adresse et le nom du dossier que vous devez récupérer. Soyez là dans une demi-heure ou vous pouvez d'ores et déjà emballer vos affaires.

— Crétin ! m'insurgé-je après qu'il a raccroché.

La sonnerie m'avertissant d'un nouveau message m'arrache un autre sursaut. Il ne perd pas de temps, le con.

Faisant défiler mon doigt sur l'écran, je remonte à un SMS antérieur, le fameux jour où mon patron m'a prévenue qu'un chauffeur viendrait me chercher.

Il me faut cinq secondes pour percuter un truc démentiel. J'AI LE NUMÉRO DE MON BOSS. Putain !

Chapitre 8

Je vais tuer mon boss ! Ce ne sont pas des paroles en l'air. J'envisage sérieusement de le trucider et de vendre ensuite ses organes au marché noir. Tiens, encore une idée géniale que je vais noter dans mon carnet. Je n'arrive pas à croire qu'il m'ait fait quitter l'appartement à plus de 21 heures. N'a-t-il donc aucun respect pour moi ? Je sais qu'une assistante est parfois amenée à travailler en dehors de ses heures de bureau et doit par conséquent rester disponible au cas où on aurait besoin d'elle, mais il n'a même pas pris en considération le fait que je ne me sentais pas bien.

Mes parents ont été surpris de me voir quitter la maison à fond la caisse, et j'ai été obligée de leur dire que c'était une question de vie ou de mort. Ils ont cru que j'exagérais, cependant ils n'ont aucune idée de qui est Raphael Lockwood. Si je ne ramène pas mon postérieur chez mon boss, je risque le chômage, ce qui équivaut à une mort lente et douloureuse.

Je m'engouffre précipitamment dans les locaux de l'entreprise et présente mon badge au réceptionniste de nuit, qui ne manque pas de me soumettre à un interrogatoire digne d'un roman policier. Oh ! je ne suis pas venue dérober des infos en catimini. Si tel avait été le cas, je me serais montrée plus inventive.

L'instant d'après, je suis dans le bureau de mon patron et je mets la main sur le dossier au bout d'une minute.

— Avez-vous trouvé ce que vous cherchiez ? me questionne le réceptionniste dès que j'apparais dans son champ visuel.

— Ouais ! grogné-je en exhibant la chemise à sangle.

À l'extérieur du bâtiment, je hèle vivement un taxi, lui indique l'adresse depuis la banquette arrière et… éternue en manquant de peu de me cogner le front sur le siège avant. Merde ! Dans mon empressement, j'ai oublié mon paquet de Kleenex.

Environ un quart d'heure plus tard, le véhicule s'arrête au pied d'un immeuble qui me coupe le souffle. Il n'arrive pas à la cheville de celui de la société de construction Lockwood, mais qu'est-ce qu'il est imposant ; un gratte-ciel digne de l'Upper East Side. Les portes fermées m'incitent à me ruer sur les noms de l'Interphone. Je repère celui de mon boss, Raphael Harrison Lockwood, avant de presser mon doigt sur la touche à côté.

— Oui, c'est qui ?

Cette voix d'enfant n'est certainement pas celle de Monsieur l'Enfoiré. Est-ce que je me serais trompée par hasard ? Pas d'après ce que j'ai sous les yeux.

— Euh… salut. Est-ce que M. Lockwood est là ?

— Qui le demande ?

— Zoey, je suis son assistante, et il m'a donné rendez-vous ici.

Plusieurs secondes s'écoulent avant qu'elle enchaîne :

— OK, je préviens les réceptionnistes pour qu'ils vous laissent passer.

L'instant qui suit, je traverse les portes coulissantes et progresse jusqu'aux ascenseurs en saluant d'un signe de tête les deux hôtesses d'accueil, qui répondent poliment. Dans la cage métallique, je suis sur le cul en réalisant que les chiffres sont remplacés par les noms des habitants. Éberluée, j'appuie sur celui qui m'intéresse.

OH. MY. GOD !

Je suis sur le point de découvrir l'antre de mon patron. Si au début, j'étais énervée, maintenant, je me sens un chouïa fébrile. Mon cœur va même jusqu'à se taper de puissantes embardées.

Machinalement, je glisse une main dans ma tignasse ondulée et scanne ma tenue, zut ! Je suis sortie avec un pull en cachemire transparent à bords francs, un jean *boyfriend* gris délavé, et des baskets basses en cuir. D'ailleurs, je me fiche *un peu beaucoup* de ce qu'il en pensera.

Hum, tu crois ?

Évidemment.

Après une montée interminable, les portes de la cabine s'ouvrent sur une fillette de moins de dix années. Silencieuse, elle m'étudie, un brin perplexe, me donnant la sensation de passer sous une IRM. Puisqu'elle ne se gêne pas, je la scrute à mon tour.

Ses cheveux châtains à l'aspect soyeux effleurent son dos, ils encadrent un visage de poupée avec un nez délicatement recouvert d'éphélides. Elle a des yeux verts malicieux. Cette gamine mériterait d'être sur des magazines pour enfants tant elle est jolie.

— Hey ! lancé-je, souriante. Je suis Zoey, et toi ?

Elle se déride bientôt, me dévoilant une lignée de dents de lait. Avec un naturel qui me scotche, elle me tire par le bras afin de m'extirper de la cage métallique.

— Raphaella.

Je reconnais bien là le timbre de l'Interphone. Je fronce les sourcils, car son prénom aussi joli me rappelle celui de mon patron, et car L'ASCENSEUR DONNE DIRECTEMENT SUR UN PENTHOUSE. BORDEL !

Subjuguée, j'observe ce qui m'entoure. Nous passons devant un escalier en colimaçon pour pénétrer dans une vaste pièce de vie qui me laisse béate. D'immenses fenêtres incurvées allant jusqu'au plafond offrent une vue panoramique imprenable sur les constructions extérieures, à l'instar de Central Park.

Le sol, essentiellement fait de marbre, est en harmonie avec les tons clairs utilisés dans cette gigantesque pièce. Dans un espace, le salon abrite deux canapés d'angle en cuir parallèlement séparés et une table basse avec un plateau en verre. Un piano à queue et une cheminée à double face complètent en beauté ce coin. Sur ma droite, je découvre une cuisine américaine ouverte couleur noyer foncé avec des comptoirs incrustés de dalles de pierre. Des chaises Charles & Ray Eames entourent un îlot en marbre blanc avec une corbeille de fruits variés en son centre, tandis que des lampes originales allient modernité et élégance.

Ma foi, cet endroit n'aurait-il pas déjà fait la une d'un célèbre magazine spécialement réservé aux penthouses de luxe ? Comme si ce n'est pas suffisant, je réalise, sidérée, qu'une piscine avec un jardin de toiture se dresse devant moi.

J'ignore par quel miracle je parviens à m'arracher à la contemplation de ce penthouse et je baisse les yeux sur Raphaella. Interceptant son sourire goguenard, je comprends que je me suis laissée aller.

— Quoi ? grommelé-je.

— Tu baves.

Eh oui, prends-toi ça dans les dents.

Je suis tellement interloquée que j'en oublie de me défendre. J'éclate d'un rire nerveux. Malgré moi, je vérifie d'un geste de la main qu'aucune salive ne coule sur mon menton.

— Ha ha, très drôle. Raphaella, c'est bien ton prénom, non ? Dans ce cas, tu dois être la petite sœur de M. Lockwood, est-ce…

— Sa petite sœur ? m'interrompt-elle, hilare. Pas du tout, je suis sa fille.

Uppercut dans la figure. Je m'étrangle, ressemblant probablement à une poule qui s'étouffe avec un grain de maïs.

Comment est-ce possible ? M. Lockwood a une fille. Non pas que ce soit impossible, en fait, oui, ça l'est.

— Quel âge as-tu ?

— Sept ans.

Waouh ! Cela signifie qu'il l'a eue très jeune. Margerita devra se justifier pour avoir omis de partager avec moi ce détail. Je suis incapable de cacher ma stupéfaction. Ce n'est qu'à présent que la bombe a explosé que je constate combien elle ressemble à Raphael.

— Toi aussi, tu ne t'y attendais pas, hein ? déclare-t-elle, amusée. C'est la même chose à chaque fois qu'une personne qui ne nous connaît pas apprend la nouvelle.

Sa facilité à parler force le respect.

— Avoue qu'il y a de quoi. Depuis trois semaines que je travaille pour ton père, j'étais loin de m'en douter.

— Tu es sa nouvelle assistante ? Il m'a dit qu'il en avait une, celle qui était là avant toi était apparemment trop vieille et ne faisait plus correctement ce qu'il attendait d'elle.

Tel que je connais le caractère de Raphael, cela ne m'étonnerait pas que la pauvre femme ait hurlé sa rébellion.

— Où est-il ?

— Sous la douche, m'apprend-elle en pointant du doigt le plafond. Est-ce que tu veux un mouchoir ? T'as de la morve qui coule et ton nez est tout rouge. T'es enrhumée ?

Mortifiée, je presse instinctivement mes narines en acquiesçant. Elle s'éclipse, revient moins d'une minute plus tard munie d'une serviette jetable en papier.

— Vas-y, de toute façon ça terminera à la poubelle.

Cette gamine paraît plus mature que moi. Puisqu'elle me le propose, je ne vais pas me gêner. Je me mouche à deux reprises et éternue trois fois sous son regard espiègle.

— Tu veux boire un chocolat chaud avec moi ? Comme ça on pourra apprendre à mieux se connaître.

— Euh...

Sans attendre ma réaction, elle saisit mon poignet et m'entraîne à sa suite jusqu'à la cuisine.

— Assieds-toi, lâche-t-elle quand je demeure immobile.

Elle se hisse sur sa chaise et prend son mug à pleines mains.

— Tu veux que je t'en prépare un ? J'ai fait le mien et mon père dit que je fais le meilleur chocolat du monde. Je t'aurais bien proposé de boire dans ma tasse, mais je ne veux pas attraper tes microbes. Le rhume est contagieux, tu sais ça, non ?

Mais c'est quoi cette gamine ? Mon rictus est crispé, elle arrive à me rendre nerveuse.

— Merci, mais non, ça ira.

Elle hausse les épaules et se met à me raconter des bribes de sa vie qu'elle juge passionnantes du haut de ses sept ans. Cette gosse plus bavarde qu'une pie me tire un sourire. Généralement, je suis maladroite avec les enfants, ils me foutent une peur bleue, c'est pour ça que j'ai été sur la réserve en rencontrant Raphaella, mais avec elle il y a des progrès.

La fille de Raphael se racle la gorge, ramenant ainsi mon attention sur elle. Un petit rire m'échappe tandis que je fixe la moustache de lait au-dessus de sa lèvre.

— Qu'est-ce qui te fait rire ?

— Rien, rétorqué-je en m'asseyant. Alors qu'est-ce que tu racontes de beau ?

— Tu veux bien me parler de toi ?

— Qu'est-ce que tu veux savoir ?

— Pour commencer, ton âge.

— Vingt ans.

— Waouh, dit-elle en comptant sur ses doigts. Un, deux, trois, quatre, cinq, six, sept, huit, neuf, dix…

— C'est génial, tu sais compter.

— Oui et aussi réciter l'alphabet, je suis la plus intelligente de ma classe.

Bonjour la prétention ! La pomme ne tombe jamais bien loin de l'arbre.

— Tu aimes travailler avec mon père ? C'est le meilleur papa de tout l'univers ! s'exclame-t-elle en ouvrant les bras.

Mais un boss chiant !

— Tu n'as même pas idée à quel point j'aime travailler pour lui, marmonné-je. Je vois en lui le grand frère pas du tout détestable que j'aurais aimé avoir. Ton père n'est absolument pas le diable incarné, c'est un ange.

— Ces paroles dithyrambiques me vont droit au cœur, Zoey, raille une voix profonde dans mon dos.

Raphael.

Je tressaille. Je suis d'autant plus déconcertée que je me demande depuis combien de temps il se trouve derrière moi.

— Pourquoi n'es-tu pas encore au lit, Ella ? enchaîne-t-il d'un ton bourru à l'intention de sa fille.

— J'ai faim, réplique-t-elle du tac au tac.

— On a déjà dîné, soupire-t-il. Ne commence pas avec tes caprices.

— Mais papa, si je m'endors sans que mon estomac soit

plein, je vais faire des cauchemars. Mes copains disent que je suis rachitique, donc il faut que je sois bien nourrie.

J'entends son père grogner des mots inintelligibles et n'ose pas me retourner pour le regarder.

— Ce sont des cons.

— Pas de gros mots, papa !

— Va te coucher !

La petite se rembrunit et croise les bras, bien décidée à affronter le gorille. Le silence accueille l'injonction de son paternel.

— Zoey !

Un frisson ondule le long de mon échine. Je déglutis.

En pivotant, je sens ma mâchoire se décrocher. Monsieur l'Enfoiré n'est nullement gêné de se montrer torse nu. Il a en tout et pour tout un pantalon de jogging en cachemire qui tombe à la perfection sur ses hanches. *Mamma mia !* Je suis des yeux le *v* qui disparaît sous l'étoffe, appréciant également ses abdos écorchés et le tatouage sur son flanc. Aucune anomalie dans sa physionomie. Un regard et les petites culottes des demoiselles en chaleur s'envolent. J'en suis l'exemple.

— Zoey !

Deuxième fois qu'il m'interpelle. Je recouvre mes esprits in extremis, me composant une expression que j'espère neutre. Avec indolence, il s'approche de moi. À chaque pas qu'il fait dans ma direction, mon cœur danse la macarena.

— Vous ne faites vraiment pas d'efforts, murmure-t-il avec un air facétieux.

— Quoi ?

Son odeur corporelle mêlant des agrumes et des notes boisées m'enivre. Un désir irrépressible de l'embrasser m'aiguillonne, raison pour laquelle je me mords l'intérieur de la joue, jusqu'au sang, espérant que cette douleur efface de ma mémoire ces pensées ridicules.

— Manifestement, vous appréciez la marchandise, susurre-t-il si bas que je me retiens de gémir.

Ma parole, je suis tarée.

Il va falloir que je me montre inexpressive. OK, je ne suis pas insensible à son charme, mais si chaque fois j'étale mes émotions, je ne vais pas faire long feu, et il ne fera qu'une bouchée de moi.

— Le dossier comme convenu, dis-je en lui passant la chemise. Bonne soirée, monsieur Lockwood !

— Tu t'en vas sans me dire au revoir ?

J'observe Raphaella par-dessus mes épaules.

— Bye, ma puce.

— J'espère te revoir très vite, se réjouit-elle avec un signe de main.

En tout cas, elle est plus adorable que son géniteur.

— Moi de même.

Par inadvertance, j'ai le malheur de croiser les yeux pers de Raphael.

Bon sang, que mon estomac cesse de cabrioler de la sorte ! On n'est pas dans un manège.

J'emprunte le chemin de l'ascenseur au moment où il s'exclame :

— À lundi, *Zoey* !

Mon cœur dégringole et a un mal fou à retrouver son écrin. Il ne faut surtout pas que je devienne accro à la façon dont il prononce mon prénom, mais je ne parviens pas à faire disparaître le sourire niais apparu sur mes lèvres.

Chapitre 9

— Merci, lancé-je à la caissière en récupérant ma commande.

Une fois sortie, j'inspire une bouffée d'air frais automnal et reprends ma route d'un pas léger. Aujourd'hui je me sens apaisée, ce qui est paradoxal lorsqu'on sait que c'est une journée de supplice qui m'attend. Dans le hall de l'entreprise, je distribue des sourires à qui croise mon chemin.

Arrivée à l'étage, je tends un *macchiato* caramel à Margerita derrière son comptoir d'accueil.

— Merci, mon ange tombé du ciel, déclare-t-elle avec reconnaissance.

— Arrête, je vais rougir, plaisanté-je.

Elle rit aux éclats et me remet une chemise.

— Je t'ai un peu aidée avec les rendez-vous du jour de Raphael, il ne te reste plus qu'à les lui communiquer.

— Et c'est moi que tu traites d'ange ? T'es bien plus que ça. Merci beaucoup.

— De rien, entre copines, on se donne un petit coup de pouce, non ?

— Oh que oui.

Dans le bureau de mon patron, je dépose son café sur son secrétaire avant d'y faire un rangement sommaire, puis je rejoins le mien. Je me débarrasse de mon manteau et m'attelle à ma tâche.

Une demi-heure plus tard, une lumière rouge clignote sur le fixe. Je me relève prestement, défroisse ma jupe tailleur et vais à l'abattoir.

— Bonjour, monsieur.

Il me domine de son regard camaïeu, que je tente tant bien que mal de soutenir.

— Bonjour, Zoey, prenez place. Est-ce que j'ai toute votre attention ?

— Oui.

— Étant donné que vous n'avez pas de bloc-notes, j'en déduis que vous vous souviendrez de tout ce que je vous dirai.

— J'ai une excellente mémoire.

Ne me fixe pas comme ça, je risque de te sauter dessus.

— À midi, j'ai un déjeuner important avec des clients français. Faites une réservation pour trois dans le restaurant que vous jugerez apte à nous combler.

Quelle responsabilité !

— Donc j'ai carte blanche ?

— Exactement ! Un endroit qui réunit nos deux mondes, dans lequel ils se sentiront à l'aise, comme s'ils étaient chez eux.

On dirait une sorte de test. Bien sûr que ça l'est, c'est la première fois qu'il me confie une responsabilité autre que des traductions ou des mémos.

— Bien, monsieur.

— Faites plutôt une réservation pour quatre personnes, vous serez à mes côtés.

Ce sera la deuxième fois que j'assiste à un déjeuner d'affaires avec lui, si on oublie l'excursion au Japon.

— OK.

— Je crois que tout a été dit, vous pouvez disposer.

Je suis sur le pas de la porte lorsqu'il s'indigne :

— Et la prochaine fois que je trouve un café froid sur mon bureau, je vous tue. OK ?

Pas si je te tue avant.

Dans mon bureau, je m'affale sur mon siège en cuir, tourne plusieurs fois sur moi-même et grignote un beignet avant de me rendre compte que j'ai oublié de lui communiquer ses rendez-vous. Il me demande de tout annuler quand je l'en informe par téléphone, tant mieux. Ce que je fais.

Je consulte ma montre, j'ai un sursis : je peux terminer de

bosser sur le projet en cours avant de faire une réservation. Une tâche périlleuse en moins.

— Ça me plaît de vous voir concentrée.

Sa voix me fait sursauter. Je me redresse et dénoue mes doigts en les étirant. Quelle heure est-il ? Je n'ai pas vu le temps défiler.

— Cela prouve que vous n'êtes pas toujours tête en l'air.

Je me retiens de dégainer mon majeur. Ses piques me rappellent que c'est un enfoiré qui ne mérite pas que je m'extasie devant lui.

— Ça fait longtemps que vous êtes là ?

— Cinq minutes.

— De quelle façon puis-je vous aider, monsieur ? Avez-vous besoin de quelque chose ?

— Simplement de savoir dans quel restaurant on va manger.

Saperlipopette ! Les yeux transformés en soucoupe, je reste muette d'effroi. Ce n'est pas possible. Comment ai-je pu oublier d'accomplir cette mission primordiale ? Je pensais que j'aurais le temps de terminer mon premier taf et par la suite de faire cette réservation. Il faut croire que non, je suis cuite.

Nerveuse, je me racle la gorge. Aucun mensonge tiré par les cheveux ne me sortira de la merde que j'ai créée.

— Euh... hum, comment vous l'annoncer...

— Vous avez oublié de faire ce que j'attendais de vous, déduit-il calmement.

— Non ! m'écrié-je trop vite pour que cela soit sincère. En fait, j'ai téléphoné dans tous les restaurants susceptibles de vous plaire, mais il y en a qui sont déjà pleins ou n'ouvrent pas le lundi.

— Donc, vous voulez me faire croire que dans toute cette ville, il n'y a pas un putain de restaurant disponible pour nous ?

Il fulmine. Cela ne m'étonnerait pas d'apercevoir de la fumée lui sortir par les oreilles s'il continue de me dévisager aussi amèrement. Est-ce le signe que je dois faire mes dernières prières ?

J'avale bruyamment ma salive.

— C'est exact, couiné-je.

Bon sang ! Je suis une vraie idiote qui ne cesse de s'enfoncer. Je me rencogne dans mon siège et me creuse les méninges sous son regard inquisiteur. Je n'ai pas le choix, il faut que je trouve le moyen de réparer ma boulette, c'est vital pour ma survie. Cependant, rien ne me vient, je suis à deux doigts de fondre en larmes.

— Zoey, jusqu'ici je pouvais fermer les yeux sur vos petites erreurs…

Mon cœur se comprime. Je conçois sans peine ce qui va suivre. Non ! Il ne peut pas me faire ça.

— Donnez-moi une dernière chance, je vous en prie, monsieur. D'ailleurs, j'ai une idée, rétorqué-je à brûle-pourpoint.

Il paraît intéressé.

— Dites-moi donc laquelle, se moque-t-il.

— Je vais réessayer de réserver tout de suite. Vous verrez, cela ne prendra qu'une minute.

— Une initiative hors du commun, hein, ironise-t-il.

Quand il fourrage dans sa tignasse épaisse, ses muscles se tendent sous son gilet à cinq boutons. Je tire sur ma lèvre en m'admonestant. Ce n'est pas le moment de fantasmer.

Je fais une recherche sur mon navigateur et ouvre une liste de restaurants de la ville et leurs numéros. J'en compose un au hasard et tombe sur le répondeur. *Shit !*

Pas la peine de paniquer. Il reste une dizaine de restos à essayer. Lorsque je raccroche pour la troisième fois avec un échec patent, Monsieur l'Enfoiré change de position, ses pupilles me sondant.

Ils se sont tous donné le mot ou quoi ? Soit ils ne décrochent pas, soit ils sont complets. Le nom de Lockwood leur est-il inconnu ou c'est la malchance qui me poursuit ?

— Il est 11 h 30. D'après vous, qu'est-ce que ça signifie ? me demande-t-il en arquant un sourcil.

— En trente minutes, tout est possible.

— OK, Jésus, changez donc de l'eau en vin.

— Vous blasphémez.

— Tic-tac, tic-tac, je sens qu'une personne sera virée aujourd'hui, mais qui donc ?

Salaud !

Avec moi, il fonctionne au chantage. Depuis que je travaille pour lui, pas un jour ne s'est passé sans qu'il me menace. L'éventualité d'être renvoyée me plombe chaque fois que j'y pense. C'est usant !

Alors que je suis sur le point de craquer, une idée rocambolesque me vient.

— J'ai trouvé ! crié-je, le faisant pratiquement sursauter. Pourrais-je avoir accès à votre appartement, s'il vous plaît ?

— Quoi ? s'étonne-t-il.

— C'est complètement dingue, mais nous pourrions faire ce déjeuner chez vous.

— En effet, c'est stupide, assène-t-il. Quand on est désespérée comme vous l'êtes, on a tendance à débiter des âneries.

— L'insulte me touche, mais envisagez une seconde que je puisse avoir raison. Votre penthouse est un cadre magnifique, le déjeuner pourrait se dérouler sur la terrasse. Monsieur, vous allez devoir me faire confiance sur ce coup, déclaré-je avec un aplomb inhabituel. Tout ce que vous aurez à faire, c'est d'occuper les clients pendant une à deux heures en leur montrant par exemple des monuments historiques, et de mon côté, je me charge du reste.

Silencieux, il plonge ses pupilles dans les miennes. Les battements de mon cœur risquent de me rendre sourde. S'il refuse, je suis foutue.

— Êtes-vous en train de me donner un ordre, mademoiselle Bridgestone ?

— Ça dépend. Allez-vous m'obéir ?

Il s'esclaffe en secouant la tête comme s'il n'en revenait pas.

— Vous êtes bien téméraire aujourd'hui et un peu folle, je vais donc vous accorder le bénéfice du doute.

Agréablement surprise, je me retiens de bondir de joie. Un poids s'ôte de ma poitrine. Tout n'est pas encore gagné mais j'ai réussi l'étape la plus difficile en le convainquant.

— Merci, monsieur, vous ne le regretterez pas.

L'ombre d'un sourire dénué de moquerie incurve ses lèvres pleines.

— Ça, c'est ce qu'on verra. J'appellerai la réception pour qu'elle vous donne une autorisation d'accéder à mon appart. Au cas où vous auriez besoin d'aide, Line sera là.

— Qui est-ce ?

— Line est la nounou de Raphaella.

— Oh ! d'accord. Je vous enverrai un message dès que tout sera prêt.

Je me lève, remets mon manteau et attrape mon sac, consciente qu'il m'étudie. Son mutisme m'interpelle. On se défie d'un regard incandescent pendant la seconde la plus longue de ma vie. Après quoi, il se détourne et disparaît dans son bureau.

Confuse, je ne bouge pas immédiatement.

C'était quoi ça ?

— Ciao, Rita, balancé-je en passant comme une flèche devant elle.

— Où vas-tu ? T'as l'air pressée.

Je reviens sur mes pas.

— Ouais, je le suis, je te raconte plus tard.

— OK.

À l'extérieur du building, je sors mon téléphone de mon sac et me hâte d'appeler LA personne qui m'est indispensable à cette heure.

— Salut, Zoey. Comment ça va ?

Sa voix ensommeillée me fait tiquer.

— Tu dors toujours à 11 heures ?

— Je dormais.

Je glousse.

— J'ai besoin de ton aide, Ryan, c'est une question de vie ou de mort.

— Raconte-moi tout et dis-moi comment je peux t'aider.

Un sourire illumine mon visage.

— Voilà pourquoi tu restes mon préféré. Je vais t'envoyer une adresse, retrouve-moi là-bas dans dix minutes.

— Trente plutôt, le temps que je me douche.

— Rapidement alors, s'il te plaît.

— Je vais me transformer en Bib Bip.

Sa référence au dessin animé me fait rire.

Je raccroche, ma tension de nouveau normale. Sans m'attarder, je monte dans un taxi en direction de l'Upper East Side. Mon Dieu ! Mon appréhension égale ma fébrilité, je croise les doigts pour que mon plan fonctionne.

Chapitre 10

Ryan, qui me retrouve au pied de l'immeuble après avoir garé sa voiture, sourit en me prenant dans ses bras.

— Alors, pour quelle raison voulais-tu que je vienne ici si vite ? commence-t-il, taquin.

Joueuse, je lui donne une petite claque sur la joue.

— Sache que j'aurai une dette envers toi.

— Ça me motive encore plus. Qu'est-ce qui se passe au juste ?

— Suis-moi.

Un portier nous laisse traverser les portes coulissantes incurvées automatiques. Je me dirige vers la réception, où un homme et une femme différents de ceux de samedi dernier nous accueillent. Je me présente, et ils m'apprennent que je peux circuler sans problème.

— Mais où est-ce que tu m'amènes, Zoey ? m'interroge Ryan, soufflé, quand nous sommes dans l'ascenseur.

C'était prévisible qu'il soit impressionné par le hall luxueux, mais il est loin d'être au bout de ses surprises.

— Chez mon patron.

Il me dévisage comme si j'avais un œil de cyclope. Son expression interdite me fait pouffer.

— Sérieusement ?

— Ouaip.

Je profite de notre ascension pour lui expliquer grosso modo ce que j'espère de lui, car on ne va pas se mentir, mon plan repose essentiellement sur ses talents culinaires. Mon monologue achevé, j'attends une réaction qui ne vient pas.

Sa bouche s'ouvre, se referme. Il recommence, je roule des yeux. Il répète la même scène, je mords à l'hameçon.

— Parle ! aboyé-je.

Ses iris sont rivés sur moi.

— Pour être honnête, au tout début, j'ai cru que c'était un coup foireux, que tu m'avais amené ici pour que je t'aide à cambrioler un appartement.

— Tu regardes trop de films. Nous ne sommes pas les braqueurs de *La casa de papel*. S'ils ont réussi à s'échapper d'une banque avec plusieurs millions d'euros, on ne s'en tirerait même pas avec une assiette de porcelaine.

Son rire tonitruant envahit la cabine.

— Bridgestone, tu marques un point. Ouah, je n'arrive pas à croire qu'on soit chez ton patron, c'est hallucinant.

— Mon cher Ryan, crois-moi, le meilleur reste à venir.

Les portes métalliques s'ouvrent sur le penthouse. Je risque un regard vers Ryan. Ses yeux illuminés se posent sur chaque meuble.

— Ça scotche, hein ? commenté-je en lui donnant un coup de coude dans les côtes.

— C'est époustouflant.

Nous nous extasions toujours sur le décor sophistiqué quand une femme fait irruption dans notre champ visuel.

— Bonjour, je suis Line, annonce-t-elle en nous serrant tour à tour la main.

— Enchantée, moi, c'est Zoey Bridgestone, l'assistante de M. Lockwood et lui, c'est mon ami Ryan.

— M. Lockwood m'a prévenue de votre arrivée et m'a expressément demandé de rester à votre disposition, alors n'hésitez pas, si je peux me rendre utile…

— Merci, vous êtes aimable. Par quoi pourrions-nous commencer ?

— Est-ce que je peux voir à quoi ressemble la cuisine ? intervient mon ami.

— Sans souci, c'est par ici, indique Line.

Nous lui emboîtons le pas.

— Putain ! s'exclame Ryan, ébloui. C'est vraiment *ça* sa cuisine ?

J'opine. Sans pouvoir s'en empêcher, il contourne l'îlot, faisant l'inventaire de ce qu'il voit.

— Un réfrigérateur Sub-Zero avec congélateurs ; un poêle à six brûleurs ; un double four encastrable…

N'écoutant pas la suite de sa tirade, je le laisse dans son monde. La cuisine est son domaine de prédilection : son air enchanté ne m'étonne pas. Je me tourne vers Line.

— C'est possible d'aller sur la terrasse ?

Elle hoche la tête. Un soupir d'admiration entrave ma gorge, bordel de merde. Je cille en contemplant cette piscine transparente à débordement dont l'eau miroitante me procure un effet immédiat d'apaisement.

Sentant les yeux de Line sur moi, je tente de reprendre une certaine contenance.

— C'est beau, n'est-ce pas ?

— Très.

— M. Lockwood a toujours eu bon goût, me confie-t-elle.

— Je peux le constater.

Revenant à ma mission, je soumets la terrasse à un examen rigoureux. C'est l'endroit idéal !

— Je pense que cette terrasse serait parfaite pour accueillir le déjeuner.

— Incontestablement, approuve-t-elle.

Nous n'avons même plus besoin d'ajouter grand-chose. Tout y est ! Un salon de jardin gris anthracite en aluminium et verre trempé stratégiquement installé dans un coin avec six fauteuils empilables de style contemporain. C'est sympa.

Line se charge d'embellir la table avec un bouquet de fleurs, pendant ce temps, je reviens auprès de Ryan.

— La cuisine de ton patron est nickel ! s'exclame-t-il, enthousiaste. C'est en voyant ce genre d'endroits que je me demande pourquoi je ne suis pas riche.

— Bon, t'as tout ce qu'il faut pour assurer ?

— Grave ! Son frigo est rempli, il me manque juste deux ou trois ingrédients.

— Tu n'as qu'à noter ce dont tu as besoin, j'essaye de tes les ramener au plus vite.

— OK, tu me passes un stylo et une feuille ?

Mon sac ouvert, je lui remets qu'il lui faut. Je retourne sur la terrasse, la table est désormais ornée de dahlias roses.

— Y a-t-il autre chose que je puisse faire ? m'interroge Line.

— Pourriez-vous m'indiquer où se trouve l'épicerie la plus proche ? Mon ami Ryan a besoin de quelques ingrédients qui manquent à l'appel.

— Permettez-moi de m'y rendre à votre place, puisque vous n'êtes pas du coin.

— C'est d'accord, merci. Dans ce cas, allons le retrouver.

L'instant qui suit, nous sommes dans la cuisine. Ryan, qui a trouvé un tablier, a commencé à s'affairer. Il prend son rôle à cœur, ce qui m'émeut.

— Où est la liste, Ryan ? demandé-je comme il ne nous prête pas le moindre regard, occupé à fouetter ce que je suppose être des œufs dans un saladier. Line s'est portée volontaire pour se rendre à l'épicerie.

Elle sourit machinalement au coup d'œil qu'il lui lance.

Avant que Line s'éclipse, je la retiens un moment.

— Au fait, Raphaella est à l'école ?

Quelle question idiote !

— Oui, pourquoi ?

— Simple curiosité. À quelle heure finit-elle ?

— 15 heures.

— Merci, Line, vous pouvez y aller.

D'après mes calculs, on se croisera avant mon départ. Je m'intéresse de nouveau à Ryan, absorbée par son étrange mixture à la couleur jaune canari. Tout laisse penser que ce sont des œufs, et si je me trompais ?

— Arrête de me fixer, bougonne mon ami, le menton baissé. Tu me déconcentres.

Pour établir un semblant d'armistice, je lève les mains en l'air et marche à reculons.

— Oui, chef. Compris, chef.

Je l'entends rire en progressant vers le salon. Tout le monde est occupé – Ryan est dans son élément, Line à l'épicerie… et moi ?

Ne pouvant pas aider davantage pour le moment, j'en profite pour tester le canapé en cuir. C'est confortable. Je pourrais m'endormir là tout de suite.

Les yeux fixés sur le téléviseur miroir enchâssé dans le mur, je me délecte des images de *Suits : avocats sur mesure* qui défilent malgré le son coupé. D'ailleurs, on montre une scène de sexe entre Rachel et Mike. Qu'en pense la reine d'Angleterre ? Si elle regarde, elle est sûrement concentrée avec un seau de pop-corn.

Ils échangent des baisers lorsque mon tel vibre dans mon sac.

Monsieur l'Enfoiré : J'espère que ce que vous faites en vaut la peine.

Je frémis alors que je voulais me la jouer indifférente.

Moi : Soyez relax, monsieur, et ayez un peu plus foi en moi, on dit que celle-ci transporte les montagnes. ☺

Monsieur l'Enfoiré : « Une foi qui ne doute pas est une foi morte[1]. »

Moi : Monsieur se sent d'humeur à philosopher ?

Monsieur l'Enfoiré : Cessez de badiner, et je vous interdis d'utiliser des émoticônes lorsqu'on interagit.

Moi : Grincheux ! ☹ Bon, je vous laisse, je crois que j'ai cramé votre cuisine, oups ! ☺

Rigolant dans ma barbe, je mets le mode avion de mon portable avant de le ranger au fond de mon sac à bandoulière.

Les voix de Line et Ryan m'attirent à la cuisine.

1. Citation de Miguel de Unamuno.

— Vous avez été rapide, dis-je en notant mentalement les aliments qu'elle sort sur le plan de travail.

— En effet. Votre reliquat, continue-t-elle en laissant tomber quelques pièces dans ma paume.

— Merci.

J'ai envoyé un message à mon patron lui disant que tout est prêt : lui et les clients seront là d'une minute à l'autre. Ryan mérite toute ma reconnaissance pour son repas. Après avoir touché mon premier salaire, je nous offrirai un dîner dans un restaurant de son choix.

Un tantinet nerveuse, je vérifie une nouvelle fois les derniers détails. Bon sang ! Toutes ces divines odeurs titillent mes papilles. Ryan s'étant arrangé pour garder les plats au chaud, je n'aurai qu'à les transporter. Il a pris le temps de concocter une entrée, un plat de résistance et un dessert. Mon ami n'est-il pas fantastique ?

Des bribes de voix brisent soudain le silence. Émergeant de la cuisine, je vais à leur rencontre en affichant un masque affable. En catimini, j'analyse rapidement ma tenue : une veste jacquard jetée sur une chemise à col en pointe surmontant une jupe midi en coton floral.

Qu'est-ce qu'on dit aux soldes ? Je vous adore.

Tous trois s'avancent vers moi. Mon cœur s'emballe quand je pose les yeux sur mon patron. Bon sang, je ne vais quand même pas baver comme une sotte sur son physique chaque fois que je le vois, non ?

Oh que si, tu le feras chaque jour.

— Bridgestone ! tonne-t-il. Messieurs, laissez-moi vous présenter Zoey Bridgestone, mon assistante personnelle, souligne-t-il en français.

Cela ne me surprend plus, j'ai appris par Rita qu'il parle plus de langues que le nombre de vies d'un chat, supposément neuf.

— Mon ami Raphael est un sacré cachottier, déclare le blond avec un sourire goguenard. Pourquoi ne nous as-tu pas dit que ton assistante était une déesse ?

Voilà. Incapable de résister aux flatteries, je deviens toute rouge. Mon patron émet un ricanement moqueur, ce qui me braque. Insinue-t-il que le blond a archi-faux ?

Ce dernier saisit le dos de ma main et exprime la galanterie des Français en y déposant un baiser sous le regard malicieux de son ami. Hayato devrait prendre exemple sur lui. D'ailleurs, mon tête-à-tête avec lui sous forme de petit déjeuner n'a pas été aussi terrible que je l'avais craint, même si j'aurais volontiers cédé ma place.

— Zoey, je me prénomme Gérard, m'apprend le Français avec un accent anglais dense. Et voici mon associé, Sylvain.

— C'est un agréable plaisir de faire votre connaissance, messieurs, renchéris-je, tout sourire.

Surpris, Gérard pivote vers les deux autres. En bon rabat-joie, Raphael lève les yeux au ciel face à notre cinéma.

— Comme ça, vous parlez français ? En plus d'être une nymphe, avez-vous d'autres talents cachés ?

Il est bel et bien en train de flirter avec moi, non ? Je glousse.

— Raphael ne vous a-t-il pas dressé ma biographie ? Comme c'est étonnant de sa part.

Je risque un coup d'œil vers le concerné, qui crispe en retour la mâchoire. J'ignore ce qui m'a pris d'utiliser son prénom alors qu'il m'a catégoriquement défendu de le faire.

— Zoey, contre-attaque-t-il sur un ton menaçant. Dois-je vous rappeler pourquoi nous sommes là ?

C'est clair qu'il va chercher une méthode pour me faire payer ce lapsus. Je me ressaisis et dénoue mes doigts de ceux du Français.

— Ce ne sera pas nécessaire, monsieur Lockwood. Si vous voulez bien me suivre, une table vous attend.

Tandis que nous foulons le sol en marbre, je récite silencieusement toutes les maigres prières que je connais. Ce déjeuner très important décidera de mon sort dans la compagnie, et s'il foire, c'est ma tête qu'on retrouvera accrochée sur une pique à l'entrée de la ville.

Chapitre 11

Ravis, nos convives adorent la piscine à débordement. Gérard déclare que s'il avait su qu'elle était aussi belle, il aurait apporté son maillot. Nager en plein automne ? Il s'affirme assez hardi pour le faire.

Nous nous asseyons, je me glisse aux côtés de Raphael alors que les Français nous font face. Avant leur arrivée, j'ai pris soin de déposer un chablis grand cru sur la table – bouteille dénichée dans la cave à vin de mon boss – accompagné de quatre verres en cristal.

— Cette terrasse est charmante, Raphael, commente Gérard. Ton goût pour les choses de qualité ne se dément pas.

Raphael fait semblant d'être humble avec des remerciements.

— Gérard a raison, c'est beau chez toi, affirme Sylvain.

Première fois qu'il ouvre la bouche.

— Cela nous enchante que vous vous plaisiez ici, interviens-je en usant d'un timbre enjôleur. Raph… Mon patron sait s'y prendre en matière de décoration. Un authentique esthète.

Sans tourner la tête vers lui, je sens son regard m'immoler.

— Tu ne fais pas les choses à moitié, un grand cru en guise d'accueil…

— Le mérite en revient à Zoey, rectifie-t-il. Je n'y suis pour rien.

Mon coup d'œil étonné glisse sur ses traits impassibles. Gérard complimente ma délicatesse, mais je ne l'écoute plus vraiment, chamboulée par les paroles de mon boss. Certes, ce n'est presque rien, toutefois c'est mieux qu'un commentaire désobligeant.

Raphael se propose de déboucher la bouteille. Nos verres à moitié pleins, nous portons un toast sous l'insistance de Gérard.

— Mmm, il est très bon en bouche, murmure-t-il, visiblement content à la première gorgée.

— Lors de mon dernier séjour en France, je me suis spécialement rendu en Bourgogne pour acquérir les meilleurs vins, raconte Raphael.

Ils ont raison, c'est un vin excellent qui caresse le palais de par son mélange acide et gras, vif et sec.

Raphael et les Français évoquent ensuite le point essentiel de cette rencontre, à savoir celui des affaires. Ils sont apparemment sur le même projet que les Japonais, un casino.

Je m'éclipse après m'être excusée et me rends dans la cuisine. Assise autour de l'îlot, Line retire la peau d'une banane.

— Tout se passe bien ? s'enquiert-elle.

— Oui, vous avez eu raison de choisir ce grand cru. Les Français ont adoré.

Ne m'y connaissant que moyennement en matière de cépage, j'ai sollicité l'aide de la nounou. J'hésite. Dois-je apporter le premier plat dès à présent ou patienter le temps qu'ils finissent leur discussion ? Pour ne pas m'embrouiller, je préfère attendre le feu vert de mon boss. Je retourne sur la terrasse, ils se taisent à l'instant où je m'assieds. Gérard en profite pour m'adresser un sourire solaire que je lui rends poliment.

Ils conversent pendant ce qui me semble une décennie. Parce que je n'ai pas mon mot à dire – oui, je débute –, je choisis de terminer mon verre. Serait-ce mal vu si je me servais une deuxième fois ? Prenant mon courage à deux mains, je me verse un nouveau verre.

Un truc cloche quand je repose la bouteille. Silencieux, ils m'observent.

— Y a-t-il un problème ? les questionné-je, honteuse.

— Vous buvez vite, répond doucement Gérard en riant.

— Oh ! vraiment ? Je me suis emballée, veuillez m'excuser.

— Pourquoi vous excuser, ma chère ? Restez naturelle. De plus, il n'y a pas de mal à aimer un vin de cette qualité. Toute cette conversation m'a donné une faim de loup, continue-t-il. Pas toi, Sylvain ?

Le concerné approuve d'un signe du bonnet.

— Zoey ?

Le ton de Raphael est un rappel à l'ordre. Pas la peine de développer, je sais ce qu'il me reste à faire. Prenant appui sur les accoudoirs de mon siège, je me dresse. Deux secondes me sont utiles pour me stabiliser, car j'ai soudain le tournis.

— Ça va ? me demande Sylvain, paraissant préoccupé.

J'opine fébrilement et lui souris pour le rassurer. Vin plus ventre vide égale vertiges.

Dans la cuisine, Line n'a pas bougé d'un iota et déguste une nouvelle banane.

— Cela vous embêterait-il de m'aider à transporter ces plats ?

— Aucunement, m'affirme-t-elle en sautant quasiment sur ses pieds.

Tenant chacune deux plats, nous évoluons vers l'extérieur. J'espère qu'ils apprécieront le menu. En même temps, ils vont forcément se régaler. Qui peut détester la cuisine de Ryan ? Personne.

— Mmm, ça sent bon ! s'exclame Gérard en se frottant les paumes.

J'intercepte le regard dubitatif de Raphael, il chuchote à l'oreille de Line. Je n'aime pas ça. De quel droit se permet-il des messes basses à mon sujet en ma présence ? Parce qu'il parle bien de moi, non ? Line se redresse, m'adresse un sourire et s'en va.

Les paupières plissées, je scrute Raphael. Qu'a-t-il dit sur moi ? Rha ! Ça me démange de le savoir.

— Pourquoi me fixez-vous de la sorte ? souffle-t-il pour que je sois la seule à l'entendre.

Il s'est rapproché de moi.

— Qu'étiez-vous en train de dire à Line à mon sujet ?

Il me toise, un rictus insolent sur les lèvres.

— Vous devenez prétentieuse, Zoey. Parler de vous a-t-il un quelconque intérêt ? J'en doute.

Interdite, j'ouvre la bouche. Moi, prétentieuse ? Nous nous affrontons du regard. Pourquoi avec lui chaque seconde semble s'éterniser ?

— Bon appétit.

La phrase de Gérard met fin à cet échange ensorcelant. M'en inspirant, je tente de me recentrer sur autre chose que ses iris miroitants.

— J'espère que vous aimerez, finis-je par dire. C'est une salade de Saint-Jacques au caviar.

— Nous savons ce que c'est, Zoey, me reprend Gérard. N'oubliez pas que c'est un plat de chez nous.

— Évidemment ! Je suis désolée, je ne voulais pas vous offenser.

— N'ayez crainte. Il en faut bien plus pour entamer ma bonne humeur.

Nous mangeons tranquillement.

— Zoey, ma chère, c'est sen-sa-ti-on-nel, annonce Gérard, conquis.

— C'est délicieux. Est-ce vous qui avez fait la cuisine ? m'interroge Sylvain.

— Non, c'est un ami qui a tout concocté.

— Ah bon ?

Je hoche la tête.

— Un de ces jours, il deviendra un chef cuisinier reconnu et tellement célèbre qu'il faudra attendre des mois pour dénicher une table dans son restaurant.

Je suis pleine de rêves, et ça les fait rire. Les clients ont le nez plongé dans leur assiette, quand Raphael en profite pour s'incliner vers moi.

— Vous avez affirmé avoir fait rentrer un inconnu chez moi ?

Oh oh oh ! Ça sent le sermon à plein nez.

— Ryan est tout sauf un inconnu, c'est mon meilleur ami. Il a toute ma confiance.

— Mais vous n'avez pas la mienne, gronde-t-il. Cet individu demeure un inconnu à mes yeux. Attention, Zoey, ne prenez pas trop vite vos aises.

Gros con.

Ces mots qui brûlent ma bouche menacent de jaillir. Quel est son foutu problème ? C'est ainsi qu'il me remercie ? À ce que je sache, nous n'avons commis aucun crime d'État !

— J'espère que vous êtes prêts pour un nouveau round.

Gérard me considère avec une expression pétillante.

— Raphael, mon cher, je risque de tomber *in love* de ton assistante bien plus tôt que prévu et la kidnapper, roucoule-t-il.

— Fais-le donc, marmonne-t-il si bas que personne ne l'entend, sauf moi.

Je lui coule un regard blasé et me lève.

— Qu'as-tu dit ? s'enquiert Gérard.

— Rien.

Il n'est même pas capable d'assumer ses dires. Sur le point de m'en aller, je marque une pause.

— Monsieur Lockwood, je crois que vous avez fait tomber quelque chose.

— Quoi ? demande-t-il en baissant la tête.

Vos couilles.

Cette mélodie résonne bien sûr uniquement dans mon cerveau, le pompon serait que je le lui dise en face. Je pourrais… mais j'ai besoin d'argent.

— Oh ! désolée, j'ai cru voir votre portefeuille au sol.

Je quitte la terrasse d'un pas pressé. Sincèrement, il mériterait que je lui colle une gifle.

Je sens bientôt une présence dans mon dos : la sienne.

Si je fais volte-face, je le tue…

— Que faites-vous, Zoey ?

Si je fais volte-face, je l'embrasse.

Tais-toi, tu t'égares !

Je frémis en entendant sa voix caressante. Occupée à réguler mon rythme cardiaque, je reste silencieuse. Il m'énerve terriblement. Cependant, je ne peux penser à rien d'autre qu'à la chaleur de sa peau contre la mienne quand il est près de moi.

Meuf, c'est ton patron. Calme tes ardeurs.

— Je vous ai posé une question qui attend une réponse.

Doucement, je pivote en affichant une expression mordante.

— Vous ne voyez donc pas ce que je fais ? Des pirouettes d'entraînement pour participer aux Jeux olympiques.

— Ce comportement rebelle… êtes-vous certaine de pouvoir l'assumer jusqu'au bout ? Les enjeux sont de taille, mademoiselle Bridgestone.

— Que me voulez-vous ? craché-je.

— Savoir ce que vous vouliez dire plus tôt.

— Je ne comprends pas.

— Vous et moi savons que l'histoire du portefeuille n'est qu'un piètre mensonge, je veux l'explication originale.

Anxieuse, je passe un coup de langue sur mes lèvres sèches. Ses yeux suivent le mouvement, mettant à mal ma résistance de dame de fer.

— Pourquoi chercher midi à quatorze heures ? J'ai réellement pensé que vous l'aviez fait tomber, objecté-je avec désinvolture.

— Vous ne mentez pas très bien, Zoey, mais soit, je n'insiste pas, peut-être que c'est mieux pour vous si je ne découvre pas la vérité.

Il ne s'écarte pas, me bloquant contre l'îlot malgré la distance respectable qu'il a instaurée entre nous. Va-t-il ajouter autre chose ? Merde ! Qu'il disparaisse de mon espace vital. En sa présence, mes neurones s'abrutissent, et tout devient songe érotique.

— Zoeyyyy !

La voix chantante de Raphaella attire mon attention sur le côté. Sans hésiter, elle se précipite vers moi. Je m'accroupis en écartant les bras pour mieux la réceptionner.

— Ça me fait super plaisir de te voir, continue-t-elle, joyeuse, en répondant à mon câlin.

Son élocution limpide ne cesse de me surprendre. En dialoguant avec elle, on a l'impression d'avoir affaire à un adulte dans un corps de môme. C'est totalement déroutant !

— Moi aussi, je suis contente, petite chouette, la taquiné-je en pinçant l'arête de son nez.

— Tu m'as appelée petite chouette comme ma maman, dit-elle en riant.

— C'est vrai ça ?

Elle acquiesce vigoureusement.

— Ella, et le câlin de ton papa alors ? se plaint-il théâtralement. Depuis quand suis-je devenu invisible ?

— Après, papa, répond-elle. On se voit chaque jour, avec Zoey ce n'est pas pareil.

Il se marre. Leur complicité me tire un sourire discret.

— Raphaella, viens, on doit te débarbouiller avant que tu prennes ton goûter, annonce Line dans son dos.

La petite se retourne, arborant un air hautain, les bras sur les hanches.

— Et si Zoey le faisait à ta place ?

Ben ça alors, quel privilège !

Line lui lance un regard réprobateur non sans soupirer – ça ne doit pas être facile –, que Raphaella ne prend pas en compte, car elle s'est remise à sautiller devant moi.

— Tu veux bien me laver ? Dis oui, steuplé.

Je cille bêtement.

— Ma puce, ça aurait été un plaisir, mais actuellement ton papa et moi recevons deux personnes très importantes, et je ne peux pas les quitter pour l'instant. Tu comprends, non ?

— Je peux comprendre mais je ne veux pas.

Elle est adorable comme un cœur avec son côté capricieux.

— Raphaella, dépêche-toi d'aller avec Line, siffle durement son père.

Voyant qu'elle ne compte pas céder aussi facilement, je tente de l'amadouer.

— Je te promets qu'à la fin du repas, je serai intégralement à toi.

— Vraiment ?

— Je t'en donne ma parole.

— Cool. Allons donc prendre ce bain, ma chère Line, dit-elle solennellement en se tournant vers sa nounou.

— Votre fille est une princesse qui semble toujours obtenir ce qu'elle veut, déclaré-je dès que nous sommes seuls.

— Je commence aussi à croire que vous avez une mauvaise influence sur elle.

Je lui adresse un regard contrarié. Qu'est-ce qu'il raconte comme âneries ? Je tente d'être gentille, et il me reproche que sa progéniture agit comme une enfant gâtée, c'est le monde à l'envers !

Le *brisket* braisé avec un glaçage pêche-bourbon que Ryan a préparé me laisse bouche bée. C'était si bon que je me suis retenue in extremis de ne pas lécher mon assiette, me souvenant où je me trouvais. Rien à dire sur la viande cuite à point.

Nous entamons le dessert, un coulant au chocolat, je suis sur le point de dépérir. Cause du trépas : jouissante gustative.

— J'suis amoureuse, déclaré-je en prenant une autre cuillerée de mon gâteau.

Les Français se montrent intéressés par mon commentaire. Gérard fronce les sourcils.

— De la nourriture, bien sûr, ajouté-je malicieusement. À quoi pensiez-vous ?

— Vous avez raison, Zoey, le repas de votre ami m'a subjugué.

Les clients repartent conquis jusqu'à l'os. Leur projet est sur la bonne voie, puisqu'ils ont accordé leur confiance à mon boss. Une victoire de plus ! Mon patron, qui ne montre pas grand enthousiasme, est néanmoins détendu. Il s'emballe très peu pour ses réussites. Dès qu'il a validé un objectif, il s'en crée un nouveau et ainsi de suite.

Gérard me passe sa carte, m'indiquant qu'il est disponible pour moi si jamais je venais en France.

— Zoey ! s'exclame Raphael tandis que je m'apprête à prendre congé. Vous nettoyez et rangez tout.

Le ciel me tombe sur la tête.

— Je crains d'avoir mal entendu, pardon ?

— Vous n'êtes pas sourde. Nettoyez et rangez ce qui doit l'être, exige-t-il avec un rictus carnassier. J'ai libéré ma gouvernante plus tôt que d'habitude, alors pour cet après-midi, vous êtes sa remplaçante.

Je suis à ça de me jeter sur lui pour l'étrangler… ou sucer ses lèvres.

Tais-toi.

Pourquoi faut-il qu'il se montre tout le temps acariâtre avec moi ? C'est bon, il est parvenu à ses fins. Je le hais !

Chapitre 12

Pourquoi j'aime le vendredi ? Tout simplement parce que c'est le jour qui annonce le week-end. Week-end consacré essentiellement à la paresse. Que faire si ce n'est mater des séries Netflix non sans me gaver de cochonneries ? Loin du bureau, loin des dossiers et surtout… très loin de lui.

Cependant, aujourd'hui, je suis obligée de faire une entorse à ce programme ; à la place d'une crème glacée et d'une série, ce sera cocktails et amuse-gueules.

Margerita donne une soirée chez elle et n'a pas eu besoin d'insister pour que j'accepte son invitation. Rien de mieux qu'une petite fête où l'alcool coule à flots pour s'amuser.

Elle m'a précisé que je pouvais venir accompagnée, et mon choix s'est porté sur Ryan. Le point négatif est qu'il a commis l'erreur d'informer ma peste de sœur. Désormais, impossible d'envoyer paître le pot de colle. Elle est pire qu'un chewing-gum sous la semelle d'une chaussure.

Un coup d'œil sur l'écran de mon téléphone me confirme l'adresse de Margerita, qui vit du côté de Greenwich Village.

— Je suis prête, claironne Gwen à l'entrée de sa chambre, une main sur le chambranle. Est-ce que je suis assez jolie comme ça, Ryan ?

Ce dernier se rapproche d'elle et la fait doucement tourner sur elle-même. Même s'il est de dos, je devine qu'il la dévore d'un regard plein d'étoiles. Le pauvre est complètement gaga d'elle.

— T'es magnifique, bébé, affirme-t-il en lui roulant une pelle torride.

Je grimace.

— C'est dégueu, il y a un enfant juste à côté de vous, râlé-je.

Bien que jolie, en choisissant de porter cette petite robe noire atrocement moulante avec des laçages qui dévoilent chaque carré de sa peau nue exempte de sous-vêtements, Gwen est aguicheuse, à la limite du vulgaire.

Comment Ryan peut-il le tolérer ? Il est clair qu'elle veut attirer l'attention sur elle, et je ne serais pas surprise que les hommes de la soirée lui tournent autour telles des abeilles autour du miel.

— Jalouse ? demande-t-elle, narquoise, en restant collée à Ryan.

— On aurait dit deux chiens qui se bavent dessus. Et au cas où tu l'aurais occulté de ta mémoire de poisson, on se rend à un cocktail et non à un casting pour film X.

Ses yeux me lancent des éclairs.

— Tu me cherches ?

Elle délaisse son copain et s'approche d'un air menaçant. Je ne recule pas, le menton fièrement relevé.

— Pour quelle raison devrais-je te chercher si tu te trouves déjà devant moi ?

— Les filles, STOP ! intervient Ryan d'une voix forte en la ramenant vers lui. Vous n'allez pas recommencer avec vos enfantillages. Sérieusement, vous n'en avez pas marre ?

Silencieuse, je fais volte-face et quitte l'appartement. Sur le trottoir, je fais les cent pas pour évacuer la tension. Gwen a le don de saper ma bonne humeur, et je sais en mon âme et conscience qu'il arrivera un jour où je ne pourrai plus me contenir. Le volcan va entrer en éruption.

Environ cinq minutes plus tard, ils me rejoignent. Gwen ne me regarde pas, et je m'en réjouis. Elle ne s'excusera jamais. Les portes de la voiture de Ryan sont désormais déverrouillées. Gwen glisse sur le siège passager.

— Zoey, m'interpelle doucement mon ami au moment où je veux monter dans l'habitacle.

— Pas maintenant, grogné-je bien plus sèchement que je ne le voulais.

Nous attachons tous trois nos ceintures. Ryan inscrit

l'adresse sur le GPS, enclenche la première, et la voiture prend la direction nord sur Hunt Avenue vers Morris. Il ne me reste plus qu'à supporter l'ambiance pesante du trajet.

Près d'une demi-heure plus tard, nous sillonnons une rue étroite qui se termine en cul-de-sac dans ce quartier paisible dont on vante la convivialité. Nous repérons rapidement la résidence de mon amie. Les nombreuses fleurs à l'extérieur lui apportent une touche de sérénité.

— Que fait-on maintenant ?

— Quelle question idiote, Ryan ! On entre, le rabroue Gwen.

Elle fait rouler ses hanches en passant devant nous. Alors que je soupire d'exaspération, Ryan affiche une expression contrite à mon intention.

— Tu ne t'es toujours pas décidé à la larguer ?

Il se rembrunit.

— Restons-en là pour éviter qu'on ne se fâche pour rien.

— T'es irrécupérable ! Même Stevie Wonder n'est pas aussi aveugle que toi.

Irritée, je le devance. À l'intérieur, je suis frappée par la grande attention portée aux détails du design. De hauts plafonds s'accordent à des moulures ; un sol en palissandre se reflète sur les fenêtres surdimensionnées et de belles pierres contribuent à mettre en valeur cette élégante demeure. C'est charmant ! Une musique suave nous plonge dans une ambiance intimiste. Les invités habillés dans des tenues raffinées sont dispersés en petits groupes. Pour une fois que j'ai l'impression de me fondre dans le décor…

— Hé, Zoey.

Margerita se matérialise devant moi et me prend dans ses bras. Son enthousiasme dissipe ma mauvaise humeur.

— Hello, Rita. Comment ça va ? Laisse-moi te dire que tu as une très belle maison.

— N'est-ce pas ? Merci, ma chérie. Cette résidence est un héritage familial. C'est très dur de l'entretenir, mais que veux-tu ? J'ai un toit où dormir et des colocs qui assurent.

— Tu as des colocataires ? Je n'en savais rien.

— C'est vrai qu'on n'en a jamais parlé. J'en ai deux.

— Et il ne te resterait pas à tout hasard une chambre de libre ? glissé-je, l'air de rien.

— Non, ma chérie. Pourquoi ? T'es intéressée ?

Avec désinvolture, je hausse une épaule.

— Je demandais juste par simple curiosité.

— Dis-moi, tu sais que t'es sublime ! Je te parie ce que tu veux que tu ne t'en iras pas d'ici sans un bel étalon, m'annonce-t-elle en riant.

— S'il est fortuné, je le suivrai jusqu'en Océanie.

— N'oublie pas de me mettre dans ta valise.

— Compte sur moi, copine.

Nous gloussons.

— Est-ce que tu es finalement venue avec ta sœur et ton ami ? J'aimerais bien les accueillir.

— Oui, ils sont là, dis-je en les cherchant du regard. Bizarrement, je les ai perdus de vue.

— De toute façon, rien ne presse, on en a pour toute la nuit. Désolée de t'abandonner, mais je dois aller saluer d'autres invités.

—Ne t'inquiète pas pour moi, je m'en sortirai toute seule.

Elle m'embrasse sur la joue.

— Ne te prive surtout de rien. Le bar est par là. Si t'as un petit creux, tu hèles un serveur, et si tu veux remuer ton popotin, la piste de danse est faite pour toi.

Ayant le feu vert de l'hôtesse de la soirée, je me rends directement au bar, m'installe sur un tabouret et passe ma commande au barman mignon.

— Un cosmo, s'il vous plaît.

Je l'observe préparer mon cocktail quand une idée germe dans mon esprit. A-t-elle envoyé une invitation à Raphael ? S'il vient, comment vais-je me comporter ? Bien que nous soyons en dehors des heures de travail, il reste mon supérieur en toute circonstance. Et Cassandra ? Si c'est le cas, prions pour qu'elle ait attrapé la varicelle.

Le barman s'appelle Jared et fait coulisser ma consommation

jusqu'à moi avec un sourire éloquent. Je m'empare du verre décoré d'une peau d'orange et d'une tranche de citron vert. La première gorgée m'émerveille. Quoi de mieux qu'un cocktail fruité pour démarrer en beauté ?

Cinq minutes plus tard, je retourne un verre vide à Jared. Amusé, il hausse un sourcil.

— D'après ce que j'ai vu, vous aviez vraiment soif.

— Un deuxième verre parviendra peut-être à étancher cette soif.

J'en profite pour récupérer des petits fours sur un plateau passant près de moi, et ceux-ci subjuguent mon palais. Je suis à la moitié de mon deuxième cocktail lorsqu'un homme s'installe sur la chaise libre d'à côté et commande un negroni. Je croise son regard bleu cobalt.

— Bonsoir ! lance-t-il.

— Salut !

— Saviez-vous que vous êtes la personne qui manquait pour agrémenter ma soirée ?

Incapable de résister à une flatterie même si c'est du baratin, je me sens rosir.

— Ben dis donc, vous attaquez fort.

— Pourquoi tourner autour du pot alors que l'évidence est là ? Vous êtes belle, mais vous devez déjà être au courant.

Un rire léger me secoue.

— Vous semblez du genre à aimer raconter des conneries à plusieurs filles. Je suis la combientième de la soirée ?

Son air rusé illumine ses traits de surfeur californien. Si je n'avais pas une préférence pour les bruns, je serais tombée sous son charme, il est beau gosse.

— Première, et j'ose croire dernière dans mon cœur.

— OK, Shakespeare, apparemment nous sommes à l'acte premier scène première. Connaissez-vous déjà le titre de votre future pièce de théâtre ? me moqué-je gentiment.

— Dites-moi comment vous vous appelez, et je vous donnerai le titre de ma pièce.

— Où est passée votre galanterie ? Commencez par vous présenter, et je fermerai le bal.

Il sourit, vraisemblablement content.

— Connor McKinley.

La poignée de main qu'on échange est franche.

— Zoey.

— Ton prénom fond comme du sucre sur ma langue. Tu me permets de te tutoyer ?

— Seulement si tu arrêtes avec cette drague lourdingue, on dirait un retraité.

Il s'esclaffe. Moi qui pensais que son côté balourd allait me lasser, j'avais tort. À plusieurs reprises, il se montre cocasse, aucun blanc ne s'immisce dans la conversation. J'apprends ainsi qu'il est de passage en ville et réside en Australie, même si son accent m'avait déjà mis la puce à l'oreille.

— Zoey, tu ne me présentes pas à ton nouvel ami ? s'interpose Gwen en s'accoudant près de moi.

La malchance me colle aux basques. Je termine le fond de mon verre et roule des yeux.

— À qui as-tu laissé Ryan ?

Elle sollicite un martini au barman, qui la reluque sans vergogne, puis s'adresse à Connor d'une voix suave :

— Salut, moi, c'est Gwen, la sœur de Zoey.

Les prunelles du concerné pétillent alors qu'il la détaille de la tête jusqu'aux pieds. Elle fanfaronne.

— Connor, enchanté de faire la connaissance d'une aussi belle créature. Votre sœur et vous avez été considérablement gâtées par la nature.

Qu'on me donne une scie pour taillader leurs paumes jointes.

— Zoey ne m'arrive pas à la cheville, mais c'est gentil de lui faire croire le contraire.

Connor, qui anticipe sûrement le lancer de couteaux, décide de s'éclipser.

— Je vais devoir vous laisser, jeunes demoiselles, mon frère a besoin de moi. Zoey, j'ai été plus que ravi de discuter avec toi, et si tu me le permets, j'aimerais avoir ton numéro juste après.

Mange tes dents, Gwen ! Bim.

— OK.

Dès que nous sommes toutes les deux, je soupire :

— Tu l'as fait fuir. Tu devrais peut-être aller faire un tour en Inde pour voir ce qui ne tourne pas rond chez toi. Il paraît que là-bas il y a des rivières sacrées qui purifient de tout mauvais esprit.

— Seul un borgne n'aurait pas remarqué qu'il s'ennuyait à tes côtés, ricane-t-elle méchamment en grignotant une olive. Au contraire, il m'en doit une. Grâce à moi, il a trouvé une échappatoire.

Je fulmine.

— Tu oublies qu'une pièce a deux faces, craché-je.

— Ce qui veut dire ?

Je saute sur mes pieds, récupère mon verre et m'éclipse sur cette phrase sibylline :

— La roue tourne, et le karma existe. J'attends le jour où Ryan se rendra compte de la peste que t'es et qu'il mérite largement mieux que toi.

— Continue de patienter, sœurette, car avant que Ryan me quitte, il gèlera en enfer.

Ça c'est ce qu'on verra. Il faudra du temps, cependant le voile qui recouvre son regard tombera.

Chapitre 13

Un bruit strident s'immisce dans mes rêves et m'arrache un grognement irrité.

C'est mon téléphone, sauf que je suis incapable de le localiser. N'ayant pas totalement cuvé mon vin, j'ai toujours la tête qui tourne, mes cils gluants refusent de se séparer. La nuit a été extrêmement mouvementée.

Avec un soupir de frustration, je le récupère à tâtons et décroche sans prendre la peine de vérifier l'identité de l'insecte nuisible qui ose m'interrompre dans cette grasse matinée.

— Quoi ? aboyé-je.

— Bridgestone !

Et hop, je tombe à la renverse, m'emmêlant les pieds entre les draps.

Bon sang !

Un juron m'échappe quand mon postérieur rencontre durement le parquet.

Aïe !

— Monsieur, bredouillé-je en voulant me redresser pour me masser mes fesses. Il est… bref, que me vaut l'honneur de cet appel ?

Un samedi en plus ! Je consulte mon écran et crois défaillir en réalisant qu'il est 7 h 30.

Mais merde, quel est son putain de problème ?

— Soyez chez moi dans une demi-heure et faites une valise pour trois jours.

Hein ?

— Que… Quoi ?

— Qu'est-ce que vous ne comprenez pas dans : « Soyez chez moi dans une demi-heure » ?

Il paraît agacé. Ah, parce que de nous deux, c'est réellement lui qui doit l'être ?

— Tout.

— Si vous avez des problèmes d'oreilles, je vous conseille d'acheter une prothèse auditive, tranche-t-il. Ne me faites pas attendre.

— Mais…

L'insolent me raccroche au nez.

Furieuse, je balance mon téléphone sur le lit en expirant un soupir à fendre l'âme. Un sadique, je vous dis.

Je n'ai pas d'autre choix que de ravaler mon mécontentement. Je dois être chez lui dans trente minutes sinon il me renverra, son leitmotiv préféré.

D'un pas traînant, je me rends dans la cuisine et bois une brique de lait du frigo à même le goulot. Me servir dans un verre serait trop long.

Mon gosier hydraté, je vais dans la salle d'eau. Moins d'un quart d'heure plus tard, de nouveau dans ma chambre, je m'habille d'un débardeur en satin de soie, d'une veste ceinturée à jacquard floral et d'un pantalon avec des sandales en cuir à talon moyen. Je garde en toute circonstance la fière allure d'une assistante.

Dans une petite valise, je jette des vêtements que j'estime adéquats, surtout si on se déplace pour affaires. Une fois qu'elle est bouclée, je quitte la pièce et ouvre la porte de la chambre de Gwen sans frapper.

— Sal… Oh ! merde, Ryan, couvre-toi le cul, il est tout rouge en plus. Bref, on va faire comme si je n'avais rien vu, même s'il me faudra une retraite spirituelle pour me débarrasser de cette image traumatisante. Je suis juste venue vous annoncer que je m'absente pour trois jours, question de boulot.

N'espérant aucune réaction de leur part, je m'éclipse. Ma valise dans une main et mon sac sur l'épaule, je descends dans la rue et finis par trouver un taxi au bout de cinq minutes. Sur la banquette arrière, j'apprécie la caresse du vent sur mon visage.

À l'arrivée, la note est salée : quarante-cinq dollars pour un trajet de onze minutes. Diantre ! Pourquoi n'ai-je pas pris le métro ? Vivement que je touche mon salaire.

Dans le hall, je me présente à la réception, puis patiente jusqu'à ce que mon bourreau soit averti de ma présence et donne son consentement.

— Bonjour, monsieur ! commencé-je poliment en le retrouvant dans la cuisine. Où et à quelle heure partons-nous ?

— Pardon ? fait-il, manifestement dérouté.

Après, il me traitera de sourde.

— Au cas où vous l'auriez oublié, vous m'avez fait venir ici avec une valise. Je suppose donc qu'il s'agit d'un déplacement d'affaires ?

Mon bas-ventre s'émoustille alors que je l'observe porter un mug à ses lèvres. Sa pomme d'Adam monte et descend à chacune de ses déglutitions. Il range sa tasse dans l'évier et s'approche de moi.

— Je vais à Seattle pour régler un problème avec l'une de nos filiales et vous, vous restez ici. J'ai besoin de quelqu'un pour garder Raphaella et vous êtes la candidate idéale, précise-t-il avec cynisme.

What the fuck ?!

Voyant qu'il s'empare d'un sac de voyage et se dirige vers l'ascenseur, je le talonne, bien décidée à ne pas le laisser s'en tirer aussi facilement.

— Putain, où croyez-vous aller ? Comment ça, je dois garder votre fille ? Elle n'est pas censée avoir une nounou ? explosé-je, à bout de souffle.

Parce que je suis vénère, je me fiche d'être grossière. Il se retourne, exaspéré.

— Vous posez beaucoup trop de questions. Je suis pressé, Zoey.

— Oubliez un instant que je suis un pantin que vous pouvez manipuler à votre guise. Quand on sollicite l'aide d'une personne, on se montre particulièrement agréable pour qu'elle nous rende ce service.

— Vous ne me rendez aucun service. Au contraire, je vous paye parce que vous travaillez pour moi.

— Mais pas pour être baby-sitter, qui vous a dit que je rêvais d'une telle promotion ?

— Attention, Zoey, vous devenez impertinente.

Rien à foutre de tes menaces.

— Et vous, cessez d'agir comme un con.

À la seconde où je prononce ce mot qui a longtemps peuplé mon inconscient, je réalise l'énorme boulette que j'ai faite. Comme une idiote, j'ai parlé sans réfléchir. En me confrontant aux yeux bleu-vert de mon boss, je rêve de me transformer en souris. Son expression impénétrable ne me donne aucun indice sur ce qu'il compte faire de moi à présent que mon insolence s'est manifestée.

— Je suis désolé, monsieur, je...

— Ne soyez pas hypocrite en me présentant des excuses qui ne sont pas sincères, me coupe-t-il durement.

— Ce n'est pas ce que je...

— Taisez-vous. Vous allez me mettre en retard, nous réglerons ce différend à mon retour. Pour faire court, je vous aurais assigné la tâche de trouver une nouvelle nounou à Raphaella, car la précédente a démissionné. C'est ce que vous allez faire, mais pour l'instant et parce que je n'ai personne d'autre qui pourrait la surveiller, c'est à vous qu'incombe cette mission.

— Si je comprends bien, je n'ai pas mon mot à dire ?

— Vous commencez à vous montrer intelligente, il y a du progrès.

— Monsieur...

Je me maîtrise in extremis. Ayant senti que j'étais sur le point de dérailler à nouveau, il me lance sur un ton de défi :

— Oui, Zoey ? Avez-vous quelque chose de pertinent à ajouter ?

— Non, mens-je, la mâchoire crispée.

— Bien, je crois que tout est dit.

Je demeure immobile tandis que l'ascenseur s'ouvre. Il s'engouffre dans la cabine et me fait face. Jusqu'à ce que les portes se referment, on ne se quitte pas du regard. Duel intense : gris contre bleu-vert, qui gagnera ?

Maintenant que je suis seule, je peux m'insurger en secouant la tête si fort qu'au bout d'une minute, je sens bientôt que j'ai le tournis. Comment on s'occupe d'une gosse de sept ans ? Qu'est-ce que je suis censée faire ? La cuisine ? Je risque de mettre le feu. Lui donner son bain ? Par mégarde, je pourrais lui faire avaler de la mousse. Lui raconter une histoire ? Je suis la championne des histoires d'horreur. Je ne suis pas fiable, et ce serait signer l'arrêt de mort d'un môme que de me laisser un week-end entier avec lui.

Ma montre indique 8 h 30. Mon Dieu ! Avant les douze coups de minuit, les pompiers auront déjà fait trois tours par ici. Blasée, je me rends dans le salon en donnant au passage un coup de pied dans ma valise.

Je m'affale sur le canapé. Si j'y réfléchis bien, il n'y a pas que des points négatifs. Pendant deux jours, je vais profiter de ce penthouse luxueux et prendre des selfies que je partagerai sur les réseaux sociaux, histoire de susciter la jalousie et l'envie chez mes cinquante *followers* sur Instagram. Ce sera également l'occasion de me prélasser sur un transat au bord de la piscine.

Ce canapé est si moelleux… Sans en avoir conscience, je m'assoupis.

Une caresse sur mon visage m'extirpe de ma douce léthargie. Mes yeux à moitié ouverts croisent ceux de Raphaella, qui me jauge comme une œuvre d'art. Elle sourit en se rendant compte que j'émerge.

— Je suis désolée, je ne voulais pas te réveiller, tu es si jolie quand tu dors.

Sa candeur est rafraîchissante.

— Tu crois ? Moi, j'ai plutôt l'impression de ressembler au monstre de la caverne.

— Mais non ! proteste-t-elle en s'esclaffant. Tu es comme une princesse avec tes beaux cheveux.

— Tu es adorable, ma puce. Est-ce que tu es là depuis longtemps ?

Elle secoue la tête.

— Je viens de me réveiller.

— Tu sais quelle heure il est ?

Nouvelle dénégation.

— N'est-ce pas que tu me crois si je te dis que je sais lire l'heure ?

— Bien sûr. Tu es une petite fille très intelligente.

— Je ne suis plus petite, j'aurai bientôt huit ans, se défend-elle, les mains sur les hanches.

— Quand ça ?

— En avril prochain.

— Quel jour ?

— Le 16.

— Waouh, comme mon papa.

Ses prunelles pétillent.

— C'est vrai ça ?

J'acquiesce.

— Il est vieux comment ton papa ?

J'éclate de rire.

— Est-ce que tu as un grand-père ?

— Oui, il s'appelle Hernán et il vit en Italie avec ma grand-mère et ma tante.

Merci pour l'arbre généalogique.

— Alors on peut dire que mon papa n'est pas très différent de ton grand-père.

Elle se tait. Sur l'écran de mon téléphone, je vois qu'il est 9 heures. Sieste de trente minutes, il va me falloir un Tylenol pour apaiser mon mal de crâne.

— Est-ce que tu veux bien me porter ? demande Raphaella en écartant les bras, prête à être accueillie.

Refuser serait carrément lancer les hostilités. L'instant d'après, ses jambes encerclent ma taille, ses mains sont autour de mon cou. Puisqu'elle n'est pas lourde, je peux évoluer facilement.

— Je suis trèèès contente de te voir, Zoey, m'indique-t-elle avec enthousiasme. Est-ce que tu sais où est mon père ?

— Tu connais Seattle ?

— Un peu.

— Il est parti là-bas pour régler une affaire.

Face à sa tristesse manifeste, j'enchaîne :

— Mais il reviendra très vite. Toi et moi allons rester ensemble jusqu'à son retour. Ça ne te fait pas plaisir ?

Elle relève vivement le menton.

— Tu vas dormir ici ?

— Oui, ma puce.

— Youpiii ! chantonne-t-elle en se balançant dans mes bras.

J'attends qu'elle se calme pour poursuivre :

— Est-ce que tu es au courant de la raison pour laquelle Line a démissionné ?

Elle opine.

— Je ne l'aimais pas beaucoup. Est-ce que tu sais qu'une fois elle m'a donné la fessée parce que j'avais recraché sa soupe qui était dégoûtante ?

— Elle avait levé la main sur toi ? m'exclamé-je, horrifiée. Tu l'as dit à ton père ?

— Non.

— Pourquoi ?

Elle se cramponne à mon cou.

— Elle m'avait demandé pardon, avait promis de ne pas recommencer et m'avait aussi suppliée de ne pas en parler à papa.

— Elle a tenu sa promesse ?

— Oui.

— Alors pourquoi est-elle partie ? La dernière fois que j'étais là, elle paraissait à l'aise.

— J'ai fait en sorte qu'elle démissionne.

— Comment ça ? demandé-je, intriguée.

— J'ai pris ma tablette et j'ai regardé des vidéos sur

YouTube. Je voulais savoir comment on coupait les cheveux d'une personne.

À notre arrivée à la cuisine, je l'installe autour de l'îlot et récupère un fruit en écoutant attentivement son récit. Cette petite regorge de surprises.

— T'as utilisé des ciseaux ?

Son expression change, et ses traits angéliques deviennent ceux d'un démon.

— Mieux que ça. Je me suis souvenue que papa avait de la colle forte dans son dressing, alors je l'ai prise et j'ai patienté jusqu'à ce que Line fasse sa sieste pour en appliquer sur ses cheveux. Elle a été obligée de les couper.

Je suis choquée. Cette gamine peut s'avérer dangereuse.

— Oh ! Raphaella, ce n'était pas sympa. Tu n'aurais pas dû faire ça.

— Papa m'a dit la même chose, mais j'ai beaucoup ri sur le coup. C'était amusant.

— Est-ce que tu as présenté tes excuses à Line ? Ce que tu as fait a dû beaucoup l'affecter.

— Oui, parce que papa m'y a obligée.

— D'accord.

— Zoey, je ne peux pas attendre l'arrivée de Clara, je meurs de faim, gémit-elle en tenant son ventre.

— Qui est Clara ?

— Notre gouvernante. D'habitude, elle vient plus tôt mais je ne sais pas pourquoi elle n'est pas encore là.

— Qu'est-ce que tu veux comme petit déjeuner ? Je t'avertis, je ne suis pas très bonne cuisinière, mais je suis capable de faire des pancakes corrects.

Soudain, son visage rayonne.

— Avec du sirop d'érable ? Ouiiii !

— Tu valides ?

— Plutôt deux fois qu'une.

Étonnée qu'elle connaisse ce dicton, je la gratifie d'un coup d'œil admiratif. Elle est vraiment dégourdie pour son âge.

Nous nous mettons ensuite au travail. Elle casse les œufs

dans un saladier, m'apprenant qu'elle avait la même routine avec sa mère. Ma curiosité piquée au vif, je me rends compte que je ne me suis jamais interrogée sur les relations de Raphael. Je sais déjà qu'il n'est pas marié, il n'a aucune alliance. Peut-être a-t-il une régulière ou des coups d'un soir, comme me l'a mentionné Margerita.

— Où est ta maman ? l'interrogé-je en mélangeant dans un bol de la farine, du sucre, de la levure, du sucre vanillé et une pincée de sel.

— Au Mali, raconte-t-elle en m'observant travailler. Depuis qu'elle travaille pour Vétérinaires sans frontières, elle fait beaucoup de voyages, je ne la vois plus aussi souvent que je voudrais.

— Mais quand elle est en ville, tu passes du temps avec elle, non ?

— Oui, mais ce n'est pas assez. Elle me manque, et j'aimerais que mes parents vivent ensemble pour arrêter de faire des allers-retours entre chez l'un et chez l'autre.

— Ils ont la garde partagée ?

Elle hausse ses frêles épaules.

— Je ne sais pas ce que ça veut dire.

— Pas grave. Est-ce que tu aimes vivre avec ton père ?

— Tellement, tellement, tellement, répète-t-elle, tout sourire. Je ne t'ai pas dit que j'avais le meilleur papa de tout l'univers ?

— Si, ma puce.

— Voilà.

Pendant que je fais cuire les pancakes, Raphaella me divertit avec son bavardage intarissable, qui témoigne de son admiration pour son papa. Avec elle le feeling passe facilement, je n'avais aucune raison d'avoir peur. Pour l'instant, aucun bataillon d'intervention rapide n'a été appelé à la rescousse, espérons que ça continue ainsi.

Chapitre 14

Pourquoi faut-il toujours que quelqu'un perturbe mon sommeil ? D'abord le père, et maintenant la fille. Avec eux, impossible de rêver très longtemps. En percevant un poids plume sur mon dos, j'émerge tant bien que mal. Comme une sangsue, Raphaella reste accrochée à moi. D'après mes souvenirs, elle se trouvait dans son lit et je lui ai raconté plus de deux histoires afin qu'elle s'endorme.

Prenant appui sur les coudes, je gigote doucement pour éviter de la réveiller brusquement. Me considérant comme sa bouée de sauvetage, elle raffermit sa prise sur moi et marmonne des mots indistincts.

— Raphaella ? murmuré-je en me dévissant le cou pour la regarder. Est-ce que tu es réveillée ?

Un grognement me répond.

— Debout, marmotte !

Le combat est rude, mais je finis par avoir gain de cause après une bataille acharnée. La petite glisse sur le côté.

Un coup d'œil sur l'écran de mon téléphone m'apprend qu'il est plus de 9 heures. Vive la grasse mat' !

Assise en tailleur, je regarde du côté de Raphaella qui, à mon plus grand étonnement, frissonne.

Les sens en alerte, je pose la paume sur son front moite de sueur.

Euh… pourquoi est-elle dans cet état ? Un début de fièvre peut-être ?

La panique m'envahit.

Que suis-je censée faire ?

— Raphaella, chuchoté-je en secouant mollement son épaule.

Silence, à l'exception des râles qui s'échappent de ses lèvres entrouvertes.

— Raphaella, s'il te plaît, réveille-toi maintenant ! répété-je nerveusement.

Bon sang ! Comment dois-je agir dans ce genre de cas ? En aviser son père ? C'est définitivement une très mauvaise idée. Il risquerait de vouloir me le faire payer.

— RAPHAELLA ! hurlé-je pratiquement.

— Aaah ! Les cannibales sont de retour, ils vont manger mon cerveau ! s'écrie-t-elle en se redressant d'un bond.

Les yeux écarquillés, je réalise que tout est ma faute.

Putain, qu'est-ce que j'ai fait ?

Je t'avais pourtant prévenue que c'était une très mauvaise idée de permettre à une gamine de sept ans de mater un film d'horreur.

Je grimace en mordillant la pulpe de mon pouce. Je n'aurais surtout pas dû la croire lorsqu'elle a soutenu : « T'inquiète, je gère. Mon papa m'a déjà laissée voir ce genre de films. » Un choc post-traumatique était inévitable, surtout après un marathon des six films de *Wrong Turn*, alias *Détour mortel*.

Je croise les doigts afin qu'elle n'en parle jamais à son père.

Bon, je me suis trompée, à moi de réparer mon erreur.

— Ella, dis-je sur un ton apaisant en la serrant contre moi. Tout va bien, ma petite chouette. Par ici, il n'y a aucun cannibale, juste moi, Zoey.

Apeurée, elle me dévisage en tenant l'oreiller contre elle en guise de protection.

— Zoey ? Tu jures que les monstres sont partis ?

— Ils ne sont jamais venus, ma puce.

— Mais je les ai vus.

— Ce n'était rien de plus qu'un cauchemar. Ici il n'y a que toi et moi, tu es en sécurité.

Elle soupire de soulagement en observant la chambre.

— Qu'est-ce que j'ai eu peur ! s'exclame-t-elle en frémissant. Je comprends pourquoi mes parents m'interdisent de regarder des films d'horreur.

Pleine de regrets, je mords l'intérieur de ma joue. Il est inconcevable que son père la découvre dans cet état à son retour, sinon je ne donne pas cher de ma peau.

— J'ai une idée ! m'écrié-je avec entrain. Et si on allait faire un tour tout à l'heure ? Tu choisis le lieu, l'activité... bref, t'as carte blanche pour tout. T'en penses quoi ?

Dans ses prunelles, je lis de l'indécision. Elle se demande sans aucun doute si elle doit me faire confiance.

— D'accord, dit-elle au bout d'un moment. On va aller au parc d'attractions, manger des hot-dogs à la moutarde, des hamburgers, on prendra de la glace, des marshmallows, oh, et de la barbe à papa, j'adore la barbe à papa, des bonbons...

— On voit bien que ni le mal de ventre ni la carie ne t'effraient, marmonné-je.

— Et on essayera aussi le train fantôme, ajoute-t-elle avec fébrilité.

— OK, on fera tout ce que tu veux, sauf le train fantôme. Tu sors à peine d'un mauvais rêve. Tu es trop jeune pour terminer dans un asile, d'accord ?

Elle boude.

— Pff, ce n'est pas marrant sans le train qui fait peur.

— Tu l'as déjà pris ?

— Pas encore, mais tu es tellement gentille que tu vas me laisser faire, non ? enchaîne-t-elle en souriant de toutes ses dents.

À son âge, elle a déjà recours à la psychologie inversée. Je secoue la tête, un brin amusée.

— Tu ne m'auras pas avec cette bouille angélique, la grondé-je tendrement en pinçant son nez. Est-ce que Clara travaille le dimanche ?

— Non, c'est son jour de congé.

— Ça signifie que c'est moi qui vais préparer le petit déjeuner. Qu'est-ce qui te ferait plaisir ?

— Le dimanche, généralement, papa et moi faisons un brunch. Il commande au restaurant de l'immeuble un petit déjeuner copieux et équilibré.

— Tu veux dire que vous avez un restaurant ici ? l'interrogé-je en clignant des cils.

— Oui, si on veut quelque chose, on appelle et ils viennent nous livrer.

— C'est génial, alors qu'est-ce que tu as envie de manger ?

— Dans la cuisine, tu verras la carte de leur menu. Ils proposent quatre différents packs de petit déjeuner : sucré, anglais, continental, omelette. Moi, je veux un porridge chocolat et fruits rouges.

— Ils en font aussi ?

— J'aimerais que ce soit toi qui me le fasses.

Hein ? Je n'ai jamais préparé de porridge. Par où commence-t-on ?

— Superrr, prononcé-je d'une voix suraiguë. Considère que c'est fait.

De nos jours, avec Internet, on peut apprendre à tout faire. J'irai chercher la fameuse recette sur mon vieil ami Google.

Nous descendons l'escalier. Elle se rend au salon, moi dans la cuisine. Je récupère les ingrédients nécessaires à la préparation de son porridge chocolaté après avoir passé la commande d'un petit déj à l'anglaise. De prime abord, la recette semble facile, je devrais m'en sortir.

Au moment où je verse dans un poêlon les flocons d'avoine et du lait de soja, mon portable vibre sur la surface en marbre.

Couilles molles : Salut ! Bien dormi ? Le programme d'aujourd'hui tient toujours ?

Moi : Ouais et toi ?

Moi : On se voit, mais les plans ont changé. Hier j'ai maté *Détour mortel* avec Raphaella, la pauvre ne s'en est pas remise, donc pour réparer les dommages, j'ai prévu de l'emmener à Coney Island, pour qu'elle pense à autre chose.

Couilles molles : T'es un désastre pour les enfants, qu'est-ce qui t'est passé par la tête ?

Moi : Ne me jette pas la pierre, ça arrive de se tromper, et on apprend de ses erreurs. Au moins, elle pourra se vanter auprès de ses amis d'avoir vu un film d'horreur.

Couilles molles : Lol, rappelle-moi de protéger ton enfant de toi. Tu veux que je passe vous chercher ?

Moi : Volontiers, chéri. À quoi ça servirait d'avoir un pote qui a une caisse si je ne peux pas en profiter ?

Couilles molles : J'ai toujours su que tu étais devenue mon amie uniquement par intérêt.

Moi : Lmao[1]. À tout' et bisou sur tes couilles molles.

Moins d'un quart d'heure plus tard, Raphaella et moi sommes attablées. Je reste attentive à chacune de ses réactions ; sa grimace m'interpelle alors qu'elle plonge une cuillère dans son bol et remue le contenu en continu. Au bout d'une minute, elle marque sa désapprobation.

— Ton porridge est raté, déclare-t-elle en s'adossant.

— Comment ça ? J'ai pourtant suivi les instructions.

— Il est liquide, ce qui veut dire qu'il n'a pas gonflé. Ça ressemble à de la nourriture pour chiens.

Elle m'attaque à balles réelles.

— Depuis quand on a besoin d'instructions pour préparer un porridge ? Même moi, je le fais en trois minutes, les yeux fermés.

Sa repartie me laisse bouche bée et donne un coup à ma fierté.

— Je ne suis pas très douée en cuisine, me justifié-je, sur la défensive. Et c'est la première fois que je fais un porridge, je n'en ai jamais mangé.

— Tu ne sais pas ce que tu rates. Je vais prendre uniquement

1. *Laughing my ass off*, c'est-à-dire « rire à s'en taper le cul » ou plus communément « mort de rire ».

les fruits rouges, ajoute-t-elle en glissant une cerise dans sa bouche. Heureusement que tu n'as pas eu besoin de les cuisiner.

Abasourdie, je la fixe sans ciller. C'est quoi cette gamine ? Je refuse de croire qu'elle a seulement sept ans. Mince, elle m'a vexée.

Pour avaler la pilule, je me concentre sur ma propre assiette composée de saucisses, de bacon et de tranches de pain. C'est salé et poivré comme il faut ; je me régale avec la brown sauce et des *baked beans*. Au moins l'une de nous est satisfaite de son plat.

— Bien le bonjour à vous, mesdemoiselles.

Surprise par cette voix inattendue, je me retourne et découvre Jake. Moi qui pensais qu'il s'était rendu à Seattle avec son patron, j'avais tout faux.

— Jake, répliqué-je, enjouée. Bonjour, comment allez-vous ?

— Je n'ai aucune plainte concernant ma santé, mademoiselle Bridgestone, et vous ?

— Je vais bien, merci.

— Ça va, Ella ? l'interroge-t-il.

Elle hoche la tête.

— Je n'ai seulement plus d'illusions, Zoey ne sait pas faire un porridge. Où va le monde ?

Cette petite est incroyablement déroutante, encore plus lorsqu'elle parvient à faire rire Jake. Je ne cache pas ma stupéfaction, waouh… le cyborg serait-il en réalité doté d'émotions ?

— Ton père m'a demandé de passer vérifier si votre cohabitation se déroulait bien.

— M. Lockwood ne me fait-il pas confiance ?

— Ce n'est pas ce que j'ai dit, mademoiselle, mais on n'est jamais trop prudent.

— Comme vous le voyez, Raphaella est en un seul morceau. Tout est impeccable, je n'ai pas encore eu le temps de briser un lustre ou de mettre le feu à la cuisine… mais je plaisante, Jake, précisé-je devant son sourcil arqué. Où est donc passé votre sens de l'humour ?

Impassible, il me scrute.

— Désolée que vous ayez dû vous déplacer pour pas grand-chose. Raphaella et moi, on s'entend super bien, n'est-ce pas ?

Je cherche l'appui de cette dernière.

— Oui, affirme-t-elle, emballée. Zoey est cool, hier dans la nuit nous avons regardé un film…

— Un documentaire sur les animaux, me hâté-je de l'interrompre avec un sourire. Qui soit dit en passant était très édifiant.

— Je suis ravi de l'apprendre. À bientôt, mesdemoiselles, vous pouvez me contacter en cas de souci. La petite sait comment s'y prendre.

— Bonne journée, Jake.

Dès qu'il disparaît de mon champ de vision, je tente de me calmer.

Raphaella a failli cafter, mince ! Il faut impérativement que je lui fasse oublier cet incident, sinon… Affaire à suivre.

— Incroyable ! chantonne Gwen. Ce penthouse est juste… incroyable. On dirait celui de Christian Grey. En tout cas, je veux bien que Raphael Lockwood soit le mien.

— Imagine que Ryan t'entende, tu ne mesures pas l'impact que tes mots pourraient avoir sur lui.

— Oh là là, détends ton string, Zoey, je ne peux plus plaisanter ? Ryan sait que je l'aime, c'est tout ce qui compte.

— Il faudrait revoir ta définition du verbe aimer, les dictionnaires n'ont pas la même.

Elle roule des yeux et me suit jusqu'à la cuisine, où je dépose l'assiette sur laquelle trône un gâteau qu'elle est censée avoir préparé pour Raphaella. À mon avis, elle s'est rendue dans une pâtisserie et a jeté l'emballage. D'ailleurs, pour quelle raison donne-t-elle un gâteau à Raphaella ? Il y a anguille sous roche.

— C'est très gentil de ta part d'offrir une pâtisserie à Raphaella, déclaré-je hypocritement.

— Ce n'est rien, répond-elle sur le même ton. Tu sais à quel point j'aime les enfants.

— Tu les aimes tellement que tu as juré d'avorter si tu

tombais enceinte, raillé-je. Ça c'est un amour qu'on ne voit pas tous les jours.

Son regard noir ne m'intimide pas.

— Si tu penses arriver à manipuler cette petite fille avec un gâteau à la con, tu te mets le doigt dans l'œil.

— Ça c'est ce que tu crois, tous les gosses sont influençables. Tu leur donnes un bonbon et, hop, ils montent dans ta camionnette.

— Elle est loin d'avoir deux ans.

— Mais elle reste une morveuse.

Des rires joyeux éclatent dans la pièce. Ryan nous rejoint dans la salle à déjeuner avec une Raphaella surexcitée perchée sur ses épaules. Quand cette dernière a vu mon ami, elle a décrété que c'était lui son prince charmant. « Rien ni personne ne pourra se mettre en travers de notre bonheur », je cite ses mots.

— Hé, Raphaella, tu n'aimerais pas goûter ce gâteau que j'ai pris la peine de réaliser spécialement pour toi ?

Elle descend de son perchoir, s'installe sur une chaise et enfonce le doigt dans ledit gâteau avant de le mettre dans la bouche.

— Il a l'air bon. On dirait que tu cuisines mieux que ta sœur.

Mon expression offusquée la fait rire.

Petite peste machiavélique…

— Je suis incontestablement plus douée que Zoey, et ce dans n'importe quel domaine, affirme Gwen avec arrogance.

Raphaella nous observe tour à tour.

— Si tu le dis, mais une chose est sûre, Zoey est plus belle que toi, lance-t-elle gaiement.

Un ange passe.

Ignorant qu'elle a ébranlé l'assurance de ma sœur qui la considère, interdite, Raphaella continue de sucer son index. De mon côté, même si l'affirmation de la petite m'a mis du baume au cœur, je ne sais quel comportement adopter. Personne avant elle n'avait jamais contredit Gwen quand elle s'en prenait à moi. Penaud, Ryan ne sait pas s'il doit rire de l'impertinence de cette gosse ou soutenir sa copine.

— Je vais chercher des assiettes !

Nous sommes désormais assis autour de la table, une assiette remplie d'une tranche de cake devant chacun d'entre nous. À mon plus grand dam, il est succulent. Contrairement à moi, Gwen se débrouille en cuisine, mais je ne suis pas assez idiote pour me laisser duper. Ça doit être Ryan qui l'a fait, bien qu'il me certifie que non.

Tout se passe bien, si on oublie ma sœur qui rumine, ayant abandonné sa gentillesse de façade, jusqu'au moment où Raphaella commence à se gratter.

— Raphaella, qu'est-ce que t'as ? m'écrié-je, inquiète.

— Ma peau me démange, je crois que je fais une réaction allergique, pleurniche-t-elle. Est-ce qu'il y avait du beurre de cacahuètes dans ce gâteau ?

— Euh… je ne sais pas, avoue ma sœur.

— Comment ça, tu ne sais pas ? la grondé-je. C'est bien toi qui l'as fait, non ?

— Bien sûr que non ! Je l'ai acheté dans une boulangerie.

— Putain ! lancé-je, affolée. Nous devons la conduire à l'hôpital le plus proche.

Avec Ryan, qui porte Raphaella dans ses bras, nous traversons le hall de l'immeuble à pas de géant. Sur le chemin, je lui mets la pression pour qu'il fonce. Tout en grillant un feu rouge, il me fait savoir qu'on dormira dans la même cellule si jamais il se fait arrêter.

À l'hôpital, on prend directement Raphaella en charge. Une infirmière lui administre un antihistaminique et un vasoconstricteur pour éliminer les symptômes de l'allergie. Finalement la réaction était légère, plus de peur que de mal. Avec un profond soulagement, je constate qu'elle va mieux.

— Il est préférable qu'on rentre, dis-je quand nous ressortons.

— Mais nan, pourquoi ? Tu as promis qu'on irait faire un tour au parc d'attractions, proteste Raphaella.

— Tu penses sérieusement que je vais te trimballer à une fête foraine alors que tu dois te reposer ? Je ne suis pas une inconsciente. Tu es encore fragile.

Et toute rouge. Elle aurait été parfaite pour le casting du clip *Thriller* de Michael Jackson. Là, elle fait peur.

— Je me sens bien. De toute façon, tu dois te faire pardonner. Ou bien tu veux que je dise à mon père que tu m'as laissée regarder un film d'horreur qui m'a donné des sueurs froides ?

— Cette gamine a de l'avenir, commente Gwen en lui ébouriffant les cheveux. Être une pro du chantage à cet âge, ça force de l'admiration.

— Tout ça, c'est ta faute ! rugis-je.

— Ouais, ouais, mais en attendant ce n'est pas moi qui suis victime de chantage.

Je reporte mon attention sur la fille de Raphael, qui me sourit d'un air canaille.

— C'est toi la patronne, capitulé-je, les dents serrées.

En définitive, j'ai encore beaucoup de progrès à faire pour me faire respecter par les enfants. Et je n'ose pas imaginer à quelle sauce Raphael me mangera quand il aura été averti de ce week-end rocambolesque.

Doit-on commander mon cercueil ?

Chapitre 15

En principe, j'évite d'être superstitieuse mais lorsque je suis victime d'un enchaînement de catastrophes, je pense machinalement au karma, comme en ce jour qui s'annonce particulièrement merdique. D'abord j'arrive au boulot avec près d'une demi-heure de retard, à cause des embouteillages, ensuite, le Starbucks où je m'approvisionne régulièrement en caféine est fermé. Comme le vendredi 13, ça pue le malheur, qu'est-ce que j'ai fait de mal ?

Pourtant, si on m'avait dit hier que mardi aurait été une journée de malchance, je ne l'aurais pas cru. Simplement parce que Raphael, juste après son retour, m'a signé un chèque d'un montant considérable – mon salaire plus un bonus, comme j'ai joué les baby-sitters.

Étant donné que M. Lockwood m'a fait annuler tous ses rendez-vous, j'en ai profité pour prendre le reste de ma journée et je suis allée faire les boutiques après avoir réglé ma part de loyer auprès de Gwen. J'ai également mis de l'argent de côté pour nous offrir à Ryan et moi un dîner dans un restaurant chic, afin de le remercier de ses bons et loyaux services.

Les prunelles de Margerita brillent en détaillant ma tenue lorsque je me plante devant son comptoir.

— *Bellissima !* s'exclame-t-elle avec un large sourire.

— Merci.

J'ai misé sur un style vestimentaire qui allie sexy et élégance : une robe tailleur beige cintrée avec des bretelles, un col carré et des perles sur les mancherons, des porte-jarretelles et des escarpins.

— Hier, j'ai été faire des achats.

— Oh ! comme ça t'as fait du shopping sans moi en plus ? réplique-t-elle en faisant semblant de s'indigner.

— Désolée, j'ai oublié de t'en parler, et c'est vrai que ça aurait été plus marrant à deux. On ira ensemble la prochaine fois.

— Y a intérêt.

Nous rions.

— Est-ce que Raphael a constaté mon absence ? l'interrogé-je en appréhendant sa réponse.

— Il a juste demandé que tu te rendes dans son bureau dès ton arrivée. Il paraissait furax.

— Sur une échelle de un à dix ? m'inquiété-je.

— Onze.

Mon cœur se met à battre plus vite que d'habitude.

— Merde.

— Est-ce que t'as fait quelque chose de mal ?

— Bien sûr que non !

Son regard vert-de-gris devient inquisiteur, alors je change de sujet.

— On déjeune ensemble ?

Elle acquiesce.

— À plus. Souhaite-moi bonne chance. Si tu ne me vois pas sortir, préviens mes parents que je les ai aimés et qu'ils devront danser sur du James Brown à mes obsèques.

— Tu es folle, se marre-t-elle.

Devant la porte du bureau de Raphael, je marque un arrêt. Il saura que je suis en retard si je frappe. Je me souviens soudain que je me suis caressée en fantasmant sur lui ce matin. La douche froide que j'ai prise pour calmer mes ardeurs a été aussi efficace que de la poudre de perlimpinpin. Non, je ne veux pas recevoir un sermon de sa part, surtout après ça.

Je préfère m'enfermer dans mon bureau et décide de me remettre aussitôt au travail.

Ça fait bien trop longtemps que je n'ai pas eu de rapports, je suis en manque. Pourquoi a-t-il fallu que mon patron soit aussi gâté par la nature ?

Bordel ! Je maugrée dans ma barbe en tentant de me concentrer sur mon Mac.

Une demi-heure plus tard, parce que c'est la sarabande dans ma tête, je fixe le plafond.

À la sonnerie du téléphone, je sursaute et fais tomber le stylo. Mon estomac entame un saut périlleux en parfaite synchronisation avec les battements saccadés de mon cœur.

Après une profonde inspiration, je décroche.

— Bridgestone, dans mon bureau tout de suite !

Aïe, bonjour la froideur ! Il va m'engueuler à coup sûr. Non seulement je suis arrivée en retard, mais je ne l'ai pas prévenu et en plus j'ai oublié de lui apporter son café.

Debout, je défroisse à plusieurs reprises ma robe qui n'en a nullement besoin. Retarder l'échéance ne servira à rien, mais je m'octroie quand même un sursis.

J'hésite cinq fois avant de frapper le battant. Je frémis lorsqu'il me donne l'ordre d'entrer de son ton impérieux.

— Fermez la porte.

Ce que je fais. Ayant pris appui au bord du secrétaire, il me sonde de son regard imperturbable. Débarrassé de la veste très ajustée de son costume trois-pièces Washington gris, il a gardé le gilet.

Je retiens de justesse un soupir, le contemplant avec envie. C'est injuste d'être aussi magnétique. Parce que le produit estampillé m'est inaccessible, il ne me reste plus que mon imagination.

— Zoey… je pensais que Margerita vous avait informée que je voulais vous voir dès votre arrivée. À votre avis, que cela signifie-t-il ?

Son calme olympien me fiche la trouille.

— Je… Eh bien… C'est que…

— Cessez de bafouiller. Très bien, nous allons entrer dans le vif du sujet, quand comptiez-vous me l'annoncer ?

— Pardon ?

— Votre manie de jouer à la sourde m'horripile, mais soit,

je vais vous rafraîchir la mémoire. Pourquoi ne pas m'avoir prévenu des péripéties du week-end ?

J'avais peur que tu me tues en m'enterrant vivante.

Mon silence attise sa colère.

— Vous rendez-vous compte de la gravité de votre irresponsabilité ?

Sans m'octroyer le droit à la justification, il continue de m'acculer :

— Non seulement vous lui avez fait regarder un film déconseillé aux moins de seize ans, mais elle a fait une réaction allergique parce que votre sœur a eu l'idée stupide de lui donner un gâteau au beurre de cacahuètes.

Oups, démasquée ! Je suis foutue ! Raphaella avait promis de ne rien lui dire. Je sais que ce n'est pas très mature de rejeter la faute sur une gamine, qui en plus est la victime, mais on avait un deal !

Le visage de mon boss exprime un profond mécontentement. Mes cris vont mourir avec moi dans cette pièce insonorisée, sauf qu'on finira bien par me retrouver, même s'il me démembre et cache mon corps : j'ai foi en la police criminelle.

— Oh ! si vous croyez qu'elle a parlé de son plein gré, vous vous trompez, m'explique-t-il en lisant dans mes pensées. Son éruption cutanée et ses cauchemars ont été très éloquents, savez-vous que je peux vous virer pour ça ?

NON !

— Je suis terriblement désolée, monsieur, bredouillé-je, les yeux larmoyants. Je vous jure sur la tête de mon père que je ne voulais faire aucun mal à votre fille, j'ai essayé de me comporter en adulte…

— Vous avez encore du chemin à faire, et d'après ce qui s'est passé ce week-end, la route sera sinueuse, me coupe-t-il, tranchant.

— Monsieur, ce n'est pas vraiment ma faute. Je ne sais pas comment agir avec les enfants, en prendre soin et tout le tralala. Je vous l'aurais bien dit, si vous ne m'aviez pas mise devant le fait accompli. Je voulais qu'elle me trouve cool, alors je lui ai permis de regarder un film d'horreur, mais j'ai manqué de jugeote et je m'en excuse profondément. Elle ne m'avait pas prévenue de ses allergies, et si j'avais su que ce gâteau contenait des arachides, elle n'en aurait pas goûté la moindre miette.

À bout de souffle, je me tais. Raphael s'est rapproché de moi, mais reste à une distance raisonnable. Il est si près que j'arrive à m'enivrer de son parfum, mais si loin que je ne peux le toucher.

— Si je comprends bien, vous avez laissé des inconnus entrer chez moi pour la deuxième fois consécutive ?

Bon sang de bois. Mec, alors que mes excuses étaient sincères, comment trouves-tu le moyen de ramener mes erreurs sur la table ?

— Pas des inconnus, monsieur, mais mon meilleur ami et ma sœur.

Une main dans la poche de son pantalon, il adopte une position incroyablement sexy. Mon Dieu ! Avec quelle maîtrise je parviens à ne pas me jeter sur lui ?

— Que vais-je bien pouvoir faire de vous, Zoey ? murmure-t-il comme s'il est las de m'avoir dans les pattes.

M'embrasser, peut-être ? ai-je envie de lancer sur le ton de la plaisanterie sauf qu'au lieu de ça, j'admire mes chaussures.

Le silence perdure plus longtemps que nécessaire. En relevant la tête, je me confronte à l'intensité de son regard. Il me dévisage avec une confusion évidente.

Quelle bêtise ai-je faite cette fois ?

— Vous embrasser ? répète-t-il comme s'il n'y croyait pas lui-même.

OH, SAINTE MARIE MÈRE DE DIEU, priez pour moi, pauvre pécheresse et inculquez-moi le don de ne plus jamais penser à voix haute. Amen ! S'il vous plaît, quelqu'un pour m'aider à creuser un trou pour disparaître ?

Ses yeux me transpercent, je crois apercevoir l'ombre d'un sourire moqueur sur ses lèvres, mais je n'en suis pas certaine car je me concentre aussitôt sur le sol.

La tête baissée, je vois cependant qu'il s'approche encore. Je me redresse si brutalement qu'un torticolis ne me surprendrait pas. Ma bouche s'entrouvre, il est tout près.

Seigneur ! Empêche-moi de me pâmer. Compte-t-il réellement m'embrasser ?

Mon cœur s'agite et cherche à sortir de son écrin, je suffoque.

Mon Dieu, il se penche ! C'est le moment de fermer les paupières et de tendre ma bouche en cul de poule, non ?

Son odeur omniprésente me trouble. Les paupières closes, j'attends qu'il m'embrasse. Je suis sur le point d'être catapultée dans l'éther quand un bruit strident me ramène à la réalité.

Saleté de téléphone fixe !

J'entrouvre un œil, mon patron est toujours bien trop de moi. Comme il me dépasse d'une bonne tête et demie, je lève le regard sur lui et intercepte son rictus cynique.

D'un coup de hanche, il me fait basculer sur le côté et ouvre la porte. Il se tourne et, voyant que je ne bouge pas, ironise :

— Les plantes ne travaillent pas et je ne vous paye pas pour me servir de décoration, Bridgestone.

Son ton est une gifle qui m'ôte toute illusion.

— Ne me dites pas que vous avez réellement cru que j'allais vous embrasser, me nargue-t-il. Revenez sur terre et estimez-vous chanceuse que je vous garde parmi nous. À la prochaine erreur, aussi minime soit-elle, vous obtiendrez un ticket express pour la sortie. Compris ?

En un temps record, je recouvre ma lucidité. Rien de mieux qu'un plongeon dans les chutes du Niagara pour vous remettre les idées en place.

— Compris, rétorqué-je en passant devant lui.

À l'abri des regards, dans mon bureau, je fends l'air de mes coups de poing. Qu'est-ce qui m'a pris d'agir ainsi ? Je suis une vraie conne. Que va-t-il désormais penser de moi ? Une chienne en chaleur. Il n'a pas besoin d'avoir un doctorat pour deviner qu'il m'attire. J'anticipe ses prochaines tortures.

Le vague à l'âme, je m'affale sur mon fauteuil. Je viens de

me faire rembarrer et pas de la manière la plus douce, il y a de quoi geindre.

Le pire ? S'il avait mordu à l'hameçon, j'aurais adoré savoir si son goût est à la hauteur de son odeur.

Inutile de le dire : je crains à mort.

Chapitre 16

Raphael

Fichtre !

J'étais à deux doigts de l'embrasser. Si je n'avais pas fait appel à ma volonté de fer, je l'aurais plaquée contre la baie vitrée pour la baiser sauvagement. Il faudrait être aveugle pour ne pas remarquer à quel point Zoey est bandante.

En y réfléchissant, je me demande d'où m'est venue cette impressionnante maîtrise de soi qui m'a empêché de répondre favorablement à son envie. Quelle idée de penser à voix haute, il n'y a qu'elle pour agir de façon aussi stupide.

L'embrasser… Oh ! oui, je le désirais tellement…

En plus, son style du jour ne m'a en aucun cas laissé indifférent, il mettait en valeur sa silhouette tout en finesse et tonicité. J'ai bugué dès l'instant où elle a franchi le seuil de mon bureau. Bon sang, où est-elle allée chercher un ensemble aussi sexy ? Un billet aller simple vers la débauche.

Zoey n'est pas concrètement mon genre de nana. Je les aime plutôt grandes avec les seins en forme de poire. Elle est jolie, sauf que ce n'est pas une fille que j'aurais volontairement draguée en soirée. De toute façon, comme je les attire naturellement, je ne perds pas mon temps à ça. Pas besoin d'en faire trop, un sourire en coin et l'instant d'après, elles sont consentantes.

J'ai toujours baisé toutes celles qui rentrent dans mes critères, et l'heure suivante, je passe à autre chose. Je ne m'intéresse jamais à la même femme plus d'une nuit, exception faite de la maman de Raphaella, qui m'a grugé jusqu'à l'os. Un véritable casse-tête qui a eu gain de cause avec une grossesse indésirable. Il m'arrive encore de me demander par quel mystère je ne me suis pas retrouvé à l'hôpital psychiatrique à la suite de cet épisode.

En disant tout haut ce que je me suis efforcé de penser tout bas depuis qu'elle bosse pour moi, Zoey a semé le chaos dans ma tête. Impossible de songer à autre chose qu'à son désir évident pour moi.

Pourquoi n'ai-je pas cédé à son appel ? Et surtout POURQUOI je crève d'envie de la presser contre mon secrétaire pour fouiller ardemment ses parois intimes ?

Exhalant un soupir à fendre l'âme, je me masse les tempes, mais rien n'y fait, la tension ne s'apaise pas. Dois-je continuer à me comporter comme un tyran ? J'ai conscience de la traiter comme une serpillière, mais c'est la méthode la plus judicieuse qui m'est apparue pour annihiler ce qu'elle éveille en moi.

Je la veux, cependant s'il y a bien une chose que j'ai apprise de mes déboires, c'est que coucher avec une collègue finit toujours par provoquer un essaim de désagréments. Prenons le cas de Cassandra, une pimbêche aussi belle que bête, qui a cru en la possibilité d'une relation amoureuse entre nous. Si je la garde, c'est uniquement parce qu'en affaires elle est redoutable comme un requin de la pègre. Ses idées sont ingénieuses, de plus mon géniteur, qui est un bon ami du sien, m'a formellement déconseillé de lui causer du tort. Donc…

Cassandra m'a chauffé. Comme je ne suis qu'un homme fait de chair et de sang, je ne me suis pas montré difficile et je lui ai donné ce qu'elle voulait. Comme d'habitude je ne couche qu'une seule fois avec la même femme, j'ai été surpris de remettre le couvert, bien qu'elle soit sacrément bonne. À cause de ce qui était censé n'être qu'une histoire de fesses, j'ai désormais un pot de colle qui s'accroche à mes basques, et qu'il est dur de congédier.

Elle et Isadora ont des points en commun, elles sont médaillées dans l'art du harcèlement, à côté Demi Moore peut faire ses valises.

Actuellement, j'ai un problème crucial pour lequel j'ai besoin de l'assistance de Zoey, et si elle continue de me faire attendre, je pète une durite. Quand je l'ai convoquée ce matin, j'avais dressé une liste des choses à faire, je devais lui passer un savon mémorable à la suite de ses actes inconscients, puis lui fournir une mission spécifique par rapport au dossier Piermonte. Une affaire qui vaut son pesant d'or ; je n'essuie jamais d'échec. Cependant, je n'envisageais pas que la conversation tournerait court ainsi.

Si Zoey n'a pas réalisé que j'étais loin d'être insensible à son charme, c'est uniquement parce que je sais être un très bon acteur. Je me suis surpris à lorgner son cul à maintes reprises quand elle a le dos tourné.

Lorsque je pense à elle, comme à cet instant, je bande comme un carme et si je n'étais pas dans mon bureau, je me serais sévèrement branlé.

N'ayant aucune bimbo à proximité, je fais avec les moyens du bord, et grimace en m'imaginant une scène tellement indécente qu'on dirait un mauvais porno. Au moins cette solution fonctionne partiellement, je ne suis plus autant à l'étroit dans mon pantalon qu'il y a quelques minutes.

Inspirant une goulée d'air, j'invoque le calme et demeure un instant immobile. Il est temps de s'activer, le fric n'attend pas.

Le combiné du fixe en main, j'essaye la ligne de Zoey. Cet incident n'interférera certainement pas avec des affaires hautement plus importantes que notre libido. S'il y a un truc qui m'insupporte, ce sont ces paresseux qui cherchent n'importe quel prétexte pour ne pas travailler. Mes employés savent pertinemment que je suis d'une rigueur incontestable quand il s'agit des objectifs d'une société : faire des profits, s'accroître, se diversifier, entretenir sa pérennité.

J'aime bosser avec des personnes dynamiques, qui ne se reposent pas sur leurs lauriers, c'est pourquoi j'ai accordé une chance à Zoey de rejoindre mes rangs. Si je critique son travail, elle ne se laisse pas abattre et cherche à s'améliorer. Ce trait de caractère me plaît. Elle tient bon, accuse le coup, or je sais qu'elle rêve de me faire la peau. Ce qu'elle ignore ? Un jour, elle finira par me remercier pour cet apprentissage que je lui offre. Le monde de l'entreprise est impitoyable, et si vous n'avez pas les reins solides, on ne fera qu'une bouchée de vous.

Les tonalités se succèdent, Zoey ne se manifeste toujours pas. Un grognement exaspéré m'échappe, ce n'est pas le moment de m'emmerder avec des caprices de jeune fille frustrée. Elle voulait par extension se taper le boss, ce n'est pas arrivé : qu'elle ne perde pas de vue son but fondamental.

Je me lève et me dirige rapidement vers son bureau. Sans frapper, j'enclenche la poignée. Malédiction, la porte est close.

— Zoey, commencé-je posément.

Le silence me répond.

Zoey pense-t-elle réellement pouvoir entamer une partie de cache-cache avec moi ?

— Zoey ! Laissez-moi entrer tout de suite.

Quel est l'imbécile qui a fait la bêtise de ne pas vitrer les portes ?

Ton père.

Un brin irrité, je tourne les talons et vais à l'accueil.

— Est-ce que tu sais où se trouve cette incapable de Zoey ? lâché-je durement à Rita.

Étonnée par ma sécheresse, elle s'apprête à parler quand une voix résonne dans mon dos et lui coupe l'herbe sous le pied.

— Juste derrière vous.

Je me retourne et rencontre ses prunelles grises. Ses yeux expressifs semblent être le miroir de son âme, c'est si facile de lire en elle – comme dans un livre ouvert. Par exemple, là, elle veut me hurler des insanités, pourtant elle se rappelle sa fonction en pinçant ses lèvres pulpeuses.

— Où étiez-vous ? Et pourquoi votre porte est-elle fermée à clé ? demandé-je, revêche.

— J'étais aux toilettes, là où vous ne pouvez pas être à ma place ! lance-t-elle en m'observant droit dans les yeux sans faillir. Et j'avais peur qu'on ne vole mes affaires, donc j'ai assuré mes arrières.

Déconcerté, je reste silencieux alors qu'elle passe devant

moi et s'engage dans le couloir. Mon regard dérouté se pose sur une Margerita qui se bidonne.

— Cette fille est..., fait-elle en riant, c'est la bonne !

J'abandonne mon amie pour suivre mon assistante. La porte de son bureau ouverte, je me glisse à l'intérieur et la trouve derrière son secrétaire, faisant mine de ranger sans se soucier de ma présence.

Prêt à lui adresser des remontrances, je me ravise au dernier moment.

— Je dois vous parler, Bridgestone ! tonné-je à la place.

— Faites donc, grogne-t-elle.

— Dans mon bureau, tout de suite. Prenez vos outils de travail, vous en aurez besoin.

Sans guetter sa réaction, je me détourne. Zoey n'a aucune idée de ce que je ressens. Ce n'est pas parce qu'à longueur de journée je semble de marbre que je ne crève pas d'envie de me jeter sur elle.

Zoey

Il est inadmissible que je veuille toujours de lui après la hargne dont il fait preuve envers moi. Il m'a explicitement fait savoir que je n'ai aucune chance et surtout qu'il n'est pas intéressé. Après tout, c'est compréhensible. Il suffit de nous regarder l'un à côté de l'autre dans un miroir pour saisir le fossé qui nous sépare. Là où il est un bourreau des cœurs, c'est le mien qu'on brise à chaque fois.

— Êtes-vous avec moi, Zoey ?

De tout mon soûl ! Non seulement je suis avec toi mais également sur toi, sous toi, toi en moi...

OK, je divague. Une claque mentale, et je recouvre mes esprits.

— Non... euh oui, je suis avec vous. Pardon, mais qu'étiez-vous en train de dire ?

Courageuse, j'affronte l'intensité de son regard. Raphael cesse de faire cliqueter son stylo et me dévisage avec nonchalance.

— Si j'avais voulu m'adresser à une sourde, je serais allé en chercher une. Peut-être voudriez-vous prendre le reste de votre journée ?

Son inflexion sardonique me contrarie. Je roule des yeux, affichant une révolte évidente. Les paupières plissées, il m'examine.

Surpris, monsieur Lockwood ? Vous ne me faites plus peur. Bon, un tout petit peu quand même, sauf que je peux vous tenir tête.

— Votre générosité me réchauffe le cœur, raillé-je à mon tour, mais je vais décliner votre proposition.

— C'est une offre qui ne se présentera pas deux fois. Si j'étais vous, je sauterais sur l'occasion.

— Encore heureux que vous ne soyez pas moi, vous ne sauriez pas gérer ce que signifie « être moi ».

L'enfoiré étire ses lèvres.

Très vite, nous travaillons à nouveau sur le dossier Piermonte. Les chiffres, les statistiques, les arguments sont mis en évidence pour convaincre cet homme d'affaires italien de céder une bonne partie de ses actions à Raphael, qui veut les racheter et devenir ainsi associé majoritaire d'une société réputée dans l'agroalimentaire. Perfectionniste, mon patron ne s'arrête pas là, traque les incohérences pour tout peaufiner.

À midi il déjeune avec le directeur manager d'une LLC[1] spécialisée dans la vente de modems. Ma présence n'est pas sollicitée, puisqu'il s'y rend avec Cassandra.

— Pendant ce temps, qu'allez-vous faire ? demande-t-il avec curiosité en réarrangeant son apparence.

Le gars aime se foutre de ma gueule. Quoique… c'est la première fois qu'il paraît intéressé.

— Monsieur, avec tout le respect que je vous dois, ça ne vous regarde pas.

1. *Limited liability company*, « société à responsabilité limitée ».

— En êtes-vous sûre ?

S'il pense que je vais continuer longtemps sans protester, il se fourre le doigt dans l'œil.

— Certaine même, mais puisque vous insistez, je vais déjeuner avec mon *petit ami*. Sur ce, ciao.

Je tourne sèchement les talons et me rends dans mon bureau afin de récupérer mes effets personnels.

— Prête ? lâché-je à l'intention de Margerita.

Elle opine du chef et quitte son comptoir en s'enveloppant d'un manteau.

— Faut que je te dise un truc, déclare-t-elle, morte de rire dès lors que nous entrons dans l'ascenseur. Raphael n'en revenait pas tout à l'heure, c'est la première fois que je le vois rester presque bouche bée face à un de ses employés.

Je me déride instantanément.

— Il m'énerve tellement.

— En tout cas, c'est électrique entre vous.

— Très tendu, je le déteste.

— Tu sais ce qu'on dit, de la haine à l'amour il n'y a qu'un pas, minaude-t-elle, goguenarde.

— Je t'emmerde.

Elle se gausse.

— Oh là là, tous les deux, vous avez fait ma journée, c'est jouissif de vous entendre vous chamailler.

— Ha ha ha, fais-je, pince-sans-rire.

Raphael est passé maître dans l'art de me faire sortir de mes gonds. Enfoiré de boss !

Chapitre 17

— Je suis en manque de sexe ! déclare Margerita.

M'étranglant, j'intercepte les coups d'œil curieux des clients sur nous. Je la fixe, prise au dépourvu.

— Je t'en prie, Élisabeth II ne t'a pas entendue.

— Ben quoi ? Je ne peux plus m'exprimer librement alors que nous sommes dans un pays démocratique ?

— Va dire ça à Hitler.

— Il est mort.

Nous rions. Avec elle il n'y a pas de chichis, tout est spontané, si bien qu'à ses côtés, je me sens détendue.

— La dernière fois que je suis passée à l'acte, c'était ce week-end avec un mec rencontré sur Tinder, continue-t-elle avec une expression abattue.

— Donc tu t'es quand même envoyée en l'air il y a peu, et tu oses te plaindre ? Je n'imagine pas ce que ça aurait donné si tu étais dans ma situation.

— Qui est ?

— Abstinence depuis sept mois, bientôt huit.

— Non ! glapit-elle en écarquillant les yeux. Ne me dis pas que tu es sérieuse.

— On ne peut plus.

— Doux Jésus, rien que l'idée de me mettre à ta place me donne la chair de poule.

— Ce n'est pas non plus la fin du monde. Est-ce que j'ai l'air d'aller mal ?

— Peut-être pas, mais il te faut un mec, ou bien tu es de celles qui attendent le prince charmant ?

— Je continue de croire qu'il existe quelque part ; avec de

la bêtise et beaucoup beaucoup d'illusions, je finirai par le débusquer.

Elle laisse échapper un ricanement.

— Ah, les jeunes, ils sont pleins de rêve.

— J'ignorais que j'étais en présence de mon arrière-grand-mère, raillé-je.

— Il arrive qu'à une période de sa vie, on soit complètement désabusé, argue-t-elle sérieusement. Quand j'avais ton âge, je pensais que Marcus était l'homme de ma vie, celui avec qui je finirais en maison de retraite, je ne voulais même pas sentir l'attention d'un autre mec. Et regarde-moi aujourd'hui, inscrite sur tous les sites de rencontres qui existent. Je ne cherche pas le grand amour, non, avant tout, c'est pour le fun. Faire la connaissance de nouvelles personnes, se découvrir des centres d'intérêt et autres points en commun. Après, si l'envie vient, on décide de voir ce que ça donne dans la réalité, cela peut être l'histoire d'une nuit ou bien plus. Tout dépend de l'alchimie et des attentes de chacun.

D'après ce qu'elle a partagé avec moi, Marcus est son ex. Ils se sont mis ensemble à l'âge de seize ans et à vingt-deux ans, ils avaient des projets de mariage. Sauf que le con l'a trompée avec l'une de ses amies lors d'un week-end à Coachella. Ils étaient tous sous ecstasy, aucun n'était en pleine possession de ses moyens. Elle lui a pardonné cette fois vu qu'il avait des circonstances atténuantes, mais ce gros con a à nouveau couché avec ladite amie. La goutte d'eau qui a fait déborder le vase.

Si aujourd'hui elle semble être passée à autre chose, cela l'a profondément marquée. Elle affirme ne plus s'attacher et est devenue très méfiante envers les hommes.

— Je te conseille d'essayer les sites Internet, relance-t-elle. Y en a qui craignent, c'est vrai, où à peine tu es inscrite, un mec te demande une photo à poil.

— En effet... Sache que je m'étais inscrite sur Tinder avant de désinstaller l'appli. J'ai eu quelques matchs et la plupart étaient lourdingues. Par exemple, il y avait ce mec qui m'a balancé comme phrase pour se présenter : « Est-ce que ton père est terroriste ? Parce que ton corps, chérie, c'est de la bombe. »

Margerita éclate de rire, au point d'en lâcher sa frite.

— C'est le truc le plus… Je pense l'avoir déjà entendu dans un film. Maintenant que tu en parles, un autre m'avait fait le coup : « Salut, beauté ! Est-ce que t'es boulangère ? Parce que laisse-moi te dire que t'as des miches d'enfer. » Si ça se trouve, c'est le même.

Nous avons changé nos habitudes en nous rendant dans un fast-food fraîchement inauguré. J'ai opté pour un *shroom burger* avec du bœuf sans hormones ni antibiotiques, des champignons frits et du cheddar fondu.

J'attrape mon verre de cola et tire sur la paille calée entre mes lèvres. L'expression de Margerita se modifie alors qu'elle fixe un point par-dessus mon épaule. Pas le temps de m'interroger qu'elle se redresse en s'exclamant avec entrain :

— Josh ! Connor ! Si je m'attendais à vous voir ici… Comment allez-vous tous les deux ?

Le prénom de Connor me fait avaler de travers. Je dévie le regard pour apercevoir les nouveaux venus et ai la confirmation que c'est la personne à laquelle je pense.

Ravie, Margerita les serre dans ses bras avant de me désigner.

— Je vous présente Zoey. C'est une amie et collègue de travail.

Leurs yeux se baissent simultanément sur ma silhouette rencognée dans la banquette. Ceux de Connor brillent quand il me reconnaît. Son sourire charmeur réapparaît.

— Je la connais, annonce-t-il. On s'est rencontrés à ta fête.

— Ah oui, c'est vrai, vous y étiez tous.

— C'est donc elle la fameuse Zoey dont tu m'as parlé ? intervient Josh.

Cette information attise ma curiosité.

— Tu ne perds pas de temps, toi. T'ai-je fait autant d'effet pour que tu discutes de moi avec ton entourage si vite ?

Il fait mine d'être blasé.

— Ce crétin voulait savoir qui tu étais, car il nous a vus ensemble cette nuit-là.

— Cette conversation promet d'être intéressante, est-ce que vous vous asseyez avec nous ?

Pourquoi fais-tu ça, Rita ?

— Oh ! on ne voudrait pas vous interrompre dans votre discussion qui doit être cent pour cent féminine. On comptait s'installer un peu plus loin, réplique Josh.

— Ne dis pas n'importe quoi. Contrairement à vous, on ne parle pas de la taille de vos pénis. En plus, les étalons comme vous sont les bienvenus.

Je me retiens difficilement de rire. Margerita est si... spéciale. Je me décale sur le côté en ramenant au passage mon plateau, faisant de la place à Connor. Les deux autres sont en face de nous.

— Josh est le frère de Connor, m'apprend Rita. En les comparant, on ne dirait pas, non ?

En effet, Josh est aussi brun que son frère est blond. Le premier détonne avec le stéréotype que je me fais des Australiens, en revanche Connor est à fond dans le thème avec sa tignasse couleur sable et ses yeux lagon.

— Je suis content de te revoir, Zoey, me glisse celui-ci au creux de l'oreille, profitant du fait que son frère discute avec Rita. Mais également un peu fâché, tu avais promis de me laisser ton numéro, et tu es partie sans le faire.

— Si tu l'avais vraiment voulu, t'aurais fait ton maximum pour l'obtenir.

— Le problème c'est que je n'ai même pas su à quel moment tu avais disparu. J'ai été distrait quelques secondes et le temps que je revienne à toi, tu n'étais plus là. J'ai voulu demander ton numéro à Margerita, mais je me suis ravisé parce que je me doutais qu'elle n'allait pas me le donner. Avant, je ne croyais pas au destin, mais maintenant si.

Un sourcil relevé, je le questionne.

— Et peut-on savoir pourquoi ?

— Grâce à toi. J'avais perdu tout espoir de te revoir un

jour, mais on dirait que la chance est de mon côté, car on se rencontre une nouvelle fois.

— Les mystères de la vie.

— Tu pourrais être celle que j'attends depuis longtemps dans la mienne.

— OK, Casanova. À combien d'autres as-tu répété cette rengaine ?

Il me rend mon sourire avec une certaine réserve, le front plissé.

— T'es tout le temps comme ça ?

— Comment ?

— À remettre en question tout ce qu'on te dit.

Haussant une épaule, je me recentre sur Margerita, qui ne me calcule pas le moins du monde. Elle doit le faire exprès. N'a-t-elle pas déclaré que j'avais besoin d'un mec ? La solution au problème semble juste sous nos yeux, sauf qu'il n'est pas mon type, et en plus, il est simplement de passage en ville. Je me vois mal entretenir une relation à distance. Les bisous via Skype ? Très peu pour moi.

— Ça ne m'arrive pas tout le temps, mais je doute des paroles trop flatteuses pour être vraies.

— Tu me traites de menteur ? demande-t-il avec désappointement.

— Désolée, je ne voulais pas te blesser, mais on ne se connaît pas, c'est donc légitime que je reste prudente, non ?

Il acquiesce.

— Et puis ce n'est pas personnellement dirigé contre toi mais compte tenu du fait que tu es un homme et que les hommes…

— Sont tous des connards ? complète-t-il, un brin moqueur.

— T'es archi méga fort, me moqué-je.

— Je suis l'intelligence incarnée, se vante-t-il en bombant le torse.

Mon éclat de rire attire l'attention de Margerita.

— C'est cool, on dirait que le courant passe super bien entre vous, commente-t-elle avec satisfaction.

— Je commence à bien l'aimer, ton amie, avoue Connor sans hésitation. Elle est drôle et sympa.

— Quand tu la connaîtras mieux, tu ne pourras plus te passer d'elle. Prends mon cas, je suis accro.

— Rita a un don pour l'exagération, râlé-je.

— Je ne pense pas qu'elle exagère, soutient-il. Tu es une fille très intéressante.

Sentant mes joues s'empourprer, je me racle la gorge et glisse une main dans mes cheveux pour essayer d'avoir l'air cool.

— Écoute, Connor...

— Aïe ! Ce début promet le refus à plein nez, me coupe-t-il en grimaçant.

Mes lèvres s'incurvent.

— Peut-être, je dis bien peut-être, que si tu ne venais pas de l'autre bout du monde, on se serait donné une chance, histoire de voir comment évoluent les choses entre nous.

Il n'y a pas de mal à enrober la vérité. De toute façon, il ne saura pas que je mens.

— T'essayes de dire que je t'attire ? rétorque-t-il avec espièglerie.

— Tu ne me répugnes pas.

Nous échangeons un sourire de connivence.

— Ça me fend le cœur de le reconnaître, mais tu as raison, concède-t-il. Accepte alors de me redonner ton numéro. On pourrait aller prendre un verre, discuter comme deux amis, je n'attendrai rien de plus de ta part. Promis !

— D'accord, sans souci.

J'intercepte son clin d'œil et secoue la tête, amusée.

Dans l'après-midi, je travaille sur un dossier que m'a confié mon patron. D'après mes compétences, j'en déduis qu'il a été bien constitué, mais Raphael n'est pas de cet avis et me pousse à analyser, décortiquer. Certes, je suis flattée qu'il requière mes services pour autre chose que le café et ses rendez-vous, toutefois je ne vois aucune modification à faire.

Ou alors, est-ce une nouvelle méthode de torture ?

Un grognement m'échappe tandis que je tire sur mes cheveux avec frustration.

— Au lieu de vous défouler sur vos cheveux, un ring fera l'affaire.

Je lève le nez du document. Mon patron se tient adossé au chambranle de la porte dans une posture désinvolte.

L'espace d'un instant, j'oublie notre relation hiérarchique.

— Que pensez-vous de cette autre idée que je trouve aussi ingénieuse que la vôtre : et si je m'en prenais aux bijoux de famille d'une certaine personne qui n'est qu'à quelques mètres de moi ?

— Ceux de votre *petit ami* feraient parfaitement l'affaire, riposte-t-il, imperturbable.

Nous nous regardons en chiens de faïence. Je refuse de détourner les yeux. Ma main à couper qu'il peut lire mon désir pour lui. Ce duel me fait frémir. Et à son sourire en coin, je dirais qu'il l'apprécie également.

— Je suis venu vous annoncer que très bientôt, nous irons en déplacement dans les Alpes italiennes, déclare-t-il sérieusement.

— Quoi ? balbutié-je, interloquée.

— J'espère que vous aurez une prothèse auditive la prochaine fois que nous parlerons, se moque-t-il.

Enfoiré !

— Quand ? interrogé-je calmement en faisant appel à mon sang-froid.

— Peu de temps avant Thanksgiving.

— Très bien ! Voulez-vous que je fasse des réservations ? Avez-vous une préférence ou…

— Pas la peine, nous serons logés dans le chalet de ma famille.

Pourquoi cela me surprend-il encore ? Les riches ont des résidences secondaires dans ce genre d'endroit. C'est tout à fait normal, le contraire serait répréhensible.

— Que se passe-t-il ?

Il faut à tout prix qu'il arrête de lire en moi comme dans

un livre ouvert. C'est désagréable comme il scanne la moindre de mes réactions.

— Rien. Est-ce que je peux connaître la date exacte et le motif de ce déplacement ?

— Étant donné que Thanksgiving tombe un jeudi, nous pouvons nous y rendre quatre jours avant. Pour répondre à votre seconde question, c'est pour finaliser la cession des actions.

Alors qu'il s'apprête à faire demi-tour, je le retiens in extremis.

— Euh… j'ai besoin de savoir si on sera de retour avant le jour J, parce que je passe toujours les fêtes avec ma famille.

Son sourire devient énigmatique.

— Nous verrons bien, Zoey, conclut-il en disparaissant du côté de son bureau.

La perspective de ce voyage à l'étranger est à la fois excitante et effrayante.

Chapitre 18

Fabuleux. C'est l'adjectif qui me vient à l'esprit pour décrire le Blue Hill. Moyennement grand, ce restaurant est sublimé par des lustres qui illuminent les cadres sur les murs, et des fauteuils confortables s'agencent avec le mobilier noir parsemé de touches de cuivre rosé. Des bougies sont stratégiquement disséminées pour rendre l'atmosphère paisible, et le tout est égayé par une fine pellicule orange au sol.

Pour être sincère, si quelqu'un m'avait affirmé qu'un jour je serais assise ici, dégustant du sauvignon, je lui aurais ri au nez. Cependant, je me rends compte qu'il ne faut jamais dire *jamais*, parce que je ne m'imaginais pas mettre les pieds au Park Hyatt Tokyo et encore moins devenir l'assistante de Raphael Lockwood. Par conséquent, tout peut arriver.

Cela fait dix minutes que Ryan et moi sommes installés ; aucun n'ose prononcer le moindre mot, nous sommes sous le charme des lieux et des clients qui transpirent l'opulence.

Pour rentrer dans le moule, nous avons choisi des vêtements élégants : pour moi une robe noire midi en velours à nœud avec des sandales en satin à rubans ; pour Ryan, une chemise sombre classique en popeline de coton, un pantalon ajusté en laine à bandes latérales et des derbys en cuir.

C'est étrange qu'on se retrouve tous deux dans ce restaurant réputé de Hell's Kitchen alors que mon ami y a justement déposé sa candidature il y a un mois. Il attend toujours de recevoir une réponse de leur part. Cependant, on garde la foi.

Après tout, tant qu'il y a de la vie, il y a de l'espoir, non ?

— Zoey, murmure Ryan, enchanté. Pince-moi pour me confirmer que je ne rêve pas.

Je m'exécute, mais il ne grimace pas.

— Tu pinces comme une fille, me charrie-t-il.

Je lui réponds par un doigt d'honneur.

— C'est bien réel, surenchérit-il, émerveillé. Dis-moi comment t'as réussi à nous trouver une table parce que ça me dépasse.

Un sourire mystérieux se dessine sur mes lèvres.

— Si je te le dis, je serai obligée de te tuer par la suite.

En réalité, je me suis servie du patronyme de mon patron pour parvenir à mes fins. Être son assistante a certains avantages, par exemple, je peux obtenir une réservation séance tenante dans un restaurant qui a une liste d'attente d'environ six mois. En effet, si vous ne faites partie ni de l'élite ni de la jet set new-yorkaises, vos chances de pouvoir manger au Blue Hill sont réduites à néant.

— Il est préférable que je meure vieux et dans l'ignorance.

— Sage décision.

De là où je suis, j'ai une vue circulaire sur l'établissement et la porte d'entrée. Je m'attarde une seconde sur une quadragénaire à la coiffure pour le moins extravagante. Quelle personne normalement constituée porte encore des perruques baroques blanches ? Elle s'est crue dans *Pirates des Caraïbes* ?

J'ai un sursaut quand elle se rend compte que je l'examine, alors je dévie aussitôt le regard sur Ryan. Ses cheveux châtains coiffés de gel associés à la boucle en forme de croix qui pend à son oreille le rendent très séduisant. Gwen n'en a pas conscience, mais si elle ne fait pas assez attention, une autre le lui piquera. C'est de toute façon ce que je souhaite, est-ce mesquin ? Elle mérite de redescendre de son piédestal.

— Pourquoi tu me mates de cette façon ? s'étonne mon ami.

Oups, il semblerait que je me sois laissé transporter.

— T'es mignon, déclaré-je. Gwen sera verte de jalousie quand je lui montrerai nos selfies.

Il se contente de sourire discrètement. Pour une fois qu'elle ne tape pas l'incruste lors d'une de nos sorties, j'ai été intraitable à ce sujet. Uniquement Ryan et moi. Même si elle a boudé et m'a traitée de connasse égoïste.

L'instant d'après, le serveur s'approche et nous tend à chacun une carte des boissons.

Les sourcils froncés, je parcours la liste, reconnaissant peu de noms, mais je n'hésite pas à choisir. La carte refermée, je récupère le verre de vin qu'on nous a offert pour nous accueillir et le porte à mes lèvres. J'ai une préférence pour le blanc, aussi je ne peux m'empêcher de le savourer.

Une minute plus tard, le serveur vient s'enquérir de nos commandes.

— Pour moi ce sera un cosmopolitan, annoncé-je en lui remettant la carte.

Il note après avoir acquiescé et se tourne vers Ryan, qui hésite longuement.

— Je vais prendre la même chose que la demoiselle, finit-il par dire.

— Au cas où tu ne le saurais pas, le cosmo est un cocktail féminin, le taquiné-je une fois que nous sommes seuls.

— Arrête-moi tes idées sexistes, c'est écrit où que c'est uniquement pour les femmes ?

— Tu as raison. Concentrons-nous plutôt sur cet endroit chic, ça te plaît d'être ici ?

— N'ai-je pas été assez expressif jusqu'à maintenant ? Les mots me manquent pour te remercier, je t'en dois une.

Je réfute d'un mouvement de tête.

— Tu ne me dois rien, c'est plutôt moi qui ai payé ma dette à ton égard. C'est quand même grâce à toi que j'ai pu conserver mon poste.

— Tu n'as pas fait les choses à moitié pour me témoigner ta reconnaissance. Un dîner au Blue Hill, rien que ça !

— Tu en profiteras pour raconter à tes futurs collègues ce que ça fait d'être dans la peau d'un client.

— Si et seulement si je suis pris, la condition sine qua non.

— Tu doutes ? le défié-je en haussant un sourcil. Parce que moi, non, t'es certainement le cuisinier le plus doué que j'aie rencontré de ma vie.

— Tu n'es pas objective, proteste-t-il doucement.

— Et alors ? T'es le meilleur, c'est tout ce qui compte, et bientôt toute la ville le saura, et pourquoi pas le monde entier ? Tant qu'on y est, il faut viser loin. Ne laisse jamais personne te faire douter, et si ces gens ne te contactent pas, c'est qu'ils sont moitié idiots, moitié aveugles.

Il se déride juste assez pour faire disparaître le pli soucieux qui barrait son front. Je n'aime pas que Ryan n'ait pas confiance en lui, c'est un être talentueux.

Nous sommes interrompus par le serveur qui apporte nos consommations. Ce cosmopolitan semble encore plus délicieux que celui servi à la soirée de Rita.

— Pour un cocktail féminin, ce n'est pas aussi mauvais que je m'y attendais.

— À bas les préjugés. En tout cas, c'est meilleur qu'un verre de cognac.

— Tu blasphèmes, ma sœur. Certains t'auraient déjà lynchée s'ils avaient entendu une telle ignominie.

Parce qu'il m'est difficile de résister à la tentation de finir mon verre, je hèle le serveur.

— La même chose, s'il vous plaît, et veuillez nous apporter la carte des entrées.

— Tout de suite, mademoiselle.

— Je te préviens, si tu es soûle, sache que je ne porterai pas, m'avertit Ryan d'un timbre faussement sévère.

Je m'esclaffe.

— Ce n'est pas très gentil de ta part. Si les rôles sont inversés, je te porterai volontiers.

— Tu ne serais pas assez forte !

Je lui tire la langue et, prête à jouer, saisis ma fourchette que je pointe comme une arme sur lui. Il m'imite. Bienvenue dans notre *Call of Duty* où les cartouches sont les dents de nos couverts. Nous sommes sur le point d'entrer en guerre lorsque je croise l'expression scandalisée de la dame baroque.

— Voyons, Ryan, un peu de tenue, je t'en prie. Dois-je te rappeler que nous sommes en compagnie de personnes civilisées ?

Je repose ma fourchette.

— La voix de baryton ne te convient pas.

— Merci du compliment, c'est le plus beau qu'on m'ait fait. Merci, ajouté-je quand le serveur place mon deuxième verre devant moi et nous remet les cartes avant de se retirer.

Cette fois-ci, je sirote en prenant mon temps. Je commande des œufs à la royale, Ryan des huîtres au cresson, avocat et caviar. En somme, des plats inédits pour nous. Nous sommes venus pour découvrir de nouvelles recettes et expérimenter des saveurs inconnues. Je suis immédiatement conquise par mon assiette. Les jaunes d'œufs, qui sont cuits à la vapeur dans leurs coquilles et enrobés de caviar ainsi que d'un nuage de chantilly salée, me subjuguent. Mon ami et moi mastiquons, emportés par une extase culinaire.

Au plat de résistance, je fonds à l'instant où la purée de pommes de terre truffée de coquilles Saint-Jacques glisse sous ma langue. C'est… succulent ! J'enfourne une deuxième bouchée en regardant vers la porte quand je me fige. Je déglutis, l'estomac retourné.

Que fait-il là ?

— Ça va, Zoey ? m'interroge Ryan.

Absorbée par cette soudaine apparition, je suis inapte à répondre. Constatant que je suis déconcentrée, il tourne la tête pour comprendre ce qui me déstabilise autant, avant de me faire à nouveau face.

— Ton boss est ici.

— Sans blague, raillé-je. D'ailleurs, comment as-tu su que c'était lui ? Tu ne l'as jamais vu.

— Avec le Net, on peut trouver la photo de tout le monde. Et si tu lui faisais signe de nous rejoindre ?

Je le considère d'un air interdit.

— Combien font un plus un ?

— Hein ?

— Deux. Ça fait deux. Comment oses-tu croire que je vais l'inviter à notre table ? T'as pas vu la bombasse à ses côtés ?

Mon cœur se comprime quand je les observe de nouveau.

Merde, comment se fait-il qu'il soit là ? Et c'est qui ce sosie de Penélope Cruz à son bras ? Bon sang, pourquoi a-t-il choisi le même restaurant que moi, le même jour et à la même heure ? Le karma existe-t-il donc ? Bordel, je savais que c'était une mauvaise idée d'utiliser sa notoriété à son insu. Si ça se trouve, il est au courant, voilà pourquoi il est en conversation avec le maître des lieux. Mon Dieu !

À mon plus grand dam, mes yeux se fixent sur Raphael. Il est captivant dans un T-shirt blanc à col roulé surmonté d'un blazer en laine et un pantalon élégant bleu marine avec des mocassins en cuir. Il faut que je cesse de le dévorer du regard, sinon...

Oups, trop tard. Prise en flagrant délit de matage, je me détourne à la hâte. Afin de faire le vide dans ma tête, j'étudie le visage de Ryan.

Tiens, il a des taches de rousseur sur le nez. Je souris en ignorant pourquoi je le fais.

— Tu sais, poursuit Ryan, qui apparemment avait engagé un monologue, j'ai l'impression de parler seul.

— Ce n'est pas qu'une impression.

Pourquoi mentir ? On se connaît bien tous les deux.

— C'est la présence de ton boss qui te rend nerveuse ?

— Pas du tout, ça ne me fait ni chaud ni froid, protesté-je éhontément. C'est la clim...

— Hum hum, marmonne-t-il sans me croire. Si tu le dis.

— Je vais aux toilettes, je reviens.

Sans attendre sa réaction, je me lève et m'y dirige. Je suis moins crispée, ne les apercevant plus lui et la meuf canon qui l'accompagne.

Qui est-elle au juste ? Un plan cul ? Une prétendante ? Sa petite amie ? Beurk. J'en ai la nausée.

Jalouse, va.

Je ne suis pas JALOUSE, simplement CURIEUSE.

Dans les toilettes, personne n'est là pour constater mon trouble. Je m'adosse à la porte une seconde, histoire de réguler mon pouls. Après quoi, je trottine jusqu'au lavabo et me scrute dans la glace.

Putain ! Je réalise que j'ai oublié ma pochette en cuir sur la table. Ma tenue est nickel, mon maquillage impeccable. Pourquoi ai-je la sensation qu'un truc cloche ?

Je suis toujours en train de ruminer lorsque la porte des toilettes s'ouvre. Mon cœur manque de jaillir hors de ma poitrine quand je reconnais l'intrus.

— Qu'est-ce que vous faites là ? m'insurgé-je.

Il arque un sourcil sans bouger du seuil.

— C'est plutôt à moi de vous poser cette question pertinente, car ici nous sommes dans les toilettes pour hommes.

Je cille.

— Quoi ? Non, j'ai...

— N'avez-vous pas prêté attention aux urinoirs ? Les toilettes des femmes sont à côté, Zoey.

Ne trouvant aucun argument pour ma défense, je deviens muette comme une carpe. Puisque je me suis manifestement trompée, je m'engage vers la sortie, sauf qu'il ne l'entend pas de cette oreille ; son bras m'empêche d'avancer.

Confuse, je recule, attendant une pique qui tarde à venir.

— Ce garçon avec vous, c'est lui votre petit ami ? s'enquiert-il d'une voix profondément basse.

Ses prunelles me rendent vulnérable. Je croise les bras sous ma poitrine, comme pour me protéger.

— Cela ne vous regarde pas, tranché-je en amorçant un pas en avant.

Il se détache de l'encadrement et m'approche tel un prédateur qui ne compte faire qu'une bouchée de sa proie. À chacun de ses mouvements, je me recule instinctivement, si bien que je me retrouve acculée entre le lavabo et son corps.

— Vous savez me rendre curieux.

— Bien. Répondez d'abord à cette question : qui est donc cette femme qui doit certainement être en train de vous attendre ?

Il reste silencieux. Nerveuse, j'humidifie mes lèvres, ce qui ne lui échappe pas. Une main dans la poche de son pantalon, il me met au défi. De faire quoi au juste ?

— Monsieur Lockwood…, murmuré-je sans oser continuer.

— Hmm ?

— Qu'essayez-vous de faire ?

— Moi ? Rien, mademoiselle Bridgestone, et vous ?

La gorge sèche, j'avale bruyamment ma salive, le bas-ventre en feu. Il ne me touche pas, pourtant je sens ses mains sur moi ; il ne me parle plus, or sa voix résonne dans une mélodie délicieusement charnelle le long de ma peau.

— Je ferais mieux d'y aller, suggéré-je sans toutefois bouger.

Il préfère continuer de plonger ses yeux dans les miens. Mon corps n'obéit pas à mon cerveau qui, lui, exige que je foute le camp.

— Faisons tomber les masques pendant cinq minutes, d'accord ? J'ai très envie de vous embrasser, Zoey, là maintenant.

Oh ! que la terre s'ouvre pour m'engloutir. Moi aussi ! Qu'est-ce que tu attends ? C'est à toi de lancer les hostilités.

Incapable de rétorquer, je supprime la distance entre nous. Bleu contre gris, nous nous livrons un combat visuel acharné. Le premier qui détourne le regard a perdu…

Oh ! et puis merde !

La folie furieuse s'empare de moi, je me jette sur lui telle une chatte en chaleur.

S'il est surpris, il ne le manifeste que brièvement, car très vite les vannes s'ouvrent, tout comme nos lèvres. Putain ! Dans ses bras, je me ramollis comme un spaghettis trop cuit. Ses doigts pressent mes hanches à travers le velours de ma robe, et un frisson parcourt ma peau.

Raphael prend les devants, colle étroitement nos deux corps. Mes mains sur sa nuque, je l'attire contre moi, voulant fusionner avec lui. Sa langue au goût de menthe poivrée s'enroule dans une danse diaboliquement alléchante autour de la mienne. Ce baiser est sauvage et fougueux. Ses doigts fourragent dans mes cheveux, je gémis de plaisir. Son râle meurt sur ma lèvre, qu'il mordille avant de capturer à nouveau ma bouche. Mon bassin heurte la surface dure du lavabo dans mon dos. Je m'abreuve de ses grognements et le dévore pratiquement.

— Tes lèvres sont si appétissantes, susurre-t-il entre deux baisers. Longtemps, je me suis demandé quel goût elles avaient.

S'il savait que nos pensées sont presque identiques. On ne s'octroie pas l'occasion de souffler. Il me respire. Je l'aspire. C'est tellement exquis que je me sens renaître dans ses bras.

— Bordel, et dans cette robe, tu ferais bander le premier eunuque, grogne-t-il en massant mes fesses.

Mon genou enroulé autour de sa jambe, je l'invite à se glisser entre mes cuisses. La fusion dans laquelle sont immergés nos corps est sur le point d'atteindre son apothéose, mais soudain la porte s'ouvre sur des rires masculins, qui brisent en une seconde ce moment magique.

Comment refroidir l'ambiance en deux temps, trois mouvements. Deux hommes nous dévisagent, choqués. Il ne faut pas non plus être Freud pour comprendre ce que nous faisions.

— Euh…, commence l'un en se raclant la gorge.

Il est au moins aussi gêné que moi. Nerveuse, je repousse doucement Raphael qui n'a pas daigné bouger, irrité par le fait d'avoir été interrompu.

— On ne vous a jamais appris à frapper aux portes ? lance-t-il sèchement.

Est-ce qu'il est sérieux, sortir de telles conneries ?

Je lève les yeux en l'air, défroisse mollement ma robe, puis passe devant les deux hommes, qui ne savent pas s'ils doivent rire ou me prendre en pitié. Je me sens mortifiée au point d'avoir l'impression que les gens sont au courant de ce qui s'est produit dans les toilettes avec mon patron. Je presse le pas pour retourner m'asseoir, faisant abstraction de mes jambes flageolantes.

— Pourquoi tu as été si longue ? se renseigne Ryan.

Ses yeux noisette m'étudient avec attention. Et il paraît surpris par sa découverte.

— Zoey Bridgestone, que faisiez-vous réellement dans ces toilettes ?

— Je me refaisais une petite beauté. Est-ce donc indécent ?

Il hausse son sourcil.

— Euh… et c'est où ?

Après une brève pause, il reprend :

— En partant d'ici, t'avais un rouge à lèvres, mais maintenant il a disparu. Tes joues sont toutes roses, et tes cheveux un peu ébouriffés… Zoey, ne me dis surtout pas que tu as taillé une pipe à un mec pour qu'il règle notre note.

Au lieu de m'en offusquer, je me gausse.

— Waouh, Ryan, ta clairvoyance m'épate. Comment t'as deviné ?

Pas amusé pour un sou, il me dévisage, consterné.

— Ce n'est pas drôle, Zoey, bougonne-t-il.

— Je trouve que si.

— Si tu ne suçais pas une queue, pourquoi t'as cet air débraillé ? Assurément tu t'es impliquée dans une histoire louche.

— Oh ! lâche-moi la grappe, Ryan, je suis majeure…

— Pas tout à fait, tu n'as que vingt ans et ton anniversaire est dans un mois. Un mois, c'est long.

— Bien. Tu as gagné, si tu veux tout savoir, je jouais à *Pokémon GO*, et Pikachu m'a donné du fil à retordre.

Il me dévisage, impassible.

— Tu me penses si crédule ?

Je me contente de rire.

Après le dessert, je demande à ce qu'on nous apporte l'addition. Mes yeux roulent dans leurs orbites quand j'avise le montant affiché en bas de la note. Incroyable !

Je deviens blême, ce qui préoccupe Ryan.

— Quelque chose ne va pas ?

Je lui montre l'addition. À son tour d'être soufflé.

— C'est une blague ? s'étrangle-t-il. Je comprends maintenant pourquoi il n'y a pas de prix, c'est de l'arnaque.

Je ne suis pas près de m'en remettre.

— On se calme, Zoey, j'ai un plan, enchaîne-t-il. Je vais

sortir le premier et toi tu me suivras quelques minutes après en prétextant qu'on capte mal ici. On fait comme ça, d'accord ?

— Quelle idée innovatrice, m'esclaffé-je. Mais je m'étais préparée, c'est pour cette occasion que j'ai mis un *peu beaucoup* d'argent de côté, même s'il est clair que mon compte virera au rouge après ça. C'était ma dernière BA de l'année, la prochaine fois on va dans un fast-food.

— Je suis toujours partant.

Quand même, un montant à quatre chiffres… c'était assez prévisible. Nous patientons le temps que je récupère ma carte, et dès que c'est fait, nous débarrassons le plancher.

Sans mentir, j'ai mal au cœur en repensant à la somme que j'ai payée. C'était pour faire plaisir à Ryan, je ne regrette donc pas mon geste une seule seconde, mais avec pareil montant, j'aurais pu louer une chambre correcte si jamais Gwen se sent l'envie de me foutre dehors à l'approche de l'hiver.

C'est décidé, à partir de ce soir, je deviens radine.

Chapitre 19

Depuis que je travaille pour Raphael, je suis constamment, pour ne pas dire tout le temps scotchée par de nouvelles découvertes. Grâce aux déplacements que nous faisons, mes horizons se sont élargis, et je sens que je ne suis pas au bout de mes surprises.

Durant le trajet de deux heures de Venise jusqu'aux Dolomites, j'ai littéralement été fascinée par des paysages surréalistes. Il est presque 19 heures lorsque nous franchissons le portail en bois du chalet des Lockwood, le soleil tisse la fin de journée de ses derniers rayons.

À l'extérieur de la voiture, j'admire cette bâtisse perdue entourée d'arbres et de montagnes avec en fond un ciel bleu. C'est sublime à tel point que je n'ai qu'une envie : figer le temps.

Bien qu'éreintée, je serais prête à faire une randonnée juste pour en voir davantage. Je tourne lentement sur moi-même, émerveillée par la vision de cette habitation simple et authentique.

Mes muscles endoloris me rappellent que j'ai des heures de sommeil à rattraper.

— Zoey, vous venez ?

Je cille en entendant mon patron m'appeler. C'est étonnant qu'il s'adresse à moi, puisque toute la durée du vol jusqu'à Venise, il n'a pas daigné prononcer le moindre mot, encore moins sur la route jusqu'aux Dolomites.

En toute honnêteté, je ne le comprends pas. Après notre baiser dans les toilettes du Blue Hill il y a une semaine et demie, il ne s'est pas gêné pour me faire vivre un enfer au boulot en m'assignant des tâches ingrates comme aller chercher ses chemises au pressing ou lui servir d'agent d'entretien.

Sincèrement, je dois recevoir l'oscar pour ne pas avoir sauté du dernier étage. Je donnerais n'importe quoi pour comprendre son attitude impitoyable, étant donné que nous n'avons pas reparlé de ce baiser, ce qui m'a grandement déplu. Si cela n'avait tenu qu'à moi, nous aurions joué cartes sur table.

— Zoey !

Son impatience me ramène sur terre en un sursaut. Je constate qu'il n'est pas seul : une blonde à l'apparence gracile lui tient compagnie, et tous deux semblent agacés par ma nonchalance.

Super !

En les rejoignant, je refrène mon envie de claquer des dents tant il fait froid. Quand j'arrive à leur hauteur, j'étudie, admirative, cette quinquagénaire. Ses cheveux sont soigneusement coiffés en un chignon impeccable, ses traits sont fins et mis en valeur par un make-up de jour. Elle a sans conteste bénéficié d'un remarquable lifting.

— Maman, je te présente Zoey, qui est mon assistante.

Je bugue. Est-ce que c'était prévu que je rencontre sa mère ? Pourquoi ne m'a-t-il pas prévenue ? Je me serais préparée en conséquence. Merde, qu'est-ce qu'elle est belle ! La surprise passée, je me ressaisis et lui tends la main que j'ai extirpée de la poche de mon manteau. Sa *môman* me considère en haussant un sourcil parfaitement épilé.

— Ton assistante ? s'étonne-t-elle dans un accent fort distingué. N'est-elle pas un peu trop jeune pour assumer de telles responsabilités ?

Bon sang ! Est-ce si flagrant que j'émerge tout juste de l'adolescence ?

— Qui t'a dit que l'âge détermine les compétences d'une personne ? objecte Raphael. Elle accomplit ce que ses aînées étaient incapables de faire.

Pendant que sa mère me dévisage sous toutes les coutures, j'attends toujours qu'elle serre ma main.

— Tu ne comptes pas lui serrer la main ?

Son fils vient à ma rescousse, ignorant le coup d'œil que

je lui lance. Sa mère réagit en glissant sa paume au creux de la mienne.

— C'est un réel plaisir de faire votre connaissance, dis-je poliment.

— Bien sûr, le plaisir est partagé, rétorque-t-elle, guindée.

Son sourire n'a rien de chaleureux tandis qu'elle récupère sa main. Quelqu'un peut m'expliquer pourquoi je me fais détester en toute circonstance dès la première rencontre ?

— Nous allons devoir parler, Rapha, le prévient-elle sur un ton qui ne souffre aucune contestation.

— Très bien, mais plus tard. Je suis exténué et j'ai besoin de repos.

— C'est compréhensible.

Elle tourne les talons, nous invitant à la suivre à l'intérieur du chalet. J'ai appris par Margerita que les Lockwood ont des ascendances italiennes et vivent dans ce pays, sauf Raphael, qui réside à temps complet aux États-Unis. En principe, ils sont implantés à Venise et viennent dans ce chalet pour les fêtes de fin d'année.

Dès que nous passons le seuil, nous sommes accueillis par l'odeur de bois imprégnée dans l'air. Difficile de ne pas s'attarder sur la qualité des plafonds voûtés ou la combinaison élégante et traditionnelle du salon embellie par des objets design. L'ensemble dégage une atmosphère sereine.

— Maria va se charger de vous montrer votre chambre, Zoey, m'annonce la mère de Raphael.

Elle hurle le prénom de la personne en question.

— Où sont papa et Lizzy ? demande mon patron.

— Tu sais comment est ton père, souffle-t-elle, désabusée. Chaque lever du soleil est une nouvelle excuse pour partir en randonnée. Il a quasiment traîné de force ta sœur et… son ami pour qu'ils aillent avec lui.

Je me crispe. Cela signifie-t-il que je vais rencontrer toute la famille ?

Le rire de Raphael, totalement dénué d'artifices, me déstabilise.

— C'est du papa tout craché, un néophyte de la nature.

— C'est une cause désespérée, soupire-t-elle. Pendant qu'il erre dans la forêt, je m'ennuie comme un rat mort.

— Vous rentrez bientôt à Venise, non ?

— Oui, après Thanksgiving, affirme-t-elle, manifestement soulagée. J'espère que tu resteras jusqu'à ce moment-là.

— Jusqu'à vendredi, oui.

Mon regard dans sa direction devient hostile. Il m'a promis… en fait, non, il ne m'a rien promis du tout, toutefois il sait pertinemment que je veux aller à La Nouvelle-Orléans pour Thanksgiving. Grand bien lui fasse s'il veut rester mais cette fois, je quitterai le bateau.

— Raphaella est également impatiente de se joindre à nous, poursuit-il. Je n'ai pas pu l'emmener, car elle avait un contrôle important mais d'ici deux jours, elle sera parmi nous.

— Avec qui est-elle restée là-bas ?

— Sa nouvelle nounou.

— Comment arrives-tu à faire confiance à une inconnue ? s'étrangle-t-elle. Nous ne sommes jamais sûrs des intentions d'une tierce personne. Qui te dit que ce n'est pas une cleptomane, une pyromane, une mythomane ou…

— Toujours aussi pessimiste à ce que je vois, se moque-t-il. L'agence par laquelle Zoey est passée est fiable, et Jake est également là pour veiller.

Dois-je lui confier que Line a levé la main sur sa fille ? Qui suis-je pour m'immiscer dans leurs histoires de famille ? Cependant, si je garde le secret, c'est un peu comme si j'étais une espèce de complice, non ? En même temps, Line est bien partie, alors pourquoi jeter de l'huile sur le feu ?

— Comment va Isadora ? Est-elle rentrée de sa mission ?

Il se frotte les paupières.

— Cette femme est le cadet de mes soucis, râle-t-il.

— Elle reste la mère de ton enfant. Ne sois pas si dur avec elle.

Silencieux, il gratte paresseusement son menton.

Une femme ronde, plus petite que moi – amen ! – et d'un certain âge apparaît d'un couloir. Elle est vêtue d'un uniforme de domestique, son visage ridé s'éclaire quand elle aperçoit Raphael.

— *Tesoro*[1], se réjouit-elle en l'enlaçant.

S'ensuit une discussion en italien que je ne comprends pas. Ils sont dans leur bulle, jusqu'à ce que la mère de Raphael s'impatiente. Maria se tourne vers moi, ses lèvres bougent rapidement et le sens de leurs paroles m'échappe totalement.

— Zoey, veuillez suivre notre domestique jusqu'à votre chambre, commente la matriarche dans la langue commune.

Docile, j'acquiesce.

— OK, mais avant je dois récupérer ma valise.

— Laissez, je m'en charge.

Raphael s'est-il cogné la tête ? Pourquoi faire preuve d'une galanterie totalement inhabituelle ? Sans riposter, j'emboîte le pas de Maria.

Ce chalet est vraiment beau. Alors que nous le parcourons, je m'extasie devant les meubles qui ressemblent à des œuvres d'art. Nous délaissons le rez-de-chaussée pour gravir l'escalier qui mène à l'étage. Maria ouvre une porte sur sa gauche et m'invite à passer devant elle.

Spacieuse, ma chambre dispose d'un coin salon avec un sofa et une télévision, d'un lit double aux draps immaculés, d'un poêle à bois et, ma foi, d'une putain de terrasse qui offre une vue magnifique sur les Dolomites. Je suis amoureuse.

Voulant me débarbouiller, je me retourne vers Maria, qui n'a pas bougé d'un iota. Comment vais-je lui demander de m'indiquer la salle d'eau ? A priori elle ne parle que l'italien. Ne sachant pas de quelle manière m'y prendre, je commence par un salut de la main avant de mimer une « douche », mais on dirait que je suis nulle, car elle se retient de glousser.

— La salle de bains est par là, m'annonce-t-elle avec un mauvais accent.

Je lui jette un regard de travers. Elle parle ma langue mais m'a laissée me ridiculiser.

1. Trésor.

— Merci.

— Si vous avez besoin de mes services, je reste à votre disposition.

— C'est aimable, j'en prends note, merci.

— Je vous laisse vous installer. Soyez la bienvenue.

Un sourire s'imprime sur mes lèvres.

— Merci, Maria.

Désormais seule, je m'assieds sur le matelas au bord du lit et en profite pour rebondir sur les fesses. Deux coups sont frappés à ma porte.

— C'est ouvert.

La seconde qui suit, mon cœur s'agite nerveusement alors que Raphael s'engouffre dans la pièce. C'est comme si sa présence aspirait tout l'oxygène. J'ai la sensation d'être dans un espace exigu. Il dépose ma valise au pied du lit, j'ai à peine le temps de respirer sa fragrance qu'il recule.

Les mains dans les poches de son chino, il m'observe, comme il sait si bien le faire. À ses yeux, suis-je jolie ou bien d'une banalité affligeante ?

— Euh… merci, finis-je par déclarer, rompant le silence.

Il ne réagit pas. Je ressens la brûlure de son regard sur ma peau, et meurs d'envie d'aller m'asperger le visage d'eau froide.

— Est-ce que vous vous plaisez ici ?

Palsambleu ! Entendant son timbre caverneux, je me sens complètement émoustillée.

Honte à toi, petite obsédée.

— Euh… ouais. C'est pas mal… Enfin, c'est très agréable. Votre famille a sans aucun doute un très beau chalet.

Quel remède dois-je prendre pour lutter contre ces stupides bégaiements ? Rougissant d'embarras, je me détourne.

— Regardez-moi, Zoey.

Cet ordre me rend aussitôt réceptive. Je relève le menton et croise ses yeux.

— Je… Tu… Fait chier, je veux dire vous, bref je peux savoir quel est votre putain de problème ? m'énervé-je.

Je n'étais pas censée me montrer vindicative, mais c'est lui qui a commencé.

Bravo, Zoey, quelle réaction mature de rejeter la faute sur autrui.

Pourquoi m'a-t-il embrassée ?

En réalité, c'est toi qui t'es jetée sur lui.

Très bien. Pourquoi m'a-t-il donc laissée faire si c'est pour m'ignorer par la suite ?

— Pardon ? souffle-t-il, décontenancé.

Je me lève et m'approche de lui sans cacher ma hargne.

— Quoi, pardon ? Vous n'êtes ni sourd ni bête, vous voyez très bien où je veux en venir. Un instant vous m'embrassez, enfin, vous répondez à mon baiser, et l'instant d'après vous me traitez si méchamment que j'ai l'impression que vous me reprochez quelque chose. Si vous avez besoin d'une chienne docile, allez donc dans un refuge vous procurer un animal que vous pourrez librement dresser ! Maintenant, vous venez taper la discute comme si la veille on avait partagé des bières devant un match de foot alors qu'il y a clairement des non-dits entre nous. Dites-moi pourquoi vous agissez comme un trouduc, Raphael !

Il me toise, ébahi. Moi aussi, je le suis. Maintenant que mon taux d'adrénaline chute, je réalise combien je me suis montrée irrespectueuse.

— Trouduc, hein ? répète-t-il, consterné.

Puis à ma plus grande surprise, il éclate de rire.

Les paupières plissées, je m'interroge sur son hilarité.

— On dirait qu'une personne a mangé de la vache enragée. Zoey, vous êtes fatiguée, c'est la raison pour laquelle votre langage dépasse votre entendement. Prenez une douche et reposez-vous ! tranche-t-il en recouvrant son sérieux.

Après quoi, il amorce un pas en arrière, fermant la porte sur nos regards verrouillés l'un à l'autre. Coite, je scanne le battant d'un œil torve. C'est terminé. Il peut aller se rhabiller avec son sex-appeal qui appelle à la débauche, dorénavant mes hormones ne me guideront plus.

Arrête de dire ça, même toi tu n'y crois pas.

Chapitre 20

— Comptez sur moi, je serai avec vous le jour de Thanksgiving. Janet, je ne raterais ta dinde spéciale pour rien au monde.

Après m'être prélassée environ une demi-heure dans un bain chaud aux essences naturelles, j'ai glandé en surfant sur le Net à la recherche de ragots inédits sur les stars. J'ai notamment appris que Paris Jackson avait rompu avec Cara Delevingne.

J'ai ensuite contacté mes parents sur Skype pour leur annoncer que j'étais bien arrivée. Et là ça fait cinquante minutes que nous discutons, j'ai essayé d'interrompre l'appel moult fois, mais mon paternel m'a menacé de retirer son nom de mon acte de naissance si je commettais un tel sacrilège.

— T'as intérêt à être là, me prévient rigoureusement mon géniteur. Si tu rates la dinde de ta maman, tu t'en voudras pour l'éternité et elle aussi par la même occasion. Sur ce point, même ton ami ne lui arrive pas à la cheville.

— Je comprendrais ton absence, ma puce, n'écoute pas ton père, jamais je ne pourrai t'en vouloir.

— Merci, maman. Papa, pourquoi tu ne dis jamais « petit ami de Gwen » ? Je te rappelle qu'ils sortent ensemble depuis un an, bien avant que je sois l'amie de Ryan. En parlant de lui, où est-il ? Et de grâce, ne lui rends pas la vie plus misérable que ne le fait ta fille. Il en bave déjà assez à ses côtés.

Janet s'essuie les mains sur un torchon.

— Tu n'as pas confiance en moi ? Je veille sur lui. Ni ton père ni ta sœur ne toucheront à un de ses cheveux, il n'est pas tout seul. Gwen et lui sont allés faire des courses au supermarché, Ryan a insisté pour m'aider à préparer le repas.

— Merci, Janet. Heureusement que Ryan a une alliée de taille.

— Ta sœur et toi… vous ne vous lassez pas de vous titiller à longueur de journée ? grogne mon père, excédé.

— Demande ça à ta fille qui me déteste.

— Zoey…

— Désolée, Janet, soufflé-je en levant les paumes en l'air. Mais c'est la vérité, elle passe son temps à me traiter comme une serpillière, soit vous ne le voyez pas soit vous refusez de le voir.

Ils échangent des regards gênés.

— Je vais lui parler, intervient Janet avant que je l'interrompe.

— Qu'est-ce que ça changera ? Rien. Elle n'est plus une enfant qu'on peut réprimander pour son comportement, elle est assez grande pour agir en son âme et conscience. Chaque jour elle me fait savoir qu'à ses yeux, je n'aurai jamais un statut de sœur et c'est pesant. Qu'est-ce que j'ai fait de mal ? Vous pouvez me le dire ?

Ma voix enrouée trahit l'imminence des larmes.

— Tu n'as rien fait de mal, Zoey, tente de me réconforter *sa* mère. Ce n'est pas pour l'excuser mais ta sœur a toujours eu un comportement difficile, voire capricieux.

Je me retiens in extremis de leur peindre un tableau satirique de ma chère sœur. Ils tomberaient des nues s'ils apprenaient quel genre de fille méchante et acariâtre elle est, ou bien ils préfèrent jouer à l'autruche. En prenant discrètement une profonde inspiration, j'essaye de me calmer. Ce n'est pas pour me plaindre que j'ai appelé mes parents, et j'aimerais ne pas les mettre dans une position délicate vis-à-vis de leur fille aînée. Légitime.

Elle me rendra le quotidien encore plus insupportable lorsqu'elle saura que j'ai abordé le sujet avec eux. C'est usant de lui tenir tête à chaque fois. Si ce n'était pas aussi compliqué de trouver un logement dans la Grosse Pomme, ça fait longtemps que j'aurais pris mes cliques et claques.

Soudain, on frappe à ma porte. Le timing est parfait. C'est l'excuse qu'il me fallait pour interrompre cette conversation.

— Je suis obligée de vous laisser, annoncé-je. Le devoir m'appelle.

— Prends soin de toi, ma puce. On t'aime.

— Je vous aime aussi.

Je referme mon ordinateur portable et le dépose sur le matelas avant de descendre du lit.

— Désolée de vous avoir fait attendre, dis-je dès que le battant est ouvert.

Maria incline poliment la tête.

— Je suis venue vous informer que le dîner est prêt.

— Bien, merci. Accordez-moi une minute, histoire que j'enfile mes chaussures.

Après quoi, je me hâte d'enfiler mes bottes, glisse mon téléphone dans la poche de mon jean, puis emboîte le pas à Maria.

Nous atteignons le deuxième étage, ce qui me surprend, car j'ignorais que ce chalet était sur trois étages. Maria me fait savoir qu'au rez-de-chaussée se trouvent une piscine intérieure, un home cinéma, une salle de fitness et de massage, un espace spa avec sauna… Incroyable ! Rien que ça ? Cela suscite mon intérêt.

Nous nous engageons dans un spacieux salon avec une décoration rustique et élégante. Deux fauteuils et un canapé entourent une table basse. Dans un coin, un bar accueille des bouteilles d'alcool de tout genre, notamment de schnaps, et dans un espace salle à manger plusieurs personnes sont réunies.

Je commence à paniquer en réalisant que Raphael est absent. Et s'ils étaient tous aussi désagréables que lui ? Un homme d'une imposante stature se lève et s'approche de moi. Si c'est bien le patriarche de la famille, alors c'est de lui que son fils a hérité ses traits séduisants. Ses cheveux poivre et sel sont coiffés comme ceux de Montgomery Clift dans *L'Espion*, son regard est bleu turquoise et il a une barbe entretenue sur une mâchoire carrée. Diantre ! Père et fils sont incontestablement très agréables à mater.

— Bonsoir ! Zoey Bridgestone, je suppose ? déclare-t-il en esquissant un sourire amical.

— Elle-même, c'est pour moi un réel plaisir de faire votre connaissance, monsieur Lockwood.

Au lieu d'attraper ma main tendue, il me choque en me serrant dans ses bras. Prise au dépourvu, je cille.

— Appelez-moi Hernán, demande-t-il en se détachant de moi. « Monsieur » a tendance à me vieillir.

Alors que sa femme s'est montrée froidement distante, lui sourit et affiche une chaleur bienveillante ; je me détends instantanément.

— Chéri, ne t'ai-je pas toujours dit qu'il faut apprendre à instaurer des limites entre un employeur et son employé ? lui reproche sa femme. Ce dernier doit savoir quelle est sa place, un vif élan de bonté peut lui monter à la tête.

— Paula passe sa vie à voir le mal partout, murmure-t-il sur le ton de la confidence avec un clin d'œil.

L'adage « les opposés s'attirent » tombe sous le sens s'il faut illustrer leur relation. Après tout, qui suis-je pour juger ?

Le père de Raphael me prie de bien vouloir prendre place.

— Ce n'est plus nécessaire que je vous présente Paula, vous vous êtes déjà rencontrées.

Je confirme d'un hochement de tête.

— Voici Elisabeth…

— Lisbeth ou Lizzy mais je préfère Lizzy, précise la concernée.

— Elisabeth, gronde son père. Combien de fois t'ai-je signalé que c'est impoli de couper la parole à son aîné ?

— J'ai arrêté de compter, papa, mais toi aussi, tu sais parfaitement que je déteste qu'on m'appelle Elisabeth, à croire que je suis née dans les années 1930.

— Je t'appellerai comme bon me semble, car je suis et resterai ton père.

Elle rit en levant les mains en l'air.

— D'accord, chef ! Tu peux continuer les présentations.

— Pour terminer, voici…

Hernán bute sur le prénom de l'homme aux côtés de Lizzy.

— Ace, souffle celle-ci en roulant des yeux. Tu pourrais faire l'effort de retenir le prénom de mon petit ami, qui n'est pas plus compliqué que le tien.

Ledit Ace ne bronche pas, étudiant avec attention l'argenterie sur la table. Lizzy et lui sont très différents ; elle rayonne avec sa tignasse blonde agrémentée de mèches roses tandis qu'il adopte un style punk. M. Lockwood père fait claquer sa langue en signe de désapprobation. Il ne semble pas particulièrement porter le copain de sa fille dans son cœur, et mon petit doigt me dit que cela est lié à son look.

— Et si nous faisions plus ample connaissance avec… comment t'appelles-tu déjà ? me questionne Lizzy en affichant une mine enjouée qui ne présage rien de bon.

— Zoey Bridgestone.

— Très bien, mademoiselle Zoey. Alors raconte, depuis combien de temps travailles-tu pour mon frère ?

Je fais un rapide calcul mental.

— En décembre, j'en serai à mon troisième mois.

Elle se tourne vers sa mère, qui ne dissimule pas non plus son étonnement.

— Eh bien… Ton contrat inclut-il aussi le droit de cuissage ?

Sa question me sidère au point que j'en reste comme deux ronds de flan.

— Elisabeth ! s'insurge son père. Tes allusions inconvenantes n'ont pas leur place à cette table, tu fais preuve d'irrespect.

Elle s'adosse sans manifester le moindre signe de culpabilité.

— Peut-être, mais avoue que c'est une nouveauté.

— C'est tout à fait naturel qu'on se renseigne. Si Lizzy n'avait pas posé cette question, je l'aurais moi-même fait, ajoute Paula Lockwood.

Le coup d'œil qu'elle me lance démontre une aversion sous-jacente à mon égard.

— Pourquoi pensez-vous cela ? leur demandé-je, un brin honteuse.

— Zoey, veuillez pardonner les insinuations embarrassantes de ma femme et ma fille, déclare posément Hernán. Je n'essaye pas de justifier leur attitude, mais elle s'explique car vos prédécesseurs sont tous partis au maximum trois semaines après leur embauche. Assurément, vous faites du bon boulot.

— Ça dépend maintenant de quel travail on parle, ironise Lizzy.

— Elisabeth…

Ses yeux d'un vert forêt hypnotisant s'arriment aux miens, elle a visiblement la ferme intention de mettre à nu mes pensées inavouables. C'est fou à quel point la famille Lockwood a des iris aux nuances saisissantes.

Des pas qui résonnent dans mon dos focalisent – pour mon plus grand bonheur – son attention ailleurs. Je frémis machinalement et n'ai nullement besoin de me retourner pour m'assurer de l'identité du nouveau venu.

— Bonsoir, lance-t-il à l'assemblée.

Lizzy, qui semblait n'attendre que ça, se relève précipitamment de son siège et saute dans les bras de son frère.

— Rapha, amène-moi avec toi à New York City, supplie-t-elle d'une voix boudeuse. Les parents me font chier.

Holà, elle n'est même pas discrète. Je risque un coup d'œil vers leur père, qui se contente de secouer sa tête. Quant à leur mère, elle observe avec fierté sa progéniture.

Je perçois le rire de Raphael. Cette mélodie deviendra très vite ma préférée si je n'y prends pas garde. Il chuchote des mots inaudibles à l'oreille de sa sœur. Voir Raphael si insouciant me déroute.

Après ce moment de complicité, ils reviennent à table. Je me raidis tandis que mon patron s'installe à ma droite.

Une inspiration, et son odeur m'enivre.

— Désolé de mon retard, j'avais une visioconférence avec un collaborateur.

— Quand est-ce que tu as rendez-vous avec Piermonte ?

— Dans deux jours, mais demain nous irons faire une randonnée dès l'aube, il séjourne également dans les Dolomites. Marcher apaise les esprits.

— Hé ho, les gars, vous pensez vraiment que c'est le moment

approprié pour parler boulot ennuyeux alors qu'on meurt de faim ? intervient sa sœur. Maintenant que Rapha est là, on peut servir le repas, non ?

— Elisabeth…

Raphael rit.

— Lizzy n'a pas tort, ce n'est jamais conseillé de discuter affaires autour du dîner. Maman, tout va bien ? poursuit-il en dévisageant sa mère. Je te trouve curieusement silencieuse.

— Tout va bien, chéri. C'est juste que j'apprécie ces moments trop rares où toute la famille est réunie, révèle-t-elle en agitant une cloche de main.

Moins d'une minute plus tard, un homme vêtu d'une queue-de-pie nous honore de sa présence. Elle lui parle dans une langue qui me semble être de l'allemand.

— Zoey, avez-vous déjà goûté un vin du Tyrol du Sud ? me demande Hernán.

— Je n'ai pas encore eu cette chance.

— Tu devrais t'assurer qu'elle a l'âge légal pour boire.

Que vous ai-je fait, Paula, pour que vous me vouliez tant de mal ?

— L'âge de mon assistante ne devrait pas faire partie de tes préoccupations, maman.

Elle hausse les épaules.

— On n'est jamais trop prudent.

— Croyez-moi, vous n'allez pas être déçue, relance Hernán en ignorant le venin de sa femme. C'est un des meilleurs vins de la région.

— Papa et son amour pour le vin… ça ne risque pas de changer de sitôt, s'amuse Raphael.

— Tu te rends compte qu'à chaque fois qu'il y a un ou une invitée, il faut impérativement qu'il fasse son petit speech d'amateur ? affirme sa sœur.

— Ma descendance se moque de moi, grommelle Hernán. À quel moment de leur éducation ai-je commis une erreur ?

Le majordome réapparaît avec une bouteille de vin rouge. Après l'avoir débouchée, il remplit chaque verre sur la table.

— C'est un vernatsch, m'explique Hernán tandis je récupère le mien. Son goût est meilleur quand il est jeune. Dites-moi ce que vous en pensez.

— Tu lui mets la pression, papa.

— Pas du tout, monsieur Lockwood, contredis-je volontairement son fils. Ça me fait plaisir venant de vous.

Le vin d'un rouge rubis brillant a une odeur fraîche de framboise et de cerise. Je me retiens de soupirer d'aise en avalant la première gorgée. Parce que je suis entourée de personnes civilisées qui verraient certainement d'un mauvais œil que je vide mon verre d'un trait, je préfère ralentir le rythme, appréciant la douceur de l'arôme sur mon palais.

— En effet, c'est très agréable en bouche.

Ma critique positive le ravit.

— Si vous aimez le vin, alors vous allez adorer la cuisine sud-tyrolienne.

Sa bonne humeur déteint sur moi. Nous accompagnons la dégustation du vin de pecorino, un fromage doux. Le plat principal servi se compose de cœurs de chicorée radicchio et de rosbif. Des effluves délicieux se dégagent de mon assiette et remuent mes papilles. J'en suis à la première bouchée quand Paula s'adresse à moi :

— D'où venez-vous, Zoey ? Partagez avec nous des bribes intéressantes de votre vie.

Elle veut me couper l'appétit ?

— De La Nouvelle-Orléans, madame.

Sa grimace ne m'échappe pas.

— Une fille du Sud, si je ne m'abuse.

— Je n'ai jamais prétendu le contraire, riposté-je du tac au tac.

— Comment en êtes-vous arrivée à postuler pour la compagnie Lockwood ?

— Toujours et encore des recherches d'emploi. Finalement, ça a servi à quelque chose que je m'intéresse aux annonces.

Père et fils pouffent.

— Quel âge avez-vous donc ? Vous me semblez particulièrement jeune.

C'est barbant de ramener sans cesse ma jeunesse sur le tapis.

— Vingt ans.

— Le même âge qu'Elisabeth, glisse subtilement Hernán.

— Merci, père. Grâce à vous, le monde entier sera au courant de mon âge.

— N'aie pas honte, il ne dira pas que tu portes toujours des pyjamas en pilou.

— Très drôle, frérot.

Elle se venge avec un doigt d'honneur qui indigne son père.

— Que font vos parents dans la vie ? lance de nouveau Paula.

Suis-je la suspecte d'un homicide ? Je ne comprends pas cet interrogatoire.

— Ils sont copropriétaires d'un restaurant qui a une bonne cote dans notre quartier.

Son « Oh » est ambigu. Qu'est-ce qu'elle s'imaginait ? Nous ne roulons peut-être pas sur de l'or comme eux, mais nous ne croulons pas non plus sous les dettes.

— Au fait, Rapha, Zoey nous a fait part d'une info croustillante, argue sa sœur en arborant un rictus canaille.

— Laquelle ?

— Comme ça, ça va bientôt faire trois mois que tu l'as comme assistante, hein ? P'tit cachottier.

— En quoi est-ce surprenant ?

— Tu te fous de ma gueule ? T'as jamais su garder une assistante plus d'un mois, alors trois ? Chapeau. T'as reçu le Saint-Esprit ou quoi ?

— Que le temps passe vite, soupire-t-il théâtralement. Je ne m'en suis même pas rendu compte. Zoey est douée, ses prédécesseurs l'étaient moins.

À mon grand désarroi, son compliment me remplit d'émoi. Est-ce le moment de danser comme Shakira ou bien ?

Calme tes pulsions, cocotte. Il l'a uniquement dit pour éviter de se faire emmerder par sa famille.

— Analysons un peu ce que tu entends par l'expression « être douée », souligne sa sœur.

Je commence à croire qu'elle fait exprès d'être odieuse avec moi.

Il n'y a que toi qui sais te faire détester à la première rencontre. Mes respects !

Leurs chamailleries perdurent jusqu'au dessert, tous partagent une complicité qui m'exclut par automatisme. Je ne suis pas mal à l'aise pour autant, étant donné que Lockwood senior sollicite mon opinion pour telle ou telle question alors que personne ne fait attention au fameux Ace. Pas même sa copine.

Chapitre 21

Mardi. Je suis morte, toute courbaturée à cause des nombreux kilomètres parcourus le matin. Quand Raphael a annoncé hier qu'il allait se farcir une randonnée avec Piermonte, je me suis dit que ma présence était dispensable. Pourquoi avoir martyrisé la fleur sensible que je suis ?

Mercredi, après l'opération du rachat des actions qui s'est déroulée comme le voulait mon patron, je fais face à un problème de taille. Depuis dix minutes, je suis en pleine conversation téléphonique avec la compagnie aérienne, qui me fait savoir que le prochain vol pour La Nouvelle-Orléans partira après-demain, soit le jour suivant Thanksgiving. Quelle putain de blague ! Je crois qu'ils anticipent le poisson d'avril. J'attends… encore… et encore… mais aucun éclat de rire ne vient mettre fin à mon cauchemar.

— Mademoiselle, vous êtes sûre et certaine qu'il n'y a plus de vol pour aujourd'hui et que vous ne pouvez rien faire ? Je vous en conjure, c'est une question de vie ou de mort, la supplié-je pour la énième fois, désespérée.

Elle aurait été nettement plus sensible aux larmes dans mes yeux si je l'avais eue en face… Ou pas.

— Désolée, mais comme je vous l'ai précisé, le dernier vol pour les États-Unis a décollé il y a de cela trois heures. Navrée de ne pas pouvoir vous venir en aide.

— OK, soufflé-je. Merci de m'avoir accordé du temps.

— Au…

Et hop, je lui raccroche au nez. J'ai cru que ce geste impoli allait me soulager un tant soit peu, mais non. Toujours troublée, j'arpente ma chambre en long, en large et en travers. Un soupir de frustration m'échappe, mes neurones surchauffent dans l'espoir de trouver une solution. Il le faut. En vingt ans d'existence, je n'ai jamais loupé une fête familiale, et cela ne risque pas de se produire.

Je suis encore en train de faire les cent pas quand soudain j'ai une révélation. Mais oui ! Pourquoi n'ai-je pas eu cette idée plus tôt ? Je me précipite hors de la pièce, dévale l'escalier à la recherche de mon patron, car à cet instant crucial il est l'unique personne qui puisse m'aider.

Au bout d'un moment de recherches infructueuses, je remonte à nouveau les marches et m'arrête à l'entrée du séjour. Bien entendu, mon patron n'est pas seul dans le salon. À ses côtés, sa petite Raphaella rayonne d'enthousiasme.

— Hé, lancé-je, tout sourire.

Prenant conscience de ma présence, elle saute quasiment du canapé et se rue sur moi.

— Zoeyyy !

Je la réceptionne dans mes bras pour un câlin affectueux.

— Je suis contente de te voir, et puisque tu es là, on va passer un joyeux Thanksgiving ensemble.

J'esquive son dernier argument en embrassant ses joues.

— Ça me fait également plaisir, p'tite chouette. Est-ce que tu vas bien ? As-tu fait un bon voyage ?

Penchée, les mains sur les genoux, j'attends sa réponse.

— Ouiii. Qu'est-ce que tu as fait à tes cheveux pour qu'ils soient aussi beaux ? Je veux les mêmes, s'extasie-t-elle en passant les doigts dans mes ondulations.

— Je les hydrate avec de l'huile de noix de coco, j'utilise un après-shampooing Herbal Essences… bref, je te raconterai tous les détails plus tard, parce que là il faut que je parle à ton papa d'un truc urgent, ajouté-je en me redressant.

Mon regard chevauche le sien.

— Ella, va avec Maria dans la cuisine, déclare Raphael.

En me retournant, je découvre Maria qui se tenait à l'écart, aussi discrète qu'un ninja.

— Je vous écoute. Qu'avez-vous à me dire ? s'enquiert-il dès qu'elles quittent la pièce.

— Je… euh… désolée de vous déranger, mais c'est que vous êtes le seul apte à m'aider.

D'un regard, il m'encourage à continuer.

— Je dois aller à La Nouvelle-Orléans mais il y a un léger bémol, le dernier vol qui se rendait aux États-Unis a décollé depuis fort longtemps.

— Soyez explicite, Zoey, qu'attendez-vous exactement de moi ?

— Que vous mettiez votre jet à ma disposition.

— Hum… Eh bien…

— Si c'est l'argent qui pose problème, je peux vous donner la somme qui correspondra aux dépenses supplémentaires, l'interrompé-je, paniquée.

Il hésite.

— Je ne peux pas vous aider.

Son refus est un coup de poing dans mon abdomen.

— S'il vous…

— En fait, je me suis mal exprimé, laissez-moi reformuler : vous ne pouvez pas partir.

— Pardon ?

— Si vous aviez suivi les informations, vous auriez su qu'une forte tempête se prépare. Il est déconseillé de prendre la route, même le chemin menant à l'aéroport de Venise a été coupé.

— C'est une blague ? soufflé-je, stupéfaite. Mais… et votre fille alors ? Comment a-t-elle fait pour se retrouver ici ?

— Un coup de chance, dit-il sur un ton égal.

Pourquoi ai-je l'impression qu'il tente de m'entourlouper ?

— Quel est votre putain de problème ? sifflé-je, irritée.

Il cligne des paupières.

— Vous saviez parfaitement que j'avais un engagement familial à respecter pour Thanksgiving, et combien être avec mes proches cette journée me tient à cœur, mais parce que vous êtes un connard égoïste, vous faites passer votre cul avant ceux des autres.

— Je vous demande pardon ? s'offusque-t-il.

— Eh bien, non, je ne vous pardonne pas.

Je tourne brusquement les talons pour aller me terrer dans ma chambre. N'ayant aucun autre choix, je préviens mes parents qu'ils devront compter avec mon absence. J'en connais une qui dansera la zumba.

Malheureusement, je suis obligée d'admettre que mon boss n'essayait pas de me gruger en affirmant qu'une forte tempête était prévue. Depuis hier, nous sommes au cœur d'une accalmie pluvieuse après avoir subi les hurlements du vent qui ont fait trembler les arbres. Ainsi, c'est toujours dans une atmosphère brumeuse et bruineuse que se déroule Thanksgiving.

J'ai été contrainte de me mêler au troupeau, ce n'est pas en faisant la tête que j'allais mystérieusement m'envoler vers La Nouvelle-Orléans. Finalement, cela n'a pas été aussi catastrophique que ce à quoi je m'attendais, malgré quelques sourires fourbes à mon intention, notamment ceux d'une certaine Mélisande, une proche que la famille Lockwood a invitée à nous rejoindre pour Thanksgiving. C'est une nana à la poitrine outrageusement généreuse. Pamela Anderson peut aller doubler sa dose de silicone ! Elle a trouvé une sacrée concurrente.

En voyant Mélisande tourner autour de Raphael comme un chasseur ayant repéré une proie juteuse, j'ai une irrépressible envie d'enfoncer sa tête dans la cuvette des toilettes.

En parlant de Raphael, il se tient près de la cheminée et discute avec Mélisande, un verre de vin à la main. Mes paupières s'étrécissent, elle lui lape clairement le cou en gloussant comme une dinde, et cela ne paraît choquer personne. Je les hais tous les deux.

Je me détourne et vide le fond de mon verre cul sec. Bis ! Je n'ai rien à redire à cet apéritif baptisé « hugo », fabriqué à base de vin blanc mélangé à du sirop de sureau et des feuilles de menthe : il est agréablement rafraîchissant.

Je demande au majordome s'il peut à nouveau me servir,

et s'il est surpris, il se garde bien de le montrer. Pendant que je laisse mon regard errer ici et là, évitant soigneusement de m'attarder sur Raphael et son poulet, Paula s'installe sur la chaise d'à côté.

— Vous devriez peut-être arrêter de boire, commence-t-elle alors que le majordome me tend un verre rempli à ras bord.

Depuis quand t'es ma daronne, vieille mégère ?

— C'est très gentil de vous mêler de ce qui ne vous concerne pas, mais la situation est sous contrôle, rétorqué-je entre mes dents avec un faux sourire.

Sans tourner la tête vers elle, j'arrive à sentir son attention sur moi.

— La situation est sous contrôle, hein ? pouffe-t-elle narquoisement. Si ça continue, vous allez vous ridiculiser.

Le coude sur la table, je cale mon menton dans ma paume avant de lui jeter un coup d'œil circonspect.

— Vous ne m'aimez pas beaucoup ou je me trompe ?

Au lieu d'être franche, elle se recentre sur la fille cramponnée à son fils.

— Ils forment un beau couple, n'est-ce pas ?

J'avale une grosse gorgée de ma boisson sirupeuse.

— Allez demander ça à une personne que ça intéresse parce que voyez-vous, j'en ai rien à foutre, sifflé-je, toujours mielleuse.

Elle me foudroie de ses iris perçants. Puisque je ne parviens pas à me montrer désinvolte, je choisis de pianoter sur mon *phone*. Tiens, il veut jouer ? On va jouer.

Sur Facebook, je fais défiler mon fil d'actualités et tombe sur une blague pourrie qui me fait éclater d'un rire tonitruant. Je pivote vers Mme Lockwood, qui me considère avec effarement.

— Excusez-moi, je ne voulais pas vous faire peur. Mais c'est mon *petit ami*, il est tellement drôle que je ne sais pas me retenir quand on discute ensemble.

— Hum, donc vous avez quelqu'un dans votre vie ? se renseigne-t-elle, un tantinet méfiante.

— Oui, et je suis trèèès amoureuse de lui, insisté-je en haussant le ton. On compte se marier très bientôt. Bien entendu, vous n'êtes pas invitée.

Elle porte son verre de vin blanc à ses lèvres en me gratifiant d'un œil moqueur.

— Vous me pensez si magnanime au point d'assister à un mariage de la plèbe ? Il y a des limites à la pitié.

Salope.

Un mouvement sur le côté retient ma curiosité. Mon cœur se comprime dans son écrin tandis que Raphael passe devant moi en tirant Mélisande derrière lui sans un regard pour moi. Inutile de préciser qu'une boule obstrue ma trachée, non ? Je suis de mauvaise humeur. Il est temps pour moi de regagner mes appartements, un bain chaud ainsi que du repos sont de rigueur. J'ingurgite le reste de ma boisson et me dresse.

— Excusez-moi, lancé-je à l'intention de Paula.

Avec un sourire courtois, je quitte le deuxième étage pour rejoindre le premier.

À peine ai-je ouvert la porte de ma chambre que je me sens propulsée à l'intérieur, manquant de trébucher sur mes chaussures compensées. Le temps que je fasse volte-face, *il* referme le battant du pied. La respiration coupée, j'éructe :

— Putain, vous êtes malade ! Pourquoi m'avez-vous poussée, espèce de lâche ?

Mes insultes glissent sur lui comme si elles ne l'atteignaient pas.

— Votre petit ami, hein ? lance-t-il en amorçant un pas en avant.

Impossible de reculer, il m'attrape sèchement le poignet pour m'obliger à faire une rotation inverse, de sorte que mon dos se retrouve acculé contre le battant.

— De quoi je me mêle ? D'ailleurs, qu'est-ce que vous fichez ici ? Vous ne devriez pas être en train de chérir le mont de Vénus de Mélisande, qui je suis sûre n'aspire qu'à ça ?

Un sourire licencieux apparaît sur ses lèvres, et il plonge son regard dans le mien.

— Jalouse ?

— C'est plutôt vous qui semblez l'être, riposté-je aussitôt. Ça vous fait quoi d'entendre que j'ai un p-e-t-i-t a-m-i, hein ? dis-je en détachant chaque lettre.

— Je vais te montrer ce que ça me fait.

La seconde suivante, ses lèvres s'emparent des miennes, si brutalement et intensément que j'émets un son étranglé. Les mains à l'arrière de sa nuque, je réponds à son baiser en lui laissant le passage pour capturer ma langue. La sienne, mentholée et alcoolisée, s'y accroche sensuellement, et je m'enhardis. Je le touche partout et nulle part à la fois. Son grognement caverneux m'enflamme.

— C'est vrai que j'étais avec Mélisande, chuchote-t-il entre deux baisers, ce qui me refroidit instantanément. Mais c'est avec toi que je voulais être, sinon comment pourrais-tu expliquer ma présence dans cette chambre ?

Bien rattrapé !

Il saisit ma main et la guide jusqu'à son entrejambe dur, ses dents caressent ma lèvre.

— Regarde l'effet que tu me fais, Zoey, susurre-t-il, les yeux brillant de désir. Toute la soirée je n'ai fait que bander en m'imaginant te posséder, et puis bordel, pourquoi es-tu aussi sexy, hein ?

J'affiche un sourire satisfait. Puisqu'il n'est pas insensible à mon charme, je referme les doigts sur son sexe à travers la laine de son pantalon. Il laisse échapper un juron et clôt brièvement les paupières avant d'empoigner fermement mes hanches. Ma paume entame des effleurements circulaires sur son membre, et bon sang, ce que ça m'émoustille.

— Je veux te baiser, grogne-t-il. Et je vais le faire tout de suite. La question est : veux-tu que je te baise ?

À nouveau, ma langue tangue avec la sienne. N'est-ce pas une réponse suffisamment éloquente ? Ses mains en coupe sur mon visage, j'approfondis notre baiser dans un tourbillon de râles et gémissements. Un feu me dévore de mes tétons fièrement dressés à mon intimité moite d'excitation.

Oui ! Je veux que tu me baises. Ça a pratiquement toujours été mon fantasme… enfin depuis que je travaille pour toi.

Ses mains retroussent le bas de ma robe sur mon ventre, je me sens quitter la terre ferme et enroule mes jambes autour de sa taille. Son sexe profondément enflé se niche au cœur de mon humidité, me volant un soupir.

— Tu le veux oui ou non, Zoey ? demande-t-il avec insistance en me donnant un coup de bassin qui m'arrache un frisson.

Ne peut-il pas se taire pour qu'on s'abandonne à ce plaisir charnel que réclament avec ferveur nos corps ? Bon sang, même dans un tel contexte, il parvient encore à se montrer autoritaire.

Ma réponse meurt dans un borborygme, ses dents captivent la peau sensible de ma gorge. Chaque caresse de ses paumes électrise de mon épiderme.

— Oui ?

À travers mes yeux clos, je devine aisément le sourire insolent sur ses lèvres qui suçotent mon cou.

— Oui, finis-je par avouer dans un murmure empreint de soif.

C'est ainsi que l'instant d'après, nous rebondissons sur mon lit… Dans ses bras, j'oublie qui je suis, quel jour nous sommes et où nous nous trouvons. Ses caresses me font geindre tandis que sa bouche vole mon souffle dans un baiser ardent. C'est si bon d'avoir sa peau contre la mienne que je suis à deux doigts de pleurer de bonheur. Dans un zèle qu'il nous est difficile de refréner, nos corps se mélangent, cherchant à atteindre la lisière du paradis.

Je suis parcourue de frissons au moment où ses lèvres combinées à ses mains s'attardent sur chacune de mes zones érogènes, me faisant découvrir des monts et merveilles qui me font haleter. Les paupières closes, je gémis son prénom, l'encourageant à ne surtout pas s'arrêter, et à l'instant où il s'engouffre en moi, j'ai conscience que les hostilités ne font que commencer.

Chapitre 22

Raphael

Putain de bordel ! Ça y est. J'ai flanché. Je n'ai pu ni su résister et me suis jeté sur elle pour la prendre *sauvagement*, comme j'en rêvais. J'ai bafoué ma règle « ne pas baiser Bridgestone » et me suis laissé enflammer par la douceur de sa peau.

Le problème en soi n'est pas véritablement le fait qu'on ait couché ensemble – je l'aurais virée si cela avait été nécessaire –, c'est plutôt l'envie brûlante de recommencer qui vibre en moi. Je suis dans la mouise.

Non seulement à cause du désir qu'elle provoque en moi, qui s'est – étrangement – décuplé, mais aussi car il m'est difficile de ne pas la trouver agréable à contempler dans son sommeil.

Je sais en mon âme et conscience qu'il y a un truc qui tourne à l'envers dans ma tête. Il est clair que le vrai Raphael ne serait pas resté sagement assis au bord du lit, contemplant la nana qu'il s'est faite la veille. Si cela s'était passé dans mon pieu, je l'aurais congédiée sans tergiverser, et si je m'étais retrouvé sur son territoire, j'aurais pris mes cliques et mes claques sans un regard en arrière. Dans ce cas, pourquoi est-ce si dur de la quitter ?

Ce n'est pas exagéré de dire que nous avons baptisé tous les recoins de cette chambre. Après lui avoir donné trois orgasmes, si on oublie ceux distribués par ma langue, j'ai toujours ce besoin insatisfait de la dévorer. Zoey a un de ces corps… bon sang de bois ! Ses seins sont moins gros que ceux que j'ai l'habitude de goûter, mais leur authenticité est incomparable. Sa silhouette menue, différente de celles des modèles qui restent mon péché mignon, m'a néanmoins charmé.

Ce qui me plaît et me trouble à la fois chez elle ? Son naturel. Elle n'a nullement besoin d'artifices pour briller.

Je m'humecte les lèvres en louchant sur les siennes entrouvertes, elles sont d'un rose pâle. J'observe sa poitrine qui se soulève et s'abaisse dans un mouvement régulier de métronome, ses cheveux ondulés formant un rideau de protection autour d'elle… Je ne peux plus faire l'autruche, mon assistante ne me laisse pas indifférent.

Mû par une soudaine impulsion, je lève la main et avant que mes doigts frôlent ses cheveux, je me raidis, interdit face à mon geste.

Ça ne va pas le faire. Je dois décamper d'ici avant de me transformer en marshmallow. Que va-t-elle penser à son réveil quand elle ne me verra pas ? Bon sang, qu'est-ce que j'en ai à foutre ? Ce ne serait pas judicieux que l'on se retrouve dans la même pièce, car je ne saurais comment réagir.

Un coup d'œil vers mon jean me fait prendre conscience que je suis en érection. Et si je la réveillais pour un dernier round ?

Non, mec. Disparais !

Le battant ouvert, je me fige. La grimace de ma mère donne l'impression qu'elle a croqué dans un citron et ses lèvres pincées m'assurent qu'elle commence à peine avec moi.

— Vous, les hommes, vous êtes tous pareils, déclare-t-elle avec une moue dédaigneuse.

Je prends le temps de refermer derrière moi et avance d'un pas, ce qui l'incite à reculer.

— Tu m'espionnes maintenant ? demandé-je en haussant un sourcil.

— Tu m'avais pourtant promis, élude-t-elle avec indignation.

— Je t'ai promis qu'il ne s'était rien passé, or je n'ai pas fait vœu de chasteté.

— Mélisande n'est pas dupe, elle est venue me voir en larmes, poursuit-elle en me barrant le passage. La pauvre était complètement déboussolée, tu l'as repoussée pour… Oh ! mon instinct ne m'a donc pas trompée.

— Elle est baisable, je te le concède, mais ne m'intéresse

en aucune façon. Aurais-tu oublié toute la mise en scène que tu m'as faite pour que je lui tienne compagnie ? J'ai quand même joué le jeu, alors n'abuse pas.

— Ce n'est pas…

— Il n'y a aucune négociation à faire, la coupé-je en observant sa main posée sur mon avant-bras.

— Tu as couché avec ton assistante, s'offusque-t-elle.

Un soupir m'échappe.

— N'abuse pas de ton statut, maman, continué-je, agacé. Mes histoires de fesses ne te concernent pas. Maintenant, si tu veux bien m'excuser, je dois prendre une douche, j'ai un vol qui m'attend.

— Très bien, mais j'aimerais qu'on se réunisse tous ensemble pour le petit déjeuner avant ton départ, déclare-t-elle en changeant consciencieusement de sujet.

— OK.

Sans plus rien ajouter, je l'abandonne et retrouve ma chambre en deux temps, trois mouvements.

Zoey

À quel moment suis-je censée éprouver des remords ? Depuis dix minutes que je suis éveillée, je guette les prémices de la culpabilité, mais rien ne se passe. J'aimerais me convaincre que c'était une grave erreur de m'accorder cette parenthèse avec Raphael, mais la bulle euphorique dans laquelle je suis immergée n'a pas l'air de vouloir exploser.

Un sourire rêveur étire paresseusement mes lèvres. Je me cache le visage dans l'oreiller, me remémorant toutes ces choses qu'il m'a faites avec sa langue, ses mains, son corps.

En ce qui concerne le sexe, je suis un tantinet novice, ce qui n'est pas un secret. Mes relations plus ou moins sérieuses se comptent sur les doigts d'une main. Il m'a suffi d'une seule nuit avec lui pour revisiter mon langage sexuel et par-dessus tout le compléter.

Enivrée de passion, soûle de désir, j'ai occulté l'après de mon esprit et je retombe durement dans la réalité.

Mes interrogations affluent, et avec elles, mon scepticisme. Désormais, comment seront nos rapports au travail ? Suis-je une autre Cassandra nouvellement épinglée à son tableau de chasse ? Risque-t-il de faire de mon quotidien un enfer ? Après l'épisode du restaurant et son attitude mi-figue, mi-raisin, je doutais qu'il me trouve vraiment attirante. Mon sourire disparaît, je suis pratiquement certaine que je viens de plonger dans les emmerdes.

Avec un soupir, je glisse hors des draps, mon regard se perd au loin sur les vallées visibles depuis les fenêtres. Une main dans mes boucles, je ne peux m'empêcher de sourire à nouveau en songeant à nos ébats.

Tu crains.

Oui, je crains.

Sous la douche, difficile de penser à autre chose que Raphael me caressant. J'arrive encore à percevoir ses soupirs dans mon oreille, je revois nos mouvements synchronisés, nos corps en symbiose à la recherche du plaisir.

Une demi-heure plus tard, Maria vient pour me conduire sur la terrasse du deuxième où se déroule le petit déjeuner. De dos, il est la première personne que je remarque. Le désir s'éveille à nouveau en moi, et mon cœur exécute un triple salto arrière.

— Bonjour, Zoey, lance Hernán en me repérant. Avez-vous passé une agréable nuit ?

Mes joues s'empourprent. Est-ce une question piège ? Malgré tout, je hoche la tête en fuyant son regard et croise celui de Raphael. Il émane de lui un calme solennel. Je ne lis rien dans ses prunelles.

Déçue ?

Grave.

Sentant Paula m'observer fixement, j'ose lui faire face. Si des yeux pouvaient brûler, j'aurais terminé en cendres.

— Zoeyyy ! chantonne gaiement Raphaella en nous rejoignant.

Elle se rue sur moi et me saute dessus, ce qui me fait rigoler.

— Bonjour, tout le monde, finit-elle par dire après m'avoir laissé des bisous baveux sur les joues.

Tous la saluent avec entrain, le petit déjeuner se poursuit dans une conversation qui ne m'inclut pas. Catégorique, Raphaella refuse de descendre de mes genoux. Elle souhaite petit déjeuner sur moi. Cool ! Je sers de tabouret, c'est déjà ça.

— Où est Lizzy ?

— Ta tante ne se réveille jamais avant 11 heures, Ella, et si quelqu'un ose profaner son sommeil, je ne donne pas cher de sa peau, lui dit son grand-père.

Des rires se répandent. Je me régale en découvrant de nouvelles saveurs sucrées typiques du Haut-Adige. Si on fait abstraction du fait que Raphael m'ignore, tout roule.

Ensuite, je retourne dans ma chambre pour boucler ma valise. Raphaella ne me lâche pas d'une semelle et piaille inlassablement.

— Pourquoi tu n'es plus venue me lire une histoire ? me questionne-t-elle du bord du lit où elle est assise, laissant ses jambes balancer dans le vide.

— Comment ? répliqué-je distraitement en rangeant ma brosse à dents dans une trousse de toilette.

— Hier après le dîner, tu as promis que tu me lirais une histoire avant que je m'endorme.

— Excuse-moi d'avoir oublié, ma puce, c'est juste que… j'étais fatiguée alors je me suis endormie sans m'en rendre compte.

Quelle menteuse !

— Ce n'est pas grave, parce que tu me liras toutes les histoires quand on sera à la maison, non ?

Son enthousiasme me déride.

— Mais on ne vit pas dans la même maison, p'tite chouette ?

— Tu viendras quand même chez moi pour m'en lire une, non ? Allez, dis ouiii, s'il te plaît.

— D'accord, tu as gagné, capitulé-je en riant. Je viendrai te lire une histoire.

Ma valise bouclée, je la traîne derrière moi. Raphaella s'agrippe à ma main tandis que nous remontons les couloirs pour rejoindre l'extérieur du chalet. Une voiture nous attend.

Lockwood senior tient personnellement à me dire au revoir.

— Ça a été un réel plaisir de vous avoir parmi nous, et j'espère que votre séjour a été agréable.

— Le plaisir est partagé, monsieur Lockwood. Merci pour votre accueil.

— À chaque fois que l'envie de vous évader dans les Dolomites vous prendra, notre chalet reste à votre disposition. *Mi casa es su casa*[1].

— Enfin, j'ai compris cette phrase italienne, rétorqué-je fièrement.

Il rit.

— C'est de l'espagnol, ma chère.

J'arbore un sourire penaud.

— Oh ! eh bien, *gracias*.

On se sépare après une accolade. Polie jusqu'au bout des ongles, je prends la peine de saluer sa femme, qui me répond par un regard torve. Chouette !

Raphaella et moi glissons sur la banquette de la berline noire et discutons jusqu'à ce que son père termine de parler avec ses parents.

En soi, ce séjour n'était pas désagréable. Une chose est certaine, je n'aurais jamais imaginé qu'en accompagnant mon patron dans les Dolomites, je tomberais dans le vice de la luxure.

Dès que l'objet de ma torture mentale nous rejoint, le chauffeur démarre après avoir obtenu son aval. Raphael continue de m'ignorer, ce qui me rend mal à l'aise.

Physiquement, il est près de moi, pourtant il ne m'a jamais paru aussi inaccessible.

1. « Chez moi, c'est chez toi ».

Chapitre 23

Trop contente de fouler le sol américain, je me retiens in extremis de m'agenouiller pour embrasser les cailloux.

Encore heureux ! Il y a des limites à la folie.

Ce voyage a été carrément plus éprouvant qu'à l'aller. Raphael a agi comme si je n'existais pas, et bien sûr cela m'a blessée. À travers son détachement, il m'a fait comprendre que maintenant qu'il a obtenu ce qu'il voulait, il n'en a plus rien à cirer de ma petite personne.

Vais-je réussir à surmonter cela ? De toute façon, je ne lui donnerai pas le plaisir de me voir pleurer. Il ne mérite pas que je rumine. D'ailleurs, pourquoi en faire tout un foin ? On ne s'est promis aucune fidélité ni amour passionnel. C'était juste une nuit où notre instinct primitif a pris les devants.

Tout roule, la vie peut poursuivre son cours.

— Jaaake ! ! !

Le cri de Raphaella m'extirpe de mes pensées maussades. Elle me dépasse en courant, se jette dans les bras du chauffeur qui la rattrape au vol, la faisant tournoyer dans les airs. Son rire cristallin me fait sourire.

J'ai maintes fois affirmé ne pas savoir comment m'y prendre avec les gosses, cependant avec Raphaella, les choses se passent spontanément sans que j'aie besoin de forcer. Je me suis attachée à elle au point de lui faire une place dans mon cœur. Sa candeur est rafraîchissante. J'avoue que l'entendre blablater est à la fois comique et exaspérant.

— Bonjour, Jake, lancé-je en arrivant à leur hauteur. Comment allez-vous ?

— Bonjour, mademoiselle Bridgestone, je vais bien, merci, et vous ? Avez-vous fait un bon voyage ?

Il n'a de cesse de m'appeler mademoiselle Bridgestone, bien que je lui aie répété qu'il pouvait utiliser mon prénom.

— J'ai connu mieux.

— Zoeyyy et moi avons fait un trèèès bon voyage, lui annonce Raphaella, aux anges. On a papoté entre filles et on s'est raconté des tas d'histoires.

— C'est vrai, petite chouette, c'était génial, ajouté-je en caressant sa tête.

— Je suis ravi que tu aies passé du bon temps, renchérit Jake. Plus tard, tu pourras me raconter ce que tu as fait chez tes grands-parents ?

— Ouiiii !

— Dois-je m'occuper de votre valise ? s'enquiert-il auprès de moi.

Je cligne des paupières.

— Je vous remercie mais… non, je vais prendre un taxi.

— Qui parle de prendre un taxi ? intervient soudain *sa* voix dans mon dos.

Après un sursaut, je fais volte-face.

— Moi.

— Vous rentrez avec nous, m'avertit-il sèchement.

Duel de regards, il me défie de le contredire, affichant une expression sombre. Ma colère se réveille, j'inspire profondément.

— Ça ne me dérange pas de prendre un taxi, insisté-je, de mauvaise foi. Je suis assez grande pour le faire.

— C'est stupide, Zoey, soupire-t-il. C'est vide autour de vous, nous sommes dans un hangar privé, et vous ne trouverez pas un taxi dans un rayon de quinze kilomètres.

— Je peux très bien marcher ou courir, en plus j'ai des chaussures pour le jogging, fanfaronné-je en remuant mes chevilles.

Il me fixe sans sourciller. Même s'il n'a pas tort, je sais également faire ressortir mon orgueil de temps à autre. Il doit comprendre que j'arrive à me débrouiller sans lui.

— Raphaella, et si nous allions dans la voiture pour je te donne tes sucettes préférées ? suggère Jake, qui a dû sentir la tension dans l'air.

Suis-je barjo ou cette phrase sonne d'une manière perverse ? Il s'agit quand même de Jake, et je doute fortement que Raphael permette à un délinquant sexuel de côtoyer sa famille. OK, je m'égare…

— D'accord, mais avant, est-ce que je peux dire au revoir à Zoey ?

— Tu auras le temps de le lui dire quand on la déposera chez elle, répond son père avec autorité.

Elle me sourit et attrape la main de Jake pour gagner le SUV noir.

— Quelle raison vous incite à ne pas rentrer avec nous ? me demande-t-il en faisant un pas en avant.

Monsieur l'Enfoiré est-il sérieux avec cette question ?

— Je ne suis un poids pour personne, grommelé-je.

— Un poids ? s'étonne-t-il. Où allez-vous chercher une idée aussi stupide ?

Oh ! le con se montre désormais irrité.

— Monsieur Lockwood, laissons tomber les masques, d'accord ? Vous me l'avez bien fait sentir, alors ne vous forcez pas à changer d'attitude. Je vous donne la permission de continuer de m'ignorer comme vous le faites depuis ce matin.

— Je ne vous ai pas ignorée, nie-t-il éhontément en fuyant mon regard.

Les bras croisés, je l'affronte.

— Ne mentez pas, je vous en prie. On est entre nous, il n'y a aucun témoin. Bon, supposons que vous ne l'ayez pas fait, comment appelleriez-vous cette réaction méprisante que vous avez eue à mon égard ? Vous ne m'avez même pas dit bonjour. Je suis certainement folle de l'avouer, mais j'aurais préféré une raillerie à cette ignorance.

Dans ses iris, je décèle un trouble fugace. Il m'observe, son expression reste indéchiffrable. Un autre soupir m'échappe tandis que je secoue la tête.

— Vous n'avez rien à dire pour votre défense ? J'en conclus donc que j'ai raison. Écoutez, monsieur Lockwood, puisque vous ne semblez pas disposé à une conversation à cœur ouvert, je ne vais pas me gêner. Inutile d'accorder trop d'importance à la nuit d'hier, tous les deux étions consentants et en couchant avec vous, je savais à quoi m'attendre. On ne s'est rien promis, alors ne me fuyez pas par peur d'avoir la corde au cou. Je ne suis pas Cassandra et, oui, je suis au courant de ce qui s'est passé entre vous. Je vous rassure tout de suite, je ne deviendrai pas un pot de colle, j'ai conscience de ma place. Et tant que vous voudrez de moi, je resterai une assistante irréprochable.

Son regard est rivé au mien. Entre nous, le silence s'étire. Bien entendu, c'est la fierté d'une femme blessée qui a parlé, et je ne suis pas aussi détachée que je veux lui faire croire. Je chasse mes larmes en papillonnant des cils.

Après un long moment, il capitule par un signe de tête.

— Ravi de constater que nous sommes sur la même longueur d'onde.

Ces mots me frappent de plein fouet comme une massue. J'ai peur de m'effondrer au moindre mouvement.

Je ne mentais pas en clamant que c'était le début des emmerdes. Ne reste plus qu'à savoir comment m'en dépêtrer.

— Salut, les gars, je suis rentrée ! m'écrié-je depuis la porte d'entrée.

D'un coup de pied, je referme le battant et lance mes clés sur la console. Après m'être déchaussée, je dépose mes Converse dans le vestibule.

— On s'en fout !

Ça c'est Gwen, acerbe comme toujours. Je roule des yeux, Ryan apparaît dans mon champ visuel avec un grand sourire. Sans tarder, il me prend dans ses bras, comprime ma cage thoracique en m'étreignant jusqu'à l'asphyxie.

— Oh ! Ryan... Je sais que sans moi tu n'es rien et que je t'ai atrocement manqué, mais diminue la pression, tu vas me tuer.

Il obéit sans toutefois me relâcher.

— Tu. Ne. M'as. Pas. Manqué.

— Dans ce cas, explique-moi ce geste qui ressemble étrangement à un câlin ?

— Je tâte ton pouls, c'est tout.

Mon éclat de rire est puissant. Il en profite pour s'écarter et attrape mon visage en coupe pour l'examiner attentivement.

— Cette virée dans les montagnes européennes semble t'avoir réussi. Tu as bonne mine.

— Merci. Tu devrais également prendre quelques jours loin de Gwen, murmuré-je sur le ton de la confidence. Je t'assure, c'est bénéfique, de mon côté, je reviens de loin.

— Que vais-je faire de toi ? souffle-t-il.

Je pouffe. Parce qu'il m'a manqué et que j'ai des ragots à lui raconter sur mon séjour, même si je ne mentionnerai pas ce qui est arrivé à huis clos avec mon patron. Je mets le bras autour de ses épaules. Nous retrouvons Gwen allongée sur le canapé, une jambe passée par-dessus le dossier et l'autre en équilibre sur l'accoudoir.

— Salut, Gwen.

Elle m'adresse à peine un regard, occupée à zapper avec la télécommande et à s'empiffrer de pop-corn.

— Qu'est-ce que t'as dit aux parents ? attaque-t-elle d'emblée.

Ses yeux gris me foudroient littéralement. Jouer la carte de la naïveté peut s'avérer avantageux.

— Rien. Pourquoi ?

— Ne joue pas la sotte avec moi, sinon ils ne me seraient pas tombés dessus. T'as dû balancer des mensonges sur moi.

— Lol, tu me fais rire. Supposons que je sois allée moucharder auprès des parents, qu'aurais-je pu inventer sur toi ? Le fait que tu me traites comme un être insignifiant ou que notre cohabitation ne se passe pas aussi bien qu'ils le croient ? Qu'est-ce qui est faux dans tout ça ?

Elle se redresse abruptement, faisant valser le coussin sur elle au sol et me désigne d'un doigt menaçant.

— La morveuse chiale ? Si t'es pas contente, tu te barres. Tu devrais t'estimer heureuse que je tolère ta présence chez moi. Ose encore casser du sucre sur mon dos, et tu verras à quel point je peux être une vraie salope.

Je tremble d'indignation. Cette fille n'a aucun scrupule.

— Zoey…, chuchote Ryan.

Furieuse, je me lève du fauteuil et trace jusqu'à ma chambre mais avant de claquer la porte, je beugle :

— Va au diable !

Éreintée, je retombe mollement sur mon lit. J'ai eu ma dose d'embrouilles pour la journée, il faut que je fasse le vide. Gwen m'exaspère. Raphael m'irrite. Ils se sont donné le mot ou quoi ? Qu'ils aillent se faire foutre ! Je refuse de pleurer. Je mords dans mon oreiller pour éviter de succomber et frappe mon matelas avec mes poings.

J'ai beau me l'interdire, je sens une larme solitaire glisser sur ma joue. La fatigue me terrasse, et je ne lutte pas contre ses tentacules. Protégée par les murs de ma piaule, je bâille en ouvrant grand la bouche. Il est préférable que je tombe de sommeil, comme ça j'oublierai que mon cœur ne cesse de saigner.

C'est la sonnerie de mon téléphone qui me réveille. Bon Dieu, qui peut bien m'importuner en plein rêve ? Nouveau bâillement. Mon téléphone me rappelle à l'ordre une nouvelle fois. Je me redresse, le récupère en frottant mes paupières et décroche sans regarder l'écran.

— Bonsoir, Zoey.

Ce murmure dissipe instantanément le brouillard dans ma tête. Je cille et décolle l'appareil de mon oreille pour vérifier le nom affiché et m'assurer que je ne rêve pas.

— Non, tu ne rêves pas, assure-t-il avec un petit rire en lisant dans mes pensées.

Ou tout simplement, parce que encore une fois, t'as pensé à voix haute.

— Euh… bon… Bonsoir ! bredouillé-je, prise au dépourvu. Qu'est-ce… Que je peux faire pour vous ?

— Est-ce que tu es libre ?
— Si… Si je suis libre ? répété-je, ahurie.
— Oui.
— Maintenant ?
— Oui. J'aimerais, si tu le veux bien, t'inviter à dîner.

Un gros bug court-circuite mes neurones et me plonge dans une incompréhension totale. J'ai bien peur d'être victime d'une hallucination auditive.

— Vous vous foutez de ma gueule ? demandé-je, appréhendant le gag.

— Non, objecte-t-il du tac au tac. Je comprends que tu trouves cela bizarre…

— Oui, ça l'est effectivement, l'interrompé-je.

— Notre conversation de cet après-midi m'a beaucoup taraudé, et je n'ai pas arrêté de penser à toi. S'il te plaît, accepte de dîner avec moi, pour qu'on puisse parler en toute amitié.

S'il te plaît et amitié dans la même phrase… Qu'est-ce que j'ai sniffé ?

— Je ne…
— S'il te plaît, Zoey.

Bis ? Je suis définitivement défoncée.

— OK, cédé-je.

Après un silence, il enchaîne :

— Ça te va si je passe te prendre dans une demi-heure ?
— Sans souci.
— Dans ce cas, à tout à l'heure.
— À plus.

L'appel a été coupé, pourtant je n'arrive pas à lâcher l'appareil. Abasourdie, je fixe le mur.

Oh. Mon. Dieu ! Je vais dîner avec Raphael !

Survoltée, je sautille sur place.

Je vais dîner avec Raphael.

Ouais, on a compris. Tu ferais mieux de commencer à te préparer pour le tout premier VRAI rencard de ta vie.

Ma joie ne s'atténue pas alors que je me suis calmée. Je suis sur un petit nuage.

La panique succède bientôt à l'euphorie. A-t-il précisé qu'il viendrait dans une demi-heure ? Si on retire les dix minutes d'excitation, il ne me reste pas beaucoup de temps. Oh là là ! En premier lieu, une douche s'impose.

Au moment où je file comme un boulet de canon pour m'enfermer dans la salle de bains, j'entends Ryan me demander :

— Pourquoi tu sembles si pressée ?

— Je sors ! hurlé-je en claquant la porte.

Je me douche rapidement et regagne ma chambre sans me préoccuper des coups d'œil intrigués de mon ami. Après une longue cogitation, je choisis dans ma penderie une minirobe dos nu en mousseline bleu nuit qui m'arrive à mi-cuisses avec un décolleté en *v*. Une fleur entoure ma taille et une autre orne mon épaule. Je complète ma tenue avec des sandales hautes noires à brides symétriques et un jeu de lanières mettant mes pieds en valeur.

Je commence ensuite l'opération maquillage en m'installant hâtivement derrière ma coiffeuse. Je reste comme deux ronds de flan en réalisant l'intrusion d'un bouton au milieu de mon front.

Bordel de merde. Faut que je fasse quelque chose, vite !

J'ouvre mon kit de maquillage, applique une bonne couche de fond de teint sur ma peau. OK, la situation est de nouveau sous contrôle, l'intrus a été neutralisé ! Je souligne mon regard de khôl noir, farde mes joues de rose et rehausse ma bouche d'un rouge à lèvres fuchsia.

Parée, j'attrape ma pochette en cuir et m'observe une dernière fois dans la glace. Je parachève le tableau en m'aspergeant de quelques gouttes d'eau de toilette et l'inspire à pleins poumons. Ryan siffle d'admiration en me découvrant dans le salon.

— Jolie, me complimente-t-il. Avec qui tu sors ?

— Un ami, réponds-je en mâchant un chewing-gum mentholé.

— Cet ami n'a pas de nom ? Quel ami d'ailleurs ? Je suis le seul ami dans ta vie.

— Waouh, j'adore te voir piquer des crises de jalousie. Le mec s'appelle Connor.

Le premier nom qui me vient en tête étant donné que celui de mon patron est proscrit.

— On peut savoir où et quand tu l'as rencontré, ce Connor ?

— Le rôle du flic ne te va pas du tout, rigolé-je. Je te raconte tout plus tard, là je dois me sauver.

— OK, capitule-t-il en faisant la moue. Passe une bonne soirée.

— Merci, amour.

Si je décide de patienter sur le trottoir, c'est pour la simple et bonne raison que je ne veux pas alimenter les ragots auprès de Ryan et ma sœur.

Plantée sur le bitume depuis une minute, je lève la tête vers le ciel sombre en sentant une goutte humide tomber sur mon front. Avant que j'en prenne véritablement conscience, une autre goutte s'échoue sur mon crâne. Je suis en train de me faire saucer en bonne et due forme. NON ! J'envisage de monter changer de vêtements quand une Aston Martin d'un blanc rutilant surgit et ralentit devant moi dans un crissement de freins, m'éclaboussant d'une bonne flaque d'eau.

— Putain de bordel de merde ! éructé-je, hors de moi.

La portière côté passager s'ouvre. Honteuse, je glisse sur le siège en frissonnant, ose un coup d'œil vers Raphael, qui me dévisage avec un sourcil haussé d'étonnement.

— Ça va ?

Mortifiée, j'opine lentement.

— Peut-être que tu voudrais aller te changer ? suggère-t-il. Ça ne me dérange pas d'attendre.

— *Nope*, je ferai avec, protesté-je. Si je monte, ma sœur se foutra de ma gueule. Je préfère encore me sécher avec le chauffage de votre voiture qui sent incroyablement bon.

Il se penche légèrement en riant.

Pincez-moi si je rêve. Non, pas tout de suite, je veux me nourrir de chimères quelques minutes de plus.

— Ou alors, je peux te réchauffer à ma manière.

Pas le temps de lui demander de développer qu'il écrase ses lèvres sur les miennes.

C'est incontestablement le meilleur rêve de ma vie. Nos bouches s'entrouvrent, se cherchent, s'absorbent. Nos langues s'amusent, se taquinent, s'approuvent. Sa méthode de réchauffement est la meilleure du monde, et je prie qu'il ne cesse jamais de m'embrasser.

Chapitre 24

Maudite pluie !

Raphael ralentit son Aston Martin devant un établissement à la façade en briques rouges.

— Où sommes-nous ? l'interrogé-je en frictionnant mes membres.

Même si le chauffage m'a partiellement séchée, je reste engourdie par le froid. Ma robe me colle telle une seconde peau, mon chignon brouillon laisse échapper quelques mèches humides. C'est bien ma veine ça.

— À Tribeca.

— Oh ! ah bon ?

Il opine. Je me tourne sur le côté, admirant la rue par la vitre, mais cela ne m'empêche pas de ressentir la caresse brûlante de son regard.

— Ça va ? m'interroge-t-il pour la millième fois.

Ça alors. Qui aurait cru que Raphael s'inquiéterait autant de mon état et que cela m'émoustillerait ?

— Oui, je vais bien, et vous ?

Son rire suave risque de vite devenir mon son préféré.

— Ce n'est pas moi qui suis trempé de la tête aux pieds, mais merci de demander, je vais également bien.

Il me fixe avec intensité, et je me sens à la fois déstabilisée et vulnérable.

— Zoey, murmure-t-il en se donnant un bref coup de langue sur les lèvres. Il est préférable qu'on sorte de cet habitacle, sinon je risque d'oublier mes bonnes manières et te sauter dessus, car j'ai très envie de toi.

À mon tour d'émettre un rire étranglé. Je ne suis donc pas

la seule à éprouver cette tension sexuelle. Parce que je refuse de me comporter comme une dépravée, j'acquiesce. Tandis que je récupère mon manteau sur la banquette arrière, Raphael lance ses clés au voiturier, dont les yeux pétillent d'admiration en avisant le joujou.

— Fais attention, mon gars, l'avertit-il. Cette voiture est l'un de mes bébés, une simple éraflure et je t'esquinte, pigé ?

Le pauvre acquiesce vigoureusement. Satisfait, Raphael se décale de la portière et lui octroie le passage.

Je sors de mes pensées en prenant conscience qu'il a le regard braqué sur mon décolleté.

Je me racle la gorge, et il remonte aussi sec sur mon visage des yeux qui brillent d'une lueur indéfinissable.

— Tu viens ?

Je me hâte de le rejoindre puis m'arrête brusquement. Déconcertée, je baisse la tête et remarque mon talon aiguille coincé dans une grille d'égout. Non ! Je reporte mon attention sur un Raphael qui visiblement ne sait quelle réaction adopter.

— Zoey, commence-t-il en portant son poing à sa bouche.

Je m'attendais à ce qu'il vienne aider la demoiselle en détresse que je suis, mais à la place il s'esclaffe.

Est-ce que je le tue ou bien je le tue ?

Rageuse, je tente d'extirper mon talon de la grille avec ma brutalité légendaire, j'y suis presque… lorsque j'entends un CRAC terrifiant. Je me rends compte avec horreur que je l'ai cassé.

Moi qui imaginais une soirée parfaite, je suis au bord de la crise des larmes. Furieuse, je défais les lanières de ma sandale et pose le pied sur la chaussée. Pour ne pas être déséquilibrée, j'ôte la seconde.

— Vous trouvez ça drôle ? lancé-je, agacée. Je veux rentrer chez moi !

Son rire s'évanouit, il s'approche de moi et attrape mon menton entre ses doigts. Affichant une mine boudeuse, je m'interdis de frémir.

— T'es vraiment sûre de vouloir rentrer ? Parce que crois-moi sur parole, tu rateras quelque chose.

— Vous n'êtes pas superstitieux ? D'abord la pluie, ensuite mon talon qui se casse, ce sera quoi après ? Une fourchette plantée en plein cœur ?

— Ne sois pas négative. Ce sont des choses qui arrivent, il suffit simplement de les tourner en dérision.

— C'est le karma. Peut-être parce que j'ai le diable pour sœur et toutes ses vacheries retombent sur moi, marmonné-je.

Les doigts de Raphael effleurent ma joue avant de coincer une mèche derrière mon oreille.

— Quand tu fais la tête, tu es mignonne, chuchote-t-il. Et tu me donnes envie de voler ton souffle dans un baiser.

Sa déclaration fait naître un brasier dans mon bas-ventre, je rougis.

— Arrêtez, soufflé-je, embarrassée. C'est pas bien de dire ce genre de choses.

— Peux-tu cesser d'être formelle avec moi ce soir ?

— Oui.

— Bien. Explique-moi maintenant pourquoi tu refuses de me laisser dire ce que je pense, Zoey ? Qu'est-ce qui n'est pas bien dans le fait que je veuille t'embrasser ? Viens par là.

Il me colle à lui et m'embrasse, me faisant oublier qu'il n'y a pas deux secondes j'étais énervée contre lui. Ses mains glissent sur ma taille, frôlent mes hanches. Son goût à la fois fruité et mentholé me fait chavirer.

Dans le restaurant, j'ai l'impression d'être dans un château à cause du parquet verni, des chandeliers et des tableaux qui me font penser à l'époque de Louis XIV.

— Waouh, soufflé-je. C'est très beau.

— N'est-ce pas ? De l'extérieur on pense que l'intérieur sera tout aussi banal, pourtant c'est dans le décalage entre les deux que réside tout le charme de cet endroit.

— Un peu comme quand on se fie à la couverture d'un livre qui n'en jette pas des masses mais qu'on se laisse happer dès les premières lignes.

Raphael étire ses lèvres.

— Exactement.

Un homme dans une tenue de pingouin se présente à nous en inclinant poliment la tête à l'intention de Raphael.

— Monsieur !

Sa grimace, aussi minime soit-elle, ne m'échappe point tandis qu'il me dévisage.

— Cessez donc de loucher sur sa poitrine, Winnie, ce ne sont pas des manières de gentleman, le morigène Raphael.

— Je... Non... Veuillez pardonner ma maladresse, monsieur Lockwood, bafouille-t-il, mortifié.

Raphael pivote vers moi.

— Tu aimerais peut-être faire un tour aux toilettes pour remettre en état ta tenue ?

Je fais mine de m'offusquer, ou alors je suis réellement consternée.

— C'est une suggestion déguisée en un ordre ? Suis-je si moche que ça ?

Il se mord la lèvre inférieure.

— Non et non. Tu es loin d'être moche, je préfère simplement m'assurer que tu ne feras pas bander un autre mec que moi.

Bordel ! Il faut que je cesse de ricaner nerveusement à chaque phrase de ce genre qu'il pourrait m'adresser. Je demande à ce qu'on m'indique les toilettes. En me découvrant dans l'un des miroirs au-dessus des vasques, je manque défaillir lorsque je réalise que les aréoles de mes seins sont visibles à travers le tissu de ma robe. Doux Jésus !

À part cela, je ne constate pas trop de dégâts. J'ai toujours du rouge à lèvres et je nettoie juste mon mascara qui a coulé avec un peu d'eau.

À mon retour dans la salle, un détail me turlupine, j'en fais part à Raphael en m'asseyant en face de lui.

— Tu sais pourquoi il n'y a personne d'autre que nous ?

Il acquiesce.

— C'est parce que j'ai réservé le restaurant, avoue-t-il de façon décontractée.

— Tout ? insisté-je en agitant mon index dans l'air.

— Tout.

Interdite, je le fixe.

— Pour quelle raison ?

Si ça se trouve, c'est normal, voire banal chez les riches de faire ça.

— Je voulais qu'on passe un moment au calme ensemble sans être importunés par quiconque.

— Tu n'aurais pas dû, marmonné-je pour la forme.

Dans mon for intérieur, je jubile.

— Pourquoi ce revirement de situation ? lâché-je à brûle-pourpoint. J'ai retourné la question mille fois dans ma tête sans trouver la réponse. Tu m'as pourtant fait comprendre aujourd'hui qu'on était sur la même longueur d'onde.

— Donc tu pensais ce que tu as dit ?

— Non, avoué-je sans hésiter.

— Ça tombe bien, car moi non plus.

Je me retiens de sourire.

— Excepté la partie où j'ai affirmé que je ne deviendrais pas un pot de colle. Là, je pensais ce que j'ai dit.

— Je m'en doute bien. D'ailleurs, ça m'amène à te demander comment tu as su pour Cassie et moi.

— Des bruits de couloir. Oh ! c'était censé être un secret ? Pardon.

Il voit clair dans mon jeu mais ne me contraint pas à m'expliquer. Pour rien au monde je ne dénoncerais Margerita comme ma source. Les commérages entre copines, c'est sacré.

Winnie dépose un seau de champagne au centre de la table, un Dom Pérignon White Gold Jeroboam qui me laisse sans voix. Il ouvre la bouteille et remplit nos flûtes.

— Souhaitez-vous commencer par la dégustation du premier plat ?

— Oui, merci.

Alors qu'il s'éclipse, j'examine mon voisin d'en face, intriguée.

— Nous sommes dans un restaurant gastronomique qui ne propose ni carte, menu ou choix, m'apprend-il.

Bien que je ne sache pas ce qui m'attend, je piaffe d'impatience. En constatant que je n'ai pas touché mon verre, je remédie à cette offense par une première gorgée. Ce vin mousseux est si délicatement lisse que j'en suis subjuguée.

— Tu aimes ?

J'opine du bonnet.

— C'est la toute première fois de ma vie que je goûte à ce champagne. Et c'est… particulier.

Paupières plissées, il esquisse un demi-sourire.

— Dis-moi, Zoey… qui est ce petit ami dont tu te plais tant à mentionner l'existence ? Est-ce qu'il sait où et avec qui tu te trouves actuellement ?

Je déglutis et me redresse en me grattant le bout du nez. Dans son timbre, j'y décèle une menace sous-jacente.

— Je n'ai pas de petit ami, chuchoté-je sans oser le regarder. C'était juste une… blague.

— Une blague, hein ?

— Puisque je le dis. Qu'en est-il de vous, monsieur Lockwood, une petite amie ? dis-je en haussant le ton, de nouveau audacieuse.

— Je t'ai déjà dit de ne pas être si formelle, me reproche-t-il.

— Oups. Question d'habitude, désolée.

Je me décide enfin à le tutoyer.

— Non, aucune petite amie.

Je suis soulagée.

— Je veux bien te croire, tu ne sembles pas être l'homme d'une seule femme. Qui était cette Penélope Cruz ? ajouté-je sur un ton volontairement sec.

— Penélope Cruz ? répond-il, étonné.

— Hin hin… Tu ne te souviens plus de cette femme perchée à ton bras ce fameux soir au Blue Hill ?

— Oh ! tu parles d'Alma ? C'est l'une de mes avocates. Tu ne l'as jamais croisée au bureau ?

Je fais doucement non de la tête.

— Qu'est-ce qui était si important pour que vous vous réunissiez dans la nuit ?

— Serais-tu jalouse ?

— Quoi ? Pff, pas du tout.

Il sourit, amusé.

— Nous revoyions ensemble les nouvelles clauses d'un contrat que j'ai l'intention de soumettre à l'un de nos distributeurs. Le cœur de mademoiselle est-il apaisé ?

— Laisse-moi tranquille, ronchonné-je.

Son rire provoque mon gloussement. Après plusieurs minutes, le premier plat est servi.

— Caviar osciètre garni de brioche à la mousse, accompagné, d'une part, d'un œuf à la crème et, d'autre part, de câpres et oignons à la gélatine. Bon appétit, annonce Winnie.

— Merci.

Raphael et moi nous délectons des créations artistiques du chef, qui ma foi est doué. Je me souviendrai de cette expérience culinaire à jamais.

— Est-ce que je peux te poser une question, Raphael ?

— Je t'en prie.

— Pourquoi tu m'as ignorée après ce qui s'est passé entre nous ?

Il hésite et ramène ses cheveux en arrière d'un geste de la main.

— Je… Pour être honnête, je ne savais pas comment me comporter avec toi, ce qui est une nouveauté. Mon attitude t'a blessée, n'est-ce pas ?

— Bien sûr que oui. Je me suis sentie insignifiante.

— Tu ne l'es pas, c'est juste que je n'ai jamais été aussi troublé par une femme.

Non Zoey, tu ne vas pas danser le swing, reste concentrée.

— Qu'est-ce qui t'a fait changer d'avis ? Pourquoi m'as-tu appelée ?

— Aucune idée, dit-il avec un rire nerveux. J'avais un besoin viscéral de te voir. Je ne regrette pas qu'on ait fait l'amour. Si c'était possible de le faire là tout de suite, je n'hésiterais pas à t'allonger sur cette table. Tu saisis à quel point tu me troubles, Bridgestone ?

Je m'embrase et retiens un sourire de contentement. Je croyais être la seule à éprouver ce désir irrépressible. De plus, je suis agréablement surprise par sa capacité à être franc. Il ne semble pas habitué aux faux-semblants. Le Raphael que je côtoie dans le cadre professionnel n'est pas le même que celui en face de moi.

— Portons un toast, déclaré-je.

— À quoi veux-tu trinquer ?

— Euh… à nous, au fait qu'on reparte sur de bonnes bases.

— Alors trinquons en ton nom, Zoey !

Nos flûtes s'entrechoquent.

— À toi, Raphael !

Et nous buvons sans nous lâcher des yeux.

Chapitre 25

— Vous êtes en retard, tonne une voix familièrement insupportable dans mon dos.

Faisant volte-face, je tombe sur Cassandra, qui me toise avec mépris.

— Tiens, Sherlock, vous venez de résoudre l'énigme du siècle, raillé-je en me détournant d'elle.

— Raphael abhorre le retard. Et j'ai constaté qu'arriver à la bourre est chez vous une seconde nature.

— Raphael saura se montrer tolérant quand je lui en expliquerai les raisons, riposté-je, confiante. S'il vous plaît, allez emmerder quelqu'un d'autre.

Les portes de l'ascenseur s'ouvrent, et je m'y engouffre, suivie par l'enquiquineuse décolorée. J'appuie sur le bouton de mon étage alors que son ricanement hérisse mes poils.

— Je constate que vous devenez effrontée avec le temps, mais vous ferez moins la maligne quand il vous virera. Je sais de quoi je parle, je le connais mieux que vous.

— Excusez-moi, Cassandra, mais qu'est-ce qui vous a échappé dans ma phrase : « Allez emmerder quelqu'un d'autre » ? Vous êtes une connasse, ça je l'ai compris dès mon premier jour. Ce n'est pas parce que je suis réservée que je ne peux pas vous frapper là où ça fait mal. Ne me cherchez plus ! conclus-je avec un sourire de psychopathe.

Déstabilisée, elle demeure bouche bée. Cassandra ne m'a jamais réellement fait peur, j'évite simplement les confrontations. Mais elle exagérait, il était indispensable de remettre les pendules à l'heure. Quand elle disparaît de mon champ visuel sans avoir répliqué, je suis fière de moi.

— T'es en retard, lance Margerita pour m'accueillir.

Je roule des yeux. Oui, je suis en retard. *Mea culpa !* C'est la faute de Ryan. Hier, nous avons fait la fête jusqu'à 5 heures du mat'. À l'heure actuelle, je suis crevée, et je me suis réveillée avec une gueule de bois carabinée.

— Et tes cernes prouvent que tu ne t'es pas beaucoup reposée, ajoute-t-elle, goguenarde. T'as eu une nuit agitée ?

— De folie, soupiré-je en étouffant un bâillement. C'était l'anniversaire de Ryan, tu te souviens de lui, non ?

— Le copain de ta sœur ?

— Ouais, on a fait pas moins de quatre discothèques. Ce con a décrété qu'aujourd'hui était férié et que je n'irais pas travailler. Sinon ton week-end a été ?

— Couci-couça, répond-elle en agitant les doigts. Je me suis fait un marathon thrillers érotiques des années 1990 avec Sharon Stone, Michael Douglas…

— *Basic Instinct ?* deviné-je avec un sourire de connivence.

— Le un et le deux, affirme-t-elle. Encore aujourd'hui, ce genre reste mon préféré. On en parle après, Raphael t'attend dans son bureau.

Je frémis avec une grimace.

— Merde ! Il est arrivé avant moi, donc il n'a pas eu son café…

— Je lui en ai préparé un, t'inquiète.

— Ah ! bon à plus, on déjeune ensemble ?

— Tu connais la réponse.

Elle m'envoie un baiser que j'attrape au vol. Je m'engage dans le couloir, appréhendant les retrouvailles avec Raphael. Depuis notre dîner vendredi soir, on ne s'est plus donné signe de vie. Je ne vais pas mentir, j'ai rêvé qu'il m'écrive, m'appelle, fasse un quelconque geste envers moi. Et j'ai pensé à lui chaque seconde.

J'ignore ce que nous sommes précisément l'un pour l'autre, mais il se passe un truc entre nous, ou alors je devrais aller en hôpital psychiatrique. Tandis que je suis devant la porte de son bureau, ma nervosité prend le dessus. Comment suis-je censée me comporter ? Sourire niaisement ou garder une expression neutre et rester pro ?

Après une profonde inspiration, je frappe.

— Entrez !

Son ton autoritaire accélère mon rythme cardiaque.

— À quelle heure arrivez-vous au travail, mademoiselle Bridgestone ? m'interroge-t-il en consultant sa montre.

Anxieuse, je n'ose plus bouger et je le fixe alors qu'il est assis dans son fauteuil.

— Excusez-moi, monsieur, j'ai eu quelques soucis de réveil.

Imperturbable, il me jauge de son regard intransigeant me donnant la désagréable sensation d'être piégée dans une toile d'araignée.

— Dites-moi maintenant en quoi ça me concerne ? Les circonstances ne m'intéressent pas, j'accorde de l'importance aux faits. Vous avez pour habitude d'être en retard, ce que je ne cautionne pas.

Sa froideur rivaliserait avec celle du pôle Nord. Un instant, je repense à cette soirée magnifique que nous avons passée tous les deux. Ce Raphael était aux antipodes de celui qui se trouve en face de moi, on dirait un clone maléfique. Pourquoi est-il si cassant ?

— Tu n'exagères pas un tout petit peu, Raphael ? C'est la deuxième fois que je suis en retard, ce sont des choses qui peuvent arriver.

— Monsieur Lockwood.

— Pardon ?

— Ici et pour vous, c'est monsieur Lockwood. Je suis votre supérieur, pas votre camarade de classe ; vous ne m'appelez pas par mon prénom.

Je suis si décontenancée que j'en reste muette. Sous son regard vindicatif, je me décompose et lutte pour ne pas perdre la face, retenant péniblement mes larmes.

— Je ne comprends pas, protesté-je d'une voix fluette. Pourquoi es-tu si sévère aujourd'hui ?

— Vous êtes mon employée, Bridgestone, vous vous pliez

aux règles, c'est clair ? Si je suis laxiste avec vous, les autres penseront qu'ils peuvent faire ce qu'ils veulent, et c'est hors de question.

Monsieur l'Enfoiré est de retour. Qu'est-ce que j'espérais ? Qu'il montre une facette plus conciliante pour mes beaux yeux ? Je rêvais.

Je le dévisage et renifle avec dédain.

— Très bien, monsieur Lockwood, je vous promets que ça n'arrivera plus.

Le silence se distend. Je serre les poings. Son expression froide demeure inchangée. Je sais désormais quel est mon rang, je reste son employée et ne bénéficierai d'aucun traitement de faveur parce que j'ai écarté les cuisses.

— Si vous n'avez plus besoin de moi…

Il m'interrompt :

— Vous pouvez disposer.

Je tourne les talons, ayant conscience de ce que j'ai à faire : essayer d'oublier mon attirance pour lui. Dans mon bureau, je me retiens de crier mon mécontentement et m'affale comme un sac dans le fauteuil. Interdiction de pleurer. Il faut que je trouve un autre moyen d'évacuer la tension pour éviter de déverser ma frustration sur quiconque aura le malheur de me regarder.

Sur un coup de tête, je décapuchonne mon stylo et rédige sur un format ma lettre de démission. Je note toutes les horreurs qui me viennent en mémoire et insiste sur les aspects négatifs qui font de lui un maso-qui-traite-son-assistante-comme-de-la-merde. J'inscris également toutes les tortures que j'ai préparées pour lui comme punition pour son comportement odieux. Je me défoule comme jamais.

Un quart d'heure plus tard, je repose le stylo et relis ce que j'ai écrit, impressionnée par la rage qu'on y ressent.

Est-ce que tu te sens mieux maintenant ?

Un tout petit peu. La sonnerie du fixe me coupe en pleine cogitation. Je plie la lettre en deux et la glisse à côté du pot de crayons. Bien sûr, je n'ai pas l'intention de la lui donner. C'est un con mais le salaire que je touche est assez alléchant pour que je ne démissionne pas du jour au lendemain.

Sa ligne clignote à nouveau. Je l'emmerde !

— T'as déjà vu *Body of Evidence* ? Certaines scènes m'ont laissée perplexe. La fin est bâclée et insipide, un gâchis. Le sexe dans ce film est comme la bagarre, je n'ai ressenti aucun frisson… Zoey ? Zoey !

Après un sursaut, je me reprends, jette un coup d'œil circulaire et me recentre sur Margerita.

— Hein ?

— Tu m'as laissée parler toute seule. Quelque chose te tracasse ? T'es absente.

— Euh… non rien, tout va bien, bredouillé-je en passant une main dans mes cheveux.

— T'as pas faim ?

Elle fait référence à mon assiette intacte. Pour la contredire, j'attrape une frite et l'avale.

— Si, dis-je d'une voix traînante.

Elle me fixe sans cligner des cils, ce qui est assez flippant.

— Quoi ? grogné-je.

— Dis-moi pourquoi t'as cet air triste depuis qu'on a pris notre pause. Ce n'est pas parce que je suis restée tranquille que je n'ai rien remarqué.

— T'es perspicace, ma vieille, tu ferais une meilleure détective que l'inspecteur Gadget.

— T'essayes de changer de sujet, ça ne marchera pas. Balance la sauce.

Je me résigne dans un soupir. Elle ne lâchera pas l'affaire tant que je ne me serai pas expliquée.

— C'est… Raphael. Il a été très méchant avec moi ce matin et m'a rabrouée comme un animal à cause d'un petit retard, son attitude tyrannique m'épuise. Il ne fait pas l'effort d'être un tant soit peu compréhensif.

— Si tu veux, je peux lui parler pour qu'il se montre moins dur.

— Surtout pas ! objecté-je en feignant l'horreur. Tu lui donnerais une raison supplémentaire de m'enfoncer.

Je n'ose pas dire toute la vérité à Margerita de peur qu'elle ne me juge. Si je lui fais part de mon écart de conduite avec Raphael, dans quelle case me rangera-t-elle ? Elle m'a prouvé qu'elle sait être indulgente. Si je lui explique mon trouble, elle comprendra sans aucun doute. Elle pourrait également me donner des astuces pour l'évincer de mes pensées, non ? Oui, je décide de me lancer.

— Tu ne devineras jamais, déclare-t-elle, me coupant l'herbe sous le pied.

— Quoi ? couiné-je.

— Hier j'ai eu une discussion avec Cassandra. Elle prétend que Raphael a des sentiments pour elle mais qu'il ne le sait pas encore, donc elle compte l'amener à en prendre conscience. Ce week-end, elle l'invite chez lui.

Sonnée, j'attrape mon milk-shake et tire avidement sur la paille.

— Waouh… Elle ne perd pas le nord.

— Je lui ai dit à quel point son idée est stupide. Bon sang, on ne commande pas les sentiments, et c'est con de s'accrocher à une histoire alors qu'il ne la verra jamais autrement que comme un ancien plan cul.

— Ouais… elle est décidée à se prendre un râteau.

— C'est une idiote, point barre. Elle sait pertinemment qu'il aime les filles faciles pour une nuit, mais pas pour que l'une d'elles devienne la femme de sa vie.

— Cassandra est donc une fille facile ?

— Pour moi, coucher avec un mec le premier soir résume toute la facilité de la fille, surtout quand elle aguiche.

Sa position me scie. Est-ce que j'ai couché avec Raphael le premier soir ? Techniquement, non, on se côtoyait depuis deux mois dans le milieu professionnel quand tout a dérapé. Accusons l'alcool, s'il vous plaît.

Et quand tu l'as embrassé dans les toilettes du restaurant ?

Et quand il t'a embrassée dans sa voiture en bas de ton immeuble, ça aussi c'était dû à l'alcool ?

La ferme !

— Tu déconnes, Rita ! T'as déjà oublié ton discours de l'autre jour sur les sites de rencontres ? Tu couches bien avec tes rencards le premier soir, non ? Est-ce que ça fait de toi une fille facile ?

— Comment veux-tu qu'on nous prenne au sérieux si dès la première nuit on offre nos charmes ?

— À toi seule, tu réunis la thèse et l'antithèse. Tu fais ce que tu condamnes. Fais ce que je dis, pas ce que je fais.

Elle rit.

— C'est absurde, je sais, mais c'est ce que je pense.

— Bon, écoute... c'est un exemple, d'accord ? Ne va pas t'imaginer des choses... Si je te raconte que j'ai couché avec Raphael, dans quelle catégorie tu me places ? Celle des filles faciles ? Rassure-toi, je ne l'ai pas fait, ton avis m'intéresse, c'est tout.

Honte à toi de mentir.

Elle me considère, bouche bée, puis pouffe.

— C'est quoi cette question ?

Me composant une expression désinvolte, j'émets un rire forcé.

— Je suis curieuse, c'est tout.

Elle hésite.

— Honnêtement ? Je n'en ai aucune idée... j'espère sérieusement que tu n'envisages pas de t'envoyer en l'air avec lui.

Trop tard...

— Du tout.

— Tant mieux. Raphael est séduisant, oui, mais si tu viens à t'enticher de lui, tu t'en sortiras forcément avec des séquelles. Le cas de Cassandra est un bel exemple, non ?

J'opine.

Si tu savais à quel point tu es proche de la vérité, tu pleurerais sur mon sort, songé-je en noyant mon amertume dans ma boisson.

Chapitre 26

« Scarlett, regardez-moi ! lance Rhett Butler. Je vous ai aimée plus que je n'ai jamais aimé une autre femme et je vous ai attendue plus que je n'ai jamais attendu une autre femme. »

Je récite les répliques des personnages d'*Autant en emporte le vent* en même temps qu'eux. Je ne compte plus le nombre de fois où je l'ai regardé. Malgré les années, il n'a rien perdu de sa fièvre romanesque ni de son souffle épique.

Ouais, j'ai une âme romantique qui croit en l'amour. Au vrai. Quand je visionne des films d'amour, j'ai tendance à m'imaginer à la place des héros, je me demande alors : qu'est-ce que ça ferait de vibrer de passion ?

Mon cas est désespérant. En général, quand une fille se fait larguer par son mec, elle téléphone à sa meilleure amie. Cette dernière la rejoint et ensemble elles pleurent en se goinfrant de cochonneries et en projetant d'aller casser des œufs sur la maison du charlatan, de rayer sa voiture, etc.

De mon côté, il n'y a pas eu de rupture, pour la simple et bonne raison que je n'ai pas de mec, et mon meilleur ami a choisi d'aller se balader avec sainte Connasse plutôt que de me soutenir dans cette étape difficile. Puisqu'il est amoureux, impossible pour lui de se rendre compte que j'ai une peine de cœur, d'autant que j'ai réussi à masquer ma tristesse.

Je sais que je suis pitoyable alors que je m'empiffre de glace et bois les paroles de Rhett à l'intention de Scarlett. Qu'est-ce qui ne tourne pas rond dans mon existence ? En cette journée insipide, j'ai espéré que Raphael m'appelle pour s'excuser de sa conduite de malotru, hélas !

J'ai indubitablement envie de me confier à quelqu'un, mais excepté Ryan et Margerita, je n'ai pas de véritables amis.

Raphael semble nettement plus doué que moi pour tout oublier en un claquement de doigts.

Après un nouveau soupir affligé, je me concentre sur le film.

— Que vais-je devenir ? murmuré-je en imitant Scarlett.

« Franchement ma chère, c'est le cadet de mes soucis », lui répond Rhett.

J'aurais souhaité être à la place de Scarlett et être aimée par un homme comme Rhett. Cette idiote trop fière et capricieuse qui a joué avec le feu s'est brûlé les ailes. Bien fait. Non, pas bien fait. Solidarité féminine oblige, entre femmes on se soutient coûte que coûte.

La sonnerie de mon téléphone interrompt mes ruminations. L'espace d'une microseconde, un frisson parcourt ma peau alors que j'imagine que c'est Raphael. Mais ce n'est pas lui.

Décrocher ne me tente pas, mais discuter avec quelqu'un m'évitera la dépression.

— Salut ! commence-t-il gaiement après que j'accepte son appel.

— Salut.

— Sympa l'accueil, je dérange ou…

— Tu ne me déranges pas, Connor, dis-je en m'adoucissant. Je ne suis simplement pas de bonne humeur, ne le prends pas personnellement.

— Qui a osé saper l'humeur de ma princesse ?

— Ta princesse, hein ? Merci pour la flatterie, t'aurais quand même pu être plus inventif.

— On ne t'a jamais dit que tu ressembles à Blanche-Neige ? Ce sera ton nouveau surnom : « Ma Blanche-Neige ».

Je ris.

— On ne me l'avait encore jamais faite, celle-là.

— Donc j'ai été très créatif ?

— Oui.

Il rit à son tour. Je ne regrette pas d'avoir répondu, ça me détend de parler avec lui.

— D'ailleurs, qu'est-ce que tu fais toujours ici ? Je pensais que tu étais déjà rentré. Ou tu vas me raconter que tu t'es pris d'affection pour la ville qui ne dort jamais ?

— Pas faux, mais il y a une autre raison, tu veux savoir laquelle ?

— Vas-y.

— Toi. T'accepterais de boire un café avec moi ?

D'abord hésitante, j'ai l'intention de décliner son invitation quand je me dis que je n'ai rien à perdre.

— Qu'est-ce que j'y gagne ?

— Aucune mort sur ta conscience.

— De quelle conscience tu parles ?

Il glousse, contre-attaque. Nos badineries s'éternisent, je suis de plus en plus détendue.

— C'est d'accord, finis-je par lâcher. T'es difficile en négociations, hein !

— Je suis un garçon qui n'abandonne pas facilement.

— Quand est-ce qu'on se retrouve ?

— Ce week-end, si t'es OK.

— Sans souci. Dans quel coin tu es ?

— Brooklyn.

— Quand est-ce que tu rentres ?

— Mon départ est prévu pour la semaine prochaine.

— OK, j'ai quelques idées en tête pour qu'on passe un samedi génial, donne-moi simplement le temps d'y réfléchir et je t'envoie un texto dès que c'est bon.

— C'est toi qui commandes.

Nous bavardons quelques minutes de plus, et quand la sonnette de l'appartement retentit, je mets fin à la conversation.

Youhou ! Le livreur de pizza est enfin là, la délivrance est proche. À cause de sa lenteur, il n'aura droit à aucun pourboire. Je pose mon *phone* en équilibre sur l'accoudoir du canapé et me lève en ôtant le plaid de mes jambes.

La porte ouverte, je reçois un coup au plexus en avisant celui qui me toise. *Cerveau : off, cœur : on.* Ce n'est pas du tout le livreur que je m'attendais à voir. Durant une minute, nous nous affrontons du regard. S'il croit que je vais parler la première, il ignore à quel point je peux être une tête de mule.

— Je refuse que tu démissionnes, annonce-t-il sèchement en déchiquetant la lettre dans sa main.

Il avance d'un pas et ferme derrière lui. Perplexe, je recule, ne comprenant pas comment il a obtenu ce papier.

— Elle était cachée sous la pile de documents que tu m'as remise avant ton départ, continue-t-il en lisant aisément en moi.

— Oh ! eh bien, bredouillé-je, gênée, en grattant l'arrière de mon oreille. C'est juste un malentendu, je n'avais pas l'intention de vous présenter une quelconque lettre de démission. Je l'ai écrite sur un coup de tête.

— Comme ça, je ne suis qu'un putain de misogyne qui mérite de subir une émasculation pour faire don de mes couilles aux eunuques ?

Une chaleur envahit mes joues et descend sur mon cou. Je me sens honteuse en repensant aux propos vulgaires dans cette lettre. Je me suis surpassée.

— Oui, affirmé-je en soutenant ses yeux. Maintenant que vous vous êtes rendu compte du quiproquo, vous pouvez partir. N'ayez crainte, demain cette petite assistante devant vous remuera la queue quand vous aurez claqué des doigts.

— Zoey, tu es dure.

Mon rire jaune se répand dans la pièce.

— Si je suis dure, alors je n'ose pas qualifier votre comportement. Vous explosez les stats.

Il s'approche de moi au point de m'acculer contre le mur, appose les mains de part et d'autre de ma tête et souffle à un centimètre de ma bouche :

— Je ne suis pas uniquement venu te parler de la lettre de démission, mais également pour qu'on discute.

— Je n'ai rien à vous dire, riposté-je sans le regarder.

— Dans ce cas, écoute-moi.

Il inspire un bon coup puis se lance :

— Zoey, je sais que ce matin j'ai agi comme un connard…

— Bel euphémisme, me moqué-je.

— Je n'aurais pas dû déverser ma colère sur toi. Je suis désolé.

Estomaquée, je le dévisage.

— Pardon ? Pouvez-vous répéter ?

— Je suis désolé de t'avoir parlé sur ce ton, réitère-t-il. Désolé.

Instinctivement j'attrape son poignet et lui tâte le pouls.

— Qu'est-ce que tu fais ? demande-t-il, dubitatif.

— Je tâte votre pouls, les vampires ne sont pas censés respirer, non ?

Un rire aussi léger qu'une plume s'échappe de ses lèvres. Ses mains prennent mon visage en coupe. Comment un contact si anodin réussit-il à m'enflammer ?

— Pourquoi ? À cause du « désolé » ?

J'opine.

— C'est la première fois que tu me le dis, normal que je sois suspicieuse. Où est le piège ? enchaîné-je en fronçant les sourcils.

— Il n'y en a aucun, Zoey, susurre-t-il en effleurant ma lippe. Au contraire, mademoiselle Bridgestone, je crois que vous m'avez jeté un sort. Pas un jour ne passe sans que je pense à vous. Parce que vous êtes dans ma tête, j'ai du mal à me concentrer, vous m'avez envoûté.

— T'en as pas marre de souffler constamment le chaud et le froid ? soupiré-je. Là, tu es tendre, mais qui me garantit que tu ne me repousseras pas juste après ?

— Plonge ton regard dans le mien et dis-moi ce que tu y vois.

Mes iris percutent les siens, et mon corps s'attise. Cette communication non verbale me bouleverse. Je suis sur le point de prononcer la première bêtise qui me traverse quand le bruit d'une clé insérée dans la serrure me ramène brusquement sur terre.

— Merde ! m'étranglé-je, horrifiée. C'est ma sœur et son copain, ils ne doivent surtout pas nous trouver dans cette position… indécente. Viens !

Sans lui accorder le droit de protester, j'entrelace mes doigts aux siens et le tire à ma suite. Je referme doucement la porte de ma chambre au moment où Gwen pérore en ouvrant celle de l'entrée. L'oreille collée contre le battant, j'écoute leur conversation.

— Ce film était ridicule, Ryan, grommelle-t-elle. Rien qu'en détaillant l'affiche, je t'ai dit qu'il serait d'une niaiserie à gerber.

— T'as des goûts trop compliqués. Pour ma part, je l'ai trouvé chouette et romantique, se défend-il.

Elle ricane.

— Ça ne m'étonne pas de toi. T'aurais dû naître avec des ovaires et une chatte, j'ai jamais vu un mec aussi cucul la praline. Heureusement que je suis là pour équilibrer la balance.

Un ange passe. S'ensuit un silence pesant.

— Zoey, commence Raphael à voix basse.

Je me retourne et glisse un doigt sur mes lèvres pour l'inciter à se taire. Il arbore un rictus ambigu, n'étant visiblement pas habitué à recevoir des ordres. Il va devoir s'y faire, ici c'est mon domaine, je commande qui j'ai envie, en l'occurrence seulement lui.

— Une garce, voilà ce que tu es, s'énerve Ryan. J'en ai marre de ta méchanceté, de ton manque d'humilité. Ceux qui sont respectueux des autres sont tous des cons, c'est ça ? C'est bon, tu m'as soûlé, je vais faire un tour…

Impossible de contenir ma satisfaction. Enfin, Ryan a les couilles de l'affronter… depuis le temps que j'en rêvais.

— Casse-toi, et c'est plus la peine de revenir, siffle-t-elle.

Une porte claque brutalement. Gwen tape du pied, râle contre l'humanité.

— Et où est passée cette insignifiante de Zoey ? continue-t-elle, acerbe. La nana s'est crue dans une porcherie pour laisser mon appart sens dessus dessous ?

Les mains de Raphael pressent mes épaules pour me réconforter. Il doit s'interroger sur la hargne de ma sœur me concernant.

Quelques secondes plus tard, mon téléphone sonne dans le salon. Gwen jure.

— Bien entendu, elle a oublié son portable. Décidément,

ils me font tous chier ce soir, je suis définitivement entourée d'une bande d'incapables.

On sonne à la porte, et elle rouspète à nouveau.

— Zoey, récidive Raphael.

La main levée, je l'invite à patienter. Ce que j'entends me fend le cœur.

— Vous êtes bouché ou quoi ? Je vous dis que je n'ai pas commandé de pizza ! s'emporte Gwen.

Contrairement à elle, le livreur s'exprime posément donc je ne capte pas sa réponse.

— Qu'est-ce que j'en ai à foutre ? braille-t-elle. Ça doit être ma demi-sœur qui a passé cette commande, et puisqu'elle est également stupide, elle n'est pas là pour régler sa dette. Ne comptez pas sur moi pour payer à sa place.

Il lui répond, mais je ne comprends toujours pas ses paroles.

— Mon Dieu, tous les êtres humains sont-ils aussi cons que vous ? Je m'en tape de ce que vous allez en faire, bouffez-la, balancez-la aux ordures, bref, au revoir !

Sur ce, elle lui claque la porte au nez. De nouveau face à Raphael, je soupire de frustration.

Certes, j'ai toujours faim, sauf que j'ai changé d'avis, je veux désormais me nourrir de son corps.

— Qu'est-ce qu'on fait maintenant ? me questionne-t-il.

— Aussi longtemps que ma sœur jouera à l'hystérique de l'autre côté, tu ne pourras pas sortir.

— Si je résume, tu fais de moi ton prisonnier ? Et cette chambre que je suppose être la tienne devient ma cellule ?

Un coup d'œil circulaire dans la pièce me fait grimacer. Des vêtements et des chaussures traînent, des papiers roulés en boule débordent de la poubelle près du bureau… En gros, c'est le bazar ! Qu'en pense Raphael ? Ici nous sommes à des années-lumière de son monde fait d'opulence et d'élégance.

— J'admire ta sagacité, plaisanté-je.

Un sourire licencieux habille ses traits, il se rapproche de moi et presse son corps contre le mien.

— Tu ne crois pas qu'on pourrait rendre cette captivité plus intéressante ?

Je feins le détachement en haussant les épaules.

— Quels sévices me réserves-tu, Zoey ?

Il se penche et appuie les paumes sur mon cou.

— Si je te le dis, tu pourrai peut-être chercher à prendre la fuite, lancé-je d'un timbre suave.

Ses yeux détaillent ma bouche avant de s'immerger à nouveau dans les miens.

— Ne me le dis pas, je préfère que tu me le montres.

C'est ainsi que ses lèvres emprisonnent les miennes dans un tourbillon de fièvre. Réceptive, je laisse mes doigts s'égarer dans sa chevelure alors que notre baiser s'approfondit. Nos langues se tourmentent, nos dents s'entrechoquent. Je glapis tandis qu'il soupire. Ses mains me touchent, me palpent, me caressent, je frôle la combustion spontanée. Les miennes le manipulent, le massent, lui volent des plaintes de plaisir.

J'aime savoir que je lui fais le même effet qu'il suscite chez moi. Parce que si je dois tomber, alors Raphael Lockwood me rejoindra dans l'abîme de la passion.

Très vite, aucune barrière vestimentaire ne nous sépare, nous jouissons d'une alchimie parfaite et complète. À cet instant, je me soucie de Gwen comme d'une guigne. Il n'y a que ce moment partagé avec Raphael qui compte.

Je me délecte des paroles sensuelles et libertines qu'il susurre au creux de mon oreille. Dans ses bras, je ne suis plus qu'un magma de désir et de plaisir. J'atteins l'extase en ne faisant plus qu'un avec cet homme.

Finalement, je crois que Raphael Lockwood est le Rhett Butler que j'ai tant souhaité avoir.

Chapitre 27

Ta-da dada, ta-da dada… Argh ! Par pitié, que quelqu'un fasse taire la mélodie de la marche nuptiale qui tourne en boucle dans ma tête.

En même temps, comment puis-je penser à autre chose en contemplant le visage endormi de Raphael à quelques centimètres du mien ? C'est dur de croire que tout ceci est réel. Même dans mes fantasmes les plus saugrenus, jamais je n'aurais imaginé partager mon lit avec lui. Un mince sourire étire mes lèvres, j'examine ses traits parfaitement ciselés grâce au halo de la veilleuse troublant la pénombre. Sa beauté est à couper le souffle.

Rien qu'en songeant à sa tête entre mes cuisses, je me sens rosir, non pas de honte mais de désir. Ma soif de lui demeure intarissable, pourtant Dieu seul sait le plaisir que j'ai éprouvé à chaque fois qu'il m'écartelait.

Ne mêle pas Dieu à tes pensées obscènes.

Cette nuit a été l'une des plus belles que j'aie passées, exception faite de celle dans le chalet des Dolomites.

Raphael m'attirait déjà, ce n'est pas un secret, mais désormais des sentiments inattendus se sont révélés dans mon cœur.

Quand je l'observe dans son sommeil, vulnérable comme peut l'être toute personne durant ce moment d'accalmie, je ressens des fourmis dans le ventre. Dès lors, je comprends que je ne pourrai plus me passer de lui. C'est une perspective assez terrifiante.

Je cale de nouveau la tête sur son torse ferme. La cadence apaisée de son cœur se mêle au bruit de la bruine qui glisse sur la fenêtre, et je sombre dans un monde ayant pour refrain : ta-da dada, ta-da dada.

C'est une main caressant ma chevelure qui me fait papillonner des cils. Vaseuse, j'ai besoin d'un instant pour m'adapter à la situation.

— Bonjour !

Nos regards se croisent, nous pouffons étant donné que nous avons parlé simultanément. Je me retiens de pincer mon bras, pourvu que je ne sois pas dans un rêve.

— Tu ne t'es pas enfui aujourd'hui, poursuis-je, taquine, en conservant néanmoins un certain sérieux.

— Je prendrai la fuite seulement si tu viens avec moi.

— Je garde ça en tête, répliqué-je en tapotant ma tempe. Sinon, est-ce que tu as bien dormi ?

Il raffermit son emprise sur ma taille.

— Comme un bébé. Et toi ?

J'adopte une moue faussement outrée.

— T'as ronflé toute la nuit comme une forge. Il faut croire que l'homme riche n'est pas parfait.

Il me fixe avec un sourcil arqué. Je mords ma langue pour ne pas rire.

— Tu mens, se défend-il. Moi ronfler ? Jamais de la vie.

— Je t'assure que si, d'ailleurs je savais que tu nierais, donc j'ai eu la brillante idée de faire une vidéo de toi.

Devant son expression horrifiée, j'éclate réellement de rire. Comprenant qu'il s'agissait d'une blague, il fait la moue et me repousse pour s'asseoir au bord du lit.

— Flash info, Raphael Lockwood qui boude, commenté-je d'un ton amusé.

Je me mets à quatre pattes sur le matelas, rampe jusqu'à lui et m'accroche à son dos telle une sangsue. Mes bras se referment sur son torse nu, j'incline la tête et croise son regard qui se veut réprobateur.

— Tu n'es pas drôle, maronne-t-il.

Tiens, il me fait vraiment la tronche.

— Désolée, je n'avais pas envie de te blesser.

Son nez aquilin frôle le mien. Devant mon expression sérieuse, il se met à rire.

— Qu'est-ce qui t'amuse ? l'interrogé-je, perplexe.

— T'es un peu facile à duper, lâche-t-il avec espièglerie.

Je me détache de lui et le fusille du regard. Je repense à mon entretien quand il a fait allusion à ma naïveté, cela ne m'avait pas plu.

— OK, donc tu t'es joué de moi en me faisant croire que t'étais fâché ?

Sans hésiter, il acquiesce d'un air sournois. On dirait un gamin content de lui.

— Dans ce cas, c'est à mon tour de bouder.

Il se bidonne. Sans que je prémédite son geste, il se retourne brusquement pour me faire tomber et m'emprisonne sous son poids en prenant appui sur ses coudes.

— T'as pas le droit de me bouder, murmure-t-il. Embrasse-moi plutôt.

Réceptif, mon corps s'arc-boute de lui-même, voulant ressentir sa chaleur. Il est sur le point de m'embrasser, je tourne la tête sur le côté et sa bouche atterrit sur ma joue. Même si je meurs d'envie de capturer ses lèvres, pas question que je le fasse avec cette haleine de chacal.

— Hum... dois-je interpréter ça comme un refus ?

Ne voulant aucun malentendu entre nous, je me justifie avec un rire nerveux.

— Ce n'est pas ça le problème, si cela ne tenait qu'à moi, j'aurais déjà léché tes amygdales. Mais vois-tu... euh... je... J'aimerais d'abord me laver les dents pour que tu n'aies pas à subir ma mauvaise haleine.

À quelques centimètres de ma bouche, il inspire profondément, ce qui me laisse dubitative.

— De quelle mauvaise haleine parles-tu ? Quand je discute avec toi, est-ce que tu perçois une odeur dérangeante ?

— Non, avoué-je.

— Donne-moi donc tes lèvres, Zoey. Ce n'est pas avec ce prétexte que je m'en irai sans t'avoir goûtée.

L'instant d'après, mes inquiétudes volent en éclats alors que sa bouche s'approprie la mienne. Quand sa langue joue passionnément avec la mienne, mes doigts se cramponnent à sa tignasse ébouriffée, et je gémis.

— J'ai envie de toi, susurre-t-il d'une voix rauque.

Comment pourrais-je en douter alors que son érection imposante en atteste ? J'écarte les cuisses et entoure sa taille de mes jambes. Inutile de blablater, le seul fait d'onduler des hanches sous lui est un consentement. Dès qu'il le comprend, nos corps s'enferment dans une bulle fiévreuse. Son T-shirt, dans lequel j'ai préféré dormir, rejoint le sol, suivi de près par ma culotte. Ses dents persécutent mes tétons tendus à l'extrême, la torture devient divine lorsque sa langue en lèche les contours. Dopée aux caresses buccales qu'il parsème sur ma peau, je me cambre, à la lisière du paradis quand son souffle ricoche sur mon clitoris.

— Oh ! Raphael.

Ma main s'égare dans ses cheveux et, d'une poussée avant, je l'invite à continuer ce qu'il a commencé. Les râles de plaisir qui m'échappent confirment que je suis en train de vivre un moment magique. Raphael m'attise de sa langue combinée à ses doigts. Que c'est bon ! Il me désagrège en m'aspirant, me réanime en me léchant. Ses dents mordillent ce petit point sensible qui me fait basculer dans les méandres de l'étourdissement. Je fonds comme neige au soleil et plonge dans la volupté.

Ma résistance faiblit, mes phalanges agrippent la tête du lit. Mes jambes tremblent de tout leur soûl en même temps que mon bassin se soulève. Un dernier coup de langue, et j'explose en couvrant ma bouche d'une main pour étouffer mon cri.

Ma cage thoracique monte et descend à un rythme effréné, on dirait que je viens de me taper un sprint aux côtés d'Usain Bolt. Alors que je retrouve mon souffle, Raphael se débarrasse de son sous-vêtement, se munit d'une protection, et quand il s'enfonce en moi, je souhaite qu'il n'en ressorte jamais.

— Est-ce que tu sais que tu es belle quand tu jouis ?

Je m'empourpre violemment et, jouant la carte de la désinvolture, ne trouve rien de mieux que me gratter le front.

Glamour !

Raphael remarque mon embarras et s'esclaffe.

— Et tu l'es encore plus en rougissant.

— Oh ! arrête de te moquer de moi.

— Je ne me moque pas de toi, proteste-t-il. J'ai le droit de dire le fond de ma pensée, non ?

— Ouais mais... ça me rend mal à l'aise.

— J'ai vu ça. Tu rougis à chaque fois qu'on te complimente. Rassure-toi, dorénavant je ne manquerai pas de le faire dès que possible.

Dois-je l'étrangler ou bien sauter sur lui pour l'embrasser à perdre haleine ?

Postée devant la porte de ma chambre, bras croisés, je l'observe qui termine d'enfiler ses chaussures. Sa coiffure postcoïtale est sans aucun doute plus classe que la mienne. Comment se fait-il qu'il existe des êtres comme Raphael dotés d'une grâce naturelle, qui restent superbes même au réveil, et des gens comme moi ayant hérité du mauvais gène ?

— À quoi penses-tu ? s'enquiert-il en se positionnant à un mètre de moi.

Il attrape l'ourlet de mon pyjama, m'attire à lui et m'embrasse sur le front.

— À rien de particulier. Est-ce que tu veux boire quelque chose ?

— Proposition tentante, surtout que j'ai l'habitude de boire deux verres d'eau avant mon footing matinal.

Je glisse les doigts sous son col roulé camel et dessine les lignes de ses muscles.

— Je me disais qu'un corps aussi parfait que le tien nécessitait des heures d'entretien.

Je kiffe son rire. Ses mains encerclent mes poignets.

— Un corps parfait, hein ? Mmm, mais oui, tu n'as pas tort.

Je passe un temps considérable à la salle de gym. En plus, elle se trouve dans mon immeuble, donc je n'ai pas à me tracasser.

— Il y a une salle de gym dans ton immeuble ? l'interrogé-je, soufflée.

— Oui, réservée exclusivement aux habitants. Si ça te dit de venir soulever quelques haltères avec moi, je pourrai t'y inscrire.

— T'aimes grave te foutre de ma gueule, ricané-je nerveusement. Tu me vois comme quelqu'un qui soulève des haltères ?

— Pourquoi pas ? Tu as une silhouette tonique et des hanches peu marquées. Assurément, tu fais du sport.

— Flatteur, va. Les personnes qui me rencontrent doivent certainement penser que je suis sous-alimentée, je suis trop maigre.

Étonné, il hausse un sourcil et se demande si c'est de l'humour noir.

— Tu devrais revoir ta galerie de blagues.

— Vas-y, dis encore que je ne suis pas drôle.

— Tu n'es pas drôle, répète-t-il, amusé.

— Bien reçu, mon lord commandant.

— Une fan de *Game of Thrones* ?

Une main sur la poitrine, je lâche avec emphase :

— Tu connais cette série ? Waouh. Je ne savais pas qu'un homme d'affaires aussi occupé que toi pouvait regarder ce genre de séries.

— Pour qui me prends-tu ? Je ne suis pas un inculte. Quand j'ai du temps libre, je me détends devant une série.

— Quel est ton genre préféré ?

— J'aime bien la science-fiction, le policier, le fantastique, les drames. Tu vois un peu ?

Même s'il doit partir, je souhaiterais écouter Raphael m'en dire plus sur lui.

— Ça prouve que j'ai des choses à apprendre sur toi.

Il porte mes mains à ses lèvres qu'il gratifie d'un baiser.

— On aura le temps d'apprendre à se connaître, m'assure-t-il. Ce n'est pas que ça me dérange de discuter avec toi mais il va falloir que je te laisse. L'heure tourne, et si je reste ici, je risque à coup sûr de te baiser une nouvelle fois.

Instinctivement je baisse le nez. Raphael sait me faire m'empourprer en me parlant crûment. Le délire ? Cela m'excite.

Il rit, son doigt redresse mon menton pour que je le regarde dans le blanc des yeux.

— Tu rougis, remarque-t-il, manifestement satisfait. Tu n'aimes pas entendre des mots comme « baiser » ou je me trompe ?

Je passe une main sur mon visage et recule d'un pas en rongeant la pulpe de mon pouce.

— Ce n'est pas ça, protesté-je. Juste que… Bref, oublie.

Il sourit.

— D'accord ! On en reparlera.

Je hoche la tête et ouvre la porte. D'un rapide coup d'œil, je vérifie que la voie est libre et lui fais signe de me suivre. Alors que nous sommes sur le point d'atteindre la cuisine, il me fait pivoter.

— Avant que j'oublie, ça te plairait que j'envoie Jake te chercher pour te conduire au boulot ?

Sa proposition me déconcerte.

— Quoi ? Non… Je veux dire, oui, c'est très attentionné de ta part mais je ne veux pas m'imposer.

— T'imposer ? Pourquoi dis-tu ça ?

— En fait, ce n'est pas le mot adéquat. Que penseront les gens lorsqu'ils me verront descendre d'une des voitures du grand patron ? Ça va jaser, à coup sûr.

— Je me fiche des commérages, affirme-t-il, implacable. Tant que tu es à l'aise, je le suis aussi.

Je m'efforce de demeurer impassible, il ne manquerait plus que je soupire de contentement chaque fois qu'il balance une phrase touchante.

— C'est gentil, mais s'il te plaît, mets-toi à ma place. Jusqu'à preuve du contraire, je reste ton assistante. Si ça venait à s'apprendre que je couche avec toi, j'en payerais le prix fort, et les ragots sur mon compte s'accumuleraient, ce que je veux à tout prix éviter. Ce serait mieux qu'on garde notre…

Je bute sur la suite, cherchant le mot approprié pour décrire ce qui se passe entre nous.

— Notre ? insiste Raphael.

Je hausse les épaules.

— À toi de me le dire. Euh… je ne sais pas trop, relation ? D'ailleurs, qu'est-ce que nous sommes l'un pour l'autre ?

Il fronce les sourcils.

— Nous couchons ensemble, pas vrai ?

— C'est exact.

— Et tu me plais, n'est-ce pas ?

Je le dévisage avec émotion. Comment peut-il me dire cela comme si je le savais depuis des lustres ?

— Ah oui ? Tu me l'apprends.

— Maintenant que tu es au courant, comment vas-tu utiliser cette information ?

Je fais mine de réfléchir.

— Pince-moi pour confirmer que je ne suis pas dans un rêve et que tu as vraiment avoué que je te plaisais.

Un rire rauque le secoue.

— Au lieu de te pincer, je vais t'embrasser.

C'est ainsi que sa bouche capture la mienne, là dans notre salon minuscule. Gwen ou Ryan pourrait émerger à tout moment, pourtant je n'interromprais cet instant pour rien au monde.

— Eh oui, Zoey Bridgestone, tu me plais bien. J'irai même jusqu'à dire que tu me plais beaucoup.

— Toi aussi, tu me plais bien, avoué-je avec une facilité qui me stupéfie.

— J'étais déjà au courant, me taquine-t-il.

Je lui assène une tape sur le biceps.

— Quel vantard tu fais.

— En réalité, je ne sais pas trop comment qualifier notre relation, c'est la première fois que je me retrouve dans une pareille situation.

— Vraiment ?

Il acquiesce.

— Il se pourrait donc que tu sois ma petite amie, continue-t-il, indécis.

— Pourquoi t'hésites en disant « petite amie », ça te gêne que je le sois ?

— Bien sûr que non, Zoey. Le problème est que je n'ai jamais eu de petite amie.

— Jamais ?

— On en discutera mieux lorsque nous serons tranquilles, t'es pas d'accord ?

— Comme tu veux.

— Je serais resté avec plaisir, mais j'ai des choses de prévues.

— Je comprends, t'inquiète, déclaré-je. On se retrouve au bureau.

Sur le palier, il m'embrasse une dernière fois.

— Et ne sois pas en retard, me prévient-il sur un timbre doux mais ferme. Je n'aimerais pas avoir à te réprimander ou te donner la fessée.

— La fessée ? m'écrié-je d'une voix suraiguë. Ne me dis pas que tu as des tendances sadomaso.

— Ha ha ha, tu le sauras quand tu viendras dans ma chambre, conclut-il avec un clin d'œil. À tout à l'heure.

— Ciao.

Même quand il disparaît de mon champ de vision, je reste encore un peu sur le seuil, réalisant que j'ai oublié de lui donner son verre d'eau. Je suis vraiment une hôtesse horrible. Émergeant de ma rêverie, je referme le battant et avance jusqu'à la cuisine. Au même moment, la porte de la chambre voisine s'ouvre sur une Gwen avec les cheveux en bataille et un minois des mauvais jours.

— Salut, lancé-je en me versant du jus d'orange.

Elle s'attarde un instant devant le plan de travail et me scrute avec indélicatesse.

— Qui était le mec que t'as baisé dans ta chambre ? demande-t-elle à brûle-pourpoint.

Ayant anticipé cette question, je ne suis pas prise au dépourvu, néanmoins, cela ne m'empêche pas de frissonner. Tout en ingurgitant ma boisson, je hausse nonchalamment une épaule.

— Il s'appelle Mêle-toi de ton cul.

— Ne fais pas la maligne avec moi, tu ne t'en sortiras pas.

— Qu'est-ce que ça peut te foutre ? Ce ne sont pas tes oignons.

— Ça devient mon problème dès lors que tu m'empêches de dormir, riposte-t-elle, caustique.

Je vide mon verre, puis le rince dans l'évier.

— Est-ce que je me plains quand toi et Ryan baisez comme des bêtes ? Non. Donc par pitié, ne commence pas à me prendre la tête à 7 heures du mat'.

— J'ai le droit de faire ce que je veux, car je suis chez moi.

Un rire jaune m'échappe. Je mets le verre à égoutter sur le côté et lui fais de nouveau face en croisant les bras.

— Je peux prétendre au même titre que toi que cet appart est à moi étant donné que je paye une partie du loyer, alors arrête de jouer les emmerdeuses.

Sur ce, je passe devant elle et m'enferme dans ma chambre. Elle m'insupporte.

Dès que j'ai assez d'économies, je me trouve un logement, j'espère que Ryan prendra la décision de me suivre.

Chapitre 28

— Toi, tu ressembles à quelqu'un qui s'est envoyé en l'air toute la nuit, lance Margerita en m'accueillant avec un sourire de connivence.

Je ris et m'accoude à son comptoir en levant les yeux au ciel.

— T'as une imagination débordante.

— Ma chérie, pas la peine de nier, je le devine rien qu'à ton expression radieuse. Vas-y, qui est-ce ? Et est-ce que c'est un bon coup ? Raconte, je veux tout savoir.

Un ricanement nerveux m'échappe. Je ne peux décidément pas lui avouer qu'il s'agit de Raphael, notre boss à toutes les deux. Je redoute son avis. Bordel, elle finira par l'apprendre, et je préférerais que ce soit de moi, plutôt que de quelqu'un d'autre.

— C'est… tout nouveau, balbutié-je. Et avant de faire la pub de notre relation, j'aimerais être sûre que lui et moi sommes sur la même longueur d'onde.

— Est-ce que c'est Connor ?

— Non. Pourquoi tu penses directement à lui ?

— C'est pas assez évident ? Tu lui as tapé dans l'œil, et vous aviez l'air de bien vous entendre la dernière fois.

— C'est vrai que Connor est sympa. D'ailleurs, j'ai prévu de le revoir ce week-end.

Pour couper court à son enthousiasme, j'enchaîne :

— C'est une sortie amicale, ma chérie. Il est mignon, mais ce n'est pas lui.

— Attends… t'es en train de me dire que tu fréquentes un mec et que moi, qui suis censée être ta bonne amie, je ne suis au courant de rien ?

— Ne le prends pas mal, Rita, je ne suis sûre de rien. Tu comprends ?

Elle fait la moue.

— Un peu. Sache que pour te faire pardonner d'avoir omis de partager ce détail pas du tout insignifiant, tu payes le déjeuner.

— Si c'est pour toi, je me sacrifierai jusqu'au bout du monde.

— N'oublie pas que tu devras me donner la fiche Wikipédia du gars, ajoute-t-elle. Histoire que je jauge s'il rentre dans les critères de sélection.

Je m'esclaffe.

— Crois-moi sur parole, côté physique, le mec est archi méga ultra giga sexy.

— Nooon ! Meuf, jure ! frétille-t-elle. Je veux une photo de lui, tout de suite.

Je fais mine de consulter ma montre.

— Il est temps de se remettre au travail.

— Zoey ! s'écrie-t-elle alors que je suis sur le point de m'engager dans le couloir.

Après un nouvel éclat de rire, je lui fais un signe de main. Raphael n'étant pas encore là, je me rends dans mon bureau pour faire du rangement et récupérer le planning du jour de mon patron… oups, petit ami. Mon petit ami. Bizarrement, la chanson « Boyfriend » de Justin Bieber s'invite dans mes pensées, je me surprends à fredonner les paroles tout en remuant les épaules et en claquant des doigts, un large sourire greffé sur le visage.

Mon instant de folie passé, je vais dans la kitchenette pour faire couler son café, le téléphone fixe qui clignote m'ayant signalé son arrivée. Après quoi, je frappe à la porte de son bureau. Je reçois l'autorisation d'entrer et m'engouffre dans la pièce. Machinalement, mes yeux s'arriment aux siens.

— Bonjour, monsieur Lockwood, le salué-je poliment en glissant la soucoupe vers lui.

— Zoey.

Son ton neutre tranche avec son regard qui me dévore. Je déglutis et m'intime de rester professionnelle. Bordel, cela va être dur quand je n'ai qu'une envie : le posséder comme il m'obsède.

— Si vous me permettez, je voudrais vous faire part de votre programme du jour, continué-je en ouvrant la chemise.

Le bras calé sur l'accoudoir de son siège, il glisse le menton dans sa paume et m'accorde un hochement de tête. Je lis le document à haute voix alors que ma gorge se dessèche.

Concentrée sur ma tâche – impression que je veux renvoyer –, à aucun instant je ne relève les yeux pour vérifier qu'il m'écoute, c'est pourquoi, je ne sais à quel moment, il se lève. Je sens simplement sa présence dans mon dos, son corps qui se colle au mien, ses mains qui effleurent mes cuisses.

— Ne t'arrête pas, m'ordonne-t-il.

— Comme… je… disais… à 14… à 14…

Il embrasse ma nuque, ce qui me distrait. Ses doigts me frôlent, et c'est déjà le brasier en moi.

— Oui, à 14 ?

Sans le voir, je perçois son rictus goguenard.

— Réunion dans la salle de conférence, prononcé-je avec peine. Monsieur Lockwood, avez-vous oublié qui je suis et où nous sommes ?

— Rassure-toi, je n'ai aucun problème de mémoire.

D'un coup, il me retire la chemise cartonnée des mains, l'envoie valser sur le bureau et me fait pivoter. Je me noie dans son regard.

— Vu que de nous deux, je suis l'aîné, je me dois de montrer un comportement exemplaire. J'ai essayé de te résister mais à la seconde où tu as franchi le seuil de cette pièce, mon désir pour toi s'est manifesté. Et là si je restais une seconde sans te toucher, j'allais imploser.

Un hoquet de surprise m'échappe alors qu'il me soulève et me dépose au bord du secrétaire. Les cuisses légèrement écartées, je lui donne mon aval pour qu'il s'immisce entre mes jambes.

— Je savais, chuchoté-je.

— Quoi ?

— Que t'allais vite devenir accro, c'est pas ta faute, je fais cet effet aux gens.

Il rit doucement.

— Ma diablesse prétentieuse est tellement sexy, murmure-t-il. Embrasse-moi, Zoey.

Pas besoin de me le dire deux fois, mes lèvres s'approprient les siennes. Ce baiser est passionné. Ses mains sont partout sur moi, elles caressent mes joues, dessinent le contour de ma taille, suivent la ligne de mes bas. Nos langues virevoltent dans un ballet purement lascif. Je soupire de contentement. Je veux le dévorer tout cru.

— Je te veux, grogne-t-il.

— Qu'est-ce que t'attends pour me prendre ?

Un feulement fait gronder sa poitrine. Ses doigts s'attaquent aux boutons de mon chemisier, deux sautent tant nous sommes empressés. Il retrousse ma jupe sur mes hanches et pétrit mon cul. Pendant ce temps, je m'occupe de la ceinture de son pantalon, descends sa braguette puis plonge la main dans son boxer.

— Bordel ! suffoque-t-il.

Ma paume se referme autour de son sexe.

— Tu veux entendre un de mes secrets ? soufflé-je entre deux baisers.

— Partage tout avec moi.

— L'un de mes nombreux fantasmes a toujours été que tu me prennes sur ton bureau.

Il recule légèrement pour me scruter, un sourire à la fois cynique et malicieux sur les lèvres.

— Depuis quand ?

— La première fois que je t'ai vu.

— Dans ce cas, considère que c'est fait… Hum, bon sang, t'es déjà toute trempée, annonce-t-il avec satisfaction, crochetant mon tanga sur le côté et glissant un doigt sur ma fente humide.

Alors qu'il me caresse, ma prise sur sa nuque se raffermit. Je me rapproche de lui et sens son érection près de ma cuisse, la chair de poule me recouvre. Tout en remuant ses phalanges en moi, il m'embrasse. Nos lèvres se cherchent, nos langues se trouvent, nos corps s'aimantent. Quand ses doigts me désertent, c'est au tour de son sexe de m'emplir. Cette intrusion est une bénédiction voluptueuse.

— Oh oui, geins-je en l'accueillant.

Son râle d'extase se mélange à mes plaintes. Mes jambes fermement accrochées à sa taille, je me cale à son rythme. Au début le va-et-vient est lent et plein de douceur. Je vais pour le lui reprocher lorsqu'il accélère brusquement la cadence. À chaque coup de reins qu'il m'assène, je rebondis, les encaissant. La sonnerie du fixe nous interrompt.

— Ne réponds pas, le supplié-je pratiquement.

— Je n'en avais pas l'intention.

Faisant fi de ce bruit agaçant, nous nous concentrons sur nos sensations. J'accapare à nouveau sa bouche, mes doigts épousent son corps.

— Oh ! mon Dieu, éructé-je alors qu'une vague de plaisir m'envahit. Je suis… Je suis…

Incapable d'aligner deux mots.

— Tu vas jouir ?

— Oui, glapis-je. Surtout, ne t'arrête pas.

— C'est toi qui commandes, ma gazelle.

Je glousse, rire qui s'interrompt net à l'instant où la porte du bureau s'ouvre.

— Raph… Oh ! Seigneur Marie Joseph.

Deux voix emplissent la pièce. Pétrifiée, j'ose un regard par-dessus l'épaule de Raphael. Les yeux écarquillés, Cassandra et Margerita sont muettes de stupeur. La seconde est d'une pâleur inquiétante et semble sur le point de s'évanouir.

— Bordel ! peste Raphael en se retirant et remontant ses boxer et pantalon à la vitesse de l'éclair. Qu'est-ce qui vous prend de ne pas frapper à la porte avant d'entrer ?

— Je… J'ai… appelé pour prévenir mais tu…, bredouille Margerita en croisant mon regard.

Honteuse et écarlate, je saute sur mes pieds en baissant la

tête et tente de réarranger ma tenue malgré mon chemisier en soie bon à recoudre.

— Putain, Raphael, tu te tapes ton assistante ! s'exclame Cassandra, dégoûtée. Qu'est-ce qui ne tourne pas rond chez toi ?

— Dégagez d'ici ! lance-t-il, furieux. Hors de ma vue et plus vite que ça.

— Désolée… On ne…

— Pourquoi tu t'excuses, Rita ? crache Cassandra. C'est lui qui couche avec des putes au travail mais c'est à nous de courber l'échine ? Merde, il y a des règles à respecter.

Choquée, je hausse un sourcil en l'entendant m'insulter ainsi alors qu'elle semble oublier avoir commis une bévue similaire, au même endroit. Pourquoi je pense à ça ? C'est bon, je suis de mauvaise humeur, énervée contre Raphael, jalouse également.

— Cassandra Parker, riposte calmement Raphael en avançant vers elle. Je ne vais pas me répéter, tu dégages illico de ce bureau, ou tu peux d'ores et déjà rassembler tes affaires.

Elle se décompose, même si c'est difficile de lui ôter sa fierté de paon.

— Tu ne peux pas me virer, assure-t-elle, hautaine.

— Défie-moi une nouvelle fois et je te montre que si. Tu as trois secondes, poursuit-il, intraitable.

Elle comprend qu'il ne plaisante pas et me fusille du regard. Après une profonde inspiration, elle fait volte-face et repart en courant presque.

Ne reste plus que Margerita, qui me considère avec une déception non dissimulée. Ça me fend le cœur.

— Toi aussi, Rita, va-t'en.

— Raphael, je…

— Et la prochaine fois que tu entreras dans mon bureau comme si c'était ta chambre, tu devras également en subir les conséquences. J'espère être assez clair.

Elle déglutit, interloquée, et finit par hocher la tête.

— Excusez-moi.

Elle se retire. Dans quel trou dois-je me terrer ? Honteuse, je suis submergée par un étrange malaise.

— Zoey, est-ce que ça va ?

Raphael revient vers moi et presse les mains sur mes épaules. La suavité de sa voix détonne avec la sévérité dont il a fait preuve plus tôt.

— Je suis désolée, bafouillé-je, tremblante.

— Hé, mais pourquoi tu t'excuses ?

— On n'aurait pas dû se laisser aller ainsi. Nous qui voulions garder cette relation secrète, c'est raté.

— Je n'ai jamais voulu qu'on la garde secrète, rectifie-t-il. C'est toi qui l'as décidé. Honnêtement, je me fiche que les gens parlent. Tant qu'ils font ce pour quoi je les paye, je n'en ai rien à foutre des ragots. Là, ils sauront que c'est toi l'unique femme qui me fait tourner la tête, personne d'autre.

Il réussit à faire naître un demi-sourire sur mon visage. Ma poitrine contre son torse, je passe les bras autour de lui. Il resserre notre étreinte et dépose un baiser sur mes cheveux.

— T'aurais pas dû être si dur avec Margerita, elle n'a rien fait de mal.

— Peut-être, mais j'étais furieux qu'on nous interrompe en pleine… Alors qu'on était si près de la… jouissance.

— Frustré ? me moqué-je.

— Oui.

— Nous sommes dans le même bateau, sauf que la scène de tout à l'heure m'a refroidie.

— Toute la journée je garderai les couilles bleues mais je me console en me disant que c'est un mal pour un bien, car c'est une raison supplémentaire pour te faire l'amour ce soir quand on se verra.

— Oh ! comme ça, on doit se voir ce soir ? Et qui a programmé ce rencard ?

— Moi, et je viens de te l'annoncer.

— OK, je tiens à te rappeler qu'une réunion importante est prévue dans la salle de conférence avec le chef du département juridique, les experts-comptables, le cabinet d'audit d'acquisition et le dirigeant de la société Bioperla à 14 heures. Ainsi,

Monsieur souhaite étendre son pouvoir dans le milieu de la lingerie ? T'es polyvalent, hein.

— Une opportunité s'est présentée, je ne pouvais pas la laisser filer, rétorque-t-il avec suffisance. Est-ce que la salle est prête pour accueillir la réunion ?

J'acquiesce.

— Je compte quand même y faire un tour pour m'assurer que tout est OK.

— Tu apprends vite, dit-il en amorçant un pas vers moi. C'est bien.

Je suis contente qu'il estime à leur juste valeur mes efforts pour m'améliorer. Maintenant que Cassandra est au courant de ce qui se passe entre nous, je sais qu'elle ne se gênera pas pour remettre en question mes principes et mon sens des responsabilités. Les rumeurs vont circuler, et j'admets que ça me fait peur.

— À quoi penses-tu ? chuchote Raphael en prenant mon menton entre ses doigts.

Est-ce que je lui dis ? Ça n'en vaut pas la peine.

— Rien d'important… juste que j'ai intérêt à être douée si je ne veux pas me faire virer.

— Pour être douée, je t'affirme que tu l'es incontestablement, et je parle en connaissance de cause.

Percevant le sous-entendu dans son ton, je m'insurge avec emphase :

— Oh ! je ne faisais pas référence à ça, vieux pervers.

— Je rêve ou tu viens de me traiter de vieux et de pervers ?

Hissée sur la pointe des pieds, je glisse les doigts derrière sa nuque et susurre en frôlant sa bouche.

— Vieux pervers, insisté-je en détachant chaque mot. Ciao.

Il n'a pas le temps de riposter que je m'écarte prestement de lui. Je lui envoie un baiser de la main et m'éclipse.

Devant la porte de mon bureau, je marque une pause, mes pensées voltigent vers Margerita. Elle mérite des explications, je ne supporterai pas qu'elle reste fâchée contre moi.

Après une profonde inspiration, je remonte le couloir. Elle

lève les yeux en m'apercevant et je n'y décèle qu'une dureté dérangeante.

— Laisse-moi deviner, Raphael est l'homme mystère ?

Face à son sarcasme, j'opine mollement, pleine de regrets.

— Je sais que tu m'en veux…

— Tu m'as fait passer pour une conne, me coupe-t-elle. Tu te rends compte du choc que ça a été de vous surprendre en… dans cette position ? Merde, c'est exactement ainsi que je les ai surpris lui et Cassandra.

Je fourre une main dans ma tignasse, blessée par cette évidence.

— Tu me trouves pathétique ?

Sans hésiter, elle objecte :

— Non, t'es pas comme Cassie, donc je me fais du souci pour toi. Je pensais t'avoir déconseillé de t'amouracher de Raphael. Bon Dieu, Zoey, tu me dois des explications et tu ne t'en tireras pas aussi facilement.

— Promis, je te dirai tout ce que tu veux savoir. Là, je dois filer aux toilettes… me…

— Ne continue pas, meuf, siffle-t-elle en dressant sa paume. C'est un double trauma que je dois gérer, va… te nettoyer… on en reparle après.

Ça me soulage qu'elle soit disposée à m'écouter, j'espère qu'elle me pardonnera de lui avoir menti, car plus que jamais, j'ai besoin de ses conseils.

Chapitre 29

Plongée dans un rapport, j'ai un léger soubresaut à la sonnerie du fixe.

— Allô ?

— J'espère que je ne te dérange pas.

— Non, c'est bon, je rédige quelques notes pour Raphael. Tu as besoin de quelque chose ?

— Pas vraiment, c'est juste pour t'informer que tu as une visite.

Au son de sa voix, je détecte une espièglerie patente.

— Quelle visite ?

— Je te laisse découvrir.

Je n'attends personne. Intriguée, je me dresse et je me dirige vers l'accueil. Je m'immobilise en apercevant le fameux visiteur debout près du comptoir. Impossible de masquer ma stupéfaction.

— Salut, Zoey. Tu m'accordes un instant ?

Déroutée, je bats frénétiquement des paupières.

— Qu'est-ce que tu fais là ?

— Je suis venue te parler.

— Tu ne peux pas débarquer ici comme ça, tu ne pouvais pas attendre que je rentre à l'appart ?

— C'est une urgence, rétorque-t-elle avec détermination. Partage avec ta sœur quelques minutes de ton précieux temps, est-ce que tu vas en mourir ? Je ne pense pas.

Un soupir d'exaspération m'échappe. Qu'a-t-elle derrière la tête ? Je constate qu'elle s'est sapée comme une prostituée, même si cette robe moulante est plus sage que ce qu'elle a l'habitude de porter.

— Rentre, Gwen ! Je suis occupée, ce que tu as à me dire attendra.

Un rictus hypocrite aux lèvres, elle s'approche de moi et murmure d'un ton menaçant au creux de mon oreille :

— T'as pas envie que je te fasse honte, non ? Rien ne me retient de t'humilier. Tu sais de quoi je suis capable, ne me pousse pas à bout.

Estomaquée, je l'attrape par le coude et l'entraîne à l'écart, au niveau de l'ascenseur.

— Tu ne manques pas d'air, dis-je tentant de rester calme. Vas-y, dis-moi quel est ton putain de problème.

Elle se dégage de mon emprise avec insolence.

— J'ai besoin d'argent.

— Va faire la manche ailleurs, deviens *sugar baby*, je m'en tamponne, la liste est non exhaustive. Maintenant, tu peux partir.

J'intercepte le regard indiscret de Rita sur nous. La mine sombre de Gwen prouve que ma réponse n'est pas à son goût.

— Il faut que tu m'avances un certain montant sur la somme que tu devras me donner, exige-t-elle sans se départir de sa morgue.

— Pardon ?

— Tu n'es pas sourde. J'attends.

Un ricanement nerveux me secoue, mon envie de l'étrangler devient irrépressible.

— Désolée, mais non, tu devras patienter jusqu'au jour de ma paye pour avoir ta part du loyer.

— J'ai bien peur que tu ne me comprennes pas, Zoey. En fait, je ne te laisse pas le choix.

— Et si je refuse ? la défié-je en croisant les bras. Qu'est-ce que tu vas faire ?

— Ou tu me donnes ce que je veux, ou je fais du bruit, et je suppose que tu veux que les gens gardent une image irréprochable de toi.

Putain ! Avec cette fille, je saute de cauchemar en cauchemar. Sa perfidie ne cessera jamais de me décevoir.

— Je te déteste, chère sœur. Combien tu veux ?

— Ton prix sera le mien mais assure-toi que la somme me permettra d'acheter une robe de cocktail et une paire de talons.

Scandalisée, j'éructe :

— Tout ce cinéma pour des vêtements ? Qu'est-ce qui cloche chez toi ?

— Est-ce que tout va bien, Zoey ? intervient Margerita en haussant le ton.

— Oui, tout va bien. Gwen est justement sur le point de partir.

La main tendue, ma sœur me fait signe de lui remettre ce qu'elle convoite. Son air canaille démultiplie mes envies meurtrières à son égard.

Je tourne les talons, fais mine de ne pas me rendre compte de l'intérêt de Margerita en songeant à engager un tueur à gages qui liquiderait ma sœur. Et si je contactais John Wick ?

— Tiens, grogné-je en lui jetant pratiquement deux billets de cent au visage. Et je te jure que je te liquide la prochaine fois que tu mets les pieds ici sans prévenir.

— Tout va bien, mesdemoiselles ?

Un frémissement me parcourt l'échine quand je reconnais la voix de Raphael. Je fais volte-face et capte ses yeux curieux naviguant entre ma sœur et moi.

— Euh ouais, elle s'en…

— Bonjour, m'interrompt Mlle Je-suis-blonde-et-connasse. Je suis Gwen, la grande sœur de Zoey, et qui êtes-vous ?

D'une démarche chaloupée, elle me devance et se poste en face de Raphael, main tendue.

— Raphael Lockwood.

Elle feint la surprise et se tourne vers moi. Donnez-moi un seau que je puisse dégobiller. Évidemment qu'elle sait qui il est.

— Ça alors ! Je suis enchantée de faire votre connaissance, monsieur Lockwood, minaude-t-elle. Zoey se plaint beaucoup de vous, apparemment vous lui faites la misère.

— Ah bon ?

— Pas du tout ! m'insurgé-je en foudroyant ma sœur du

regard. Elle comprend toujours de travers. Bref, Gwen était sur le point de t'en aller.

Elle fait semblant de consulter sa montre.

— J'ai changé d'avis, déjeunons ensemble. Ton patron pourrait se joindre à nous.

— Hein ? Tu délires grave.

— C'est la même rengaine avec toi. Chaque fois que je veux passer un moment sympathique en ta compagnie, tu trouves une excuse.

La crise d'hystérie me guette. Elle nous fait quoi avec cette mise en scène ridicule ?

— Bien que tes intentions soient d'une bonté divine, chère sœur, je ne peux pas déjeuner avec toi, marmonné-je entre mes dents.

— Pourquoi ?

— Raphael et moi avons rendez-vous avec un client, argué-je, les mâchoires crispées.

— Tu es familière avec ton patron, me reproche-t-elle.

Oui, parce qu'on s'envoie en l'air.

— Ce n'est pas un crime, elle a bien le droit de m'appeler par mon prénom. Et puisque vous semblez tant vouloir déjeuner avec votre sœur, vous pourrez vous installer à la table voisine le temps que l'entretien se termine. Margerita vous tiendra compagnie, si bien sûr elle n'a pas déjà un autre programme.

— Non cela ne me dérange pas, assure la concernée. De plus, j'avais également prévu de déjeuner avec Zoey.

— Je suis d'accord, approuve Gwen.

— Le contraire m'aurait étonnée, grommelé-je.

— Ça te pose un problème, Zoey ?

Si je pouvais devenir Méduse et la transformer en statue, je bénirais la mythologie grecque.

— Ce sourire sur mon visage ne signifie pas que je rayonne de bonheur à cette idée ? raillé-je.

Je pivote et rejoins la sécurité de mon bureau. Pas le temps de m'emporter contre les murs que la porte s'ouvre sur Raphael.

— Pourquoi lui as-tu proposé ça ? l'attaqué-je d'emblée. Je voulais qu'elle s'en aille.

— Pour être… sympa ? hasarde-t-il.

Une main sur la hanche, je roule des yeux.

— Est-ce que Gwen ressemble à une personne qui mérite la sympathie ? Pas du tout.

— Du calme, ne t'énerve pas contre moi. J'essayais juste…

— … d'être sympa. Oui, mais voilà, tu aurais mieux fait de te montrer tyrannique, elle aurait foutu le camp dans la seconde.

— Zoey, c'est ta sœur.

— Ce détail lui importe peu. Est-ce que tu as oublié sur quel ton méprisant elle a parlé de moi la nuit dernière ? Derrière sa façade angélique se cache la sœur du diable.

Je me tais. Un léger sourire apparaît sur la bouche de Raphael. Je fronce les sourcils en reconnaissant cette lueur amusée dans ses pupilles.

— Je rêve ou tu te moques de moi ?

— Un tout petit peu, c'est excitant de te voir en colère. Tu es belle.

Je bougonne, lève les yeux en l'air et secoue la tête. Il approche, saisit mon menton et se penche pour que ses lèvres frôlent les miennes.

— Ne laisse pas ta sœur avoir de l'emprise sur toi.

— Elle n'a aucune emprise sur moi, contesté-je.

— Regarde l'état dans lequel elle t'a mise, chuchote-t-il. J'ignore tout de votre relation, mais vous n'avez pas l'air de beaucoup vous apprécier.

— Moi, je l'aime, mais je ne pense pas qu'elle ressente la même chose. Elle sait me blesser et réduire tous mes efforts pour que nous nous entendions bien.

— Montre-lui donc que tu es au-dessus de ses manigances et que dans l'histoire, c'est elle qui est pathétique.

Pour chasser ma tristesse, il m'embrasse. Un baiser tendre, délicat et incomparable.

J'assiste à une scène des plus déroutantes. Gwen, Margerita, Raphael et moi sommes assis autour d'une table, dégustant une excellente bouteille de vin accompagnée d'un repas au goût indescriptible. Extrêmement tendue, je surveille Gwen qui, à son aise, discute tranquillement avec Margerita comme si elles étaient des copines de longue date. Quel est le détail crucial ? Elle ose flirter avec Raphael et Monsieur l'Enfoiré ne la rembarre pas. Merde !

Quand j'ai besoin qu'il active son talent de super con dictateur, il se la joue Barack Obama. Le rire de Gwen fait saigner mes tympans à l'exemple d'un tableau lacéré par des ongles. C'est juste… affreux !

Sans la quitter de mon regard de tueuse, je prends une gorgée de vin.

Je suis toujours en train de fantasmer sur les différentes possibilités de torture, quand mon verre m'échappe par inadvertance et se fracasse au sol. Le rouge violacé du liquide, qui contraste avec le parquet traditionnel, me captive.

— Oups, soufflé-je avec un sourire contrit.

Aussitôt, quelqu'un se précipite à notre table et nettoie mon bazar.

— Les vieilles habitudes ont la vie dure, ricane Gwen en sirotant sa boisson. Zoey a toujours été maladroite, pas étonnant que tout ce qu'elle entreprend foire.

Déconcertée, je la considère avec des yeux ronds. Qu'est-ce qu'elle gagne à être si blessante ?

— C'est donc ce portrait que vous peignez de votre sœur devant des inconnus ? intervient froidement Raphael.

— Je ne fais qu'énoncer une réalité : c'est une catastrophe ambulante.

— Il n'y a rien de drôle dans vos dires dégoulinant de perfidie, siffle-t-il. Sans vous connaître, je n'ai pas une très haute opinion de vous, mais avec votre comportement lamentable, vous ne faites que confirmer le peu d'estime que je vous porte. Vous voyez chez Zoey une catastrophe ? Dans ce cas, achetez-vous une paire de lunettes, car cette femme est une force de la nature, une bulle pétillante, le rayon de soleil que toute personne aimerait avoir dans sa vie…

Ses yeux plongés dans les miens, il me coupe le souffle.

—… Et c'est cette authenticité qui m'a fait tomber sous ton charme, révèle-t-il à mon intention dans un murmure.

Cerveau : caramel fondu. Cœur : feu de joie. Pas le temps de m'appesantir sur ses aveux bouleversants qu'il s'incline vers moi et me donne un baiser fervent.

Et c'est à cet instant précis que je tombe amoureuse.

Chapitre 30

— Zoey ! Gwen ! Y a-t-il quelqu'un ? s'exclame Ryan depuis l'entrée.

— Je suis là, annoncé-je.

Une seconde plus tard, il est dans le salon, débordant d'enthousiasme, avec un sac de courses plein à ras bord.

— Euh… à quoi doit-on cette bonne humeur visible à des kilomètres ?

— Je te laisse deviner.

Il se déleste de ses achats sur le plan de travail et revient vers moi en enchaînant quelques pas de danse qui me font rire.

— Si tu trouves pourquoi je suis joyeux, alors je prépare ton plat favori.

Comment me motiver à faire marcher ma cervelle.

— T'as enfin largué Gwen ?

Je ne plaisante qu'à moitié.

Il me gratifie d'un œil réprobateur et sourit quand même.

— Raté.

— Tu as gagné au Loto ! m'écrié-je, en le désignant de mes pouces. Félicitations, mon pote, je savais que tu finirais par nous sortir de la plèbe.

— Encore raté, ricane-t-il.

— Qu'est-ce que c'est alors ? Merde, Ryan, accouche, je déteste le suspense.

— T'es trop nulle, se moque-t-il en tirant sur mon poignet, m'entraînant ainsi dans sa danse. Devine qui a reçu un appel du Blue Hill ?

Dès que l'information atteint mon cerveau, je fixe mon ami, bouche bée.

— Attends, est-ce qu'ils t'ont contacté pour te donner le poste ?

Il acquiesce vigoureusement, j'émets aussitôt un cri strident en le serrant fort dans mes bras.

— Oh ! mon Dieu, Ryan, mais c'est une putain de bonne nouvelle, je suis hyper contente pour toi !

Je m'écarte de lui et le contemple d'un regard embué d'émotion.

— Tu le mérites amplement. Qu'est-ce que je t'ai dit ? Tout vient à point à qui sait attendre. Ils ne pouvaient pas t'envoyer paître, sinon ils seraient passés à côté d'une perle.

— Merci, Zoey, souffle-t-il, comblé. J'ai toujours du mal à réaliser que j'ai enfin décroché un job qui me correspond, là où je voulais. Putain, tu te rends compte ? J'en tremble encore.

— Il faut fêter ça !

— À ton avis, pourquoi je me suis pointé avec cette bouteille de vin blanc ? Je vais cuisiner.

— Et je vais t'accompagner !

Il fronce les sourcils et me repousse théâtralement.

— Euh… non, reste très loin des fourneaux, tu risques de mettre le feu à la cuisine.

— Très drôle, idiot, fais-je, pince-sans-rire. Mon rôle à moi consiste à choisir la musique.

— Ouais, là, j'adhère !

Je me dirige vers la chaîne hi-fi, lance la playlist en mode aléatoire. Les premières notes de *Freed from Desire* de Gala envahissent la pièce. Le premier couplet est pour moi, j'imite la chanteuse avec un déhanché qu'envierait Shakira :

— *Nananana…*

My love has got no money

(Mon amour n'a pas d'argent)

He's got his strong beliefs

(Il a de fortes croyances)

Ryan s'empare d'un tire-bouchon ainsi que de la bouteille de vin, scandant gaiement les paroles :

— *People just want more and more*

(Les gens en veulent juste davantage et encore davantage)

Freedom and love, what he's looking for
(La liberté et l'amour, c'est ce qu'il cherche)
Au refrain, nous chantons et bougeons en rythme tous les deux :
— *Freed from desire*
(Libéré du désir)
Mind and senses purified[1]
(L'esprit et les sens purifiés)

Je tape des mains en glapissant dès que le bouchon saute. Ryan remplit mon verre et poursuit avec le sien. On porte un toast.

— À ton nouveau job, je sais que tu vas tout déchirer, déclaré-je avec sincérité.

— Ta confiance en moi est inébranlable, merci, Zoey.

On échange un sourire. À la première gorgée de ce vin moelleux, je clos les paupières et savoure son arôme délicieux.

Un autre morceau nous accompagne dans ce moment de détente. Accoudée au comptoir, je prends plaisir à observer Ryan se trémousser en éminçant les oignons. Quand il est heureux, je le suis également.

— Gwen devrait normalement être déjà rentrée, non ?

Quand je pense à ma sœur, je revois sa réaction après le baiser inattendu de Raphael. Il est le second, après sa fille, à l'avoir remise à sa place, et c'était tout simplement jouissif. Elle s'est presque enfuie du restaurant, je ne l'ai plus recroisée depuis ce midi.

— Qu'est-ce que j'en sais ? râlé-je en buvant. Aujourd'hui elle est venue m'extorquer du fric au bureau, cette fille est sans scrupule.

— Comment ça ?

— Elle m'a carrément fait du chantage. Elle voulait retaper sa garde-robe. Elle a un grain, je t'assure, et je vais finir par croire que toi aussi. Comment tu réussis à la supporter ?

1. Extraits de la chanson *Freed from Desire* de Gala Rizzatto, Filippo Andrea Carmeni et Maurizio Molella.

— L'amour est une douce folie, commente-t-il sur un ton douloureux.

Un détail me turlupine. Je devrais me confier à Ryan, c'est mon meilleur pote, il ne doit y avoir aucun secret entre nous. De plus, je sais qu'à la seconde où Gwen franchira la porte, elle n'hésitera pas à me vendre, et il est impératif que je la devance.

— Euh… Ryan, ça tombe bien qu'on soit seuls, j'ai quelque chose à te dire.

J'ai droit à un coup d'œil de sa part avant qu'il se recentre sur sa tâche.

— OK, je t'écoute.

Pour m'insuffler du courage, je vide mon verre d'une traite.

— Euh… je vois quelqu'un.

— Je sais.

— Comment ça tu sais ? paniqué-je.

Gwen a donc été plus rapide que moi ?

— Connor, ce n'est pas comme ça qu'il s'appelle ? D'ailleurs, tu ne m'as toujours rien dit à son sujet. Votre rencard de la dernière fois s'est bien passé ?

Un rire nerveux me secoue alors que je me sers à nouveau.

— Je t'ai menti.

Il s'arrête et pivote vers moi en attendant que je parle.

— Je n'étais pas avec Connor ce soir-là mais quelqu'un d'autre.

— Et pourquoi m'as-tu dit que c'était lui ? Rassure-moi, il existe au moins ?

— Bien sûr qu'il est réel, j'ai fait sa connaissance chez Margerita. Sauf que je vois un autre mec, c'est tout récent en fait.

— Qui est-ce ?

Stressée, je bois une nouvelle gorgée.

— C'est là que l'histoire est délicate, je ne sais pas comment tu vas prendre l'annonce.

— C'est un homme marié ?

— Mais non ! m'indigné-je. Je ne m'approche jamais des hommes mariés, ils sont une source d'ennuis. Disons qu'il est… En fait c'est… Raphael !

Son sourire mutin montre qu'il n'a pas saisi.

— OK. Comment l'as-tu rencontré ? Entre vous c'est...

— Ryan, je te parle de Raphael Lockwood. Je couche avec mon boss.

Silencieux, il me dévisage longuement.

— T'es sérieuse ou bien c'est une blague ?

— Plus que sérieuse.

— OK ! Raconte-moi tout de A à Z. Bon sang, Bridgestone, y a que toi pour m'annoncer une telle bombe.

— À vrai dire, je ne saurais même pas t'expliquer pourquoi c'est arrivé ni comment. Je pensais que j'étais la seule à éprouver cette tension sexuelle entre nous, donc quand il m'a embrassée dans les toilettes du Blue Hill, mon Dieu, Ryan, je n'en revenais pas.

— Je comprends mieux ton allure échevelée à ton retour à table.

— Je *crushe* sur lui depuis le premier jour où je l'ai vu, c'est un fantasme sur pattes. J'avais tellement envie de partager tout ça avec toi...

— C'est sérieux entre vous ou c'est une histoire de cul ?

— Le sexe est carrément incroyable avec lui mais ça ne se résume pas à ça, il paraît aussi attaché que moi à donner une vraie chance à notre relation. Aujourd'hui, lors du déjeuner, il m'a embrassée devant tout le monde, y compris Gwen, qui est restée sans voix.

Il hausse un sourcil, puis arbore une expression taquine.

— Si j'avais su que j'aurais droit à de telles informations croustillantes, j'aurais acheté une deuxième bouteille de vin.

— T'as raison, celle-ci est insuffisante pour nous deux.

Environ deux heures plus tard, j'entame mon troisième verre lorsque Ryan met fin à mon supplice grâce à un plat de lasagnes à la bolognaise dont les effluves font disjoncter mes papilles.

— Bon sang de bonsoir ! couiné-je dès la première bouchée. C'est... succulent, oh, mon Dieu ! Je jouis.

Mon ami éclate d'un rire bruyant.

— T'es une vraie cinglée.

Impossible de riposter. Ryan mérite tous les éloges du monde, il est tellement doué.

Soudain la porte d'entrée claque, et je me raidis.

— Salut, *babe*, lance Gwen en l'embrassant sur la joue. Hum, ça sent bon par ici. Qu'est-ce que tu nous as concocté ?

Elle extirpe un verre de l'étagère du haut et le remplit de vin. Ses yeux passent de Ryan à moi tandis qu'elle ingurgite son verre.

— Des lasagnes à la bolognaise.

— Tu me sers une assiette ? Je suis affamée.

— OK. En passant, j'ai une super nouvelle à t'annoncer, déclare-t-il, exalté.

— Hm ?

— J'ai décroché un job au Blue Hill, je commence demain.

— C'est terminé l'oisiveté, rétorque-t-elle. Tu me l'apportes cette assiette ?

Ryan se renfrogne. Je fusille Gwen du regard. Peut-elle rester quelques heures sans être désobligeante ? Manifestement non.

— Sympa le commentaire, ironise Ryan. On voit comment tu partages mon bonheur.

— Oh ! arrête, bien sûr que je suis contente que tu cesses enfin de flemmarder. Il était temps que tu te trouves une activité, même si je n'ai rien contre le fait que ton père continue de t'envoyer de l'argent de poche chaque mois, ça nous permet d'arrondir nos fins de mois. En revanche, j'espère que tu n'auras pas à coucher avec ton patron pour avoir une promotion, crache-t-elle, non sans me lancer un coup d'œil.

Certainement pour s'assurer que la flèche me touche en plein cœur.

— Gwen…

— Est-ce que tu sais que Zoey se fait baiser par son patron ? l'interrompt-elle en me fixant. Est-ce qu'il t'a finalement promue ?

— Gwen, répète Ryan, tu devrais au moins entendre la version de Zoey, ça semble sérieux entre eux.

Dédaigneuse, elle siffle :

— Qui est-ce que t'essayes de convaincre ? Fais marcher

tes deux neurones, petite sœur, il t'utilise uniquement pour faire la vidange et quand il aura marre, il ira voir ailleurs.

— Dis plutôt que t'aimerais qu'il vienne te voir. Cesse donc d'être jalouse, chère sœur, ce sentiment t'enlaidit. Tu penses peut-être qu'après ton numéro de drague il voudra te sauter à ton tour ?

—Tu as dragué son patron ? intervient Ryan, interloqué.

— Oui.

— Non ! nie-t-elle sans vergogne. J'ai tenté d'aider Zoey à voir la réalité en face : il se sert de toi comme d'un réservoir à sperme.

Ma vision se floute, j'ai les larmes aux yeux. J'abandonne mon siège et explose :

— Quelle salope tu es ! Pourquoi tu t'en prends à chaque fois à moi ? Qu'est-ce que je t'ai fait pour mériter tant de méchanceté ? Déteste-moi autant que tu le voudras, jamais je ne ferai pareil. Tu es ma grande sœur et je t'aime.

— Qui est-ce que t'essayes d'attendrir ? crache-t-elle. Tu perds ton temps avec moi, je ne te verrai jamais autrement que comme la bâtarde qui a presque détruit ma famille.

J'ai l'impression qu'elle m'enfonce un poignard dans le plexus solaire.

— Gwen ! tonne Ryan. Ça ne va pas de dire de telles choses ? Qu'est-ce qui te prend, merde ?

Elle le dévisage en ricanant.

— Qu'est-ce qui me prend ? Comme ça, je n'ai plus le droit de rapporter les faits sous peine d'affecter Son Altesse Zoey ? Pourtant, c'est bel et bien la vérité, non ? T'es une bâtarde, Zoey, siffle-t-elle, un enfant adultérin. Chaque fois que je te vois, je pense à ta putain de mère qui a été la responsable de la chute de ma famille. Tu sais ce qui me dégoûte le plus ? Que ma propre mère te fasse passer avant moi, te donne toute l'affection qui me revient de droit. C'est moi la fille légitime née dans le mariage.

— Ce n'est pas ma faute ! m'écrié-je, désespérée. Tu crois que j'ai voulu cette situation ? Tu penses que je ne souffre pas de ne pas connaître ma véritable mère ? De savoir qu'elle s'est débarrassée de moi ? Je ne t'ai jamais demandé de m'adorer, mais de me traiter comme ta petite sœur, bien que nous n'ayons pas la même mère.

— Et moi, je n'ai jamais voulu que tu t'immisces dans nos vies. Nous aurions été plus heureux si tu étais morte !

— Gwen !

Je ne réalise avoir giflé Gwen que quand sa tête bascule sur le côté. Cela lui cloue le bec. Ma paume brûle encore à la suite du choc. Sonnée, j'observe mes doigts, puis reporte mon attention sur elle, qui se tient la joue dans une posture figée.

— Gwen... Je...

— Dégage ! hurle-t-elle en carrant les épaules. Fiche le camp d'ici.

Je n'ose pas bouger d'un poil, même pas lorsqu'elle se rue sur moi avec la ferme intention d'en découdre. Ryan se montre plus vif et lui ceinture la taille pour la ramener en arrière. Il la maintient contre son torse, elle se débat telle une furie en pointant un doigt rageur vers la porte.

— Je veux que tu te barres de chez moi ! Ramasse tes cliques et tes claques et dégage, sinon je ne réponds plus de rien.

— Gwen, calme-toi.

— Ne me demande pas de me calmer, Ryan. Cette gifle, tu me le payeras, Zoey. Je ne veux plus jamais te voir chez moi, OK ? J-A-M-A-I-S.

Parce qu'elle est dans tous ses états, Ryan juge bon de l'entraîner vers leur chambre, m'adressant un regard désolé. Je réponds par un bref hochement de tête et ne me retourne point en entendant la porte se refermer derrière. Morose, je scrute mon assiette presque terminée et renifle bruyamment. La tristesse me submerge. Les yeux fermés, j'entame un exercice de respiration.

Gwen ne mérite pas que je verse une larme de plus à cause de son comportement abject. Putain ! Ça fait un mal de chien que votre sœur, pardon, demi-sœur vous porte un ressentiment tenace.

Je ravale mon amertume et vais faire mes bagages. Où vais-je partir ? Puis-je demander de l'aide à Raphael ? Jamais de la vie. Qui pourrait accepter de m'héberger ? Margerita ? Je doute qu'il y ait encore de la place dans sa maison. Le canapé est une option parmi d'autres, non ?

Déboussolée, je mets dans ma valise tout ce qui me tombe sous la main. Finalement, je crois que j'irai passer la nuit dans un motel. J'aviserai par la suite. C'est mieux que de rester ici.

L'instant d'après, on frappe à la porte qui s'ouvre aussitôt.

— Qu'est-ce que tu fais, Zoey ? s'alarme Ryan en m'arrachant sèchement des mains une robe que je pliais.

— T'es aveugle ? Je fais ma valise.

— Non non non, tu crois que je vais te laisser quitter cet appart en pleine nuit ? Écoute, Gwen ne pensait pas ce qu'elle t'a dit, c'était sur le coup de la colère, tu n'es pas…

— Arrête ça, Ryan. Gwen ne parle jamais sans réfléchir. Elle me déteste, je l'ai compris, tu l'as compris. Tout le monde le sait depuis la nuit des temps, alors ne lui cherche pas d'excuses qui n'ont aucun sens.

— S'il te plaît, ne t'en va pas.

Son timbre implorant me remue.

— Tu sais qu'à l'heure actuelle, c'est la décision à prendre. Nous sommes enfin arrivées à ce stade où la cohabitation entre nous n'est plus possible. Il y a trop de tensions.

Ryan me serre contre lui.

— Je sais.

Je reste dans ses bras jusqu'à ce que la sonnerie de mon portable me fasse sursauter. Je m'écarte de Ryan et inspire une goulée d'air. Mon téléphone en main, je découvre le prénom de Raphael sur l'écran, et les morceaux épars de mon cœur se rassemblent.

— Le sourire niais qui dit tout, commente Ryan.

Je ne réponds pas, focalisée sur mon portable qui ne cesse de vibrer.

— Je vais t'accorder ton intimité mais notre discussion n'est pas terminée. Je serais un très mauvais ami si je permettais que tu deviennes SDF en plein hiver.

— Je t'emmerde, *bro*.

Il ricane et me laisse seule.

— Bonsoir, Zoey.

Je m'assieds au bord du lit, histoire de me ressaisir.

— Salut.

Je peste en silence, n'ayant pas réussi à camoufler les trémolos dans ma voix.

— Tu sembles triste. Qu'est-ce qui ne va pas ?

— Rien, objecté-je en reniflant. Ça ira.

— Où es-tu ?

— Chez moi.

— OK, je passe te chercher dans un quart d'heure, on ira se promener.

Dans l'immédiat, ma première réaction est de vouloir décliner son offre, mais je me retiens. Une promenade… Il n'y a rien de mal à cette perspective, et j'ai besoin d'aérer mon esprit.

— D'accord.

Je retombe mollement en arrière, contemplant pensivement le plafond.

Chapitre 31

— ... ils comprirent alors que c'était une authentique princesse, car malgré les matelas et les édredons, elle avait senti le petit pois tant sa peau était sensible. Le prince put ainsi l'épouser, certain d'avoir trouvé la véritable princesse dont il avait toujours rêvé[1].

Arrivée à la fin du conte, je réalise que Raphaella s'est *enfin* assoupie. Mes lèvres ébauchent un sourire attendri alors que je contemple sa moue adorable. Elle paraît vulnérable, tel un oisillon tombé de son nid. Mes doigts effleurent sa joue, aucun tressaillement, signe qu'elle dort profondément. Je remonte les draps sur ses épaules, dépose un baiser sur son front avec un « bonne nuit, fais de beaux rêves » avant d'éteindre la veilleuse et de l'abandonner.

Je regagne la cuisine et découvre Raphael, derrière l'îlot, qui a disposé deux tasses sur la surface en marbre.

— Hey ! lancé-je en me hissant sur une chaise.

— J'espère qu'elle ne t'en a pas trop fait baver, plaisante-t-il en attrapant une théière.

— Pas vraiment, excepté qu'il a fallu que je lui lise trois histoires avant qu'elle s'endorme.

— C'est tout elle ça, répond-il sur un sourire.

— Qu'est-ce que tu prépares ?

— Une tisane de pissenlit. Généralement, quand l'hiver approche, j'ai pour habitude d'en prendre deux fois par jour, matin et soir. Tu en bois ?

1. Librement inspiré du conte *La Princesse au petit pois* ou *La Vraie Princesse*, de Hans Christian Andersen.

Je fais non de la tête.

— Heureusement que j'ai pris l'initiative de te faire une tasse, m'indique-t-il en la faisant coulisser. Le pissenlit a de nombreuses vertus. Il apaise et stimule le foie, traite les troubles de l'estomac et urinaires, etc. La liste est non exhaustive. Alors, verdict ?

— Grâce à toi, je dormirai moins bête ce soir.

Il rigole tandis que je prends une gorgée de l'infusion, qui laisse un arrière-goût de miel et de citron sur mon palais.

— C'est plutôt bon, je crois que je vais m'y mettre aussi, histoire de prendre soin de mon organisme.

— Excellente idée.

Un silence apaisant tombe sur nous. Raphael ingurgite sa tisane, les yeux rivés sur moi.

— Qu'est-ce qu'il y a ? finis-je par demander.

Ses yeux intimidants me sondent, comme s'ils étaient à la recherche de pensées inavouables et inavouées.

— Tu n'as qu'à me dire ce qui se passe. Toute la soirée, tu t'es montrée taciturne. J'ai voulu te changer les idées en t'amenant à un spectacle au Comedy Cellar mais tu ne t'es pas vraiment déridée. J'aimerais savoir pourquoi tu étais dans cet état, et n'essaye surtout pas d'éluder la question.

Cramée. Moi qui avais en tête de laisser mes problèmes personnels à l'appart, il faut croire que j'ai échoué.

— J'ai eu une énorme prise de bec avec ma sœur, marmonné-je en pressant ma paume sur ma nuque.

— À quel propos ? Si, bien sûr, ma question n'est pas indiscrète.

— Des broutilles, c'est toujours la même rengaine, elle ne m'aime pas trop. Je dirais plutôt qu'elle ne m'aime pas tout court.

— Pour quelle raison ?

J'enfonce la tête dans mes épaules et scrute le fond de ma tasse.

— À cause de mon statut de bâtarde, murmuré-je si bas que je doute qu'il ait entendu.

— Comment ?

— Elle m'a demandé… non, a exigé que je rassemble mes affaires et quitte son appart, annoncé-je d'une voix forte en me redressant.

— Quoi ? s'étonne-t-il. Mais qu'est-ce qui s'est passé pour que les choses prennent ces proportions ?

Incapable de rester assise plus longtemps, je commence à faire les cent pas pour évacuer la tension accumulée.

— À cause de notre altercation, bien sûr ! Parce que je n'en pouvais plus d'entendre ses insanités à mon sujet, je l'ai giflée. Elle a voulu me rendre la pareille, mais Ryan s'est interposé. Tu te rends compte, Raphael ? Je me suis donnée à fond pour qu'il y ait une entente harmonieuse entre nous, j'ai tout fait. Tout ! Je ne me suis jamais plainte de sa méchanceté auprès des parents, parce que j'ai naïvement pensé qu'avec l'âge ça lui passerait. J'ai été tellement stupide que je lui ai permis de me marcher sur les pieds. Je voulais qu'elle se comporte avec moi comme une sœur devrait normalement le faire, je l'admirais. Elle ne s'est jamais privée de me faire comprendre que je n'avais aucune place dans la famille, *sa* famille.

Raphael contourne l'îlot et me prend dans ses bras.

— S'il te plaît, ne pleure pas, chuchote-t-il en caressant mon dos.

Mon visage est une nouvelle fois inondé de larmes, et je serre les poings.

— Est-ce ma faute si mon père a eu une aventure ? Je n'ai pas souhaité que ma mère m'abandonne, je n'ai jamais demandé à naître. Putain ! Suis-je coupable d'avoir vu le jour ?

— Non et non, rien n'est ta faute. Regarde-moi, Zoey, ajoute-t-il en prenant mon visage en coupe. Tu n'es coupable de rien.

Toutes ces ruminations plombent mon moral.

— Les enfants ne sont en aucun cas responsables des actes de leurs parents, alors c'est injuste de la part de ta sœur de t'accuser. Reste dormir ici.

Son offre m'extirpe de ma torpeur. Je renifle et m'écarte de lui.

— Je… C'est mieux si je vais dans un motel. Il est hors de question que je te dérange.

Il pouffe et m'attrape par la taille pour me ramener contre lui.

— Tu veux que je te gronde ?

— Euh… ? lancé-je, perplexe.

— Comment peux-tu imaginer que tu risques de me déranger et, qu'en plus, je te permettrais d'aller dans un motel dans cet état, surtout à cette heure tardive ? C'est mal me connaître, Zoey.

Je souris.

— Si tu crois que je le fais par pitié, je t'en prie, sors-toi cette bêtise de la tête, ajoute-t-il.

— Là, ce sont tes mots, pas les miens.

— J'apprends à te connaître, petite rusée, ce n'est pas parce que tu ne dis pas quelque chose que tu n'y penses pas.

Raphael vient de réussir à me remonter le moral momentanément en allégeant mon fardeau.

— Ça t'intéresse de prendre un bain avec moi ? lance-t-il avec une expression coquine.

— Hm. T'es certain qu'on ne ferait que prendre un bain ?

Contre lui, j'inspire son odeur.

— Tout dépend.

— De quoi ?

— De qui plutôt ? De toi.

— Donc j'ai du pouvoir ?

— N'en abuse pas. Toutefois, tu es tendue ; j'aimerais t'apaiser avec un bain massant. Est-ce que cette idée te plaît ?

— Tu rigoles ? Personne auparavant ne m'avait encore fait cette proposition. Je suis flattée.

— Ça me va d'être le premier et le dernier.

Mon cœur chavire et trébuche dangereusement sur ce sentiment que je ne veux point nommer. C'est trop tôt pour ça. Raphael entrelace nos doigts et m'entraîne au premier.

Nous atteignons sa chambre, je suis troublée dès que les

lumières s'allument, probablement à cause d'un détecteur de mouvement. Cette pièce est incroyable ! J'examine d'un œil pétillant le mobilier raffiné dans des tons épurés, le marbre blanc du sol et les baies vitrées qui offrent une vue panoramique sur New York.

— Pourquoi souris-tu ?

Désormais au centre, Raphael ôte son polo vert kaki d'un geste habile. Ses abdos écorchés assèchent ma bouche et mon sang s'échauffe.

— Parce que j'adore ta chambre, elle est très belle.

— Merci. Je sais également que tu vas adorer y passer la majeure partie de tes nuits.

Son commentaire polisson m'arrache un rire amusé. Je cille au contact de sa main sur mon poignet.

— Tu es crispée, Zoey. Est-ce que je te fais peur ?

— Bien sûr que non ! affirmé-je avec véhémence.

Sa bouche susurre au creux de mon oreille :

— Tu devrais, ma gazelle, parce que cette nuit, je vais te manger à toutes les sauces, si bien qu'il ne restera aucune parcelle de ton corps que je n'aurais goûtée.

Tout ce que je réussis à émettre est une faible plainte inarticulée.

— Donne-moi quelques minutes le temps que je prépare le bain.

Sur ces mots, il disparaît par la porte attenante. Je me rapproche des baies, aimantée par cette vue magnifique. Quel effet cela me ferait-il de m'envoyer en l'air avec Raphael, seins plaqués contre ces vastes fenêtres ? Mon corps frémit de désir à cette éventualité.

— Zoey ?

Je fais volte-face et lui souris. Il me tend la main et je la saisis sans hésitation. La salle de bains est aussi luxueuse que l'autre pièce. Je rêve ou il y a une putain de baignoire enchâssée à même le sol ?

— Tu permets que je t'aide à te déshabiller ? murmure-t-il derrière moi.

Hypnotisée par cette salle de bains faite de marbre blanc et noir, je me contente d'opiner.

— Avec quoi j'attache tes cheveux ?

— Hm, j'ai un élastique dans ma pochette.

Il ne quitte la pièce qu'un instant puis revient nouer ma tignasse en un chignon brouillon avec une facilité surprenante.

— Ne me dis pas qu'attacher la chevelure des femmes est l'un de tes hobbies, me moqué-je.

— N'aie pas honte d'avouer que tu es jalouse.

Mon grognement lui provoque un éclat de rire. Il abaisse la fermeture de ma robe moulante rouge qui s'échoue au sol, exposant mes seins nus à l'air. Alors que ses mains s'attardent sur mes épaules, sa bouche glisse à la base de mon cou. Je rejette la tête en arrière et reçois les agréables chatouilles de ses lèvres sur ma peau.

— Est-ce que je t'enlève également ça ? murmure-t-il en effleurant la lisière de mon tanga.

Je frémis et lui fais de nouveau face. Ses yeux brûlants tombent sur ma poitrine, sa pomme d'Adam tressaute. Dans un silence de défi, je retire ma culotte nonchalamment. Sous son regard luisant d'excitation, je ne ressens aucune gêne, devinant à quel point il me désire. J'adore lui faire de l'effet.

Il me ceinture fermement par la taille.

— Tu es très belle, confesse-t-il.

Je rougis comme une idiote, ce dont il se réjouit.

— Nous allons profiter d'une balnéothérapie et d'une chromothérapie.

Perdue, je le dévisage.

— Où ?

Il désigne la baignoire d'un geste du menton.

— Tu veux dire qu'elle a tout ça ?

J'ai conscience de faire mon ingénue, sauf que ça ne dépend pas de moi.

Il acquiesce.

— Je ne te crois pas.

— Entre et tu verras.

— Tu ne viens pas avec moi ?

— Si, mais je dois encore retirer mon jean.

Lentement, je fais passer mon pied dans la baignoire, puis insère l'autre. Un soupir de bien-être m'échappe tandis je m'immerge dans l'eau chaude.

— Diantre ! m'exclamé-je en calant ma nuque sur l'appuie-tête confortable.

Raphael se moque de moi et défait la braguette de son jean.

— Je vois que tu apprécies, c'est bien.

Le tatouage sur sa hanche attire de nouveau mon attention. Je comprends qu'il s'agit d'un phénix. Le dessin très bien réalisé suscite mon admiration et surtout m'intrigue.

— J'aime bien ton tatouage, dis-je en hochant la tête.

— Merci.

— Pourquoi tu te l'es fait ? Pour le fun ou il y a une raison particulière ?

Son rictus devient crispé.

— Ce symbole est l'allégorie de ma vie.

Je sais reconnaître quand un sujet est sensible. Il porte un fardeau, et le fait que je le mentionne l'a remué. Je n'insiste pas, cela ne signifie pas que je ne suis pas curieuse. Je veux percer tous les secrets de cet homme.

Son boxer rejoint le reste de nos vêtements, et il me fait l'honneur de sa présence dans la baignoire. Je lui octroie de la place dans mon dos, de sorte que ses pieds bloquent mes jambes de chaque côté.

Il active un bouton. Des jets s'animent, et un kaléidoscope de lumières s'élève autour de nous.

— Bienvenue à votre séance de chromothérapie grâce à son éclairage LED.

Je me laisse aller contre lui, mes muscles se relâchent. C'est tellement relaxant.

— Le rythme est bon ?

La voix de mon amant coule comme du chocolat dans mon oreille.

— Oh que oui. C'est fou, on dirait qu'une personne me masse physiquement.

— Ce sont les jets massants qui te procurent cette sensation. C'est délicieux, n'est-ce pas ?

— Oh que oui.

— Et si j'ajoutais mon grain de sel ?

— Ce qui veut dire ? l'interrogé-je, les yeux clos.

Sans répondre, il passe à l'offensive. Dès que ses doigts pincent mes tétons, je frissonne et ouvre à moitié les paupières.

— Qu'est-ce que tu fais ?

— Tu le sais, ma gazelle.

J'observe sa main se perdre sous la mousse blanche et s'étaler en éventail sur mon ventre. L'autre, libre, titille mes pointes durcies. Très vite, il pianote sur mon pubis, coulisse entre mes cuisses écartées. J'entrouvre la bouche, son index parcourt affectueusement ma fente humide. Je m'agrippe aux rebords de la baignoire, rejette la tête sur son épaule. Son doigt s'enfonce en moi, remue ardemment, la sensation ne peut qu'être délectable.

— Est-ce que je t'ai déjà dit que tu es belle ?

Je souris.

— Oui, il n'y a pas dix minutes.

— Laisse-moi te le répéter : tu es belle, Zoey. Plus encore quand tu jouis, je veux te voir t'abandonner dans l'orgasme. Jouis pour moi, ma gazelle.

Je pousse un gémissement quand son pouce effleure mon clitoris gonflé et le masse. Raphael me murmure des mots salaces à l'oreille, ce qui finit par avoir raison de moi. Je suis propulsée aux portes de l'orgasme et lorsqu'il mordille mon lobe, je succombe en criant son prénom.

Je passe une paume tremblante sur mon front, chamboulée.

— Je te tiens, badine-t-il. Tu ne risques pas de tomber.

— Très drôle.

La bosse qui nargue mes fesses me rappelle que cet en-cas a juste réveillé mon appétit de loup. Il me tarde de le dévorer. J'enroule son cou d'une main et kidnappe ses lèvres. Notre baiser, d'abord paresseux, bascule en mode féroce, langoureux. Le feu d'artifice dans mon ventre me fait savoir que je veux plus. Sans me détacher de lui, je change de position, ma poitrine désormais contre son torse.

On s'embrasse à perdre haleine, je suçote sa langue, il tourmente la mienne. Mes doigts ébouriffent sa tignasse, les siens pressent mes hanches. J'ondule du bassin, augmentant ce désir intense qu'il me fait ressentir.

— Je n'ai jamais fait l'amour dans une baignoire, avoué-je entre deux baisers.

Ses pupilles s'assombrissent encore.

— Je n'ai jamais fait l'amour à Zoey dans une baignoire.

Je reviens sur sa bouche, qui est ma gourmandise préférée.

Chapitre 32

En émergeant de ma léthargie, je mets quelques secondes à recouvrer mes esprits. Grâce aux baies vitrées, je constate que le soleil commence à se lever. Je tourne la tête de l'autre côté et remarque l'absence de Raphael.

Instinctivement, j'attrape l'oreiller sur lequel il a dormi et respire son odeur. Un sourire débile étire mes lèvres tandis que je me remémore la nuit merveilleuse que nous avons passée ensemble. Le sexe dans une baignoire ? Un de mes fantasmes, qu'il a exploré avec moi. Nous avons également expérimenté sa douche italienne, pour terminer enchevêtrés contre la baie de la chambre. Nous sommes insatiables. Je me sens épanouie dans ce domaine, d'autant plus que Raphael semble être mon alter ego. De tous les amants que j'ai eus – qui se comptent sur les doigts d'une main –, il est le seul à être parvenu à me stimuler là où il faut.

Un mouvement à l'entrée de la pièce attire mon attention. Le sourire aux lèvres, Raphael se rapproche de moi en tenant un plateau chargé de délices.

En plus, le mec a une facette romantique. C'est pour transformer mon cœur en marshmallow ou quoi ?

— Oh non, est-ce que c'est pour moi ? demandé-je en me redressant.

— Non, pour moi.

Je lui tire la langue. Amusé, il dépose le plateau sur mes genoux. La bouche ouverte, je scrute ces mets d'un œil gourmand. Mon estomac se contracte, je vais me goinfrer comme si c'était mon dernier jour sur terre.

— Qui aurait cru que derrière ce masque autoritaire se cachait un homme attentionné ? le charrié-je.

Il me bouleverse. Pourvu que la chute ne soit pas létale.

— C'est parce que tu m'as fait un truc, rétorque-t-il en me fixant.

Assis au bord du lit, une jambe passée sous l'autre, il semble prendre plaisir à m'observer. Il ne porte qu'un pantalon de jogging, mes yeux s'accrochent à son torse nu et ses abdominaux me donnent un coup de chaud. Je détourne le regard.

— Quel truc ?

Je récupère la tige d'une rose.

— C'est toi la sorcière, c'est à toi de me le dire.

— La magie doit continuer à faire son effet, donc je vais garder mon secret. En passant, merci pour la rose, commenté-je.

— C'est une pivoine rouge, rectifie-t-il. Mais de rien ! D'après ce qu'on raconte, elle exprime la protection en amour.

— Tu essayes de me dire que t'es amoureux de moi, Raphael ? lancé-je, taquine.

— Bon appétit, Zoey, élude-t-il en souriant.

En premier lieu, je m'attaque à des pancakes au chocolat surmontés de framboises. La première bouchée me fait soupirer de contentement.

— Mmm… ch'trop bon, baragouiné-je. Dis-moi aussi que c'est toi qui les as faits.

Il récupère une framboise qu'il mange.

— Non, ma gouvernante.

— Clara, c'est ça ?

— Oui.

— Dis à Clara que je l'aime ! m'extasié-je, la bouche pleine. C'est hyper bon.

Il émet un léger rire. Nos yeux se croisent, et j'avale difficilement. Sa façon de me contempler est déconcertante.

— Qu'est-ce que tu penses de la remplaçante de Line ? le questionné-je, non seulement pour songer à autre chose mais aussi parce que son opinion m'intéresse.

Peu de temps après son retour de Seattle, c'est à moi qu'il

a confié la mission de rechercher une nouvelle nounou pour sa fille.

— Je l'observe encore, réplique-t-il en prenant une autre framboise qu'il enrobe de chocolat.

— Mais… ça se passe bien entre elle et Raphaella, non ? Vu que tu ne t'es pas plaint.

— Ça se passe.

Avant d'enfourner le fruit, il suggère d'un timbre chaud comme la braise :

— Tu aimerais peut-être partager avec moi ?

Je me mordille la lèvre.

— Tu es le serpent qui a trompé Ève.

Il arque un sourcil et éclate d'un rire franc. J'aime le voir insouciant.

— Et toi, avec tes grands yeux gris, tu pourrais amener un homme à te donner tout ce qu'il possède, confesse-t-il avec un sérieux qui me fait frémir.

Parce qu'il m'est difficile de résister, je me débarrasse du plateau et rampe jusqu'à lui. Ses prunelles me défient, j'entrouvre la bouche pour qu'il y plonge la framboise, mais il me surprend en la coinçant entre ses dents et se penche vers moi. Je me soutiens en entourant son cou, puis nos lèvres se scotchent. Ce fruit est tout simplement divin étant donné que je le déguste à travers la langue de Raphael. C'est impudique, érotique.

— J'ai oublié de te dire que tu es encore plus jolie quand tu portes mes vêtements.

Je glousse quand il fait référence à la chemise que j'ai récupérée et porte grandement ouverte, si bien qu'elle ne cache rien de ma poitrine. Devant lui, je n'ai pas honte de me présenter dans mon simple appareil. Quand il me détaille de cet air alangui, mes complexes disparaissent.

On se sépare à bout de souffle, toutefois mon front reste pressé contre le sien.

— Il va falloir que je rentre, annoncé-je.

Timidement, je glisse mon doigt au coin de sa bouche pour

effacer une tache de chocolat, que je lape machinalement. Ses paupières s'étrécissent.

— Douchons-nous ensemble, ensuite je t'accompagne à ton appartement pour que tu fasses tes valises. Avec tout ce que tu m'as raconté au sujet de ta sœur, il est préférable que vous preniez vos distances pour le moment. En attendant, tu vas rester ici.

— Tu ne penses pas qu'on saute les étapes, là ?

Le visage concentré, il réfute.

— Non.

— J'ai de l'argent de côté, expliqué-je. Je souhaitais juste avoir plus d'économies avant de chercher un nouvel appart, mais l'urgence de ma situation me contraint à revoir mes objectifs. Je pourrais aussi très bien contracter un prêt à la banque.

— Pourquoi veux-tu un autre appart alors que le mien est prêt à t'accueillir ?

— Je ne suis pas un chien errant, objecté-je sèchement. Je n'ai pas besoin que tu me recueilles.

Il soupire. À son expression froissée, je devine que je l'ai blessé. Je secoue la tête.

— Désolée… Je ne voulais pas m'adresser à toi sur ce ton. C'est juste que… je ne peux pas emménager avec toi.

— Pourquoi ?

Mon refus semble le dépasser.

— Raphael, on se fréquente depuis à peine quelques jours.

— Qu'est-ce qui te dérange ? Tu es dans une situation précaire, j'essaye simplement de te soutenir. Tu penses que je serais à l'aise en sachant que tu loges dans un motel miteux alors que j'ai de l'espace pour tout un régiment ? me questionne-t-il dans un calme olympien.

Ma putain de fierté m'empêche malgré tout d'accepter.

— Décider de vivre ensemble… ce n'est pas un choix à prendre à la légère. Qui te dit que tu ne voudras pas bientôt te débarrasser de moi sur un coup de tête ? Nous ne sommes pas prêts.

— Nous ? Tu parles pour moi maintenant ?

Exaspérée, je roule des yeux et m'écarte de lui. Sauf qu'il m'empêche d'aller plus loin en emprisonnant mes biceps menus dans ses mains.

— Je ne veux pas me quereller avec toi. Je ne prendrai pas le risque de m'amuser avec toi, jamais quand il s'agit de quelque chose d'aussi important que ta sécurité, prononce-t-il en détachant chaque mot pour que je les intègre.

Il ignore combien sa sincérité me touche, car il réussit là où les autres ont échoué, il me rassure. Cependant, pour faire les choses bien, on doit y aller en douceur.

— Ça me fait plaisir, mais j'ai besoin de mon indépendance, d'une liberté dont je ne jouissais pas chez ma sœur, je veux voler de mes propres ailes. S'il te plaît, ne m'en veux pas de refuser ta proposition très généreuse, mais épaule-moi.

Il caresse distraitement le dos de ma main et y dépose un baiser tendre, avant de me gratifier d'un sourire avenant.

— Je ne t'en veux pas, m'assure-t-il. Je suis avec toi, ici et maintenant, demain et pour les jours à venir.

Je lui souris à mon tour, il en profite pour pincer ma joue.

— Aux dernières nouvelles on avait une douche à prendre ensemble, poursuit-il, malicieux.

Il sait autant que moi qu'on ne se contentera pas de se laver. J'ai constamment ce besoin impérieux de le toucher. Merde ! Suis-je atteinte à ce point ?

— Ah oui ? susurré-je en descendant du lit.

Debout face à lui, j'esquisse un rictus licencieux et me déleste avec indolence de la chemise qui me recouvre. À peine échoue-t-elle au sol que j'intercepte la concupiscence dans ses yeux pers. Il me veut. Il m'aura. Mais avant…

— La douche est à moi ! m'écrié-je avant de m'élancer vers la salle de bains.

Derrière moi, je l'entends bougonner. Le cœur léger, je savoure ces instants de complicité que nous partageons.

— T'es sûre que ça va ? m'interroge Raphael pour la millième fois alors que nous progressons dans l'escalier.

— Hmm, ouais.

Pas du tout. Je ne cesse de me tortiller, gênée car j'ai remis ma robe d'hier, et comme si ce n'était pas suffisant, je ne porte pas non plus de culotte. Personne d'autre ne le sait hormis Raphael, alors pourquoi suis-je nerveuse ? Peut-on lire sur mon front que j'ai découché ?

— Pourquoi tu gigotes dans ce cas ?

— J'essaye une nouvelle forme de break dance, ça ne se voit pas ?

Il s'esclaffe. Contrairement à moi, il est bien apprêté dans un de ses sempiternels costumes trois-pièces qui mettent sa carrure en valeur. Nous nous charrions toujours, quand il se fige sur la dernière marche. Son regard se durcit.

Intriguée, je tourne la tête pour comprendre ce soudain changement… et découvre une très belle femme à l'allure fière qui s'approche de nous.

Alors que j'observe sa démarche confiante, un mauvais pressentiment m'étreint. De plus, si sa présence ne laisse pas Raphael indifférent, cela signifie qu'il la connaît personnellement.

— Qu'est-ce que tu fous là ? assène-t-il dès qu'elle arrive à notre hauteur.

Loin d'être refroidie par sa sévérité, elle affiche une attitude délibérément désinvolte et ramène une de ses mèches derrière son oreille. Elle est très jolie. Ses cheveux bruns aux reflets flamboyants encadrent un visage hautain mais séduisant. Que dire de sa taille longiligne et de ses formes plantureuses ? Elle est l'incarnation idéale de la femme fatale.

Aïe, je suis jalouse.

Reste zen.

— Quelle question idiote !

Sa voix est claire et franche.

— J'aurais aimé être averti de cette visite.

Elle arque un sourcil, se fichant royalement de l'irritation qu'elle fait ressortir chez Raphael.

— Mon avion a atterri il y a moins d'une heure, j'ai pris le premier taxi pour ici. Depuis quand ai-je besoin de me signaler avant de venir chercher ma fille ?

Interdite, je ne la quitte pas des yeux. Merde, c'est la maman de Raphaella. N'est-elle pas censée être vétérinaire ? J'ai des préjugés, je sais, je l'imaginais avec des pantalons camouflés, des chaussures usées, des T-shirts délavés. Pourtant, elle a plus le look d'une avocate qui fait trembler l'univers juridique que celui d'une *sauveuse* d'animaux. Ça alors ! Le monde est injuste.

— Pour venir… Attends un peu, ne me dis pas que tu comptes repartir avec Raphaella chez toi ?

— Plus les années passent, moins tu deviens clairvoyant, sinon pourquoi serais-je là ? Si j'avais su qu'elle serait entre de mauvaises mains avec ce défilé de putes, j'aurais réfléchi à deux fois avant de te la confier, enchaîne-t-elle, acide, en balayant ma silhouette d'un œil dédaigneux.

— Isadora…

— Et c'est qui celle-là ? Une autre fille de joie que tu as ramassée sur le trottoir, je suppose. Oh ! Raph, tu me déçois. Pourquoi ramènes-tu tes salopes sous ton toit et les mets-tu en présence de ma fille ? Quelle éducation espères-tu lui transmettre ?

On me traite de pute, et tout ce que je trouve à faire c'est de rester immobile. Je fais honte au féminisme, je devrais riposter, non ? D'une certaine façon, cette nana a réussi à m'intimider.

— Inutile de jouer les hystériques, t'as tout faux là, OK ? Zoey n'est pas qui tu crois, c'est… mon assistante.

Je le dévisage, choquée voire blessée. Il me fait savoir qu'on a encore pas mal de chemin à faire.

Le rire méprisant d'Isadora me ramène sur terre.

— Tu embauches des gamines maintenant ? Et en plus, tu te tapes l'une d'elles, tu fais fort.

— Je vois que l'expression « les apparences sont trompeuses » ne vous dit rien. Si vous vous fiez à mon physique pour me juger, alors je vous conseillerais d'essayer de voir plus loin que le bout de votre nez désormais, interviens-je posément.

Or je bous littéralement.

— Raphael n'a jamais su choisir ses... je suis polie... conquêtes d'un soir, il faut croire que je demeure la seule bonne chose qui lui soit arrivée dans la vie.

OK, c'est décidé, elle et moi, on ne va pas s'entendre. Je ne vais pas me laisser marcher dessus. Certes, je la respecte mais je ne resterai pas les bras croisés pendant qu'elle me prend de haut.

— Au risque de vous décevoir, je ne suis pas la « conquête d'un soir » de Raphael. Je lui dis ou tu veux le faire ? ajouté-je en me tournant vers le concerné.

Il paraît décontenancé, ouvre la bouche pour répondre mais, sans lui en laisser l'occasion, je poursuis en clamant presque :

— Je suis sa petite amie.

Yeah ! Je lui ai fermé le clapet, à l'asperge.

Zoey : un

Asperge : zéro

Elle se raidit, bouche bée. Son regard oscille de Raphael à moi.

— Pardon ? bégaye-t-elle.

— Au cas où vous ne sauriez pas ce que ça veut dire, c'est ce statut qu'obtient une fille quand elle se met en couple avec un garçon.

Je tape un *high five* avec ma conscience, fière de ma repartie. Ses yeux s'écarquillent. Idem pour Raphael, qui me scrute.

— Tu vas lui permettre de me parler comme ça ? s'offusque-t-elle.

Il hausse une épaule.

— Si tu as l'intention de déposer une plainte, les commissariats sont là pour ça.

Je boude toujours. Il m'a quand même présentée comme son assistante.

— Mamaaan ! ! ! hurle une voix stridente.

J'assiste à un miracle. Le visage d'Isadora change du tout au tout. Il se fend d'un sourire éclatant et ses yeux s'illuminent. En l'observant réceptionner sa fille dans ses bras, je m'attendris instantanément.

— Bonjour, petite chouette, est-ce que tu sais que tu m'as manqué ?

— Je suis trop heureuse de te voir, maman, lance-t-elle en secouant ses jambes accrochées à sa taille. Pourquoi papa ne m'a pas dit que tu étais là ? C'était une surprise ?

— Oui, je voulais te faire une surprise. Tu es contente ?

— Oui, maman. Ne me laisse plus seule, s'il te plaît.

— Plus jamais, mon cœur. Maman est là pour une très longue durée, annonce-t-elle en ancrant ses rétines dans les miennes.

— Papa, toi aussi, tu es content que maman soit là ?

— Oui, ma puce.

— Aah, maman, est-ce que tu as vu Zoey ? poursuit la petite en descendant des bras de sa mère. C'est ma nouvelle meilleure amie. Elle est trop géniale, je suis sûre que vous serez aussi meilleures amies.

Euh… cette gamine a trop fumé d'herbe.

— Mon amour, tu es si adorable, lance Isadora avec un rire forcé. Qu'est-ce que tu veux faire maintenant ? Et si tu rentrais à la maison avec maman, hein ?

— Isadora, tu ne peux pas faire irruption ainsi et changer le programme de Raphaella qui devrait déjà être en train de se préparer pour l'école, annonce Raphael en consultant sa montre. Tu risques de la mettre en retard. Cynthia !

Aussitôt, la nounou de Raphaella nous fait l'honneur de sa présence.

— Veuillez monter avec Raphaella pour qu'elle prenne son bain.

— Bien, monsieur.

— Papa, est-ce que je ne pourrais pas le faire avec maman ? l'interroge la petite en s'agrippant à la main de sa mère. Je veux aussi qu'elle m'amène à l'école.

Pour amadouer son paternel rigoureux, elle arbore une moue de chien battu.

— Bien sûr que je le ferai, ma petite chouette. Tu n'as même pas besoin de demander la permission à ton père. Il n'oserait jamais m'interdire de prendre soin de mon unique enfant, on est bien d'accord, Raphael ?

Il se penche, embrasse le front de sa fille.

— D'accord, ma puce. Cynthia, préparez le goûter de Raphaella et restez à la disposition de sa mère.

Elle acquiesce.

— On s'en va, Zoey.

Je refuse de prendre la main qu'il me tend. J'adresse un coucou à Raphaella, puis me dirige vers l'ascenseur. Ce n'est pas parce qu'il a essayé de se rattraper que je vais oublier son incartade. Ah non, il va ramer pour que j'arrête de lui faire la gueule.

Ouais, j'assume, je suis capricieuse.

Chapitre 33

Peu de temps après que j'ai pénétré dans mon bureau, Margerita m'appelle pour m'informer qu'un colis m'attend à l'accueil. Si par « colis » elle veut en réalité dire Gwen, je jure de dégager cette dernière par la peau du cou. Ce matin, en me rendant à l'appartement pour me changer et faire mes valises que je n'ai pas pu finir, j'ai eu la chance de ne pas la croiser. Un pincement au cœur me rappelle que la situation de Ryan m'ennuie. Je ne doute pas de son amitié à mon égard, mais si on se plaçait côte à côte, il choisirait Mlle Je-suis-blonde-et-connasse. La garce a mangé son cerveau.

À ma grande surprise, c'est un coursier qui m'attend.

— Zoey Bridgestone ?

— Il n'y en a pas deux.

— Ceci est pour vous, me signale-t-il en me tendant un énorme bouquet. Veuillez signer ici.

J'adresse un regard perdu à Rita, qui m'observe avec malice. Après le départ du livreur, elle contourne son espace de travail pour venir se poster devant moi.

— Magnifiques ! Est-ce qu'elles sont de qui je sais ?

Je hausse les épaules et récupère la carte glissée entre les fleurs.

Excuse-moi pour ma maladresse de ce matin. Et si on déjeunait ensemble pour que je me fasse pardonner ? J'attends ta réponse. R.

Si je prétendais que cette attention me laisse froide comme du marbre, je serais une piètre menteuse. Comment ne pas être émue en humant ce bouquet d'œillets blanc et rouge ? Un sourire s'épanouit sur mes lèvres. Il est vrai que j'ai boudé tout le long du trajet, mais désormais, j'envisage de cesser de lui faire la tête et d'écouter son plaidoyer.

— Alors ?

Je reviens sur terre et réalise que mon amie s'impatiente.

— Ouais, elles sont de lui, dis-je un air béat.

Tu crains.

— Waouh ! C'est la première fois que je vois Raphael avoir ce genre d'attention, ça me laisse penser... Merde, c'est plus sérieux entre vous que je ne l'aurais imaginé. Il va falloir que tu m'expliques à nouveau comment ça s'est produit parce que j'essaye de comprendre quel a été l'élément déclencheur dans la tête de Raphael sans le trouver.

— Ne compte pas sur moi, il y a des choses qui arrivent comme ça... sans préméditation. À mon tour d'être honnête, je passe de très bons moments avec Raphael, il me plaît beaucoup beaucoup, mais... c'est aussi un peu effrayant. Je ne veux pas être celle qui se jette corps et âme dans une histoire qui pourrait se terminer au bout de quelques semaines, c'est la fille qui a de l'expérience en matière de relations avortées qui parle. Ça semble trop beau pour être vrai, tu vois ? Surtout que j'ai rencontré la mère de Raphaella.

— Isadora ? m'interroge-t-elle, étonnée. Elle est rentrée de sa mission ?

— Oui. Elle était ce matin chez Raphael, j'ignorais qu'elle était aussi belle.

— Au campus, elle faisait tourner la tête de tous les mecs. Le seul qui lui a résisté est Raphael, avant de finir par céder. C'est vrai qu'elle est jolie mais elle a également un grain.

— Comment ça ?

— Isadora est un milliard de fois pire que Gwen, tu imagines le tableau ?

— Épouvantable, dis-je avec une grimace, éprouvant un soudain malaise.

— Tu vas devoir te montrer extrêmement prudente avec

elle. Elle est dingue de Raphael et ferait n'importe quoi pour le récupérer.

— Donc elle est toujours amoureuse de lui.

— J'appelle ça de l'obsession, tu vois assez de téléfilms pour savoir ce que ça implique.

— Mais l'héroïne finit toujours par gagner à la fin et l'ex obsédée termine soit avec une jambe amputée, soit à la morgue, soit dans un asile.

— C'est bien, ma fille, n'oublie pas la meilleure amie de l'héroïne qui est de sage conseil.

— Dois-je te rappeler que nous ne sommes pas dans un film ?

On se marre. Je préfère me concentrer sur des histoires cocasses que de ruminer. Je la laisse à ses occupations, puis vais déposer les fleurs dans mon bureau avant de me rendre dans celui de Raphael.

Inutile de lui montrer que je suis soucieuse, j'affiche à dessein une expression gaie.

— J'ai bien reçu tes fleurs, commenté-je entre deux baisers. Et oui, j'accepte de déjeuner avec toi.

Sa bouche fond à nouveau sur la mienne. Je savoure le bonheur d'être dans ses bras.

— Qu'est-ce qui te ferait plaisir ? demande-t-il en reculant pour saisir le combiné du fixe. J'appelle Margerita pour qu'elle s'en occupe.

— Comment ça ?

— Pour le déjeuner, qu'aimerais-tu manger ? Elle contactera le traiteur de la société pour qu'on soit livrés.

— Je pensais qu'on allait sortir, dis-je en croisant les bras.

— Je ne veux voir personne d'autre que toi, sortir implique être dérangés par le vacarme de la rue, les discussions des clients, or je veux me détendre avec toi dans un endroit calme. Ça te gêne qu'on reste ici ?

— Non, pas du tout. En plus, il me tarde de tester ton canapé, ajouté-je d'une voix suave. Concernant ta première question, je ne sais pas quoi choisir, et si ça ne tenait qu'à moi, je mangerais tout.

Un rictus goguenard naît à la commissure de ses lèvres.

— Dans ce cas, je commande tout.

— En vrai ?

— En vrai, affirme-t-il, mutin.

Il a annulé.

Le coude posé sur la table, la joue calée dans ma paume, le buste penché en avant, je pousse un soupir à fendre l'âme alors que je joue distraitement avec un stylo.

Certes, je suis déçue de ne pas pouvoir passer ce moment avec lui, mais je ne peux lui en tenir rigueur, car il m'a dit avoir accepté à la dernière minute de rencontrer un client qui s'est montré… insistant.

Adieu, thaï et flûte de champagne Bollinger. Bonjour, désenchantement !

Décidée à ne pas me morfondre, je me lève, enfile mon manteau et récupère mon sac. Je soupire de soulagement en repérant Margerita, qui n'est pas encore partie.

— T'as des projets pour ce midi ? l'interrogé-je en m'accoudant au comptoir.

— Je déjeune avec Angus, réplique-t-elle en jetant un coup d'œil sur sa montre. Il est tout le temps ponctuel, ni une minute d'avance ni une de retard.

— D'accord. Qui est Angus ?

Elle s'arrête et me dévisage longuement.

— Angus, mon nouveau rencard que je fréquente depuis peu et que j'ai rencontré sur OkCupid. Je pensais te l'avoir dit.

— En effet, tu as seulement « pensé » me l'avoir dit. Qu'est-ce qu'Angus fait dans la vie ?

— Informaticien. Il travaille à son compte. Ça tombe bien que tu sois là, déjeune avec nous, tu me diras ensuite comment tu le trouves.

— C'est une mission de la plus haute responsabilité que tu me confies, je stresse à mort, plaisanté-je.

Elle rit.

— Tu es folle, meuf.

Assis l'un à côté de l'autre, Angus et Margerita me font penser à une association entre Donald Trump et Oprah Winfrey. C'est vrai que ma comparaison est nulle, mais ces deux-là n'ont rien à voir, physiquement parlant. Il est réservé, presque taciturne, et m'adresse des sourires courtois en assouvissant sans geindre ma curiosité au sujet de ses vies professionnelle et privée. J'aime bien ses petites lunettes rondes sur son nez qui confirment son look d'intellectuel, et ses cheveux noirs gominés.

— Tu apprécies de travailler à ton compte ? le questionné-je en ingurgitant une gorgée de mon cola.

— À qui ça ne plairait pas d'être son propre patron ?

— T'as raison. Si j'étais mon propre patron, je viendrais au travail à 11 heures en pyjama en pilou et chaussettes Hello Kitty, pour repartir deux heures plus tard. Je déclarerais que le lundi est un jour férié parce que je déteste les lundis. Quoi d'autre ? Ma devise serait : « Pas d'effort, juste le réconfort ».

— Ton entreprise mettrait la clé sous la porte séance tenante, se gausse Rita.

— Heureusement que mes comptes aux îles Caïmans m'assureraient un avenir sans trop de douleur.

Margerita récupère son téléphone qui vibre sur la table, et fronce les sourcils en lisant sur l'écran.

— Un problème ? l'interrogé-je.

— Hein ? Euh… non, dit-elle en pianotant dessus. C'est simplement Cassandra, qui me demande où je suis et si je suis avec toi.

Il va sans dire que ça me surprend.

— Euh… d'accord. Et pourquoi au juste ?

— C'est la question que je lui pose.

Quelques instants plus tard, elle enchaîne :

— Elle dit qu'elle aurait aimé me rejoindre mais comme elle sait que t'es présente, elle va ailleurs.

— Super ! Je n'ai pas non plus envie de voir sa face de rat. Ne fais pas attention à nous, Angus, je devine à ton expression que tu es perplexe. C'est juste… une collègue de travail. Tu sais comment sont les rapports dans ce monde, pas tout le temps faciles.

Il opine du bonnet. Margerita repose son téléphone, et la discussion reprend son cours dans la bonne humeur.

Environ une demi-heure plus tard, le sourire de Margerita se fige, ses yeux s'ouvrent en grand comme si elle assistait à la résurrection du Christ.

— Qu'est-ce qu'il y a ?

Alors qu'elle est accaparée par un point au-dessus de ma tête, je doute qu'elle ait entendu ma question.

— Ne te retourne pas, siffle-t-elle.

Je pouffe.

— Tu me donnes encore plus envie de le faire.

Je me tourne. J'aurais peut-être mieux fait de l'écouter, ce que je découvre me laisse sans voix, mon cœur bourdonne dans mes tempes. Même s'ils ne nous remarquent pas et suivent un serveur, je ne les quitte pas du regard, soufflée, jusqu'à ce qu'ils disparaissent de mon champ de vision.

— Zoey.

Je plonge mes prunelles dans celles de Margerita en humectant mes lèvres.

— Tu sais pourquoi ils sont là ?

Elle fait non de la tête. Ses yeux expriment une compassion que je refuse, même si j'ai soudain peur. Qu'est-ce que Raphael fait avec Isadora dans ce restaurant ? N'était-il pas censé rencontrer un client ? À moins qu'il ne m'ait menti. Oh ! mon Dieu, qu'est-ce que ça signifie ?

— Est-ce que tout va bien ? s'inquiète Angus.

— Hin hin, marmonne Rita. Nous avons simplement aperçu des connaissances.

— En fait, j'ai vu mon petit ami accompagné de son ex, déballé-je machinalement. À ton avis, Angus, est-ce que je dois faire une scène telle une *drama queen* ?

— Oh ! non, proteste Margerita, surtout pas ça, d'accord ? Reste calme. Si ça se trouve, il y a une raison logique à leur présence ici, peut-être qu'ils veulent discuter de Raphaella ?

— Détends-toi. Faire des crises en public n'est pas mon truc, dis-je en glissant mon doigt sur le bord de mon verre. Mais merde, je suis en colère : il ne m'a pas dit la vérité, il m'a assuré qu'il devait voir un client.

— Tu es jalouse.

Je ne prends même pas la peine de démentir. Je tape nerveusement du pied au sol, et mes pensées dérivent vers Raphael et Isadora en train de converser comme le feraient deux amants qui ont jadis partagé une passion déchirante et sont liés pour l'éternité par une petite fille. C'est normal que je sois un peu anxieuse, non ?

Un peu ? Molto, tu veux dire.

Alors que je suis de retour au bureau, ma contrariété ne s'apaise pas. Je tente tant bien que mal de faire abstraction de ce sentiment d'insécurité qui me taraude. Je ne dois pas douter de Raphael, qui jusqu'ici s'est toujours montré sincère. Je préfère attendre qu'on en discute tranquillement.

Quand il fait appel à moi, je me suis mentalement préparée. Toutefois, assise en face de lui, un instant plus tard, je me retrouve étrangement aphone. Il s'exprime, sauf que je n'entends rien. Mes pensées tourbillonnent dans ma tête, et l'incertitude me gagne.

— Zoey ! tonne-t-il brusquement, me faisant sursauter.

— Hein ?

— Tu es dans la lune, à quoi réfléchis-tu ?

— Rien.

Est-ce que je me défile, là ?

Oui.

— Ne me dis pas rien quand c'est faux, renchérit-il. T'as ce pli entre tes sourcils, ce qui signifie qu'un truc te tracasse, dis-moi quoi.

Arrête d'être aussi perspicace, mince !

— C'était bien, ton déjeuner ? l'interrogé-je, les dents serrées.

Il paraît étonné.

— Eh bien, ça s'est passé comme tout déjeuner d'affaires. Pourquoi ?

— Et le client ? Ah, pardon, je veux dire la cliente. Il semblerait que tu te sois trompé de sexe, parce que c'était bel et bien avec la mère de ta fille que tu avais rendez-vous, non ?

Je n'avais pas prévu de hausser le ton ni de le fusiller du regard, sauf qu'à mon plus grand dam, j'adopte un comportement de folle furieuse.

— Tu m'as filé le train ?

— N'importe quoi ! grommelé-je. Je me trouvais là par le même hasard qui vous a conduits jusqu'à moi. Peut-être que c'était un signe.

— Quel signe ?

— Qu'est-ce que j'en sais ? Une force divine voulait certainement me faire ouvrir les yeux.

— Sur quoi ?

— Tu n'as pas répondu à ma question, éludé-je. C'était bien, ton déjeuner ?

Il se rencogne dans son siège et exhale un soupir.

— Je ne t'ai pas menti, si c'est ce à quoi tu penses.

— Les faits parlent d'eux-mêmes.

— Laisse-moi finir, tu veux ? J'avais terminé de manger avec mon client quand je suis tombé sur Isadora dans le hall de l'entreprise, et elle m'a invité à déjeuner. Au départ, j'ai décliné sa proposition, car je venais de remplir mon estomac, sauf qu'elle a insisté, elle souhaitait me soumettre un projet important à ses yeux, alors j'ai décidé d'écouter ce qu'elle avait à me dire.

— En quoi consiste ce fameux projet important ?

— Elle collabore avec une association de protection des animaux et, très bientôt, ils veulent organiser un gala pour récolter des fonds, elle souhaite donc que je l'aide avec mon carnet d'adresses.

— Ne pouvait-elle pas t'en parler par téléphone ?

Raphael me considère et sourit, goguenard. J'ai conscience d'être ridicule, c'est ça le pire, ne me jetez pas la pierre.

— T'es jalouse, constate-t-il.

— Mon vocabulaire est exempt de ce mot.

— Ça me plaît de te voir jalouse, poursuit-il.

Les bras croisés, je grogne.

— Comme ça, je sais que tu tiens véritablement à moi.

— Tu doutes du fait que j'aie de l'affection pour toi ? C'est blessant.

— De l'affection ? Là, c'est toi qui m'offenses.

— Tu… Je n'ai pas… Bref, l'affection que j'ai envers toi n'est pas la même que celle que je réserve à Ryan ou à n'importe quel autre ami, me justifié-je. C'est… différent.

— Explique-moi ce qui me différencie de tes amis, murmure-t-il.

— Je… Arrête, tu veux que je m'épanche, bégayé-je, nerveuse de mettre à nu mes sentiments.

— Ça t'embarrasse de me dire ce que tu éprouves pour moi ?

Je me sens rosir et passe une main dans mes cheveux.

— Je n'ai pas l'habitude mais tu dois déjà avoir une idée de ce que tu me fais ressentir.

— J'aimerais que tu l'énonces de vive voix, affirme-t-il.

— Comporte-toi bien et tu auras peut-être droit à ce cadeau. D'ailleurs, c'est quand ton anniversaire ?

— 7 juin. Et toi, tu es née le 22 décembre.

— Comment… Ah, tu l'as sûrement lu dans mon CV. Qu'est-ce que tu sais d'autre à mon sujet ?

Son sourire ne me dit rien qui vaille.

— Uniquement ce que tu as bien voulu mettre à ma disposition. Es-tu toujours fâchée ?

— Par rapport à quoi ?

— L'histoire avec Isadora. Tu ne dois pas avoir peur d'elle.

Outrée, je proteste :

— Elle ne me fait pas peur.

— Tant mieux.

Après s'être levé, il s'approche et tire sur mon bras pour me ramener contre son torse. Ses doigts glissent sous mon menton, mes yeux plongent dans les siens.

— Je vais réitérer mes excuses : je suis sincèrement désolé de t'avoir présentée comme mon assistante, c'était une bévue et je comprends ta contrariété. Avoir une petite amie est quelque chose d'inédit pour moi.

— Tu n'as jamais été en couple ?

Il coince une mèche derrière mon oreille et effleure ma joue tandis que je suis suspendue à ses lèvres pleines.

— Je n'ai jamais eu de relations sérieuses. En revanche, des coups d'un soir, j'en ai eu un tas. J'avais pour habitude de me désintéresser d'une femme après avoir usé de son corps, je me baignais rarement deux fois dans le même fleuve, si tu vois ce que je veux dire.

— Et avec Isadora ?

Il m'a tendu une perche que j'ai saisie habilement. Sa main se cale derrière ma nuque, et de son pouce il frôle ma gorge.

— C'était un peu plus compliqué que ça. Quand j'ai connu Isadora, j'étais à la fac, raconte-t-il, sa bouche contre la mienne. Tous les mecs l'ont toujours désirée, car elle irradiait un halo sensuel hallucinant. Elle était belle et elle ne se gênait pas pour utiliser ses atouts afin d'obtenir des faveurs en tout genre. Nous étions attirés l'un par l'autre, or je lui avais fait comprendre qu'entre nous, il n'y aurait rien de plus que du sexe. Bien sûr, elle a été partante, et nous sommes devenus des... *sex friends*.

— T'étais amoureux d'elle ?

— Je ne pense pas. En revanche, elle me rendait fou de désir.

— Pourquoi vous vous êtes séparés ?

— Pour être séparés, il aurait d'abord fallu qu'on soit ensemble, raille-t-il. Il y a eu cette période où elle a voulu davantage, et comme j'étais incapable de le lui donner, j'ai mis un terme à ce qui nous liait. Sauf que les choses ne se sont pas déroulées comme je l'espérais. Peu de temps après, elle m'annonçait qu'elle attendait un bébé, le mien. Bien sûr, au début, j'ai douté de ma paternité et c'est après un test ADN que j'ai reconnu qu'en effet, j'étais bien le père.

— Raphaella vous liera tous les deux pour le restant de vos jours.

— Ma fille demeure le meilleur trésor que j'aie obtenu d'Isadora.

Mon buste écrasé contre son thorax, j'inspire son souffle et laisse mes doigts s'égarer sur ses épaules.

— Est-ce que j'ai des raisons d'être inquiète ?

— T'en aurais-je par hasard donné ?

— Tu as bien dit que tu n'avais jamais eu de relation stable, ce qui exclut une véritable copine, et qu'à chaque fois que tu couchais avec une fille, tu te lassais aussitôt d'elle, alors mon sort est-il déjà scellé ?

— Tu n'as pas encore compris à quel point tu es spéciale ?

Son intonation chaude me réchauffe le cœur.

— Tu n'es pas comme toutes celles que j'ai connues avant toi. Tu es toi, Zoey Bridgestone. Tu sais ce qui m'a conquis chez toi ?

Je réfute d'un mouvement de tête. Il poursuit :

— Ton naturel. Je n'ai jamais rencontré une fille aussi authentique que toi, et je ne parle pas seulement de ton physique mais également de ta façon d'être. Durant tout ce temps que j'ai passé avec toi avant qu'on commence notre histoire, je t'ai longuement observée. Tu ne le savais pas, n'est-ce pas ?

Deuxième mouvement négatif de la tête.

— J'ai étudié ton comportement à ton insu. Ne le prends pas mal, c'est juste que tu m'intriguais. Et quand tu me dévisageais sans la moindre discrétion, ça m'amusait. Je me demandais : « À quoi peut-elle bien songer ? »

Je m'empourpre et me déride en entendant son gloussement. D'un coup, j'ai chaud, je m'éloigne un peu de lui.

— Mon Dieu, j'ai honte en songeant à toutes ces fois où je te matais sans être consciente que tu le savais.

Il prend mon visage en coupe et se penche pour s'approprier mes lèvres. Un soupir de contentement m'échappe.

— Et quand tu as pensé à voix haute ici dans mon bureau, tu t'en souviens ?

Je vire au cramoisi et, manquant de m'étrangler, toussote bruyamment.

— J'avais envie de disparaître dans un trou, c'était l'un des instants les plus gênants de ma vie.

— Pourtant, tu as ouvert une brèche dans laquelle je me suis faufilé.

— Ah bon ? m'étonné-je.

— Ça a été un motif suffisant pour te coincer dans les toilettes de ce restaurant, avoue-t-il. Je savais ce que tu voulais et j'étais incapable de contenir mon désir pour toi, je l'ai laissé me consumer.

Je souris et happe une fois de plus sa bouche. Ma langue joue avec la sienne, son goût est si délicieux que je m'en délecte tout le temps. Je l'admets, il me rend accro.

— Tu vas me rendre fou, grogne-t-il en empoignant mes fesses, rapprochant mon bassin de son érection.

— N'oublie surtout pas de graver mon nom sur les murs quand tu seras interné.

Les paupières closes, je m'accroche à sa tignasse, soupire tandis qu'il bifurque vers mon menton qu'il mordille, puis progresse dans mon cou. Je brûle de désir pour cet homme. Sentir sa peau nue contre la mienne devient une nécessité.

— Qu'est-ce que tu dirais qu'on reprenne là où on s'est arrêtés la dernière fois ?

Ses pupilles sombres me percutent avec la puissance d'un semi-remorque. Sa voix caressante murmure :

— Mais on va d'abord s'assurer que la porte est bel et bien fermée, hein ?

J'éclate de rire et hoche la tête. Il est trop tard pour protéger mon cœur, je suis à corps perdu dans cette histoire.

Chapitre 34

Quelques jours plus tard, j'ai été contactée par l'agence immobilière Barnes. Si j'ignorais à qui j'avais affaire, j'ai vite réalisé grâce à mes recherches que Raphael était derrière ce plan. C'est une agence spécialisée dans l'immobilier de luxe, et une chose est certaine, je ne suis pas près d'être assez riche pour m'offrir leurs services.

Après que j'ai mis Raphael au pied du mur, il n'a même pas nié. Il n'a toujours pas compris pourquoi, en attendant de me trouver un studio, je préfère passer mes nuits dans un motel quand il y a de l'espace pour moi chez lui.

Il m'a piégée en ramenant sur le tapis le fait que j'ai sollicité son aide. Et quand j'ai protesté en soulignant que ce genre de biens était au-dessus de mes moyens, il a cru me rassurer en promettant qu'il s'occuperait de ce détail.

Il ne manquerait plus que je devienne financièrement dépendante de lui, ce qui donnerait raison aux rumeurs qui circulent sur moi : je serais une croqueuse de diamants. Bon Dieu, pourquoi n'arrive-t-il pas à comprendre que je veuille agir de mon propre chef sans qu'il interfère ?

Elles sont nombreuses celles qui aimeraient attirer l'attention de leur boss et vivre dans l'opulence grâce à lui. Mais je ne suis pas matérialiste. Pas que je déteste l'argent, mais j'ai besoin de m'assumer comme la fille indépendante que j'aimerais être.

Je ne me montrerai cependant pas ingrate en crachant sur son aide. Je le remercie grandement, ce dont je n'ai pas manqué de l'informer après avoir capitulé, mais il faut qu'il fasse en sorte que le soutien qu'il m'apporte reste en accord avec ce que je peux me permettre.

Bref ! Raphael a insisté pour que je fixe un rendez-vous avec cette agence et m'a convaincue, mais je sais d'ores et déjà que c'est une perte de temps.

— Mademoiselle Bridgestone ?

Je fais volte-face et tombe sur une métisse au sourire éclatant qui me tend la main après mon hochement de tête.

— Bonjour, je suis Tamara Mitchell de l'agence Barnes, nous nous sommes entretenues au téléphone ce matin.

— Bonjour, répliqué-je en lui retournant son expression courtoise.

—Est-ce que vous patientez depuis longtemps ?

— Pas du tout, je viens à peine d'arriver.

— Parfait. Si vous voulez bien me suivre, le premier appartement que nous allons visiter n'est pas loin d'ici. Ça vous ennuie qu'on marche ?

— En aucune façon, je vous accompagne.

Le premier logement est situé sur Midtown West, près de la 56e Rue et de la 8e Avenue. À mon plus grand étonnement, je découvre qu'il est déjà meublé. Tamara se lance dans un monologue explicatif tandis que nous faisons le tour des lieux. Doté d'un parquet et d'un mobilier contemporain, il est plus vaste que celui de Gwen. Offrant une vue imprenable sur la ville, le salon comprend un canapé, une table basse, une bibliothèque, et une table à manger proche de la fenêtre. Dans la chambre se trouvent un lit *queen* avec une table de nuit, une commode et un placard. Quant à la salle de bains, elle comporte une baignoire.

Tamara termine en listant les lignes de transports, les différentes options de divertissement comme les théâtres, les restaurants, etc.

Quand elle se tait, je réalise que c'est mon tour de parler. En toute honnêteté, c'est chouette, quoique trop grand et trop chic pour mes moyens.

— Euh… c'est cool, mais serait-il possible de voir d'autres appartements ?

Son sourire ne faiblit pas.

— Aucun souci.

Les quatre appartements qu'elle me montre ensuite sont meublés, mais me semblent toujours bien trop chers pour moi. Je ne me hasarde même pas à demander le prix, craignant de tomber des nues. Ça m'embête de lui faire perdre son temps. Je m'apprête à lui en faire part quand elle me coupe l'herbe sous le pied.

— Y a-t-il un problème ? Est-ce qu'aucun des appartements ne vous a plu ? On peut rediscuter de vos attentes, vos goûts esthétiques, ça ne me dérange pas, j'ai un large choix à vous proposer.

— Non, ce n'est pas ça. Ils sont tous très jolis, et si je pouvais me le permettre, j'en aurais déjà sélectionné un. Mais voilà, je suis à la recherche d'un petit studio, de préférence pas meublé, car je n'ai pas les ressources financières pour louer un de vos appartements. Je vais peut-être me tourner vers la colocation, c'est plus à mon niveau.

Elle fronce les sourcils.

— De quoi parlez-vous, puisque tout a déjà été réglé ?

— Pardon ? répliqué-je, confuse.

— M. Lockwood a payé à l'avance un bail de douze mois avec notre société. Pour finaliser votre contrat, tout ce que vous avez à faire est de sélectionner le logement qui vous convient et, bien entendu, d'y apposer votre signature.

Abasourdie, j'écarquille les yeux.

— Pardon ? répété-je. Il a fait quoi ?

— Euh… il a réglé tous les frais pour n'importe quel appartement que vous choisirez.

J'en reste bouche bée. Comment a-t-il pu me faire ça ? Tremblante de colère, j'extirpe mon téléphone de mon sac et compose rageusement son numéro. Les tonalités se succèdent sans qu'il réponde, même quand j'insiste. Je tente alors le numéro de Rita et intercepte le regard intrigué de Tamara qui demeure en retrait. Elle se demande sûrement pourquoi je suis furax puisque tout m'est servi sur un plateau.

Putain ! Est-ce que j'ai la tête d'une poule de luxe ?

— Rita ! lâché-je aussitôt que mon amie décroche. Est-ce que tu sais où est passé Raphael ? J'essaye de l'avoir au téléphone, mais sans succès.

— Aucune idée, il n'est pas au bureau en tout cas. T'as l'air tendue, est-ce que ça va ?

— Ça va, je t'explique plus tard. Ciao !

Je raccroche, et un soupir de frustration m'échappe. Je devrais me réjouir, mon problème de logement vient de se résoudre en un clignement de cils.

— Je ne sais pas quoi dire, commente Tamara au bout d'un moment en se dandinant d'un pied sur l'autre.

— Dans ce cas, ne dites rien… Pardon, me rattrapé-je, consciente de m'emporter contre la mauvaise personne. Ce n'est pas votre faute, vous faites simplement votre boulot.

Après une pause, j'ajoute :

— Ma réaction vous semble-t-elle disproportionnée ?

— Eh bien… je ne peux pas émettre un avis vu que j'ignore tout de votre lien avec M. Lockwood.

— Nous sortons ensemble.

— Il doit beaucoup tenir à vous s'il dépense des milliers de dollars sans sourciller pour vous faire plaisir.

— Me faire plaisir, hein ? C'est une façon de voir les choses, sauf que là, ça va à l'encontre de mes principes. On en a discuté, et il m'avait promis qu'il me laisserait mener la barque à ma guise.

Elle préfère rester silencieuse. Je mordille ma lèvre inférieure et me détourne vers la fenêtre. Raphael a-t-il cru bien agir ? Assurément.

Mon portable vibre soudain dans ma main. Quand je réalise qui tente de me joindre, une vague de colère m'assaille.

— Raphael !

— Que se passe-t-il, Zoey ? J'ai vu que tu m'as laissé cinq appels en absence, mon téléphone était sur silencieux. Est-ce que tu es toujours avec l'agent immobilier ?

— Oui, et j'ai découvert ce que tu as comploté dans mon

dos. Pourquoi tu t'es entêté alors que tu savais que je n'allais jamais être d'accord avec ça ?

— C'est exactement pour ça que je ne t'ai rien dit, se justifie-t-il posément. Tu es énervée.

— Bien sûr que je le suis ! Je… Pourquoi ne veux-tu pas comprendre que c'est trop pour moi ? Je ne t'ai jamais demandé de faire ça.

— Je n'allais pas attendre que tu me le demandes, sachant que tu es fière comme un paon. Considère cela comme un cadeau, ma gazelle.

Je me pince l'arête du nez et ferme les paupières.

— Je… ne peux pas l'accepter.

— Mais, enfin, pour quelle raison, Zoey ? Ne sois pas bornée, s'il te plaît.

— Nous faisons la paire ! Écoute… Que vont penser les gens s'ils apprennent que c'est toi qui me loges maintenant ? Je suis déjà assez mal à l'aise à propos de ce qui se dit sur moi dans la société, je n'aimerais pas leur donner un os supplémentaire à ronger.

Il soupire à l'autre bout du fil.

— C'est donc ce qui t'intéresse ? Le qu'en-dira-t-on ? L'avis des gens t'importe plus que ce qui se passe entre nous ?

— Comprends-moi.

— Je t'ai compris, mais ton esprit est obtus.

— Merci de me traiter de sotte, sifflé-je, irritée.

— N'arpentons pas cette piste où tu interprètes mes propos de façon biaisée. J'ai saisi que tu ne veux pas être vue comme ma poule de luxe, et ta représentation de notre relation me laisse un goût amer. Tu penses réellement que je mets l'argent au centre de notre histoire ?

— Non, soufflé-je timidement.

— Alors pourquoi te focalises-tu sur ça ?

— Ça… me dérange, Raphael. Je n'ai pas envie de me sentir redevable envers toi.

— Non, Zoey, non. Mon but n'est pas de te rendre mal à l'aise, mais de t'apporter du réconfort, de te mettre à l'abri, de te protéger. Tu ne me dois absolument rien, je ne veux rien de toi si ce n'est ton cœur. Est-ce que tu es capable de me le confier ?

— Il est fragile, murmuré-je, taquine.

— Je saurai en prendre soin, parce qu'il fait battre le mien. Considère que nous sommes quittes.

Mon regard se perd au loin et fixe rêveusement les immeubles de l'autre côté de la rue. La valeur de ce présent que m'offre Raphael est… inestimable, et je ne parle pas de conséquences pécuniaires. Sa générosité me touche beaucoup en dépit de mon orgueil.

— On ne le sera jamais, mais je te remercie. Merci du plus profond de mon âme, Raphael, tu n'étais pas obligé…

— Tu me l'as répété genre un milliard de fois. Je n'étais pas obligé, pourtant je l'ai fait, car vous satisfaire est ma priorité, mademoiselle Bridgestone. Ne me remerciez pas pour ça.

— Mais je veux que tu saches que je te suis extrêmement reconnaissante.

— Et si tu m'envoyais une photo de l'appartement que tu as choisi ?

Je ris doucement. Mon indignation balayée, je me rends compte à quel point c'est énorme, ce qui se passe actuellement dans ma vie. J'ai droit à un logement gratuit et meublé pendant une année entière. La chance semble de mon côté cette fois-ci. Je n'aurais pas eu les mêmes opportunités si je m'étais entêtée à faire cavalier seul dans mes recherches. Au mieux, je serais devenue la coloc d'une inconnue et on aurait fait un remake de *JF partagerait appartement*, avec moi dans le rôle de Bridget Fonda, au pire j'aurais trouvé un studio miteux avec des toilettes bouchées dans un immeuble délabré avec des voisins plus agaçants que dans *Nos pires voisins*.

— Jamais je ne cesserai de te dire merci. Je dois te laisser et t'inquiète, tu seras le premier à avoir droit à l'exclusivité. Bisous, bye !

Je l'imagine sourire.

— Bisous.

La conversation terminée, je pivote vers une Tamara qui se languit quasiment de ma prochaine action.

— Serait-il possible de visiter d'autres appartements ? commenté-je en arborant une expression contrite.

Ses épaules se relâchent, elle m'adresse un large sourire et acquiesce avec entrain. Ce n'est certainement pas parce que Raphael m'a allégé la tâche que je dois oublier d'autres détails non négligeables. Certes, il a tout payé pour une année, mais ensuite, qui subviendra à mes besoins ? Pas lui en tout cas. Il faut que je prenne les choses en main. Je vais devoir choisir un endroit en fonction de mes moyens et dont je réglerai le loyer chaque mois sans problème par la suite.

Un jour, alors que je patiente devant l'un des ascenseurs du hall, une ombre se matérialise près de moi.

— Bonjour... hm, j'essaye de me rappeler de votre prénom sans succès.

Lentement, je me tourne sur le côté et avise Isadora. La flamme pernicieuse dans son regard me met immédiatement sur mes gardes.

— Zoey, rétorqué-je sur un ton monocorde.

— Ah !

Les portes de l'ascenseur s'ouvrent, et je me hâte de rejoindre l'intérieur de la cabine. Comme une sangsue, elle me colle littéralement aux basques. Les poings serrés, je garde le menton haut, les épaules carrées. Quel mauvais vent l'amène par ici ? Je m'exhorte au calme.

— Alors, cette histoire entre Raphael et toi, c'est du sérieux ? Excuse-moi, mais j'ai tellement de mal à croire ces bêtises.

Elle devient familière maintenant ? Ma méfiance envers elle ne peut qu'être exacerbée.

— Des bêtises, vous dites ? Cela vous surprend-il qu'il y ait entre lui et moi ce que vous désirez ardemment obtenir de lui ?

— Qu'est-ce que tu sais de notre histoire ? me contre-t-elle.

— Je sais que vous étiez désespérée au point de lui faire

une gosse en croyant pouvoir ainsi le garder dans vos filets. Manifestement, vous avez échoué.

— Fais attention à ce que tu dis, gamine. Si j'étais toi, tu sais ce que je ferais ? Je prendrais mes distances avant de me faire éjecter comme un détritus, car c'est ce que tu deviendras, une fois que Raphael se lassera de souiller ton corps.

Elle et Gwen devraient très bien s'entendre, elles ont un discours identique.

— Et vous me faites la grâce de me donner ce précieux conseil, parce que vous souhaitez retrouver cette place de « détritus » auprès de lui ? Oh ! navrée de casser vos fantasmes, vous n'aurez même pas droit à une miette.

Son expression s'assombrit, ses rétines me menacent silencieusement. Elle réduit le maigre écart entre nous. Je ne recule pas et soutiens son regard.

— C'est qu'elle veut faire la maligne, crache-t-elle d'un ton péremptoire. Écoute-moi, si les autres pétasses qui étaient là avant toi n'ont pas réussi à me prendre *mon* Raphael, ce n'est certainement pas une effarouchée dans ton genre qui y parviendra. Tu comprends ce que je dis ? fulmine-t-elle en brandissant un doigt sur moi. Pour ton bien, tu vas devoir disparaître de sa vie.

J'aimerais riposter mais je suis estomaquée par ses menaces à peine voilées. L'ascenseur s'arrête, les portes s'ouvrent. Elle m'adresse un rictus bizarrement flippant avant de sortir.

Seule, je me permets d'inspirer pour tenter de relâcher la pression. Peine perdue.

Un rire nerveux vibre en moi. Elle est en pleine démence si elle croit que je vais disparaître de la vie de Raphael aussi facilement.

— Hey, *bitch* ! me salue Margerita. Ouh, ça va ? T'as l'air malade.

Malade ? Plutôt angoissée. Néanmoins, je ne vais pas laisser cette chienne me démoraliser. Elle a lancé les hostilités, je compte simplement rattraper la balle au bond et non courber l'échine.

— Où est l'Asperge ?

— Qui ?

— Isadora.

— Quel surnom ! se moque-t-elle. Elle est dans le bureau de Raphael.

— Qu'est-ce qu'elle fout là-bas ? Il n'est même pas là.

— Ben, je le lui ai précisé, ça ne l'a pas ennuyée pour un sou, elle a répondu qu'elle l'attendrait là-bas.

À l'arrivée de Raphael, je lui laisse quelques minutes, histoire de s'installer, avant de débouler dans son bureau. Une réelle envie de meurtre m'étreint quand j'aperçois Isadora penchée aux côtés de *mon* homme dans une pose pour le moins provocatrice. Raphael est concentré sur les documents qu'elle lui fait lire, raison pour laquelle il ne se plaint pas des effleurements qu'elle prodigue à ses épaules.

Après avoir inspiré profondément, je me sens d'attaque. Je dois marquer mon territoire et lui prouver que c'est moi qui suis en position de force.

— Bonjour, commencé-je en arborant un sourire espiègle quand je me place près de Raphael.

Il n'a pas le temps de battre des paupières que je fais pivoter son fauteuil et me penche pour l'embrasser. S'il est étonné de ma témérité, il se garde de le montrer et, pour mon plus grand plaisir, il approfondit notre baiser.

À bout de souffle, je m'écarte de lui et jette un coup d'œil à Isadora, qui semble avoir envie de m'égorger.

Les doigts de Raphael sur ma taille et le sourire de connivence que nous échangeons m'apaisent, je retrouve ma confiance en moi. Je n'ai pas de raison de douter de lui.

— Hm, j'aimerais être salué de cette façon chaque matin, remarque-t-il, malicieux.

Mon sourire est accompagné d'une caresse sur sa joue. J'avoue, mon cœur tressaute chaque fois que je le regarde. C'est fou, cet homme est ma drogue.

— Tu as aimé ?

— Beaucoup.

Je lève les yeux sur Isadora et fais semblant de l'apercevoir à l'instant.

— Oh ! bonjour, Isadora, je n'avais pas remarqué que vous étiez là. J'espère que vous vous portez bien.

Elle me toise de façon condescendante et se tourne vers Raphael.

— Raphael, au cas où tu l'aurais oublié, nous avons un travail à peaufiner, et j'ai toujours admiré ta capacité à éloigner les distractions, alors ne change pas tes habitudes.

Celui-ci soupire et me dévisage avec cette lueur de complicité dans les yeux.

— Zoey est ma meilleure distraction, murmure-t-il. À elle seule, elle joint l'utile à l'agréable.

Mon cœur s'emballe.

— Zoey, votre rouge a quasiment disparu de votre bouche, riposte Isadora avec sarcasme. Vous feriez mieux de passer par la case toilettes pour arranger votre minois. Il ne manquerait plus que ton assistante se présente ainsi devant le président de l'association et ses dirigeants.

— Elle est parfaite, contre-attaque Raphael. S'il te plaît, ma gazelle, prends place, que je te mette au courant du projet d'Isadora.

J'échange un coup d'œil hargneux avec l'Asperge tout en m'exécutant. Une altercation muette nous oppose. Si elle pense qu'elle peut me nuire sans une riposte massive de ma part, la cocotte ne sait pas qui elle va affronter.

Chapitre 35

— Et un blue lagoon pour la demoiselle ici présente, annonce mon ami en faisant coulisser le verre sur le comptoir.

Je le remercie en le levant, mets la paille dans ma bouche et ingurgite une bonne dose de mon cocktail.

— Mmm, délicieux. Tu sais qu'à l'heure actuelle, t'es mon sauveur ?

— C'est une vérité universelle, je te l'ai déjà dit, sans moi ta vie n'est rien.

— Tu veux plutôt dire que c'est moi qui égaye la tienne, on est entre nous, tu peux librement t'épancher.

Nous éclatons simultanément d'un rire qui se transforme en un soupir de répit. Au départ j'ai sollicité les conseils de Ryan, mais voyant que je n'allais pas m'en sortir, il m'a proposé une aide que je n'ai pas pu refuser, ce qui m'a considérablement apaisée.

— Alors, comment est-ce que tu le trouves ? s'enquiert-il en faisant référence à sa préparation.

— Trop trop bon.

— Dans ce cas, ça fera l'affaire.

— Évidemment. Euh… rappelle-moi une fois de plus la recette, il semblerait que je l'aie oubliée.

Il lève les yeux au ciel, consterné par mon incapacité à retenir un truc aussi simple.

— Pour vous deux, tu devras utiliser huit centilitres de vodka, six centilitres de curaçao bleu et quatre centilitres de jus de citron.

— OK, ça marche, dis-je en répétant mentalement ses consignes.

— Dans combien de temps arrive-t-il ?

Je consulte ma montre.

— On a encore une bonne heure devant nous. D'ici là, les plats seront-ils cuits ?

— Ça peut se faire, je vais t'expliquer les différentes techniques. Tu peux te servir d'un four ou alors tu prépares un bain-marie.

Comme une élève assidue, je l'écoute avec attention. J'en profite pour attraper une crevette, que je trempe dans de la sauce aux agrumes qui fond ensuite dans ma bouche. Mmm, je me retiens de gémir en mastiquant.

— T'as compris ?

Je me reprends dans un léger soubresaut et hoche la tête. Ce soir, j'ai décidé de cuisiner un bon repas pour remercier Raphael de ce qu'il a fait pour moi – bon, c'est Ryan qui a cuisiné. J'ai mis ma fierté de côté et ai fini par accepter un T2. De tous les apparts que j'ai visités avec Tamara, c'était le moins extravagant et il m'a conquise par sa déco originale. Situé au deuxième étage d'un *brownstone* classique du côté de Harlem, il est doté d'un plancher en bois avec des tapis de style traditionnel et de plantes. La cuisine américaine ouverte est équipée d'appareils ménagers blancs et d'armoires en forme de L. Que dire de ma chambre ? Superbement aménagée, elle comprend un lit *queen size*, trois fenêtres et une moquette. Si j'en ai envie, je pourrai le meubler à ma guise, mais je m'y suis tout de suite sentie à mon aise.

— T'es sûre que c'est OK ? T'as tout pigé ?

Non.

— Reçu cinq sur cinq, mon lord commandant. Oh ! Ryan, viens que je te prenne dans mes bras, tu me sauves la vie.

— Appelez Ryan le preux chevalier au 237, et il secourra les demoiselles en détresse.

— T'es con, pouffé-je.

Je saute du tabouret et le serre contre moi.

— Mais en vrai je suis content pour toi, assure-t-il après

s'être reculé. T'as enfin ton chez-toi, et il est pas mal. Pourquoi t'as choisi celui-ci et non un autre ?

— À cause de sa singularité, évidemment, commenté-je avec un coup œil circulaire. Ici, je ne sais pas… je me sens comme dans la caverne d'Ali Baba, il y a cette touche qui me fait penser aux mœurs orientales.

— Je me disais aussi, ça te correspond bien.

— Merci.

Je me recentre sur les mets fumants et alléchants sur le plan de travail. Comme toujours, Ryan a fait fort, il a concocté un menu qu'on ne voit pas tous les jours par ici. Pour commencer, un blue lagoon en mode apéro et des crevettes croustillantes accompagnées d'une délicieuse sauce crémeuse aux agrumes pour éveiller l'appétit. Pour l'entrée, il a misé sur un onctueux velouté de betteraves avec des morceaux de lard croustillant – oui, ça croustille de partout. Comme plat principal, nous voyagerons avec un classique français, le magret de canard aux épices et à l'orange. J'en salive d'avance. Pour conclure en apothéose, rien de plus savoureux que des macarons à la framboise. C'est l'orgasme culinaire direct !

Si avec ça, Raphael ne me demande pas en mariage, je change de nom.

Ma conscience me dévisage, offusquée, une main près du cœur. Je déconne, toi aussi.

Non, tu rêves. Tu rêves même en arc-en-ciel.

— Il va falloir que je te laisse, déclare Ryan au bout d'un moment.

Je fais la moue.

— Déjà ?

— Ouais, Gwen n'arrête pas de me foutre la pression pour que je rentre réparer la plomberie de l'évier, m'apprend-il en agitant son téléphone.

— Pourquoi vous n'appelez pas un spécialiste ?

— Elle dit qu'on n'a pas d'argent à dépenser comme ça, donc je vais m'en charger.

Après un court silence, je rétorque :

— Tu sais, il y a de la place pour toi ici.

Imaginant que je plaisante, il glousse.

— Je suis sérieuse, insisté-je. Bon, c'est vrai qu'il n'y a qu'une chambre, mais le canapé est confortable.

— Ta proposition est fort alléchante, mais je ne peux pas laisser Gwen. Elle a besoin de moi.

Il est plus aveugle que je ne l'aurais cru.

— Qu'est-ce qui te fait penser qu'elle a effectivement besoin de toi ? Ryan… tu ne vois donc pas qui elle est après tout ce qu'elle m'a fait ? Votre vie privée ne me regarde pas, mais tu mérites tellement mieux qu'une égoïste nombriliste.

Son bras entoure mes épaules, le mien encercle sa taille.

— Elle s'en veut pour votre dispute.

Je ris jaune.

— C'est justement parce que je la connais mieux que quiconque que je te conseille de te dépêtrer de cette relation toxique. Moi aussi à une période, j'ai suivi Gwen malgré sa méchanceté et ce qu'elle pense de moi. Je ne cesserai jamais de la considérer comme ma sœur, mais à un certain moment il faut savoir dire STOP et couper le cordon.

Son silence est éloquent, mes mots agissent sur lui. Après un baiser sur la tempe, je le raccompagne à la porte. Nous nous séparons sur une dernière étreinte, et je lui promets de l'inviter prochainement avec Rita pour une pendaison de crémaillère à ma sauce.

En consultant ma montre, je remarque que j'ai encore du temps avant l'arrivée de Raphael. Je prends une douche pour dénouer mes muscles contractés et évacuer le stress d'une autre journée harassante.

Une éternité plus tard, je m'enveloppe dans un peignoir et fais une pause, déroutée. D'où vient cette odeur bizarre ? Ça sent le cramé.

OH. MON. DIEU ! LE FOUR !

Je déboule comme une furie dans la cuisine ; un brouillard de fumée floute ma vision. Bordel de merde ! À l'aide d'un torchon, j'extirpe le magret de canard du four et le dépose sur le plan de travail en gémissant de frustration. J'ai envie de pleurer.

Affligée, je découpe un morceau de viande que je mâche. Ce n'est pas si mauvais, au moins, c'est mangeable.

Avec une tête de trois mètres de long, je profite du temps qu'il me reste pour m'habiller. Une robe mi-longue en satin moutarde fera l'affaire, complétée par des sandales à talons *nude* à brides transparentes. Pour faire simple, je noue mes cheveux en une queue-de-cheval basse et applique un maquillage discret qui se compose d'un gloss sur les lèvres ainsi que d'un trait d'eye-liner.

Après un dernier passage à la salle de bains, je me trouve jolie, ça fera l'affaire.

Un chouïa nerveuse, j'ingurgite la moitié d'un verre de pinot pour faire descendre mon anxiété. En vérifiant l'heure, je constate que Raphael a dix minutes de retard. Pas de quoi en faire un foin.

Une demi-heure plus tard, mon verre est vide. Prenant les devants, je lui envoie un SMS pour avoir sa position. Aucune réponse.

Un… inspire. Deux… garde ton calme.

Patienter, c'est dans mes cordes. Je me sers donc à nouveau et fais abstraction de mon inquiétude.

Vingt minutes plus tard, l'attente devient un supplice. Les paupières closes, je gratte nerveusement mon front. Pourquoi n'est-il pas là ? Il ne m'a quand même pas posé un lapin ? Et s'il s'était perdu ? Il m'aurait appelée. Et s'il avait eu un empêchement ? Il m'aurait prévenue… Et s'il lui était arrivé un truc grave ? Je déglutis. Submergée par un sentiment d'insécurité, j'attrape mon téléphone, les mains tremblantes.

À la première sonnerie, je mordille la pulpe de mon doigt. La deuxième me fait instinctivement taper du pied au sol. À la troisième, je suis au bord de la crise cardiaque, et c'est quand je veux me lever qu'il décroche enfin.

— Allô, Raphael ? Est-ce que c'est toi ? bégayé-je.

— Bien sûr, Zoey, qui veux-tu que ce soit d'autre ?

Un soupir de soulagement m'échappe.

— Oh ! tu vas bien, soufflé-je en m'adossant.

— Je vais bien, ma gazelle, affirme-t-il, nonchalant. Mais pourquoi es-tu chamboulée ?

— J'ai cru qu'il t'était arrivé un truc moche…, murmuré-je. Ça fait genre une heure que je t'attends à l'appartement pour dîner et je me suis dit…

— Putain ! m'interrompt-il. Je suis vraiment désolé. Ça m'est sorti de la tête quand Isadora m'a appelé…

Ma voix devient aiguë.

— Pardon ? Ne me dis surtout pas que t'es avec cette bonne femme, là tout de suite.

— Écoute, je suis avec elle, mais c'est…

— Salaud ! m'emporté-je. Je suis là à t'attendre comme une idiote, je me fais un sang d'encre pour toi, et pendant ce temps tu te la coules douce avec ton ex ?

— Ce n'est pas ce que tu crois.

— Et qu'est-ce que tu sais de ce que je crois ou pas ? Si tu avais voulu roucouler avec ton ex, la moindre des choses aurait été de me prévenir ! m'exclamé-je, furieuse. Comme la conne que je suis, j'ai tout mis en œuvre pour que notre rendez-vous soit parfait, et c'est comme ça que tu me remercies ? Tu sais quoi ? Bon courage, et profitez bien de votre soirée, les tourtereaux.

— Attends, Zoey…

Je raccroche et balance mon téléphone sur la table.

En colère ? Oh que oui, je le suis. Je t'en veux beaucoup, Raphael.

Il a fait passer Isadora avant moi. Furieuse, je tape du plat de la main sur le comptoir et me lève.

Mon téléphone vibre. C'est lui. Je ne réponds pas. L'Asperge et lui, qu'ils aillent au diable.

Pas question de chouiner comme une morveuse. Je préfère encore me venger sur la nourriture. J'enfourne donc une bouchée de macaron. Oh oui, c'est délicieux.

Mon portable qui n'arrête pas de vibrer me fait pester. Je décroche et, sans lui laisser le soin d'en placer une, vocifère :

— VA TE FAIRE FOUTRE !

— Euh... Zoey ?

Je me calme instantanément en ne reconnaissant pas Raphael. Je vérifie l'écran et écarquille les yeux en découvrant le prénom de Connor.

— Connor ? Je pensais que t'étais en Australie.

Finalement, notre rendez-vous n'a jamais eu lieu, car une urgence l'a fait retourner au bercail.

— Problème résolu, donc je me suis dépêché de prendre l'avion pour ici. Je suis arrivé hier.

— T'as même pas voulu rester quelques mois de plus pour profiter des insectes ou de la Vegemite ?

Il s'esclaffe.

— T'as déjà fait un tour en Australie ?

— Non, jamais.

— Rappelle-moi qu'il faudra qu'on y aille un de ces quatre, tu verras que tu t'entendras parfaitement avec les cafards et les araignées.

— Waouh... j'ai trop hâte de mourir jeune et de me prendre des coups de soleil. Cela dit, pas forcément dans cet ordre.

Nouvel éclat de rire de sa part.

— Ça m'avait manqué de parler avec toi.

— Au fait, je suis désolée de t'avoir crié dessus, le « va te faire foutre » n'était pas pour toi, dis-je, mortifiée.

— Je m'en suis douté. Quelqu'un doit t'avoir sacrément mise en colère pour que tu aies autant de hargne.

— Tu n'imagines pas à quel point. Sinon tu vas bien ?

— Ça va. Je ne me permets pas de te retourner la question, car je crois déjà avoir la réponse.

Je me pince l'arête du nez en piochant une crevette que je trempe dans de la sauce avant de la gober.

— Tu as allégé mon humeur.

— Très heureux de le savoir. Si ça se trouve, je vais définitivement m'installer par ici...

— C'est génial !

— Est-ce que ce serait possible qu'on remette sur le tapis notre rendez-vous ?

Le coude sur le comptoir, je cale mon menton dans ma paume.

— Qu'est-ce que tu fais maintenant ?

— Euh… rien d'intéressant.

— Je viens d'emménager du côté de Harlem. Si tu veux, je te file l'adresse pour que tu passes à mon appart. Il y a tout un banquet que je ne risque pas de finir seule, ce serait dommage de gâcher autant de nourriture.

— Oh ! euh… t'es sûre que ça ne te pose aucun problème ?

— Dépêche-toi, sinon le dîner va être froid.

— OK, j'arrive.

Je lui indique mon adresse et raccroche. Comme on dit, un de perdu, dix de retrouvés.

Devrais-je culpabiliser parce que j'invite un ami chez moi ? Il faut bien que les cocktails que j'ai appris à préparer servent à quelque chose. Je fais un saut dans la salle de bains, vérifie mon apparence et arrange mon maquillage.

Près de trente minutes plus tard, je reçois un message de Connor, qui m'indique qu'un taxi vient de le laisser au bas de mon immeuble. Je patiente sur le palier le temps qu'il monte l'escalier parce que oui, on n'a pas d'ascenseur.

Quand il arrive, son sourire révèle sa dentition blanche.

— Zoey !

Nous échangeons une étreinte amicale.

— Tu es ravissante, ajoute-t-il en me faisant tourner sur moi-même.

— Merci, entre. Est-ce que je te débarrasse ?

Je désigne son blouson en cuir et finis par l'accrocher au portemanteau dans le vestibule, avant de le conduire au salon.

— Waouh, chez toi c'est vraiment…

— Petit ?

Il ricane.

— Non, j'aime bien la décoration un peu orientale, est-ce que t'as des origines arabes ?

— Regarde-moi bien, est-ce que j'ai l'air d'en avoir ?

— Ton teint hâlé te fait légèrement ressembler à une Indienne.

— T'es encore plus bigleux que mon pote Ryan, me moqué-je. Bon, tu veux t'hydrater avec un blue lagoon ? J'étais sur le point d'en préparer.

— Qu'est-ce que c'est ?

— T'es sûr qu'on vit sur la même planète ? Nous allons rectifier cet oubli tout de suite. En attendant, fais comme chez toi.

— J'aimerais t'aider, si tu n'y vois pas d'inconvénient.

— OK, la cuisine est par là.

Il prend place sur un tabouret tandis que je dépose le shaker sur le comptoir et sors les ingrédients.

— Comment était ton séjour à… tu vis où en Australie ?

— Sydney.

— Comment c'était alors ? Le coin t'avait manqué ?

Tout en l'écoutant, je presse le jus d'un demi-citron dans le shaker et y mélange d'autres ingrédients avec des glaçons. Je le secoue un instant, puis verse le tout dans deux verres à martini que je décore d'un zeste de citron.

— Et voilà, un blue lagoon pour ce monsieur qui arrive tout droit de Jupiter.

Il récupère sa boisson en se marrant et prend une gorgée.

— Alors ?

— C'est bon.

Un petit cri aigu m'échappe.

— Ryan peut être fier de moi, l'élève est digne du maître.

— Qui est Ryan ?

— Mon meilleur ami. Il est venu plus tôt pour m'expliquer comment tout préparer. Il est cuisinier dans un grand restaurant et tous les plats que nous allons dévorer sont de lui. Crois-moi, tu vas adorer.

— Tu vis ici depuis longtemps ?

— Non, je me suis installée hier. Avant, je vivais avec ma sœur Gwen, que tu as rencontrée à la soirée de Margerita.

Il acquiesce, puis nous échangeons des platitudes. Comme j'ai grignoté toutes les crevettes pour faire passer mon amertume, nous entamons directement l'entrée. Les verrines se vident en deux temps, trois mouvements. Connor semble apprécier.

— Verdict ?

— J'achète !

Satisfaite, je tape dans mes paumes. Un deuxième cocktail plus tard, nous enchaînons avec le plat principal, et je grimace.

— C'est un magret de canard, un plat français.

Il fronce les sourcils.

— Ah ouais ? Pourquoi… est-ce qu'il a l'air brûlé ?

— Il est brûlé. En fait, c'est la base de la recette qui est atypique. Il faut impérativement que ce soit carbonisé sur les bords pour rehausser tout le goût du canard.

Malgré mon explication qui n'a ni tête ni queue, il opine lentement. Nous mangeons, j'épie ses réactions. Il mâche en singeant le dégoût.

— Tu n'aimes pas ?

Il sursaute, pris sur le fait.

— Quoi ? Euh… non, je veux dire, oui, en fait c'est très bon… j'en ai l'estomac retourné.

Il a le droit de ne pas apprécier, je ne vais pas lui casser le nez… ou peut-être que si. C'est une bonne chose qu'il fasse semblant d'aimer et s'efforce d'avaler, ce n'est pas bien de gaspiller la bouffe.

Nous sommes sur le point de conclure par le dessert quand on sonne à la porte.

— Tu peux continuer à préparer le cocktail pendant que je vais voir qui c'est ?

— Ouais.

Troisième pour lui, quatrième pour moi. En marchant jusqu'à la porte, je tangue et, manquant de trébucher, je me retiens au mur.

— Tu as besoin d'aide ?
— T'occupe.
Je me ressaisis et, en ouvrant le battant, me fige.
Ah non ! Je ne veux pas te voir. Ouste ! Du balai.

Chapitre 36

— Qu'est-ce que tu fais là ? maronné-je en croisant les bras.

— Tu ne répondais pas à mes appels.

— Et ça te surprend ? pouffé-je avec arrogance. Bon maintenant que tu m'as vue en vie, tu peux retourner t'occuper d'Isadora, ciao.

Sa main bloque le battant que je m'apprêtais à claquer.

— Est-ce que tu as bu ?

J'ouvre les yeux telles des soucoupes. Je suis clairement en train de lui faire une scène de jalousie, mais il me reproche mon état d'ébriété ?

— Tu vas me dénoncer à la police ?

Il soupire et amorce un pas en avant. Je lui bloque le passage, sachant que je ne ferai pas le poids s'il veut effectivement entrer.

— Zoey, tu es fâchée.

— Mais non, mon pote, je rayonne carrément de bonheur, raillé-je. On se tape un *high five* du coup ?

Il soupire à nouveau. Mon sarcasme ne lui plaît visiblement pas.

— Est-ce que tu permets au moins que j'entre pour t'expliquer ?

— Non, réponds-je sèchement.

— Pourquoi ?

— Je suis… occupée avec… quelqu'un.

Ses épaules se raidissent tandis que ses pupilles sont traversées par une ombre fugace.

— Qui ?

— Qu'est-ce que ça peut te foutre ? T'as pas autre chose

de plus important à faire, comme terminer ton rencard avec Isadora ?

— Bon sang, Zoey, pourquoi te comportes-tu comme une gamine ? Tu ne veux rien entendre de ce que j'ai à dire mais tu montes sur tes grands chevaux.

— Ah, comme ça je suis une gamine ? m'écrié-je. Tu me prends pour quoi au juste ? Ton bouche-trou ? Tu as fait passer Isadora avant moi mais après tout, qui suis-je face à elle, hein ? C'est quand même la mère de ton enfant, elle restera plus importante que moi.

— Non et non ! Tu as tout faux, s'emporte-t-il. C'est justement à cause de Raphaella que je me suis rendu chez Isadora, ma fille est tombée malade !

Sa révélation me refroidit instantanément.

— Qu'est-ce qu'elle a eu ? m'intéressé-je, adoucie.

— De la fièvre, explique-t-il avec lassitude. À cause d'une infection, heureusement pas très grave. Son pédiatre l'a examinée et a établi un traitement qui la remettra vite sur pieds.

Je me sens conne de m'être montrée si hargneuse sans lui octroyer le bénéfice du doute. Mais voilà, j'ai eu l'impression d'être laissée pour compte.

— Tu comprends maintenant pourquoi j'étais avec Isadora ? reprend-il. Il n'y avait aucun rencard, ce n'était pas par gaieté de cœur, mais Raphaella passe avant tout.

Normal, c'est sa môme.

— Y compris notre relation.

Ma langue a fourché, je n'étais pas censée l'énoncer à voix haute. Je ne devrais pas envier une gamine de sept ans, ça c'est tomber bas.

Raphael semble désarçonné et ne sait manifestement pas comment réagir.

— Zoey, je…

— Ne fais pas attention, le coupé-je, embarrassée. Je comprends que tu aies rempli tes obligations parentales. Tout ce que je te reproche, c'est de ne pas m'avoir fait signe. C'était trop dur de composer mon numéro ?

— Tu as mille fois raison, ma gazelle. Je sais que j'aurais dû te prévenir, chuchote-t-il en s'approchant de moi. Mais avec tout ce que j'ai dans la tête, j'ai oublié. Excuse-moi. Est-ce que tu me pardonnes ?

Je boude un instant de plus, histoire de lui montrer qu'il ne peut m'émouvoir juste en me contemplant comme si j'étais la huitième merveille du monde.

Ma pauvre, toujours dans le déni.

Quand il m'enlace, j'inspire son odeur et je fonds.

— Est-ce que tu me pardonnes ? me questionne-t-il à voix basse. J'ai besoin de te l'entendre dire.

— Tu m'énerves grave, ronchonné-je.

Son rire me détend aussitôt. Il s'écarte un peu de moi et me pince l'arête du nez dans un geste taquin.

— Il faut que tu comprennes qu'Isadora ne représente rien pour moi, d'accord ? Elle a beau être la mère de ma fille, ce n'est pas elle qui me rend dingue. Elle m'a peut-être offert le plus merveilleux trésor sur cette terre mais jamais elle ne prendra ta place dans mon cœur, car ce dernier t'appartient intégralement.

J'ai les larmes aux yeux, il effleure mes pommettes avec douceur.

— Est-ce une déclaration d'amour, monsieur Lockwood ?

Il reste silencieux tandis que je soutiens son regard.

— Zoey ?

Connor me ramène à la réalité. Honteuse de l'avoir occulté, je m'écarte de Raphael. Je mordille ma lèvre inférieure et constate que ce dernier observe mon ami d'un œil intimidant.

— Oh ! Connor, euh… je te présente Raphael Lockwood, mon… patron.

Lèvres pincées, Raphael me fixe tel un fauve prêt à bondir sur sa proie. Une lueur que je ne saurais identifier zèbre ses pupilles.

— Enchanté de faire votre connaissance, rétorque Connor avec politesse en lui tendant sa main.

— En réalité, je suis son petit ami, même si oui, d'une

certaine façon, je reste aussi son patron. N'aie pas peur de le dire aux gens, tout le monde mérite d'être au courant qu'il n'y a que moi dans ta vie, ajoute-t-il avec un coup d'œil hypocrite à mon intention.

Connor me dévisage, bouche bée. Son regard va de Raphael à moi. Intérieurement je me morfonds en imaginant ce qu'il doit penser.

Quelle bitch ! Elle se tape son patron.

— Je suis navré de couper court à votre petite soirée entre amis, mais maintenant que je suis là, je compte bien m'accaparer Zoey pour terminer ce que vous avez commencé avec elle, alors ça vous ennuierait de nous laisser ?

Je cille. Je rêve ou il est en train de congédier Connor ? Ce dernier déglutit.

Sa courtoisie rigoureuse ne m'entourloupe pas.

— Zoey, est-ce que tu veux que je m'en aille ? m'interroge Connor.

— Hein ?

Je déteste ce genre de dilemme. Ce serait très impoli de lui demander de partir, car c'est moi qui l'ai invité, mais c'est Raphael avec qui j'ai envie de me retrouver seule.

— Puisque Zoey ne semble pas vouloir vous faire de la peine, je vais lui faciliter la chose, déclare ce dernier en désignant la porte ouverte de la main.

Je lui donne une tape sur l'épaule, il n'est pas obligé d'être désagréable.

— Je... euh... pourquoi on ne termine pas la soirée tous ensemble ? Raphael, on était sur le point de passer au dessert, tu es le bienvenu. Plus on est de fous plus on rit.

— Zoey.

Son inflexion dangereuse me fait frémir. Mon regard innocent ne le dupe pas. Tant pis, il n'est pas en droit de chasser les gens chez moi.

Ce n'est pas comme si c'était lui qui avait payé le loyer.

Le coup est bas. Je ne l'ai pas manipulé pour qu'il le fasse.

Dix minutes plus tard, Connor prend l'initiative de partir, visiblement mal à l'aise. À l'entrée, on se donne une accolade.

— Merci pour la soirée, souffle-t-il en reculant.

— Merci à toi de m'avoir tenu compagnie. Désolée du comportement de Raphael, il peut être un vrai ours mal léché.

— Ce n'est pas grave. J'admets que j'ai été surpris, j'ignorais que tu avais un… petit ami.

Je me gratte le front.

— On n'en a jamais réellement parlé et puis c'est tout récent. T'es pas énervé au moins ?

— M'énerver contre un ange ? Ça, jamais de la vie.

Il m'arrache un doux rire.

— Bonne fin de soirée.

Après un dernier signe de main, je referme le battant.

— C'était quoi ce cirque ? interpellé-je Raphael. T'as même pas été sympa avec lui alors que lui l'était.

— Comment l'as-tu rencontré, ce Connor ?

— C'est tout ce qui t'intéresse ? Au lieu de présenter tes excuses, tu éludes la question.

Assis nonchalamment dans le fauteuil, il me sonde, imperturbable.

—Je trouve que j'ai été suffisamment correct avec lui, ce n'est pas ma faute s'il s'est senti de trop.

— Tu ne t'es pas montré mature. Ça, c'est ce que j'appelle être jaloux, mon cœur.

Ses yeux s'étrécissent.

— Jaloux ? Voyons, Zoey, tu penses que je joue dans la même cour que lui ? Au fait, t'as déjà oublié la scène que tu m'as faite plus tôt ? T'as excellé dans l'immaturité.

Choquée, je riposte aussitôt :

— T'étais en tort et j'avais toutes les raisons du monde d'être furax.

Il garde le silence et ne cesse de me fixer.

— Viens par là, souffle-t-il un instant plus tard.

Comme je demeure immobile, il roule des yeux et tire sur

mon poignet pour me ramener vers lui. Un hoquet de surprise m'échappe tandis que j'atterris sur ses genoux.

— Cette robe te va à ravir, susurre-t-il en caressant ma peau par-dessus le tissu.

— C'est une façon de changer de sujet ?

— Il y a aussi de ça.

Je glousse.

— Est-ce que ça fonctionne ? continue-t-il.

— On y est presque, murmuré-je en louchant sur ses lèvres.

— Qu'est-ce qui manque ?

— Pourquoi suis-je encore habillée, hein ?

Son rire me fait frissonner.

— Ma petite coquine.

Il écrase sa bouche contre la mienne.

Je gémis. Mes doigts virevoltent dans sa tignasse, sa langue se fraye un chemin et finit par corrompre la mienne. La passion avec laquelle nos lèvres s'explorent me fait geindre de plus belle. Il râle. Quelle superbe mélodie.

Ses paumes me frôlent tendrement, le contact est électrique.

— Qu'est-ce que tu me fais ? soupire-t-il en mordillant ma lippe.

— Comment ça ?

— Je ne comprends pas… je pense à toi à chaque instant, j'ai ce besoin impérieux de te prendre dans mes bras, de te toucher. Quand je ne te vois pas, ce *truc* éclate dans ma poitrine mais dès que je t'ai sous les yeux, il renaît.

Mon front contre le sien, je suis chamboulée face à cette déclaration.

— Quel truc ?

— Tu sais bien… vu que tu en possèdes la clé.

— La clé de ton cœur ?

Il opine.

— Seul Dieu sait où et comment tu l'as dénichée.

— J'ai quelque chose pour toi, dis-je en me dégageant.

Dans la cuisine, je récupère le dessert et regagne le salon avec une assiette foisonnante en main.

— Tu as fait un dessert pour moi ?

— En réalité, j'avais sorti tout l'arsenal… Bref, t'as raté quelque chose, mais bon, y a toujours ces macarons à la framboise pour te rattraper.

— Depuis quand tu sais cuisiner ? s'étonne-t-il en enfournant un gâteau.

— Comment tu sais que je suis nulle en cuisine ? m'offusqué-je. *Tout le monde est au courant.*

— Ce n'est pas moi qui ai préparé tout ça mais mon ami Ryan, tu te souviens de lui ? C'est vrai que tu ne l'as jamais rencontré…

— Je l'ai vu de loin au Blue Hill, commente-t-il en mâchant. Je comprends pourquoi c'est aussi bon si ça ne vient pas de toi.

— Je me sens vexée là, marmonné-je en faisant la moue.

Après un nouvel éclat de rire, il prend une autre bouchée.

— Sinon, est-ce qu'il se plaît au Blue Hill ?

— Ouais, il est super heureux de travailler là-bas. Contrairement à ce qu'il imaginait, il n'a pas eu de bizutage et… Comment tu sais pour le Blue Hill ?

Il ne répond pas et soutient mon regard. Je fronce les sourcils et cogite. Lui aurais-je parlé du nouveau boulot de Ryan sans m'en souvenir ?

Il plonge l'autre moitié du macaron dans ma bouche, et je le déguste pensivement.

— Je sais qu'il travaille au Blue Hill parce que j'ai passé un coup de fil au gérant pour qu'il soit embauché, avoue-t-il sereinement.

Il y a une seconde de flottement.

— Pardon ? m'exclamé-je, estomaquée. Comment… Pourquoi… Je ne pige que dalle. Comment tu étais au courant qu'il avait envoyé sa candidature là-bas ?

— Je suis un homme qui dispose d'un tas de ressources, Zoey.

— Tu pourrais être plus précis ?

— Non.

— Pourquoi ?

— Parce que je ne veux pas.

Je grommelle.

— Nous n'étions pas au courant que c'est grâce à toi que Ryan a obtenu ce poste.

— Et j'aurais aimé que ça reste ainsi, mais il faut croire que tu m'as transmis ta manie de penser à voix haute.

— Je tiens à te remercier pour lui, chuchoté-je en l'embrassant chastement. Je ne sais pas pourquoi t'as fait ça…

— Pour ce beau sourire que tu m'adresses actuellement, murmure-t-il en retour.

Une seconde de silence s'écoule, puis il ajoute :

— Et si on terminait ces macarons dans ta chambre, hein ?

Son accent devenu suave éveille mon inextinguible désir.

— Bonne idée, rétorqué-je sur le même ton avec un sourire enjôleur.

Soudain, il se redresse en me portant comme une princesse.

— Est-ce que ton nouveau lit est aussi doux que toi ?

— Nous allons bientôt le découvrir.

Chapitre 37

Je déteste deux choses dans la vie, la fin des soldes et le plus important… les règles, surtout lorsqu'elles sont douloureuses. La plupart du temps, je suis très contente d'être une femme, avec toute la panoplie de séduction et le reste, mais dans des moments comme celui-là, j'aimerais être un mec, juste pour esquiver ce supplice.

Heureusement que Raphael s'en est allé dès l'aube et n'a pas remarqué cette tache sur les draps que j'ai changés dès qu'il a tourné le dos. Il me reste une demi-heure avant de me pointer au boulot. Je fais la moue devant ma penderie, ne ressentant pas particulièrement le besoin de me bouger.

C'est épuisant ! Comme tenue de jour, j'enfile un pull moulant noir au col rond combiné à un pantalon évasé, des bottes en cuir et un fourre-tout de la même matière. Niveau apparence, je n'ai jamais été aussi simple pour aller au travail. Pas de maquillage, mes boucles flottent dans mon dos.

C'est complètement maussade que j'arrive à la société ; j'échange brièvement avec Rita, puis rejoins mon bureau. Raphael est déjà là, mais je ne suis pas en retard. Supposant qu'il n'a pas pris son café, je lui en apporte un et m'arrête sur le seuil de son bureau en remarquant Isadora. Encore ? Je n'aurais pas autant fulminé en mon for intérieur si je l'avais trouvée tranquillement assise sur une chaise, mais elle est postée derrière Raphael et s'accroche à ses épaules alors qu'ils lisent des documents. Son geste n'a rien d'anodin.

Avec une profonde inspiration, je m'exhorte au calme. Elle ne réussira pas à me faire sortir de mes gonds.

— Bonjour, lancé-je poliment avec un sourire crispé.

Je glisse la tasse vers Raphael, qui me gratifie d'une expression chaleureuse.

— Merci, Zoey.

Tandis qu'il ingurgite son nectar, l'Asperge en profite pour lancer :

— Et le mien alors ?

— La kitchenette est par là, dis-je en lui désignant un point sur le côté. Vous n'aurez même pas besoin de boussole pour la trouver.

Ses doigts se referment sur les épaules de Raphael, qui se dégage brusquement. Isadora me défie du regard avec mépris. Je me recentre sur lui, qui prend la parole pour me relater les grandes lignes de leur conversation, concernant notamment le gala qui aura lieu avant le nouvel an. Ça me soulage qu'il ne me mette pas sur la touche.

Une heure plus tard, Isadora réalise qu'elle n'a plus rien à faire dans cette pièce et débarrasse le plancher, bien que ce soit à contrecœur.

— Que dirais-tu de venir dîner au penthouse ce soir ? me propose Raphael.

Je suis à la fois étonnée et ravie.

— C'est avec plaisir que j'accepte ton invitation, quoique… on ne sait jamais, une urgence de dernière minute pourrait me faire louper ce rencard, répliqué-je en battant innocemment des cils.

— Ah, donc t'es en train de me dire que tu pourrais éventuellement me poser un lapin ?

Une mèche enroulée autour de mon doigt, je fais semblant de méditer.

— Je ne suis pas voyante, mais tu es bien placé pour savoir qu'il y a parfois des imprévus.

— Je ne parviens pas à déterminer si tu plaisantes ou pas.

— À ton avis ?

Je me retiens de rire. D'après son air semi-figé, il n'en a aucune idée, cela prouve que j'améliore mon jeu d'actrice. En même temps, comment ne pas monter en puissance quand on imite Anthony Hopkins dans le rôle de Hannibal Lecter ?

Ne prends pas non plus la grosse tête.

— Bien sûr que je plaisante, Raphaelito, finis-je par avouer en me marrant. Tu peux compter sur ma présence.

— Comment m'as-tu appelé ?

— Raphaelito. Je me suis souvenue de *La casa de papel* et de toutes ces fois où Berlin appelait Artur, Arturito. J'ai eu un éclair d'illumination, Raphaelito sonne aussi bien, non ?

Son gloussement m'intrigue. Il semble se contenir pour ne pas rire.

— J'ignore de quoi tu parles mais je pensais que tu m'avais donné ce surnom parce que tu savais.

— Tu ne connais pas *La casa de papel* ? lancé-je, pratiquement horrifiée. C'est pas possible, mais c'est une série épique, tout le monde a déjà maté au moins la première saison. Sur ce coup, tu perds un peu de mon estime mais heureusement que tu m'as dans ta vie, je vais rectifier le tir. Sinon qu'est-ce que tu insinues par « tu savais » ?

Il se rencogne dans son siège et m'adresse une œillade espiègle.

— C'est le surnom de LA bête.

— OK, et c'est qui la bête ? Un monstre dans une de tes séries de science-fiction ?

— Non.

— Alors ?

— Tu veux me dire que tu n'as aucune idée de qui est la bête quand tu la côtoies quasiment chaque soir ?

Moi qui me dis le plus souvent intelligente, je suis incapable d'interpréter ses paroles. Raphael me scrute dans l'attente d'une réaction, se délectant de ma confusion. Il y a cette lueur… cochonne dans les yeux rétines. Il me parle de bête en employant une expression perverse et…

… Oh !

— Tu as réellement attribué un surnom à ton pénis ?

Il n'a pas encore ouvert la bouche que j'éclate de rire. Je

sens bientôt qu'il me tire fermement vers l'avant. Une main sur son épaule, je tente de me calmer.

— Rapha… Raphaelito.

— Arrête ça, Zoey, grogne-t-il.

— Quoi ? fais-je, faussement timide.

— Tu te moques ouvertement de moi ?

— Et si je dis oui, la bête acceptera-t-elle d'être enfermée dans mon trou ?

Très mauvais jeu de mots. Au lieu de rétorquer, il passe aux choses sérieuses et me coince contre le secrétaire en moins d'une seconde.

— Tu aimes rire, n'est-ce pas ? Alors je vais te donner des raisons supplémentaires de glousser.

Ses lèvres happent les miennes. J'entoure sa nuque de mes doigts, et nous emmêlons nos langues. Notre baiser est passionné. Très vite, mes fesses se retrouvent sur le meuble, Raphael est entre les cuisses. Nous nous bécotons comme si nos vies en dépendaient et je sais comment cela va se terminer… ou pas. Me rappelant abruptement que j'ai mes règles, je le retiens par le col de la chemise et l'éloigne de moi.

— Raphael… euh, faut qu'on arrête.

On ne peut plus troublé, il hausse les sourcils.

— Que se passe-t-il ?

Je le repousse encore un peu plus, saute sur mes pieds et remets de l'ordre dans mes cheveux.

— Les Anglais ont débarqué, débité-je à toute vitesse.

Sa consternation me fait pouffer et dissipe une gêne imminente. Il opine lentement et réduit la distance entre nous pour prendre mon visage en coupe.

— Tu vas bien ? J'ai l'impression que ce baiser t'a étourdie.

Je me dégage doucement de son emprise et récupère la chemise cartonnée sur son bureau.

— Je vais bien, réponds-je en m'éloignant vers la sortie. J'ai ce document à transmettre à l'archiviste. Euh… à quelle heure je passe ce soir ?

Il me considère d'un air suspicieux.

— 19 heures.

J'acquiesce en levant le pouce.

— Je serai à l'heure.

À 19 heures pile, j'émerge de l'ascenseur. J'ai un mouvement de recul en manquant de rentrer en collision avec une jeune femme hispanique, probablement Clara.

— Veuillez m'excuser, murmure-t-elle en s'inclinant poliment.

Pourquoi me fait-elle la révérence ? Elle évite de croiser mon regard et s'attarde sur mes chaussures.

— Euh… bonsoir ! reprends-je après m'être raclé la gorge. Vous savez qui je suis ?

— Mademoiselle Bridgestone.

— Regardez-moi dans les yeux, je vous en prie, c'est très étrange de m'adresser à vous alors que vous fixez mes pieds.

— Je m'excuse, dit-elle en fléchissant une fois de plus le genou. Je vais prévenir le patron de votre arrivée.

C'est un accueil inhabituel. Pour tuer le temps, je me promène dans le séjour et rive mes prunelles aux baies vitrées donnant sur la terrasse. Un instant plus tard, je perçois quelqu'un mon dos. Je me retourne et plonge aussitôt dans le regard bleu de Raphael. Mon cœur bondit de joie.

— Bonsoir, me salue-t-il en capturant mes lèvres. Je suis impressionné, tu es ponctuelle, tu as tenu ta parole.

— Je me dévoue toujours si c'est pour une bonne cause.

Il m'offre un sourire en coin.

— Papa !

Un couinement nous interrompt, le concerné se retourne.

— Oui, ma puce ?

— J'ai faim.

— On passera à table très bientôt, encore un peu de patience.

— Coucou, Raphaella ! m'exclamé-je avec enthousiasme en me rapprochant d'elle. J'ai appris que tu as eu une vilaine fièvre, ça va mieux aujourd'hui ?

Un silence accueille ma question. Aucun sourire éblouissant

sur son visage d'ordinaire si lumineux, je décèle même une note d'hostilité dans ses prunelles.

OK ! On m'explique ce que j'ai encore fait ?

La petite passe près de moi et se place aux côtés de son père, à qui je manifeste ma perplexité.

— Raphaella, Zoey t'a posé une question, ce serait bien que tu lui répondes.

Elle hausse les épaules et enfouit son nez dans le chino de son père. Ce dernier ne semble pas non plus comprendre.

Nous gagnons la salle à manger. Pour alléger l'atmosphère, je me charge de faire la conversation.

— Au fait, Ella, tu te souviens de la dernière histoire que tu voulais que je te raconte ?

Elle ne réagit toujours pas. Alors que je prends place autour de la table, son mutisme me rend mal à l'aise. Est-ce qu'elle me fait la tête pour une promesse non tenue ? Si c'est le cas, il faut que je trouve un moyen de me racheter.

— Raphaella, d'habitude tu es plus polie que ça, gronde son géniteur. S'il te plaît, réponds à Zoey.

Elle refuse d'un mouvement du bonnet.

— J'ai pas envie.

Sa froideur me choque.

— Pourquoi ?

Elle semble avoir la rancune tenace. Elle hausse les épaules et fait mine d'être absorbée par ses couverts.

Un instant plus tard, je suis assaillie par l'arôme qui se dégage de mon assiette. En entrée, nous avons des Saint-Jacques rôties avec une émulsion de parmesan et truffe blanche. Merci à Raphael qui a eu la délicatesse de me présenter ce que j'allais engloutir.

J'essaye tant bien que mal de faire des blagues pour Raphaella, mais celle-ci m'adresse un air condescendant pour me signifier que je me ridiculise. Je finis donc par me taire.

Au plat de résistance, les choses se corsent.

— Dis, papa, est-ce que maman, toi et moi, on pourra former une vraie famille ? demande Raphaella.

Et dire que je commençais à savourer cette première bouchée de filet d'agneau en croûte de truffe, désormais j'ai l'impression de mâcher du sable.

Raphael fixe sa fille d'un air surpris.

— Raphaella…

Ne sachant que répondre, il laisse son commentaire en suspens. Elle me prend alors pour cible.

— Ce serait bien que ma mère et mon père se mettent ensemble à nouveau, non, Zoey ?

— Euh… ça te ferait plaisir ?

— Oui ! s'écrie-t-elle.

Mon cœur se serre dans ma poitrine. Aussi ahuri que moi, Raphael retrouve rapidement contenance.

— Ma puce, il y a des conversations auxquelles les enfants de ton âge ne peuvent participer, mais tu dois savoir qu'avec ta mère, on ne pourra plus être ensemble.

— Pourquoi ?

Si elle s'adresse à lui, ses yeux en revanche sont braqués sur moi.

— C'est à cause de Zoey, c'est ça ? poursuit-elle, farouche. Ma mère avait raison, tu veux nous éloigner de mon père.

Elle quitte précipitamment la table, même l'exclamation de son père ne la retient pas. Quelqu'un pour me dire quel épisode j'ai raté ? Complètement larguée, j'observe Raphael.

— Je ferais peut-être mieux d'aller lui parler, suggéré-je.

Il fait non de la tête avec une expression désolée.

— Si tu y vas, je crains que la situation n'empire, je vais le faire.

Puisqu'il a raison, je ne persiste pas. Après s'être levé, il colle un chaste baiser sur ma tempe. Ayant perdu l'appétit, je joue avec mes couverts et découpe un morceau de viande que j'écrabouille jusqu'à en faire de la pâtée pour chien. Blasée, je laisse tout tomber et attrape mon verre de merlot que j'avale goulûment.

Au retour de Raphael, je l'assaille directement de questions.

— Comment elle va ?

Il s'installe et passe la main dans ses cheveux.

— Je crois que j'ai réussi à la calmer. Ah, Isadora ne perd rien pour attendre, cette… connasse. C'est uniquement parce que c'est la mère de ma fille que je lui ai accordé du respect jusqu'ici. Je me suis longtemps dit que nous n'étions pas des animaux et devions nous comporter comme des adultes, mais je ne peux cautionner qu'elle entraîne Raphaella dans ses délires en lui pourrissant le cerveau d'inepties.

— Que lui a-t-elle dit ?

— Raphaella pense que tu veux remplacer sa maman et faire en sorte que je les abandonne toutes les deux. Si certaines fois elle donne l'impression d'être réfléchie par ses commentaires, elle reste une enfant vulnérable et influençable, s'agace-t-il.

Je pose la main sur son avant-bras dans un geste apaisant. Face à son expression mécontente, je devine que l'Asperge en prendra pour son grade. Même si j'en suis satisfaite, nous passons par une case compliquée, là, la petite croit que je suis Cruella.

— Tu sais, je continue de penser que si j'ai une conversation à cœur ouvert avec elle, j'effacerai certainement ses doutes.

— Tu ne perds rien à essayer.

Je m'éclipse et me prépare à affronter une fillette de sept ans.

Justement, puisque ce n'est qu'une gamine de sept ans, elle ne risque pas de te mordre.

On parie ?

Chapitre 38

Après deux petits coups frappés à la porte de sa chambre à moitié ouverte, j'adresse un sourire hésitant à Raphaella.

— Hey ! Est-ce que je peux entrer ?

J'ai droit à sa mine boudeuse, mais elle ne refuse pas, donc je prends son silence comme une invitation à pénétrer dans son jardin rose.

Je m'installe au bord de son lit et me retiens à la dernière seconde de poser la main sur sa jambe. Autant ne pas y aller par quatre chemins.

— Raphaella… ton papa m'a dit que tu croyais dur comme fer que je voulais l'éloigner de toi, mais je tiens à te dire que c'est faux, jamais je ne ferai une telle chose.

La lèvre inférieure captive entre ses dents, elle a les larmes aux yeux.

— Dur comme quoi ? Ça veut dire quoi ?

— C'est une expression qui signifie que tu crois fortement en quelque chose.

— Alors… pourquoi maman m'a dit ça ?

Parce que c'est une salope obsessionnelle qui fait une fixette sur ton père. Mais non, je ne l'énoncerai pas en ces termes.

— Ta maman… ne m'aime pas beaucoup, je ne sais pas pourquoi, je pense qu'elle a voulu exagérer les choses avec toi.

— En gros, elle a menti.

— Euh… ouais, ça m'en a tout l'air.

Sceptique, elle secoue la tête.

— Ma maman ne m'a jamais menti, c'est plutôt toi qui me mens en disant que c'est elle qui ment.

N'y a-t-il pas des guides qui enseignent l'art de parler aux gosses ? J'ai le désagréable sentiment de m'embourber dans des sables mouvants. Quoi que je dise, Raphaella se rangera du côté de sa mère.

— Écoute, ce que tu dois retenir, c'est que je ne vous veux aucun mal, ni à toi ni à ton père. Vous êtes importants pour moi. Est-ce que j'ai déjà été méchante avec toi ?

Elle se cure le nez et serre plus fort sa peluche contre sa poitrine.

— Ma mère dit que tu vas essayer de tout faire pour lui voler sa place.

— C'est ta mère, Ella, je ne pourrai jamais prendre sa place. Considère-moi plutôt comme ta grande sœur.

Sa grande sœur qui se tape son père. On voit parfaitement le tableau familial !

— Si tu es comme ma grande sœur, ça veut dire que mon père te considère comme sa fille ?

— Euh... je... hum, comment te l'expliquer ? Avec ton père on s'aime bien, nous sommes, euh...

— Amoureux ? Tu n'es pas obligée de bégayer, je sais bien que vous êtes amoureux, vous n'arrêtez pas de vous faire des mamours.

Mon rire est instantané, instinctif. Finalement, la Raphaella que je connais n'a pas disparu.

— Ça te dérange d'être au courant ?

Elle hausse ses frêles épaules et enfonce son doigt dans son oreille.

— Je t'aime bien, Zoey, tu es géniale avec moi, mais je ne veux pas d'une autre maman. Je veux ma maman !

— Je te promets que je ne prendrai pas sa place, tu peux nous avoir toutes les deux. Je suis ton amie, Isadora ta mère. Ça te convient ?

Elle réfléchit longuement, puis hoche de nouveau la tête pour signifier son accord. Je souris. La hache de guerre vient-elle d'être enterrée ?

— Nous sommes réconciliées ? couiné-je.

— Ouiii ! acquiesce-t-elle vigoureusement avant de grimper sur mes cuisses.

Je referme mes bras autour d'elle et pousse un soupir de soulagement. La boule tassée dans ma gorge s'est dissipée. Levant les yeux vers la porte, j'aperçois Raphael sur le seuil. Nous échangeons un sourire de connivence, et j'en profite pour resserrer mon étreinte autour de sa fille et inspirer sa fragrance de patchouli.

Dommage, Isadora ! C'est moi qui remporte cette manche.

Peu de temps après, je quitte une Raphaella endormie et regagne la salle à manger, où je trouve un Raphael aussi serein que moi.

— J'ai bien aimé ta façon de lui parler, tu l'as rassurée.

— Ce n'était pas gagné d'avance mais par chance, j'ai eu un bon atout.

— Qui est ?

— L'affection qu'elle me porte.

Au bout d'un moment d'accalmie, j'ajoute :

— Il va falloir que je m'en aille.

— Pourquoi ?

— Je veux me reposer.

Il se rapproche de moi.

— Tu peux te reposer ici, murmure-t-il d'un timbre à la fois caressant et nonchalant qui me fait frémir.

— Non, je… il se fait tard, je vais commander un Uber. Ça me fait du bien de profiter du confort de mon appartement. Là-bas, c'est mon nid douillet.

— OK, finit-il par capituler, mais je te raccompagne.

— Et qui restera avec Raphaella ?

— Elle dort profondément, mais en cas de besoin, Clara veille sur elle.

— Clara et Ryan devraient s'associer. En matière de cuisine, ils feraient la paire. D'ailleurs, il y avait quoi au dessert ?

— Figues pochées à la sangria et glace à la vanille.

— Hmm, ça a l'air délicieux, dommage que je n'ai pas eu l'occasion d'y goûter.

— Une prochaine fois.

Le temps file à une vitesse ahurissante. Ces derniers jours, je me sens étrangement sereine. Pourquoi ne pas dire que je suis heureuse si c'est la vérité ? Raphael n'hésite jamais à me démontrer mon importance à ses yeux. Il est tactile, attentionné.

Honnêtement, je passe des moments magnifiques avec lui. Dans ce cas, pourquoi m'est-il difficile de faire taire ces signaux d'alarme dans ma tête ? Je devrais me contenter d'être sur mon petit nuage, mais avec Isadora dans les parages, je reste à l'affût.

Sa tactique consistant à utiliser sa fille contre moi a échoué. Le point ultra-positif est qu'on ne la voit plus traîner à l'entreprise, Raphael m'a fait savoir qu'il traite désormais directement avec l'organisme impliqué dans le gala. Il n'a toujours pas décoléré contre l'Asperge et ce n'est pas moi qui risque de lui parler de complaisance.

Ce matin je fais un tour dans le Starbucks au coin de la rue, pour m'approvisionner en *macchiatos* et donuts. Après avoir récupéré ma commande, je prends le chemin de la sortie, tête basse, tout en rangeant mon reliquat dans mon porte-monnaie. Je me heurte à une surface dure et manque de me retrouver sur les fesses. Par chance, une main me retient fermement et m'aide à stabiliser le porte-gobelet qui s'inclinait dangereusement du mauvais côté.

— Je suis désolée, je…

Mes yeux s'ouvrent grands comme des soucoupes quand je reconnais mon interlocuteur.

— Connor ! m'exclamé-je, tout sourire. Quelle coïncidence !

— Une très belle coïncidence, en effet. Tu viens souvent ici ?

— De temps en temps, quand j'ai envie de changer.

Silencieux, il me dévisage longuement.

— Euh, je ferais peut-être mieux d'y aller, glissé-je au bout de quelques secondes, mal à l'aise devant son regard.

— Ça te dit de m'attendre le temps que je récupère ma

commande et qu'on fasse le chemin ensemble ? Tu travailles loin d'ici ?

— À cinq minutes à pied.

— OK, je n'en ai pas pour longtemps.

Je l'observe s'éloigner. Il se place dans la queue, quatre personnes le précèdent. Je consulte ma montre, je ne risque pas d'être en retard. Connor me rattrape près de la sortie, m'adressant un sourire hésitant. Ensemble, nous foulons le trottoir.

— Alors où est-ce que tu vas aussi tôt ? lancé-je.

Il a un entretien dans les environs, dans une start-up spécialisée dans la tech, et il a une demi-heure d'avance. Nous discutons en approchant du building de ma société.

— Zoey ?

Je jette un œil par-dessus mon épaule et réalise que Connor s'est arrêté.

— Tu te souviens quand je t'ai promis que je ne chercherais pas à être plus qu'un simple ami ?

Son ton grave me fait ciller.

— Hm ?

Il émet un vague borborygme.

— Je t'ai menti.

J'accuse le coup. Il fait un pas dans ma direction. Quand ses doigts se rapprochent pour me caresser le visage, je l'avertis avec sérieux :

— Ne fais pas ça.

— Tu ne peux pas me demander de faire une croix sur ce que j'éprouve pour toi, on ne contrôle pas ses sentiments.

— Connor, protesté-je.

— Ne m'interromps pas, s'il te plaît, je crois que… je suis amoureux de toi, Zoey, et ce n'est pas parce que tu fréquentes quelqu'un que je suis près d'abandonner l'idée de te conquérir.

Prenant mon visage en coupe, il m'incite à le regarder droit dans les yeux.

— C'est vrai que je ne serai jamais aussi fortuné que lui,

mais je peux t'offrir quelque chose de véritable, mon amour. Permets-moi juste de te prouver que je suis l'homme qu'il te faut.

Et ses lèvres se retrouvent sur les miennes avant que j'aie le temps de réagir. C'est quoi ce délire ? Quand je reprends mes esprits, je le repousse brutalement, m'en foutant de renverser les gobelets.

— Putain, Connor ! explosé-je. Je suis en couple, bon sang ! C'est irrespectueux, ce que tu viens de faire.

Il m'observe, penaud, tout en se grattant l'arrière du crâne.

— Je…

— Tais-toi ! Te rends-tu seulement compte de ton erreur ? Je commençais à t'apprécier comme un ami, et tu as tout gâché. Tu m'as énormément déçue.

Dégoûtée, je secoue la tête et tourne les talons.

— Zoey, attends.

Dans tes rêves, connard !

— Oh là là, ma chérie, tu fais une de ces têtes ! Qui est-ce que tu as tué ?

Je tends son café à Rita et laisse tomber mon front sur le comptoir avec un soupir sonore.

— Connor m'a embrassée.

Elle a l'air d'un poisson qui se débat dans un filet de pêche avec la bouche en cul de poule.

— QUOI ? Pourquoi et comment Conny t'a roulé un pantin ?

Stupéfaite, elle ôte le couvercle de son gobelet et avale une rasade du café.

— Conny est un crétin, je ne sais pas ce qui lui est passé par le crâne. Peut-être qu'il espérait que je lui saute au cou pour qu'on aille chevaucher des kangourous après ?

Elle se marre.

— Ce n'est pas le moment de rire, râlé-je.

— Tu dois tout me raconter, mais sache déjà que l'Asperge vient à peine d'entrer dans le bureau de Raphael. T'es arrivée genre trente secondes après elle.

— Et il est là ?

— Oui.

— Qu'est-ce qui lui prend d'arriver avant moi ces derniers jours ?

— La crise de la trentaine, sûrement.

Je pouffe.

— Et qu'est-ce que veut l'autre emmerdeuse ?

— Elle avait une de ses expressions sournoises, elle doit mijoter un sale coup. Reste prudente.

J'opine et me rends directement dans le bureau de Raphael pour lui donner son café ; il ne le dit pas mais j'ai compris qu'il le préfère à celui que je prépare.

Sauf que je ne suis pas du tout prête à affronter la scène qui me fait face.

Chapitre 39

— Bonjour, Raphael.

Au lieu de m'exclamer d'une voix forte comme je l'espérais, je couine face à son expression vindicative. L'éclat chaleureux dans ses prunelles s'est volatilisé.

L'Asperge, qui se tient à sa droite, me scrute avec arrogance et affiche une satisfaction manifeste, un peu comme si elle savait quelque chose que j'ignore.

— Je t'ai apporté un café, continué-je en posant celui-ci sur le secrétaire. Que fait-elle là ? Je pensais qu'elle n'avait plus le droit de mettre un pied ici.

Il reste silencieux. Il me fait quoi, là ? Un remake de Jason Statham lorsqu'il s'apprête à faire voler des têtes par-ci, par-là ? J'inspire sans oser expirer. Il est flippant à me sonder de cette manière… antipathique.

— Que se passe…

Il m'interrompt en faisant glisser un téléphone vers moi. Pleine d'appréhension, je m'en empare et l'image qui s'étale à l'écran me fait l'effet d'une gifle. J'avale bruyamment ma salive et secoue frénétiquement la tête.

— Ce n'est pas…

— Ce n'est pas ce que je crois ? ricane-t-il amèrement. Je t'en prie, Zoey, ne sois pas si présomptueuse.

— C'est un malentendu, les choses ne se sont pas déroulées de cette façon. Mais comment as-tu eu cette photo ?

Pourquoi je pose cette question alors que la réponse est évidente ? Je me tourne vers Isadora dont la confiance m'exaspère.

— Par moi, bien sûr. Je passais par là et, coïncidence, qui je trouve dans les bras d'un autre homme ? Si je l'avais dit à

Raphael, il ne l'aurait pas cru. Il me fallait donc une preuve matérielle.

— Dans les bras d'un autre homme ? répété-je, estomaquée. Raphael, laisse-moi t'expliquer ce qui s'est réellement passé.

— Ne lui donne pas ce privilège, Raphael, ça se voit qu'elle essaye de t'entourlouper.

— Ta gueule, l'Asperge ! Je sais que ça t'excite de foutre le bordel, mais pour une fois, mêle-toi de tes fesses. Raphael, tu dois me croire quand je te dis qu'il m'a embrassée et que je l'ai repoussé.

— C'est vrai que sur cette photo, on discerne bien que tu cherches à te défaire de son étreinte, ironise-t-il.

— Elle t'a montré ce qui l'arrangeait, nom de Dieu ! Tu sais bien que je ne pourrais jamais faire une telle chose, j'ai trop de respect pour toi.

— Et c'est pour ça que tu te laisses galocher par un mec, devant mon entreprise en plus ? s'emporte-t-il en frappant le bureau du plat de la main.

— Est-ce qu'on peut en discuter en privé, s'il te plaît ? Si tu entends ma version des faits, tu comprendras que je n'y suis pour rien. Connor s'est un peu… laissé aller.

— Il faut aussi que tu lui trouves des excuses. Quand je l'ai vu chez toi, je n'ai pas voulu t'importuner en t'interrogeant sur lui, car je te faisais suffisamment confiance pour savoir que tu ne peux pas te taper deux mecs à la fois, sauf que manifestement, je me suis trompé.

J'ai bientôt les larmes aux yeux, il ne peut pas se montrer si dur envers moi.

— Comment peux-tu remettre en question ma sincérité ? Je ne suis pas habituée aux faux-semblants, et tu es censé le savoir, je me livre à toi plus qu'à n'importe qui. Tu dois me faire confiance quand je te dis que ce baiser résultait d'une maladresse de Connor.

— Et puis quoi encore ? pouffe Isadora. Tu veux nous faire croire que c'est juste un smack innocent entre deux gosses du collège ?

S'il était possible de tuer par la simple pensée, alors Isadora serait déjà morte. Je me reconcentre sur Raphael, qui ne me lâche pas de son regard ombrageux. À quoi songe-t-il ?

— Tu ne me feras pas perdre mon sang-froid, Zoey, commente-t-il en se levant de son siège.

Il se dirige vers la porte, avant de l'ouvrir.

— Rentre chez toi.

C'est comme si une douche glaciale me coupait le souffle.

— Quoi ? murmuré-je. Tu ne peux pas me demander de partir, on a une conversation à terminer.

Un rire dément le secoue. Il revient vers moi à pas de géant.

— Je ne *peux* pas te demander de partir ? Alors je te l'ordonne. Dégage !

Sidérée, je reste silencieuse. Il attrape brusquement mon bras, m'entraîne de force vers la porte.

— Raphael, ne fais pas ça, tenté-je de le raisonner. Ne me jette pas comme une moins-que-rien, accorde-moi au moins le bénéfice du doute. Je sais que tu es furieux, mais crois-moi quand je te dis que c'est un putain de quiproquo.

Il me pousse à l'extérieur avec un regard qui me hantera probablement pour le reste de la journée, puis referme la porte. Stupéfaite, je peine à réguler ma respiration.

J'essaye de le comprendre, car si les rôles avaient été inversés, j'aurais certainement vu rouge.

Après avoir inspiré un bon coup, je ramène la bretelle de mon sac sur mon épaule et scrute la tache sombre sur la moquette du couloir due au café renversé.

Je ne m'attarde pas et retrouve Margerita, qui ne semble au courant de rien, mais prend conscience que je suis chamboulée.

— Zoey, qu'est-ce qu'il y a ? s'inquiète-t-elle.

Je passe une main sur mon visage. Incapable de contrôler mon tremblement, je tente tant bien que mal de réprimer mes sanglots. Rita quitte son siège pour venir me consoler.

— Pourquoi tu pleures ? C'est à cause de Raphael ?

— Il… Il…

Des pas résonnent dans mon dos, je me retourne vivement,

espérant que ce soit lui... mais non, c'est l'Asperge. Les poings serrés, je souhaite lui faire ravaler son stupide sourire hautain. En passant devant moi, elle déclare :

— Je t'avais dit que tu ne ferais pas long feu parmi nous.

La mâchoire crispée, je m'apprête à la rejoindre devant l'ascenseur où elle patiente, mais Margerita me retient d'un geste de la main. Isadora me lance un coup d'œil par-dessus son épaule pour me narguer avant de s'engouffrer dans la cabine.

— Quelle salope ! fulminé-je. Tu te rends compte de ce qu'elle a fait ? J'ai envie de la tuer, Rita. Merde, pourquoi m'en as-tu empêché ?

— Je ne suis pas prête à te rendre visite en prison, objecte-t-elle sérieusement. Qu'est-ce qui s'est passé dans ce bureau ?

— Raphael sait pour le baiser, avoué-je en baissant les yeux, submergée par une déferlante de tristesse.

— Hein ? ! Mais comment est-ce possible ?

Je secoue la tête, en larmes.

— C'est cette connasse d'Isadora qui lui a montré une photo sur laquelle on voit très bien Connor m'embrasser.

— Quoi ? ! beugle-t-elle. La pétasse !

— J'ai essayé d'expliquer à Raphael la situation, mais il n'a rien voulu entendre et m'a ordonné de me casser. Si tu avais vu le regard méprisant qu'il m'a jeté... c'était un mélange de dédain et de dégoût.

Ma voix se brise, et Rita me prend dans ses bras.

— Oh ! ma chérie, toute cette histoire me désole. Lorsqu'il est en colère, ça ne sert à rien de parler avec lui, et il est très doué pour blesser. Laisse couler et quand il sera disposé à discuter, tu lui expliqueras que Connor s'est cru dans *Les Bisounours*.

Même si elle a raison et que Raphael saura effectivement m'écouter une fois la tempête passée, je ressens de la déception quant à son attitude. Ma fierté a pris cher.

Les jours qui suivent ma dispute avec Raphael sont difficiles, pour ne pas dire insupportables. C'est à peine s'il m'adresse la parole et quand il le fait, il me donne juste des ordres comme un patron. Il refuse catégoriquement le drapeau blanc que j'arbore, et lorsque je tente de dialoguer, il affiche une expression intransigeante.

Pourtant, je lui ai tout expliqué, par message vocal, vu qu'il s'obstine à rejeter mes appels. J'ai relaté les faits avec exactitude, de ma rencontre avec Connor au Starbucks jusqu'au maudit baiser, cependant Raphael, têtu comme un mulet, s'entête. Je ne rends pas les armes, parce que j'ai des sentiments pour lui et que je suis conne.

Mon téléphone sonne. Je me redresse pour le récupérer et souffle d'irritation quand le prénom de Connor me nargue sur l'écran. Pourquoi n'ai-je pas encore supprimé son numéro ? Depuis sa bévue, il ne cesse de tenter de me joindre, manifestement pour s'excuser. Sans aucun remords, j'ai adopté le comportement de Raphael vis-à-vis de lui. Si seulement il pouvait expliquer à Raphael qu'il m'a embrassée sans mon consentement, peut-être que la situation s'arrangerait.

La vibration dans ma paume m'arrache à ma réflexion. Je décroche.

— Zoey ? ! Enfin, merci, tu réponds. Je…

— L'unique motif pour lequel j'ai accepté ton appel, c'est parce que tu te dois de réparer la merde que t'as laissée dans ton sillage, déclaré-je d'une voix tranchante.

— Je sais que j'ai merdé, Zoey. S'il te plaît, pardonne-moi.

Ses regrets me font soupirer. Il ne semble pas très fier de son acte.

—Bon sang, mais qu'est-ce qui t'a pris, Connor ? ! Par ta faute, je me retrouve dans de beaux draps, puisque Raphael ne veut rien entendre de ma version des faits.

— Est-il au courant ?

— Oui !

— Et… vous avez rompu ? demande-t-il avec un espoir à peine endigué.

— Non, mais nous passons par une crise inutile dont tu es l'unique responsable. Bref, démerde-toi pour arranger ça.

— Que veux-tu dire ?

— Va voir Raphael et innocente-moi auprès de lui. Il voudra sûrement te casser la figure, mais dis-toi que c'est pour une bonne cause.

Il y a un silence pesant au bout du fil.

— Connor, tu te décides, oui ou merde ?

— Non !

— Qu'est-ce que t'as dit ?

— NON. Je ne vais pas me justifier devant ce type, il ne te mérite pas. Comment oses-tu rester avec lui après tout ce qu'il t'a fait ?

Merde, de quoi parle-t-il encore ?

— Connor, tu t'égares. Écoute, j'avais de l'estime pour toi, sincèrement. Je t'appréciais déjà mais tu n'avais pas le droit de m'embrasser alors que tu sais pertinemment que j'ai quelqu'un, cela ne se fait pas. Maintenant que je te demande de m'aider, tu me déballes ta psyché ? Tu m'as soûlée. Ciao !

— Ce n'est…

Prends-toi ça dans les dents, p'tit con.

Lui avoir raccroché au nez ne me calme pourtant pas.

J'exhale bruyamment.

Chapitre 40

Malheureusement, ce n'est pas un chant de rossignol qui m'extirpe de mon sommeil, mais la sonnerie de mon téléphone, le générique des *Tortues Ninja*. Je tâtonne sur la table de chevet à la recherche de cet instrument de torture. Quand j'aperçois « Janet » sur l'écran, je prends conscience de la raison de son appel et mes lèvres s'étirent.

Mon père et elle chantonnent à l'unisson :

— Joyeux anniversaire !

Leur gaieté me met du baume au cœur. Je me redresse et m'installe au bord du lit.

— Merci à vous, amours de parents.

— Oh ! ma petite fille devient une adulte, commente Janet. Tu as officiellement vingt et un ans. Comment te sens-tu ? Tu n'auras plus besoin de boire de l'alcool en cachette.

Je ris aux éclats en glissant les pieds dans des pantoufles et me lève en m'étirant paresseusement.

— Tu sais, même si la loi m'empêchait de picoler, je ne le faisais pas en catimini. Techniquement, je suis majeure depuis mes dix-huit ans.

— Il y a une très grande différence entre être majeure et adulte, ronchonne mon paternel. Sinon, ne crois pas que c'est parce que tu as cet âge que tu peux faire absolument tout ce qui te chante. Je reste ton père donc j'ai toujours le droit de te donner la fessée si tu commets une bêtise.

Une pensée déplacée me traverse furtivement l'esprit à la mention du mot « fessée »… Beurk, ça fait un tantinet pervers venant de mon père, diantre !

— Oh ! papa, soupiré-je en roulant des yeux. Très bien,

j'ai compris, je me tiendrai à carreau, parce que c'est toi qui pourvoies à mes besoins. Je ne suis pas du tout indépendante, tout ça c'est dans mon imagination.

— Je n'aime pas...

— C'est bon, Mark, le coupe Janet en lui arrachant probablement le téléphone. Va te recoucher, je vais terminer de discuter avec Zoey.

— OK ! Mais je veux savoir si nous sommes les premiers à lui avoir souhaité joyeux anniversaire, exige-t-il.

Je pouffe en allumant la machine à café. Il y avait forcément une raison qui avait incité mes parents à m'appeler dès l'aube. Depuis que je suis môme, ils ont eu pour habitude de me souhaiter un bon anniversaire avant tout le monde.

— Hein, Zoey, nous sommes les premiers ? Je le savais ! C'est parce qu'on t'aime, ma chérie. Faut en profiter tant qu'Alzheimer ne nous a pas encore attaqués.

— Éloigne le mauvais sort de moi ! rouspète Janet. Je veux profiter au maximum de ma jeunesse avant d'être atteinte par cette maladie ! Et ne me contredis surtout pas, j'affirme bel et bien que je suis jeune.

Leurs chamailleries désopilantes me distraient momentanément. Je n'ai pas voulu les décevoir, sauf qu'en vérité, Ryan m'a envoyé un long message à minuit tapant, à croire qu'il l'avait rédigé au préalable pour être certain de respecter le chrono. Dans son SMS – pardon, discours –, il raconte à quel point il s'est attaché à moi, combien il est heureux de m'avoir pour amie.

Quand mes parents raccrochent, j'abandonne mon cellulaire sur le plan de travail et récupère mon mug avant de m'affaler dans le fauteuil en allongeant les jambes sur la table basse.

Maintenant que je suis pleinement réveillée, Raphael accapare mes pensées. Ce n'est pas parce qu'il ne m'a pas calculée que nous avons rompu. Après tout, cela ne fait que quelques jours qu'il m'ignore royalement. Mais qu'on ne se fie pas à mes sourires et ma légèreté, notre distance me sape le moral, sa conduite envers moi est insultante. Va-t-il me contacter pour me souhaiter un joyeux anniversaire ? Il connaît la date. Sincèrement, je n'arrive toujours pas à croire qu'il ait préféré l'Asperge à moi.

Mon *phone* me fait de l'œil. Si je n'avais pas décidé d'arrêter de le racoler comme un chiot en mal d'attention, il y a belle lurette que je l'aurais appelé, ou mieux, que je me serais rendue chez lui, mais ma putain de fierté m'en empêche !

À 9 heures, on sonne à la porte. Dès que j'ouvre le battant, Margerita me prend dans ses bras et nous entraîne dans une spirale de petits sauts.

— Joyeux anniversaire, ma chérie !

— Merci.

— Prête pour un moment de détente dans un spa ?

— Mille fois oui ! Tous mes muscles méritent d'être dénoués.

— Je te ferai passer le meilleur anniversaire de ta vie, argue-t-elle, confiante. Tu verras qu'après ça, il te sera impossible de vivre sans moi.

J'attrape mes clés sur la console, attache mes cheveux en un chignon brouillon, et nous sortons.

Sans Rita et Ryan, cette journée aurait été d'une banalité affligeante. Je n'avais rien prévu si ce n'est me goinfrer de chocolat sans m'inquiéter de mon taux de cholestérol et mater des thrillers érotiques des années 1990, sauf qu'ils ont modifié mon programme.

Par conséquent, j'ai trois heures à passer dans un spa avec mon amie, puis nous ferons une virée shopping et nous écumerons tous les bars branchés de Manhattan avant de terminer dans un resto bon chic bon genre. Et puisque je suis la reine du jour, je ne dépense rien du tout. C'est moi qu'on chouchoute, *yeah* !

Le spa dans lequel Rita a réservé se situe au quatrième étage d'un hôtel luxueux avec une décoration contemporaine apaisante et une touche de charme oriental. Nom d'un chien !

— Rita, marmonné-je, ahurie, en la suivant vers l'accueil. Bon sang de bois, qu'est-ce que t'as fait ? Ça a dû te coûter une fortune, je me sens mal à l'aise.

Un léger rire lui échappe tandis qu'elle me prend par les épaules.

— Tu t'inquiètes pour mon porte-monnaie ?

— Oui.

— Faut pas, proteste-t-elle. C'est ton anniversaire et ce n'est qu'un avant-goût de mon cadeau. Ça me fait plaisir, ma chérie. J'ai les moyens nécessaires pour nous assurer à toutes les deux ce moment de paradis.

— Je sais, mais… je me sentirais moins coupable si tu me laissais participer aux frais.

— Coupable de quoi ? s'étonne-t-elle. Inutile de réitérer ton offre, je la refuse, tout simplement. Tu veux savoir comment m'aider ?

J'acquiesce, vraiment intéressée.

— En fermant ta jolie petite gueule et en profitant. Bonjour, mademoiselle ! J'ai une réservation au nom de Margerita Pearson, ajoute-t-elle à l'intention de la réceptionniste.

Émue, j'admire le raffinement des lieux. Mon Dieu !

Machinalement, je compare mon amie à Gwen. Cette dernière ne m'a jamais montré son affection par un quelconque geste bienveillant. Les seules fois où elle a été contrainte à le faire, c'était pour éviter une remontrance des parents !

J'aimerais me moquer de son dédain mais il m'affecte.

— Zoey, tu viens ?

Délaissant mes pensées maussades, je rejoins Margerita qui m'attend à l'angle d'un couloir. Nous sommes rapidement initiées à la balnéothérapie. Je me remémore le moment où j'ai profité du même soin dans la baignoire de Raphael. La différence ? Il était dans mon dos et me gratifiait de l'agilité de ses doigts ainsi que du délice de ses lèvres.

— Doux Jésus ! gémit Margerita en souriant. Est-ce que le paradis est finalement sur terre ?

Vingt minutes plus tard, nous embarquons sur un lit à eau qui propose un hydromassage à sec. Autrement dit, nous n'entrons pas en contact avec l'eau, mais nous bénéficions des effets antistress et relaxants de l'aromathérapie et d'autres merveilles qui finissent par « thérapie » et améliorent notre circulation sanguine. Nous terminons cette séance par un sauna japonais qui dure environ dix minutes.

Après, nous nous rendons dans un salon de thé où nous nous reposons en sirotant une infusion rafraîchissante.

— On commence par le massage, tu comptes choisir quoi ? me questionne Rita alors que je consulte la carte des soins proposés par l'établissement.

— Hm... essence orientale, dis-je après réflexion. Ça semble chouette, et toi ?

Les sourcils froncés, elle se réhydrate.

— J'aimerais pouvoir tout choisir, y compris le spécial future maman. Mais on n'a pas le temps de rester ici six heures d'affilée, donc je vais prendre le thaï yoga, il m'intrigue.

— Meuf, il dure une heure vingt, constaté-je, ébahie. Tu veux qu'on t'administre une cure de jouvence ou quoi ?

— Je vais faire semblant de ne pas m'être rendu compte que tu me traites de vieille. Le tien dure aussi plus d'une heure, se moque-t-elle.

— Non, non, je reste sur cinquante minutes.

Nos masseuses attitrées viennent nous chercher. Je me sépare de Rita et emboîte le pas à Angie, comme l'indique le badge sur son T-shirt, jusqu'à une pièce dans des couleurs douces avec des murs beiges et des meubles chocolat où des bougies parfumées ont été allumées et où est diffusée une musique instrumentale.

Sous les consignes d'Angie, je m'effeuille et m'installe à plat ventre sur la table. À la seconde où ses doigts parcourent mes épaules, je retiens de justesse un glapissement. Elle cible les zones tendues comme mon dos et ma nuque. Les paupières closes, je lui cède le pouvoir de jouer avec mon corps, savourant l'expertise de ses phalanges et coudes.

— Comment te sens-tu ? m'enquiers-je auprès de Margerita quand elle me retrouve dans le salon de thé.

Mon amie se laisse tomber sur un siège sans essayer de masquer son expression niaise.

— Comme au... non, ça ce n'est plus le paradis, y a-t-il un autre monde utopique qui le surpasse ? Si oui, alors c'est là que je suis actuellement.

Je me marre en reposant le magazine que je feuilletais. Nous optons pour les mêmes soins de visage et restons donc au même endroit. On ne cesse de piailler du début jusqu'à la fin. Ma peau paraît apaisée, nourrie, lumineuse.

Comme j'adore mes cheveux ondulés, je me fais juste légèrement couper les pointes. Quant à Rita, elle décide de se faire faire un carré droit très court.

— Tu es sûre et certaine de ton choix ? insisté-je.

Son enthousiasme ne faiblit pas.

— Oui, ma chérie ! Même si j'aurais pu attendre la nouvelle année d'ici peu, mon changement, c'est pour aujourd'hui.

— Nouvelle année, nouvelle méthode.

— Exactement ! Bonne année.

Je ris et caresse mes pointes devant le miroir.

— Attends le 1er janvier avant de le dire, tu pourrais mourir d'ici là.

— Tais-toi, oiseau de mauvais augure, rétorque-t-elle. D'ailleurs, avec qui tu vas fêter le 25 ?

— Mes parents, j'ai l'intention de partir les rejoindre demain.

— Raphael est au courant ?

— Pourquoi le serait-il ? Tu sais qu'il ne m'a ni appelée ni souhaité un joyeux anniversaire ?

Elle plisse le front tandis que le coiffeur s'arme d'instruments mortels pour sa longue tignasse qui va me manquer.

— Et il attend quoi pour le faire ?

— C'est à moi que tu le demandes ? répliqué-je, blasée.

— Pas vraiment. Tu as essayé de le joindre ?

— Pour quoi faire ? Pour qu'il m'humilie une fois de plus par son indifférence ? Non, j'attends qu'il fasse le premier pas.

Jean-Marc, le coiffeur, approuve ma décision d'un signe de tête.

— Ne te laisse pas faire, mon bébé. Les hommes pensent que parce qu'ils ont une quéquette, tout leur est dû, et que nous, les femmes, devons dire amen chaque fois qu'ils mettent du foin partout.

— Amen !

Margerita et moi échangeons un regard en coin, jugeant inutile de commenter cette remarque spirituelle de mon nouveau meilleur ami.

— Bon sang, c'était un putain de baiser que je n'ai même pas provoqué ! maugréé-je. Qu'est-ce qu'il me fait là ?

— Dans les *telenovelas* ils se séparent seulement parce que Teresa n'a pas donné la nourriture au chien ou a acheté la mauvaise marque de céréales.

— Tu exagères ! m'esclaffé-je.

Après le shopping, Margerita et moi rentrons chacune chez nous pour nous apprêter. On a prévu de nous retrouver dans une heure avec Ryan.

Je passe les vingt minutes suivantes devant mon téléphone à me demander si oui ou non, je fais le premier pas. Un instant, j'envisage de céder à la tentation, mais Ryan me prévient qu'il sera là dans une demi-heure, donc je me hâte de me préparer.

J'enfile la nouvelle robe midi au col bateau asymétrique avec fente sur la cuisse droite que j'ai choisie sous l'œil avisé de mon amie. Elle me rend élégante. En l'associant à ma coiffure et mon make-up, je fais mes vingt et un ans. Je termine de chausser mes sandales à brides quand un message me parvient.

Mon cœur rate un, non deux battements tandis que je réalise que c'est un SMS de Raphael. J'inspire, expire, ignore si je veux vraiment l'ouvrir.

Tu fais chier. Dépêche-toi de l'ouvrir.

Monsieur l'Enfoiré : Bonsoir ! Peux-tu venir au penthouse maintenant ? J'ai une surprise pour toi.

Une surprise ? Pourquoi il ne m'a pas téléphoné directement ? C'est un peu lâche, ça, je trouve. Si je n'y vais pas, je ne saurai pas. Mais si j'y vais… cela signifierait-il qu'il a gagné ? Gagné quoi, déjà ?

J'ai soudain mal à l'estomac à force de réfléchir. Je peux

aussi très bien faire semblant de n'avoir rien reçu et imiter son comportement insultant. Pourtant, une partie de moi trépigne d'impatience et salive de curiosité. S'il me réserve une surprise, il aura peut-être la décence de s'excuser.

Je manque de répondre par un « d'accord, j'arrive » mais j'ai l'intelligence de ne pas étaler mon désespoir, il n'a pas besoin de savoir que je me languis de chacune de ses actions envers moi.

La sonnette retentit au moment où je me lève du canapé.

— C'est possible de s'arrêter quelque part d'abord ? interrogé-je Ryan.

Toujours prêt à satisfaire la moindre de mes requêtes, il accepte. Me précipitant dans ma chambre, je récupère ma pochette et vérifie que je n'ai rien oublié.

Sur le chemin qui mène à sa voiture, je réponds aux questions de mon meilleur ami, qui ne se doute pas que mon cerveau est à des années-lumière d'ici. Ce soir, Raphael et moi nous réconcilions, je m'impatiente grave !

— Je n'en ai pas pour longtemps, dis-je à Ryan en détachant ma ceinture.

Du moins, je l'espère.

— T'es consciente que j'ai pas le droit de me garer là, non ? J'évite les PV, meuf, t'as intérêt à te dépêcher.

— Ouais, ouais.

Après avoir signé le registre de la réception, je pénètre dans l'ascenseur menant au penthouse. Adossée au mur, je clos brièvement les paupières, inhale avant d'exhaler. Dès que les portes de la cabine s'ouvrent, je scrute le mur d'en face, comme s'il était la réponse à une énigme. Aucune domestique n'est là, alors que je m'engage dans le couloir.

— Raph…

Le reste meurt sur mes lèvres tellement je suis stupéfiée par la scène devant moi. Mes jambes paralysées à l'entrée du salon m'empêchent de faire demi-tour pour fuir.

— Oh ! mon Dieu ! Raphael !

Je ferme machinalement les yeux et me répète inlassablement que c'est une illusion. Suis-je la victime d'un foutu gag ? Non, bien sûr que non. La vérité est aussi hideuse que le chagrin qui noircit mon cœur. C'est une trahison impardonnable.

Quasiment à poil, Raphael et Isadora se bécotent sur le canapé !

Le sol se dérobe sous mes pieds. Il m'est impossible de me détourner du spectacle d'Isadora chevauchant Raphael. Mon Raphael.

Alors c'est donc ça sa surprise ? Souhaite-t-il m'anéantir ?

— Zoey ? demande-t-il brusquement comme s'il se rendait juste compte de ma présence.

Les larmes se mettent à rouler sur mes joues. Je tremble d'impuissance, de chagrin, de souffrance.

Soudain, il repousse Isadora, qui s'étrangle en se vautrant au sol comme la chienne qu'elle est. Il se redresse maladroitement et titube jusqu'à moi d'un air hagard, visiblement étonné.

— Zoey, répète-t-il en manquant de trébucher. Que fais-tu là ?

Il a droit à l'expression la plus dégoûtée de ma collection. Ses yeux injectés de sang ne trompent point sur son état d'ébriété.

— Qu'est-ce que je fais là ? hurlé-je, hors de moi. Tu m'as envoyé un putain de SMS dans lequel tu me demandais de venir en prétextant une surprise !

Mes pleurs rendent mes paroles confuses. Incapable de me contrôler, je laisse toutes ces émotions néfastes remonter à la surface pour détruire les couches de tendresse et d'affection que je lui réservais.

— Je…

— C'est pour ça que tu as requis ma présence ? explosé-je. Pour… Pour que je te voie avec elle ?

Ma main tremblante désigne la garce qui a la putain de décence de se revêtir.

— Pour que je comprenne que c'est elle que tu as choisie ? Pour que je réalise que c'est terminé entre nous ? Tu aurais au moins pu avoir la délicatesse de me l'annoncer sans toute cette mascarade, Raphael.

Ma voix se brise.

— Je… Zoey, je te jure que je ne comprends rien à ce qui s'est passé, je… Je ne t'ai pas envoyé de message.

La colère m'étreint. J'essuie rageusement mes larmes.

— Bien sûr, c'est le Saint-Esprit qui l'a fait.

N'ayant rien à ajouter, je tourne les talons et ramasse au passage ma pochette que j'ai accidentellement fait tomber.

— Zoey, attends ! S'il te plaît, ma gazelle, ne t'en va pas. Je te jure… je te promets que je ne comprends rien à ce qui est en train de nous arriver. J'ai l'esprit confus, la tête vaseuse.

M'acharnant sur le bouton d'appel de l'ascenseur, je ricane méchamment. Ma cage thoracique se soulève et s'abaisse à un rythme démesuré.

— Je me suis pointée ici parce que j'ai naïvement cru que tu souhaitais qu'on se réconcilie, craché-je en me retournant. Je me suis bêtement accrochée aux branches illusoires d'un bonheur entre nous, et je te découvre avec ce machin, ajouté-je, écœurée, à l'intention de l'Asperge.

— Tu parles de moi avec un peu plus de respect, ose-t-elle revendiquer.

J'éclate d'un rire sidéré, lugubre. Toute trace de joie m'a désertée.

— Quel respect ? Tu te ridiculises et t'enfonces plus bas que terre pour un homme. J'ai pitié de toi, ma chérie. Pourtant, ce soir je te félicite, fais-je, sarcastique, en applaudissant. Après tout, il est ce que tu as toujours voulu au point de perdre de ta dignité, non ? Alors je te le laisse. Heureux ménage, les tourtereaux.

Je m'adresse ensuite à Raphael :

— Et toi, je te remercie pour ce cadeau empoisonné. Grâce à toi, ma soirée se termine en beauté, je ne pouvais pas rêver mieux…

Dès l'ouverture de l'ascenseur, je me jette littéralement à l'intérieur et abats à maintes reprises mon doigt sur le bouton qui mène au hall. Raphael tente de me suivre, mais je l'en empêche en le repoussant de toutes mes forces, l'adrénaline puisée dans ma rancœur.

— Sors ! vociféré-je. Dégage !

Je me fiche de son regard abattu. Il a provoqué toute cette merde, qu'il assume.

Les portes se referment de nouveau et maintenant que je suis seule, plus rien ne me retient de m'effondrer. Je me laisse tomber au sol sans parvenir à arrêter mes sanglots. Je ne ressens rien en cognant mon poing dans la surface dure. Cette douleur est dérisoire comparée à la spirale de chagrin qui me consume. Un cri me secoue alors que je ramène mes cheveux en arrière.

Qu'ai-je fait pour mériter un tel châtiment ? Ce jour censé être parsemé de bonheur et de fous rires se termine par la destruction de mon cœur.

Je lève mon verre à Raphael Lockwood, qui me rend totalement malheureuse.

À ta santé, mec !

Chapitre 41

Raphael

Il n'y a pas un prénom qui m'obsède comme le sien : Zoey. Il ensorcelle mon esprit, fascine mon cœur. Depuis notre prise de bec, aucune seconde ne s'écoule sans que je pense à elle. À l'exemple d'un disque rayé, mon imagination dérive chaque fois sur cette putain de photo d'elle avec ce blanc-bec qui a eu la bêtise de goûter à ses lèvres. Celles qui me sont dues, réservées, acquises. Si ce connard a le malheur de recroiser ma route, il le regrettera pour le reste de sa misérable existence. J'en fais le putain de serment.

Je songe à nouveau à ma réaction envers elle après la fameuse découverte. Peut-être était-elle un peu disproportionnée ? Je reconnais m'être montré particulièrement hargneux, même si c'était *presque* involontaire. Je voulais juste qu'elle réalise à quel point son geste m'a blessé, de ce fait le venin de la jalousie a annihilé toute rationalité de mon lobe frontal, si bien que je n'étais pas disposé à écouter la voix de la *raison* qui m'affirmait que la faute revenait entièrement à l'autre péquenaud.

Elle n'a peut-être aucune alliance au doigt, pourtant elle est mienne, par conséquent aucun autre n'a le droit de poser une paluche sur elle.

J'ai toujours été capable d'endiguer mes émotions grâce à un sang-froid appréciable dans n'importe quelle situation. Cependant, il a suffi d'une putain d'image pour que celui-ci vole en éclats, et la rage qui m'a enseveli m'incitait à frapper là où ça fait mal, ce qui signifiait blesser Zoey.

À présent, j'ai des remords. Malgré ses justifications à répétition, je n'ai pas trouvé le courage d'aller vers elle, alors que c'est l'unique chose que je mourrais d'envie de faire. Je regrette mon entêtement à vouloir la punir d'un délit qu'elle n'a pas commis.

Tout me manque chez Zoey, la candeur de son sourire, la douceur de son rire, la tendresse émanant de ses gestes et surtout… son regard revolver. Mélange de désobéissance et de lasciveté. Si je me languis d'elle, pourquoi ne l'ai-je donc pas contactée ? Bonne question. Simplement parce que je suis con. C'est ma révélation de fin d'année, je suis buté et orgueilleux. Ce péché capital me portera préjudice, je le sens dans mon unique rein.

— Toujours en train de faire la même tête ? clame une voix dans mon dos. Passe à autre chose, elle mérite tout sauf que tu t'apitoies sur ton sort.

Je me crispe et ne prends pas la peine de me retourner, puisque ses talons fouettent le marbre à mesure qu'elle s'approche.

— Un malheur n'arrive jamais seul. Tu fous quoi là ? demandé-je sèchement.

— Je voudrais récupérer un truc que Raphaella a oublié dans sa chambre le week-end dernier.

— Et ce n'est que maintenant que tu viens le chercher ?

— Elle n'en avait pas besoin, maintenant si.

— Quel truc ?

— Son livre de graphisme, c'est important. Elle devra l'utiliser lundi.

Ramenant nonchalamment sa crinière sur le côté, elle dégage son cou. Son geste qui se veut sensuel me laisse de marbre.

— OK. Prends le livre et fiche le camp d'ici.

— Oh ! quel caractère grognon ! Ça me fend le cœur de te voir aussi grincheux, poursuit-elle en s'accoudant sur l'îlot de la cuisine. Est-ce que je peux faire quelque chose pour t'aider ?

— Oui.

— Quoi ? Dis-le-moi.

— Barre-toi, tu me rendrais un énorme service.

En soupirant, elle m'adresse un regard mauvais qui glisse

sur moi. Nos rapports cordiaux se sont dégradés quand j'ai compris qu'elle utilisait ma fille pour ses sombres desseins.

— Bien, puisque tu es si pressé de me voir partir, va donc prendre le livre de la petite. Elle dit qu'elle l'a laissé sur la commode.

— Tu n'exiges rien de moi. Suis-je clair ? Bouge ton cul, et t'as une minute pour débarrasser le plancher.

Elle ricane et se retourne pour fouiller dans les placards au lieu de faire ce que je lui ordonne.

— Oh toi, t'as besoin d'un verre de bourbon, tu m'as l'air tendu comme un string. Alors, qu'est-ce qu'on a par ici ? Tiens, cette petite merveille ferait l'affaire.

— Isadora…

Mon ton bourru ne l'intimide pas. Elle prend deux verres et les dispose sur la surface en marbre.

— Pendant que je les remplis, aurais-tu l'amabilité d'aller chercher ce document important pour notre fille, je te rappelle ?

— Ne m'énerve pas, grondé-je sans bouger. Ne me force surtout pas à contacter la sécurité pour qu'elle te foute dehors.

— Ne sois pas impertinent, Raphael. Jeter la mère de ton enfant comme un déchet hors de chez toi ? Il n'y a pas de limites à ta tyrannie ? Je ne comprends pas pourquoi tu es aussi désagréable ces derniers temps. Ah si, je viens de saisir, c'est à cause de la gamine, hein ? Passe à autre chose, nom de Dieu ! Elle n'était là que pour ton fric, en fait…

— Tais-toi ! Tu ne la connais pas, tu n'es pas en droit de lui manquer de respect.

— Et tu oses la défendre en plus ? s'indigne-t-elle. Il aurait fallu que tu la découvres en train de baiser avec ce mec pour comprendre qu'elle ne vaut que dalle ? !

La mâchoire serrée, je me garde de riposter et saute de mon siège pour aller récupérer le livre. Plus vite je lui remets, plus vite elle fichera le camp.

Deux minutes plus tard, n'ayant rien trouvé, je redescends l'escalier et la vois en train de siroter son breuvage.

— Y a rien, gueulé-je. T'es vraiment sûre qu'elle l'a oublié ici ?

Les coudes sur l'îlot, le buste incliné, elle fait un vague mouvement qui ne veut rien dire.

— C'est bizarre. Elle me l'a pourtant assuré. Tiens, voilà ton verre. Bois un coup, ta tension redeviendra normale.

J'inspire et m'exhorte au calme.

— Tu es exaspérante. Rentre chez toi et dis à Ella que son livre n'est pas là.

— T'as bien cherché ?

— Fais-le. Je me demande à quoi te servent tes mains.

Elle a l'audace de sourire. Lentement, je me hisse sur ma chaise. Mes pensées se dirigent vers Zoey. Que peut-elle être en train de faire actuellement ? Mon téléphone laissé sur le comptoir m'attire. N'a-t-elle pas essayé de me joindre ? Je fouille. La réponse est évidente. Quel con ! Bien sûr que c'est à moi de prendre les devants vu que je l'ai envoyée sur les roses, et comme je sais que ma gazelle a autant de fierté que moi, elle ne tentera plus de me contacter.

Honnêtement, je suis prêt à rendre les armes. On va donc devoir s'expliquer face à face.

— Tu ne bois pas ?

Isadora pousse le verre dans ma direction, et si je l'attrape, ce n'est pas à cause de son insistance mais bel et bien parce que je suis décidé à enterrer la hache de guerre avec Zoey. Ce soir, on fume le calumet de la paix.

— Isadora, je ne vois plus ce que tu fais là, commenté-je en vidant mon eau-de-vie cul sec. D'ailleurs, je compte sortir.

— Tu vas où ?

— Chez Zoey.

Inutile de l'appeler, je me pointe direct chez elle pour une discussion à cœur ouvert. Comment va-t-elle me recevoir ? Avec des couteaux peut-être.

Je promets de mettre mon orgueil en stand-by, de lui demander pardon d'avoir douté d'elle et jure de tuer ce Connor s'il s'approche d'elle à moins de trente mètres.

Le soupir d'Isadora me ramène sur terre. Manifestement, elle n'approuve pas mon choix. Ça tombe bien. Je me surprends à la comparer à Zoey, et cette dernière la bat à plate couture dans tous les domaines.

Elle n'essaye pas d'être quelqu'un d'autre, c'est ce qui fait son charme. On la prend avec ses qualités et défauts, ce qui rend inévitablement accro.

— Tu vas lui courir après, c'est ça, même en sachant ce qu'elle a fait ? siffle-t-elle, dédaigneuse.

— Et qu'est-ce qu'elle a fait au juste ? Est-ce que je vais lui reprocher un baiser qu'elle n'a pas provoqué ?

— Ça c'est ce qu'elle te dit. Est-ce la vérité ?

— Je la crois, je l'ai toujours crue, je me suis juste laissé aveugler par mon ressentiment.

Une nouvelle fois, je me lève et m'arrête abruptement sur la première marche des escaliers. Holà, que se passe-t-il ? On dirait que le sol tangue sous moi, qu'un brouillard anesthésie ma pensée. Je titube et me retiens à la rampe. Dans mon dos, j'entends Isadora me rejoindre, me demander si tout va bien.

— Ouais…, marmonné-je, incertain. Début de migraine, je suppose.

— Viens t'allonger. Tu pourrais faire un malaise si tu restes planté là.

Je la repousse alors qu'elle tente de me prendre par les épaules.

— Pas le temps, je dois me changer. Faut que je voie Zoey.

Ma vue trouble rend mes pas difficiles.

— Ben, Zoey attendra. Y a pas mort d'homme si tu te reposes d'abord, insiste-t-elle. Couche-toi sur le dos, je vais te chercher un cachet. Tu peux me dire ce que tu ressens ?

Mes oreilles bourdonnent, j'ai une sensation de vertige, l'impression de bouger en même temps que les meubles. Quelque chose cloche. Vautré sur le canapé, je perçois qu'Isadora s'agite à mes côtés, sans avoir la force de guetter ce qu'elle trafique. Tout est inextricable dans ma tête, ce qui rend mes idées nébuleuses.

Juste après, sentant un poids sur moi, je soulève difficilement un œil et aperçois Isadora qui déboutonne ma chemise.

— Qu'est-ce que tu fous ? réussis-je à cracher en tentant de la pousser en arrière. Qu'est-ce que tu m'as donné ?

— T'es brûlant ! Faut que je passe une serviette humide sur ta peau.

Ah bon ? Mes paupières chutent, aussi lourdes qu'un sac de ciment. Effectivement, quelque chose de mouillé caresse mon torse, on dirait une langue. Je divague sûrement.

— Qu'est-ce... que tu manigances ? balbutié-je tandis que son visage surplombe le mien.

Ses lèvres effleurent ma bouche.

— Je... Te... Haine... Amour.

Elle raconte quoi ? Mon ouïe paraît affectée, voilà pourquoi j'ai du mal à la suivre. Je sens Isadora sur moi et tente de la dégager sans y parvenir. Putain ! Qu'ai-je fait de ma force ? La mère de Raphaella continue son manège. L'instant d'après, je décroche. Isadora baragouine des propos indistincts.

Je perds la notion du temps, pourtant... je reconnais cette voix qui me semble provenir d'outre-tombe et affecte toutes les cellules de mon corps. En décollant tant bien que mal mes paupières gluantes, je m'interroge sur son expression livide, on dirait qu'elle a vu un fantôme.

Et là, ça tilte. Comme dans un mauvais film, je tourne la tête au ralenti et découvre Isadora sur moi, qui ne porte rien d'autre que des sous-vêtements. Elle se frotte contre moi avec un sourire aguicheur.

— Zoey ? murmuré-je, doutant d'être victime d'un enchantement.

Son silence est à la hauteur du mélange de dégoût et stupéfaction sur son visage. Encore plus sidéré qu'elle, je repousse brutalement Isadora, qui échoue au sol en couinant. Je saute sur mes pieds. À part répéter le prénom de ma gazelle telle une litanie, j'ignore quoi faire.

Un « Que fais-tu là ? » m'échappe automatiquement. Je regrette déjà cette question. Son visage se métamorphose en un ascenseur émotionnel, passant de la stupéfaction à une rage estampillée. Si des yeux pouvaient tuer, alors j'aurais accepté de mourir par son regard.

Quand elle hurle, mon palpitant s'effrite et tombe en lambeaux. Ses paroles se bousculent, il m'est difficile de la suivre. Lorsqu'elle mentionne un SMS que je lui aurais envoyé, je bloque. Je ne m'en souviens pas et ne supporte pas ses larmes.

Putain de bordel de merde, comment ai-je pu oublier son anniversaire ? J'avais l'intention de lui préparer une surprise, tout sauf celle-ci.

La suppliant de ne pas s'en aller, je tente de la rattraper dans l'ascenseur, sauf qu'elle me pousse de tout son soûl hors de la cabine.

C'est impossible qu'elle parte sans que je lui aie parlé. Je cours, dévale l'escalier de secours et me dépêche de la rejoindre avant qu'elle disparaisse. Quand j'atteins le hall, il pleut des cordes à l'extérieur, je la remarque qui franchit les portes coulissantes de l'immeuble.

— Zoey ! crié-je en la rattrapant. S'il te plaît, laisse-moi t'expliquer.

Elle pivote et dégage sèchement son bras de mon emprise. Je devine sans peine son envie de m'étriper… je lui servirais volontiers de punching-ball sans résister.

— Quoi ? ! beugle-t-elle pour couvrir le bruit assourdissant de l'averse. Je n'ai pas besoin de tes satanées explications. Je ne veux plus rien qui vient de toi. J'ai compris que c'était ta revanche, t'as voulu me faire payer le baiser, c'est ça ? ! Ben bravo, ton tir d'obus a été puissant.

— Tu te trompes, jamais je ne me serais abaissé à ça ! C'est vrai que tu m'as trouvé dans une position inconfortable, mais je peux te jurer que les choses ne sont pas ce qu'elles semblent être.

Son rire sans joie me tétanise.

— Ça, c'est ce qu'on appelle l'arroseur arrosé, mon cher Raphael. Ou t'as déjà oublié ton attitude méprisante envers moi alors que je t'ai juré que Connor avait agi sans mon consentement ? Tu ne m'as pas crue.

— Si ! Au fond je te croyais.

— Je m'en fiche ! Si tu m'avais réellement crue, tu ne m'aurais pas fait vivre l'enfer pendant une semaine. Je me suis sentie mal, parce que je détestais ce malentendu, je me suis pliée en quatre pour te faire entendre raison, mais tu as été sans pitié avec moi ! Et maintenant ce serait à moi de te croire ? C'est douloureux, hein, quand on se retrouve sur le banc des accusés. Ben, tu sais quoi ? Ta condamnation sera longue et éprouvante.

Faisant abstraction des coups d'œil curieux des passants abrités sous leur parapluie qui circulent autour de nous, je me concentre sur ma douce. Je me moque de la pluie qui s'infiltre sous mes vêtements. Ce froid lugubre qui me saisit du fond des entrailles n'a rien à voir avec le temps mais avec la déchirure qui luit dans ses prunelles à elle.

— Zoey ?

Je jette le regard par-dessus son épaule et aperçois son ami le cuisinier qui court pour la rejoindre, un parapluie en main.

— Nom de Dieu, Zoey, tu vas tomber malade si tu restes là ! Qu'est-ce qui t'est arrivé ?

Visiblement perplexe quant à l'attitude de Zoey, il me remarque.

— Monsieur Lockwood !

— Allons-y, Ryan, l'implore-t-elle. Emmène-moi loin de lui, je ne veux plus jamais le voir.

— Zoey, susurré-je.

Soudain, elle se précipite sur moi avec la ferme intention de me… gifler. J'aurais pu me défendre, néanmoins j'accuse le coup.

Adopte-moi comme ton sac de frappe, Zoey.

— Je ne veux pas te perdre parce que je t'aime comme un fou, confessé-je.

Ma spontanéité la braque. Ses yeux se posent sur moi, me coupant momentanément le souffle. Durant une seconde qui paraît être une décennie, plus rien n'existe autour de nous. Je déglutis, elle fait de même. Elle se hisse sur la pointe des pieds, enroule les mains derrière la nuque et colle son front au mien.

— Va. Au. Diable avec ton amour, je ne veux pas de cet amour-là, assène-t-elle en reculant. Au cas où tu en douterais, je te l'annonce : cette fois, c'est terminé entre nous, pour de bon.

Sur ce, elle tourne les talons et regagne avec son ami une voiture garée sur le bas-côté. Jusqu'à ce qu'elle disparaisse de mon champ visuel, je n'ose pas bouger d'un iota.

La pluie torrentielle qui s'abat sur moi emporte les morceaux de mon cœur brisé. Ce n'est qu'au bout de longues minutes que je finis par retourner à l'intérieur, ignorant les messes basses des gens autour de moi.

— Ah, tu es là ! m'accueille Isadora dès ma sortie de l'ascenseur. Je commençais à croire que tu allais me laisser ici toute seule.

La voir suffit à déclencher ma rage. Je l'attrape par les épaules et la plaque contre le mur en enserrant son cou d'une façon menaçante.

— Je veux savoir ce que tu as mis dans ce putain de verre, grogné-je.

— La… Lâche-moi, suffoque-t-elle. Tu me fais mal.

Je refuse d'un mouvement de tête.

— Tu me dis ce que je veux savoir, ensuite je te libère, compris ? ! Est-ce que tu m'as drogué ?

— Je… je ne sais pas de quoi tu parles, halète-t-elle.

— Ne joue pas les enfants de chœur, bordel ! m'exclamé-je en frappant sur le mur, à quelques centimètres de son visage. Qu'est-ce que tu m'as donné ? C'est toi qui as envoyé ce fameux message à Zoey, n'est-ce pas ?

Son teint pâle, ses paupières exorbitées ne m'atteignent pas.

— Isadora… je te jure que si tu ne me dis pas tout, toi et moi on aura de sérieux problèmes, et tu sais que mes menaces ne sont jamais à prendre à la légère.

— Putain, ôte tes paluches de mon cou, s'étrangle-t-elle. T'es taré ! Je n'ai rien versé dans ton verre, nous étions deux adultes consentants, t'en avais autant envie que moi, alors…

— La ferme ! tonné-je en la dégageant de mon étau.

Elle se courbe aussitôt et toussote dans son poing avant de se redresser pour me braver d'un air hautain.

— Assume la putain de vérité, ricane-t-elle. Si ta mijaurée ne s'était pas pointée, on aurait remis le couvert. Nous sommes toujours attirés l'un par l'autre, alors pourquoi ne pas reprendre où on s'est arrêtés ?

Je la dévisage sans dissimuler mon mépris, elle est dingue !

— Fiche le camp d'ici, ordonné-je en l'empoignant pour la jeter dans l'ascenseur. Et rentre-toi ça dans ton crâne de limace, je ne ressens rien pour toi. Tu piges ? Absolument rien. Tu ne te mêles plus jamais de ma vie. Est-ce que je suis clair ?

— Va te faire foutre, Raphael ! dit-elle en riant. Tu m'aimes. Sois un mec et assume-le.

Les portes de la cabine se referment heureusement sur elle. Fourrageant dans ma chevelure humide, je me dirige vers le bar et en extirpe une nouvelle bouteille d'Eagle Rare. Celle ouverte par Isadora termine dans les ordures, Dieu seul sait quelles cochonneries elle y a mis.

La loque que je deviens échoue misérablement au sol. Je remplis le trou dans mon cœur par ce bourbon à l'arrière-goût de honte, d'échec et de… fin.

Chapitre 42

Zoey

Une délicieuse odeur embaume l'air. Je me retourne, appuyant le coude sur le matelas, et hausse un sourcil en découvrant Ryan sur le seuil de ma chambre, un plat avec un sandwich dans la main.

— Est-ce que c'est ce que je crois ? l'interrogé-je.

— Oui, dit-il en souriant. Janet m'a demandé de te l'apporter, car elle s'inquiète du fait que tu n'aies rien avalé depuis hier.

Je me redresse et me soutiens au mur dans mon dos. Récupérant le plat que mon ami tend vers moi, je sens mes lèvres s'étirer. À la première bouchée de ce *po'boy* délicieux, je clos les paupières et le savoure.

Évidemment, il n'y a que Janet pour préparer ce sandwich comme j'aime et qui est une explosion pour les papilles.

— Comment ça va ?

La question de Ryan me fait rouvrir les yeux. Je le dévisage sans savoir quoi dire et finis par hausser les épaules. Il m'observe manger en silence, puis lâche :

— Tes parents s'inquiètent pour toi, de même que Gwen, qui m'a demandé si quelqu'un était mort pour que tu aies cette tête de déterrée.

— Gwen se soucie de quelqu'un d'autre que sa petite personne ? Laisse-moi rire, pouffé-je, sarcastique. Sinon, qu'est-ce que tu leur as dit ? J'espère que tu ne leur as pas parlé de cette histoire.

Son silence m'interpelle.

— Ryan…

— Crois-moi quand je te dis que ce n'est pas l'envie qui me manquait mais je suis resté muet comme une tombe.

Soulagée, je reprends ma dégustation. Ma famille n'a pas besoin d'être au courant de ma désastreuse vie sentimentale, néanmoins je sais que j'aurai des explications à leur donner une fois mon hibernation terminée.

— Tu ne devrais pas pleurer pour lui.

— Je ne pleure pas, le contredis-je d'une voix enrouée.

— Si ! Touche-toi le visage pour voir.

Je constate avec stupeur qu'il a raison. Les larmes bordant mes cils roulent sur mes joues. Blasée, je n'arrive pas à terminer le deuxième pain de mon sandwich, je repousse l'assiette et renifle sous le regard réprobateur de Ryan. Toutefois, je sais que son amertume n'est pas dirigée contre moi.

— Je n'aime pas te voir dans cet état, souffle-t-il en me ramenant contre lui. Donne-moi la permission d'aller lui casser la tronche.

— Permission accordée.

— OK. Dès qu'on rentre, je lui file la raclée de sa vie, mais en attendant, je ne vais pas te laisser te morfondre un 24 décembre.

Surprise, je me décale légèrement.

— C'est seulement le réveillon ? Et moi qui pensais qu'on était déjà le 1er janvier.

Il rit doucement.

— T'étais tellement dans ta bulle que tu ne t'es rendu compte de rien, hein ?

Malheureusement je ne peux que confirmer. Ces derniers jours, je n'ai fait que m'apitoyer sur mon sort. Depuis mon arrivée chez mes parents, je ne suis quasiment pas sortie de ma chambre.

S'ils savent que je suis affectée, ils respectent mon besoin de solitude, ne m'imposant aucune pression. Je leur en suis reconnaissante. Je me rends également compte que je ne fais pas ce que j'avais prévu, profiter de l'ambiance chaleureuse et animée des fêtes de fin d'année. Mais je l'envisageais avant que l'horreur me saute dessus à la façon de la bombe d'Hiroshima, avant qu'un salaud arrache mon cœur à mains nues pour le piétiner, faisant de moi une épave.

Un goût âcre de trahison pollue mon palais, et une boule dantesque m'empêche de déglutir normalement. Je me sens tellement mal…

— Ne pleure pas, murmure Ryan.

Instinctivement, je me couche en position fœtale, la tête sur ses cuisses. Il caresse ma chevelure et chuchote des paroles réconfortantes. Malheureusement, je suis inconsolable.

Alors que je commence à m'assoupir, la porte de ma chambre s'ouvre avec fracas, et je sursaute. Bien entendu, Gwen déboule sans avoir frappé ni y être invitée.

— Oh ! non ! Ryan qui caresse les cheveux de Zoey, soupire-t-elle avec emphase. T'as pas assez joué aux poupées quand t'étais mioche, chéri ?

— Gwen, ce n'est pas…

— Bon sang, Zoey, mais c'est quoi cette tête d'enterrement ? Tu fais peine à voir… Attends, ne me dis pas que Raphael Lockwood t'a larguée.

Prenant mon silence pour une confirmation, elle écarquille théâtralement ses yeux, puis éclate d'un rire bruyant. Sa moquerie me hérisse.

— Je t'avais bien dit que cela se terminerait de cette manière. Maintenant qu'il a obtenu ce qu'il voulait, il ne s'est pas gêné pour t'envoyer paître.

— Fiche-moi la paix, grogné-je. Si c'est pour te foutre de ma gueule, tu peux te casser de ma chambre. Retourne à tes occupations. Si t'as pas de vie, quémande celle du voisin.

Mon coup de sang ne semble pas l'avoir vexée, au contraire elle rayonne, visiblement amusée. Bon sang, je veux lui faire ravaler sa condescendance.

— J'ai hâte de savoir ce que maman et papa diront en apprenant la raison de ton cafard.

— T'as pas…

Pas le temps de finir ma phrase qu'elle tourne les talons et court en hurlant comme une tarée.

— Maman ! Papa !

Shootée par une bonne dose d'adrénaline, je bondis et pique un sprint pour la rattraper avant qu'elle commette l'outrage de trop.

— Gwen, t'as pas intérêt à…

Je m'interromps en débarquant dans la cuisine qui embaume de saveurs créoles. Ma mère se trouve derrière les fourneaux. Gwen se tient à ses côtés, appuyée contre le plan de travail, et croque une pomme.

— Tu me dois dix dollars, maman. Je t'avais dit que je réussirais à la faire sortir de son trou.

— Zoey !

Janet délaisse son repas pour me prendre dans ses bras. Je réponds machinalement à son étreinte et ai soudain l'impression qu'elle risque de me broyer les os. Sentant sûrement que je vais manquer d'oxygène, elle s'écarte sans me lâcher de ses prunelles inquisitrices.

— Tu es si pâle, ma chérie, constate-t-elle en posant une main sur ma joue. Que s'est-il passé ? Tu n'es pas obligée de me raconter si tu n'en as pas envie, mais nous sommes là pour toi et chaque fois que tu en auras besoin, nous serons juste à côté.

Cette douceur maternelle me bouleverse. J'ignore qui est ma génitrice, sauf que cela n'a plus vraiment d'importance. Nous n'avons aucun lien de sang, Janet ne m'a pas donné naissance, malgré tout elle s'est toujours comportée comme une maman avec moi et n'a jamais fait de distinction entre Gwen et moi.

— Merci, maman.

Elle me sourit affectueusement.

— Moi, je peux te dire ce qu'elle a.

— Gwendolyn !

— C'est à cause d'un homme, et pas n'importe lequel, vous le…

— Mais putain, tu vas fermer ta gueule ? explosé-je. T'es tout le temps en train de te la ramener, et ça fait chier ton entourage. Ne me dévisage pas avec cet air faussement surpris, tu en as conscience. Ne me cherche pas de noises aujourd'hui, c'est pas à toi de t'exprimer à ma place, d'accord ? Tu ne sais rien de ce que je vis, parce que ton cœur de marbre ne ressent rien. Garde ta méchanceté gratuite, conclus-je à bout de souffle.

Je me rends compte du silence paroissial qui m'entoure. Mon père vient de faire son entrée et me considère, bouche bée. Tous sont stupéfaits par mon coup de gueule. Normal, en présence de mes parents, j'ai toujours pris sur moi pour éviter de tomber dans le traquenard des provocations de Gwen. Mais aujourd'hui la mèche s'est embrasée et la bulle a éclaté.

Je ne leur permets pas de réagir et ajoute :

— Excusez-moi, il est temps que j'aille me doucher !

En regagnant ma chambre, je croise Ryan, qui a l'air déconfit, et hausse les épaules pour toute justification.

Sous le jet brûlant, je me rejoue inlassablement le cauchemar qui me hante. Si je ne les avais pas interrompus, seraient-ils allés jusqu'au bout ? Ce n'est pas parce qu'il a prétendu m'aimer comme un fou qu'il n'est pas retourné terminer ce qu'il a commencé. Quel salaud !

Il ne devait sans doute pas le penser. Il a cru que la stupide Zoey allait se jeter à son cou et crier : « Je t'aime aussi ! »

Imbécile ! Tu ne te moqueras plus jamais de moi.

De retour au salon, je me laisse charmer par la chanson « La Isla Bonita » de Madonna, qui passe sur la chaîne hi-fi, même si je m'aperçois que c'est à cause de Gwen, puisque c'est sa chanteuse préférée. Peut-être parce qu'elles se ressemblent physiquement.

Traînant des pieds jusqu'à la cuisine, je retrouve Janet, toujours occupée à préparer des petits plats en ce jour spécial. À peine m'installé-je sur le tabouret qu'elle dépose devant moi un verre de sazerac, ce qui me déconcerte.

— Je sais que tu as besoin d'un remontant, cadeau, c'est la maison qui offre, murmure-t-elle.

Mes lèvres se figent dans un sourire qui n'atteint pourtant

pas mes yeux. Sans me faire prier, je prends une gorgée du cocktail et soupire en appréciant sa saveur sur mon palais.

— Alors est-ce que tu vas enfin me dire pourquoi tu es aussi morose ?

J'ouvre la bouche et la referme aussitôt. Nerveuse, j'hésite à me confier. Comment réagirait-elle en sachant que je me suis tapé mon boss et qu'ensuite je l'ai surpris sur le point de coucher avec son ex, accessoirement la mère de son enfant ? Elle serait ébahie sans doute. J'ai honte, ce n'est pas le genre de scénario qu'on déballe à sa mère, aussi compréhensive soit-elle.

— Un malheureux a-t-il osé jouer avec le cœur de ma poupée ? devine-t-elle.

Cachée derrière mon verre, je bafouille.

— Euh… je… bref, c'est personne ! Ça compte pas.

— Si *personne* était en face de moi, je lui aurais déjà arraché ses deux petites boules de glace qu'il appelle couilles, promet-elle sérieusement.

Je la fixe, ne sachant pas si je dois m'offusquer de son commentaire ou bien en rire. J'opte finalement pour la seconde proposition.

— T'aurais pas eu besoin de le faire… c'est du passé maintenant. De plus… personne ne mérite qu'on se donne cette peine.

— Si on fait du mal à ma petite fille, alors on m'en fait également, donc toute personne qui s'y hasarde goûtera à mes poings. Je cogne fort et dur, John Cena, c'est qui quand je suis là ?

— Un moustique ! m'esclaffé-je. Est-ce que je peux avoir un autre verre ? Celui-ci est déjà vide.

Janet me toise sévèrement.

— Pour être ivre avant le début du repas ? Ne compte pas sur moi, et tu sais bien que ton père n'aime pas te voir boire. Il dit que tu es encore trop jeune pour endommager ton foie avec de l'alcool.

— C'est un rabat-joie pour la vie celui-là, râlé-je.

— C'est moi que tu traites de vieux con ?

En parlant du loup… mon père passe devant moi pour aller se laver les mains dans l'évier.

— Jamais de la vie ! Je n'ai pas ce courage.

— C'est bien, acquiesce-t-il en essuyant ses paumes sur un torchon. Tu es donc prête à nous dire pourquoi, depuis ton arrivée, tu pleures dans ta chambre ?

En soupirant discrètement, je me morigène d'avoir permis à mes états d'âme d'alerter mes proches.

Ma mère, qui remarque mon embarras manifeste, vient à mon secours.

— Laisse ma fille, Mark ! On n'est pas ici dans un procès.

— Pourquoi tu parles de procès ? Je questionne Zoey parce que je suis inquiet. Ou bien je dois jouer l'autruche ? Regarde comme elle a maigri.

— Qu'est-ce que tu fais encore là ? Qui va gérer le restaurant si tu restes planté ici ?

Merci, maman, de changer de sujet.

— Nous ne sommes pas obligés d'ouvrir un 24 décembre, ronchonne-t-il.

— D'après toi, comment est-ce qu'on va gagner de l'argent ? En nourrissant les canards peut-être ? Il faut en profiter, parce que c'est un jour de pointe, et avec les touristes qui iront se promener dans le Vieux Carré, c'est bénéfique pour nous.

S'ensuit un débat que j'écoute attentivement. Mes parents détiennent un restaurant du côté de Bourbon Street qui marche super bien et attire beaucoup de monde, tant les locaux que les visiteurs. Sa particularité se trouve dans le mélange cuisine cajun et créole avec une touche d'originalité, ce qui fait tout son succès.

Puisque Janet a remporté cette manche, mon père n'a d'autre choix que de lui obéir en tournant les talons. Ce qui est sûr, c'est qu'il sera de retour avant le dîner.

Ma mère m'apprend que Gwen et Ryan sont allés se balader. Je profite de l'absence de ma sœur pour zapper sa playlist et mettre un morceau qui convient à Janet. Je pioche dans la collection de disques de mon père, car pour lui, « avec un disque vinyle, nous vivrons toujours une autre expérience musicale ». Ma mère se laisse envoûter par la mélodie de « Rollin' Stone » de Muddy Waters. Je l'aide à la cuisine, du moins en hachant quand c'est nécessaire. Tout semble aller pour le mieux jusqu'à ce qu'il s'invite de nouveau dans mes pensées. En un battement de cils, la tristesse m'envahit. Je ne possède pas la force qui me permettra de passer l'éponge. Non ! Comme si ce n'est pas assez, je me suis coupé le doigt !

— Ma chérie, ça va ?

Avec une grimace, je glisse mon index dans ma bouche et opine lentement.

— Tu n'es pas dans ton assiette. Va te reposer si tu te sens incapable de continuer.

— Je vais bien, grommelé-je. Et honnêtement, j'en avais marre de rester enfermée dans ma chambre. La claustrophobie me guette.

Riant doucement, elle retourne à sa tâche et se charge de me divertir avec des anecdotes. Cela m'empêche de repenser à ce qui me fait mal.

Chapitre 43

Contemplant le sapin près de la cheminée, je suis à mon troisième verre de sazerac lorsqu'on sonne à la porte. Je n'ai aucune envie de me lever, encore moins d'accueillir les Coleman, nos invités du réveillon. Sauf que je n'ai guère le choix, surtout avec mon père qui braille :

— Zoey, sois polie et viens dire bonsoir !

Dans sa tête, je dois toujours avoir quinze ans. Roulant des yeux, je me redresse et traîne des pieds jusqu'au petit cercle formé autour de la famille Coleman. Les parents sont des amis de longue date des miens, leur fils et moi avons fréquenté le même lycée. Nous avons vécu une brève amourette, qui s'est achevée juste avant la troisième semaine. Motif de rupture ? Nous étions trop jeunes pour supporter le stress d'une relation sérieuse. Nous sommes restés plutôt bons copains.

— Zeke, roucoule Janet en étreignant l'enfant unique des Coleman. Comment vas-tu, mon petit ? Tu ne cesses de pousser, on dirait un géant.

Le concerné rit dans sa barbe, n'ayant rien à envier à LeBron James ou Anthony Davis. Sa carrure rappelle celle des joueurs de la NBA, d'ailleurs il a récemment intégré une franchise de basket-ball. Les salutations se poursuivent. Zeke me sonde de son regard marron rusé et trouve que j'ai mauvaise mine, alors je prends l'excuse du boulot-métro-dodo pour me justifier.

Au dîner, difficile de passer inaperçue avec les Coleman qui s'intéressent de près à ma vie professionnelle. Mes parents n'ont cessé de chanter mes louanges, et à présent tout le voisinage sait que j'occupe un poste d'assistante dans une firme réputée et respectée.

— Quel est le nom de ton patron déjà ? m'interroge la mère de Zeke.

Ayant l'impression de mâcher du papier de verre, je dois m'y reprendre à deux fois avant de parvenir à prononcer son nom.

— Raphael Lockwood.

— Ce n'est pas trop dur d'être son assistante personnelle ?

— Non, non, c'est… normal, marmonné-je, le nez dans mon assiette de gombo aux crevettes et écrevisses.

Vous n'avez pas besoin de savoir que je me suis tapé mon patron, et que j'ai envoyé ma lettre de démission par courrier après l'avoir surpris avec son ex. Non !

— Tu es bien taciturne ce soir, Zoey. Ne souhaites-tu pas nous en dire plus sur cette relation *normale* que tu entretiens avec ton boss ?

La cuillère tressaute dans mon poing fermé. Sacrée Gwen, qui me donne constamment des envies de meurtre.

— Gwen, s'il te plaît, arrête, l'enjoint Ryan.

Les dents serrées, je tente de faire abstraction de sa présence.

— Pour qui te prends-tu pour me dire ce que je peux faire ? réplique ma sœur. Nos parents ont quand même le droit de savoir, c'est la moindre des choses.

— Savoir quoi ?

— Zoey cou…

Avant qu'elle aille plus loin, je lui lance sans réfléchir mon verre de vin au visage.

— T'en as pas marre d'être une peste à longueur de journée ? ! m'emporté-je en me dressant sur les pieds. Ta méchanceté m'exaspère, Gwen !

Elle se relève à son tour. L'éclat de colère dans ses prunelles ne m'intimide pas.

— Va te faire foutre !

— Les filles ! tonne mon père.

— Non, toi, va te faire foutre, continué-je. Quel est ton putain de problème ? Tu veux qu'on déballe tout ici et maintenant ?

— Bien, ricane-t-elle. Commençons donc par la partie où

tu t'envoies en l'air avec ton boss, qui se débarrasse ensuite de toi comme la fille facile que tu es.

— Gwen, ferme-la ! s'insurge Ryan.

J'en reste comme deux ronds de flan. En baissant la tête, je rencontre les visages interdits de nos invités.

— Dieu du ciel ! s'indigne mon père. Qu'est-ce que c'est que cette histoire ?

Gwen vient de réduire à néant le peu d'estime que j'avais pour elle. Incapable de me justifier ou de répondre aux questions, je préfère m'enfuir en courant. Oui, je suis lâche.

Dans ma chambre, je me hâte d'enfiler chaussures et manteau.

— Où est-ce que tu vas ? m'interpelle Ryan.

— Si je reste une minute de plus ici, je vais imploser. Faut que je m'aère les idées.

— Gwen a...

— Arrête de lui trouver des excuses ! J'en ai ma claque que tu cherches à justifier ses vacheries à tout bout de champ. Mais merde, où est passée ta virilité ? Regarde la réalité en face. Gwen est une garce, tu sais qu'elle ne t'apprécie pas et reste avec toi par intérêt, elle joue au ping-pong avec tes couilles et tu la laisses faire ! Toi aussi, tu me fais chier, Ryan.

Sans m'attarder sur son air estomaqué, je quitte la pièce en le bousculant au passage. En ignorant mes parents, je me précipite à l'extérieur.

— Zoey ?

Le cri de mon meilleur ami ne m'arrête pas. J'accélère le pas. Quoi qu'il ait à me dire... cela attendra.

— Zoey, écoute-moi un instant.

Contre mon gré, je marque une pause quand Ryan me retient par le bras.

— Quoi ? grogné-je. Quand vas-tu cesser de jouer l'avocat du diable ? Je te jure...

— Je viens avec toi, me coupe-t-il d'un ton sans appel.

Étonnée, je fronce les sourcils.

— Pourquoi ?

— T'as pas vu la grenade que ta sœur a dégoupillée à l'intérieur ? L'atmosphère est tellement lourde que j'ai l'impression d'étouffer.

— Ils sont en train de commenter ?

Il secoue la tête.

— Apparemment, les Coleman sont sur le point de prendre congé. Tout le monde est gêné, personne ne sait quoi dire… Je ne voulais pas prendre le parti de Gwen. Elle a dépassé les bornes, et tu as le droit de lui en vouloir.

Je me radoucis, réalisant que je me suis énervée contre la mauvaise personne.

— Excuse-moi de t'avoir crié dessus, répliqué-je, contrite. Je comprendrais que tu m'en veuilles.

Il m'attire contre lui et embrasse le sommet de mon crâne. Je me laisse faire.

— Il faut bien que quelqu'un me dise les choses telles qu'elles sont, murmure-t-il. T'inquiète, je ne suis pas fâché contre toi. J'avoue m'être vexé genre trente secondes, mais tu me connais.

Son commentaire me fait sourire.

— Qu'est-ce que tu veux faire maintenant ? ajoute-t-il au bout d'un moment.

M'écartant de lui, je hausse les épaules.

— Selon toi, comment je pourrais faire pour oublier tous mes problèmes… juste pour cette nuit ?

Complice, il réplique :

— Ai-je encore besoin de le dire ?

C'est ainsi que les heures suivantes, nous visitons chaque bar de Frenchmen Street située à l'extrémité est du Vieux Carré français. Nous profitons de l'alcool, de la musique et parfois des en-cas gratuits. Je ne tarde pas à être ivre, tout comme Ryan. C'est pour cela qu'il rejoint sur scène un groupe de jazz qui a impeccablement repris « Alabama » de John Coltrane, et distribue à chaque membre un dollar.

Depuis mon perchoir, je siffle et l'applaudis. Quand il regagne son siège, un sourire débile aux lèvres, nous échangeons une accolade maladroite au-dessus de la table.

La prochaine tournée est pour moi. En pleine dégustation de ma bière, je craque et fonds en larmes.

— Oh ! Zoey, pourquoi pleures-tu ?

Mon ami paraît inquiet. Il se lève et vient me prendre dans ses bras. J'ouvre la bouche pour lui expliquer mon état d'esprit, mais un haut-le-cœur m'en empêche. Je le repousse et ai juste le temps d'atteindre les toilettes pour vomir tripes et boyaux. Nauséeuse, la respiration haletante, j'échoue lamentablement au sol. Paupières closes, je tente de me calmer.

Cinq minutes plus tard, après m'être gargarisée dans le lavabo et m'être rafraîchie, je retrouve Ryan.

— Tu n'as pas l'air d'aller bien, constate-t-il. Tu veux qu'on rentre ?

Je consulte ma montre.

— C'est bon, il n'est que 1 heure, et toi ?

— On s'amuse comme des fous par ici ! s'exclame-t-il.

J'inspecte d'un œil dubitatif le club de jazz, je préférerais m'épargner les mélodies qui accentuent le blues en moi et me font penser à Raphael. C'est clair qu'on doit partir d'ici !

Ryan ne fait pas son difficile, et on prolonge notre virée du côté de Bourbon Street. Au rendez-vous, cocktails fluo servis dans des verres en forme de crâne. Nous enchaînons des pas de danse ridicules en prenant des selfies en long, en large et en travers. C'est si bon de se lâcher. Je noie mon chagrin dans l'alcool.

Aux alentours de 4 heures, nous nous décidons à rentrer. Le temps que je récupère la clé de secours dans le pot de fleurs, Ryan a déjà vomi deux fois sur le trottoir. Le pauvre ! Il tient à peine sur ses jambes. Bien que je sois aussi éméchée que lui, je le soutiens pour qu'il gravisse les marches du perron et lui intime de ne pas faire de bruit.

— Ryan… tu vas réveiller tout le monde !

Le salon plongé dans la pénombre rend notre progression difficile. Avant d'atteindre nos chambres respectives, on se cogne trois fois contre les différents murs, Ryan trébuche sur le tapis, et au moment où je veux l'aider à se redresser, un vase se brise par ma faute. Waouh !

Immobile, je tends l'oreille, m'attendant à voir mon père surgir avec un fusil à pompe pour mettre hors d'état de nuire d'éventuels cambrioleurs, mais rien ne se passe après une minute. Mon rythme cardiaque redevient régulier. Je reprends mon chemin en me promettant de ramasser les débris plus tard et réalise, stupéfaite, que Ryan s'est endormi à même le sol.

Déboussolée, je cille. Est-ce que c'est à moi de le porter ? Il pèse deux, voire trois fois mon poids ! Le problème est que je ne peux pas le laisser là. Mes parents tomberont inévitablement sur lui au réveil, je n'ose imaginer la tête qu'ils feront.

Un profond soupir m'échappe tandis que je m'agenouille près de lui.

— Ryan, chuchoté-je en le secouant par les épaules.

Un petit ronflement me répond.

— Ryan, lève-toi, tu ne peux pas rester ici.

— Lai… moi, marmotte-t-il en poussant mes mains. C'est mon lit !

Malgré la fatigue, je persiste à vouloir le réveiller, mais sans succès. Au moins, j'aurais essayé. Je me redresse et gagne ma chambre en titubant. Puisque je prends soin de mon prochain, j'attrape un plaid dans mon placard que j'étale sur Ryan en le retrouvant dans le salon.

Un instant, je l'observe et étouffe un rire en songeant à sa réaction dès qu'il comprendra où il a en réalité dormi.

Je réussis à retirer mes bottes et m'écroule sur le matelas. Il me semble faire un doigt d'honneur à Raphael avant que je laisse Morphée m'embrasser.

Chapitre 44

— Joyeux Noël !

Ça c'est Janet, qui n'a pas une once de complaisance envers ma gueule de bois. Pas préparée à ce beuglement, je tombe à la renverse de mon lit, pieds emmêlés dans le drap, et me cogne durement le front contre le parquet.

— Aïeuuuuuu ! gémis-je en prenant ma tête entre les mains.

— Debout, jeune fille ! C'est l'heure de déballer les cadeaux.

En marmonnant des paroles indistinctes, je roule sur le dos et essaye tant bien que mal d'ouvrir les paupières.

— Ma tête me fait un mal de chien, mes oreilles bourdonnent. Je crois que je vais avoir une belle bosse ici, dis-je en massant mon front. Mon Dieu, où suis-je ? C'est donc ça l'enfer ?

— Ha ha, très drôle, se moque ma mère. Fallait y réfléchir à deux fois avant de boire comme un trou. D'ailleurs, tu vas devoir expliquer à ton père ton comportement d'hier, il est vraiment remonté contre ta sœur et toi. Mais qu'est-ce qui vous a pris de vous engueuler de la sorte ?

— Si tu veux bien, cette conversation spirituelle se fera lorsque je serai en mesure de me défendre, donc pas avant… la tombée de la nuit. Et puis pourquoi tu cries joyeux Noël à 6 heures du matin ? !

— Pour ta gouverne, il est 10 heures, ma chère fille. Je voulais venir te réveiller à 8 heures, mais j'ai jugé bon de t'octroyer encore deux heures de répit, donc je veux te voir dans le salon dans cinq minutes. Tout le monde a l'obligation d'y être, l'ouverture des cadeaux est une tradition à respecter chez les Bridgestone !

— On n'a plus six ans, ronchonné-je.

Elle tape dans ses mains.

— Hop hop, dépêche-toi et plus de discussion.

Même en l'entendant quitter ma chambre, je suis incapable de bouger. On dirait qu'un marteau-piqueur s'amuse à créer des trous dans ma tête. Je me couvre le visage avec mon drap et bâille. Sachant que Janet reviendra à la charge si je reste là, je me redresse tant bien que mal en piétinant rageusement les couvertures.

Je retrouve ma famille au moment où elle apporte une tasse de je ne sais quoi à Ryan. Il a la mine des mauvais jours. Tous les regards convergent vers moi dès mon entrée.

— Quoi ? !

— Un phoque a chié sur ton visage ou quoi ? se marre Gwen en passant une main dans sa parfaite chevelure.

— Tu ne la mets jamais en sourdine, hein ? dis-je en grimaçant.

— Où étiez-vous passés, Ryan et toi ? demande mon père en nous observant tour à tour.

— Ici et là, réponds-je vaguement en m'installant aux côtés de mon ami.

— Vous vous êtes lâchés comme des bêtes sauvages, on dirait.

— Tu es méchante, bougonne Ryan en m'adressant un regard sévère.

— Qu'ai-je donc fait, Votre Majesté ?

— Sérieux ! Tu m'as carrément laissé dormir sur le sol, soupire-t-il, honteux, en s'agrippant à sa tasse. Ce sont tes parents qui m'ont réveillé, c'était pas très agréable. Il s'est passé quoi pour que tu m'abandonnes sur le parquet ?

Je tire sur son plaid pour qu'il me couvre également et ramène mes jambes contre moi.

— Nous étions ivres, je me voyais mal te porter alors que tu fais genre quarante kilos de plus que moi. Désolée, mais j'ai épuisé mon quota de BA.

— Ryan, pourquoi murmurez-vous ? intervient Gwen.

Après un soupir, il prend une gorgée de sa boisson, mais ne répond pas. Il intercepte mon regard curieux et m'explique :

— Elle a déjà essayé de me parler cinq fois mais je l'ignore. Je ne digère toujours pas ce qu'elle t'a fait.

Je ne dissimule même pas mon ravissement.

— Excellent ! dis-je en tapotant fièrement son épaule. Enfin ! Tu dis : « C'est moi qui pisse debout dans cette relation. »

Son œil torve agrandit mon sourire. À son air dédaigneux, ma sœur ne paraît pas contente d'être sur la touche.

— Maman, tu me sers aussi ce truc que tu as donné à Ryan, s'il te plaît ? Qu'est-ce que c'est au juste ?

Parler m'écorche la gorge tant elle est sèche. Promis, c'est la dernière fois que je bois.

— Je l'ai appelé le thé anti-gueule de bois, lance-t-elle en s'éloignant vers la cuisine. Idéal pour lutter contre les nausées, les maux de tête, les sensations de vertige, il élimine également les toxines et favorise la digestion. Est-ce que tu commences à en apprécier les effets, Ryan ?

— Oui, Janet, merci beaucoup. Mon esprit devient plus clair.

— C'est le Graal qu'il me faut. S'il te plaît, prépare-moi une tasse, je suis en train de mourir, gémis-je en basculant la nuque sur le dossier du canapé, paupières closes.

Après le départ de Janet, le silence retombe quelques minutes. Ça me ravit de constater que Gwen a mis son côté « emmerdeur » en veilleuse. Cependant, mon père, ne comprenant pas que c'est le carnaval de Rio dans mon crâne, m'informe d'un ton inflexible :

— Zoey, il va falloir qu'on ait une discussion plus tard.

Je me crispe. Qu'est-ce que je vais bien pouvoir lui dire ? La vérité ? Elle fait mal au palpitant. Comment prendra-t-il mon annonce ? Pas bien du tout, je le sais. Mon Dieu, ça craint ! Ryan me lance un coup d'œil plein de sollicitude. Gwen ne paraît pas s'intéresser à ce qui se dit autour d'elle, captivée par son téléphone.

Au bout d'une attente qui a bien failli durer une décennie, Janet me tend une tasse chaude et a droit à ma gratitude. Je m'empresse de boire et déguste cette décoction à la saveur particulière. Peu importe si je me brûle la langue.

Maintenant que Janet estime que nous reprenons des couleurs, il est temps d'ouvrir nos présents. Mon père commence par les siens, prenant plaisir à être le premier. De la part de sa femme, il reçoit une trousse de soins pour la barbe qui le rend joyeux.

— Oh ! ma chérie, comment as-tu deviné que c'était exactement ce dont j'avais besoin ?

— Depuis trente ans que nous sommes mariés, crois-tu sincèrement que je ne me rends compte de rien ? s'offusque-t-elle. J'ignore si c'est la crise de la soixantaine, mais j'ai remarqué que depuis peu tu te laisses pousser la barbe. Alors si tu dois être un futur hippie, il faut que tu le sois dans les règles de l'hygiène.

Mon père éclate d'un rire tonitruant et embrasse sa femme, complètement aux anges. Chacun s'extasie sur ce qu'il reçoit, et malheureusement j'avais emballé un paquet pour Gwen, qui n'a pas eu la même attention à mon égard.

En fin de compte, je ne peux échapper à cette conversation avec mon père, car il tue dans l'œuf ma tentative de filer à l'anglaise en m'interpellant de sa voix bourrue :

— Zoey, je sais ce que tu cherches à faire. Viens ici !

En retenant un soupir, je fais volte-face, les épaules voûtées, prête à affronter un sermon.

— J'essayais simplement d'aller prendre un verre d'eau dans la cuisine, inventé-je en papillonnant innocemment les cils.

Je m'avachis sur la place que j'occupais plus tôt. Janet et Ryan s'éclipsent en prétextant une nouvelle recette à tester. De ce fait, je me retrouve avec mon père et Gwen. Elle m'adresse un rictus narquois.

— Je pense que cette tension entre vous a assez duré, déclare-t-il gravement. Je ne peux continuer à vous permettre d'agir comme vous l'avez fait hier. C'était un manque de respect non seulement pour votre mère et moi mais aussi pour nos invités. Bon Dieu, vous ne pouvez pas vous donner en spectacle de la sorte devant des étrangers, c'est inadmissible. Il faut… Il faut que je comprenne quel est le véritable problème afin de l'éradiquer.

Il se tait, souhaitant sûrement que l'une de nous prenne la parole.

— Qu'est-ce que tu attends pour me cracher ton venin, Gwen ? Raconte à notre père à quel point tu me détestes parce que tu estimes que j'ai gâché la vie de cette belle petite famille que vous formiez avant l'arrivée de la « bâtarde » que je suis.

Ce dernier considère sa fille aînée sans cacher sa stupeur.

— C'est donc ce que tu as toujours pensé ?

Face à lui, elle perd de sa superbe.

— Non, je...

— Où est passée ton arrogance, grande sœur ? l'interrompé-je avec un rictus méprisant. Tu ne t'es jamais retenue de me vomir toute ta bile au visage. Écoute, papa, jusqu'à présent, j'avais toujours traité Gwen avec un respect qu'elle ne mérite pas, et tout ça pour quoi ? Pour qu'en retour, elle me fasse la grâce de me témoigner une antipathie vieille comme Pompéi. Le message est passé, j'ai compris que je ne pouvais pas la forcer à m'aimer. Elle me considère comme son ennemie. D'accord ! Gwen, j'ai pigé.

— Vous êtes et resterez des sœurs, gronde mon père avec véhémence. Ce n'est pas cette éducation que votre mère et moi vous avons donnée, nous n'avons jamais instauré de haine dans cette famille, alors arrêtez-moi ça tout de suite. Les liens du sang sont plus forts que tout, la famille est importante. Gwen, si tu voyais ta petite sœur dans une situation périlleuse, tu ne ferais donc rien pour l'en sortir ?

— Je...

— C'est exact ! répliqué-je.

— Zoey, ce n'est pas à toi que j'ai posé cette question. Laisse Gwen y répondre, elle parle bien, non ?

Qui pense-t-elle pouvoir gruger avec ses larmes de crocodile ? Elle ne perd rien pour attendre. Depuis l'angle du canapé, je l'observe, les bras croisés.

— Vous l'avez toujours préférée à moi, murmure-t-elle en reniflant. Vous avez fait passer ses envies avant les miennes. Vous m'avez reléguée au second plan. Zoey n'est qu'un enfant adultérin, elle n'aurait jamais dû prendre une place aussi considérable dans vos cœurs. C'est moi qui suis votre fille légitime. Comment penses-tu que je me sente d'avoir été mise à l'écart par mes propres parents ? Je l'ai mal vécu. De quel droit ose-t-elle bénéficier de ce qui m'est acquis ? Pourquoi me vole-t-elle l'amour de ma mère ? Bon sang, c'est ma mère et non la sienne. Je devrais être sa priorité.

Au bout d'une longue minute de silence, durant laquelle notre père ne cesse de fixer Gwen, il finit par trancher :

— Tu sais ce que je retiens de tout ce que tu as dit, ma fille ? C'est qu'en réalité, tu es égoïste et ça me désole. Il n'y en a que pour toi. Ça ne t'a pas traversé l'esprit que cet enfant adultérin, comme tu aimes la surnommer, n'est pas responsable de ce qui est arrivé ? S'il y a quelqu'un que tu dois blâmer, c'est moi, et pas Zoey. Comment crois-tu que je me sens maintenant en connaissant la vraie relation entre mes filles ? Ce conseil de famille est loin d'être terminé, et votre mère devra également y prendre part. Sous mon toit, plus jamais je n'admettrai qu'il y ait de la place pour la haine ou encore le mépris. Vous êtes des sœurs, ce qui signifie que vous devez toujours pouvoir compter l'une sur l'autre. Qu'as-tu donc retenu des valeurs que nous t'avons enseignées, Gwen ? Pourquoi ne les appliques-tu pas ? Qu'est-ce que ça te fait d'éprouver un tel ressentiment envers un membre de ta famille ? Dis-le-moi !

Dans les yeux gris de cette dernière, je ne décèle aucune lueur d'aversion, juste de l'indifférence pour moi.

Chapitre 45

Affalée sur le canapé, je pousse un grognement d'ours mal léché à la sonnette qui retentit. Qui ose ainsi perturber ma flemmardise ? Je laisse s'écouler un instant sans me manifester, histoire de voir si la personne rebroussera chemin.

Quand celle-ci récidive pour la troisième fois, je mets sur pause à contrecœur mon épisode de *Modern Family*. Pendant que d'autres s'occupent avec un boulot, je me divertis avec un marathon de cette série comique.

En ouvrant le battant, je tombe sur un coursier qui ne m'est pas inconnu. Je lui adresse un regard blasé tandis que le sien luit d'enthousiasme.

— Bonjour, mademoiselle Bridgestone.

— Pourquoi vous perdez votre temps alors que je vous ai ordonné maintes fois de ne plus revenir ? sifflé-je en croisant les bras.

Mon ton cinglant le déstabilise, il bafouille des excuses. En réalité, mon amertume n'est pas dirigée contre lui. Je comprends qu'il fasse son boulot.

Comme d'habitude, prise de remords, je m'adoucis face à son air contrit et capitule.

— Vous avez gagné, donnez-les-moi, mais que ce soit la dernière fois, cette rengaine me soûle. Je sais que vous n'avez pas le choix, mais j'en ai vraiment ras le bol de vous voir chaque jour avec ces fleurs dont je ne veux pas, d'accord ? Dites-le une bonne fois pour toutes à votre employeur ou à l'homme qui requiert vos services. À bon entendeur, salut !

Sans signer, je referme la porte après avoir pris le bouquet. J'étudie ces fleurs dont le parfum capiteux me grise.

Mes regrets seront éternels.

Ce sont les mots écrits sur la carte.

Excédée, je rejoins la cuisine. Chaque jour, c'est le même rituel. Je reçois des fleurs de *sa* part. Je ne peux me résoudre à les jeter et je transforme des objets en vases dans lesquels je les stocke. J'ai eu droit à des roses, des œillets, des lys, des tulipes, des orchidées, des jonquilles, etc. Raphael est-il si présomptueux de croire qu'il peut tout effacer avec des bouquets ? Je ris jaune.

Il n'y a pas de place pour le pardon. Si j'ai bloqué son numéro, c'est pour qu'il comprenne que je veux l'éradiquer de mon existence. Mais comment oublier quelqu'un qui s'est enraciné à l'encre indélébile dans votre cœur au point de lui causer une tachycardie chaque fois que vous pensez à lui ?

Ryan et Rita, les deux personnes qui supportent mes sautes d'humeur depuis que je suis officiellement au chômage, ne s'égarent pas à mentionner son nom dans une conversation.

Évidemment, je mentirais en affirmant ne pas avoir été tentée de poser des questions sur lui à Margerita. C'est elle qui est devenue son assistante – quelle belle promotion ! –, mais chaque fois je me muselle in extremis en mordant ma langue.

En soupirant avec emphase, je me rassois et relance l'épisode. Au bout de dix minutes, je décroche et m'égare dans des contrées mélancoliques, réalisant combien c'est éprouvant d'être victime d'oisiveté.

Jusque-là, mes recherches pour trouver un nouvel emploi ont été infructueuses. Depuis mon retour de La Nouvelle-Orléans, il y a environ un mois, je n'ai pas réussi à retrouver un job stable pour améliorer ma situation financière précaire. Je survis de justesse grâce aux indemnités que j'ai reçues. Rien n'obligeait Raphael à me verser cette modique somme, d'autant plus que c'est moi qui ai rompu notre contrat de manière précoce.

Il est impératif que je déniche un emploi, et je me donne à fond pour y parvenir. Chaque matin, je sillonne les rues, dépose des CV et des lettres de motivation dans des entreprises. Bon sang, moi qui pensais qu'avoir été l'assistante de

Raphael Lockwood serait un bonus pour attirer l'attention, je me faisais des illusions.

Le bon point est que je ne m'inquiète pas du loyer pour les mois à venir. Au départ, j'ai voulu plier bagage, mais pour partir où ? Il était inconcevable que je retourne chez Gwen. Cependant, un problème d'ego se pose : comment puis-je accepter de vivre dans un appartement payé par mon ex-amant ? J'ai décidé de ravaler ma fierté pour cette fois. C'est mon nom qui est sur le contrat de bail, donc techniquement c'est mon domicile.

Mon portable entre les mains, j'envoie un message groupé à Ryan et Margerita, leur proposant d'aller boire un verre ce soir. Cette dernière décline en me signalant qu'elle et Angus ont déjà prévu quelque chose. « Ce sera pour une prochaine fois », ajoute-t-elle avec un émoticône. Lorsque je reçois la réponse de Ryan une heure après, c'est pour apprendre qu'il travaillera jusqu'à tard dans la nuit.

S'il savait que c'est grâce à Raphael qu'il a obtenu son poste, donnerait-il sa démission ? Et pourquoi en fait ? Je doute qu'une telle opportunité se présente deux fois, alors qu'il en profite au maximum.

Inconsciemment, j'ai dû m'assoupir, puisque c'est la sonnerie de mon téléphone qui me réveille. J'ai besoin d'un instant pour balayer cette brume qui m'étourdit.

— Quoi ? grogné-je, irritée.

— Mademoiselle Bridgestone ?

Cette voix féminine ne paraît pas s'indigner de mon intonation belliqueuse. Et qui qu'elle soit, elle ne mérite pas que je déverse ma frustration sur elle.

— Oui, à qui ai-je l'honneur ?

— Bonjour ! Enfin, bon après-midi, je me prénomme Caroline et je travaille au département des ressources humaines au sein de Cosmic Inc.

— Oh !

Quelle repartie philosophique !

— Nous avons parcouru votre dossier et aimerions savoir s'il est possible de nous entretenir avec vous.

Oh ! ! ! Je me redresse, toutes antennes dressées pour mieux l'écouter. Déconcertée par ce revirement de situation, je bredouille :

— Je… euh, oui… avec plaisir !

— Bien. Demain à 9 heures, ça vous va ?

— Oui, c'est parfait !

— Ravie de vous avoir eu au téléphone, je vous souhaite de passer une bonne fin de journée.

— Merci, vous de même.

En transe, je me lève et entame deux trois pas de danse en sautillant dans tous les sens. Demain, j'ai un entretien d'embauche, youpi !

Calme-toi, ma fille, rien n'est encore joué.

C'est vrai ! Il faut à tout prix que je fasse bonne impression et me démarque des potentiels candidats, je dois me préparer psychologiquement.

Confuse, je me rassois. Cosmic ? C'est une entreprise de renom spécialisée dans les produits cosmétiques et les parfums. Je ne me serais jamais attendue à être convoquée, exactement comme quand j'ai reçu cet appel de Lockwood Inc. Un sourire béat s'affiche sur mon visage, la chance est de nouveau de mon côté. Il ne reste plus qu'à m'entourer d'ondes positives.

Le lendemain matin, dès que je me présente à la réceptionniste de la DRH, celle-ci m'invite à patienter dans la salle d'attente. Une hôtesse me propose quelques rafraîchissements, j'accepte volontiers un café malgré ma nervosité palpable. Discrètement, je scanne les lieux. Difficile de ne pas être fascinée par cette décoration végétale associée à des luminaires et à cette atmosphère chaleureuse. L'entreprise est surtout connue pour apporter une touche biophilique à ses produits, elle respecte l'environnement et prône le naturel.

Au bout de dix minutes, durant lesquelles j'ai repassé dans

ma tête toutes les questions qu'on pourrait me poser, je finis par rencontrer Caroline. C'est une femme svelte à la peau ébène et aux jambes interminables. De prime abord, elle a tout l'air d'être quelqu'un qui sait ce qu'elle veut, consciente du charisme qu'elle dégage.

Sur le chemin qui mène à son bureau, j'ai droit à la description du poste à pourvoir : assistante marketing développement, au sein de son département. Si jamais je suis prise, j'assisterai les collaborateurs et serai sous la direction d'un dénommé Simon Roberts.

Son regard plein de sagacité me fait déglutir. Elle s'approche de moi et hume mon odeur avant de reculer en marquant son approbation d'un hochement de tête.

— Vous portez notre parfum *Lovissima,* devine-t-elle. Très bon choix. Avez-vous pour habitude d'utiliser nos produits ou c'est fait exprès pour nous impressionner ?

Perspicace !

— Il est vrai que j'ai choisi de le porter pour marquer des points, mais il est difficile de ne pas craquer pour son arôme sensuel aux notes de vanille et de patchouli avec des pointes de chocolat et de miel, argué-je. Je trouve cette odeur rassurante.

Elle m'offre un sourire en coin.

— J'aime cette analyse, Zoey.

Nous ne nous attardons pas dans son bureau, elle m'informe que mon entretien aura lieu avec le directeur marketing. Je retourne à l'ascenseur pour accéder à un autre étage. Ici, une secrétaire m'invite à prendre place dans un fauteuil en velours. Heureusement, je ne poireaute pas longtemps.

— Mademoiselle Bridgestone ?

J'opine.

— Simon Roberts, enchanté de faire votre connaissance.

Je serre sa main en répondant à son sourire. C'est un homme aux traits délicats avec une barbe de trois jours virile. Ni trop grand ni trop petit, il a une carrure bien dessinée. Ses cheveux bruns coiffés en arrière font ressortir le vert de ses yeux. Il est assez séduisant.

Dans son bureau, je ne m'attarde pas sur l'aspect épuré et lumineux de la pièce et m'assieds à son invitation.

— Parlez-moi de vous, annonce-t-il avec un sourire aimable. Qui est donc Zoey Bridgestone ?

J'ai apparemment toujours cette manie de vouloir jouer avec mes doigts quand je suis en face d'un potentiel futur employeur. Je tourne sept fois ma langue avant de lui fournir des informations intéressantes sans tomber dans l'autobiographie. Il m'écoute attentivement, m'interrompt de temps en temps en me demandant d'être plus explicite.

— Avez-vous une idée des missions qui vous seront confiées ?

— Euh… oui, Caroline en a fait le tour avec moi.

— La répétition est la mère d'une bonne connaissance, alors il n'y a aucun mal à vous en parler de nouveau. Nous aurons besoin de vous en ce qui concerne l'analyse de la concurrence, l'aide au développement de certains produits, la rédaction des textes marketing, les réponses aux demandes export, la réalisation des shootings produits…

Tout en soutenant son regard, je m'abreuve de ses propos. Je comprends que si, jusqu'ici, je ne m'étais encore jamais véritablement donnée à fond, je vais devoir y remédier si je suis prise. Il m'apprend qu'il recherche une personne créative, rigoureuse et polyvalente. Il se renseigne sur mes capacités de synthèse et d'analyse, et veut savoir si je maîtrise les outils bureautiques, informatiques et communicationnels.

— J'ose espérer que tout ceci ne vous fait pas peur, avance-t-il.

— Connaissez-vous le proverbe qui dit : « Prenons des risques malgré nos peurs et choisissons de croire en la flamme qui nous habite » ?

— Non, mais il est porteur d'un beau message.

— En effet. Ce serait un mensonge de dire que je n'ai pas un tout petit peu peur, toutefois si vous m'en donnez l'occasion, j'aimerais vous démontrer que vous ne vous êtes pas trompé en me choisissant.

— Vous parlez trois langues dont le français.

— Oui. Étant donné que je viens de La Nouvelle-Orléans,

parler le français là-bas est une seconde nature, et je l'ai appris au lycée.

Il hoche lentement la tête.

— Vous avez un accent qui frappe.

— Ce qui veut dire ?

— Si on ne fait pas attention, le son de votre voix peut perdurer dans l'esprit.

Qu'est-ce qu'on rétorque déjà à ce genre de commentaire ? *Merci ?* Heureusement, il ne semble pas attendre de réponse.

— Vous avez été l'assistante personnelle de Raphael Lockwood. Pourquoi ne l'êtes-vous plus ?

Le sujet ombrageux. Même si je m'y suis en quelque sorte préparée, cela ne m'empêche pas de chercher mes mots.

— Euh…

Les mains à plat sur son secrétaire, il me sonde d'une expression curieuse.

— Euh… certes, j'ai beaucoup appris de M. Lockwood, qui reste un bon employeur, cependant je préfère travailler dans un cadre où je suis à mon aise, et malheureusement je n'étais plus capable de répondre à ses attentes.

Est-ce que j'ai été assez persuasive ? Simon me scrute longuement, avec un petit pli entre les sourcils. À quoi pense-t-il ?

— D'accord. Et si nous continuions à discuter pendant que je vous fais visiter nos locaux ?

— Volontiers, accepté-je, ravie.

C'est plutôt bon signe qu'il me propose de parcourir les lieux avec lui, non ? Ce qui me frappe d'emblée est la présence massive des matières telles que le bois brut, la pierre ou encore les végétaux. Je découvre des espaces semi-publics conçus pour ceux qui veulent travailler dans le calme afin de s'isoler. La cafétéria a des airs de restaurant et offre un panorama agréable sur les gratte-ciel de Manhattan ; des luminaires élégants, combinés à des rideaux, sont disposés au-dessus de nos têtes. La visite se termine par des open spaces équipés de panneaux acoustiques et de bureaux sobres rehaussés d'une couleur living coral.

— Qu'en pensez-vous ?

— C'est très joli et tout a été agencé de manière à ce que l'on se croie chez soi.

— Je suis content que vous voyiez les choses ainsi, parce que c'est ici que vous prendrez vos fonctions.

Distraitement, j'opine, admirant le décor d'un œil rêveur, quand soudain c'est le bug complet. Lentement, je me tourne vers lui, pensant sûrement avoir mal entendu.

— Par... Pardon ?

— Félicitations, Zoey, chuchote-t-il, enthousiaste. Vous faites désormais partie de l'équipe.

Oh ! mon Dieu ! Je suis stupéfiée par la rapidité étonnante avec laquelle j'ai réussi mon entretien. Ça paraît trop beau pour être réel. Pour obtenir un boulot, il faut souvent savoir faire preuve d'une extrême patience et de détermination. Est-ce que je rêve ?

— Un petit sourire, Zoey, ou cette nouvelle ne vous plaît-elle pas ?

Je cille et me reprends.

— Quoi ? Oh non... bien sûr... Je veux dire, je suis agréablement choquée, surprise, bref je n'en reviens simplement pas, je ne m'attendais pas à être prise du premier coup.

— Il paraît que vous êtes un bon élément, et vous avez le profil recherché, je suis sûr que vous prendrez très vite vos marques. Retournons dans mon bureau pour négocier votre contrat.

Totalement béate, je lui emboîte le pas. Ne dit-on pas que tout vient à point à qui sait attendre ?

Chapitre 46

Les jours se succèdent, deviennent des semaines. L'ambiance chaleureuse qui règne au sein de Cosmic a rendu mon intégration aisée. La plupart des collaborateurs m'ont souhaité la bienvenue autour d'un café et de pâtisseries. Ils sont assez sympas.

Je m'applique avec assiduité, je fais ce que l'on attend de moi, travaillant parfois jusqu'à quarante heures par semaine. Leur prouver que je suis compétente m'est nécessaire. Surtout à Simon, qui me porte une attention particulière. Non pas celle d'un homme qui convoite une femme mais… il y a ce je-ne-sais-quoi dans son regard qui m'interpelle. On dirait qu'il tente de me percer à jour, croyant – à tort – que je suis une énigme. Simon est assez avenant en fait, il m'a même donné l'autorisation d'être moins formelle avec lui.

Un jour, je déjeune avec Ryan et Margerita, et cette dernière trépigne d'en apprendre plus sur mon nouveau poste.

— Alors, raconte-nous comment ça se passe ? Le cadre te plaît ? Comment sont tes nouveaux collègues ? Plus ou moins fun que Cassandra ? Bref, je veux tout savoir.

Je ris doucement.

— Eh bien… j'aime bien travailler là-bas, ça rentre plus dans mon domaine de compétence, étant donné que je suis diplômée en gestion. C'est une occasion en or où je mets en pratique ce que j'ai appris à la fac. Ouais, ça me convient.

— Ça me fait vraiment plaisir que tu puisses retrouver tes marques. Je dois t'avouer qu'au début j'avais des doutes quand Raphael a abordé cette idée avec moi.

Grand moment de flottement durant lequel ses propos atteignent mon cerveau.

— Quelle idée ?

Embarrassée, elle semble réaliser qu'elle a commis une bévue.

— Euh… oublie ce que j'ai dit. En fait…

— Va droit au but, Margerita, tranché-je. Est-ce que… Est-ce grâce à Raphael que j'ai obtenu cet emploi ?

Elle soupire et se pince l'arête du nez en secouant la tête.

— Je suis idiote ! Écoute, je suis désolée de te l'avoir caché mais je l'avais promis à Raphael.

Un ricanement nerveux m'échappe tandis que je passe une main tremblante de colère dans mes cheveux. D'un coup, toutes les pièces du puzzle se mettent en place. Bon sang ! Je comprends désormais pourquoi j'ai été recrutée aussi facilement, et l'origine de la curiosité de Simon. Normal qu'il trouve étrange qu'un homme tel que Raphael Lockwood pistonne une petite assistante comme moi.

— Pourquoi… Pourquoi a-t-il fait ça ? Tu sais ce que je ressens en réalisant que ce ne sont pas mes maigres capacités qui m'ont aidée à décrocher ce poste mais un con super riche qui s'est pris pour le Robin des chômeurs ?

Son air de chien battu ne risque pas de m'attendrir. Tant mieux si elle se sent coupable.

— Zoey, je peux comprendre que tu sois irritée mais tu as vraiment de la chance, argue Ryan. Travailler pour la marque de luxe Cosmic n'est pas donné à n'importe qui. Ne fais pas celle qui ne sait pas que notre société fonctionne grâce aux relations. Il faut toujours connaître la bonne personne pour avoir accès à la bonne affaire.

Il n'a pas tort, mais j'aurais souhaité ne pas être redevable à Raphael. Comment l'évincer de ma vie si chaque fois il trouve une brèche où s'engouffrer ?

— Donc ça ne te ferait ni chaud ni froid d'apprendre que c'est grâce à lui que tu travailles au Blue Hill ? riposté-je de mauvaise foi.

Ne s'attendant pas à une pareille révélation, Ryan avale de

travers et s'empare de sa serviette pour s'essuyer les lèvres. Ses yeux écarquillés reviennent se poser sur moi tandis que sa bouche forme un *o* de surprise.

— Quoi ? bégaye-t-il. T'es sérieuse ?

Je me contente d'acquiescer. Soufflé, il se rencogne dans son siège et arbore une expression pensive. Et alors que j'anticipe son engueulade, il rit aux éclats.

— Waouh… c'est effectivement notre Robin des bois, commente-t-il. Il décroche des emplois pour nous.

— À en juger par ton enthousiasme, cela te laisse indifférent.

— Qu'est-ce que tu veux ? Que je démissionne parce que j'ai eu un petit coup de pouce ? s'exclame-t-il en roulant des yeux. Je te l'ai dit, Zoey, notre société est ce qu'elle est, acclimatons-nous simplement. De plus, je suis très touché par le geste de M. Lockwood, qui ne gagnait rien à me venir en aide. Et maintenant, si je tiens compte de ton aveu, je pourrais me fâcher contre toi, vu que tu as agi exactement comme Margerita.

— Ce n'est pas la même chose, protesté-je, sur la défensive.

— Tu m'as caché que j'ai été pistonné. Margerita t'a caché que tu as été pistonnée. Nous avons été pistonnés par la même personne, à la différence que tu t'envoyais en l'air avec lui.

— Je déteste ta logique, bougonné-je.

— Parce que j'ai raison, fanfaronne-t-il. Bon, puisque je ne t'en veux pas, tu n'as pas aussi le droit de bouder Margerita. Elle a juste respecté sa promesse, comme toi tu as cru bien faire en taisant la vérité.

Je délaisse ma fourchette au bord de l'assiette et attrape un verre d'eau que je vide goulûment.

— Margerita, je te pardonne à une seule condition. Dis-moi où je peux trouver Raphael, maintenant.

Elle semble peser le pour et le contre et m'implore du regard.

— Zoey, qu'est-ce que tu as en tête ? soupire-t-elle. Pas de bêtises, je t'en prie. Déjà qu'il sera contrarié lorsqu'il saura que je t'ai vendu la mèche et…

— Respire, si quelqu'un doit t'en vouloir à mort, c'est moi. C'est une conspiration que vous avez fomentée dans mon dos.

— Cette fille et l'exagération ! râle Ryan.

Il a droit à un coup d'œil menaçant de ma part.

— Je ne sais pas si c'est une bonne idée, marmonne Rita, indécise.

— Tu as peur que je fasse un scandale ? C'est ridicule, voyons. Je ne me donne que très rarement en spectacle. Je veux juste lui parler. Aucun lancer de hache ou de massacre à la tronçonneuse. Rassurée ? terminé-je avec un demi-sourire sonnant aussi faux que mon argumentation.

Toujours méfiante, elle finit néanmoins par me révéler l'adresse où je pourrai le trouver.

— Tu as intérêt à ne pas faire d'esclandre.

— Je tiendrai parole.

Les promesses ne sont-elles pas faites pour être brisées ?

En sortant du restaurant, je heurte une femme qui me retient in extremis par les épaules, stabilisant ainsi ma position.

— Désolée, lance-t-elle avec un sourire contrit.

Elle me relâche. J'en profite pour passer une main dans mes cheveux.

— C'est à moi de m'excuser, j'avais la tête ailleurs. Est-ce que vous allez bien au moins ?

— Rien de cassé, plaisante-t-elle. Comme vous le voyez, je suis plutôt résistante.

Sa voix rauque détonne avec sa silhouette plantureuse. Cette quadra a été sans aucun doute une très belle femme dans sa jeunesse. Je lui offre un dernier sourire avant d'aller régler mes comptes avec quelqu'un d'autre.

Sur mon téléphone, je vérifie l'adresse que m'a fournie Margerita. Je franchis les portes du restaurant mais un gorille me bloque l'accès.

— Bonjour, avez-vous fait une réservation ?

Je me tourne vers le réceptionniste, qui me reluque d'un œil condescendant. Quoi ? Est-ce que je fais trop pauvre citadine malgré mes vêtements de luxe ? L'habit ne fait pas le moine, on dirait.

— Bonjour, euh… pas vraiment. J'ai juste un truc important à remettre à l'un de vos clients.

— Désolé, mais sans réservation, vous ne pouvez pas passer.

Me retenant de grogner, je mords ma lèvre inférieure et essaye plusieurs méthodes de persuasion avant d'abdiquer. OK, je n'ai donc d'autre choix que de patienter sur le trottoir d'en face.

Une demi-heure plus tard, lasse de faire le pied de grue et foutrement en rogne, je suis sur le point de faire demi-tour lorsque l'homme de mes tourments sort, accompagné de trois autres personnes. J'attends quelques minutes pendant qu'il prend congé de ses clients, puis je m'empresse de le rattraper avant qu'il monte dans sa voiture.

— Raphael !

Une main sur la portière ouverte, il se retourne, manifestement surpris par ma présence.

— Zoey.

Face à ma mine hargneuse, son sourire disparaît.

— Pourquoi tu t'immisces ainsi dans ma vie ? lui lancé-je une fois à sa hauteur. Pour qui te prends-tu pour interférer dans mes choix professionnels ? Si tu veux te donner bonne conscience, continue à lever des fonds pour la lutte contre la pauvreté ou le cancer. Je n'ai pas besoin de cette complaisance.

— Comment es-tu au courant ?

Je le toise sévèrement.

— C'est donc ça qui t'intéresse ? Qui t'a vendu ? On s'en fiche de comment je l'ai su. Ce qui compte ici c'est que tu n'es pas en droit de prendre des décisions me concernant dans mon dos. Ne comprends-tu pas qu'il n'y aura plus jamais rien entre toi et moi ?

— Et si on continuait cette discussion ailleurs ?

— Je n'irai nulle part avec toi ! m'écrié-je. Je suis furieuse contre toi mais merde, va te faire foutre.

— Je n'attends rien de toi, Zoey, déclare-t-il en amorçant un pas vers moi. Je n'ai pas agi dans ton dos pour te faire du mal mais pour te venir en aide. Je pense t'avoir répété à maintes reprises que te faire sourire me rend heureux, et j'ai su que ça n'a pas été très facile pour toi de retrouver un boulot.

Je ne parviens plus à garder la même intonation froide. Ce n'est pas évident de jouer l'indifférence quand je n'ai qu'un besoin : sentir sa peau contre la mienne, ses bras m'enlacer, sa chaleur m'envahir.

Ma faiblesse, c'est lui. C'est mission impossible d'effacer mes sentiments pour lui, mais je ne peux pas me permettre de flancher si je veux espérer construire un avenir sans lui.

De quoi parles-tu ? Sans Raphael il n'y a pas d'avenir quelconque, parce que tu veux savoir le scoop du siècle ? C'est lui ton avenir.

— Ne m'aide plus, dis-je en sortant de ma torpeur. Même si tu me vois écrasée par un chauffard, ne viens pas à mon secours. Ça te donne une idée du ressentiment que j'éprouve envers toi, non ? Je ne suis pas une demoiselle en détresse. Tiens, Isadora peut-être…

— Zoey, laisse-moi…

— Non. Nos chemins se sont séparés cette nuit-là dans ton penthouse. Toi et moi, on en reste là. Parce que je ne suis pas ingrate, je te remercie pour ce job. Ciao !

Je tourne les talons, ravie d'avoir combattu le désir ardent de me jeter dans ses bras.

Je t'ai sorti de ma vie… c'est le mensonge le plus odieux que j'ai pondu. S'il savait que son visage est la première image que je vois à mon réveil et la dernière avant de m'endormir, il comprendrait qu'il m'est impossible de le bannir de ma vie, parce que c'est justement lui ma vie.

Chapitre 47

Me croyant en pleine dépression, Margerita m'invite à passer un moment avec elle et son chéri le geek, Angus, un 14 février. Suis-je donc si désespérée pour tenir la chandelle et subir leurs mièvreries en ce jour que j'exècre, parce qu'il me rappelle pernicieusement ma pauvre condition de célibataire ? Je préfère encore ruminer en jouant les *drama queens*. Tout compte fait, ce rôle me va bien.

D'ailleurs, je me suis concocté une petite soirée *home sweet home*, rien d'original, je suis juste résolue à ne pas mettre le nez dehors sous peine d'assassiner les couples heureux. Au programme, deux ou trois films d'horreur – les comédies romantiques sont proscrites jusqu'à nouvel ordre – et une bouteille de pinot que je compte boire à même le goulot sous mon plaid.

Avant que je m'allonge sur le canapé, on sonne à la porte.

— Hey… Euuuuhhh, qu'est-ce que tu fais dans cette tenue ? Pourquoi t'es pas encore prête ?

Margerita arbore une grimace éloquente en me découvrant dans un sweat à capuche tombant sur un legging opaque complété par de grosses pantoufles en licorne – cadeau de Ryan à Noël. Mon look cocooning ne lui plaît-il pas ? Je m'en fiche.

La plantant à l'entrée, je lui laisse le soin de refermer derrière elle et m'avachis sur le canapé.

— Zoey, gronde-t-elle. T'es sérieuse ? Le film va bientôt commencer, et Angus patiente en bas.

— Quel film ? grommelé-je.

— Elle est sérieuse, gémit-elle en secouant la tête. Je t'ai prévenue qu'on allait sortir. Il est hors de question que tu te morfondes un 14 février, tu m'entends ? Nous sommes le 14 février !

— Mon anniversaire est déjà passé, raillé-je. Je te pardonne de croire que je suis née un 14, ça arrive à tout le monde de se tromper.

— Ce n'est pas le moment d'être sarcastique. Va t'habiller !

— Non.

— Oui.

— No… argh, rends-moi ça, grogné-je quand elle m'arrache la télécommande.

— Non ! Je ne partirai pas sans toi, riposte-t-elle, les mains sur les hanches.

— Merci pour ta proposition très touchante, mais au cas où tu ne t'en serais pas aperçue, j'ai mon propre programme, répliqué-je mielleusement. Et ne t'inquiète pas, je ne mettrai pas fin à mes jours. Je ne saurais même pas comment trouver la veine à taillader.

— Ha ha, très drôle, grommelle-t-elle, pince-sans-rire. Ton sens de l'humour est remarquable, t'as jamais pensé à faire des talk-shows ?

— Voilà une idée intéressante, approuvé-je en opinant. Promis, si je me fais renvoyer, j'essaye cette option.

— Bon, plus sérieusement, qu'est-ce qui ne va pas ? Est-ce que tu me fais toujours la tête ?

— De l'eau a coulé sous les ponts, ça n'a rien à voir avec toi. Je ne veux tout simplement pas sortir. Être la troisième roue du carrosse ne m'a jamais tentée.

Après un silence, je pense qu'elle va enfin me laisser en paix quand elle trouve à redire :

— Je croyais que tu serais là pour soutenir Ryan.

— Comment ça ?

— Tu n'es pas au courant ? J'ai proposé à Ryan de se joindre à nous après qu'il m'a parlé de sa dispute avec ta sœur.

Un détail me fait arquer un sourcil.

— Depuis quand vous êtes proches au point qu'il te fasse des confidences ?

Ses yeux vert-de-gris s'arriment aux miens.

— Si je ne m'abuse, tu étais là quand je lui ai dit qu'il pourrait également compter sur moi au moindre problème.

— Mais, hé ho… il me délaisse, moi qui suis son âme sœur, pour aller directement geindre dans ton oreille. Ouais, je le prends mal.

Elle lève les yeux au ciel en retroussant la commissure de ses lèvres d'un rouge vermillon.

— Ça ne s'est pas déroulé ainsi. Je lui ai téléphoné pour savoir s'il avait des plans pour ce soir, je voulais qu'il vienne pour que tu sois plus à l'aise face à Angus et moi. Et c'est là qu'il m'a dit qu'il était libre, puisqu'il s'est disputé avec Gwen, elle a décliné la promenade en amoureux qu'il avait prévue pour eux.

Ryan doit avoir des tendances masochistes. Je pensais qu'il prendrait une certaine distance en découvrant le vrai visage de ma sœur, mais il semble toujours poings et pieds liés dans cette relation néfaste.

— Maintenant que tout est clair, est-ce que tu aurais l'amabilité d'aller te changer ? Tu es bien jolie, mais je refuse de marcher dans les rues avec toi en pyjama.

— Ce modèle que tu vois là pourrait être présenté lors de la prochaine collection automne-hiver à la Fashion Week. Ne dénigre pas mon sens du style.

Amusée, elle éclate de rire.

Environ dix minutes plus tard, fin prête, je m'attarde un instant sur la robe mi-longue à motif de roses à col en *v* que Margerita a associée à des sandales. Son côté sexy est teinté d'élégance grâce à une pochette à lanières en chaîne et un manteau en fausse fourrure noire.

— Rassure-moi, on va bien à un simple cinéma, non ? Est-ce que tu t'es habillée comme ça pour chauffer Angus et lui montrer ce qu'il rate en faisant vœu d'abstinence ?

— Je vais t'avouer un truc, ça m'étonne d'être toujours avec lui alors qu'on n'a même pas couché ensemble. Merde !

— Selon lui, après combien de temps vous pourrez passer à l'acte ?

— Aucune idée. On a failli le faire un soir alors qu'il était dans ma chambre mais tu veux savoir ce qui a bloqué ?

— Je suis tout ouïe.

— Il n'a pas bandé, dévoile-t-elle, la mine grave.

Ma stupéfaction laisse place à un bruyant éclat de rire.

Elle grogne.

— J'ai commencé à lui faire une fellation, mais son sexe a eu le culot de rester flasque. Seigneur ! J'ai autant honte que lui.

Impossible d'endiguer mon hilarité. J'en ai les larmes aux yeux.

— T'es… Est-ce qu'il ne serait pas par hasard gay ? l'interrogé-je.

— Il affirme que non, ronchonne-t-elle alors que nous descendons l'escalier. Il me dit que quand il est stressé, il ne contrôle pas ce genre de choses et qu'il n'est pas encore prêt. Bref, après le resto de ce soir, on va chez moi et il me baise. S'il cherche une fois de plus à s'enfuir, je lui dis d'aller voir ailleurs !

À notre arrivée dans le hall, je me force à me calmer en avisant son petit ami.

— Salut, Angus ! J'espère que tu ne m'en veux pas d'avoir retardé le programme, annoncé-je en l'étreignant.

Mon Dieu ! Ça risque d'être compliqué, les propos de Rita tournent en boucle dans ma tête comme un disque rayé.

— Le film devrait commencer d'ici un quart d'heure. Si on prend le taxi et qu'on n'a pas d'embouteillages, on arrivera à l'heure.

— D'ailleurs, qu'est-ce qu'on doit voir ? me renseigné-je auprès de mon amie.

— *Le Temps d'un automne.*

— Oh non, soupiré-je en baissant la tête.

— Quoi ?

— Pas Jamie et Landon, j'espère que tu as une boîte de mouchoirs parce que je pleure chaque fois avec ce film.

— Ne t'inquiète pas, j'ai tout ce qu'il faut, me rassure-t-elle, compatissante.

C'était prévisible que j'allais geindre comme une Madeleine. Nicholas Sparks, je t'adore malgré tes tragédies.

— Zoey, même une demi-heure après la fin, tu ne t'en remets toujours pas ? T'es une vraie sensible, toi.

— Te moque pas, Rita. Je t'avais avertie que je fondrais en larmes. Bon sang, je m'étais interdit toute histoire romantique mais tu as bousculé ma règle. C'est pas facile pour moi d'observer tous ces couples amoureux qui semblent rayonner de bonheur. En plus, je dois assister à ce rencard à quatre alors que Ryan et moi ne sommes pas ensemble, et que rien que cette perspective me file un haut-le-cœur.

— T'essayes de faire comprendre à tous que je ne t'intéresse pas ? commente ce dernier. Tu blesses mon ego, là.

— Je dis à tout le monde que tu es le frère que j'aurais aimé avoir, ça prouve que je t'ai classé dans la catégorie des mecs avec qui je ne coucherai jamais.

— Je te voyais venir, donc j'ai freiné tes ardeurs en clamant haut et fort que tu es ma petite sœur. Forcément, tu t'es doutée que je ne te considérerais jamais comme une potentielle petite amie.

— Je te signale qu'il n'y a qu'un mois d'écart entre nous, maronné-je en finissant ma piña colada. Est-ce que je peux avoir un deuxième verre ? Où est la serveuse ?

Une serveuse vêtue d'un uniforme aux couleurs de la Saint-Valentin remplace mon verre vide par un plein et dépose une nouvelle chope pour Ryan. Après le cinéma, nous avons fait escale dans un restaurant cosy, à l'ambiance gourmande, où ils diffusent des airs de blues qui me donnent le cafard.

— Je suis contente que vous soyez là tous les deux, annonce Margerita. Vous êtes de bonne compagnie.

— Je n'en suis pas aussi sûr que toi, marmonne Ryan. Ma dispute avec Gwen m'a mis le moral à zéro.

Essayer de comprendre le couple que forment Ryan et Gwen, c'est comme vouloir compter l'eau. Aberrant ! J'interviens :

— Ryan, sérieux, à quel point t'es aveugle pour ne pas réaliser la toxicité de votre relation ? Elle te mène littéralement par le bout de la braguette. Je te le répète sans arrêt, c'est malsain ce que t'endures.

Dépité, il pousse un profond soupir.

— Plus les jours passent et plus je me sens désabusé. Pourtant, en dépit de tout, je continue de l'aimer.

— On aime ceux qui ne le méritent pas, car en retour ils adorent nous mépriser, déclaré-je. Ainsi va la vie ! Regarde, moi, je suis tombée amoureuse d'un homme qui a ébranlé mes certitudes. Tout était parfait, pourquoi a-t-il fallu qu'il gâche ce que nous partagions ? Je pensais que c'était lui, mon Noah Calhoun, mon Fitzwilliam Darcy, mon Edward Rochester… j'ai cru en notre histoire, mais, les amis, l'amour est une pute qui vous vend ses charmes et vous plume par la suite avec un cœur crevé, santé ! conclus-je en levant mon cocktail.

L'alcool m'octroie le courage de déballer mon ressenti.

— Zoey, peut-être que la réalité est tout autre.

— Je t'en prie, Margerita, on sait tous ici que tu as pris le parti de ton patron, rétorqué-je. Normal, il te paye bien.

— Tu te trompes, je suis votre amie à tous les deux et j'apporte un point de vue extérieur. Tu ne t'es jamais dit qu'il pouvait y avoir une interprétation différente de la scène que tu as vue ce soir-là ?

— Si je comprends bien, tu cherches à justifier sa trahison ?

— Tu l'évites mais tu ne devrais pas, continue-t-elle. Il m'a expliqué comment les choses se sont déroulées, et je crois en lui, toi-même tu m'avais personnellement affirmé qu'il était trop direct pour être habitué aux faux-semblants. Ne penses-tu pas que s'il avait voulu te quitter, il te l'aurait dit plutôt que d'orchestrer cette mise en scène grotesque ? Il cherche à se racheter, parce qu'il est fou de toi ! Oui, il t'a dans la peau et pas une journée ne s'écoule sans qu'il me demande de tes nouvelles. Ne sois pas butée, tu te fais du mal.

Mon irritation monte crescendo. Les doigts crispés autour de mon verre, je lui adresse une moue sardonique.

— Tu souhaites que je lui donne une chance de s'expliquer lorsqu'il n'a pas eu la même indulgence à mon égard ? Il aurait dû s'attendre à ce que la roue tourne. Ah, je devrais l'inviter à boire un verre pour qu'il me raconte ce qu'Isadora faisait à moitié à poil sur lui, n'est-ce pas ? Bonne idée. On oublie donc l'enfer qu'il m'a fait vivre à cause de ce maudit baiser ? Tu passes pour l'avocate du diable, là.

Sa mine blessée me fait comprendre que j'appuie là où ça fait mal.

— Ce n'est pas parce qu'il était fermé à la discussion que tu dois prendre son exemple, insiste-t-elle. Vous avez des caractères diamétralement opposés ainsi que des œillères. La crise que vous traversez peut s'arranger grâce au dialogue, parce que vous bénéficiez tous deux de circonstances atténuantes. Isadora était prête à tout pour briser ta relation avec Raphael. Zoey, au fond de toi, tu sais que j'ai raison mais ta fierté t'empêche de relativiser.

Silencieuse, je mords à pleines dents dans mon cheeseburger, me retenant de l'envoyer paître. Si je n'étais pas de mauvaise foi, je lui aurais concédé un point, mais voilà, je n'aime pas me remettre en question quand je suis censée faire la gueule pour des motifs légitimes.

Chapitre 48

— Tu ne penses pas que t'as été un peu trop dure avec Margerita ? m'interroge Ryan en se garant en bas de mon immeuble.

Le contact coupé, il s'appuie sur le volant et attend ma réponse.

— Peut-être, ronchonné-je. Mais on n'en serait pas arrivé là si elle n'avait pas joué Kevin Lomax dans *L'Associé du diable*.

— D'un côté, je la comprends, murmure-t-il en se rencognant dans son siège, le regard rivé devant lui.

— Tu ne vas pas t'y mettre toi aussi ! grogné-je en croisant les bras.

— Ça sert à ça les amis, à dire la vérité quand il le faut, à pointer du doigt ce qui ne va pas… Toi, tu ne te gênes pas pour me tancer sur ma relation avec Gwen, alors pourquoi je me priverais de faire pareil ?

— Tu ne peux pas comparer, c'est ridicule ! Gwen ne te respecte pas, elle a tendance à te mépriser mais tu refuses de l'admettre.

— Tout n'est pas toujours rose dans un couple, Zoey, il faut savoir faire des compromis, souffle-t-il. Gwen, je l'ai acceptée avec ses qualités et ses défauts.

Un rire forcé me secoue.

— Si on parle bien de la même personne, quelles sont ses prétendues qualités ?

— Elle…

Il marque une pause, cherchant quel bobard inventer, s'humecte les lèvres, puis referme la bouche aussi sec.

— Rien ne te vient spontanément, hein ? pouffé-je. Je ne

vais te poser qu'une seule question, et si tu me réponds par l'affirmative, je te laisserai gérer les choses à ta façon. Est-ce que tu es heureux avec Gwen ?

Ses prunelles tourmentées s'arriment aux miennes. Indécis, il dodeline de la tête.

— Je n'en sais foutrement rien, s'écrie-t-il finalement torturé en fourrageant dans sa tignasse. Gwen est entrée dans ma vie tel un ouragan et elle est en train d'y faire des ravages. Honnêtement, je suis amoureux de ta sœur, Zoey. Pourtant… je vois bien que ce n'est pas réciproque. Je me suis déjà demandé ce qu'il adviendrait de moi si je me séparais d'elle, mais cette perspective me terrifie tant que je m'accroche à notre histoire. Sans elle à mes côtés, je perds mes repères.

Ici, à l'abri dans sa voiture, Ryan ose enfin révéler ce qu'il a sur le cœur. En dépit de mes recommandations, il ne peut pas se détacher aussi facilement de Gwen. Il est totalement fou d'elle. Ma sœur a habilement joué ses cartes.

— Je sais à quel point il est difficile de cesser de l'aimer. Malgré sa méchanceté, je ne parviens toujours pas à la détester et j'espère encore au fond de moi qu'un jour, elle sera capable de me retourner mon amour. Mais Ryan, votre relation est… toxique. Elle en a pris le contrôle, c'est carrément de la dépendance affective que tu manifestes à son égard. T'es pas heureux ! Il est temps de penser à toi. Fais passer tes envies, tes besoins avant les siens. Est-ce que tu comprends ce que je te dis ?

Je retiens mon souffle en percevant un sanglot étouffé. Oh non !

— Ryan… Viens ici.

Je l'attire à moi pour l'étreindre chaleureusement. Je caresse ses cheveux pour l'apaiser et effacer une larme solitaire qui coule sur sa joue.

— Ça me fait mal de te voir dans cet état, prononcé-je.

— Il n'y a qu'avec toi que je peux me montrer vulnérable, tu ne me juges pas.

Mes phalanges disparaissent dans ses cheveux châtains dans

un tendre effleurement. En glissant mon menton au sommet de son crâne, j'avoue :

— Entre toi et moi, c'est sans fioritures. Devant les autres on a le droit de revêtir notre armure, de jouer les invincibles, mais quand nous ne sommes que tous les deux, déchargeons tout. Soyons nous-mêmes avec nos failles et nos défaillances.

— L'alcool fait disparaître mes inhibitions, rigole-t-il. Reviens me voir demain et je te dirai que j'ai tout oublié de cette confession.

— Compte sur moi pour te la rappeler mot pour mot.

En grognant, il fait semblant de reculer, ce qui me fait rire. Lorsque je lève les yeux sur le pare-brise, mon air facétieux s'évanouit quand je croise le regard pers qui me hante toutes les nuits.

— Raphael, susurré-je, éberluée.

Immobile sous la neige, il me sonde, n'ayant rien manqué de ce moment intime partagé avec mon ami.

— Non, moi ce n'est pas Raphael mais Ryan, rectifie celui-ci.

Captive de cet échange visuel ensorcelant, je suis incapable de répondre à mon ami. La contrariété traverse les prunelles de Raphael avant qu'il fasse volte-face. Sans réfléchir, je me sépare de Ryan, ouvre brusquement la portière, puis saute sur mes pieds.

— Raphael ! le hélé-je en lui courant après.

Pourquoi je fais ça, moi ?

Décidé à ne pas s'arrêter, il progresse jusqu'à son véhicule. Je l'interpelle une, deux fois, me hâtant de le rattraper.

— Raphael, attends… qu'est-ce que tu fais là ? demandé-je en arrivant à sa hauteur, légèrement essoufflée.

Tout en cachant mes boucles brunes sous mon bonnet, je dandine d'un pied sur l'autre, ayant oublié ma veste dans la voiture. Ma longue robe en maille fendue expose mes bras à la morsure du froid.

— Rien, je m'en vais, réplique-t-il d'un ton égal.

— Non…

Mon objection nous surprend tous les deux. Je cille et me racle la gorge.

— Je veux dire… il y a bien une raison qui t'a poussé à venir ici, non ?

— Est-ce que c'est important ? riposte-t-il en lorgnant derrière moi. Retourne auprès de ton ami, Zoey, je ne voudrais pas être la cause de cette interruption. Manifestement, là, vous étiez en train de partager quelque chose de… Bref !

— Pourquoi parles-tu de cette manière dédaigneuse ? m'offusqué-je. Ryan est mon ami, et s'il a besoin d'une épaule pour pleurer, je lui prêterai toujours la mienne. Tu ne peux pas te pointer ici et faire des crises de jalousie, ce n'est pas normal.

— Qu'est-ce qui est normal pour toi ? s'écrie-t-il en supprimant la distance entre nous. Que j'aie le cœur brisé à force de répéter à quel point tu me manques ? Combien il m'est difficile de respirer sans toi à mes côtés ? À quel point je regrette d'avoir laissé les choses prendre une telle ampleur ? Qu'est-ce qui est juste pour toi, Zoey ? Que la nuit venue, je ne dorme pas parce que je me languis de ton pardon, ou que je t'aime au-delà de la folie ?

J'ai les larmes aux yeux face à tant de sincérité. Ses prunelles scintillent avec mélancolie. Je ne peux pas paraître détachée, je souffre également de notre séparation. D'un côté, j'aimerais tout balayer d'un claquement de doigts, effacer cette tristesse sur ses traits, sauf qu'il m'est difficile de passer outre son attitude.

— Si tu n'avais pas douté de moi, qui sait ce qu'on vivrait aujourd'hui ? déclaré-je d'une voix ténue. Tu m'as tourné le dos quand je t'ai demandé une chance de me laisser t'expliquer la situation. Selon toi, peut-on construire quelque chose de solide s'il n'y a pas de confiance mutuelle entre nous ? Qui me dit que tu ne me quitteras pas à la moindre rumeur qui circulera sur moi ? Me défendras-tu si on venait à m'accuser d'un meurtre que je n'ai pas commis ? Vois-tu, ça, je n'en suis pas sûre. Comment accorder ma confiance à un homme qui ne m'offre pas la sienne ?

Prenant mon visage en coupe, il lance, accablé :

— J'ai été con, borné, orgueilleux. Oui, mea culpa, Zoey. Je ne cesserai jamais de m'en vouloir, j'aurais… J'aurais dû écouter ta version et ne pas me fier aux apparences. Ma gazelle… j'aimerais que tu me pardonnes.

Le silence nous enveloppe.

Je n'aspire qu'à ça… te retrouver, mais pour l'instant je ne m'en sens pas capable.

— S'il te plaît, va-t'en, le supplié-je quasiment.

N'ayant ni la force ni l'envie de me disputer avec lui, j'agite le drapeau blanc. Tout ce qu'il me faut maintenant, c'est être seule. Réfléchir. Ressasser. Pleurer à chaudes larmes dans mon lit.

— D'accord, souffle-t-il au bout d'un moment. Mais avant, j'ai quelque chose pour toi.

Il ouvre un pan de son manteau et y récupère un écrin qui m'arrache instinctivement un soubresaut.

— Je les ai vues dans une vitrine et elles m'ont rappelé ta délicatesse. Elles sont parfaites, tout comme toi.

— Je ne veux rien venant de toi, objecté-je en secouant la tête tandis qu'il me présente le joli coffret.

S'il est déçu, il ne rend pas les armes. Il glisse la boîte au creux de ma paume malgré ma résistance.

— Je vais te répéter ces mots que je pense t'avoir déjà dits : Zoey Bridgestone, je ne veux pas te perdre parce que je t'aime au-delà la folie, trop fort pour te laisser sortir de ma vie et j'attendrai… oui, ma gazelle, j'attendrai tout le temps nécessaire que tu me reviennes, parce que toi et moi savons que cette flamme entre nous ne peut être éteinte. Joyeuse Saint-Valentin.

Ses lèvres effleurent mon front puis il tourne les talons.

Pendant combien de temps je reste là à fixer les traces de pneus de sa voiture alors qu'elle a disparu de mon champ de vision ? Aucune idée. Je suis bouleversée par ses propos, mes jambes cotonneuses sont sur le point de me lâcher. J'ai du mal à contenir mes larmes.

— Zoey ?

En entendant Ryan m'appeler dans mon dos, je me retourne et, sans réfléchir, me jette dans ses bras.

— Que t'a-t-il dit pour que tu sois dans un tel état ? me questionne-t-il.

Le corps secoué de spasmes, je marmonne entre deux sanglots :

— Il… Il m'a simplement fait comprendre qu'une vie sans lui à mes côtés est une vie qui ne vaut pas la peine d'être vécue.

— Tu l'aimes ?

— Tu demandes si Paris se trouve à Londres ? badiné-je.

Il glousse. Je m'éloigne de lui et renifle.

— Je me les gèle ici, tu veux monter ? enchaîné-je en frissonnant.

— J'étais en train de réfléchir et… ce serait possible que je passe la nuit chez toi ?

— Bien sûr que oui. Mon appart est aussi le tien, d'ailleurs, faudrait que tu penses à me rappeler que je te fasse un double des clés au cas où j'oublierais les miennes.

Au chaud dans mon appartement, j'intime à Ryan de faire comme chez lui, l'abandonnant un instant pour me rendre dans la salle de bains. Un tantinet fébrile, j'assouvis ma curiosité en ouvrant l'écrin. Je découvre de magnifiques créoles asymétriques. En or blanc pavé de diamants, elles ont des cœurs qui me subjuguent. Je les mets et tombe aussitôt sous le charme.

Les cheveux noués dans une main, je me regarde dans le miroir. Raphael avait vu juste : elles sont parfaites.

Chapitre 49

— Bonjour, Zoey ! Cette place est-elle libre ?

Surprise, je lève le nez du document que je suis en train d'analyser pour poser un regard confus sur cette inconnue qui s'adresse à moi.

— Est-ce qu'on se connaît ? demandé-je, troublée. Comment savez-vous qui je suis ?

Sans mon consentement, elle s'installe avec aisance sur la chaise en face de moi, croisant ses longues jambes. Ses lèvres s'étirent nonchalamment.

— Tu ne me connais pas mais moi si, avoue-t-elle.

Je la scrute. J'ai l'impression de l'avoir déjà vue, mais en essayant de me rappeler où, je fais chou blanc. Ses cheveux bruns encadrent un visage en forme de cœur strié de ridules qui témoignent de sa quarantaine. Ses yeux noisette brillent d'un éclat terne attestant qu'elle a traversé des épreuves. Malgré tout, elle garde les traces d'une beauté saisissante, de celle qui a dû faire tomber les hommes dans sa jeunesse.

— Je n'arrive pas à croire que tu sois devenue cette belle jeune fille que j'ai devant moi, continue-t-elle en sortant de son sac un paquet de cigarettes. Tu es maintenant une femme.

Je ne la quitte pas du regard alors qu'elle en dégaine une, la place au coin de ses lèvres avant d'embraser le bout d'un geste habile. Ses traits crispés dans une nostalgie douce-amère me donnent une sensation désagréable.

— C'est un peu flippant ce que vous racontez là, ricané-je nerveusement. Est-ce que vous êtes une amie de mon père ?

Si tel est le cas, je ne l'ai jamais croisée chez mes parents.

Elle tire sur sa cigarette et esquisse un rictus sans joie.

— En effet, ton père et moi sommes des amis de longue date…

Une serveuse qui vient prendre sa commande lui signale qu'il est interdit de fumer à l'intérieur. Cette femme dont j'ignore toujours le prénom renifle dédaigneusement, mais consent à lui donner son mégot à peine entamé.

Alors que nous sommes de nouveau seules, je n'hésite pas à me renseigner sur son identité.

— Je peux au moins savoir comment vous vous appelez ?

— Joyce Anderson, révèle-t-elle avec une certaine appréhension.

Elle fronce les sourcils.

— Ton… père ne t'a-t-il jamais parlé de moi ?

Je secoue la tête.

— Il aurait dû ?

La serveuse revient avec son café. À peine tourne-t-elle les talons que Joyce extirpe une flasque de son sac.

— D'où connaissez-vous mon père ? relancé-je, avide d'informations.

Avec son allure élégante et son halo mystérieux, elle m'intrigue au plus haut point.

— Disons qu'à une époque, nous avons eu certaines affinités, dit-elle en libérant une larme de bourbon dans son nectar.

Récupérant sa soucoupe, elle porte la tasse à ses lèvres en me fixant.

Même si elle tente de la camoufler, j'entraperçois la nervosité dans ses gestes. Elle ramène sa crinière brune en arrière et tapote le bout de la table.

— Je me suis préparée à notre rencontre plusieurs fois mais il faut croire que la réalité diffère de mon imagination.

Elle s'humecte les lèvres, croise les bras et les décroise tout de suite après, avant de réitérer l'opération avec ses jambes. Puis elle déglutit.

— Pourquoi êtes-vous aussi agitée ? On dirait que vous allez m'annoncer une mauvaise nouvelle.

— Ça dépend de la façon dont tu prendras ce que je vais te révéler.

— Dites déjà, j'aviserai ensuite.

— Ça fait pas mal de temps que je t'observe de loin, mais je n'ai jamais eu le courage de t'aborder. En fait, chaque fois que j'étais prête à le faire, tu étais toujours entourée. Il faut dire que tu es rarement seule.

Impassible, je la dévisage. Je sens mon estomac se retourner dangereusement. Mon pouls bat à une cadence démesurée, je ne suis plus tout à fait sereine.

— Comme je vois beaucoup de films, j'ai une imagination débordante, donc en ce moment je me dis que vous êtes une psychopathe qui m'a carrément stalkée sans que je m'aperçoive de rien. C'est archi méga effrayant.

Elle arbore un sourire triste.

— Rassure-toi, je ne te veux pas de mal. C'est juste…

Son regard s'embue alors qu'elle secoue la tête. Je cille, déstabilisée.

— C'est juste que… ça fait longtemps que je rêve de te rencontrer, souffle-t-elle douloureusement. Je suis… je connais ta mère.

— Janet ?

Elle réfute d'un mouvement de tête. Alors mon sang se glace dès lors que les rouages de mon cerveau se mettent en marche. J'ai l'impression de cesser de respirer.

— Vous connaissez ma véritable mère ? murmuré-je du bout des lèvres, complètement sonnée.

Sans cesser de pleurer, elle opine.

— Qui est-elle ? Où est-elle ? Savez-vous… J'aimerais…

Je balbutie tandis qu'elle couvre sa bouche d'une main comme si elle s'en voulait d'avoir trop dit. Je me suis posé de multiples questions au sujet de ma génitrice, celle qui m'a mise au monde. Il y a toujours cette petite fille en moi qui ne cesse de se demander pourquoi sa maman l'a abandonnée.

— S'il vous plaît, insisté-je auprès de Joyce, qui est dans tous ses états. Si vous connaissez ma véritable mère, alors vous savez forcément où je peux la trouver. J'aimerais simplement qu'elle m'explique ce que j'ai fait de mal pour qu'elle ne veuille plus de moi, j'ai besoin…

— Ça ne dépendait pas de moi ! s'exclame-t-elle, larmoyante. Ce n'est pas ce que j'ai désiré mais c'était la chose à faire, l'unique moyen de te sauver… ma fille.

Tout l'air contenu dans mes poumons s'évapore comme si j'étais un ballon de baudruche qui se dégonfle. Je la fixe, hébétée.

— Vous… vous foutez de ma gueule ?

— Non, gémit-elle. J'aurais préféré que notre rencontre se fasse dans d'autres circonstances, mais je n'en pouvais plus de te voir de loin sans te parler.

Je m'agrippe aux accoudoirs de mon siège, j'ai l'impression que si je lâche cette bouée, le sol se dérobera sous mes pieds. Un ricanement sinistre m'échappe.

— Vous auriez préféré qu'on se rencontre dans d'autres circonstances ? répété-je. Alors depuis tout ce temps, vous avez été dans les parages, et ce n'est qu'au bout de vingt et un ans que vous osez sortir de votre cachette ?

— Si tu me laissais t'expliquer…

— Il n'y a que ça que j'ai voulu toute ma vie ! explosé-je hargneusement. J'ai souffert de votre absence. Vous ignorez le mal-être qui m'a rongée à l'idée que moi, l'enfant adultérin, je grandissais dans un foyer qui n'était pas vraiment le mien. Ces gens n'étaient pas prêts à m'accueillir, ils se sont simplement adaptés. Dire que je vous en veux est un euphémisme. Sans hésiter, vous vous êtes débarrassée de moi, alors aujourd'hui c'est à mon tour de vous faire comprendre que je n'ai plus besoin de vous. J'aurais aimé savoir pourquoi vous m'avez abandonnée, même si cela ne m'aurait pas permis de vous pardonner, mais maintenant il se fait tard pour les justifications.

Insensible à ses sanglots, je me redresse avec mon porte-documents et jette un billet sur la table avant d'attraper mon manteau et de sortir, sourde à ses supplications.

Sur le trottoir, je marque un temps d'arrêt. Cet air hivernal est une bénédiction alors que j'ai l'impression de suffoquer. *Ma mère*... mon Dieu, j'ai longtemps rêvé de la connaître. Ma vue est floutée par les larmes et j'ai du mal à avancer. Un haut-le-cœur me traverse, je cache mes lèvres derrière ma paume.

Totalement éreintée, je franchis le seuil de mon nid douillet. Après m'être débarrassée de mes escarpins en plein salon, je balance mon sac sur le comptoir de la cuisine et retire mon manteau. Cette journée éprouvante m'a lessivée. Ce dont j'ai besoin à l'heure actuelle ? Me faire couler un bain chaud, avaler quelque chose de consistant avant de glisser sous mes draps. Sauf que je vais devoir faire une croix sur la dernière option, enfin la retarder de quelques heures, histoire que je termine cette analyse à rendre demain.

Le frigidaire ouvert, je m'empare d'une brique de lait et la bois à même le goulot. J'hésite entre commander une pizza ou en réchauffer une surgelée. Le livreur mettrait trop de temps à arriver, donc je me rabats sur la seconde option.

Mon téléphone sonne tandis que je déboutonne mon chemisier.

— Salut, papa, lancé-je en bâillant.

Activant le haut-parleur, je dépose l'appareil sur le matelas pour me déshabiller.

— Bonsoir, ma chérie ! J'avais oublié mon portable à la maison, ce n'est que maintenant que je prends connaissance de tes deux appels en absence. Est-ce que tout va bien ? Tu t'es encore disputée avec ta sœur ?

Manifestement, la bataille que se livrent ses deux princesses adorées le chagrine toujours autant. Qu'il aille faire la morale à Gwen, qui n'a pas changé d'avis sur moi, même après le fameux conseil de famille. Elle a seulement prétendu qu'elle pourrait me tolérer de temps à autre.

J'ignore quelles étaient ses réelles intentions en niant que j'aie eu une liaison avec Raphael Lockwood. En quelque sorte, elle m'a couvert en soutenant qu'elle était juste en colère contre moi. Qu'avait-elle à gagner en me protégeant ? Quand Gwen fait une bonne action, il y a inévitablement anguille sous roche. Depuis notre retour de La Nouvelle-Orléans, elle n'a pas encore tenté de me faire chanter, mais je reste à l'affût. Tel un serpent, elle est perfide, rusée, et mord dès qu'on se montre vulnérable.

— J'ai rencontré une femme ce midi, avancé-je prudemment.

— Qui était-ce ?

— Joyce Anderson.

Ma réponse lui coupe la chique. Seule sa respiration à l'autre bout du fil me convainc qu'il est toujours en ligne.

— Papa ? Tu ne fais pas de syncope, j'espère.

Ma plaisanterie ne le fait pas rire. J'entends son souffle devenir erratique.

— Est-ce… Est-ce qu'elle t'a dit qui elle était ?

— Oui.

— Juste ciel ! Co… Comment l'as-tu rencontrée ?

— C'est elle qui m'a trouvée alors que je déjeunais dans un bistrot pas très loin des bureaux.

— Que s'est-il passé d'autre ?

— Ce que j'ai ressenti est indescriptible. Papa, tu te rends compte… cette femme débarque dans ma vie après plus de vingt et un ans et elle s'attend à ce que j'écoute ses inepties ? m'insurgé-je. J'ai été profondément troublée en apprenant qui elle était, j'étais loin d'imaginer que nos routes allaient se croiser.

Mon père, étrangement silencieux, doit accuser le coup.

— Sais-tu comment on pourrait la contacter ?

— Ça m'est égal, papa. Pourquoi me demandes-tu ça ?

— Parce que c'est ta mère, soupire-t-il. Et si elle t'a retrouvée, cela signifie qu'elle est enfin sortie.

— Sortie d'où ?

— Tu devrais lui donner une chance de te parler à cœur ouvert, élude-t-il. Tu as beaucoup à apprendre sur elle, d'accord ? J'imagine qu'elle voudra passer du temps avec toi, te dévoiler tout ce qui s'est passé… juste, je t'implore de ne pas la repousser si elle t'approche une nouvelle fois, c'est compris, ma puce ?

Assise au bord du lit, je masse mon front en sentant poindre une affreuse migraine.

— Non, je ne comprends rien, papa. Peux-tu m'expliquer de quel côté tu es ? Parce que là, je t'avoue être perplexe. Tu ne peux pas me demander de laisser une chance à cette femme alors que même toi, tu n'as jamais rien voulu me dire toutes ces fois où je t'interrogeais à son sujet. J'aurais pensé que tu serais furieux de savoir qu'elle est rentrée en contact avec moi. Tu m'as toujours dit de considérer Janet comme ma vraie mère et d'oublier que je suis censée en avoir une autre, ou bien tu ne te souviens plus de tes propres paroles, papa ?

— Zoey, ce n'est pas...

— Ce n'est pas quoi, papa ? J'ai atteint mon quota de sensations fortes pour cette journée, on en reste là. Désolée si tu me trouves insolente, mais tu sais exactement comment je suis quand je suis à bout. Bonne nuit et embrasse Janet pour moi.

Je raccroche et me couche sur le dos, contemplant pensivement le plafond pendant un long moment. Je suis à la fois irritée et interpellée par la réaction de papa. Il n'est pas contrarié comme je m'y attendais mais essaye de plaider en sa faveur. C'est dingue !

Pourquoi m'as-tu laissée tomber alors que j'étais encore un bébé ?

Je devrais sans doute la remercier de m'avoir confié à mon géniteur plutôt qu'à l'orphelinat.

Un bras en visière sur mon visage, en sous-vêtements, je sombre insidieusement dans une léthargie. Vide d'énergie, je n'ai même plus la force de réchauffer cette pizza qui calmerait les grondements de mon estomac affamé.

Tout compte fait, je pourrais m'endormir dans cette position.

Joyce Anderson, c'est comme ça que ma mère s'appelle. Et dire que jusqu'ici, je l'ignorais.

Pourquoi as-tu brisé notre lien, maman ?

Chapitre 50

Raphael

C'est la vibration incessante de mon téléphone qui finit par m'arracher du sommeil. Les chiffres rouges du radio-réveil indiquent 0 h 30. Je grogne de mécontentement en réalisant que c'est un numéro inconnu qui essaye de me joindre.

Je me redresse au bord du lit et bâille en frottant mes paupières, adaptant ma vue à la pénombre de la pièce.

À peine scotché-je l'appareil à mon oreille qu'un sanglot étouffé me parvient.

— Raph… Raphael ?

À mon plus grand dam, je reconnais le timbre d'Isadora, le poison qui a détruit ce que je partageais de beau avec ma gazelle.

— Belle ruse, je raccroche.

— Non, attends ! Ce que j'ai à te dire est urgent, il faut que tu te rendes immédiatement à l'hôpital.

— À qui as-tu fait du mal cette fois ? D'ailleurs, je m'en moque. Qu'est-ce que tu n'as pas compris quand je t'ai demandé de ne plus m'appeler, sauf si c'est en rapport direct avec Raphaella ?

— Il s'agit justement de Raphaella ! s'exclame-t-elle. Elle… Elle ne va pas bien.

Cette bonne femme ne perd rien pour attendre. Elle sait pertinemment que ma fille est mon talon d'Achille.

Avec un soupir, j'allume la lampe de chevet et siffle :

— Arrête d'utiliser Raphaella dans tes coups foireux, c'est clair ? J'en ai ras le bol. Ne teste pas les limites de ma bienveillance. J'espère que tu es consciente qu'à la moindre entourloupe de ta part, je te retire sa garde.

— Ne me menace pas. Pour l'amour de Dieu, peux-tu m'écouter jusqu'à la fin sans m'interrompre ?

— Apparemment, même les givrés aiment Dieu, raillé-je.

— Raphaella s'est évanouie, alors tu te mets tes plaisanteries à deux balles où je le pense ! s'écrie-t-elle.

J'entends quelqu'un lui demander de baisser d'un ton. Ma gorge se noue et mon estomac se serre d'appréhension.

— Qu'est-ce que ça signifie ?

— Je t'expliquerai tout quand tu seras ici. Pour une fois, arrêtons de nous bagarrer, tu sais que je ne plaisante jamais avec un sujet aussi sérieux que la santé de notre fille.

Même s'il est vrai qu'elle a les neurones grillés, je ne doute pas de son amour envers Raphaella.

Alarmé, je me lève et m'habille en quatrième vitesse. Il est presque 1 heure du matin. Plutôt que de déranger Jake qui est avec sa famille, je décide de conduire.

Derrière le volant, je tente d'endiguer mon anxiété et m'exhorte au calme. Je me concentre sur la route en grillant un ou deux feux rouges au passage. Pourquoi imaginer le pire ? Si ça se trouve, ce n'est rien de grave.

Arrivé à l'hôpital, je me renseigne à l'accueil. On me dirige vers le deuxième étage. Je ne tarde pas à apercevoir mon ex dans la salle d'attente.

— Isadora !

Elle redresse son menton et se campe sur ses pieds tandis que j'atteins sa hauteur. Elle a les larmes aux yeux et tire nerveusement sur le col de son pull.

— Où est Raphaella ? Bon Dieu, mais qu'est-ce qui s'est passé ?

Avant d'ouvrir la bouche, elle mordille la pulpe de son pouce puis prend une profonde goulée d'air.

— Je crois qu'ils lui font des examens neurologiques, chuchote-t-elle. Dans la journée, elle allait plutôt bien malgré un peu de fatigue, rien d'important. Elle est venue me réveiller aux alentours de 23 h 30 pour que je l'accompagne faire pipi. Dans la salle de bains je me suis rendu compte qu'elle saignait du nez et aussitôt elle s'est évanouie. J'ai paniqué, appelé une ambulance et c'est comme ça qu'on a atterri ici.

— Elle saignait du nez ? m'étonné-je.

Elle opine lentement.

— C'est vrai que ce n'est pas la première fois, mais je...

— Parce que c'est déjà arrivé ? Réponds ! insisté-je face à son silence coupable.

— Oui, couine-t-elle. La première fois c'était en classe, ensuite...

— Quand ça ? grondé-je.

— Deux semaines plus tard. J'ai cru... que ça ne signifiait pas grand-chose.

— Pourquoi ne m'as-tu pas averti ? m'énervé-je. Putain ! Tu agis tout le temps comme une écervelée. Quand tu dois te comporter de manière raisonnable, tu ne le fais pas. Mais si c'est pour orchestrer des plans diaboliques, oh oui, tu deviens championne.

Irrité, je m'assieds. Les coudes sur mes genoux, j'enfouis les doigts dans mes cheveux. Que penser des révélations d'Isadora ? Je n'en sais foutre rien.

— T'as pas besoin d'être agressif, soupire-t-elle en se laissant tomber à mes côtés. Je suis aussi sur les nerfs.

Sans répondre, je garde les yeux rivés au sol. À cette heure de la nuit, l'endroit est quasiment désert.

— Bon sang, j'ai l'impression de patienter depuis une éternité, ajoute-t-elle au bout d'un moment. Pourquoi ça prend autant de temps ?

Je ne lui dis pas qu'elle a raison. Ça fait un quart d'heure que je suis là, et j'ai la désagréable sensation qu'une décennie s'est écoulée. Une heure supplémentaire vient compléter ce supplice.

— Mademoiselle Miller ?

En synchro, Isadora et moi nous levons, entourant le toubib chauve qui l'a interpellée. La gorge sèche, je fourre les mains dans les poches de ma veste. L'expression impassible du médecin me fait un peu peur. Est-ce qu'il va finir par accoucher, oui ou merde ?

— Oui ? prononce Isadora du bout des lèvres. C'est moi, je suis la maman de Raphaella. Comment va ma fille ? Pourquoi vous ne dites rien ? Votre silence me tue.

J'intercepte l'éclat fugace de compassion dans ses yeux avant qu'il nous invite dans son bureau.

— Monsieur Lockwood, je suppose ? lance-t-il une fois que nous sommes tous installés.

Je confirme d'un hochement de tête.

— C'est pour plus de précautions que nous devrons garder Raphaella pendant encore vingt-quatre heures, annonce-t-il. Nous lui avons fait passer une série d'examens, dont les résultats seront disponibles dans la matinée.

— Docteur, si vous savez ce qu'elle a, ne tournez pas autour du pot, dis-je sèchement.

— Parlez ! ordonne Isadora.

Un soupir lui échappe. C'est comme s'il avait une arme à la main, il retire le cran de sécurité, met son doigt sur la détente, nous cible…

— Je n'en suis pas encore sûr à cent pour cent, et nous ne serons calés qu'après les résultats des analyses, mais tout porte à croire…

… et presse :

— Tout porte à croire que votre fille… souffre d'une tumeur au cerveau.

Crac.

Physiquement je suis là, mais mon esprit n'y est plus. Je vois sans regarder. Je regarde sans voir. Le toubib m'apparaît difforme, tel un spectre s'assombrissant au fur et à mesure.

— Pouvez-vous répéter ?

Mon murmure est-il au moins audible ?

— Une tumeur au cerveau…

Il enfonce le couteau dans la plaie. Ses mots se distendent. Chaque syllabe ricoche dans ma boîte crânienne.

Je suis incapable d'assimiler ses propos. Je ne peux pas le

croire. Qui a eu l'idée de tourner ce canular ? Qui va surgir d'un instant à l'autre pour hurler : « On t'a bien eu ! Poisson d'avril ! » ?

Isadora me ramène sur la terre ferme en poussant un cri strident.

— Une tumeur ? s'écrie-t-elle, estomaquée. Vous êtes en train de me dire que ma fille a un satané cancer, c'est ça ? Oh ! Seigneur !

— Ce ne sont que des suppositions, esquive-t-il. Je vous l'ai dit, il est préférable d'attendre les résultats des examens.

— Elle va mourir ? Oh ! mon Dieu, Raphael, ma fille va mourir, sanglote-t-elle.

— S'il te plaît, garde ton calme.

Comme elle s'est levée, très certainement pour en découdre avec le toubib, j'ai cru bon d'intervenir et je la maintiens contre moi.

— Reste tranquille, Isadora, grogné-je. Tu as entendu le docteur comme moi, il n'est sûr de rien.

Je m'accroche à l'infime espoir que son diagnostic est erroné. *La foi soulève les montagnes,* cette phrase que m'avait dite Zoey, me fait tenir, je ne peux me démoraliser. Je refuse de croire que le sort de ma petite fille est scellé.

Comme je n'ai pas pu me résoudre à quitter le chevet de Raphaella, il m'a été impossible de fermer l'œil de la nuit. Observer son visage de poupon aux paupières closes s'est avéré plus difficile que je ne le pensais. Tel un disque rayé, les paroles du médecin tournaient en boucle dans ma tête.

Pourquoi elle ? Cette question ne cesse de me tarauder. Qu'ai-je donc fait de si terrible pour recevoir un tel châtiment ? Aucun parent ne mérite d'apprendre que la chair de sa chair a une tumeur au cerveau. Dès que les résultats ont été mis à notre disposition, mon être s'est scindé en deux.

Je ne compte pas quitter mon siège, je garde un œil sur Raphaella. Une intervention chirurgicale est prévue plus tard pour déterminer la nature de cette tumeur. Cancéreuse ou pas ? Je suffoque. Pourvu que non.

Isadora n'a pas voulu s'éloigner du lit de la petite non plus, et s'est finalement endormie à ses côtés, un bras protecteur autour de son corps.

En passant une main dans mes cheveux, je souffle et m'enjoins à ne pas pleurer. Qui tiendra le rôle du pilier si je craque ?

— Papa ?

Sa voix fluette m'extirpe de ma transe. Raphaella me considère avec un sourire, que je lui retourne automatiquement.

— Pourquoi est-ce que nous sommes ici ? demande-t-elle en jetant un coup d'œil circulaire à la pièce. C'est un hôpital, non ?

Comme d'habitude, son petit nez se plisse. Je m'approche d'elle et caresse ses cheveux. Comment cette poupée pétillante peut-elle avoir à affronter de tels malheurs ? Nous ignorons à quel moment la boîte de Pandore s'ouvrira, qui elle frappera. Un instant tu ris et celui d'après tu chiales, car ton monde est sens dessus dessous.

Ma poitrine se serre alors que je contemple ce trésor qui m'a apporté tant de joie. La première fois que je l'ai tenue dans mes bras, il s'est passé un truc indescriptible entre nous. J'ai su que, même si elle n'était pas un enfant désiré, je l'aimerais plus que ma vie et pourrais tuer pour elle.

— Qu'est-ce qui te rend triste, papa ? murmure-t-elle. Est-ce que j'ai fait quelque chose de mal ?

— Non, ma puce.

Sa main se faufile jusqu'à la mienne. Nos doigts s'entrelacent.

— Tes yeux brillent, est-ce que tu veux pleurer ? Tu as mal quelque part ?

Ma douleur n'est pas physique mais psychique. Mon cœur souffre de savoir que tu es souffrante.

Secouant la tête, je ne cesse d'effleurer sa chevelure soyeuse.

— C'est parce que je suis malade ? Tu peux tout me dire, papa, je suis une grande fille.

Ses yeux implorants s'embuent. Ma trachée se resserre.

— Ma chérie, tu es réveillée ? intervient Isadora en se

redressant sur le coude. Ça va ? Tu as mal quelque part ? Tu veux rentrer à la maison ?

Bienvenue dans le mélodrame de cette femme. Elle ne sait pas s'arrêter, constamment dans l'excès et la paranoïa.

— Isadora, tu vas lui faire peur.

J'ai droit à un regard en coin menaçant avant qu'elle se presse plus contre Raphaella.

— Aïe, maman, tu m'étouffes.

— Désolée, ma chouette. Tu as dormi pendant de longues heures, j'avais envie d'entendre ta voix.

Si Isadora a une sale mine, je ne donne pas cher de la mienne.

— Qu'est-ce que j'ai ? reprend Ella en nous dévisageant tour à tour. C'est à cause du marteau-piqueur dans ma tête ?

— Quel marteau-piqueur ?

— J'sais pas trop, il y a juste beaucoup de bruit dans ma tête. Ça me fait mal.

Sa mère renifle.

— Cela t'est souvent arrivé ?

— Oui. Mais maman me disait que ce n'était rien et me donnait des comprimés pour diminuer la douleur.

Cette dernière fuit mon expression sévère en cachant son visage dans l'épaule de la petite.

— Comment te sens-tu maintenant ? Tu as toujours mal ?

Elle fait non de la tête.

— Je veux dormir, je suis encore fatiguée. Maman, est-ce que tu sais pourquoi papa est triste ? C'est parce que je vais mourir ?

— Chérie, ne dis plus jamais une chose pareille, objecté-je. Tu ne vas pas mourir, c'est compris ?

— Alors pourquoi maman pleure ?

Impossible de contenir la douleur qui me submerge. Instinctivement, je me retourne, appose mon front sur le mur d'en face. Sans mon autorisation, les larmes jaillissent.

Comment puis-je garder la tête haute alors qu'elle-même se rend compte qu'il y a un truc qui ne va pas ?

— Papa…

En l'entendant m'appeler, je mords férocement dans mon avant-bras pour éviter de geindre. Isadora tente de la rassurer :

— Ça va aller, mon bébé. Ce n'est rien. Ton père subit juste beaucoup de pression.

La tête basculée en arrière, j'inspire longuement, exhale lentement. Je dois me ressaisir ! Je me dois d'être fort pour qu'ensemble, nous puissions traverser cette étape difficile mais pas insurmontable.

Une chose est certaine : je ferai tout ce qui est mon pouvoir, même si je dois vendre mon âme au diable, afin qu'elle s'en sorte saine et sauve.

Chapitre 51

Raphael

Le diagnostic est tombé : Raphaella est atteinte d'un médulloblastome. C'est une tumeur neuroectodermique apparaissant le plus souvent dans l'encéphale, et qui se développe par la suite dans le cervelet.

Toujours étourdi par cette nouvelle, j'ai la sensation que mon esprit a déserté mon corps, qui n'est qu'une coquille vide.

J'essaye de ne pas être pessimiste, bien que l'exérèse qu'elle a subie il y a peu n'ait réussi à enlever qu'une partie de la tumeur à cause de son emplacement. Une radiothérapie ainsi qu'une chimio sont désormais de rigueur pour combattre ce fichu cancer. Je n'ai pas hésité à solliciter les services des meilleurs spécialistes du pays : un neurochirurgien, un oncologue et un thérapeute.

Puisqu'elle n'est pas une patiente à haut risque étant donné que la maladie n'a pas eu le temps de se propager, ses chances de survie sont de soixante-dix à quatre-vingts pour cent. Je fais de ce pronostic une bouée de sauvetage à laquelle je me raccroche malgré l'incertitude qui me tourmente.

En compagnie d'autres personnes, je demeure stoïque, pourtant, quand le soir venu je me retrouve seul chez moi, les vannes explosent et je pleure.

C'est maintenant qu'il me faut un miracle. Qu'est-ce que la foi ? Quelle divinité dois-je implorer ?

Ma. Petite. Fille. A. Un. Putain. De… Un. Putain. De. Cancer !

Pour Raphaella qui, plus que jamais, a besoin d'être entourée de sa famille, je lutte pour maintenir la tête hors de l'eau. Si je venais à sombrer, qui viendrait à son secours ? Elle ne peut pas se battre seule. Ensemble, nous verrons le bout du tunnel. J'en fais le serment.

— Monsieur Lockwood ?

Deux doigts pressés sur ma tempe, avec le bras en appui sur l'accoudoir de mon fauteuil, je me souviens brutalement que je suis en salle de réunion. Je croise des visages familiers avec des airs soucieux mais aussi intrigués.

Une nouvelle fois, j'ai divagué.

— Nous avons besoin de connaître votre avis, monsieur.

Je cille. Est-ce encore utile de préciser que je n'ai pigé que dalle des échanges de cette session ? Actuellement ma fille est mon unique priorité.

— Sur quoi ? marmonné-je.

Tous me fixent, interloqués. Je hausse les épaules, n'ayant jamais su faire semblant.

— Navré, mais je vais devoir prendre congé de vous, déclaré-je en me dressant sur mes pieds. Margerita, j'attends ton compte rendu.

Cette dernière est devenue mon assistante. J'ai compris après le départ de Zoey que ce serait problématique pour moi de travailler avec une inconnue sans lui dégobiller mon humeur maussade au visage, alors j'ai préféré donner ce poste à Rita, et je ne me suis pas trompé, elle maîtrise son job.

Sous les regards stupéfaits, je quitte la salle de conférence et m'engouffre dans le premier ascenseur vide que je trouve.

Appuyé contre le mur, j'avale difficilement ma salive et sens la pression affluer. Je suis beaucoup trop… anxieux pour prendre des décisions question boulot, peut-être que je devrais m'absenter quelques jours, histoire d'être vingt-quatre heures sur vingt-quatre au chevet de Raphaella ? Il faut que j'y réfléchisse.

Dans mon bureau, je me laisse tomber sur mon siège. Les paupières closes, je cale ma nuque contre le dossier et essaye de faire le vide dans ma tête. Chaque fois que je ferme les yeux, je ne cesse de penser à Raphaella en train de se battre contre un ennemi redoutable et redouté.

Profonde inspiration. Mâchoires serrées. Poings crispés. Les sanglots viennent de nouveau.

Je ne dois pas succomber. Pas ici. Sauf que leur appel est tellement insidieux que je me sens misérable d'essayer d'étouffer mes émotions, qui risquent de m'engorger si je m'ingénie à les cadenasser.

Putain !

Et si jamais je perdais Raphaella ? Je doute que je m'en remette. Je n'ose pas imaginer la douleur que je ressentirais.

Ma petite princesse… un cadeau inestimable que la vie m'a offert. Quand j'ai appris il y a quelques années que je n'aurais peut-être plus la possibilité d'être à nouveau père, j'ai juré de la protéger contre les monstres coûte que coûte.

Tu parles d'une protection ! Désormais, je me sens plus impuissant que jamais.

L'instant d'après, on frappe à la porte. Je cille et me reprends en reniflant. Margerita pénètre dans la pièce avec mon aval et me fixe avec inquiétude. Elle n'est pas au courant de la maladie de Raphaella.

— Qu'est-ce qui t'arrive ? finit-elle par demander au bout de longues minutes de silence. Depuis un certain temps, tu n'es plus toi-même. Jusqu'ici, je ne t'ai mis aucune pression, pour que tu te confies de ton plein gré, mais là ça va trop loin. Raphael, tout le monde se pose des questions sur ton état, je veux comprendre. Est-ce que c'est toujours à cause de Zoey ? Je t'ai dit qu'elle te pardonnera, laisse-lui un peu de temps.

— Non, ce n'est pas…

C'est dur d'aligner plus de six mots. En soupirant, je referme le poing devant ma bouche et dévisage Margerita d'un air abattu que je ne cherche même plus à dissimuler.

— Tu peux tout me dire, m'encourage-t-elle. Je suis là pour toi.

— Raphaella est… malade, avoué-je en sentant ma voix se briser à la fin.

Elle incline la tête sur le côté, attendrie, compatissante. Elle ne comprend pas.

— Une nouvelle fièvre, c'est ça ? Tu verras, ça va…

Je l'interromps :

— Elle a une tumeur au cerveau, Margerita, révélé-je en éclatant en sanglots. Ma petite fille a le cancer.

Je ne m'attarde pas sur son expression choquée et baisse la tête pour pleurnicher. N'étant pas un robot, je ne peux pas mettre sur off mes émotions.

— Oh non, Raphael ! Je ne peux pas le croire… Je ne peux pas le croire.

D'une voix chagrinée, Margerita vient m'entourer de ses bras tandis que les larmes coulent sur mes joues.

Impossible de dire pendant combien de temps Margerita et moi restons dans cette position alors qu'elle essaye tant bien que mal de me réconforter.

— Je ne sais même pas quoi dire, balbutie-t-elle en retournant à sa place. Comment… Comment est-ce possible ?

Je me rencogne dans mon fauteuil, contemplant le plafond d'un œil morne, voire vitreux.

— Apparemment il y a eu des symptômes précurseurs auxquels nous n'avons pas prêté attention, dis-je dans un souffle. Du moins, elle n'en a eu qu'après s'être réinstallée chez Isadora. Cette dernière… putain, j'avais envie de tuer cette femme quand j'ai su qu'elle avait pris à la légère ses troubles de l'équilibre. Même son comportement à l'école a interpellé ses enseignants, qui en ont fait part à sa mère. Il paraît qu'elle zigzaguait et tombait dans la cour de récréation, et moi, son père, je n'étais au courant de rien !

Inondé par une vague de colère à l'égard d'Isadora, je me lève de mon siège, vais me poster devant la baie vitrée et pose les paumes dessus, le buste penché en avant, la tête entre les épaules.

— À l'hôpital, on lui a fait passer un scanner cérébral et une IRM qui ont permis de détecter… des anomalies et des signes de souffrance du tronc cérébral. La chirurgie qu'elle a subie n'a pas rétabli la circulation du liquide céphalorachidien comme on l'espérait, alors elle entrera en phase de radiothérapie pour supprimer les cellules cancéreuses restantes et elle aura de la chimiothérapie dans quelque temps. C'est un dur combat qu'elle est en train de mener, Margerita, ajouté-je après une pause. Si tu la voyais, tellement fragile... qu'elle donne l'impression d'être sur le point de se briser à la moindre pichenette. Elle a désormais des difficultés d'élocution.

Je me redresse et pivote. Mon amie chiale sans faire de bruit.

— Par chance, les symptômes sont légers, donc il y a une lueur d'espoir qu'elle se remette avec le temps. Tu sais ce que les toubibs m'ont dit ? Si elle survit au médulloblastome, il est probable qu'elle rencontre des problèmes scolaires, relationnels et professionnels...

Déboussolée, Margerita porte la main à sa bouche.

— La vie est une salope, non ? argué-je en étirant froidement mes lèvres.

— Je suis terriblement désolée, Raphael.

— Crois-moi, tu ne l'es pas plus que moi.

Chapitre 52

Zoey

Pourquoi j'aime le printemps ? Tout simplement parce que c'est la saison du renouveau. Elle serait également propice au bonheur. Les animaux peuvent enfin sortir de leur hibernation, les fleurs bourgeonnent et embaument. On raconte que le soleil est un puissant antidépresseur, et grâce à son retour, j'ai le moral au beau fixe.

À mon réveil, non seulement je me sens particulièrement de bonne humeur mais je frétille d'impatience à cause de la soirée de lancement qui a lieu aujourd'hui. J'ai pris part à ce projet en assurant le suivi de la campagne de ce parfum censé être pour des femmes libres, indépendantes, une incarnation de l'élégance moderne. L'enjeu est de taille, et je veux que tout soit parfait, si bien que je n'ai rien laissé au hasard. En plus des équipes de marketing, de communication et de direction artistique, j'ai sollicité les services d'une agence externe. Main dans la main, nous avons tout fait pour nous distinguer de la concurrence. Une campagne de teasing intelligemment menée a su éveiller l'intérêt du public et de la presse ; beaucoup s'interrogent sur le mystère qui plane autour de cette soirée, et un beau paquet de monde sera présent pour l'événement, si bien que cela me donne encore plus le trac.

Sans m'attarder sous la douche, je déniche dans ma penderie une veste en denim à patchwork, un jean ample rayé et les associe à des bottines en cuir. Je me prépare un bol de céréales arrosées de lait, puis, portant la première cuillerée à ma bouche, vérifie mes mails. La sonnerie de mon téléphone m'extirpe de ma torpeur, et un sourire se peint sur mon visage alors que j'avise le prénom de mon ami sur l'écran.

— Ma couille molle, que me vaut le plaisir de cet appel matinal ? Nous sommes un vendredi, il n'est pas encore 8 heures et je sais que tu commences ton service dans quatre heures. La grasse mat', c'est pour les faibles, c'est ce que t'essayes de me dire ?

Il s'esclaffe.

— Au son de ta voix, je devine que tu es tout excitée pour ce soir. Moi aussi, d'ailleurs, c'est pour te prévenir que j'aurai une ou deux heures de retard, j'espère que ce n'est pas grave.

Je mastique mes céréales.

— T'inquiète, dis-je, la bouche pleine. Margerita sera là pour me tenir compagnie, mais t'as intérêt à ne pas me faire faux bond. Ça n'a pas été facile de vous avoir ces deux invitations vu le gratin qu'il y aura, et j'ai besoin de soutien moral, c'est une soirée importante pour moi.

— Je sais. T'as bossé comme une dingue sur ce projet, c'est à peine si on te voyait ces dernières semaines.

— J'imagine combien ça a dû être éprouvant pour toi de ne pas me voir, lancé-je, sarcastique. Après tout, c'est moi qui donne du sens à ta vie.

— Tu veux plutôt dire que c'est moi qui égaye la tienne, se marre-t-il.

— Attention ! Gwen pourrait te trancher la gorge si elle t'entendait proférer une telle ignominie.

— Tu n'as pas à t'en faire pour elle, continue-t-il d'une voix basse teintée de désillusion. On… n'a pas dormi ensemble.

— Comment ça ? m'étonné-je. Elle a piqué une crise de nerfs ?

Il soupire lourdement.

— En fait, depuis un certain temps, je dors dans ton ancienne chambre en attendant qu'elle trouve un nouveau colocataire, vu qu'elle en recherche un. Ce n'est plus trop comme avant, on s'éloigne dangereusement et… peut-être que cette distance est en train de sonner le glas de notre relation.

J'aimerais lui dire que je m'en réjouis, mais je ne veux pas me comporter comme une connasse sans cœur. Certes, il souffrira au début, mais le temps guérira ses blessures.

À qui veux-je faire croire ces sornettes ? Je ne suis toujours pas remise de ma séparation avec Raphael. Qu'est-ce qu'il me manque ! C'est horrible de ne pas entendre sa voix, de ne pas me délecter de sa vue, d'être privée de ses attentions.

Parce que lui seul peut panser ces plaies qui me tiraillent de l'intérieur. Lui seul peut apaiser ce brasier qui me consume. Raphael est mon… unique remède.

— Zoey, t'es toujours là ?

Je me reprends dans un sursaut.

— Euh… oui, bégayé-je en balançant mon bol terminé dans l'évier. Ryan, il faut que je te laisse, mais écoute, ce soir tu viens pour te changer les idées, d'accord ? Tu finiras par t'adapter à une vie sans Gwen, qui deviendra nettement plus saine.

— Et si je n'y arrive jamais ? s'inquiète-t-il.

— Alors on ira voir un psychothérapeute, déclaré-je à mi-chemin entre la plaisanterie et le sérieux.

— Ha ha, très drôle.

— On me dit tout le temps que j'aurais pu devenir comique. Bon, ciao ! Passe une bonne journée.

— Merci, toi de même.

Ce qui frappe d'emblée lorsqu'on pénètre dans l'espace choisi pour la réception, ce sont les somptueuses galeries décorées de fresques murales abstraites sous de hautes voûtes ogivales et l'atmosphère feutrée et intime qui s'en dégage.

Simon Roberts, avec qui j'ai collaboré, me fait signe d'approcher afin de me présenter à des journalistes partenaires, qui enchaînent aussitôt les questions. Sans tarir d'éloges à mon sujet, il met en exergue mon « excellent travail » et mes « idées ingénieuses ». Un tantinet embarrassée par ces compliments, je me sens rougir.

— Simon exagère, dis-je humblement. Toute l'équipe a fait sa part. Je suis juste contente qu'il m'ait donné l'occasion de me montrer utile, et j'espère ne pas t'avoir déçu, terminé-je en m'adressant directement à mon supérieur.

Il me dévoile sa dentition impeccable dans un sourire solaire.

— Tu es effectivement un élément comme on n'en trouve pas tous les jours, et crois-moi, il gèlera en enfer avant que je te laisse partir.

Sa remarque nous arrache à tous un rire.

— Voilà une information rassurante.

Nous saluons quelques potentiels clients, des personnalités influentes sur le marché, et sommes mitraillés par des appareils photo. Je ne me sépare de lui qu'au moment où j'aperçois Margerita, rayonnante dans une robe en cotte de mailles à sequins, dont les jambes sublimes attirent l'attention de plus d'un.

— Waouh, ma chérie, tu es magnifique ! m'exclamé-je en lui faisant un câlin.

— Merci, répond-elle avec un sourire qui n'atteint pas ses yeux. Toi aussi, tu es ravissante.

La tête inclinée sur le côté, je lui demande, inquiète :

— Pourquoi tu as l'air si triste ? Tu t'es encore disputée avec Angus ?

Finalement, ces deux-là sont passés à l'acte. Il faut croire que le chantage et la peur de la perdre ont dopé Angus, qui a réussi à se décrisper pour faire l'amour à Rita, et elle a pris son pied.

— Non, soupire-t-elle. Y a-t-il un bar par ici ? J'ai besoin d'un remontant.

Sans me faire prier, je la conduis jusqu'au barman, qui s'occupe fissa d'elle. L'instant d'après, elle se désaltère à grosses gorgées de martini tandis que je reste sur du cosmopolitan.

— Quelle idiote, marmonne-t-elle subitement. J'ai oublié de te féliciter pour l'occasion, cet endroit est génial. Je suis sincèrement contente pour toi, ma chérie.

— Cette pression de malade que j'ai subie en valait la peine, car jusqu'ici tout se passe pour le mieux, poursuis-je en trempant les lèvres dans mon cocktail.

— Ryan n'est pas là ?

— Il m'a prévenue qu'il aurait un petit retard. Tu vas finir par me dire ce qui t'arrive ?

Après un nouveau soupir, elle vide son verre cul sec et en commande un autre.

— D'habitude c'est moi qui bois vite, et toi, tu me raisonnes, constaté-je en fronçant les sourcils. Gardons les vieilles habitudes, s'il te plaît.

Elle pouffe en passant une main dans son carré court.

— Est-ce que t'as eu des nouvelles de Raphael ? me questionne-t-elle en dardant sur moi son regard vert-de-gris.

Comment me braquer en deux secondes.

— Tu ne vas pas recommencer, Rita, grommelé-je en me détournant.

— Il a besoin de toi…

— Arrête ! exigé-je entre mes dents serrées. T'as l'intention de pourrir ma soirée ?

— C'est le cataclysme dans sa vie, reprend-elle.

Mais je l'interromps de nouveau.

— On en parle de celui qu'il a déchaîné dans la mienne ?

— Mets ta putain de fierté de côté et écoute ce que j'ai à dire…

— Sans façon, maugréé-je.

— Actuellement Raphael passe par des moments éprouvants qui n'ont absolument rien à voir avec toi, OK ? siffle-t-elle en me décochant un coup d'œil sévère. Donc ton orgueil, tu le ranges dans un coffre et tu me suis attentivement.

Interpellée par son ton grave, je deviens docile et lui intime de continuer d'un geste du menton.

— Il ne va pas bien, enchaîne-t-elle, la mine soudain affligée. Je suis son amie, il pourra toujours compter sur moi pour l'épauler, mais je sais en mon âme et conscience que le seul être capable de lui apporter un peu de réconfort, c'est toi, Zoey.

— Qu'est-ce qu'il a ? m'intéressé-je en sentant mon pouls accélérer.

Elle récupère sa boisson et ingurgite la moitié d'une traite.

— C'est… C'est si difficile d'en parler, mais tu as le droit de savoir.

— Savoir quoi ? Bon sang, Rita, accouche ! T'es en train de me stresser à mort !

— Rapha…

Secouée, elle marque un arrêt, passe une main sur son visage, puis lâche :

— Raphaella est atteinte d'une tumeur au cerveau.

Le choc glace mon sang.

— Quoi ? soufflé-je, bouche bée.

Les larmes me montent aussitôt aux yeux. Je déglutis avec difficulté.

— Tu comprends maintenant pourquoi je te dis que la vie de Raphael est actuellement sens dessus dessous ? Il est dévasté, ça me fait tellement de peine pour lui.

À plusieurs reprises, j'ouvre la bouche, la referme sans oser prononcer une syllabe. Ma lèvre tremble. Déboussolée, je me pince l'arête du nez et me perds dans la contemplation des schnaps derrière le comptoir avant de me concentrer à nouveau sur Margerita.

— Qu'est-ce qu'elle a ? finis-je par murmurer, la gorge nouée par une vive émotion.

— Médulloblastome, le jargon de la médecine, c'est pas trop mon truc. Elle suit un traitement de radiothérapie et de chimio.

— Ça fait genre plus de trois mois que je ne l'ai pas vue. Comment, en ce laps de temps, les choses sont-elles parties autant à la dérive ?

— Je ne sais pas quoi te dire, Zoey. Tu peux imaginer le climat pesant qui règne à l'entreprise, Raphael m'a dit qu'il comptait prendre une pause, parce qu'il ne peut pas assumer ses responsabilités pour l'instant. Sa fille a plus besoin de lui que ses salariés.

— C'est clair, approuvé-je en jetant un coup d'œil circulaire. Ta révélation m'a coupé toute envie de m'amuser, rester ici me semble… pesant. Tu sais où Raphael se trouve actuellement ?

Elle secoue la tête.

— Appelle-le dans ce cas et demande-lui où il est.

— Pourquoi toi tu ne le fais pas ?

— S'il te plaît, Margerita, l'imploré-je. Où qu'il soit, j'irai le retrouver. Je ne veux juste pas qu'il sache que je viens.

Ses lèvres esquissent un sourire qui n'a rien de factice cette fois. Elle extirpe son smartphone de son sac en cuir et pianote dessus avant de le placer à son oreille.

— Il ne décroche pas, lâche-t-elle au bout d'un moment, désappointée.

— Réessaye, la pressé-je. Insiste jusqu'à ce qu'il daigne répondre.

— Peut-être que s'il voyait ton nom sur son écran, il serait plus disposé à le faire.

Je lève les yeux en l'air.

— J'attends.

Après deux autres tentatives infructueuses, la troisième se révèle la bonne.

— Allô, Raphael ? Oui, euh, salut… désolée de te déranger, c'était pour savoir comment tu vas. Je vois, oui… t'es où maintenant ? À l'hôpital ou… Oh ! chez toi… Bon, euh, tu n'as pas à t'en faire concernant les choses au bureau, tout le monde te soutient, et euh… Oui, OK. Dans ce cas, je te laisse. Bye !

— Si je comprends bien, il est chez lui ? relancé-je une fois qu'elle a raccroché.

Elle acquiesce.

— Je vais filer à l'anglaise, la préviens-je. Si on te demande où je suis, ben… tu réponds que j'ai dû m'absenter pour une urgence mais que je serai de retour d'ici peu.

— Parce que tu comptes me laisser toute seule ici ?

— Ryan ne devrait plus tarder. Lui aussi, il ne va pas bien. J'avais prévu de lui changer les idées alors tu le feras à ma place.

Je plaque un baiser sur sa joue et tourne les talons sans m'attarder sur ses sourcils froncés.

Chapitre 53

Les parois s'ouvrent sur ce vestibule que j'admire tant. À la réception, ils m'ont laissée passer sans problème parce que mon nom figure toujours sur la liste des personnes autorisées. Le séjour est plongé dans la pénombre, la seule luminosité vient du croissant de lune.

— Hello, y a-t-il quelqu'un ? Raphael ?

Personne ne répond. Si j'étais en train de mater un film d'horreur, je trouverais l'héroïne stupide de signaler sa présence de cette manière.

Faisant volte-face, je gravis les marches de l'escalier en colimaçon, mais ne le repère nulle part. Ni dans sa chambre ni dans la salle de bains. Est-ce qu'il est sorti entre-temps ? Si tel avait été le cas, les réceptionnistes m'auraient prévenue, non ?

De nouveau dans le salon, je décide d'aller jeter un œil sur la terrasse. À peine ai-je posé un pied dehors que je découvre une tignasse brune qui dépasse d'un transat. Il a pour compagnie un verre à moitié plein d'eau-de-vie.

— Bonsoir, dis-je doucement après m'être approchée de lui.

Son regard surpris croise le mien. J'inspecte ses cernes, son duvet de barbe et son expression affligée.

L'étau autour de mon cœur se resserre méchamment. Ça me chagrine de ne pas avoir été mise au courant plus tôt. Je comprends qu'il n'ait pas voulu ébruiter la maladie de sa fille, mais j'ai beaucoup d'affection pour cette petite alors si j'avais su par quoi ils sont en train de passer, j'aurais signé l'armistice séance tenante pour les accompagner dans cette épreuve.

— Qu'est-ce que tu fais là ? me demande-t-il.

Son intonation n'est ni chaleureuse ni hargneuse. Elle est

juste… indifférente. Il observe les étoiles et porte son verre à ses lèvres. Je m'assieds sur le transat près du sien.

— Je… J'ai appris pour Raphaella, alors…

— Alors quoi ? T'es venue me prendre en pitié ? riposte-t-il, caustique.

— Ce n'est pas de la pitié, Raphael. Je n'ose imaginer ce que tu peux ressentir…

— Tu fais bien, me coupe-t-il. Ce serait présomptueux de le faire.

J'accuse le coup.

— Pourrait-on mettre de côté nos différends ? Je suis venue ici en paix, pour te dire que je suis là pour toi, je vais te soutenir. Et même si tu me demandes de partir, sache que je ne t'obéirai pas, je ne compte pas te lâcher.

Un long silence suit ma déclaration. J'observe moi aussi le ciel, puis reviens à lui. Il finit son verre avant de se mettre à jouer distraitement avec les glaçons.

— Je n'ai aucun problème avec toi, Zoey, déclare-t-il après une éternité. C'est toi qui barricades ton cœur de chaînes qu'il m'est difficile de briser.

— Laissons tomber ce sujet. Pour l'instant, le plus important est ta fille. Tu sais que je tiens énormément à elle, alors ce qui lui arrive m'affecte également. C'est injuste !

Sa pomme d'Adam tressaute alors qu'il déglutit. Quand il tourne la tête vers moi, nos regards s'accrochent et les larmes me viennent.

— Je suis désolée, murmuré-je d'une voix cassée.

— Est-ce que je peux te prendre dans mes bras ?

C'est plus une supplication qu'une demande. Émue, j'opine et m'installe près de lui. Il me serre contre lui alors que j'entoure son cou. Son souffle ricoche sur mon épaule dénudée, le mien se perd dans ses cheveux.

On s'enlace si puissamment qu'on dirait que nos vies en dépendent. Je prends son visage dans mes mains, effleure son front de mes lèvres et dépose un baiser chaste sur chacune de ses paupières désormais fermées. Je frotte mon nez contre le sien, tendrement. Sa barbe drue picote légèrement ma mâchoire quand j'y love ma joue. Sa bouche n'est qu'à quelques millimètres de la mienne.

— Tu aimerais m'embrasser ? susurre-t-il en plongeant son regard intense dans le mien.

Le souffle coupé, je hoche lentement la tête.

— Mais ce serait en quelque sorte profiter de toi, complété-je sur le ton de la plaisanterie.

— Pas quand j'en meurs d'envie également, me contredit-il. Si quelqu'un doit abuser de l'autre, ce serait plutôt moi. J'aimerais t'utiliser comme mon exutoire… juste pour cette nuit, car ta présence me permet d'échapper à mes problèmes.

— Pour cette nuit et celles qui viendront, ajouté-je sincèrement. Je te l'ai dit, Raphael, je n'ai plus l'intention de m'éloigner de toi. Me tenir à distance a été un vrai calvaire.

Il capture vivement mes lèvres, ce qui m'arrache un gémissement. Notre baiser a un goût de sel, d'espoir et d'amour, il m'entraîne en apesanteur. Mes doigts derrière sa nuque, je lui montre que je lui pardonne ses erreurs.

C'est lui qui a volé mon cœur, mais c'est moi qui subis la sentence : l'aimer à perpétuité.

Ses paumes sur ma taille remontent le long de mes flancs, attisent ma peau à travers le velours de mon vêtement. Sa bouche conquiert mon menton, butine ma gorge, je geins de plaisir. Il se rapproche au bord du transat, je suis à présent sur ses jambes. Pour être à mon aise, je m'installe à califourchon sur lui et me réapproprie une fois de plus ses lèvres pleines en mordillant la lèvre inférieure. Il est mon rempart là où je suis sa béquille.

— Tu m'as tellement manqué.

Sa confession avec des trémolos dans la voix me secoue. Ce serait trop banal si je rétorquais « moi aussi » alors je me contente de le serrer fort contre moi.

— Je veux être en toi, là maintenant, suffoque-t-il.

Plutôt que d'acquiescer, je l'interroge :

— On rentre ?

— Trop long.

— On le fait ici ?

Ses pupilles en fusion font se contracter mon bas-ventre. Sans qu'il ait à exprimer sa pensée à voix haute, je descends le zip de son sweat-shirt qui termine en deux temps, trois mouvements au sol. Avec impatience, j'ôte ma culotte et mes chaussures – dans cet ordre –, abaissant son pantalon de jogging et son boxer, puis me réinstalle sur lui. On va soigner le mal par le mâle.

En le chevauchant, je choisis l'angle de pénétration qui me convient, si bien qu'à l'instant où mes parois intimes trempées se referment sur sa hampe, nous gémissons tous les deux à l'unisson. Tremblante, je plonge en apnée. Je m'interromps une seconde pour savourer cette délicieuse intrusion, puis commence à onduler du bassin en décrivant des demi-cercles langoureux et en m'agrippant à ses épaules. Pas une seule fois il n'essaye de mener la barque, il accepte mon rythme et se contente de caresser mes fesses alors qu'on entend au loin les klaxons des taxis.

Nos rétines corrompues par un désir brûlant s'entrechoquent, communiquent silencieusement. Nos corps fondent l'un dans l'autre dans un concerto saccadé de soupirs et de râles. Dans une passion ardente. Dans un désordre voluptueux. Quand il faufile sa main entre nous, c'est pour titiller mon clitoris gonflé. Sa langue taquine mes tétons, c'est si bon que j'ahane de plaisir tout en m'accrochant à lui.

— Ma gazelle, grogne-t-il en me ceignant, s'adaptant ainsi au tempo fougueux que j'ai instauré.

Mes lèvres entrouvertes avalent son souffle irrégulier alors que mes doigts disparaissent dans ses cheveux et tirent dessus pour que je l'embrasse. Je respire vite, fort, mal.

— Est-ce que tu es proche ?

— Oui, haleté-je.

— Alors on va jouir simultanément.

Bientôt, les prémices d'un orgasme fourmillent en moi. Dans l'extase, je me cambre et prononce son prénom dans une longue plainte inarticulée. Son corps est pris de soubresauts. Tout aussi brusquement, il se met à sangloter, son visage dans mon cou. Mes yeux s'embuent automatiquement.

— Raphael, murmuré-je.

Quand il redresse la tête un moment plus tard, ses prunelles miroitantes compriment douloureusement mon cœur.

— Je... Je suis désolé, dit-il avec un petit reniflement.

— Ne le sois pas, je suis là pour sécher tes larmes, répliqué-je en cueillant celles sur sa joue. Alors pleure aussi longtemps que tu en auras besoin, je ne bouge pas.

Malgré son désarroi, je réussis à lui soutirer une ébauche de sourire, et je la lui rends même.

Quelques minutes plus tard, quand je m'écarte de lui, le mélange de nos fluides coule le long de mes jambes. Ce n'est pas la première fois qu'on a des rapports sans protection, mais je ne me lasse pas de le sentir en moi sans aucune forme de barrière.

— Est-ce que tu veux te nettoyer ? me questionne-t-il une fois debout en ramassant son sweat.

— Ce ne serait pas de refus.

L'instant d'après, on retourne à l'intérieur. Il ne me lâche pas d'une semelle, craignant sûrement que je disparaisse, mais si je devais le faire, alors je l'emmènerais avec moi.

Chapitre 54

La vie est un chaos imprévisible. D'un moment à l'autre, on peut passer du côté du malheur, nous évoluons constamment sur un fil précaire qui a tendance à nous rapprocher du précipice. C'est pourquoi nous avons l'obligation de chérir ceux qui comptent pour nous et les estimer à leur juste valeur avant qu'il soit trop tard. Très souvent, ne dit-on pas qu'on ne reconnaît l'importance d'une personne que lorsque celle-ci disparaît ?

Quand je repense aux obstacles que Raphaella doit affronter, la tristesse m'envahit. Elle a entamé son traitement simultané de radiothérapie et chimio, qui se déroulera sur une période de six semaines à raison de quatre séances hebdomadaires au début, afin d'éliminer les cellules cancéreuses qui n'ont pas pu être retirées pendant l'intervention chirurgicale. Ce n'est pas parce que je n'ai pas d'enfant que je ne ressens pas cette profonde peine qui enlise tout parent voyant sa progéniture se battre contre une tumeur. Ce petit ange ne devrait pas avoir à lutter pour rester en vie. Désormais, elle ressemble à une poupée qui risque de se briser à tout moment. Le destin est parfois injuste.

Malgré mon angoisse, une étincelle de confiance subsiste en moi. Je garde la foi, on doit tous croire en quelque chose pour éviter de tanguer vers le néant. Cette gamine est une petite guerrière. Avec son courage, elle rejoindra la lignée des survivants. Il ne peut pas en être autrement.

Mes pensées volent en éclats au moment où Raphael me tend mon café puis tire la chaise qui me fait face pour s'y asseoir.

— Merci, lancé-je en buvant une gorgée qui m'arrache un soupir de bien-être.

— T'es sûre que tu ne veux pas rentrer ? Nous sommes samedi et je ne voudrais pas gâcher tes plans du week-end.

— Tu veux que je m'en aille ?

— Non.

— Alors pourquoi tu insistes avec ça ? Ça fait genre trois fois que tu me poses la même question et ma réponse reste identique.

— Tu… Si tu as d'autres préoccupations, je comprendrais que tu doives partir.

— T'es borné, soufflé-je en roulant des yeux. Écoute, Raphael, seule une tornade pourrait m'éloigner de toi. Rentre-toi bien ça dans le crâne, je ne te lâcherai pas d'une semelle.

Un sourire se dessine sur ses traits éreintés. Nous nous trouvons à la cafétéria de l'hôpital où nous avons amené Raphaella assister à l'une de ses séances de radiothérapie qui dure un quart d'heure.

— Ou alors ne serait-ce pas un moyen subtil de me demander de partir ? relancé-je, taquine.

Ses yeux dans les miens déclenchent un frisson sur ma peau.

— Crois-tu que je prendrais ce risque alors que ça fait moins de vingt-quatre heures qu'on s'est réconciliés ? D'ailleurs, j'aurais aimé qu'on se retrouve dans de meilleures circonstances, avoue-t-il en s'adossant nonchalamment. Et sois certaine que je t'aurais kidnappée pour t'emmener très, très loin. Dans un lieu où il n'y aurait eu que toi et moi, coupés du monde extérieur, et où nous nous serions accordé un moment de répit, aussi éphémère soit-il.

— Une escapade romantique alors, enchaîné-je d'un air mutin. Je suis déjà en train de la visualiser dans ma tête, ça ne fait aucun mal de rêver.

— Je t'en prie, ma gazelle, fais-moi voyager à travers ton imagination, dit-il en portant son gobelet à ses lèvres.

— Toi et moi sur une île presque déserte entourée de forêts tropicales et dont les eaux turquoise s'étendent à perte de vue, nous offrant un panorama à couper le souffle. On ne va pas dans un hôtel luxueux, non, on vit comme de vrais aventuriers, c'est pourquoi on fait du feu sur une plage et on dort à la belle étoile, tout en profitant d'une température estivale sublimée par le coucher du soleil qui projette ses lueurs orangées sur nous émerveillés par le son des vagues. Aah, soupiré-je rêveusement. Tu vois le tableau ?

Il acquiesce et passe un doigt sur sa lèvre inférieure.

— Ça te plairait vraiment de vivre cette expérience ?

— Pourquoi pas ? Je n'ai jamais eu la chance de me rendre dans une de ces destinations exotiques. C'est un peu le rêve de toute femme, je pense.

— D'accord, je prends note.

— Ce qui signifie ? l'interrogé-je en haussant un sourcil.

— Que tes déclarations ne sont pas entrées dans l'oreille d'un sourd.

— Hm, marmonné-je, dubitative. Bon, en revanche, pour faire l'amour, là on irait à l'hôtel. Interdiction de le faire sur la plage.

Son rire m'enveloppe tel du velours.

— Je peux savoir pourquoi ?

— J'ai lu différents articles à ce sujet, il paraît que c'est fortement déconseillé, parce que t'as le sable qui va t'irriter la peau, les crabes qui vont pincer ton cul et d'autres bestioles qui participeront à l'orgie, en plus de l'inconfort. Si on était les personnages d'une fiction, ce serait sans aucun doute érotique, parce que dans la vraie vie c'est infaisable.

Amusé, Raphael ramène ses mèches brunes en arrière. Cela me ravit de parvenir à dissiper sa mélancolie un instant. C'est mon rôle de lui apporter du réconfort. Il ne doit pas être le seul à porter ce fardeau. Ensemble, nous ferons front.

— Tu sais… rien ne nous empêche d'écrire notre propre histoire, rétorque-t-il en m'observant par-dessus son gobelet.

— Quel serait le titre ?

— Mon amour pour toi.

J'éclate de rire, puis couvre instinctivement ma bouche d'une main en me rappelant où je me trouve.

— C'est naze. T'es en panne d'inspiration ou quoi ?

— Continue de te moquer de moi, t'es chanceuse que nous soyons dans un lieu public.

— Ouh, serait-ce un sous-entendu menaçant ? badiné-je. J'ai peur !

Ses pupilles qui se sont assombries me calment instantanément. Je mordille ma lèvre, prisonnière de son regard envoûtant.

— J'ai rencontré ma mère, dévoilé-je à brûle-pourpoint.

Je n'avais pas l'intention de lui en parler tout de suite, mais il me fallait trouver une échappatoire.

Raphael me considère, bouche bée.

— Ta… Ta mère biologique ?

Je hoche sombrement la tête.

— Personne n'est au courant sauf mon père et maintenant toi. C'est dingue, Raphael, elle se pointe du jour au lendemain et dégoupille cette grenade.

Lasse, je passe une main sur mon visage.

— T'a-t-elle dit où elle était ces dernières années ?

— Tu veux dire depuis ma naissance, non ? J'étais beaucoup trop déstabilisée pour continuer la conversation avec elle. D'ailleurs, à mon avis, elle n'avait pas l'intention de me dire qui elle était vraiment, sa langue a juste fourché. Ce que je n'arrive pas à comprendre, c'est pourquoi mon père m'a demandé de lui donner une occasion de s'expliquer.

— Peut-être qu'elle… a des circonstances atténuantes.

— Non, Raphael, ne fais pas ça, protesté-je en secouant la tête. N'essaye pas de justifier ses actes. Pour moi, une mère qui abandonne son gosse ainsi ne mérite pas le pardon. Elle n'a pas eu de scrupules en ignorant mon existence pendant vingt et un ans, n'est-ce pas ? Alors pourquoi me recontacter maintenant ?

— Tu as oublié ce vieux dicton qui dit « mieux vaut tard que jamais » ? Écoute, ma gazelle, je comprends ta douleur d'avoir été rejetée…

— Tu ne peux pas, parce que toi tu as grandi au sein du foyer qui t'était dû, le coupé-je, un brin amère, les larmes aux yeux. Avec tes deux parents, tu as eu droit à toutes les prérogatives qu'un enfant légitime mérite. Tout au long de ma vie, Gwen m'a fait me sentir misérable parce que, selon elle, j'occupais une place qui n'était pas la mienne. Tu ne sais pas ce que ça fait quand celle que tu considères comme ta sœur et que tu admires te rabroue à longueur de journée, te fait comprendre que pour elle, tu restes une merde. Tu… J'ai beaucoup souffert qu'elle me rappelle sans cesse que ma mère était une catin.

Raphael se penche par-dessus la table et coince une mèche derrière mon oreille en m'adressant une expression tendre.

— Je n'essaye pas de justifier les actions de ta mère biologique. Mais je sais combien tu voulais connaître les raisons qui l'ont incitée à te laisser tomber, alors à mon avis tu devrais écouter ce qu'elle a à te dire, même si tu n'as pas à lui pardonner automatiquement. Tu m'as bien raconté que… comment s'appelle la maman de Gwen ?

— Janet, dis-je dans un souffle.

— Que Janet s'est comportée avec toi comme une mère sans faire de distinction entre son véritable enfant et toi, non ? (J'opine.) Même si elle ne t'a pas mise au monde, son instinct maternel t'a accompagnée jusqu'à faire de toi cette magnifique jeune femme qui me rend ivre d'amour.

Il parvient à me dérider, et je souris.

— J'aurais aimé qu'elle me donne la vie, enchaîné-je sans hésitation. Peut-être que là, Gwen et moi aurions établi ce lien entre sœurs que j'ai désespérément recherché.

— Malgré tout, vous avez le même sang. Je ne suis pas un expert mais d'après tes dires et l'aperçu que j'en ai eu, ta sœur présente les caractéristiques d'une perverse narcissique.

— Cette idée m'a également effleurée, cela expliquerait pourquoi Ryan est obsédé par elle. En fait, elle exerce une telle emprise sur son entourage qu'on se plie machinalement à ses exigences. Sa devise est : tout pour elle, rien pour les autres.

Je remarque quelqu'un dans le dos de Raphael, et ma respiration se bloque un instant. Cette femme ne m'inspire plus qu'une profonde antipathie et ce n'est pas parce qu'elle passe par une phase compliquée que je me laisserai faire. Certes, j'éprouve de l'empathie pour sa situation, mais ça s'arrête là.

— Regarde qui approche, maugréé-je.

Raphael a à peine le temps de se retourner qu'elle se précipite près de notre table. Sans s'embarrasser d'une courtoisie factice, elle assène :

— Qu'est-ce qu'elle fout là ?

Ses yeux de serpent sont dardés sur moi.

— Baisse d'un ton, Isadora, l'enjoint-il. Dois-je te rappeler que nous sommes dans un hôpital ?

— Je sais parfaitement où nous nous trouvons, merci, mais je ne veux pas voir cette femme près de ma fille. Elle n'a aucun droit d'être ici.

Je me contente de l'observer. D'après mes déductions, elle risque de terminer cinglée bien assez tôt. Raphael se campe sur ses pieds et tente de l'empoigner, sauf qu'elle pointe un doigt sur lui.

— Ne me touche pas.

Puis sur moi :

— Tu n'as rien à faire ici, tu ferais mieux de dégager avant que les choses s'enveniment.

— Regarde comme tu es pathétique, interviens-je sèchement. Ta fille lutte contre un cancer et toi tu ne trouves rien de mieux que de te ridiculiser en public ? Et après tu me demandes de te respecter ? Commence d'abord par le faire, j'aviserai ensuite.

— Isadora, ton attitude me tape sur le système, gronde Raphael. Tu ne fais que me donner plus de raisons de t'empêcher de voir la petite, t'es pratiquement instable.

— C'est uniquement pour Raphaella que je tire un trait sur les saloperies que tu m'as faites, enchaîné-je. Au lieu de me détester sans motif valable, tu devrais plutôt te concentrer sur elle afin de la couvrir de l'amour d'une mère. C'est maintenant qu'elle a plus que jamais besoin de ses parents à ses côtés.

Elle pouffe dédaigneusement et observe d'un coup d'œil circulaire les visages attentifs tournés vers elle avant de se recentrer sur moi. Elle amorce un pas hostile dans ma direction, Raphael l'empêche d'avancer en lui barrant le passage.

— Qui es-tu pour me dire ce que je dois faire avec ma fille, hein ? ricane-t-elle âprement. Ce n'est pas parce que tu as recommencé à te taper son père que cela te donne tous les droits. Raphael, je n'admettrai pas que ma fille dorme sous le même toit que cette mijaurée, je veux qu'elle rentre avec moi !

Ce dernier soupire, les mains sur les hanches.

— Il n'y a pas lieu de se lancer dans des négociations stériles. Sois reconnaissante que je te permette encore de la voir après ta négligence. Nom d'un chien, Raphaella aurait pu s'éteindre sous tes yeux que tu n'aurais pas été plus préoccupée que ça. Au moindre dérapage, tes visites se limiteront à deux fois par semaine, j'espère que tu prends au sérieux mon avertissement.

Elle accuse le coup et me fusille du regard.

— Va te faire foutre ! Je ne vais pas me laisser faire sans riposter, lâche-t-elle en tournant les talons.

Après son départ, je pousse un profond soupir. Raphael me serre dans ses bras et chatouille le sommet de mon crâne d'un baiser affectueux.

— On va voir si Ella a terminé sa séance ?

J'acquiesce. Main dans la main, nous quittons la cafétéria. Comme je l'ai dit, on fera front ensemble.

Chapitre 55

Six semaines plus tard

En poussant la porte du fast-food dans lequel j'ai rendez-vous avec Ryan et Margerita pour déjeuner, j'inhale les effluves gras, épicés et huileux flottant dans l'atmosphère et je me sens aussitôt indisposée. Je marque une pause, histoire de refréner la bile qui remonte dangereusement depuis mon œsophage. Putain ! Ça ne va pas recommencer.

Ignorant mon léger malaise, je slalome entre les tables en bois patiné dont l'aspect rustique s'accorde à des bibelots vieillots. C'est bondé, mais je ne tarde pas à apercevoir une tête rousse parmi l'effervescence.

— Salut ! lancé-je en rejoignant mes amis. Ryan, franchement c'est quoi cet endroit ? Ça ne casse pas trois pattes à un canard. Rien qu'en voyant l'extérieur, j'ai hésité genre cinq fois avant de me décider à entrer.

— Ce serait une erreur de débutante de te fier à la couverture, fanfaronne-t-il. Tu me remercieras plus tard quand tu atteindras la jouissance gustative. Croyez-moi sur parole, leurs burgers, c'est de la putain de bombe.

— Ben, en attendant que celle-ci explose, veuillez m'indiquer les toilettes, s'il vous plaît. Faut que je vomisse !

Ryan, qui pense que je plaisante, se fend la poire.

— Ha ha, très drôle.

— Je suis sérieuse, me justifié-je, sur la défensive. Je me sens incommodée, j'aimerais aller me rafraîchir.

Margerita fronce les sourcils.

— Prends ce couloir, va à gauche et tu trouveras les toilettes, me renseigne Ryan.

— Merci.

Penchée au-dessus de la cuvette dans une des cabines, je m'efforce de vomir, sauf que mon estomac ne renvoie que de la salive. Encore un nouvel échec ! Toute cette matinée, je me suis sentie nauséeuse. Depuis quelques semaines, je ne suis pas dans mon assiette. Si ce ne sont pas des malaises, ce sont des crampes qui compressent mes jambes, les rendant lourdes.

Je ne suis pas ingénue au point de ne pas reconnaître que quelque chose cloche, mais je crains tellement d'identifier le problème que je préfère faire l'autruche. Je ne cesse donc de me répéter que mes peurs sont le fruit de mon imagination débordante.

Après m'être redressée, je quitte la cabine et me poste devant le miroir qui me renvoie un reflet peu flatteur et met en évidence ces quelques kilos en trop que je n'assume pas. L'idée d'entrapercevoir mon ventre qui s'arrondit légèrement me fait peur, mais il faut bien que j'admette que cette jupe droite me serre.

— Ça va mieux ? m'interroge Margerita dès que je me réinstalle à ses côtés.

Pas du tout.

— Oui, mens-je avec un sourire crispé.

Ses rétines me scannent longuement mais elle ne peut manifester son scepticisme, car une serveuse vient s'enquérir de nos commandes.

— Euh… je n'ai pas eu le temps de regarder la carte.

— Ne t'en fais pas, il n'y en a pas, m'apprend Ryan. Ici on sert uniquement des hamburgers, de toute sorte. Je te conseille de choisir un burger avec du bacon, des oignons rouges et leur fromage spécial. C'est juste… la mort par overdose gustative ! D'ailleurs, c'est ce que je vais prendre, ajoute-t-il à l'intention de la jeune fille.

— Monsieur a parlé, dis-je en écartant mes bras. Dans ce cas, je le suis comme un mouton de Panurge.

— Je suis ton alpha, tu dois imiter le bon exemple.

— Est-ce que mon expression t'indique à quel point je suis morte de rire ? contre-attaqué-je en demeurant de marbre.

Margerita soupire, faussement excédée.

— Je vais prendre la même chose qu'eux. Ne restez pas là à écouter leurs joutes verbales, ça n'en finit jamais.

Notre jolie serveuse sourit poliment.

— Et vous souhaitez quoi comme boisson ? Soda, milk-shake, un verre de bière ou de vin ?

— C'est possible d'avoir un Coca à la cerise ? s'enquiert mon amie.

— Pas de problème.

Je prends de l'eau et Ryan un verre de bière, puis la serveuse tourne les talons.

— À quelle heure tu commences ton service, Ryan ? lui demande Margerita.

— Pas avant 18 heures, toute cette semaine je travaille la nuit.

— Donc en journée t'as le temps de flemmarder quoi ! plaisanté-je. Sacré veinard !

— N'aie pas honte de dire que tu rêverais d'être à ma place.

Je roule des yeux et n'ai pas l'occasion de riposter que Rita reprend la parole.

— Et comment se passe le traitement de Raphaella ? C'est un peu… bizarre de le demander à chaque fois à son père, j'ai l'impression de l'importuner.

À la mention de la petite, je pousse un soupir et joue avec mon lobe pour éviter de me morfondre.

— Tu ne peux pas lui en tenir rigueur, plaide Ryan. Ça doit être barbant de répondre aux mêmes questions, surtout s'il n'y a pas grand changement.

— Je ne suis pas fâchée, objecte-t-elle. Je me mets à sa place, il vit carrément avec une épée de Damoclès au-dessus de la tête.

— Exactement, acquiescé-je. Il vit dans la crainte permanente de perdre sa fille et c'est là où je deviens impuissante, parce que qu'est-ce que je peux dire ? Je sais que les mots ne valent rien, alors je me contente de le serrer très fort dans mes bras.

Je laisse passer à dessein quelques secondes avant de poursuivre.

— Et au vu des résultats de stadification de la gosse, il a d'abord fallu ralentir la dose de sa radiothérapie à cause des effets secondaires sur son encéphale, même s'il y a un risque que cela diminue son efficacité sur la tumeur. À présent, ses soins sont plus axés sur une chimio dans le liquide céphalorachidien, qui se déroulera sur une période de quatre mois, voire une année. Vous vous rendez compte qu'en un seul jour on peut administrer huit médicaments à cette gamine ? Je conçois que ce soit pour éliminer les cellules cancéreuses, sauf que… ça me semble lourd pour une môme.

— Waouh, souffle Ryan, bouche bée. C'est pour la tuer ou la sauver ?

— Saviez-vous qu'en vérité il arrive souvent que les moyens mis en œuvre pour neutraliser le cancer tuent plus le patient que le cancer en lui-même ?

— Merci pour cette parenthèse encyclopédique, Margerita.

— Je ne rigole pas.

— Mais je suis tout à fait d'accord avec toi, approuvé-je. De plus, Raphaella… ce n'est plus vraiment la gamine pétillante qu'on connaît, ses sourires se font très rares, mais elle plaisante de temps en temps sur son crâne chauve en disant que cela ferait un nid douillet pour les oiseaux, particulièrement ceux attirés par ce qui brille.

Tous deux rigolent doucement.

— Elle sait toujours faire des blagues, note Rita. C'est une bonne chose, cela signifie qu'elle ne se laisse pas abattre.

— Mouais, c'est ma petite combattante. En dépit de tout, elle reste plus solide qu'on ne le croit. Il n'y a plus qu'à garder la foi.

L'instant d'après, nos burgers sont servis dans des assiettes en plastique. Mon nez se plisse instinctivement dès que le fumet qui se dégage du bifteck haché me parvient, j'endigue mon haut-le-cœur en portant une main à mes lèvres.

— Oh non, Zoey, ce n'est pas cool, râle Ryan. Tu pourrais

quand même faire plus d'efforts au lieu de jouer les divas capricieuses, non ? Je t'assure que c'est... mmm, terriblement bon, ajoute-t-il en mordant dans son pain. Doux Jésus !

— Oh oui, Ryan, que c'est booooon, gémit instantanément Margerita dès la première bouchée. Putain ! La viande est si tendre et si juteuse que ça m'envoie directement au septième ciel. Qu'est-ce qu'ils ont mis dans leur fromage pour qu'il fonde ainsi sur mon palais ? Zoey, vas-y, avant de regretter d'avoir perdu trop de temps.

Je dois avouer que leurs éloges combinés me donnent envie d'y goûter.

— Arrêtez de me faire saliver, pesté-je entre mes dents.

— C'est qu'on ne voudrait pas qu'il t'arrive malheur avant que tu découvres cette sensation exquise. Toi-même tu ne cesses de répéter que la vie est imprévisible donc, euh, à tout instant, une voiture pourrait te faucher si tu poses un pied sur le bitume.

— Là c'est ta fin que tu décris, me moqué-je en picorant une frite dorée et croustillante. Ne t'inquiète pas, je viendrai manger des tacos sur ta tombe.

— Vous êtes vraiment de sales garnements, maugrée Margerita. J'ai honte d'être votre chaperon.

Un léger rire me secoue, et sans plus tarder, je porte mon burger à mes lèvres. Je mastique, restant à l'affût du moindre signe qui montrerait que je vais régurgiter.

— Alors ? s'intéresse Ryan en arquant un sourcil.

Les choses se gâtent à la troisième bouchée. Cette fois-ci, impossible de contenir ma nausée. En quatrième vitesse, je me précipite jusqu'aux toilettes et vomis tout ce que je viens d'avaler. C'est dégueulasse !

Près de dix minutes plus tard, quand je suis certaine d'être hors de danger, je retrouve les deux autres en traînant des pieds. Je me fends d'un soupir de lassitude en m'asseyant.

— Bon, commence solennellement Margerita en se tournant vers moi. Il est temps de nous dire ce que tu nous caches : ce n'est pas parce que tu gardes le secret que je ne me doute de rien, mais je veux que la vérité sorte de ta bouche.

J'ingurgite d'une traite mon verre d'eau, puis la regarde droit dans les yeux.

— Euh… est-ce que l'une d'entre vous peut m'expliquer ce qui se passe ? demande Ryan, perplexe.

— Zoey va nous expliquer.

— Je ne sais pas, grommelé-je.

— Ne…

— Je suis sincère, dis-je pour couper court à ses remontrances. Mes malaises ont commencé il y a quelques semaines, au début c'étaient simplement des nausées et beaucoup de fatigue, mais là ça s'aggrave. Il m'arrive même d'avoir des vertiges et mes seins… n'en parlons pas, ils semblent plus volumineux et sont particulièrement sensibles. Quand Raphael les touche pendant qu'on fait…

— Épargne-nous les détails salaces de ta vie sexuelle, intervient Ryan. Je suis encore en train de manger.

— Je pensais qu'entre nous c'était pour le meilleur et pour le pire ? fais-je théâtralement d'un ton plaintif.

— Ouais, mais n'abuse pas.

— Ne changez pas de sujet, nous rabroue fermement Rita. Concentrons-nous sur toi, Zoey. Est-ce que tu as consulté un médecin ?

— Non.

— Pourquoi ?

— Parce que… j'ai peur, murmuré-je, la gorge serrée.

— De ?

— Bon sang, Margerita, tu l'as forcément deviné. J'ai peur qu'un toubib me confirme ce que je refuse de m'avouer. J'ai un retard de plus de sept jours, confessé-je dans un chuchotement. Merde !

— Il faut que tu fasses un test, déclare-t-elle.

— Un test de quoi ?

Ça, c'est mon *bro*. Très souvent, il s'égare dans nos discussions de filles.

— De grossesse.

La frite de Ryan s'échappe de ses doigts alors qu'il m'adresse un regard ahuri.

— Hein ?

— Zoey est enceinte.

— Non, protesté-je avec virulence. Ce… Ce ne sont que des suppositions.

— Tu vois ? Elle est dans le déni, les faits ne peuvent que l'attester.

Soufflé, Ryan vide le fond de sa bière cul sec et s'essuie le coin de la bouche avec la manche de sa chemise, probablement trop sonné pour récupérer sa serviette en papier.

— Vous… Vous ne vous protégez pas ? bégaye-t-il.

— Pas tout le temps, mais je prends la pilule, insisté-je sur une intonation quasi désespérée.

— Ma chérie, tu devrais savoir que cette méthode de contraception n'est pas fiable à cent pour cent.

Nous restons un moment silencieux, absorbés par la gravité de la situation. À présent que nous avons abordé le thème de vive voix, la panique m'envahit. Je ne veux pas être enceinte.

— Qu'est-ce qui va se passer ?

— Pour commencer, il va falloir qu'elle fasse un test urinaire pour en avoir la certitude. Le plus judicieux serait d'attendre demain matin, car l'urine matinale possède la concentration en hormone hCG la plus élevée.

— Eh bien, Rita, je pensais que tu ne maîtrisais pas le jargon de la médecine, mais voilà que tu te mets à parler comme une infirmière.

— C'est ma colocataire qui me l'avait enseigné à son deuxième trimestre, puisque c'est elle l'infirmière, je t'avais pas dit qu'elle emballe ses cartons pour s'installer avec son copain qui l'a demandée en mariage ? Si on fait le rapprochement, vos histoires se ressemblent assez.

— Euh, non. Tout d'abord je ne suis pas infirmière, Raphael ne m'a pas demandée en mariage, et je n'ai pas fait mes cartons pour aller vivre avec lui.

— Mais tu vis chez lui.
— Non !
Elle lève les yeux en l'air.
— Décidément, tu te complais dans ton déni. Depuis que vous vous êtes remis ensemble, où est-ce que tu passes toutes tes nuits ?
J'inspire vivement.
— Chez lui.
— Voilà ! Le matin, c'est dans son lit que tu te réveilles et la nuit c'est toujours dans ce même lit que tu t'endors. Il t'a même fait de la place dans son dressing pour que tu y ranges tes vêtements, une autre place dans sa commode pour tes sous-vêtements…
Il faut à tout prix que j'arrête de leur déballer mon quotidien, parce qu'ils ne se privent jamais de me confronter à mes contradictions.
— C'est bon, pétasse, tu as gagné ! Mais c'est temporaire, précisé-je inutilement. Je suis en quelque sorte sa soupape de sûreté, il dit qu'en étant à ses côtés, je fais resplendir la lumière dans ses ténèbres.
— Que c'est mignooon ! Raphael fait de la poésie, peut-être que les miracles existent finalement. Sinon, est-ce que tu as compris ce que je t'ai dit ? C'est préférable que tu fasses le test demain matin.
— Attendre tout ce temps… À partir de maintenant, je ne vais penser à rien d'autre qu'à ça. Je suis terrifiée, leur confié-je.
Rita passe son bras sur mes épaules et tente de me réconforter.
— Et si le résultat est positif ? me questionne Ryan. Que vas-tu faire ? Est-ce que tu es prête à être maman ?
— Non seulement je ne suis pas prête, mais je ne crois pas que Raphael soit enclin à accueillir un autre morveux avec tout ce qui lui est tombé dessus. Sa fille avant tout. Donc… croisons les doigts pour que cette histoire de grossesse soit une pure psychose, sinon c'est la cata !

Chapitre 56

5 h 30

Avant de me faufiler hors des draps, je jette un coup d'œil à Raphael et suis rassurée par ses paupières fermées et son visage serein. Je ne risque pas de le réveiller. À pas feutrés, je m'approche de mon sac posé sur le bureau, en extirpe mon téléphone ainsi que trois tests puis m'enferme dans la salle de bains. Comme on dit, jamais deux sans trois.

Comme c'est la toute première fois que je fais une telle chose, je me réfère aux indications. J'extrais le test du premier emballage et trouve un petit récipient sec approprié avant de faire pipi dedans. Mon cœur bat à tout rompre alors que je trempe dans mon urine la pointe absorbante jusqu'à ce qu'elle soit suffisamment humide. Je remets le capuchon sur le bout et dépose la bandelette sur l'une des deux vasques. Il ne me reste donc plus qu'à attendre. Trois minutes.

C'est court, mais cela me semble une éternité. Il est dit ici que si deux bandes de couleur apparaissent dans les deux zones, ça signifie que je suis enceinte. Dans le cas contraire, une seule bande apparaîtra.

Terriblement anxieuse, je tourne en rond comme un lion en cage.

Faites que ce soit négatif. Faites que ce soit négatif. Faites que ce soit négatif.

À force de m'agiter de droite à gauche, je perds légèrement l'équilibre et vacille. Je me contrains à demeurer immobile, les jointures crispées sur le rebord du meuble.

Trois minutes, le couperet tombe.

Deux bandes de couleur. Dans les deux zones.

Je suis enceinte !

En proie au déni, je me sers des tests urinaires restants et invoque toutes les divinités qui existent pour que la donne change. Ne parle-t-on pas fréquemment de… faux positifs ? Je me confronte pourtant à la même finalité. Devant moi s'étalent six bandes de couleur, issues de trois bandelettes.

La sentence est irrévocablement percutante. Je. Suis. Enceinte !

Je m'accroche de toutes mes forces à la vasque, ne voulant point tourner de l'œil. Ce n'est pas le moment de s'évanouir. Ce début d'emmerdes ne disparaîtra pas comme par magie. Ou peut-être que si ?

— Que vais-je faire ?

En titubant, je me laisse glisser sur le marbre et prends ma tête entre mes mains.

Moi qui n'ai jamais réellement fantasmé sur la perspective d'avoir un enfant, je me retrouve avec un embryon dans le ventre. Comment ne pas être tétanisée ? Une grossesse ne faisait pas partie de mes plans.

Je vais devenir une… *maman*.

Après un nouveau vertige, je m'adosse contre le mur et clos les paupières. Je considère la situation dans son ensemble. Je ne suis pas mature et je ne vais pas le devenir en deux secondes. Et Raphael, comment vais-je lui annoncer cette nouvelle cataclysmique ? On n'a jamais parlé d'enfants, ben oui, qui discute de couches et biberons avant le mariage ou bien autour du dîner ? Pas moi en tout cas.

Je fonds en larmes malgré moi. Je n'irai pas jusqu'à dire que ma vie est fichue parce que ce n'est pas la vérité, mais à mon avis cette grossesse tombe à un moment inopportun. Raphael se tourmente déjà assez avec l'état de santé de sa fille, pourquoi devrais-je ajouter un nouveau tracas à ses inquiétudes ?

Nous allons nous disputer à ce sujet, je le devine. J'appréhende plus sa réaction que je ne me soucie de ne pas être préparée psychologiquement à l'idée d'avoir un enfant.

Si j'avais eu à choisir, j'aurais attendu d'avoir entre vingt-cinq et trente ans, histoire de le désirer, d'être prête en tout point et d'être surtout capable de subvenir à ses besoins. Pas comme ça. Pas de cette façon. C'est déstabilisant.

Deux coups sont soudain frappés à la porte, me ramenant sur la terre ferme, suivis de cette question :

— Zoey, est-ce que tout va bien là-dedans ?

Merde ! Je ne m'attendais pas à ce qu'il soit déjà réveillé, je me remets sur mes pieds et ramasse dare-dare les emballages avant de les camoufler au fond de la poubelle.

— Ouais ! Un instant, j'arrive, réponds-je d'une voix haut perchée.

Je fais disparaître l'urine du récipient, le rince, puis efface les larmes de mon visage d'un geste rapide de la main. Après une profonde inspiration, je déverrouille la porte et adopte une expression faussement désinvolte.

Les yeux plissés, Raphael me sonde en haussant un sourcil, un brin intrigué.

— Est-ce que ça va ? répète-t-il.

— Hin hin, acquiescé-je.

— Pourquoi tu t'es enfermée dans la salle de bains pendant plus d'une heure ?

Vite, une excuse !

— Euh… je suis… constipée, oui c'est ça, je suis constipée et je me suis dit qu'avec de la persévérance… C'est une vision assez dégoûtante que je t'offre, donc c'est mieux si j'arrête les explications là. Selon moi, il devrait y avoir des sujets tabous dans un couple comme…

— Zoey ? m'interrompt-il. Tu es certaine que ça va ? Je te trouve un peu nerveuse. Y a-t-il un problème ?

Non, aucun problème à part le fait que je suis enceinte. Est-ce que j'ouvre le champagne maintenant ? En revanche, tu comprendras pourquoi je te laisse boire tout seul.

— Ne t'inquiète pas, Raph, nié-je en me dressant sur la pointe des pieds pour claquer un bisou sur sa joue rasée. Crois-moi quand je t'assure que tout est OK. Bon, douche-toi en premier, pendant ce temps, je vais dans la chambre d'Ella.

C'est avec ce subterfuge que je m'empresse de m'éloigner

de lui en me posant ma nouvelle question favorite : comment lui avouer la vérité sans qu'il le prenne mal ?

Le reste de la journée, j'ai l'impression d'être dans le brouillard. Au boulot, je suis physiquement présente sauf que j'ai la tête ailleurs, ce qui est un frein à ma productivité. Il m'est difficile, voire impossible de penser à autre chose qu'au fait que je suis enceinte. Des décisions vont devoir être prises, et je suis incapable de le faire seule. Il faut que j'en parle à Raphael, il a le droit d'être au courant, mais quel est le meilleur moment pour tout lui avouer ? Ce soir ? Demain ? Dans deux jours ? Puis-je retarder l'échéance d'un léger délai ? J'appréhende de jouer cartes sur table.

Je baisse la tête sur mon ventre, je tapote doucement sa forme discrètement arrondie. Avoir fait un test urinaire n'est pas suffisant, un test sanguin est également utile. Je vais consulter un gynéco pour savoir quand a débuté ma grossesse. Nom de Dieu, c'est dingue ! Il y a un petit être en train de grandir à l'intérieur.

C'est tellement incroyable qu'un rire instinctif m'échappe. Je souris.

Margerita et Ryan, qui ont été mis au parfum, ne cessent de me cuisiner par SMS. La première veut savoir quand j'annoncerai, je cite, « la bonne nouvelle » à Raphael. Quant au second, il m'a envoyé des « ça va ? » à tort et à travers, croyant visiblement qu'être enceinte signifie avoir un pied dans la tombe. Est-ce donc faux ? À sa naissance, un bébé devient l'unique priorité de ses parents.

Le soir venu, autour du dîner, je tourne ma langue sept fois dans ma bouche et réfléchis à la façon dont je vais parler à Raphael. Pas devant sa fille qui a le nez plongé dans son bol de salade mais plutôt quand on sera seuls. Raphael est obligé de m'interpeller plusieurs fois pour que je revienne sur terre.

— Hm ? dis-je distraitement en triturant mon hachis parmentier.

— À ce que je vois, t'as la tête dans les nuages, commente-t-il. À quoi penses-tu ?

J'ai quelque chose à t'avouer... Est-ce que ce préambule sonne bien ? *Je dois t'avouer quelque chose... écoute, il faut que je te parle d'une chose très importante. En fait, c'est que, eh bien...*

— Hein ? Non, je veux dire, c'est juste le boulot. Tu sais ce que c'est... tu diriges une entreprise, non pas que j'aie les mêmes responsabilités que toi. Si on se réfère au fayolisme ou au taylorisme ou toute théorie en « isme », d'un côté il y a ceux qui donnent les ordres et de l'autre ceux à qui on en donne, c'est mon interprétation. Toutes ces années où j'ai étudié le management sans véritablement m'appesantir sur ces questions théoriques... Bien évidemment, ce n'est pas un secret que j'appartiens à la deuxième catégorie, et je dois encore creuser dans les sous-catégories et dans les catégories des sous-catégories pour trouver ma place, donc je...

Les mots meurent sur mes lèvres quand je découvre les mines estomaquées du père et de la fille. Ella me considère avec des yeux ronds, et Raphael a un sourcil haussé. Est-ce que j'étais à côté de mes pompes, là ?

Tu demandes si les Seychelles sont la capitale des États-Unis ?

Quel silence pesant ! La petite me dévisage comme si j'étais une bête de foire. Est-ce que je lui ai fait peur ? Pauvre Raphaella.

— Eh bien, rigole doucement Raphael. Tu n'es pas par hasard en train de me donner des raisons d'être inquiet là, non ?

Ben si, justement.

— Si tu te poses des questions sur mon état mental, sache que je n'ai jamais été au plus haut de mes performances que maintenant.

— De toute façon, si tu étais folle, cela n'aurait été qu'un motif supplémentaire de t'aimer au-delà de cette folie, déclare-t-il en accrochant ses yeux aux miens.

Mon cœur déraille, et je me retiens de justesse de gémir de contentement.

Il m'aime, comme il ne manque pas de me le murmurer à

chaque fois que l'occasion se présente, et je sais que c'est la vérité. Si jusqu'ici je ne le lui ai pas clairement dit, ne voulant pas me contenter d'un « moi aussi », c'est réciproque, les mots sont là sur le bout de mes lèvres et ne demandent qu'à être libérés.

Et puisqu'il est amoureux de moi, je n'ai aucune raison d'avoir peur. On ne s'était peut-être pas préparés à avoir un enfant si tôt, mais je doute qu'il me rejette pour ça. Qu'il nous rejette.

Chapitre 57

Une troisième journée s'écoule avec le fardeau de ce secret qui m'habite. J'ai essayé de trouver le moment propice pour le lui avouer, mais dès que j'étais prête à me lancer, des tentacules invisibles muselaient ma bravoure, et je redevenais lâche.

Mais s'il me faut guetter une brèche dans laquelle m'engouffrer, je risque d'attendre pendant cent sept ans. Le mieux est de tout lui révéler à la bonne franquette, histoire de déloger cette boule qui obstrue ma trachée. Advienne que pourra.

Quand Raphael passe son bras autour de mes épaules, je m'extirpe de ma torpeur, me noie dans son regard pers et aperçois son sourire. Je me sens détendue et me convaincs que c'est le bon moment. Nous sommes tranquillement installés sur le canapé du salon après une journée de travail harassante, devant une série télévisée.

M'insufflant du courage dans une profonde inspiration, je me redresse, me décale un peu de lui et en profite pour m'humecter les lèvres. Il suit mon manège, s'interroge sans aucun doute sur son origine en arquant son sourcil en broussaille.

— Tu ne vas pas me dire une fois de plus que ce programme t'ennuie, commence-t-il, un brin ironique. Pas alors que c'est toi qui l'as de nouveau choisi. C'est ta phase capricieuse où tout te blase en moins d'une demi-heure ?

— Ce ne serait pas marrant si je n'avais pas un côté diva, badiné-je avant de me ressaisir. Non, en fait, je veux te parler.

— Tu le fais déjà.

Pas faux. J'arbore une moue indécise, manquant tout à coup de confiance.

— Ce que j'essaye de te dire… c'est…

— Oui ? m'encourage-t-il.

Ses prunelles me sondent, me perturbent, me font flancher.

— Est-ce que tu peux ne pas me regarder, s'il te plaît ? couiné-je.

— Pourquoi ? s'étonne-t-il.

— J'ai un aveu à te faire mais si tu continues de me scruter comme ça, je n'y arriverai pas. C'est… déstabilisant.

Son expression facétieuse disparaît au profit d'un air sérieux qui me fait frémir.

— De quel aveu s'agit-il, Zoey ? me demande-t-il d'un timbre caverneux.

— Je… Avant tout, tu dois savoir que rien n'était prémédité et que toute cette histoire me place aussi dans une position fâcheuse.

— Va droit au but, grogne-t-il. Est-ce que tu essayes de me dire que tu t'es encore laissé embrasser par ce blanc-bec ou bien que tu cherches comment me rembarrer ?

— Ta première suggestion me vexe beaucoup, sifflé-je, amère. La seconde également, mais je refuse une querelle. Est-ce que tu veux qu'on se lance dans un débat houleux ou tu vas cesser de me couper à chaque fois ?

— OK, concède-t-il, boudeur. Arrête le suspense ou je risque de m'énerver, vide ton sac. D'après ton air solennel, tu dois me cacher un truc important.

Ça passe ou ça casse. Quand faut y aller…

— Je suis…

… interrompue par la sonnerie de mon smartphone.

Vraiment ?

Cet interlude exacerbe son mécontentement alors je lui adresse un sourire contrit. En avisant le nom qui s'étale sur l'écran, je murmure en guise d'excuse :

— Désolée, c'est mon père. Je dois répondre.

Il hoche la tête et se recentre sur le téléviseur tandis que je m'adosse en collant l'appareil à mon oreille après avoir accepté le coup de fil.

— Bonsoir, papa.

La dernière fois que nous avons communiqué tous les deux remonte à ce fameux soir où je l'informais de l'apparition inopinée de ma... Joyce dans ma vie. Celle-ci n'a plus donné signe depuis tout ce temps. J'avoue, j'aurais aimé qu'elle se montre plus... insistante. Après mon échange avec Raphael, j'étais prête à écouter ce qu'elle avait à me dire. Manifestement, elle a fait ce qui rentre parfaitement dans ses cordes, elle s'est évanouie dans la nature.

L'angoisse que je perçois dans l'intonation de mon père me fait me concentrer sur ses paroles.

— S'il te plaît, papa, calme-toi, le prié-je d'une voix rassurante. Et explique-moi pourquoi tu parais si chamboulé.

Raphael ne peut s'empêcher de me lancer un coup d'œil intéressé, et je réponds à son interrogation muette par un haussement d'épaules.

— Il s'agit de ta sœur, annonce mon père.

— Gwen ? Qu'est-ce qui se passe avec elle ?

Face à ses sanglots, je me lève, l'estomac serré.

— J'ai reçu un appel téléphonique d'un hôpital, étant donné que ta sœur a mis nos numéros à ta mère et à moi comme ceux à contacter en cas d'urgence...

— Qu'est-ce qu'elle a eu ? soufflé-je, terrassée par un mauvais pressentiment.

— Ils m'ont dit qu'elle s'est fait renverser par une voiture.

— Oh ! mon Dieu !

— Zoey, ils n'ont pas voulu me donner de plus amples détails mais j'ai tout de suite deviné que c'était grave. Janet et moi ne pourrons prendre que le premier vol de demain, il ne reste plus de places disponibles. Mais en attendant qu'on arrive, est-ce que tu pourrais aller te renseigner sur la santé de ta sœur ? J'ai conscience qu'entre vous ça n'a pas toujours été ça, mais...

— Tu n'as pas besoin d'insister, papa, la première idée qui m'a traversée a été de me rendre là-bas, je veux juste savoir dans quel hôpital elle a été admise.

— Attends… il me semble l'avoir noté quelque part ici… le Bellevue Hospital Center, c'est bon ?

— Oui, papa, c'est bon. Je vous recontacte dès que j'ai plus d'informations. Ne vous angoissez pas trop.

— Tu ne peux pas nous demander de ne pas nous inquiéter alors que notre fille est probablement entre la vie et la mort, lance-t-il douloureusement. Ta mère est allée allumer des cierges à l'église, nous n'avons pas d'autre choix que de prier en espérant que le Seigneur tout-puissant entende nos prières. Vas-y, ma chérie.

Je porte une main tremblante à ma bouche, chamboulée.

— Hé, ma gazelle, que t'a dit ton père pour que tu sois dans cet état ? susurre Raphael en s'emparant de mes poignets.

— Gwen… a eu un accident de voiture.

— Est-ce que c'est grave ?

— Les urgences qui ont appelé mon père n'ont rien voulu lui dire de plus, mais ce dernier pressent que ça l'est. Il m'a donné le nom de l'hôpital où on l'a amenée. Je… il faut que je m'y rende, ça t'ennuierait de m'y accompagner ?

— Bien sûr que non. Penses-tu que je suis capable de te laisser y aller seule ?

— Et la petite ?

— Je vais la prévenir qu'on doit s'absenter pour quelques heures, Clara et sa nounou resteront avec elle, et s'il se passe quelque chose entre-temps, on sera avisés. Est-ce que tu veux te changer ou tu es prête ?

Je ne m'attarde pas sur mon T-shirt beige aux manches longues tombant sur un pantalon en cuir et secoue la tête.

— Je vais juste enfiler des chaussures.

Sur le trajet, mon angoisse grandit. Malgré ma relation avec Gwen, je l'aime parce que c'est ma sœur et forcément, je ne veux pas qu'il lui arrive malheur. Je suis si stressée que ce n'est qu'en arrivant devant l'enceinte de l'établissement que je songe à Ryan. Est-il au courant ? J'en doute, sinon il m'aurait avertie. À l'intérieur, après avoir décliné mon identité et pendant qu'on me guide vers une infirmière d'accueil, j'en profite pour joindre mon ami. Les tonalités se succèdent dans le néant. Il est plus de 20 heures, il a déjà pris son service et ne doit pas être en possession de son téléphone. De ce fait, à la troisième tentative, je lui laisse un message vocal.

— Êtes-vous un membre de la famille de la patiente ?

— Je… suis sa sœur, prononcé-je, confuse. Comment va-t-elle ?

Indécise, elle pince ses lèvres carmin et se demande sans doute si c'est une bonne idée de m'achever avec une annonce fatale.

— Le cas de votre sœur est délicat, mademoiselle, continue-t-elle, pleine de sollicitude. À son arrivée, elle présentait de nombreuses fractures au crâne, au bassin et au fémur. Parce que son état s'est détérioré rapidement, nous sommes actuellement en train de lui faire passer une IRM, désolée mais c'est tout ce que je peux vous dire pour l'instant.

— Est-ce qu'elle va s'en sortir ? murmuré-je, craintive.

— Nous ferons tout notre possible pour lui sauver la vie, mademoiselle.

— Comment s'est déroulé l'accident ? m'enquiers-je en frictionnant mon bras.

— D'après les témoignages recueillis par la police, elle traversait un quartier où la circulation pullule quand une voiture qui avait grillé un feu a foncé droit sur elle, malheureusement il était trop tard pour anticiper. Je suis vraiment désolée. Je conçois que vous n'ayez pas la tête à l'administratif mais il est important que vous remplissiez certaines formalités.

La présence de Raphael me rassure. Ses bras qui m'entourent me font du bien. Son odeur familière est une enveloppe ouatée qui me pousse à croire qu'elle ira bien. Tout ce que je demande au bon Dieu, c'est qu'elle s'en sorte saine et sauve.

Nous emboîtons le pas à l'infirmière jusqu'à l'accueil. Elle me remet un livret ainsi que des formulaires à remplir et me prie d'apporter certains documents nécessaires pour finaliser son admission. La tête sous l'eau, je coche les cases qui doivent l'être et inscris des notes sur des pointillés prévus à cet effet. Je réponds aux questions sur ses antécédents médicaux et chirurgicaux, sur l'existence d'allergies ou traitements médicamenteux, etc. Ensuite, direction la salle d'attente.

Je téléphone à mes parents, les informe de la situation. L'appel dure à peu près une heure, on ne parle pas vraiment. Leurs prières me parviennent mélangées aux sanglots étranglés de Janet. L'étau autour de mon cœur se resserre, les larmes embuent ma vision. C'est le vague à l'âme que je raccroche.

— Comment vont-ils ?

La voix douce de Raphael me fait tourner la tête de son côté.

— Mal, croassé-je. Janet n'arrêtait pas de psalmodier : « Que vais-je devenir si ma fille meurt ? » Sa détresse me fait un mal de chien. C'est vrai que Gwen est une belle salope, mais je préférerais cent mille fois qu'elle m'emmerde que de la savoir amochée de cette manière.

— J'imagine très bien ce qu'ils doivent ressentir, soupire-t-il. L'idée de perdre son enfant est… insoutenable.

Enfant… Parle, putain ! On s'en fout que tu le lui annonces dans une atmosphère saturée de désinfectant et de médocs. Parle ou tais-toi à jamais ! À tes risques et périls.

— Raphael, je…

— Zoey ! tonne subitement Ryan en se matérialisant dans mon champ de vision. Oh ! mon Dieu, Zoey, quand j'ai su, j'ai laissé tomber tout ce que j'étais en train de faire pour venir ici. Qu'est-ce qui s'est passé ? Où est-elle ? Comment elle va ?

Je me dresse trop vite sur mes jambes et suis prise d'un vertige. Alors que je chancelle, Raphael m'attire contre lui pour m'empêcher de m'effondrer.

— Hé, ma gazelle, ça va ?

La sensation d'étourdissement perdure, je baragouine des propos inintelligibles. Je n'ai qu'une envie, *m'asseoir*. Et avant que mes fesses atterrissent sur un siège, c'est le trou noir.

À peine mes paupières sont ouvertes que je les referme, mes rétines sont sensibles à la lumière crue au-dessus de ma tête. Quelques secondes d'ajustement me sont utiles, histoire que je me situe dans le temps et dans l'espace. Je passe une main dans mes cheveux et étouffe un bâillement derrière ma paume.

— Combien de temps suis-je restée inconsciente ?

— Moins de dix minutes, m'apprend une voix familièrement grave à mes côtés.

Je me tourne et rencontre le regard impénétrable de Raphael qui est assis non loin de moi. Même si c'est sous-jacent, je détecte automatiquement quelque chose de différent en lui et ça me dérange. Son teint n'est plus hâlé mais livide.

— En ce laps de temps, on découvre un tas de choses, continue-t-il, un tantinet sarcastique.

Ma gorge se noue. Mon estomac exécute un salto. *Il sait.*

— Raphael…, débuté-je en déglutissant.

— L'interne a dit que ce n'était rien de plus qu'une petite frayeur due à une hypoglycémie et une baisse de tension artérielle, ce qu'on observe fréquemment au premier trimestre de la femme enceinte, enchaîne-t-il d'un œil morne. Il a conseillé d'éviter les situations stressantes, de privilégier le repos, de boire beaucoup d'eau, d'apporter du sucre dans ton organisme, de ce fait ton ami est allé te chercher un jus de fruits au distributeur, et surtout de ne plus te lever précipitamment de ton siège.

— Raphael, ce n'est pas…

— Depuis combien de temps le sais-tu ?

— Quelques jours mais j'ai essayé de te le dire, glapis-je en me redressant.

— Tu as… *essayé ?* siffle-t-il, consterné. Ce n'est pas quelque chose qu'on essaye de dire, on le fait, c'est tout, sans tourner autour du pot.

— Ce… Ce n'était pas facile, me justifié-je, larmoyante. J'ai… J'ai eu peur.

Choqué, il fixe un point au sol et laisse le silence s'éterniser entre nous. La tension est palpable. Raphael ouvre la bouche, la boucle pratiquement dans la seconde, puis la scène se reproduit. Voyant qu'il paraît dans l'incapacité de poursuivre, je continue :

— Raph…

— Est-ce qu'il est... de moi ?

Cette question à peine audible transperce ma chair d'une balle qui se loge directement dans mon cœur et le fait saigner à vif.

Tout mais pas ça.

Je l'observe, sans voix, le palais asséché. C'est sans aucun doute la plus grande offense qu'il m'ait faite.

— Pardon ? dis-je en descendant du lit. Tu... Tu as l'audace de douter de ma fidélité ? Comment oses-tu me faire ça ?

— Je ne sais pas quoi penser, murmure-t-il, la tête toujours baissée.

— Regarde-moi dans les yeux et dis-moi que toute cette histoire de confiance n'est pas vraie ! m'écrié-je. On revient donc à la case de départ, avec les méfiances et les doutes ? N'est-ce pas ce qui a failli tuer notre relation ?

— Ne te mets pas dans un tel état, Zoey, gronde-t-il en me surplombant de sa stature.

— Mais comment veux-tu que j'éclate de rire quand tu me sors ça ? « Est-il de moi », t'es sérieux ?

Il se raidit et frotte plusieurs fois les paumes sur son visage qui s'égarent dans ses cheveux.

— Il faut... que j'aille faire un tour, se contente-t-il de répondre, se montrant vulnérable.

Déconcertée, je bats des paupières.

— Tu me fuis ? lui demandé-je, paniquée.

Lorsque nos yeux se croisent, je manque défaillir.

— J'ai besoin d'aérer mes idées, c'est tout. On se parle plus tard.

Je n'arrive pas à détacher mon regard de lui alors qu'il se dirige vers la porte, qui s'ouvre sur Ryan. Sans demander son reste, Raphael passe devant lui et son départ provoque dans ma poitrine une douleur insupportable. Celle d'avoir l'impression d'être rejetée.

— Euh... qu'est-ce que j'ai manqué pour que vous fassiez ces têtes d'enterrement ? Est-ce que cela a un rapport avec Gwen ? On en sait plus sur son état de santé ?

— Pour tes deux dernières questions, c'est non. Raphael

vient tout juste d'apprendre que je suis enceinte, dévoilé-je en m'asseyant au bord du lit.

— Parce que tu ne lui avais pas encore dit ? répond-il, surpris, en me tendant un jus de raisin.

— Bon sang, pourquoi pensez-vous tous que c'était facile de le faire ? Je ne savais pas par où commencer parce que j'appréhendais exactement ce genre de réaction, dis-je, irritée. Mais là ça surpasse ma crainte.

— Primo, respecte les recommandations du toubib, qui a proscrit les crises d'hystérie…

— Ah, parce que tu me traites ouvertement de givrée ?

— Il a aussi interdit de tout prendre au premier degré, rajoute Ryan.

— Ha ha, marrant !

— Secundo, laisse à M. Lockwood le temps de digérer la pilule, il y a quand même de quoi être sous le choc.

— Ryan, tu ne comprends pas… ce qui me blesse au fond, c'est le fait qu'il m'ait demandé si c'était lui le père.

— Oh ! si ça se trouve, il n'avait pas l'intention de te froisser, mais voilà, il n'a pas su gérer son trouble et les mots ont sûrement dépassé sa pensée.

— Tu le défends ! dis-je en me renfrognant. Normalement, tu dois prendre mon parti tout le temps, que j'aie tort ou raison. Que je sois une meurtrière ou une victime. Bref, tu dois dire amen à toutes mes actions.

— Les hormones te rendent vraiment bizarre, s'insurge-t-il.

— Seule une personne bizarre peut reconnaître une autre personne bizarre.

— C'est ce que je disais, tu es effectivement bizarre.

— Parce que tu dis que je suis bizarre, c'est toi qui l'es en réalité.

Nous échangeons un sourire de connivence. Des gloussements suivent. C'est là toute l'essence de notre amitié, apporter son réconfort à l'autre en déviant ses inquiétudes sur des sujets sans queue ni tête.

Chapitre 58

Je me réveille en sursaut, retenant de justesse le cri de terreur qui a failli m'échapper à la suite d'un cauchemar épouvantable. J'ai rêvé de ma peur la plus viscérale, que Raphael me quittait. Waouh.

Encore sonnée, je cille dans la pénombre, mon cœur bat à tout rompre. Moi qui n'ai pas voulu m'identifier à ces *drama queens* qui s'apitoient sur leur existence en se demandant « Que vais-je devenir ? », je ne cesse de tourmenter mes méninges avec cette question. Sérieusement, qu'adviendrait-il de moi si Raphael me larguait alors que je suis enceinte ?

Heureusement que ce n'était qu'un putain de mirage qui s'est évaporé dès la seconde où j'ai recouvré ma lucidité. Saleté de cauchemar !

En revanche, il va falloir que tu arrêtes de jurer comme un charretier. T'envoies clairement pas d'ondes positives au petit microbe qui grandit en toi.

Ta gueule !

L'aube parsème à travers les baies vitrées ses lueurs orangées. Son côté du lit est vide. Je ne sais pas à quelle heure il est rentré hier, sans doute très tard, car je me suis endormie aux alentours de minuit après l'avoir attendu en vain. Et ce matin, il est apparemment parti sans déposer de baiser sur ma tempe, cassant sa routine. Comment nourrir mon chagrin !

Avec un soupir frustré, je délaisse le confort de la couette. Dans la salle de bains, je me brosse les dents. En apercevant la buée sur les parois de la douche italienne, je suis piquée au vif. Il y a peu de temps, Raphael se trouvait encore ici.

D'ailleurs, son parfum omniprésent dans la chambre a été un autre indice.

Il me fuit, c'est tout. Cette constatation plombe mon moral. Il faudra qu'on éclaircisse les zones d'ombre. Un soupir m'échappe tandis que je crache dans la vasque, avant de rincer ma brosse et ma bouche.

Une demi-heure plus tard, je me retrouve dans la salle à manger. Rien que l'odeur du café me donne un haut-le-cœur. Je porte une main à mes lèvres dans le but de refréner ma bile et m'éclipse à toute vitesse en saluant au passage Cynthia et Clara. D'ailleurs, je reviens sur mes pas pour interroger cette dernière.

— Clara, à tout hasard, auriez-vous aperçu M. Lockwood ?

— Moi, je l'ai vu, rétorque Cynthia. Il est passé en coup de vent dans la chambre de la petite qui dormait à poings fermés.

Avec un rictus, j'opine.

— Merci.

Je tourne les talons, ne pouvant combler ce sentiment de vide qui m'étreint.

Il me fuit. Et ça fait un mal de chien de m'en rendre compte.

Au cours de la nuit dernière, l'état de Gwen s'est considérablement dégradé. Mes parents sont particulièrement anxieux en apprenant qu'il faut de toute urgence l'opérer, car une hémorragie a été découverte entre le crâne et les méninges. Janet pleure à chaudes larmes et demande s'il y a une église proche où elle pourrait allumer des cierges.

Mon père, Ryan et moi restons dans la salle d'attente. Les secondes deviennent des minutes. Les minutes, des heures. En fin d'après-midi, pour éviter l'hypotension, je ne fais aucun mouvement brusque et avale une collation rapide sous la vigilance de Ryan, car je n'ai rien mangé depuis le matin.

Vers 22 heures, je prends connaissance de deux appels manqués de Raphael. Ce pas qu'il a fait vers moi fait palpiter mon cœur, et je suis sur le point de le recontacter quand les deux internes censés s'occuper de Gwen nous apportent des nouvelles.

Le plus âgé prend la parole. Il nous explique que l'opération est désormais terminée. Ils ont plongé Gwen dans un coma artificiel pour permettre à son cerveau de récupérer. Combien de temps va-t-elle rester inconsciente ? Peut-être des jours, des semaines ou des mois. Ils ne peuvent se prononcer, ça ne dépend plus d'eux mais de la patiente.

Ryan se laisse tomber sur une chaise. Complètement blafard, il fourrage nerveusement dans ses cheveux châtains. Totalement désemparée, Janet couvre sa bouche d'une main tremblante et pleure. Quant à mon père, bras ballants, il regarde droit devant lui d'un air hagard.

Nous sommes tous en état de choc.

— Est-ce qu'on peut la voir ? s'enquiert Janet d'une voix fluette.

— Les heures de visite sont terminées…

— S'il vous plaît, insiste-t-elle. Ma fille est dans le coma et j'ai besoin de la voir, même si ce n'est que quelques minutes. C'est important.

L'interne est visiblement en proie à un conflit intérieur.

— OK, finit-il par concéder. Dix minutes pas plus, Theo viendra vous chercher dès que votre fille sera transférée dans sa chambre.

Elle acquiesce. Je m'approche d'elle pour la serrer dans mes bras.

— C'est le ciel qui nous punit, balbutie Janet.

— Vous n'avez rien fait de mal, protesté-je. Au contraire, vous avez toujours été des parents formidables. Ne te blâme pas pour ce qui lui est arrivé, c'était un accident.

— Tu ne t'es pas dit que Gwen paye peut-être sa méchanceté ? murmure-t-elle.

Je l'ai effectivement pensé.

— Ne sois pas superstitieuse, maman, s'il te plaît.

L'instant d'après, on vient la chercher pour la conduire auprès de sa fille.

Une heure plus tard, je suis de retour au penthouse, lessivée.

— Bonsoir.

Quand j'entends Raphael, mon cœur rate un battement et je m'arrête. Je retire mon pied de la première marche des escaliers et avance jusqu'à lui.

— Ta partie de cache-cache est déjà terminée ? l'attaqué-je directement en croisant les bras.

Son regard triste coulisse sur moi.

— Je t'ai téléphoné, élude-t-il. À deux reprises, as-tu fait exprès de ne pas répondre ?

— Waouh, j'ai tellement envie de me venger que oui, c'est bel et bien le genre de choses que je ferais, raillé-je. Tu sais bien que j'étais à l'hôpital, et forcément, quand on t'annonce une mauvaise nouvelle, le téléphone est le cadet de tes soucis.

— Comment va ta sœur ?

— Ça t'intéresse ou tu ne fais que retarder la conversation qu'on va avoir ?

— Zoey…

En décroisant les bras, je signe un armistice temporaire. Bien sûr qu'il se sent concerné, je n'en doute pas, mais il n'aurait pas dû se méfier de moi.

— Les médecins l'ont plongée dans un coma artificiel pour aider son cerveau à récupérer de l'opération, expliqué-je en m'installant à l'angle du canapé. On ne sait pas quand elle pourra se réveiller, ça peut être des semaines comme des mois.

Il reste silencieux, assimilant mes propos.

— Pourquoi tu t'assieds loin de moi ? finit-il par demander.

— Parce que je suis encore énervée contre toi, Raphael. Que tu t'en ailles, OK, mais que tu doutes de moi ? Là j'ai du mal à digérer, et que tu m'évites, c'est blessant.

Il souffle et passe une main sur son visage avant de ramener ses cheveux en arrière.

— Ce n'était pas intentionnel, Zoey, j'ai juste été surpris.

— C'est même normal, mais de là à me demander s'il est de toi… cela prouve simplement que tu manques encore de confiance en moi. Moi qui pensais qu'on avait réglé ce point en nous pardonnant mutuellement nos bévues, nos écarts, nos maladresses.

— Zoey, j'ai plus confiance en toi qu'en n'importe qui, objecte-t-il en plantant son regard dans le mien. Ce n'est pas de toi que je doutais mais de… moi.

— Pourquoi ? chuchoté-je, perplexe.

Ses prunelles meurtries se détournent de moi. Il analyse un point invisible sur le marbre du sol et se prend le crâne entre les mains. Je devine le combat intérieur qui l'anime et décide d'attendre qu'il se livre à moi.

— Est-ce que tu te souviens quand tu m'as interrogé sur mon tatouage ? me questionne-t-il après une éternité d'une voix éraillée trahissant sa vulnérabilité.

— Oui, je t'avais demandé si c'était pour le fun mais toi tu as répondu un truc du genre… « c'est l'allégorie de ma vie », si je ne me trompe pas.

La tête rentrée dans les épaules, il continue :

— Il y a quelque chose que tu ignores sur moi. En même temps, ce n'est pas comme si j'allais crier sur tous les toits que j'ai survécu à une fusillade, il n'y a pas de quoi s'en réjouir.

Alors que j'assimile ses paroles, ma poitrine se serre.

— Que… Qu'est-ce qui s'est passé ?

Je suis carrément suspendue à ses lèvres.

— Je venais d'avoir vingt-deux ans quand ça s'est produit, relate-t-il avec une expression nostalgique mêlée d'amertume. Pour célébrer l'obtention de nos diplômes, quelques copains et moi avons décidé de nous rendre en discothèque, loin d'imaginer que des coups de feu éclateraient alors qu'on était sur le point de rentrer. Deux balles m'ont touché dans le dos au niveau des lombaires. La première opération que j'ai subie a été pour les déloger. Mon pronostic vital était engagé, les toubibs ont vu dans ma survie un miracle. Les jours qui ont suivi mon réveil, j'ai régressé avec une infection qui s'attaquait à mes reins. Fièvre élevée, vomissements, douleurs intenses dans l'abdomen, sous les côtes et aux testicules, bref dans tous mes viscères. On m'a fait des analyses d'urine et de sang, un scan des reins, une biopsie pour découvrir par la suite que je subissais une défaillance rénale aiguë. Le traitement antibiotique ne fonctionnait plus, il fallait de nouveau m'opérer de toute urgence, un de mes reins était littéralement en train de pourrir, j'ai donc eu droit à une néphrectomie partielle pour préserver mon second rein.

Voûté, il marque un arrêt, le souffle lourd. Nos doigts se trouvent instinctivement, s'entrelacent.

— Les trois années qui ont suivi ma convalescence, j'ai fait des cauchemars, murmure-t-il. À chaque fois que je fermais les yeux, je me voyais étendu dans ma propre mare de sang. J'étais terrifié, Zoey. Les trois autres n'ont pas eu la même chance, ils sont décédés sur le coup, moi j'ai juste côtoyé la mort et de près. Certes, la balle ne m'a pas tué cette fois-là mais c'est « l'après » qui a failli y parvenir.

Sans pouvoir me contenir une seconde de plus, je le serre fermement dans mes bras, et il me presse contre lui, enfouissant son nez dans mon cou. Je sens ses larmes couler sur ma peau. Nous demeurons silencieux une éternité.

— Je suis désolée que tu aies dû passer par cette épreuve, susurré-je, émue.

— Durant mon processus de guérison, ils ne m'ont pas caché que mes nombreuses séquelles réduisaient mes chances d'avoir un enfant et que c'était tout à fait possible que je devienne stérile, admet-il en prenant mon visage en coupe. Alors quand tu m'as annoncé que tu étais enceinte, mes neurones ont court-circuité. Quand je t'ai demandé s'il était de moi, cela ne voulait pas dire que je doutais d'être le père mais que je n'en revenais tout simplement pas.

Le front collé au sien, j'inspire profondément.

— Je comprends, acquiescé-je. Excuse-moi d'avoir réagi au quart de tour, je ne t'ai pas laissé une chance de t'expliquer.

Il capture brièvement mes lèvres.

— Ne sois pas désolée, ma gazelle. Tu ne pouvais pas savoir. C'est à moi de m'excuser, j'aurais dû t'en parler bien avant… mais ce n'est pas facile pour moi de me confier sur le sujet.

Comme le phénix qui renaît de ses cendres, mon tatouage signifie que je suis revenu d'entre les morts tout en masquant cette affreuse cicatrice.

— Sache que je suis touchée que tu te sois confié à moi, dis-je avec sincérité. Je veux être ta soupape de sûreté, ton exutoire, ton confessionnal, ta meilleure amie, ton amante. Je veux partager avec toi tes peines et tes joies, absorber ta douleur et me nourrir de tes rires. Que tu sois malade ou en bonne santé, je serai à tes côtés. Que tu gardes ta richesse ou deviennes pauvre du jour au lendemain, on affrontera les tempêtes ensemble. On combattra vents et marées tous les deux, parce que si je ne le fais pas avec l'homme que j'aime, avec qui le ferais-je encore ?

Une éclatante chaleur dans les yeux, il m'adresse son sourire de tombeur.

— Deux choses viennent de me marquer. La première, ce sont les vœux que tu as prononcés. Mademoiselle Bridgestone, êtes-vous en train de me demander en mariage ?

Un rire tonitruant m'échappe.

— Tout dépend de votre réponse, monsieur Lockwood, déclaré-je, amusée.

— La seconde est que tu as dit que tu m'aimais.

Mon bas-ventre se réchauffe délicieusement face à l'intensité de son expression.

— Mais parce que c'est vrai, je vous aime, Lockwood, comme je n'ai jamais aimé et comme je n'aimerai aucun autre homme, déclaré-je pompeusement en y ajoutant une note d'authenticité.

Ses mains derrière ma tête, il m'embrasse alors passionnément.

— Et moi je t'aime encore plus, confesse-t-il entre deux baisers. Plus, plus, plus. Toujours plus. Éternellement plus.

Chapitre 59

Maintenant que j'ai accepté, il est trop tard pour me rétracter. En plus j'ai promis à mon père de lui accorder une chance de s'expliquer. C'est pour lui que je le fais, parce qu'il traverse également une mauvaise passe depuis que Gwen est dans le coma, cela va bientôt faire trois semaines qu'elle est inconsciente. On ne sait toujours pas si ou quand elle se réveillera, toutefois on garde espoir, car il n'y a qu'ainsi qu'on reste debout.

D'un autre côté, je ne vais pas mentir en prétextant ne pas être intéressée par son plaidoyer.

Allez-y, madame la prévenue, citez vos arguments qui impliquent qu'une mère doit abandonner son enfant. Défendez-vous et convainquez-moi que c'est la solution idéale quand on est à court d'idées.

En arrivant à notre lieu de rendez-vous, le restaurant de l'hôtel où elle loge, j'admire béatement le décor raffiné et intimiste dans des tons chauds et doux, avec des panneaux de boiserie et des tables en bois noble et en métal brossé. Waouh ! Elle parvient à se payer une chambre dans cet hôtel luxueux ? Qui est réellement cette femme ?

Je la repère à sa main levée depuis le fond de la salle tamisée et prends une profonde inspiration avant de me décider à la rejoindre. Elle se dresse sur ses pieds avec un sourire qui dévoile ses dents immaculées. Je lis le soulagement dans ses prunelles noisette. Je ne peux m'empêcher de détailler sa silhouette élancée qui n'est qu'une succession de courbes harmonieuses. Elle porte une blouse en crêpe de soie rentrée dans une jupe trapèze en cuir marron et ses jambes sont soulignées par des bottes montantes.

Joyce reste une quadragénaire très belle qui ne manquerait pas de faire tourner la tête de ceux qui aiment jouer dans la cour des femmes matures et séduisantes.

Je réalise qu'elle dandine, hésitante. Elle ignore manifestement comment m'accueillir. Un câlin ou une poignée de main ? Je tranche à sa place.

— Bonsoir.

Mon ton sec lui fait perdre de sa superbe. Elle m'invite à m'asseoir d'un geste de la main.

— Je te remercie d'avoir accepté de me revoir, déclare-t-elle une fois que nous sommes convenablement installées.

— Ce n'est pas vraiment par gaieté de cœur, avoué-je d'une voix blanche. Mais il paraît que vous avez des choses à me dire alors je suis là pour les entendre et après ça je m'en irai, ayant rempli ma part du contrat.

Ma remarque la blesse. Elle se concentre un instant sur les couverts en argent, manifestant une mélancolie qui me laisse de marbre. Comment puis-je éprouver de l'empathie pour cette femme ?

— Ta brusquerie est justifiée, dit-elle doucement avant de se faire interrompre par un serveur, qui se renseigne sur nos commandes.

Me focalisant sur mon objectif, je ne prends rien si ce n'est de l'eau. Quant à elle, elle se rabat sur un verre de sangiovese.

— Je comprends ton ressentiment, ma chérie, dit-elle dès que nous sommes seules. Je conçois que tu m'en veuilles énormément…

— Comment en vouloir à une personne qui n'est rien de plus qu'une chimère dans ma vie ?

Elle accuse le coup, se sentant visiblement coupable. Des larmes de remords apparaissent dans ses yeux.

Elle se détourne le temps de dénicher dans son sac en toile Suprême GG Gucci un paquet de Marlboro. Fébrile, elle glisse sa cigarette au coin de ses lèvres et, requinquée par un bref sursaut de lucidité, je lui coupe l'herbe sous le pied.

— Veuillez ne pas fumer en ma présence, s'il vous plaît.

— L'odeur de la cigarette te dérange ? m'interroge-t-elle en haussant un sourcil.

Depuis que j'ai appris que je suis enceinte, j'évite ce qui est susceptible de me donner un haut-le-cœur.

— Oui.

— Moi, ça m'aide à me détendre, fait-elle dans un rire nerveux en consentant à ranger la sienne. Et là j'ai vraiment besoin de faire diminuer la pression.

— Parlez, qu'on en finisse.

— Les choses ne sont pas aussi simples que tu le crois, Zoey. Pour assurer notre survie, nous sommes parfois contraints à prendre des décisions qui feront souffrir ceux pour qui on se bat. Mon choix a été de faire un sacrifice, de complètement me démunir en acceptant de porter un fardeau qui avait pour but ta sécurité. Ce que j'ai fait, Zoey, c'était uniquement pour toi.

Son vin rouge et mon verre d'eau sont désormais sur la table. Le serveur l'interroge :

— Souhaitez-vous prendre une entrée ?

— Pas pour l'instant.

Avant de se tourner vers moi.

— Et vous, madame ?

Les propos mystérieux de Joyce ont plombé mon estomac. Je secoue la tête. Il se retire.

— Ça vous ennuierait d'être plus explicite ? Parce que je ne vois pas comment me rejeter à ma naissance a été synonyme de sûreté pour moi.

Elle ingurgite le tiers de son verre d'une traite.

— Sache que me séparer de toi a été la décision la plus tordue et difficile que j'ai prise dans ma vie, ânonne-t-elle. Parce que justement je n'avais pas le choix. C'était ou te remettre à ton père ou… on finissait toutes les deux six pieds sous terre.

Son expression est torturée de douleur alors qu'elle se rappelle certainement des souvenirs déplaisants.

— Vous ne faites que parler de manière énigmatique pour me troubler, remarqué-je. Pourquoi aurions-nous pu finir six pieds sous terre ?

— À cause de Max.

Elle avale une autre gorgée.

— Qui est Max ?

— Qui *était* Max, tu veux dire ? Mon mari.

— Vous étiez mariée ? relancé-je, interdite.

— Oui. Max et moi étions mariés depuis deux ans quand j'ai rencontré ton père, mais j'étais loin d'être heureuse dans mon mariage ; ce n'était pas un homme bien mais ça, je ne l'ai appris qu'après avoir dit oui, raconte-t-elle avec dédain. Qu'est-ce que j'ai été conne ! En public, il revêtait le masque du mari idéal, loyal, attentionné, avec de bonnes manières et un sourire qui dissimulait la noirceur de son âme. Toutes mes copines ne voyaient que les apparences et me pensaient chanceuse d'être tombée sur le prince charmant. Un prince ? Assurément, mais des ténèbres. Dès que nous étions seuls, il me renvoyait à mon statut de « propriété », puisque c'est ce que j'étais pour lui, un trophée avec lequel il se pavanait pour alimenter la jalousie et l'envie chez toutes ces personnes qui admiraient le beau couple que nous formions. Le couple parfait quoi ! Un mari que toutes les femmes désirent avoir dans leur vie et une femme que tous les hommes rêvent de mettre dans leur lit, c'était ça que nous représentions au sein de cette société bourgeoise dans laquelle j'ai grandi.

Elle se tait alors que ses aveux me nouent la gorge. Elle-même en plein désarroi, elle vide le fond de son verre, en commande un nouveau, et retient le serveur in extremis pour lui demander d'apporter la bouteille entière.

— Bien, madame.

Ses pupilles brillent d'une tendresse désarmante et reflètent un vécu chaotique. Sa voix devient plus rauque tandis qu'elle poursuit péniblement son récit.

— Max était très possessif, à tel point qu'il contrôlait tous mes faits et gestes, allant jusqu'à décider comment je devais m'habiller si nous étions invités dans telle réception mondaine ou si nous invitions des amis à la maison. Et lorsque sa folie lui faisait croire des choses que je n'avais pas faites, il s'en prenait physiquement à moi une fois que tous avaient le dos tourné. La première fois qu'il a levé la main sur moi, c'était parce que ses copains n'avaient cessé de me complimenter sur mes talents culinaires et charriaient Max en clamant que s'il me négligeait, ils étaient prêts à être mes preux chevaliers. « Qui va à la chasse perd sa place », plaisantait Jason. Justement, c'est à cause de Jason que j'ai reçu une gifle magistrale qui m'a fendu la lèvre, car Max m'a accusée d'avoir séduit Jason. Je ne compte pas te raconter chaque scène traumatisante que j'ai vécue à ses côtés : si je commence, on en aura pour toute la nuit et celle du lendemain et celle du jour qui suit, je vais donc directement passer à ma rencontre avec ton père.

Elle est déjà à la moitié de son nouveau verre. Une chose est certaine, elle boit vite. On me dit souvent la même chose, serait-ce héréditaire ?

— J'ai rencontré Mark dans une pharmacie, reprend-elle en étirant délicatement ses lèvres. D'habitude Max s'assurait de me frapper à des endroits où les bleus passeraient inaperçus mais cette fois-là, il m'a cassé le poignet et tandis que je sanglotais de souffrance, il m'a craché au visage que j'avais voulu qu'il me fasse mal en souriant au gars auquel il ne fallait pas. À l'hôpital, j'ai inventé une chute dans la cuisine due à ma maladresse, on m'a soignée en me remettant une ordonnance d'antalgiques à me procurer, c'est pourquoi je me suis rendue dans une pharmacie. Ton père y était allé acheter des pansements pour sa fille qui s'était éraflée les genoux ainsi que les coudes en tombant de vélo. Tu vas sûrement trouver ça niais, mais il n'a fallu qu'un regard pour que je réalise que je voulais vivre l'interdit avec cet homme, car le frisson qui m'a parcourue au moment où ses yeux gris ont glissé sur ma personne était indescriptible. Je crois que ça s'appelle le coup de foudre, je ne sais pas, je l'ai juste ressenti là, dit-elle en posant une main sur sa poitrine. Et j'ai engagé la conversation.

Pour une fois que Max ne m'épiait pas, il n'aurait pas eu tort de me surnommer « traînée » comme il aimait bien le faire.

Elle caresse distraitement sa lèvre inférieure en esquissant un rictus dénué de tristesse.

— Ce jour-là, ton père et moi avons discuté pendant des heures, déclare-t-elle. Je n'avais pas à m'inquiéter que Max remarque mon absence, parce que le dimanche il ne rentrait qu'à la nuit tombée, ce qui m'octroyait du répit. J'ai pris le numéro de ton père, car je ne pouvais pas lui communiquer le mien, c'était trop dangereux. Je l'ai recontacté le dimanche qui a suivi pour lui proposer d'aller boire un café, dans un endroit discret que je connaissais. Au début, il était réticent, il ne voulait pas donner l'impression à sa femme qu'il en fréquentait une autre même si c'était anodin, c'était juste pour qu'on parle en tant qu'amis de littérature anglaise et des films en noir et blanc que nous aimions. L'engrenage s'est mis lentement en marche, chaque dimanche on se donnait rendez-vous dans un lieu à l'abri des regards inquisiteurs. Aux côtés de Mark, j'ai vécu six mois dans une bulle de bonheur éphémère. Tout était si simple avec lui, on pouvait discuter sans voir le temps passer, il me plaisait beaucoup. Il était ce jardin secret dans lequel je me baladais dès que les ombres s'écartaient au profit de la lumière. Je ne peux pas te dire que j'ai pensé à sa femme parce que cela n'a pas été le cas, j'étais égoïste et ne culpabilisais pas en couchant avec le mari d'une autre. Je voulais juste échapper à cet enfer qu'était devenu mon quotidien mais j'ai réalisé que partout où j'irais, je ne serais pas en sécurité, car Max finirait par me retrouver et me faire subir son châtiment.

Je l'écoute attentivement, tentant de refréner cette soudaine émotion qui m'assaille.

— J'ai cru que j'avais été prudente tout ce temps, pourtant Max a découvert que je voyais quelqu'un d'autre, souffle-t-elle. Ce soir-là, sous ses coups, j'étais certaine que j'allais mourir. Plus je m'obstinais à taire le nom de mon amant, plus il se montrait violent. Et lorsqu'il en a eu assez de me défigurer, il m'a laissée à moitié morte dans le salon et a claqué la porte d'entrée derrière lui. Puisant dans l'énergie qu'il me restait, j'ai rampé jusqu'au fixe et ai composé le numéro de ton père. À l'hôpital, à cause de mon visage tuméfié, il m'a été impossible de mentir une fois de plus. Je leur ai avoué que mon mari m'avait battue, ils m'ont révélé que les examens montraient que j'étais enceinte de quelques semaines et c'était un miracle que le bébé n'ait rien eu. C'est à ce moment que le déclic s'est produit. Quand j'ai compris qu'il y avait une autre vie en moi, j'ai décidé de la protéger coûte que coûte.

Mon regard s'embue. J'appréhende la suite de son histoire, chagrinée par les périples qu'elle a dû traverser. Elle vide le fond de son verre et le remplit de nouveau avant de continuer :

— J'étais convaincue que Max n'en resterait pas là, malgré une injonction d'éloignement. J'étais sa folie, il était mon cauchemar. Puisqu'il savait que l'enfant que j'attendais n'était pas de lui, comme il avait subi une vasectomie, il aurait pris les devants si je n'avais pas attaqué la première. Tu avais à peine deux semaines quand je t'ai remise à ton père, parce que j'avais la certitude qu'il était le seul capable de te protéger si… je ne revenais pas, et je ne suis pas revenue. Ces deux semaines que j'ai passées avec toi ont compté parmi les meilleures de toute ma vie, je t'ai aimée dès que j'ai appris ton existence, dit-elle en souriant tristement. Et pour que tu sois hors de danger, je devais me sacrifier en t'abandonnant. Veux-tu savoir où j'étais toutes ces années loin de toi ?

J'acquiesce. Sa voix enrouée par l'émotion, elle m'avoue :

— En prison.

Choquée, je cligne des paupières.

— En prison ?

Elle hoche gravement la tête.

— Tu te souviens de ce que j'ai dit ? murmure-t-elle. Il a fallu que je le devance, c'était lui ou nous. Sa tombe ou les nôtres, et je n'allais décidément pas enterrer ma fille.

Je la dévisage alors que je comprends.

— Vous… Vous l'avez tué ? soufflé-je à voix basse, trop abasourdie pour hausser le ton.

— Et si c'était à refaire, je le referais, m'assure-t-elle. Max n'était pas quelqu'un de bien, et d'un côté, son influence négative a déteint sur moi, car la Joyce soumise qu'il a épousée au début ne lui aurait jamais planté un couteau de cuisine à cinq reprises dans le dos.

Peinée, j'ai des trémolos dans la voix quand je lui demande :

— Pourquoi aller en prison si c'était de la légitime défense ?

— Ça ne l'était pas, c'est moi qui suis entrée par effraction chez lui pour le poignarder alors qu'il matait un match de foot à la télé. Il ne m'a pas entendue arriver et n'a pris conscience de ma présence qu'au moment où le couteau traversait sa chair. Il nous aurait fait la même chose, peut-être pas de la même manière, mais il serait inévitablement passé à l'attaque, sauf que j'ai été la plus rapide. Après, je me suis rendue à la police pour expier mon crime. J'acceptais le châtiment que la justice me donnait, en contrepartie tu étais saine et sauve, conclut-elle.

S'ensuit un lourd silence. Je me mets à sa place et suis saisie d'un violent frisson en imaginant tout ce par quoi elle est passée. Il y a tant de tristesse en elle, tant de séquelles d'une guerre qu'elle a longtemps menée contre feu son mari. Cette empathie que je lui refusais se manifeste à présent par vagues torrentielles.

— Je suis désolée, susurré-je.

Elle me scrute, attendrie.

— Tu n'as pas à l'être, ma chérie, il n'y a pas une seconde qui s'écoulait sans que je pense à toi. À ta naissance je t'avais prise en photo, et c'est ce cliché qui m'assurait de voir le jour d'après parce que si tu n'avais pas été là, il y a longtemps que j'aurais abandonné.

— Pourquoi papa n'a-t-il jamais voulu me parler de toi ?

— Je le lui avais demandé, je ne voulais pas que le souvenir que tu aies de moi se résume à l'image d'une meurtrière en prison, confesse-t-elle. Je voulais t'épargner le fardeau de cette honte.

Mon coude sur la table, je presse ma joue contre ma paume et l'observe longuement.

— Tu n'es pas une meurtrière. Tu es une survivante. Tu as survécu à ton mari violent, tu as survécu à la prison… Tu es bel et bien une survivante.

Larmoyante, elle penche la tête sur le côté et étouffe un sanglot.

— Tu es ce qu'il y a de plus merveilleux dans ma vie, croasse-t-elle. Je sais… Je sais qu'il est trop tôt pour te demander de me voir comme ta mère, car la femme de Mark a su remplir ce rôle et combler mon absence, et je lui serai éternellement reconnaissante d'avoir fait de toi cette jeune femme sensible et intelligente que tu es aujourd'hui. J'aimerais cependant que tu me donnes l'opportunité de faire partie de ta vie, de me rattraper autant que possible. Certes, je ne t'ai pas éduquée dans ton enfance, mais permets-moi de t'accompagner à l'âge adulte, car tu es et tu resteras mon unique bébé.

Ma mère… pas celle d'une autre, la mienne. Son sang coule dans mes veines, j'ai été faite de sa chair. Ses explications m'ont allégée d'un poids, ont ôté tous les doutes qui me taraudaient. Je vois désormais les choses sous un angle différent. C'est vrai que je ne peux pas adopter avec elle le comportement que j'ai avec Janet, mais je suis disposée à donner une chance à notre relation d'évoluer et à lui faire une place dans mon cœur.

— Est-ce que tu veux bien me prendre dans tes bras… *maman ?*

— Oh ! mon Dieu, oui, mon bébé !

Tremblante d'émotion, elle se lève et lorsqu'elle me tient contre elle, son odeur rassurante m'enveloppant, je me dis qu'à cet instant précis je suis chanceuse d'avoir deux mamans.

Chapitre 60

— Ces boucles sont magnifiques, parfaites, tout comme toi.

Son souffle chatouille le creux de mon oreille et m'arrache un sourire en coin. Cette déclaration me renvoie quelques mois plus tôt, à ce fameux soir de la Saint-Valentin, quand il me les a offertes, il a prononcé les mêmes derniers mots.

Nos yeux se percutent dans le miroir de la salle de bains, des flammes dansent dans ses prunelles. Nul autre ne saurait susciter le même émoi chez moi. Lui seul sait m'animer d'un amour inconditionnel, d'un amour qui n'a pas peur, d'un amour qui n'a pas de fin, autrement dit d'un amour éternel. C'est lui que mon cœur a choisi et si un jour, j'ai osé me fourvoyer en prétendant que je ne me laisserais jamais atteindre par ce sentiment aussi destructeur que salvateur, c'est tout simplement parce que je ne l'avais pas encore rencontré. Lui. Raphael.

Je n'ai pas choisi de l'aimer, j'étais faite pour l'aimer.

Il n'a pas voulu m'aimer, il était destiné à m'aimer.

Nos âmes sont les deux parties d'un tout, elles s'assemblent dans une parfaite homogénéité. Aujourd'hui elles ne peuvent fonctionner l'une sans l'autre. C'est ensemble qu'elles s'éteindront.

Les mains de Raphael qui caressent la courbe délicate de mon ventre me ramènent doucement sur terre.

— À quoi penses-tu, ma gazelle ? murmure-t-il en longeant mon cou du bout de son nez.

Je frémis.

— À la chance que j'ai de t'avoir comme partenaire.

Ses phalanges dérivent plus bas, pour atteindre l'intérieur de mes cuisses qu'elles effleurent. Douce torture, punition exquise. Il me touche à peine, pourtant je m'enflamme.

Il embrasse mon épaule.

— C'est plutôt moi qui suis chanceux parce que tu es tombée du ciel et tu me fais connaître l'amour sur terre.

Nous échangeons une expression de connivence.

— Tu m'aides avec la fermeture Éclair de ma robe ?

Sans hésiter, il actionne la glissière de la robe courte à motifs abstraits ornée de sequins que j'ai revêtue pour ce dîner auquel nous avons convié tous nos proches, comme mes parents et les siens, en vue de l'annonce officielle de ma grossesse. J'ai guetté un moment pour leur parler sommairement de ma relation avec Raphael, mon père a donc fait le rapprochement avec les dires de Gwen le soir du réveillon et m'a observée, stupéfait, avec des yeux ronds. Quant à Janet, elle m'a juste demandé si j'étais heureuse, et après mon oui hurlé à pleins poumons, elle a souri et m'a prise dans ses bras.

Concernant la famille de Raphael, cela fait quelques jours qu'elle loge dans un hôtel huppé sur la Cinquième Avenue, ayant débarqué à son invitation. Il leur a aussi succinctement parlé de notre couple et a promis d'approfondir le sujet une fois que tout le monde sera réuni. Dans moins d'une heure, donc.

Notre entourage au complet, nous n'aurons plus aucune raison de faire durer le suspense. Le voile tombera.

J'ai le trac.

— Qu'est-ce qui t'angoisse ?

C'est compliqué de dissimuler à Raphael ce qui me trouble.

— Je me demande comment nos parents vont prendre la nouvelle, avoué-je. Tu sais… ta mère ne m'aime pas trop depuis la visite aux Dolomites.

— Elle t'aimera.

— Et si cela n'arrive jamais ?

— Tu n'as pas à t'en faire, dit-il en me faisant doucement pivoter. Elle t'acceptera et te respectera en comprenant que je t'appartiens. Corps et âme, je suis à toi comme tu es mienne. Aujourd'hui, demain et pour les jours à venir.

J'accueille ses lèvres sur mon front en retenant un soupir de contentement.

— Et toi, tu n'as pas un tout petit peu peur ? lancé-je en haussant un sourcil.

— Selon toi et sur une échelle de un à dix, à quel point ton père aura envie de me tuer en apprenant que j'ai mis sa fille en cloque ?

Je fais semblant de réfléchir en arborant un air malicieux.

— Vingt.

Il cille.

— Tu vois ? Je suis parfaitement détendu.

J'éclate de rire en entourant son cou de mon bras, rapproche ainsi son torse de mon buste et souffle à mi-chemin de sa bouche :

— Encore une fois, joyeux anniversaire !

Il ne se retient pas et m'embrasse. Je me délecte de son goût.

— Tu es le meilleur cadeau que je pouvais espérer avoir, chuchote-t-il. Tu n'étais donc pas obligée de m'en offrir un.

Il parle de cette soirée dînatoire organisée par mes soins avec mes propres moyens sans qu'il ait rien eu à débourser. Chaque jour il me fait plaisir, est aux petits soins avec moi. Attentionné comme pas possible, il me rend heureuse au plus haut point. C'est pourquoi je désire ardemment le remercier et je n'ai pas trouvé meilleur moment que son anniversaire pour le lui témoigner.

— Tss tss, je n'entends rien, dis-je en désignant tour à tour mes oreilles. Laisse-moi te gâter parce que je t'aime.

Prenant mon visage en coupe, il me contemple avec une intensité à couper le souffle et me vole un baiser.

— Et moi je t'aime au-delà de la folie, soupire-t-il contre mes lèvres. On danse ?

— Maintenant ? m'étonné-je.

Il hoche la tête.

— Mais on n'a même pas de musique.

— On n'a qu'à se laisser emporter par les battements de nos cœurs.

Une de ses mains glisse sur ma taille tandis que de l'autre il entrelace nos doigts. La mienne se pose sur son épaule et c'est ainsi qu'on se met à bouger, dans un slow tout ce qu'il y a de nonchalant. Une première fois, il me fait tourner, puis il me ramène contre son torse. Je pouffe.

— Qu'est-ce qui te fait rire ? me questionne-t-il, amusé.

— Nous sommes bêtes.

— C'est un peu ça quand on est amoureux. On perd la tête.

Nous nous séparons cinq minutes plus tard.

— Est-ce que tu es prête à descendre ?

— Dans un instant, je peaufine juste mon maquillage.

— Tu es déjà parfaite.

Il opine tout de même et frôle ma bouche d'un baiser chaste aussi léger qu'une plume avant de s'éclipser.

De nouveau face à la glace, je me fais un *smoky eye*, farde subtilement mes joues et termine avec un gloss cerise sur mes lèvres. Ces créoles qui pendent à mes lobes sont incroyablement belles. Je porte du vrai diamant, là. C'est dément, hein ?

Dix minutes plus tard, je retrouve Raphael dans la salle à manger, il observe la décoration d'un œil appréciateur. La longue table est recouverte d'une nappe blanche parsemée de pétales rouges avec un vase empli d'un bouquet de pivoines en son centre. Des chandeliers s'ajoutent à la vaisselle et aux verres en cristal.

— Joli tout ça.

— Ça te plaît ?

Il se tourne vers moi et recourbe ses lèvres dans une moue craquante.

— Ça me plaît.

Les premiers à arriver sont M. et Mme Lockwood accompagnés de Lizzy, ponctuels à la seconde près. Le visage de la mère de Raphael s'illumine lorsqu'elle l'étreint chaleureusement.

— Bonsoir, maman ! Papa !

— Fiston ! Joyeux anniversaire, mon grand, lui lance son père en lui donnant une accolade.

— Joyeux anniversaire, frérot, poursuit sa sœur en sautillant dans ses bras.

— Merci, demi-portion. Ben dis donc, où sont passées tes mèches roses ?

— T'as oublié que je change de teinture tous les trois mois ? Comment tu trouves ce violet ? Il me va à ravir, non ?

— Ton petit ego ne supporterait pas le trop-plein d'émotions si je l'avouais, il est fragile.

— Quel con comique tu es, le charrie-t-elle en lui tirant la langue.

— Je crois que vous connaissez tous Zoey ici présente, déclare-t-il en me ramenant contre lui par la taille.

Les prunelles glaciales de Paula me scrutent.

— Bien sûr, réplique Hernán en me prenant affectueusement dans ses bras. J'étais certain qu'on se reverrait ! Mon fils m'a mis au courant de votre relation, bienvenue dans la famille. Ça m'enchante de constater que mon fils a trouvé l'amour à vos côtés. Qu'est-ce que je t'avais dit, fils ? ajoute-t-il en se tournant vers lui. Que ça nous tombe dessus quand on ne s'y attend pas, et c'est violent.

— Violent comme un volcan, plaisante Raphael.

Père et fils échangent un clin d'œil complice.

Elisabeth me surprend en avançant vers moi et en me… tendant la main, le menton fièrement dressé.

— Belle-sœur, donc ?

— Euh…

Je bégaye, prise au dépourvu par le drapeau blanc qu'elle agite, mais je me ressaisis aussitôt en serrant sa paume.

— On n'en est pas loin, finis-je par commenter.

Son rictus arrogant se radoucit.

— Puisque tu rends mon frère heureux d'après ce qu'il nous a dit et vu qu'il nous a fait nous déplacer jusqu'ici pour votre relation, je me dois d'être correcte avec toi, mais je ne suis pas encore au stade où je t'aime beaucoup.

— Elisabeth…

Son franc-parler me fait rire.

— C'est un bon début, déclaré-je. J'espère qu'on finira par devenir de bonnes amies.

Là, elle me retourne un authentique sourire.

— Moi aussi. De plus, on a le même âge. Waouh, Raphael, tu es en couple avec une nana de ma génération, six ans d'écart carrément ! Il va mourir avant toi, remarque-t-elle en s'adressant à moi.

Son grand frère pouffe. Entre nous, l'âge ne compte pas. On s'aime, point.

— Peut-être que c'est moi qui vais mourir avant lui.

Elle me fixe comme si elle ne comprenait pas pourquoi.

— Dans les normes, le plus vieux devrait toujours mourir avant le plus jeune. Pourquoi tout est mélangé ?

— C'est une question que tu aurais dû poser à Socrate.

— « La seule chose que je sais c'est que je ne sais rien. »

— C'est exactement ce que je disais.

Elle étouffe son rire. Raphael intervient, moqueur :

— Votre dialogue part en couilles, ce qui n'est pas étonnant étant donné que Lizzy a la faculté de passer de la thèse à l'antithèse sans transition.

— Et là, mon manque de transition est assez éloquent ? riposte-t-elle en lui faisant un doigt d'honneur.

— Elisabeth, maronne M. Lockwood père.

Clara déambule avec un plateau chargé de flûtes de Roederer, je me contente d'un jus d'orange. Mes parents nous honorent quelques instants plus tard de leur présence. Ryan et Margerita arrivent immédiatement après. À la fois soulagée et stressée, je leur souhaite la bienvenue en les enlaçant. Je pince les joues de Ryan en le taquinant sur sa bonne mine. Ce qui n'est pas un mensonge : après avoir pratiquement touché le fond après le rejet de ma sœur, il recouvre au fil du temps les couleurs d'un homme apaisé.

Gwen a fini par se réveiller après être restée pendant près de cinq semaines dans le coma, sauf que le bonheur de la voir ouvrir les yeux a été de courte durée quand un autre diagnostic est tombé : une paraplégie. Sa moelle épinière étant sectionnée, elle a perdu la mobilité de ses jambes et est désormais clouée dans un fauteuil roulant. Bien sûr qu'elle l'a très mal pris, criant sur nous tous qui voulions la réconforter, rabrouant tous ceux qui avaient le malheur de ne pas piper mot. Nos parents n'ont pas pu y échapper. Ryan en a fait aussi les frais. Elle lui a balancé des vacheries qui m'ont rendue furieuse, a hurlé qu'elle ne voulait plus jamais l'avoir dans les pattes et qu'il devait aller lécher les bottes de quelqu'un d'autre. Leur relation s'est conclue sur ces belles paroles de la garce qui était de retour. Même si ce n'est sûrement pas facile d'accepter qu'on restera paralysé toute sa vie, elle n'était pas obligée d'être aussi méchante avec Ryan, qui a eu le cœur brisé, émietté, passé sous un rouleau compresseur. Il a déménagé de chez Gwen et s'est installé dans une des chambres libres de Margerita, puisque sa précédente coloc transportait ses affaires dans une autre maison.

Deux mois plus tard, les plaies de mon ami ne sont pas totalement refermées, cependant il fait avec. Il n'a pas d'autre choix que de continuer à avancer, ayant compris que sa relation avec Gwen était toxique. Il aurait pu sombrer dans le précipice, car elle l'y aurait poussé avec plaisir. Et quel est le scoop de l'année ? Ô miracle, il parvient à vivre sans elle.

Ma demi-sœur est retournée chez nos parents, qui ont insisté afin de l'accompagner dans ce brusque changement. Avec son handicap, elle est quatre fois plus insupportable qu'auparavant. Oui, c'est bel et bien le chaos.

Quand je lui ai proposé de venir ce soir, elle m'a expressément demandé d'aller sucer mes ancêtres. Peut-il y avoir plus explicite ?

Raphael et mon père échangent une poignée de main très macho, ce qui attire mon attention. Mon géniteur ne le lâche pas de son regard empli d'une suspicion menaçante.

— Enfin, je fais la connaissance de Raphael Lockwood, tonne-t-il. Votre nom a été un sujet épique dans ma maison.

J'intercepte le coup d'œil intrigué de mon compagnon.

— C'est également un plaisir de vous rencontrer, monsieur Bridgestone.

Mon père toise sévèrement Raphael et lui demande sans détour :

— Aimez-vous ma fille ?

— Votre fille a ouvert les portes de mon cœur, en a pris les commandes, il n'y a qu'elle qui puisse les refermer ou en faire griller le système, donc je ne me contente pas simplement de l'aimer : je l'adore.

Alors que cette affirmation stupéfie l'assemblée et me fait trembler, la tension entre mon père et lui retombe comme un soufflé. L'hostilité de mon paternel est remplacée par un air ravi qu'il n'essaye même pas de masquer. Lizzy siffle en tapant pompeusement dans ses mains.

— Ça c'est mon frère, poète à ses heures perdues.

Son ton badin détend l'atmosphère, et des rires fusent. Le poids dans ma poitrine s'allège momentanément, car j'appréhende toujours leurs réactions quand ils sauront pour le bébé.

Dans un rythme jazzy, la voix de Nina Simone accompagne l'apéritif, qui se compose de verrines de guacamole et saumon fumé. Tout le monde passe à table, et c'est dans un climat convivial que nous entamons l'entrée avec des gambas à la noix de coco. C'est délicieux, j'ai l'irrésistible sensation d'être sur une île tropicale. Rien que pour ça, je pourrais embrasser Clara sur la bouche. Au plat principal, tous sont incontestablement subjugués par le poulet à l'ananas, y compris Raphaella, qui se fait toute discrète depuis le début de la soirée.

D'un commun accord, Raphael et moi nous plaçons au bout de la table, juste avant le dessert, pour faire la révélation tant attendue, celle qui fait cogner le sang dans mes oreilles. C'est lui qui prend la parole, parce que de mon côté je suis prête à bégayer. À l'aide d'un couteau, il tape doucement le côté de son verre.

— Puis-je avoir une minute de votre attention, s'il vous plaît ?

Les conversations s'éteignent, tous les regards convergent dans notre direction.

— Avant de vous faire part d'une nouvelle importante, j'aimerais vous remercier de votre présence à ce dîner d'anniversaire, qui a été soigneusement organisé par cette merveilleuse compagne ici près de moi, lance-t-il en me désignant. Au départ, elle avait prévu de me faire une surprise mais je dois avouer qu'elle est assez nulle pour garder un secret, enfin… elle ne peut rien me cacher.

Des gloussements s'élèvent dans la pièce, je lui octroie une tape à l'épaule, faussement vexée. Il sourit.

— Mais voilà, cela me fait énormément plaisir que tu aies tenu à m'offrir ce repas avec nos familles réunies, continue-t-il en arrimant ses yeux pers aux miens. C'est une attention qui m'émeut et je t'aime.

— Oooh ! chantonne niaisement Lizzy.

Raphael m'embrasse au coin des lèvres et se recentre sur nos invités.

— Comme je le disais, nous avons quelque chose d'important à vous annoncer.

— C'est une demande en mariage ? s'écrie sa sœur.

Lui et moi pouffons.

— Pas encore, mais cela ne saurait tarder.

Il vide goulûment sa flûte de champagne et me dévisage. Peut-être pour que je conclue ? Eh bien, quand faut y aller… que la force soit avec moi.

— Papa, maman, vous allez être grands-parents, débité-je d'une traite.

— Et vous, papa et maman, vous allez être de nouveau grands-parents et toi, Lizzy, tu seras une fois de plus tante. Quant à toi, ma puce, tu auras un petit frère ou une petite sœur.

Le silence est épais. On pourrait entendre une mouche voler. Qu'attendent-ils pour réagir ?

La plupart semblent stupéfaits. C'est stressant.

Mon père écarquille les yeux comme des soucoupes.

— Vous… Voulez dire que…

— Oui, je suis enceinte.

Dans ma poitrine, mon cœur fait des embardées. Mes doigts tremblotent dans la main de Raphael, qui les presse pour me rassurer.

— Waouh ! C'est une excellente nouvelle, clame Hernán, le premier à être sorti de sa torpeur.

Il se lève et nous prend dans ses bras pour nous féliciter.

— J'ai bien remarqué le bombé de ton ventre sans réellement y prêter attention, me dit Janet en me rejoignant. Tu vas être maman ? Je n'arrive pas à y croire, viens, ma fille.

Avec un soupir de soulagement, je l'étreins en souriant.

— Félicitations, ma petite.

— Merci, maman.

Il y a aussi Joyce à qui je révélerai la vérité plus tard. Si je ne l'ai pas conviée ce soir, c'est par respect pour Janet, qui n'arrive pas à lui pardonner d'avoir brisé son foyer durant quelque temps, même si elle est peinée par ce que ma mère biologique a dû traverser.

Janet approuve que je côtoie Joyce et tisse des liens avec elle, mais lui demander d'échanger des sourires et des rires avec l'ex-maîtresse de son mari ? Il ne faut pas abuser quand même.

C'est l'expression blême de mon père qui attire mon attention. En face de lui, Paula est tout aussi livide.

— Papa…

— Ma… fille est enceinte ? souffle-t-il en levant les yeux sur moi. Zoey… mais tu es mon petit bébé qui va donner vie à un autre bébé et oh… il faut que j'aille m'aérer, est-ce qu'il y a un balcon ici ?

— La terrasse est juste là. Tu veux que je vienne avec toi ?

Il refuse en agitant les doigts. Attristée, je l'observe s'éloigner. Mon cœur se serre.

— Ne t'en fais pas, me rassure Janet. Il n'arrive pas à comprendre pourquoi tu as grandi si vite, il se rend compte que tu n'es plus une enfant et que tu es en train de prendre ton envol, laisse-lui quelques minutes pour s'adapter.

Raphael se renseigne sur l'état de sa mère.

— Et toi, maman, est-ce que ça va ?

Dodelinant de la tête, elle hausse les épaules, ne sachant visiblement pas quoi dire.

— Vous l'avez rendue muette, se moque Lizzy. En tout cas,

c'est cool, félicitations. Plus il y a de morveux, plus je peux les tyranniser. Tu es au courant, non, Raphaella ?

Elle la taquine en pinçant ses côtes.

— Aïe, pouffe cette dernière. Oui ! Oui.

Après s'être calmée, Ella nous observe son père et moi.

— Ça… Ça fait longtemps que tu es enceinte ?

Dorénavant, elle ne parle que lorsque c'est nécessaire, elle a perdu de sa spontanéité. Elle est toujours sous traitement, et chaque séance de chimio l'éreinte.

— Bientôt trois mois.

— Génial.

Or son expression ne reflète pas ce sentiment, elle paraît tristement pensive. Rita et Ryan lèvent le pouce à mon intention.

— Globalement, cela ne s'est pas mal passé, chuchote Raphael.

— Les avis sont mitigés. Après, c'était prévisible qu'ils ne sauteraient pas tous de joie. Tu devrais parler à Raphaella, elle n'a pas l'air de s'en réjouir.

Ses prunelles dérivent sur sa fille, qui triture distraitement les fils de son foulard, la tête baissée. Il hoche la sienne.

— Tu sais que je t'aime, hein ?

— Au-delà de la folie ?

— Il n'en serait pas autrement.

Nous nous sourions mutuellement.

— Quant à moi, j'ai été condamnée à t'aimer à perpétuité, prisonnière des barreaux de ton cœur.

— Eh oui, je plaide coupable.

Épilogue

Six mois plus tard

Raphael me manque. Tous les éléments sont pourtant réunis pour que je passe une bonne soirée, sauf que son absence me fait l'effet d'avoir été amputée d'une moitié de mon corps. Pour m'illuminer, j'ai constamment besoin qu'il soit près de moi, sinon j'affiche cette expression maussade que j'ai actuellement.

Certes, ce n'est pas la première fois qu'il se déplace dans un autre État en raison de ses affaires. Aujourd'hui on est jeudi et il est parti depuis lundi, il devrait être de retour d'ici quelques heures, et plus rien ne m'empêchera de me pelotonner contre lui, histoire de savourer son odeur rassurante qui me redonne confiance quand j'en manque.

À mesure que la date de l'accouchement se rapproche, une pointe d'anxiété s'empare de moi. Une pléthore d'interrogations m'assaille en dépit des réponses apportées dans ces cours prénataux où je me suis inscrite. Ils ont abordé plusieurs thèmes avec les futures mamans accompagnées de leurs compagnons, comme les habitudes à privilégier durant la grossesse, des exercices à faire, l'alimentation à adopter ; on nous a également expliqué le rôle de parent, les soins au nouveau-né, l'accouchement, etc.

À plusieurs reprises, je me suis demandé si j'allais être une bonne mère, serai-je réellement capable de pourvoir aux attentes de mon enfant ? Raphael ne cesse de m'assurer que je serai la plus formidable. Nous n'avons pas les mêmes inquiétudes étant donné qu'il a déjà une fille, il sait ce qu'être un parent signifie. Moi, je n'en ai pas la moindre idée. L'inconnu est un tantinet effrayant.

Mes peurs se concentrent surtout autour de l'accouchement proprement dit. À quel point ça fait mal ? Et qu'est-ce qui se passe réellement dans la salle ? On m'avait interdit de regarder les témoignages qu'on trouve sur le Net, sauf que je n'ai pas résisté à la pulsion d'en découvrir certains. Quelques-unes ont vécu un traumatisme qui a nécessité l'aide d'un psychologue. Je flippe.

Je suis toujours en train de cogiter en long, en large et en travers quand soudain des doigts claquent sous mon nez. Émergeant de ma transe, je dévisage Ryan qui m'observe en retour avec de gros yeux.

— Quoi ? grogné-je en me rencognant dans mon siège. Tu veux entrer dans mes narines ou quoi ?

Il grimace, feignant le dégoût en se décalant sur le côté.

— Qui t'a dit que tes crottes de nez étaient glamour ? Ton air absent m'inquiétait. Tiens, Clara t'a apporté ton sandwich, mais t'avais tellement la tête dans les nuages que t'as pas remarqué sa présence.

Un chouïa contrite, je le remercie en récupérant l'assiette dans sa main.

— Je réfléchissais, marmonné-je en mordant dans le sandwich au poulet que la gouvernante a préparé.

Pour calmer mes fringales, rien de mieux que deux tranches de pain complet avec du blanc de poulet dégraissé assaisonné d'une légère moutarde, de cornichons et d'estragon. *Miam !*

— À quoi ? m'interroge Margerita en se penchant depuis le canapé d'en face.

Je hausse une épaule en dévorant une nouvelle bouchée.

— Les gars, je suis censée accoucher la semaine prochaine. Laissez-moi stresser un peu et profiter de mes derniers instants de jeune fille avant de devenir irrévocablement maman.

Tous deux s'esclaffent.

— Elle a clairement les chocottes, se moque Ryan.

— Relax, Zoey, renchérit Margerita avec espièglerie. Reste zen, tu as encore quelques jours de liberté devant toi avant les réveils à 2 heures du matin à cause des cris et des pleurs du bébé. Ne t'inquiète pas, tout ira bien. Tu finiras par t'habituer à n'être plus que l'ombre de toi, et nous, on s'adaptera à ta tronche de momie.

D'instinct, je lui lance un bout de cornichon qui échoue malheureusement au sol avant de pouvoir l'assommer. Elle se marre.

— En même temps, les nouveau-nés ont bien une routine à eux : pleurs, tétée, caca. Tétée, pleurnicheries, vomi. Cris hystériques, tétée et caca, complète Ryan en mode diablotin. Tu as vingt-deux ans, mais on t'en donnera quarante.

— Vous êtes des monstres, m'insurgé-je. Sortez d'ici ! Je ne veux plus vous voir.

Ils se payent ma tête en se bidonnant.

— Tu nous congédies déjà ? En plus, c'est toi qui nous as demandé de venir.

— Parce que je m'ennuyais, rétorqué-je, grincheuse. Mais là vous me donnez un aperçu du calvaire qui m'attend, vous êtes horribles comme amis.

— Zoey, on te taquine, c'est tout, intervient Rita en levant les mains. Bon, changeons de sujet, maintenant que ça me revient, est-ce que tu savais que Connor était retourné en Australie ?

J'acquiesce.

— Il m'avait appelée pour s'excuser. Il m'a dit que son intention n'avait pas été de me créer des ennuis, mais qu'une inconnue l'avait contacté sans qu'il sache comment et elle lui avait laissé des instructions qui stipulaient que s'il voulait avoir une chance avec moi, il devait m'embrasser devant le building. Elle lui a raconté une histoire selon laquelle Raphael se foutait de ma gueule et me trompait avec son ex. Un vrai scénario dramatique.

— Sérieux ? s'étonne Ryan en se tournant vers moi. Mais qui est assez taré pour faire ce genre de choses ?

Rita et moi échangeons un regard sans équivoque.

— Isadora, bien sûr, clame-t-elle, irritée. La meuf se balade avec deux neurones givrés, mais je n'arrive pas à comprendre comment elle a appris pour Connor. Est-ce qu'elle te faisait suivre ou pistait tes appels ou je ne sais quelle autre folie de *stalker* ?

— Ça ne m'étonnerait pas. Concernant Connor, j'ai retourné la question maintes fois dans ma tête sans trouver de logique, ils ne se sont jamais rencontrés d'après mes connaissances, donc… *what the fuck ? !*

En soupirant, je demande à Ryan de me passer le verre d'eau posé sur la table basse. Avec mon ventre, impossible de me pencher. Je me sens de plus en plus fatiguée et lourde, par conséquent je me contente de rester affalée et d'apprécier le cuir moelleux du canapé sans m'attarder sur les pincements dans mes reins.

— Et… est-ce que Raphael le sait ?

— Bien sûr que oui. Déjà, quand il a appris que Connor m'avait appelée, il était prêt à le traquer jusqu'en Australie pour lui foutre une bonne raclée.

— Je suppose qu'on ne saura probablement jamais quelles techniques de la CIA Isadora a utilisées pour pister Connor, commente Ryan, car celle-ci s'en est allée sur un autre continent pour *sauver* les animaux. Vous avez perçu comme j'ai insisté sur le verbe sauver ?

— Une insistance dégoulinant d'ironie, assure Margerita. Peut-être qu'une bestiole l'a piquée lors d'une de ses missions et que depuis elle perd la boule.

Je secoue mon index.

— S'il vous plaît, baissez d'un ton, Raphaella est en haut et je n'aimerais pas qu'elle nous entende dénigrer sa génitrice.

— Pourquoi ne descend-elle pas passer un moment avec nous ? Ça la détendrait, elle reste tout le temps enfermée dans sa chambre.

— Sa mère lui manque beaucoup, donc forcément son absence la rend triste et… je crois qu'elle m'évite.

— Pour quelle raison ?

— J'ai l'impression qu'elle pense que le bébé prendra sa place, or son père lui a maintes fois dit que dans son cœur il y aura toujours une place pour tous les deux et qu'il les aimera sans distinction.

— Il lui faut du temps, tu verras qu'elle réalisera qu'elle n'avait pas à s'en faire et que ce petit bout de chou lui apportera beaucoup de joie.

— Je souhaite tellement qu'elle l'aime, confié-je à mi-voix.

— Au fait, elle en a fini avec son traitement, non ? s'intéresse Ryan. Comment elle se sent ?

— Ça va. Elle n'est pas encore vraiment sortie d'affaire, il y a la menace d'une éventuelle récidive, surtout au cours des deux premières années. On a toujours une épée de Damoclès au-dessus de la tête.

— Ça ne doit pas être facile, dit-il, compatissant.

— Ça ne l'est pas.

Après quelques instants de silence méditatif, une autre envie subite m'extirpe de ma torpeur.

— J'aimerais un flan aux pommes et aux raisins ! m'exclamé-je.

— T'as encore la dalle ? s'étouffe Ryan. Sérieux ? Alors que ça fait moins de dix minutes que t'as englouti un sandwich XXL ?

Je ricane.

— Arrête de te foutre de ma gueule, le pain avait la taille de mon auriculaire, protesté-je en levant mon petit doigt.

— Elle est vraiment sérieuse, dit-il à Margerita avant de scruter mon ventre. Ton bide est énorme.

— Tu m'as également donné envie de manger ce dessert, roucoule Rita. Hmm, je suis sûre et certaine que si Ryan le prépare, on sera directement transportées au paradis.

— Ryan, Margerita n'a pas tort, souligné-je. Si tu collabores avec Clara, je mettrais sa main à couper que ce sera une tuerie, j'ai toujours rêvé de voir ce que cela donnerait si vous travailliez ensemble.

— C'est ma main que tu veux sacrifier ? Mais que t'ai-je fait de mal dans cette vie ?

J'adore ces moments de badinerie qui m'empêchent de

penser aux crampes dans mon ventre qui augmentent au compte-gouttes et me tirent des grimaces.

— Vous aimez vous servir de moi, s'apitoie faussement Ryan. Je ne suis pas aussi servile que vous semblez le croire !

Soudain, une vive douleur m'arrache une longue plainte inarticulée.

Mes amis se concentrent sur moi.

— Quoi ? aboie Margerita. T'as eu mal ?

— Euh… j'ai mal, je ne sais pas, est-ce que j'ai des contractions ? dis-je, indécise.

— C'est à nous que tu demandes ? Qu'est-ce que tu ressens précisément ?

— J'ai… des douleurs dans le bas-ventre, un peu comme lors des règles douloureuses.

— Depuis combien de temps ?

— Plusieurs heures mais elles sont supportables, il y a quelques jours, je croyais dur comme fer que j'étais sur le point d'accoucher mais il s'est avéré que c'étaient de fausses contractions, donc… je ne m'alarme pas, ça passera.

L'instant d'après, mon regard bifurque sur le téléviseur. « *Breaking news*[1] » s'affiche en bas de l'écran et les mots qui suivent me glacent d'effroi. Un crash vient d'avoir lieu.

— Ryan, augmente le volume ! m'écrié-je en me démenant pour me dresser sur les pieds.

Des images sanglantes sont montrées en arrière-plan, derrière la journaliste qui s'adresse à la caméra en vociférant pratiquement pour couvrir le vacarme dans son dos. Sonnée, je sens mon cœur battre furieusement dans ma poitrine tandis que je prends difficilement connaissance de ce qui se dit.

À l'aéroport de New York, un avion en provenance de Miami s'est écrasé sur la piste d'atterrissage. Ma tête explose en millions de particules. Mon âme est anéantie, mon être se scinde. Seigneur ! NON !

Les contours de ma vision s'obscurcissent. Impossible de

1. « Flash spécial ».

détacher mes yeux embués de l'horreur étalée sur cet écran plat. Des opérations de sauvetage sont en cours. Les images diffusées montrent des personnes qui fouillent l'épave.

— Zoey ! s'exclament en chœur Ryan et Margerita.

Déconnectée, je ne réagis pas. Ils insistent. Toujours rien. Immobile, je regarde sans voir. Je sens mes forces me quitter, perçois un liquide chaud s'écoulant le long de mes jambes.

— Il… Raphael devait prendre ce vol, murmuré-je comme en transe. Raphael a pris ce vol. Est-ce que… Est-ce que…

Je ne parviens pas à terminer. Je pleure et je ferme les yeux, secouant vigoureusement la tête. Je ne veux pas y penser.

Les doigts de mon amie pressent mes épaules tout en me bousculant doucement mais fermement.

— On n'est sûrs de rien, d'ac ? Je t'interdis de te mettre dans un tel état. Putain, regarde-moi, Zoey. Tu as perdu les eaux. Il faut qu'on te conduise à la maternité. Est-ce que Raphael a répondu ? ajoute-t-elle à l'intention de Ryan.

— Non. Je tombe directement sur son répondeur.

— Putain ! Alors insiste jusqu'à ce qu'il se décide à allumer son foutu portable. Zoey, je suis sûre que Raphael va bien, ils disent à télé qu'il y a des survivants. Ryan, réessaye de le joindre, tout va bien se passer mais il faut qu'on se rende à la maternité.

Finalement, c'est une forte douleur dans le dos qui me sort totalement de ma léthargie. Après une profonde inspiration, j'acquiesce pour moi-même.

— J'ai peur, Margerita, avoué-je. Une angoisse terrible me noue la poitrine, Raphael est probablement…

Elle arrête mon début de crise de panique en prenant mes joues dans ses mains.

— Raphael va bien.

— Tu as parlé avec lui ? l'interrogé-je, pleine d'espoir.

— Non, mais je sais au fond de moi qu'il va bien, affirme-t-elle. Toi également, tu dois rester sur cette pensée positive, n'oublie pas que tu es sur le point de mettre au monde le fruit de votre amour, alors garde ton sang-froid. Tu comprends ?

C'est important. Donc tu vas me dire où se trouve ton sac pour la maternité, ensuite on foncera là-bas directement. Pigé ?

J'opine. Elle détale après mes indications.

C'est une véritable torture ! Une authentique souffrance.

Pourquoi est-ce aussi long ? Pourquoi le col n'est-il dilaté qu'à cinq centimètres alors que ça fait une éternité que je suis ici ? Pourquoi ai-je l'impression que mes organes sont massacrés à la tronçonneuse ?

Il est plus de 1 heure, et je crie, j'engueule tout le monde. Je jure de ne plus jamais tomber enceinte. Je compresse sauvagement la main de Margerita.

Je ne veux pas penser à Raphael.

Je pense à Raphael.

Je pleure en pensant à Raphael.

Je veux Raphael.

Je promets à Dieu que s'il me le ramène sain et sauf, je ferai tout ce qu'il me demande.

Pourquoi les contractions me font si mal ? C'est donc ça que signifie accoucher sans péridurale ?

Ah, mon amour de bébé, quand tu grandiras et me taperas sur les nerfs, je me ferai un plaisir de te décrire mon accouchement. T'as intérêt à être obéissant. Je t'aime.

La sage-femme qui s'occupe de moi est douce, attentionnée. Elle vérifie mon col une heure plus tard, je ne suis qu'à 6,5 centimètres.

Seulement ?

Seulement.

Exténuée, je glapis de désappointement.

Finalement, ce n'est qu'au bout de sept longues heures que mon col se dilate enfin à dix. Alléluia ! !

Après avoir sué, poussé et soufflé comme un taureau pendant une heure supplémentaire, je finis par découvrir le sexe de mon bébé avec des yeux brillants d'émotion et des larmes de joie, car jusqu'ici on s'était réservé la surprise avec Raphael. Avant qu'on l'éloigne de moi pour le check-up habituel, mon bébé reste blotti contre ma poitrine, faisant ainsi connaissance avec moi, et ce moment de paradis éclipse pratiquement l'accouchement douloureux que je viens de vivre.

Un sourire se dessine sur mes lèvres tandis que je me perds dans sa contemplation. Qu'est-ce qu'il est beau mon fils !

Je panique dès qu'on est séparés, cependant on me promet de le ramener très vite.

Quelle heure est-il ? Je n'en ai aucune idée, toutefois une chose est sûre, je me suis endormie sans m'en apercevoir tant j'étais éreintée.

En bâillant, je m'acclimate au fur et à mesure à la lumière tamisée de ma chambre et il me faut encore un instant supplémentaire pour émerger de cette brume.

C'est à cette seconde précise que la réalité me percute avec la brutalité d'un semi-remorque et me coupe le souffle.

Bouche bée, je cille et m'adosse tant bien que mal contre la tête de lit. Sous le coup de l'émotion, je pleure alors que je le dévisage.

— Raphael, croassé-je d'un timbre enroué.

Ses yeux se détachent de la minuscule silhouette de notre fils qu'il tient dans ses bras et s'arriment aux miens. Je porte une main à mes lèvres, étouffant un sanglot de soulagement. De relâchement. De plénitude. C'est si bon de le revoir.

— Ma gazelle, réplique-t-il en quittant son fauteuil. Tu t'es réveillée.

— Comment… tu… J'ai cru…

Je n'arrive pas à formuler une phrase distincte. Il s'assied au bord du lit, tout près de moi, me faisant admirer une nouvelle fois la beauté de notre bébé, qui resplendit plus maintenant qu'il est lavé et emmailloté.

— Tu veux parler du crash ?

Il s'exprime à voix basse pour ne pas réveiller le petit qui dort. Je hoche doucement sa tête.

— Ce n'était pas mon vol.

— Et tu n'as pas eu la décence de m'informer que tu allais bien ? le grondé-je en lui faisant les gros yeux. J'ai failli crever d'inquiétude, et Ryan t'a appelé à maintes reprises sans succès.

— Désolé, mon téléphone était à plat, et je n'avais pas prévu d'égarer mon chargeur. En principe, j'étais censé prendre le vol qui allait suivre mais il a été reporté à ce matin. Quand j'ai appris pour le crash, j'ai fait en sorte qu'on me procure un autre chargeur. Lorsque j'ai fini par contacter ton ami, il m'a annoncé que tu étais en plein travail. Je voulais être avec toi et si mon pilote n'avait pas contracté un méchant virus, je l'aurais sommé d'activer les hélices sur-le-champ. Je suis resté avec Ryan au téléphone jusqu'à ce qu'il me dise que tu avais accouché d'un garçon. Ah, ma gazelle, ce que j'ai ressenti sur le coup était indescriptible. J'étais tellement joyeux que j'ai fait de petits sauts dans ma chambre, tu as fait de moi le plus heureux des hommes, le sais-tu ?

Je lui donne une bourrade inoffensive à l'épaule.

— J'ai envie de te gifler, de frapper ton torse. Putain, ne me fais plus une frayeur pareille, c'est compris ? Sinon je t'enterre puis je te tue, oui, et pas le contraire.

Sa moue goguenarde me fait fondre.

— L'idée de te perdre est juste inconcevable. Tu as intérêt à vieillir à mes côtés, c'est un ordre.

— Un ordre que je respecterai au millimètre près, ça tu peux me croire. Tu m'as tellement manqué, je ne te ferai plus jamais une telle frayeur, ma gazelle. J'ai envie de t'embrasser. Est-ce que tu acceptes ?

J'opine du chef. Son front se colle au mien, nos nez se frôlent, nos lèvres s'effleurent. Notre baiser est une accalmie dans laquelle nous nous promettons amour et fidélité pour l'éternité.

— Dis-moi quelque chose, si je te demandais de m'épouser là tout de suite, si je te proposais qu'on se marie sur-le-champ, à cet instant précis, quelle serait ta réponse ?

Tout sourire, avec des yeux embués, je réplique :

— Qu'il pleuve, vente, fasse soleil ou neige, je t'assure que je te suivrai au-delà de la folie et t'aimerai à perpétuité.

Ému, il pouffe et me dévisage avec intensité.

— Dans ce cas, mademoiselle Bridgestone, acceptez-vous de devenir madame Lockwood ici et maintenant, demain et pour les jours à venir ?

— Il n'y a rien qui me ferait autant plaisir que de porter ce nom de famille, *votre* nom, monsieur Lockwood, ici et maintenant, demain et pour les jours à venir.

Après un « je t'aime » et un autre baiser, nous échangeons une expression de connivence, scellant ainsi un pacte qui n'appartient qu'à nous. En contemplant mon fils dans les bras de son papa qui me couve d'un regard énamouré en retour, je réalise à quel point je suis chanceuse d'avoir ma famille.

Notre perfection n'est sublimée que par nos plus belles imperfections.

Remerciements

Même si les mots ne sont pas assez, je commencerai par dire un grand merci à toutes les personnes qui ont cru en moi et qui ne cessent de le faire. Chacun, à sa manière, a contribué à faire d'un rêve une réalité et, en retour, je ne peux rien vous offrir de plus authentique que mon éternelle gratitude.

Composé et édité par HarperCollins France.

Achevé d'imprimer en avril 2021.

CPI

FIRMIN-DIDOT

à Mesnil-sur-l'Estrée (Eure)

Dépôt légal : mai 2021.

Pour limiter l'empreinte environnementale de ses livres, HarperCollins France s'engage à n'utiliser que du papier fabriqué à partir de bois provenant de forêts gérées durablement et de manière responsable.

Imprimé en France